suhrkamp taschenbuch 5371

Als »Barrikadenpianist« hat er die Revolution zu Hause unterstützt. In der Emigration verdient er sein Geld als Salonmusiker – Josip Rotsky, ein Mann unklarer Identität, in dessen Name Trotzki, Brodsky und Joseph Roth anklingen. In einem Schweizer Hotel muss er für den Diktator seines Landes spielen – und wird zum Attentäter. Eine Dezembernacht hindurch wendet sich Rotsky, inzwischen Eigentümer und Moderator des Kanals »Radio Nacht«, an die schlaflosen Hörer der Welt. Er sendet seine Lieblingsmusik, die der Soundtrack seines abenteuerlichen Lebens war, spricht von seiner Suche nach Erkenntnis und von Flucht als permanentem Zustand.

Fiktive Biografie, Künstlerroman, Liebesroman, ukrainischer Faust, Fantasy-Thriller: Mit diesem Roman kehrt Juri Andruchowytsch zurück zu seinen übermütigen Anfängen und kann doch hinter den vielen Maskierungen die Verzweiflung seines Helden nicht verbergen.

»Unter der wilden, wüsten, immer wieder auch komischen Schale steckt ein bitterer, schwarzer Kern, eine universelle Trauer über die Opfer der Geschichte.« *Die Welt*

Juri Andruchowytsch, geboren 1960 in Iwano-Frankiwsk/Westukraine, ist einer der bekanntesten europäischen Autoren der Gegenwart. Er veröffentlicht Gedichte, Essays und Romane. Sein Werk wurde vielfach ausgezeichnet und in 20 Sprachen übersetzt. Zuletzt erschien sein Roman *Die Lieblinge der Justiz* (2020). Nach Aufenthalten in Westeuropa und den USA lebt er heute wieder in Iwano-Frankiwsk.

Sabine Stöhr, geboren 1968, wurde für ihre Übersetzungen aus dem Ukrainischen mehrfach geehrt, zuletzt 2018 mit dem Preis der Leipziger Buchmesse. Sie lebt in Berlin.

Juri Andruchowytsch

Radio Nacht

Roman

Aus dem Ukrainischen
von Sabine Stöhr

Suhrkamp

Die Originalausgabe erschien 2021 unter dem Titel
Radio Nič
bei Meridian Czernowitz in Černivici.

In Absprache mit dem Autor wurden geringfügige Änderungen am Original vorgenommen.

Klimaneutral
Druckprodukt
ClimatePartner.com/14438-2110-1001

Erste Auflage 2024
suhrkamp taschenbuch 5371

Umschlaggestaltung: Rothfos und Gabler, Hamburg
Umschlagabbildungen: loulouka1/Shutterstock (Rabe),
Mo Photography Berlin/Shutterstock (Karl-Marx-Allee),
uslatar/Shutterstock (Hotel)
Druck und Bindung: CPI books GmbH, Leck
Printed in Germany
ISBN 978-3-518-47371-9

www.suhrkamp.de

Radio Nacht

Über diesen Code erhalten Sie
Zugang zum Musikprogramm »Rotsky's List«.
Empfohlen für nächtliches Hören.

Ich war nicht mehr ich selber, war ein anderer und doch gerade darum erst recht wieder ich selbst.

Robert Walser, Der Spaziergang

Die Geräusche berstender Berge, überströmender Seen und um sich greifenden Feuers, zusammen mit dem Heulen des Sturmes, werden entstehen.

Das Tibetanische Totenbuch

Wenn Gott unser Vater ist, dann ist der Teufel unser Busenfreund.

Sie hören Radio nacht, *am Mikrofon ist Josip Rotsky, alias Jos. Hier hat es eben zwölf geschlagen, und ich bleibe bis zum Morgen auf Sendung. Heute ist Freitag, der 13. Dezember – alles ideal, wie Sie sehen: der schlimmste Tag des schlimmsten Monats am schlimmsten Wochentag. Ein guter Anlass, Zeit miteinander zu verbringen.*

Ich bin nicht allein in diesen vier Wänden. Das grüne Funkeln auf der Weltkarte im Studio zeigt an, wo man mir zuhört, und wäre ich nicht so ein altes Arschloch, ich würde gerührt verkünden, dass ich heute sogar glücklich bin – so viele sind Sie. Und werden immer mehr.

Da betrachte ich also (ich gestehe – fast glücklich) diese positive Wandlung: Wie beide Hemisphären sich langsam mit grünen Pünktchen überziehen, here, there and everywhere, *und wie einige schon zu kleinen grünen Enklaven verschmelzen. Ein vielversprechender Beginn, für einen Amateursender, wenn ich so sagen darf.*

Meine Uhr zeigt null Uhr und drei Minuten. »Meine« sage ich hinsichtlich ihrer Lage. Der Ort, an dem ich mich hinter vier Wänden verstecke ... Ja, wieder verstecke ich mich, obwohl es kaum noch auszuhalten ist! ... Aber versuchen wir es anders: Der Ort, an dem ich mich in diesen vier Wänden aufhalte, liegt für einen, der die Zeit ansagen muss, extrem günstig. Ich befinde mich ungefähr da, wo ihre Zählung beginnt. Erinnern Sie sich an Geophysik für Anfänger? Nein, ich bin nicht in Green-

wich, nicht in Algier, nicht in Mali oder Burkina-Faso und auch nicht in Westfrankreich oder Ostspanien. Raten Sie, wo ich bin.

Der Wind könnte einen Hinweis geben. Online hören Sie ihn nicht, aber er ist da. Er ist trotzdem online. Glauben Sie mir, er wütet draußen, hinter diesen Mauern. Ich kann ihn auch nicht hören, aber ich bin mir sicher – er ist da, und er weht alles, was er erwischt, nach Norden, gegen Spitzbergen, Richtung Pol: Schiffsorgelbruch, Flugzeugflügel, Pilotenseelen, Segeltuchfetzen, Rindenstücke, geheime Flechtendüfte, Holzpfeifen und ihre Geräusche, Vogelfedern. In seinen Strömen baden, unbeholfen wie Wale, die nördlichen Engel.

Da haben wir den zweiten Hinweis – Wale. Sie sind hier irgendwo, ganz nah, wie Somnambulen ziehen sie in der großen Sprachlosigkeit der Tiefe ihre Kreise, eingehüllt in Schichten warmen Fetts und Wassermassen. Ich ganz in der Nähe. Ich bin im Ozean, ohne dass man sagen könnte, in welchem. Ist es noch der Atlantische oder schon der Eisige? Wobei in dieser Jahreszeit, inmitten des Winters und der Dezembernacht, alle Ozeane verdammt eisig sind. Hundert Teufel ins Maul, wie der Seewolf sich ausgedrückt hätte.

Haben Sie es noch nicht erraten? Reichen zwei Hinweise etwa nicht? Einen dritten wird es nicht geben.

Ich bin auf einer Insel ohne Namen. Auf dem Null-Meridian. Hier ist es null Uhr und sechs Minuten Greenwich-Zeit, und soeben hat der neue Tag, der 13. Dezember, begonnen. Alles östlich von mir hat seine Grenze schon überschritten. Allen im Westen steht das noch bevor. Ihr 13. Dezember kommt erst. Das sage ich extra für die Hörer auf Baffinland, denn ein paar grüne Punkte auf der Karte zeigen, dass es auch dort Hörer gibt. Außerdem hört man mich heute in Berlin, Massachusetts, und in Berlin, Connecticut, in Athens, Kentucky, und Athens, Illinois, in Versailles und Russia (beide Ohio), in Italy und Odessa (beide Texas), in Palermo auf Sizilien und Palermo in North Dakota, in drei Petersburgs und in Pittsburgh, in Jericho, Tasmanien und Jericho, Kalifornien, im pennsylvanischen, virginischen, carolinischen und neuseeländischen Bethlehem, in allen vier Jerusalems Amerikas und im fünften, dem echten, sowie in unzähligen anderen Städten und Orten, so auch in Alleluia, Nebraska.

Heute Nacht habe ich Ihnen etwas zu erzählen. In ebendieser Nacht – mit ihrer fast auf das Maximum ausgedehnten Dunkelheit. Mit ihrer Dunkelheit, die sie uns über die armen Köpfe geworfen hat wie eine kosmische lichtundurchlässige Decke. Noch eine Woche, und wir haben die längste Nacht. Aber ich will nichts verzögern. Hellichter Tag hat schon gestern kaum stattgefunden. #Circa vier Stunden blasser Himmelsbrei, bleierne Wellen, bleierne Felsen, Blei am und hinterm Horizont, ein, zwei Handvoll vergänglicher Schnee, Wind und ein mittelschwerer, aber anhaltender Seegang, schon den sechsten Tag. Dieser endete, ohne dass er begonnen hatte: Um zwei Uhr nachmittags wurde es schlagartig dunkel, und die ganze Seevogelkolonie schrie ein letztes »Lebewohl«, während ich auf der Innenterasse auf und ab ging.

Ich wollte Sie nur vorwarnen. Sie, die mir bisher zugehört haben und die Sie immer mehr werden. Ich werde Sie bestimmt nicht retten und Ihnen auch kaum irgendwie helfen können. Aber ich werde Ihre Nacht mit Schlaflosigkeit füllen.

Dies ist Radio für alle, die
am Limit sind
in einer Sackgasse stecken
nichts mehr vor sich sehen
nachts nicht schlafen können
nachts nicht schlafen wollen
überhaupt nie schlafen
nicht schlafen und nachdenken
unbeweglich daliegen mit offenen Augen

Für solche wie Sie spiele ich meine Lieblingsmusik.

Heute habe ich mit einem Scherz begonnen: »Wenn Gott unser Vater ist, dann ist der Teufel unser engster Freund«. (Ich sagte »Busenfreund«, aber es funktioniert auch so. Der engste, der beste.) Darum geht es in meiner Erzählung. Wäre ich nicht ich, dann würde ich jetzt in gewichtigem Ton Folgendes von mir geben: »Diese Geschichte handelt von der komplizierten Beziehung des Erzählers zu seinem Vater und seinem engsten Freund. Von der unmöglichen Wahl zwischen Respekt für den einen und Zuneigung (um nicht zu sagen: Liebe) zu dem anderen.«

Aber meine Uhr zeigt null Uhr und elf Minuten, Zeit für Musik.

Lubomyr Melnyk. Ripples in a Water Scene. Gekräusel auf der Wasserbühne.

1

Das Internationale Interaktive Biografische Komitee (IIBC) – eine dermaßen einflussreiche und respektgebietende Institution, dass ich schon seit zwei Jahrzehnten um das Recht buhle, ihr korrespondierendes Mitglied zu werden – hat mich mit der ausführlichen und kommentierten Beschreibung des Lebens eines gewissen Josip Rotsky beauftragt. Ich habe diesen Auftrag nicht nur mit stillschweigender Genugtuung angenommen, sondern auch im Bewusstsein der Verantwortung für seine besondere Komplexität. Die Summe meiner Kenntnisse über die Person, deren Lebensweg ich umfassend und vollständig dokumentieren sollte, betrug kaum mehr als null und erschöpfte sich in dem erwähnten Vor- und Nachnamen.

Wobei auch diese minimalen Angaben offenbar nicht verlässlich sind. Schon der Vorname. Wirklich Josip? Oder doch archaischer – Osip? Vielleicht Josiph? Oder sogar Joseph und Józef? Oder gleich Joasaph und Josaphat?

Josip Rotsky. Ein prätentiöser Hybrid aus Brodski und Roth. Letzterer war seinem Geburtsort nach ebenfalls ein *brodskyj* beziehungsweise *brodywskyj,* einer aus Brody. Dies nur am Rande.

Nach einigem Meditieren und dem skrupulösen Durchforsten aller möglichen Internetressourcen konnte ich erste Schlüsse ziehen. Vor allem, dass Josip Rotsky wirklich existiert hat oder vielleicht immer noch existiert. Dass es sich also nicht um das Hirngespinst eines der Komitee-Funktionäre handelte. Niemand im Komitee hatte die Absicht, eine weitere biografische Fiktion in Umlauf zu bringen – das hätte ich selbst unter der Folter bestätigt. Rätselhaft blieb, warum das Komitee so stark an ihm interessiert war. Die Antwort, so vermutete ich, würde mit dem Fortgang meiner Forschungen Gestalt annehmen.

Zuerst gab es nur Brosamen. Es gelang mir herauszufinden, dass Josip Rotsky eine musikalische Ausbildung abgebrochen hatte und wohl mehrere Tasteninstrumente beherrschte. Anfang der neunziger Jahre spielte er in einer Band und war in Serbien auf Tournee. Vielleicht war es auch Mazedonien. Die Sprache lernte er nicht, imitierte jedoch ab und zu serbische Ausdrücke. Wenn er zum Beispiel ein paar besonders verführerische Linien oder Wölbungen nachschaute, rief er begeistert »kakova malica!«, was, wie er glaubte, in seiner Muttersprache »so ein Mädchen!« hieß.

Überhaupt benutzte er gern eigene, spontan erfundene Wörter. Manche kehrten später wieder, andere tauchten nur einmal auf.

In seinem vorherigen Leben, das auf die Wende vom XV. zum XVI. Jahrhundert fiel, war er ebenfalls Musikant gewesen, aber offenbar ein viel begabterer.

Außerdem erfuhr ich, dass Josip Rotsky meist einfarbige, eher helle Hemden trug. Obwohl ihm auch Schwarz nicht schlecht stand. Vielleicht wegen seiner Heterochromie – ein äußerst seltenes Phänomen, wenn die Augen unterschiedliche Iris-Färbung aufweisen. Dass eines von Rotskys Augen grünlich war, darf als gesichert gelten. Ob das rechte oder das linke, konnte ich so wenig ermitteln wie die Farbe des anderen Auges.

Sein Land hatte Josip Rotsky unfreiwillig verlassen. Es gibt Anlass anzunehmen, dass dies vor allem mit dem Scheitern der Revolution zusammenhängt. An beidem – der Revolution wie ihrem Scheitern – hatte er einen nicht geringen Anteil. Daher auch seine mutmaßliche Mitwirkung bei einem politischen Attentat. Welches offenbar erfolgreich war.

Das war ungefähr alles, was ich über Josip Rotsky wusste, als ich mich zur Fortsetzung meiner Recherche-Exerzitien auf Wanderschaft begab. Ohne mich in Einzelheiten meiner verschlungenen Reise zu verlieren, deren Abwege manchmal hoffnungslos absurd erschienen und höchstwahrscheinlich nirgendwohin, nur in eine absolut verschlossene Sackgasse führen würden, will ich berichten, wie ich auf ein unüberwindliches Hindernis in Gestalt eines übel beleumundeten Schweizer Gefängnisses traf, das ich schließlich umgehen musste, ohne Einlass gefunden zu haben. Dieser Misserfolg wurde zu einer Art Wendepunkt.

Im Dezember vergangenen Jahres verschlug es mich nach Nashorn – kein Städtchen, sondern eine richtige Stadt unweit eines der rund siebzig geografischen Mittelpunkte Europas östlicher Spielart. Die Karpaten nehmen dort recht exotische vulkanische Formen an, und ihre mit Nussbaum- und Kastanienhainen bewachsenen Ausläufer bilden ganze Kaskaden steilerer und sanfterer Hänge, an die sich seit beinahe neun Jahrhunderten die erwähnte Stadt ideal schmiegt. Nashorn hieß sie allerdings nicht vom Moment ihrer Gründung an, sondern erst seit der Regierungszeit des sechsundzwanzigsten Barons Florian-August. Also etwa seit Ende des XV. Jahrhunderts.

Es dauerte eine ganze Weile, bis ich die Wohnung anmieten konnte, in der Josip Rotsky noch wenige Jahre zuvor gewohnt hatte, aber ich *löhnte dasselbe*, wie mir der schmierige Makler versicherte, und das musste angesichts der schleichenden Inflation wohl als unverdientes Privileg gelten.

So wurde ich zum Einwohner dieser nur auf den ersten Blick unscheinbaren Stadt. Das Haus, dessen halbes Erdgeschoss vorübergehend zu meiner Verfügung stand, war ein mehrstöckiges Musterbeispiel architektonischer Unsicherheit; es drängte sich mit aller Macht an den felsigbasaltigen, *wild* genannten Fuß des Festungsbergs – als wolle es auf ewig verschwinden, sich in seinen Eingeweiden verstecken. Als Besonderheit des Hauses konnte allenfalls sein Keller gelten, vielmehr der dort befindliche Klub. Wobei der meistens geschlossen blieb. Wenn er, selten genug, einmal öffnete, war er nur mäßig besucht. Ich habe nur einmal dort gesessen, am Abend nach dem Einzug. Es handelte sich um eine typisch altmodische Spelunke, wo früher einmal so viel geraucht worden war, dass dieser Geist nicht vertrieben werden konnte – egal, wie viel Durchzug man veranstaltete. Ein weiteres Element seiner *Oldschool*-haftigkeit waren die Zahnstocher – nicht nur auf den Tischen, neben Salz- und Pfefferstreuer, sondern auch auf der Theke. Fehlten nur noch die Senffässchen. Keiner der Angestellten beeilte sich, mein vorgeblich schwaches Interesse zu befriedigen. Der betont apathische Barmann ließ sich zumindest die Information aus der Nase ziehen, hier habe es kürzlich noch ein anderes Lokal gegeben, keine Ahnung, für welches Publikum. Das heißt, er habe doch eine Ahnung, eine schwache: »Irgendwelche Emigranten.« Der einheimische Blaufränkische erwies sich als unterdurchschnittliche Abart dieses unterdurchschnittlichen Weins, und es passierte auch sonst nichts Anregendes. So tauchte in meinem Blickfeld auch nicht der Schatten von etwas auf, das den Ausruf »kakova malica!« verdient hätte. Nachdem ich das zweite Glas heruntergewürgt hatte, zahlte ich und stieg die Treppe hinauf nach Hause.

Zur Monatsmitte hin, als die Tage kritisch kurz und schamlos finster wurden, vor allem in einer Parterrewohnung unter dem Festungsberg, erlebte ich das bis dato einzige mystische Abenteuer meines Lebens. Nachdem ich am Nachmittag einen weiteren Stapel Dokumente durchgegangen war, ohne fündig zu werden, und vor dem Fenster die äußerst zaghaften Versuche des Schnees beobachtet hatte, endlich auf alle Zurückhaltung zu pfeifen und mit Macht zu fallen, beschloss ich, eine Pause einzulegen und auf dem verführerisch nahen Sofa ein Nickerchen zu halten. Als ich vom Dösen in den Schlaf glitt, registrierte ich noch einen mir neuen Umstand: Von unten, also aus dem Keller, erklangen Geräusche verschiedenen Timbres und verschiedener Lautstärke, die auf couragiertes Verrücken von Möbeln und das Aufstellen von Instrumenten hindeuteten. Vielleicht waren es noch nicht alle. Jedenfalls bearbeitete der Tontechniker mit aller Macht das Schlagzeug.

Schließlich fiel mir noch ein, dass heute Freitag war und abends ein Konzert stattfinden sollte.

Etwas Drittes nahm langsam Konturen an. Alles war wie damals. Ich war nicht ich, sondern Josip Rotsky. Ich lag auf seinem Sofa, in seiner Zeit. Er war es, der die Geräusche aus dem Keller hörte. Ich brauchte mich nur aufzulösen in dem, was weiter geschah. In einer anderen Zeit an einem anderen Tag, gegen Ende eines Jahres, in ebendieser Wohnung.

Unten wurde weiter die Bass Drum eingestellt – lange, öde und eintönig. Daran war nichts Ungewöhnliches. Über einem Klub zu wohnen, bringt gewisse Unannehmlichkeiten mit sich, vor allem freitags und samstags. Der Klub hieß »Kata morgana« (oder »Xata morgana« – beide

Schreibweisen wurden gleichberechtigt verwendet), und Josip Rotsky hatte noch nie einen Fuß hineingesetzt. Die vorkonzertlichen Geräusche freitagnachmittags war er allerdings schon gewohnt. Genau wie die Konzerte selbst. Nicht alles klang durchweg hoffnungslos, hätte Josip Rotsky gesagt, hätte man ihn gefragt. Aber es gab niemanden, der fragte.

Im Keller passierte jedenfalls nichts Ungewöhnliches.

Als äußerst ungewöhnlich, wenn nicht gar unmöglich, erschien jedoch, dass es an der Tür klingelte. Josip Rotsky machte nicht auf. Niemand, absolut keine lebende Seele konnte ihn heute hier behelligen. Für diesen Freitag war kein Rendezvous, waren keine Sex-Séancen oder andere Intimitäten geplant. Trotzdem wuchs sich das Klingeln zu einer Serie kürzerer und längerer Töne aus, die dann in Pochen übergingen. Der unbekannte Gast zeigte entschlossene Beharrlichkeit und eine gewisse Ungeduld.

Zum ersten Mal spürte Rotsky Bedauern wegen des Gucklochs – er hätte längst eines bohren müssen. Er zögerte ein bisschen, reglos hinter der Tür. Seine gut trainierte Vorstellungskraft blätterte einige Nachrichtenseiten durch, wo in ein oder zwei Stunden die Info über einen weiteren liquidierten Gelisteten aufpoppen würde. *Sie* vielleicht, warum sollten *sie* es nicht sein, überlegte Rotsky. Endlich winkte er innerlich ab, sagte in Gedanken sein *zu Tode gefürchtet ist auch gestorben* und öffnete.

Der Kerl auf der anderen Seite der Tür war vor allem Parfüm, eine intensiv-dichte Wolke aus Duft. Darin erklangen seine ersten Worte, und die lauteten: »Guten Tag, ich bin die Beute.«

In Rotskys Muttersprache. Die er während der vergangenen Jahre schon fast verlernt hatte.

»Guten Tag, ich bin die Beute.«

»Reuter?«, fragte Rotsky ungläubig.

»Nee, Beute. Aber im positiven Sinne – Jagdbeute. Sie sind der Jäger, ich die Beute.«

Rotsky starrte auf die ideale Glatze, auf diese glänzende Rundung des Kopfes. Von seitlich unten, denn er, Rotsky, zeichnete sich nicht durch hohen Wuchs aus.

»Myroslav-Jaromyr Servus«, stellte sich der Glatzkopf vor. »Oder kürzer: Myromyr oder Slavojar. Myrko. Oder Jarko. Wir sind Nachbarn. Ich bin unter Ihnen. Der Besitzer der Xata morgana. Ich hoffe, wir stören Sie nicht zu sehr.«

»Sehr nett von Ihnen«, murmelte Rotsky.

»Weiß ich. Wollen Sie mich nicht hereinbitten?«

Die Parfümwolke schwebte in den Flur. Rotsky glaubte »Gravity Master« von Klaus-Johann Bérangé zu erkennen (Safran, Zimt, Abendjasmin, Asche und – Muskatratte).

»Ihre Nase trügt Sie nicht. Das mache ich absichtlich: um den Schwefel zu verdecken«, kommentierte der Glatzkopf, über seinen eigenen Scherz lachend, und steuerte zielstrebig das Wohnzimmer an.

Ideal war nicht nur seine Glatze. Die ideale Glattheit erlaubte in seinem Gesicht weder Brauen noch Wimpern. Seine Kleidung saß ideal eng und ließ keine Chance auf Falten. Und dazu die wertvollen Schmuckstücke in Nase, Ohren, an Hals, Handgelenken und Fingern! Jedes einzelne verlangte nach genauerer Betrachtung und Interpretation der Symbole.

»Ich wollte mich nicht einfach bloß vorstellen«, der Gast sah sich nach dem irgendwo hinten verloren gegangenen Hausherrn um, als er das Ende des Flurs erreicht hatte. »Ich habe einen Vor…«

Er stockte wegen Edgar. Der hatte sich ein Bild der Lage

verschafft und stieß nun mit lautem Flügelschlag von seinem ständigen Ausguck oben auf dem Schrank herab. Es schien, als werde er gleich mit Schnabel und Krallen die ideale Glatze attackieren.

»Keine Angst, er ist Gelehrter und Poet. Er fällt Sie nicht an, obwohl Ihre Klunker ihn reizen«, versicherte Rotsky hastig und ließ den Gast, und hinter ihm den Raben, ins Wohnzimmer.

Edgar setzte sich elegant auf Rotskys Schulter (wie üblich auf die linke) und starrte mit gierigem Interesse auf sein Vis-à-vis, das sich eben in den Sessel fallen ließ.

»Was für ein toller Nevermore«, lobte Servus. »Sind Sie schon lange mit ihm zusammen?«

»Zwei Jahrtausende«, sagte Rotsky, worauf Servus verständnisvoll nickte.

»Herr Josip«, begann er und demonstrierte mit seiner ganzen Art, dass er gewillt war, den Stier gleich bei den Hörnern zu packen.

»Einfach Jos«, unterbrach ihn Rotsky.

»Wunderbar, Jos«, stimmte der Gast zu. »Dann bin ich Meph. Aber Obacht: nicht Mephisto. Machen Sie sich da bloß keine Hoffnungen.«

»Schade. Aber woher dann Meph?«

»Weiß der Teufel. Mephodios? So nannte man mich in der anonymen Selbsthilfegruppe. Alle bekamen dort Decknamen. In unserem Kreis gab es eine Frau Ampha, ein paar Cracks, einen alten Dja, eine junge Barbie und das unvergessliche Paar Tram und Dolly. Und aus mir machte man Mephodios.«

»Mephodios, Meph. Passt.«

»Wahrscheinlich wegen dem Mephedron, das hab ich damals eingeworfen. Am liebsten, wissen Sie, nahm ich es in der warmen Badewanne – und ließ mich treiben.

Schnüffelte, schmeckte. Traurig, furchtbar, aber wenn man dran denkt ... Gibt es hier in der Wohnung eigentlich eine Badewanne?«

Rotsky überlegte noch, was für eine Antwort auf diese Frage angemessen sein mochte, während Edgar, der an dem Fremden nichts bemerkt hatte, was die dritte Stufe wachsamer Nähe erfordert hätte, sich von der geliebten Schulter erhob und kaum hörbar auf die altertümliche Kredenz am anderen Ende des Zimmers flog, von wo aus er seine Beobachtung akribisch fortsetzte.

Und dann begann eine Unterhaltung, die den meisten Versionen nach nicht weniger als eine Stunde gedauert haben kann.

Wobei man den eher monologischen Gesprächsfluss eigentlich kaum Unterhaltung nennen konnte. Es sprach vor allem Meph, Jos hörte aufmerksam zu, obwohl er von Anfang an wusste, dass er auf jeden Vorschlag unweigerlich mit »nein« antworten würde. Durch überflüssige Höflichkeit zeichnete er sich ebenso wenig aus wie durch hohen Wuchs, und das Wort »nein« (das er als *ne!* aussprach) gehörte schon ein halbes Leben lang zu seinen Top Five. Trotzdem – o Wunder! – geduldete er sich und hörte zu, insgeheim erstaunt, woher zum Teufel er die Langmut dafür nahm.

»Jos«, sagte Meph, »ich bin Ihr langjähriger Fan, nicht Ihr alter, sondern Ihr uralter Fan, auch wenn Sie daran zweifeln mögen, ob davon irgendwo auf der Welt überhaupt noch welche übrig sind. Ich bin einer, vielleicht der einzige. Es hat mich vor Glück fast zerrissen, Jos, als ich erfuhr, dass Sie jetzt hier wohnen werden, über mir. Was für ein Segen für mein Etablissement, wahrer Gottestau! Sie sitzen über uns wie jener Gott, Jos. Ich habe Sie live und auf Platte und auch, als Sie *damals* im Winter die

Maske überzogen. Ich besitze eine Sammlung Ihrer Autogramme, Jos. Jetzt komme ich Ihre Seele holen.«

»Wenn Sie mich da bloß nicht mit jemandem verwechseln«, antwortete darauf Rotsky. »I'm not so important, man. Vor allem meine Seele nicht.«

»Gott behüte«, entgegnete Meph, »und hol's der Teufel, aber hier haben Sie einen Haufen Beweise. Er ließ sein Smartphone aufblinken: Foto, Video, Audio. Rotsky, Rotsky, Rotsky, sehen Sie selbst, ich bin Ihre Beute, Jos, schon seit dreißig Jahren Ihre Beute. Ich bin mit Ihnen aufgewachsen. Ich trug dieselbe Frisur – so eine, wie Sie jetzt. Bis mir vor lauter Problemen die Haare ausfielen. Ich habe von jung auf genau wie Sie den Kopf schief gelegt, das Kinn gereckt, ich ging mit hochgeschlagenem Kragen, die Hände in den Taschen. Ich habe in Ihrem Stil und nach Ihrem Stil gelebt, Jos. Nach Ihrem Willen. Wissen Sie, wie viel Geld ich in die Revolution gesteckt habe, nur um Ihretwillen? Und nicht nur ich, auch zigtausend andere? Wir spendeten alles: Essen, Arznei, Kleidung, Holz, Rauchzeug, Waffen, Nerven, Lungen, Koks. Auf die erste Aufforderung der FÜHRUNG hin, Jos. Niemandem habe ich geglaubt, Jos, außer Ihnen. Solange Sie dort waren, wussten wir, warum das alles. Schauen Sie nur: Die beiden hier machen sie schon morgen fertig, den ersticken sie, der hat später alle verpfiffen, die zwei hier, eine nach der anderen, werden noch diese Nacht bewusstlos und mit verdrehten Gliedern, und der hier – in den Bau, die hier verliert ihr Ungeborenes, und Sie und ich sind in der Emigration. Nur ein Foto, und so viele Geschichten, schauen Sie bloß, Jos.«

(Rotsky, während er gemächlich die Smartphone-Dateien durchblätterte: Und was weiter? Sollen wir einen Zirkel von Knasties und Repressierten gründen?)

»Fast getroffen«, antwortete Meph. »Sie haben es beinahe erraten.«

(Wie öde, dachte Rotsky. Ich kann gar nicht sagen, wie öde ich das finde.)

»Die Emigration ist ein Land, wo man meistens schlecht schläft«, entgegnete Meph. »Und ist man endlich eingeschlafen, dann träumt man und kann nicht mehr aufwachen: verschluckt sich am eigenen Heulen wie an Erbrochenem. Es handelt sich wohl um GB – Gewissensbisse. Steine und andere LadS – Lasten auf der Seele. Und so weiter. Du marterst dich mit Fragen, die ganze Zeit. Warum haben sie den kalt gemacht – in dieser Kälte – und nicht mich? Warum hat der Sniper jenen getroffen? Ich stand doch nur einen Meter weg, noch dazu ohne Schild! Warum hab nicht ich die Fehlgeburt? Warum werde nicht ich für fünfundsiebzig Jahre, zehn Monate und drei Wochen eingebuchtet? Weil ich hier bin, und sie dort? Aber warum bin ich hier? Wieso hat der hier Tuberkulose, und ich eröffne einen neuen Klub?«

(Glauben Sie bloß nicht, es läge an Ihrer Mission, Meph. Es ist einfach Zufall.)

»Wie könnte ich denn etwas anderes glauben, Jos? Jeder Zufall ist doch eine Mission. Da habe ich zufällig einen Namen geträumt. Zufällig einen Klub dazu erschaffen. Dafür musste ich zufällig diesen Keller auswählen. Ich habe ihn ausgewählt. Vielmehr seine Schlüssel. Die Schlüssel passten – und alles tat sich auf. Dann die ersten Gäste. Sie verlaufen sich ganz zufällig zu mir. Sie brauchen etwas, wo sie sich gemeinsam wärmen können. Migranten der ersten Welle, noch warm von daheim. Aber die Wärme verfliegt – und sie brauchen einander. Sehen Sie denn nicht, was vor sich geht? Wie unser ganzes Land weg von sich fährt – immer schneller und schneller? Egal wohin – nur nicht bleiben. Wer bleibt, ist tot, den frisst das Regime mit Haut und Haar. Sogar an diesem vulkanischen Arsch der Karpaten gibt es schon mehr als zwei Millionen von uns. In einem Jahr werden es fünf sein, denn es rettet sich, wer kann. Hören Sie doch, selbst hier an der Peripherie sind wir zwanzig Prozent! Wie ist das dann erst in den Hauptstädten, den Zentren? Und natürlich die Jugend, die Jugend. Jedes beliebige Loch hinter der Grenze ist ihnen lieber als daheim! Aber sie halten noch ihre Drähte, hüten ihre Erinnerungen. Und nicht einfach nur das, sie sind kein zufälliger Haufen, sondern fast eine Gemeinschaft. Und da kommen Sie ins Spiel, Jos. Damit der Haufen zur Gemeinschaft werden kann, braucht er Sie. Als Wegmarke, Vektor, Schnur, Stab und Kolben.«

(Sprechen Sie von Striptease?)

»Ha, damit Sie es wissen: Striptease gibt's bei uns sonntags. Sie aber brauchen wir am Donnerstag, Jos.«

(Warum am Donnerstag?)

»Weil Montag Ruhetag ist. Dienstag – Vorträge, Diskussionen, Panels, Versammlungen, der Meisterkurs für Kaffeemanen, Zigarrenhundertschaft und vegane Börse. Mittwoch alle möglichen Aktivitäten auf f: Fußballothek, Filme, Freak-Show, Free Jazz, Flamenco, Franzosendisco, Fafa-Lala – und einmal im Monat ein Abend für gleichgeschlechtliche Paare. Freitag – Nacht der Nachwuchsensembles ›Rock die Bude‹. – ›Samstag – geschlossene Gesellschaft für Spender und Sponsoren. Am Sonntag – Striptease. Wie Sie bereits wissen, Jos. Und donnerstags stehen Sie auf dem Programm.‹«

Edgar, der sich schon eine ganze Weile lang auf seinen Auftritt von der Kredenz herab vorbereitet hatte, wiederholte ziemlich deutlich, wenn auch mit charakteristischem Krächzen: »Warum am Donnerstag?«

Ohne mit der nicht vorhandenen Wimper zu zucken, hob Servus die Hände und erklärte – aber nicht dem Raben, sondern Rotsky: »Alle anderen Tage sind schon besetzt. Wir haben einen Wochenrhythmus.«

Und dann – konzentrierter und getragener, wie nach einem pathetischen Gedankenstrich (der Klubtontechniker ließ endlich vom widerspenstigen Schlagzeug ab und nahm sich den Bass vor): Jos, kehren Sie zurück. Wieso sind Sie verschwunden? Ihr Charisma erlaubt das nicht. Eine Persönlichkeit wie Sie ist von entscheidender Bedeutung. Unter uns gesagt, die jungen Leute hier kappen zu schnell ihre Bande zur Heimat.

»Ich mag das Wort nicht«, Rotsky wand sich unbehaglich. »Sagen Sie's lieber auf Serbisch: domovina.«

»Wollen wir hoffen, dass die Zeit für Serbisch noch nicht gekommen ist. Aber für mich ist es Zeit«, er erhob sich aus dem Sessel und blickte sich vorsorglich nach Edgar um.

Der zeigte keine Reaktion, ließ ihn aber auch nicht aus den Augen.

»Was sollte ich denn für Sie zur Aufführung bringen?«, fragte Rotsky, wieder von sich überrascht.

»Musik.«

»Ich spiele schon seit hundert Jahren nicht mehr.«

»Darum sage ich ja: kehren Sie zurück. Ich zahle nicht schlecht.«

»Danke. Ich verfüge über absolute und durch nichts begrenzte finanzielle Unabhängigkeit.«

»Ich zahle nicht mit Geld, Jos.«

Verärgert darüber, dass er das alles schon längst hätte beenden müssen und jedenfalls keine weiteren Fragen mehr stellen sollte, fragte Rotsky trotzdem:

»Womit dann?«

Sie standen im Flur, und Meph streckte die Hand nach der Türklinke aus, hielt aber inne und schaute aufmerksam – weniger auf Rotsky als auf Edgar, der sich wieder auf dessen Schulter, der linken, niedergelassen hatte.

»Ihre Augen haben wirklich unterschiedliche Farben. Ein Zeichen des Auserwähltseins?« Und er fuhr fort: »Der Preis kann hoch sein. Für einen Ihrer Abende – ein zusätzliches Lebensjahr. Ich habe hier übrigens einen authentischen Schellenberg aus den frühen 30ern vorgefunden. Ein wunderbarer Klang, er muss nur gestimmt werden. Sie wollen doch sicher einmal auf einem Schellenberg spielen?«

»Ich weiß noch nicht einmal, was ich mit den Jahren anfangen soll, die mir ohnehin schon zugedacht sind. Und Sie versprechen mir auch noch, welche draufzulegen.« Rotsky lächelte ein wenig herablassend, aber so schmal wie möglich, um nicht die Mundwinkel zu öffnen, wo bei ihm schon lange Leere herrschte. »Trotzdem danke für das Angebot.«

Diesmal erreichte Mephs Hand mit all ihrem wertvollen Schmuck die Klinke, und die Tür öffnete sich.

»Ich habe alles gesagt und verlasse Sie jetzt. Vielleicht zumindest im Zweifel. Oder wenigstens im Zwielicht.«

Richtiger hätte er »im Parfüm« gesagt. Aber auch das abendliche Zwielicht verdichtete sich.

Die Tür schlug zu, und Rotsky schielte erleichtert, aber nicht ohne eine gewisse Großspurigkeit mit dem linken, grünen Auge Richtung Schulter und fragte:

»Was sagst du dazu, Alter?«

Das letzte Wort war mehr als eine freundschaftliche Anrede. Rotskys Vorstellung nach hatte Edgar die zweihundert längst überschritten.

2

Diesen Edgar, nicht nur Schwarzer Flügel, sondern durch und durch schwarz, hatte Josip Rotsky erst ein paar Monate vor jener unerwarteten Visite kennengelernt. An einem ganz gewöhnlichen Tag, als er wie so oft über die Serpentinen des Festungsbergs spazierte, beobachtete er auf einem der grasbewachsenen Abhänge einen kreischend-brutalen Streit zwischen einem kleinen Schwarm Krähen und einem einsamen Raben. Wer weiß, worum es dabei ging: Auseinandersetzungen zwischen Vogelarten erschließen sich uns kaum. Für sich wertete Rotsky die Situation als typischen Konflikt von Städtern mit einem Waldbewohner. Erstere waren noch nicht zur Attacke übergegangen, ließen Letzteren aber auch nicht aus ihrer Umzingelung. Wobei alles darauf hindeutete, dass sie weitere Unterstützung in Gestalt ihrer Artgenossen herbeiriefen. Wenn sie mehr werden, dann greifen sie bestimmt an, überlegte Rotsky. Als Anhänger der Idee völliger Nichteinmischung in Naturvorgänge beließ er es aber erst einmal beim Beobachten.

Bald darauf zeigte sich, dass er recht hatte: Es kamen mehr Krähen – und zwar ziemlich schnell, und ihr Verhalten gewann an Aggressivität. Der Rabe zeigte mit seiner ganzen Haltung, dass er sich nicht ergeben würde, und antwortete auf die ersten mehr oder weniger offenen Angriffe mit einem furchteinflößenden Kriegstanz. »Musst mit den Krähen krächzen«, zitierte Rotsky ein früheres Lieblingslied und ging dann mit übertrieben festem Schritt auf den Hang zu. Das lenkte die Angreifer etwas ab, einige zögerten, und als er plötzlich wild brüllte: »Hey, verdammte Scheiße, weg von ihm!« – erschraken sie so, dass der einsame Schwarze die Möglichkeit bekam, mit den Flügeln zu schlagen und sich im freien Flug über den Schauplatz dieses nun doch nicht begonnenen Krieges zu erheben.

Zufrieden mit der Wirkung, die er erzielt hatte, folgte Rotsky seinem Flug noch eine Weile mit dem Blick: von Kastanienbaum zu Kastanienbaum, dann auf einen vom Herbst geröteten Ahorn, von dort auf einen Felsen und weiter – in die Höhe, wo er Schleifen über dem Ring der Mauern zog. Danach sah er ihn in einer Schießscharte, wo er sich, wie es schien, für länger niedergelassen hatte, und das wirkte so *schaurig*, dass Rotsky ihn gleich in Gedanken Edgar taufte.

Als Rotsky ungefähr eine halbe Stunde später in abwesendem Schlendern den hintersten Hof der Alten Festung erreichte, wo gerade eine frisch eingetroffene Kohorte Afrikaner ihre stark abgewetzten und durchnässten, trotzdem aber leuchtend bunten Zelte aufschlug, spürte Rotsky, dass hinter ihm immer wieder jemand auftauchte. Wohin Rotsky auch ging, wohin er sich wendete in den Labyrinthen der Festungsanlage – der Rabe folgte ihm. Kaum hielt Rotsky inne, tat der Rabe es ihm nach. Mehr noch: Er hatte sich abgeschaut, den Kopf genauso nach rechts zu neigen wie Rotsky. Die Federn um seinen Kopf sträubten sich, so dass sie dem ewig hochgeschlagenen Kragen Rotskys glichen. Und wenn er, der Rabe, Hosen getragen hätte, dann hätte er die Enden seiner schwarzen Flügel ebenfalls nie aus den Taschen gezogen. Was für ein Rabenpaar, dachte Rotsky.

Eine weitere halbe Stunde später, seinen Gefährten hatte er für den Moment aus den Augen verloren, beschloss Rotsky, ein bisschen in der Oktobersonne auszuruhen, und setzte sich auf die Terrasse, wo er bei seinem Bekannten, dem Syrer, eine Schüssel Banusch bestellte – den besten der Stadt. Dass zwischen dem Syrer und dem Banusch hinsichtlich der kulinarischen Tradition eine gewisse Diskrepanz bestand, darüber wunderte sich Rotsky schon lange nicht mehr. Da konnte man sich wundern, so viel man wollte – aber der Banusch des Syrers (nein, kein Cous-Cous oder Pilaw, Banusch!) war einfach konkurrenzlos gut. Rotsky setzte sich mit der Schüssel an den erstbesten Tisch und gab sich, ausgehungert wie er war, dem Genuss hin. Da aber ließ sich etwas Großes und Geflügeltes auf seiner linken Schulter nieder. Überrascht und perplex saß Rotsky eine Weile reglos. Den starken Rabenschnabel ins Ohr bekommen und einfach so vielleicht das Trommelfell verlieren, darauf hatte er überhaupt keine Lust. Ihm klingelte es sowieso schon manchmal in den Ohren. Edgar aber zeigte kein feindseliges Verhalten, und Rotsky hob ihm die Schüssel mit dem etwas abgekühlten Banusch an den Schnabel. Der Vogel sagte nicht nein. So teilten sie sich an jenem Tag die Portion.

Als Rotsky vom Berg hinab nach Hause ging, begleitete ihn Edgar demonstrativ, flog zielstrebig von einer Stelle zur nächsten, überholte und wartete dann wieder auf ihn: ein Laternenmast, ein altes Telefonhäuschen, das Dach der Apotheke, das Tor zum Palastgarten, das mit Losungen wie »white scum«, »dirty sexist« und »fuckin rapist« übersäte, verwahrloste Denkmal für den sechsundzwanzigsten Baron von Nashorn, dann – der Zaun der Orangerie und das Dach des Polizeireviers in der historischen Stachelmeier-Villa. Einmal flog er aus Versehen in die Bonifazier-Gasse, korrigierte diesen Fehler aber sofort, als er merkte, dass Rotsky nach rechts abbog. Als der sich am kodierten Schloss seiner Haustür zu schaffen machte, beobachtete Edgar ihn von der Höhe der Johannes-Paul-II-Säule: »Ich sehe dich, du mich nicht.«

So fand er heraus, wo Josip wohnte und merkte es sich.

Danach begann das gegenseitige nähere Kennenlernen, ein zwei- bis dreiwöchiger Prozess. Fast täglich traf Rotsky den Raben in der Nähe seines Hauses an. Der Vogel tat manchmal so, als sei es ihm schnuppe und als sei er nur ganz zufällig da. Manchmal aber gab er sich regelrecht offenherzig, setzte sich auf Josips wie speziell für ihn gemauerte breite Fensterbrüstung und linste neugierig ins Zimmer. Wenn er wieder einmal zu seinem Spaziergang zur Festung aufbrach, vergaß Rotsky nicht, eine Tüte mit Hühnerfleisch oder Crackern mitzunehmen. Edgar begann, auf seinen Namen zu hören. Um ihn ein bisschen zu verwirren, nannte Jos ihn manchmal in seinem fast-Serbisch »Vranac«. Ob er wohl wusste, dass das in Wirklichkeit nicht »Rabe«, sondern »Rappe« bedeutet? Das bleibt im Dunkeln. Fest steht nur, dass Rotsky in seinem Leben viele Flaschen des gleichnamigen montenegrinischen – oder vielleicht mazedonischen? – Weins leerte.

Als der Winter kam (Rotsky lüftete an jenem Tag gerade energisch die Wohnung nach einer gewissen nächtlichen Besucherin, die es zwischen ihren unzähligen sexuellen Tricks geschafft hatte, eineinhalb Päckchen Chester zu rauchen), beschloss der Rabe, sich nicht mehr mit der Fensterbrüstung zu begnügen, und kam ins Zimmer, wobei er sich interessiert nach allen Seiten umschaute.

»Du hast nichts dagegen, bei mir die Kälte auszusitzen, merke ich.« Rotsky reagierte verständnisvoll.

Edgar erhob sich elegant vom Schreibtisch und wählte nach einem kurzen Moment seinen Platz auf dem alten untersetzten Schrank (ein Möbelhistoriker konnte annehmen, dass ihn irgendein unfähiger Epigone des Spätbarock geschaffen hatte). Zwischen dem Schrank und der Decke gab es mehr als genug Platz, selbst für einen so großen Vogel.

Sie lebten sich miteinander ein – nicht ein Herz und eine Seele, aber ganz und gar kumpelhaft. Jeder ging seiner eigenen Beschäftigung nach, keiner bedrängte den anderen oder zwang ihn zu etwas. Gott sei Dank fand sich im Hinterhof ein absolut brauchbarer Pappkarton mit der Aufschrift »Norddeutsche Kaffeewerke«. Rotsky polsterte seinen Boden gut mit Zeitungen aus den Jahren der *siegreichen Volksherrschaft* aus, von denen es in der Wohnung eine Unmenge gab, ganze Jahrgänge und Dekaden – die 60er und 70er, mit ihren Errungenschaften, Unwägbarkeiten und parteifeindlichen Verschwörungen. Edgar protestierte erstaunlicherweise nicht gegen so ein Nest.

»Keine Ahnung, was er an mir findet«, würde Rotsky bald darauf einigen seiner abendlichen Besucherinnen sagen. »Vielleicht ist es die Heterochromie?«

Aber Spaß beiseite. Die Sorge um den Mitbewohner veranlasste ihn zu einigen ornithologischen, vor allem rabenkundlichen Studien. Freizeit hatte er mehr als genug, und er überlegte sogar, ob er es riskieren und die Stadtbibliothek besuchen sollte, wo ohne jeden Zweifel eine Unzahl fundamentaler Arbeiten über die Rabenfrage aufbewahrt wurde, vielleicht sogar auf Latein. Schließlich aber ging er doch nicht hin (die öffentliche Bibliothek erstreckte sich über eineinhalb Etagen des ehemaligen Sommerschlösschens der Barone von Nashorn). Für den Anfang genügte auch das Internet.

Dort erfuhr Rotsky über Raben einen Haufen Stuss. Zum Beispiel, dass sie äußerst unreinliche Vögel wären. »Wenn das stimmt, wenn es also kein Stuss ist, dann handelt es sich bei Edgar um einen absolut untypischen, ungewöhnlichen Raben«, würde Rotsky bald darauf seine frisch gewonnenen Erkenntnisse mit ein paar unerhört hörigen Partnerinnen teilen.

Das Wechseln des Zeitungs-Content im Pappkarton »Norddeutsche Kaffeewerke« erforderte jedenfalls keine besonders häufigen Anstrengungen. Edgar war reinlich.

Die zweite Eigenschaft, nach der Reinlichkeit, die Rotsky an Edgar schätzte, war sein Allesfressertum. Ohne dieses hätte Rotsky sehr gelitten: Er war ja schon zu faul, sich selbst etwas Ordentliches zu kochen, ganz zu schweigen von möglichen Vogelallüren. Aber es gab keine Allüren, und Edgar (abgesehen von jenen Episoden, in denen er aus dem Haus flog, um ein bisschen Freiheit zu genießen – darüber ist uns nichts bekannt) aß freudig, was man ihm gab. Zum Beispiel Garnelen. Rotsky bemerkte, dass es Edgar besonders gefiel, ihre Schalen mit dem Schnabel zu knacken.

»Wenn der Sommer kommt, versuche ich, ihn mit Krebsen zu füttern«, würde Rotsky demnächst begeistert seinen nächtlichen Freundinnen verkünden.

Obwohl das Internet die durchschnittliche Dauer eines Rabenlebens auf plus minus 17-40 Jahre schätzte, wusste Jos genau: Sein Mitbewohner war in Wirklichkeit schon über zweihundert. Woher sonst dieser metaphysische Erfahrungsschatz, der scharfe Intellekt?

Als Edgar sich wieder einmal auf seiner Schulter niedergelassen hatte, schielte Rotsky mit dem grünen Auge in seine Richtung und fragte: »Hugin oder Munin? Gedanke oder Gedächtnis?«

»Gedankenlos sein Gedächtnis, gedächtnislos der Gedanke«, würde Rotsky kurz darauf seiner letzten Geliebten die Zeile eines unbekannten Dichters zitieren.

Es war ein gegenseitiges Befühlen und Verbinden. Gezwungen, sich endlich um jemand anderes als sich selbst zu kümmern, überwand Rotsky ganz nebenbei seine Einsamkeit, in deren kalte Bequemlichkeit ihn die bisherigen Umstände getrieben hatten. Und so gut es ihm dort, im Zentrum der Einsamkeit, während der letzten Monate auch gegangen war – die Sorge für einen anderen, einen so besonderen anderen noch dazu, kam Rotsky ebenso gelegen. Schließlich war an dem Kompromiss nichts auszusetzen: die ganze Freiheit bleibt (na, fast die ganze), und als Bonus obendrauf – ein Mitbewohner und Gesprächspartner, eine lebendige schwarze Seele.

Einsiedler nicht aus freien Stücken, sondern aus der Not heraus, schöpfte Rotsky etwas Hoffnung, dass sich dieser ganze Determinismus überlisten und überwinden ließe.

Einige Zeit zuvor, als er im Schweizer Gefängnis saß, dachte er (in der dortigen Sprache nannte sich das »spielte mit dem Gedanken«), dass *sie* ihn für das, was er getan hatte, niemals in Ruhe lassen würden. Er, Josip Rotsky, hatte zu radikal auf sich aufmerksam gemacht. Sein Auftritt, sein Wurf war eine nie dagewesene, so unerhörte, unmögliche und noch dazu höhnische Verletzung aller Subordinationen, dass es undenkbar schien, damit davonzukommen – die Strafe musste mit maximaler Sichtbarkeit und, milde ausgedrückt, Nichtproportionalität erfolgen. Umso mehr, als das Regime nach dem plötzlichen Tod des *vorletzten Diktators Europas* schon Zeit gehabt hatte, sich wieder zu sammeln, rasch umzuorientieren, die inneren Gegensätze zwischen den Gruppierungen, den finanziell-industriellen Familien und anderen Clans zuzuspachteln, um schließlich einen der vielen unehelichen Söhne des verblichenen Diktators zu seinem Nachfolger zu ernennen, den sie zuvor fast gewaltsam aus seiner aufstrebenden Karriere als TV-Comedian gerissen und gewaltsam in den Sessel des Staatschefs verpflanzt hatten.

Daher musste das Gefängnis, noch dazu in der Schweiz, Rotsky als einer der sichersten Orte überhaupt erscheinen. Und als er es verließ, geriet er im böigen Gegenwind der Unsicherheit fast ins Schwanken. Die Welt außerhalb der Mauern der Vollzugsanstalt war grenzenlos und barg grenzenlose Rachemöglichkeiten. Gut, dass Rotsky über einen detaillierten Stufenplan verfügte, um sich in dieser Welt völlig aufzulösen, zu verschwinden, nicht mehr zu existieren. Gut, dass dieser Plan anscheinend aufging und Rotsky sich ganz tief auf den Grund sinken ließ in einem peripheren karpatischen Städtchen, in einem kleinen, unnatürlich ruhigen und für niemanden interessanten Land. Gut, dass sein prall mit mehr als genug Geld gefülltes Sicherheitspolster es erlaubte, elementare und unsichtbare Lebensfunktionen auszuüben.

Aber wozu? Darauf wusste Rotsky noch keine Antwort.

Als er wieder einmal die Zeit im Internet totschlug, stieß er auf die frisch veröffentlichte (*sie* sagten – *geleakte*) »Liste der 44«. Es war eine Erschießungsliste, zusammengestellt von einer bisher unbekannten »Liga der Unkrautvernichter der Nationalen Einheit«. In einer kurzen Präambel kündigten ihre anonymen Vertreter den weiter unten aufgeführten 44 Personen die *verdiente Hinrichtung* an, da *deren staatsfeindliche zersetzende Tätigkeit unverzüglich von gesunden und engagierten nationalen Kräften gestoppt werden muss*. Die mehrfache Versicherung, die LUNE sei *eine rein zivilgesellschaftliche Struktur ohne irgendeine Beziehung zu den geheimdienstli-*

chen Strukturen unseres Landes bedeutete, wie immer in solchen Fällen, genau das Gegenteil.

Auf der Liste figurierten vor allem sogenannte Kulturschaffende, aber auch andere zweifelhafte Kategorien, wie zum Beispiel Ökoterroristen, Tierschützer, Korruptionsbekämpfer, Vertreter der Zivilgesellschaft und einfach nur moralische Autoritäten mit unbestimmt-nebulösem Profil. Fast die Hälfte der Liste bestand aus Frauen, und das konnte als Ausweis einer spezifischen Beachtung der Geschlechtergleichheit im Besonderen und progressiver westlicher Standards im Allgemeinen gelten. Als er seinen Vor- und Nachnamen auf einem ziemlich ehrenhaften Rang im oberen Teil der Liste entdeckte, empfand Josip Rotsky Erleichterung: Er war nicht vergessen.

Nach einem kurzen Moment machte die Ruhmessucht seiner Natur gemäß der Selbstironie Platz. Was denn noch, dachte er, das hat gerade noch gefehlt – in Pathos verfallen und auf die eigene Größe stolz sein wegen der debilen Scherze irgendwelcher Fünft- oder allenfalls Siebtklässler! Und selbst wenn nicht ewig mit Gadgets und Burgern überfütterte virtuelle Minderjährige dieses blöde Spiel angefangen hatten, sondern ein einzelner frustrierter Irrer, ein Computer-Psychopath oder über Serienmorden ausgetickter Serien-Junkie, was würde daraus folgen? Gar nichts, überhaupt nichts folgt daraus, versuchte Josip Rotsky sich selbst zu überzeugen.

Obwohl er manchmal, wenn er zum Lesezeichen mit der Liste zurückklickte und sie erneut studierte, durchaus der besonderen und auf den ersten Blick fast unmerklichen Treffsicherheit der Autoren Respekt zollen musste – die Zusammenstellung der Namen und entsprechenden Personen sowie ihre Reihenfolge mit den hie und da phantastisch eingebauten Verbindungen erschienen ihm komödiantisch-eklektisch und durch nichts begründet. Eine in ihrer Absurdität so perfekte Erschießungsliste konnte man nur in total gedröhntem Zustand schreiben, überlegte Rotsky nicht ohne Bewunderung. Und empörte sich folgerichtig: Soll ich vielleicht in Deckung gehen, nur weil die jetzt so geiles Gras rauchen?

Vielmehr nein, er empörte sich nicht, murrte nur ein bisschen. Sich empören gelang Rotsky nicht, denn Empörung lag nicht in seiner Natur.

Dass es aber ratsam war, den Ball flach zu halten, stellte Rotsky schon bald fest, als er merkte, dass die Liste der 44 – wie lässt sich das zivilisiert ausdrücken? – von Zeit zu Zeit aktualisiert wurde. Einige, die darauf figurierten, starben tatsächlich, was die »Liga der Unkrautvernichter der nationalen Einheit« zuverlässig in frechem Triumphalismus mitteilte. So handelte es sich eigentlich nicht mehr um eine Liste der 44, sondern eine Liste der 41: Drei Pechvögel der ursprünglichen Version wurden unter ziemlich ähnlichen Umständen in ungefähr gleichen Zeitabständen erschossen. Bis zu Rotsky blieben noch ein paar Namen, manchmal aber ertappte er sich dabei, wie er allzu sorgfältig das Hemd auswählte, in dem er das Haus verließ. Gut, dass sie hauptsächlich blau und grau waren: die Blutflecken würden darauf deutlicher zu sehen sein als auf schwarzen oder braunen, andererseits aber auch nicht so pathetisch wirken wie auf weißen.

Rotskys nicht sehr umfangreiche Garderobe enthielt einige Lieblingshemden aus Leinen, genäht in Bangladesch und Pakistan. Jedes einzelne wäre dem Anlass absolut angemessen.

In Wirklichkeit (auch wenn er das damals noch nicht wissen konnte) übertrieb Rotsky die Gefahr nicht nur nicht – er unterschätzte sie sogar. Die Gefahr war eine doppelte und kroch aus zwei Richtungen heran. Mit dem Unterschied, dass die einen ihn tot sehen wollten, die anderen ihn aber lebendig brauchten. Darin lag dann auch seine, Rotskys, Chance.

Aber nicht alles auf einmal, alles zu seiner Zeit.

Das maximal unauffällige Leben, das er sich bisher zu führen bemüht hatte, erfuhr kaum Veränderungen. Höchstens, dass Rotsky, wenn er zu seinen ziellosen Spaziergängen aufbrach, meist zur Festung und zurück, eine dunklere Brille trug als sonst. Die natürliche Augenfarbe, ganze zwei Augenfarben, zu verbergen, machte in seinem Fall unbedingt Sinn.

Alles andere aber folgte der üblichen Routine: die Streifzüge durch die Stadt, das Zubereiten simpelster Mahlzeiten, eineinhalb bis zwei Flaschen Wein pro Abend, Bücher (vor allem Robert Walser, in dessen autistische Prosa sich Jos schon im Schweizer Gefängnis verliebt hatte), Musik aller Epochen in unzähligen Playlists, die er zusammenstellte, ohne zu wissen für wen, außer für sich selbst, wobei er sich »Radio Paradise« zum Vorbild nahm, auf das er zufällig gestoßen war. Und dann noch seine seltenen Ausflüge zu Rendezvous, die Rotsky vulgär Erotrips nannte.

Das Leben verlief gar nicht so übel – vor allem, wenn man in Betracht zog, dass es auch schon lange zu Ende sein könnte. Den Ball flach halten, aussitzen und auf dem Grund liegen wie ein Krokodil im Schlamm? Daran gewöhnte man sich, und es war sogar ein gewisser sonderbarer Komfort darin. Aber für wie lange? Sollte das bis zum Ende seiner Tage dauern? Welchen Sinn hatte es dann, diese Tage so weit wie möglich auszudehnen?

Der Überfall des glatzköpfigen Fans und die Einladung in die »Xata morgana« war für Rotsky ein Ereignis von außergewöhnlichem Gewicht, das seinesgleichen suchte. Anstatt ihn, diesen Überfall, zu ignorieren und schon am nächsten Morgen zu vergessen, abzuschütteln wie einen Traum – keinen Alptraum, sondern nur einen peinlich sinnlosen –, erwischte sich Rotsky immer häufiger dabei, dass er über diesen Traum nachdachte, vielmehr über die durch ihn geweckten Dämonen seines früheren Lebens. In meinem früheren Leben, brüstete sich Rotsky bald gegenüber einer der Malicas, war ich ein echter Star. Nur um seine Ungenauigkeit gleich darauf zu korrigieren: Nein, nur einmal. Einmal in meinem Leben war ich ein Star.

(Auch in jenem Leben, seinem früheren, musste er jedoch nicht nur eine sehr dunkle Sonnenbrille tragen, sondern auch Maske. Man durfte sein Gesicht nicht kennen. Er war ein unerkannter Star, konspirativer Überschuss. Mehr Schein als Sein.)

Weihnachten und das unerbittlich auf dem Fuß folgende Neujahr überkam ihn mit klebrigem Kalenderschrecken. In seinem ganzen Ausmaß, besser gesagt in dreimal riesigem Ausmaß, erwuchs Rotsky das Verständnis, dass er faktisch (fucktisch!) nichts anderes tat, als seine Zeit totzuschlagen. Dass die Tage und Nächte verstrichen. Dass die Sonne auf- und unterging. Dass eines Tages fremde, unbekannte Menschen die Tür zu dieser Wohnung aufbrechen müssten, um seine vom Alter zerfressene Leiche zu finden. Die blutigen Flecke auf dem blauen Bangladesch-Hemd – das wäre zumindest die ästhetischere und kaum schlimmere Variante. Und wenn dann noch ein Video von seiner Erschießung im Netz auftauchte, zufällig aufgenommen von der Kamera zufälliger Passanten, wäre dann das Leben in der Bilanz nicht überhaupt gelungen? Und der Tod?, fragte sich Rotsky. Der wird unbedingt gelingen, denn er wird plötzlich sein, antwortete er sich. Zu Tode gefürchtet ist auch gestorben.

Im Januar stellte er fest, dass die Tage noch schneller verflogen als im Dezember. Während sie doch eigentlich hätten länger werden müssen. Das Vergehen der Tage wurde zu einer Obsession, die sogar physisches Ziehen in Knochen und Gelenken auslöste. Dann sprang auch noch die 23-jährige kolumbianische Arabella, die er für das erste Februarwochenende zu einem Erotrip eingeladen hatte, im letzten Moment ab und ließ ihn auf den Flugtickets nach Barcelona sitzen.

Im Februar, allerdings erst in der zweiten Hälfte, wurde er schwach. Ein paar lokale Hipster, die den noch nicht ganz aus der Mode gekommenen Straßenkultur-Trends größerer Städte folgten, hatten auf das Trottoir vor ihrem Café ein altes Klavier gerollt, natürlich bemalt. Rotsky war schon dutzende Male erfolgreich daran vorbeigegangen, ohne auch nur den Schritt zu verlangsamen. Aber dann – hatte ihm vielleicht Edgar auf seiner Schulter etwas zugeflüstert? – ging er nicht mehr daran vorbei.

Er berührte (oh, wie lange war das her!) die Tasten. Es gelang ihm fast nichts. Die Finger gehorchten ihm nicht. Die Musik wollte nicht. Allerdings war es auch minus zehn Grad und zwei Uhr nachts. Man konnte hoffen, dass niemand diese Schande vernommen hatte.

Noch eine Woche später wählte Rotsky die Nummer von Myromyr-Slavojar Servus (alias Meph) und fragte, ob die Donnerstage noch frei seien.

»Orpheus hat sich also endlich entschlossen, in die Unterwelt hinabzusteigen?« Irgendwie klang der Besitzer der »Xata morgana« nicht erfreut.

Wo war der Enthusiast vom Dezember geblieben, der sich vor Liebe und Bewunderung fast überschlug? An seine Stelle war ein kühler, pragmatischer Arbeitgeber getreten:

»Was haben Sie für Honorarvorstellungen?«

(Vielleicht freute er sich auch und ließ sich das nur nicht anmerken.)

»Beginnen wir mit einer Schale Suppe«, antwortete Rotsky.

Meph schwieg, und Rotsky musste hinzufügen:

»Wie schon in meinem früheren Leben, bin ich weiterhin mit Bezahlung in Naturalien einverstanden.«

»Naturalien sind Ihnen gewiss«, versprach Meph.

Das war Lubomyr Melnyk, »Gekräusel auf der Wasserbühne«.

Und ich bin Josip Rotsky, der nie so wird spielen können wie Lubomyr Melnyk. Stattdessen habe ich den Radiosender, den Sie diese Nacht hören. Mein Radio – diese Nacht, und die Uhr zeigt null Uhr und siebzehn Minuten.

Wir sind erst am Anfang, vor uns liegt noch viel, viel Zeit, und ich habe Musik ausgesucht ... kein klassisches Klavierspiel, sondern Musik für Tasteninstrumente. Aber nicht nur. Alle mögliche Musik, um ehrlich zu sein.

Früher habe ich selbst ein bisschen Klavier gespielt. Nein, ich war nicht auf dem Konservatorium, obwohl ich dort ein paar Nächte verbracht habe. In der Zeit meiner größten Popularität, nebenbei bemerkt.

Ich bin Rockmusiker – eine fast vergessene Spezies heutzutage. Das ist natürlich übertrieben. Aber manchmal frage ich mich: Sollte man sich nicht damit abfinden, dass die Rockmusik ihre besten Tage hinter sich hat? Dass sie die Grundfesten dieser Welt nie mehr so erschüttern wird wie früher einmal? Nicht etwa zu meiner Zeit, sondern noch früher. Die totale Erschütterung von Musik, diese Abhängigkeit von ihr, dass ganze Generationen von ihr besessen waren – das gab es weder vorher noch nachher.

Sie haben Recht, das ist sehr persönlich. Aus mir spricht der Ehemalige. Für solche wie mich ist auf der Welt schon alles, wenn nicht ganz, so doch zur Hälfte vergessen. Deshalb möchte ich Sie ja auch an diejenigen, die wir vergessen haben, erinnern – und an mich. Ende des

15. Jahrhunderts, als ich mein vorheriges Leben lebte, besaß ich eine portable Orgel, besser gesagt ein Harmonium. Gute Menschen hatten mir speziell dafür eine Hülle aus Ziegenhaut genäht. Mein Instrument konnte auf Räderchen rollen, meist aber schleppte ich es auf meinem Rücken über Schnee und unwegsames Gelände. Wir zogen die ganze Zeit umher – von Hof zu Hof, von Festung zu Kloster, von Flecken zu Stadt, von Jahrmarkt zu Feierlichkeit. In unserem Teil der Welt wurde damals viel und grausam Krieg geführt, gemordet und gebrandschatzt, ganz zu schweigen von Pest und Cholera und von den harten Wintern, die ein halbes Jahr dauerten, und den Raubüberfällen auf den Straßen. Wir jedenfalls spielten schon damals Prog. Und wurden dafür nicht immer von der Bühne gejagt. Und wenn doch, dann nicht immer mit Buhrufen und Pfiffen. Und wenn schon mit Buhrufen und Pfiffen, dann jedenfalls nicht immer mit Knüppeln.

Soll ich Ihnen etwas sagen? Es gibt nichts Besseres als die Musik der Siebziger. Glauben Sie, das liegt an meinem Alter? Von wegen. Das ist keine Frage des Alters oder des Geschmacks. Es lässt sich objektiv beweisen – an den Fingern, Noten, Aufzeichnungen. Niemals sonst – weder vorher noch nachher – haben sich die Musiker so absolut hehre und unerfüllbare Aufgaben gestellt wie in den Siebzigern. Ich darf das sagen, denn ich habe in den Siebzigern noch nicht selbst gespielt. In den Siebzigern hatte ich meine Initiation, mit ihr kam meine Vorstellung von guter Musik. Gott sei Dank habe ich damals noch nicht gespielt. Meine Einschätzung ist also keineswegs voreingenommen.

Was heute wirklich fast vergessen ist, das ist unsere Band. Dabei hat sie eine verdammt lange Geschichte durchlebt, mit einigen Höhepunkten! Begonnen haben wir in einer Zeit, als alle noch mit Lennon-Stimmen sangen. Aufgehört haben wir, zerbrochen und zersplittert ins Nichts, zu Erde und Staub, als auf der Bühne schon eine der nächsten Generationen zappelte und Gangsta und Rap zu Scheiße verrührte.

Einmal waren wir sogar in Serbien auf Tournee. Oder war es Mazedonien?

Wir haben es geschafft, mehrere Stile und Bandnamen zu überleben.

Der erste war »Doktor Tahabat« – den Namen fand ich in einem Buch, dessen Autor sich am Sonntag, dem 13. April 1933 erschossen hat.

Überhaupt stöberten wir viel in Büchern herum, um Titel für unsere Projekte zu finden. Am besten eigneten sich philosophische Wörterbücher: Denk dir eine Seitenzahl aus und fahre blind mit dem Finger über die Seite – schon findest du etwas wie »Absolut«, »Eidos«, »Katharsis« oder »Chiliasmus«. Und dann wunderst du dich, wie sich alles fügt. Also zum Beispiel nennst du eine Gruppe »Abstraktion der Aktuellen Unendlichkeit« – und genau so klingt sie dann auch. Als wir in den Anfängen von »Doktor Tahabat« einen Bassisten und einen Sänger als Frontman suchten, kam der eine von »Vedanta« und der andere von »Vendetta«. VV also.

Wir haben als Tahabat begonnen und geendet, aber am Anfang war es, wie Sie schon gehört haben, »Doktor Tahabat«, und am Ende einfach nur »Tahabat«. Ein oder zwei weibliche Fans hatten uns unter Tränen angefleht, zum ersten Namen zurückzukehren, also kehrten wir zurück, aber doch nicht ganz zu dem, worum sie uns auf Knien baten. Warum nicht? Um ihnen gegenüber nicht lasch zu wirken. (Aber ehrlich gesagt lag es daran, dass »Doktor Tahabat« nicht mehr möglich war, rein recht-

lich, seitdem unser erster Manager, Janko Prymotschko, das Copyright heimlich auf seinen Namen registriert hatte).

Zwischen dem ersten Namen und dem letzten gab es noch ungefähr dreizehn andere. Ich erinnere mich nicht mehr an alle, ebenso wie mir – auf die Schnelle und spontan – nicht mehr jeder einzelne Möchtegern- und wirkliche Mit-Musiker einfällt. Denn wer ist nicht alles durch uns hindurchgewirbelt! Unzählige, unermesslich viele Vaganten und Vagabunden. Hätte ich einen Tag zum Überlegen, hätte ich Papier, Bleistift und etwas innere Ruhe, dann würde ich mich schon an alle erinnern. Wie aber diese vier Voraussetzungen erfüllen, vor allem die letzte?

An einige unserer Namen kann ich mich deshalb erinnern, weil sie mir bis heute gefallen. Wir hatten zum Beispiel eine »lemkische Periode«, in der wir uns kopfüber in absolut spezifischen Folk stürzten und uns »Pentatonica Garden« nannten – mit den Untervarianten: »Pentatonica Pub«, »Pentatonica House« und »Pentatonica Blues«. Wobei die Kritiker (damals gab es noch Musikkritiker) diese Namen sowieso abkürzten. Sollten Sie einmal in Fanzines aus jener Zeit auf die Gruppe »Penta« stoßen, geht es um uns.

Dann spielten wir New Wave und nannten uns »Streamko«. Nachdem wir zu Indie gewechselt waren, änderten wir einen Buchstaben und wurden »Screamko«.

Außerdem weiß ich noch, dass wir eine Art Zigeuner-Punk spielten unter dem Namen »Papa Romskyj«.

Danach erfanden wir uns im Stil des Zen-post-ambient und nannten uns »Hamaliya-Himalaya«.

Über Death Metal und Industrial (die Gruppe »Trotz dem Vater in der Hölle!«) kamen wir zum Noise und hießen »KataKlisma«. Unser einziges Album aus jener Zeit war dann auch nicht einfach ein Album, sondern eine »AlBomba«.

Als wir den Namen in »Kritische Tage« änderten, begann der Abstieg. Uns hatte sich eine kreischende Vokalistin mit kleinem Hintern und unermesslichen Ambitionen aufgedrängt. Sie war es, die uns in die Sackgasse trieb. Kürzlich sind ihre mäßig skandalösen Erinnerungen erschienen. Mein Garten ist voller Steine, die sie geworfen hat. Kein Garten mehr – nur Steine.

Was noch?

In meinem Land wurde beschlossen, dass Radio lustig sein muss. Dass jedes erstbeste »Scheiß-FM« die Pflicht hat, das Zwerchfell der Hörer mit schalem Moderatoren-Humor zu strapazieren. Das Timbre ihrer Stimmen, die banalen Witze, die von diesen Stimmen im Äther verbreitet werden, ja sogar die Wettervorhersage und die Wechselkurse – alles soll eine positive Atmosphäre schaffen und die ewig gleiche entsetzlich lebensfrohe Musik ergänzen, die heruntergenudelt wird. Darauf können Sie bei mir lange warten.

Denn Sie hören Radio Nacht.

Im Studio bis zum Morgen Josip Rotsky. Wir werden über Liebe, Sex und Porno sprechen. Aber nicht nur. Gleich schlägt es halb eins. Das wird geschehen, während die Musik spielt, irgendwo mitten im Song. Ich lege jetzt etwas auf, das Sie von mir keinesfalls erwarten konnten. Trotzdem.

Elton John. I've Seen That Movie, Too. Auch ich habe diesen Film gesehen.

3

Während ich mich durch die Untiefen von Josip Rotskys Biografie tastete, verspürte ich den unwiderstehlichen Drang, zumindest in den dinglichen Parametern die Chronik des Ortes zu erforschen, über dem ich jetzt wohnte. Die Arbeit in mehreren Archiven und in der Stadtbibliothek erwies sich erwartungsgemäß als mühsam, und die Staubwolken, die infolge meiner Suchanstrengungen aufwirbelten, führten lange Zeit zu keinem anderen Resultat als einer allergischen Reaktion und stundenlangem erschöpfendem Niesen. Außerdem spürte ich von Anfang an einen unterschwelligen, aber ziemlich zähen Widerstand seitens des dortigen Personals. Was sich nicht nur mit dem für Provinzler typischen Misstrauen gegen alles Fremde erklären ließ.

Gut, ich vermag sowohl geduldig als auch hartnäckig zu sein – anders hätte ich nicht von einer Karriere beim IIBC träumen können. Meine methodische Entschlossenheit und Hingabe an die Idee zeigten langsam Wirkung. Wobei es nicht ohne ein paar symbolische Gaben an bestimmte Funktionäre, vielmehr Funktionärinnen ging. Jedenfalls bin ich jetzt gerüstet mit zwar unvollständigen, aber mehr oder weniger zuverlässigen Kenntnissen der Geschichte jenes Kellers, den Josip Rotsky im Stadium des Klubs »Xata morgana« kennenlernte.

Schon in längst vergangenen Zeiten hing jenem Keller ein übler Ruf an. In der Periode zwischen den Hussiten- (wir sprechen vom XV. Jahrhundert) und den Napoleonischen Kriegen waren dort Folterkammern eingerichtet, mit einer immer ingeniöseren und technisch raffinierteren

Ausstattung. Allgegenwärtig sind also fast vierhundert Jahre Qualen, Seufzen, Wehgeschrei, blutiger Schweiß und das Zerquetschen menschlicher Würde und Geschlechtsorgane. Erst der Kommandant der napoleonischen Garnison, ein Verehrer Rousseaus und Voltaires, reformierte diese Räume – zu Pulverkammern. Die militärischen Notwendigkeiten diktierten einen neuen Pragmatismus, und Pulver erschien wichtiger als zermalmte Knochen und gerissene Muskeln von Delinquenten. Aber jeder Krieg kommt einmal an sein Ende, auch alle napoleonischen. Statt Pulver- rollte man nun Weinfässer in den Keller, und es entstand die Erste Städtische Weinstube von Nashorn, die in Erinnerung an frühere Zeiten nicht ohne Augenzwinkern »Unter der Folter« getauft wurde. Was bezeugt, dass sich die Menschheit in der verlassenen und von allen Zentren entfernten karpatischen Ödnis genauso leicht und lächelnd von ihrer Vergangenheit löst wie anderswo. Das Weinlokal wurde alternativ auch »Unter der Fuchtel« und »Innereien« genannt. Wobei der Volksmund aus Letzterem lästerlich-lumpisch »In den Eiern« machte.

Trotz aller Findigkeit bei der Namensgebung hielt sich der kommerzielle Erfolg der Weinstube in Grenzen. Die prächtige Sammlung von aus Italien, Spanien und sogar Kalifornien importierten Weiß-, Rot- und Rosé-Meisterwerken erfreute sich keiner Nachfrage, ja nicht einmal eines Schattens von Aufmerksamkeit seitens der lokalen Connaisseurs, deren Weingeschmack der heimische, schon damals als Blaufränkischer bekannte Saure voll und ganz zufriedenstellte. Der aufmerksame Leser wird sich erinnern, wie skeptisch ich mich über diesen, wenn Sie erlauben, Trunk während der unfreiwilligen Degustation geäußert habe, in deren Verlauf ich zwei Kelche davon leeren musste.

Die Weinstube, die Erste Städtische, ging also nach einiger Zeit bankrott, und im Keller siedelte sich ein geheimer Okkultisten-Tempel spirituell-nekromantischer Ausrichtung an. Seine Anhänger protokollierten ihre Séancen üblicherweise nicht, so dass ich nur wenig über diese Periode herausfinden konnte. Aufgrund einer immer stärkeren Neigung zu Tarot-Karten verwandelte sich der Tempel unmerklich in einen Spielsalon und dieser infolge mehrerer finanzieller Transaktionen in eine Philatelisten-Börse, wo die Gymnasiasten der unteren Klassen die zehn oder mehr Kreuzer ließen, die ihnen von den treusorgenden Eltern für den Pausenimbiss, damals noch Jause genannt, mitgegeben worden waren.

Weiter gelang es mir, im Keller abgehaltene Kurse hypnotischer Rehabilitierung von im Großen Krieg mental versehrten Veteranen nachzuweisen. Über die Zahl der Rehabilitierten wissen wir nichts, können aber von einer neuen Welle aus Seufzern und Wehgeschrei ausgehen – nun allerdings aus dem Unterbewusstsein kommend. Dies alles wandelt sich in ein illegales Bordell mit ausnahmslos minderjährigem Personal beiderlei Geschlechts – und bei diesem Projekt erstaunt vor allem seine ungewöhnlich lange Lebensdauer (fast zehn Jahre). Denn durch welches Wunder es in dieser kleinen und vor allem für die damaligen Zeiten ohne jede Übertreibung brav-konservativen Stadt gelungen war, so ein, milde ausgedrückt, untypisches Business geheim zu halten, bleibt bis heute ein Rätsel und lässt den Verdacht verschleierter, aber sehr mächtiger und vielleicht sogar dämonischer Seiten der auf den ersten Blick so faden und gottesfürchtigen städtischen Gemeinschaft aufkommen.

Mit dem Zweiten Weltkrieg schloss sich dann der Kreis: Der Keller wurde erneut zur Folterkammer – für zehn, wenn nicht für zwölf Jahre. Zuerst folterte hier die Gestapo, dann folterten die Roten Partisanen und danach die speziellen Straforgane des neuen Regimes, das vorgab, die *siegreiche Volksherrschaft* zu sein.

Ungefähr Mitte der fünfziger Jahre folgt ein komplett uninteressanter Zeitraum – Regenschirm- und Plätteisenreparatur, Füllstation für Siphonflaschen, Abstellraum für Altpapier. Ziemlich direkt nach der Ausrufung des freien ökonomischen Kurses und der Währungsreform durch die neue posttotalitäre *Harvard*-Regierung zogen schließlich Obdachlose im Keller ein, die an Zahl – man muss es leider so sagen – in den ersten Reformjahren zunahmen.

Als Myromyr-Slavojar Servus auf der Flucht vor der endgültigen Niederschlagung der Revolution in seinem Land in Nashorn eintraf (vorübergehend, wie er glaubte, denn vor ihm lagen Wien, Amsterdam und London), überlegte er, womit er nun sein erzwungenes Emigrantendasein füllen sollte, und begann, sich nach einer Örtlichkeit für sein Etablissement umzusehen. Er hatte schon einen Namen, der ihm, wie er sagte, im Traum erschienen war. Wie wir wissen, sagte er Folgendes: »Da habe ich zufällig einen Namen geträumt. Zufällig einen Klub dazu erschaffen. Dafür musste ich zufällig diesen Keller auswählen. Ich habe ihn ausgewählt. Vielmehr seine Schlüssel. Die Schlüssel passten – und alles tat sich auf.«

Was stimmt an diesen Worten, und was nicht so ganz? Dass ihm sofort »Xata morgana« träumte, stimmt nicht ganz: tatsächlich war es »Xate mortale« – auf »Xata morgana« kam er erst, als er schon aufgewacht war. Außerdem muss man beim Wort »Schlüssel« höllisch aufpassen. Offenbar verstand Servus darunter seine guten Beziehungen zu zwei oder drei Personen in der Stadtverwaltung. Die kamen ihm sehr entgegen, machten sich, stimuliert von einer ganzen Reihe nicht abzulehnender Angebote, die Probleme der neuen Emigrantengemeinde in ihrer allen offen stehenden Stadt zu eigen und übergaben – indem sie ein gewisses Wohltätigkeitsschema nutzten – den nicht nur durch Ruß und Schmutz verruchten Keller an Servus.

Was mit den Obdachlosen passiert ist, weiß niemand. Vielleicht wurden sie in ein Heim gegeben, vielleicht auf eine der Almen verbracht, wo großer Bedarf an Schafhirten bestand. Wie auch immer, die Stadtverwaltung von Nashorn pflegte ihr freundliches postliberales Image und fand immer die am wenigsten schmerzhafte, die mildeste Möglichkeit, soziale Probleme zu lösen. Nicht umsonst lautete das offizielle Motto des Verwaltungsbezirks »Offenheit und Wärme«.

Inzwischen wurde die »Xata morgana« beeindruckend schnell renoviert und umgebaut und verwandelte sich in weniger als einem Monat in eine Art Heimatverein mit Bar, Küche, Tanz- und Konzertsaal und einigen Privaträumen, in denen sich unterschiedliche Aktivisten der jüngsten Emigrationswelle versammelten. Vor allem natürlich die lärmige Jugend aus allen Ecken des kürzlich verlassenen Vaterlands, welcher der gastfreundliche Nachbarstaat nicht nur politisches Asyl gewährte, sondern auch die Möglichkeit, an den eigenen Universitäten ein Studium zu absolvieren. Jede Woche wurden es mehr: Man musste die Chance ergreifen, solange sich der Rachen des Regimes noch nicht geschlossen hatte und die Ausreise noch möglich war. Also strömten sie gen Westen, vor allem in diesen, den nächstgelegenen – darunter sowohl offene und echte Gegner des Regimes als auch dessen unechte Gegner, solche, die überhaupt keine Regimegegner oder sogar dessen heimliche Anhänger waren, die aber trotzdem beschlossen hatten, die Gelegenheit zu nutzen und *abzuhauen,* sich ins wärmere, geregeltere und viel besser beleuchtete Leben *hinter den Bergen* zu stürzen. Und ich möchte hinzufügen, dass sie sich in diesem Leben hinter den Bergen einrichteten, zum Beispiel in einer Stadt wie Nashorn – obwohl sie weiterhin, wenn nicht gleich von Lissabon, so doch von Barcelona träumten, ach, immer diese beiden Gravitationszentren. Lissabon, Barcelona.

Das also war der Ort, in den Josip Rotsky eines Tages gegen Ende des Winters seinen Fuß setzte, nachdem er zwei Treppen hinabgestiegen war.

»Jos, ich liebe Sie. Schwupps sind Sie da«, begrüßte ihn Servus schon auf der Schwelle. »Wann kochen wir die erste Schale Suppe?«

»Von mir aus gleich«, grummelte Rotsky, fügte aber für alle Fälle hinzu: »Ich bin nicht hergekommen, um mir den Bauch vollzuschlagen. Zeigen Sie mir Ihr Lokal!«

Wo war jener am Telefon so gelangweilt-unwillige Servus geblieben! Wieder ideal, faltenfrei und rasiert, wieder in eine undurchdringliche, meterdicke Wolke »Gravity Master« gehüllt, steckte er auf Rotsky-Art seine Hände in die Hosentaschen und ging voraus Richtung Theke.

»Und wo ist der schwarze Wächter?« Er wandte im Gehen den Kopf und nickte über die Schulter.

»Geht im Park an der Orangerie spazieren. Wir sind nicht immer beisammen, er ist ein selbständiges Wesen«, erklärte Jos.

»Grüßen Sie ihn von mir.« Servus zog seine Hand aus der Tasche und zeigte auf das Regal hinter der Bar. »Tequila, Bourbon, reiner Sprit? Es gibt auch selbstgebrannten Tschatscha von Sasa.«

»Nehm ich«, nickte Rotsky, und der grobschlächtige Barmann, der eher einem Schläger glich, goss mit Karacho einen halben Krug voll, der erste Schluck entzündete die Eingeweide mit weißem Traubenfeuer, so dass Rotsky in den ewigen Spruch aller Barmänner einstimmen musste: »Beste Wahl«.

Zu dieser Tageszeit gab es kaum Besucher. Jos spürte die flüchtigen Blicke einiger Kellner, vielmehr Kellnerinnen: Was bist du denn für einer, was machst du hier. Aber nach ein oder zwei Minuten, als Sasas Tschatscha begonnen hatte, sein feuriges Lied in ihm zu spielen, schienen Jos diese Blicke tatsächlich nicht nur voller Neugier, sondern auch voll feuchter Wärme zu sein, voll der Gewissheit, dass er es nie bereuen würde, hierhergekommen zu sein.

Dass er vielleicht Tag und Nacht hier verbringen würde.

Servus führte ihn durch den Keller wie der Kapitän eines von Tschatscha-Wellen leicht schaukelnden Schiffs, er durchmaß den Raum und stoppte an den entsprechenden Abschnitten und Kajüten: wo sich der Aufsichtsrat versammelt, wo das Exekutivkomitee der PBV (Partei der Befreiung des Vaterlands) sitzt, der Innere Sicherheitsdienst (»Das Regime schläft nicht, es denkt schon ans Ausland, Jos«), dann ein Zimmer »für Schachspieler«, eins für Billard, der Zigarren-Poker-Salon, das Teezeremonium, das Ruhezimmer für die Stripperinnen, Massagekabinett, Büro für politische Analyse, Computerstudio, Redaktion, Maske, Gemeinschaftszelle, Maschinenabteilung (heute Bunker), Reservetoilette – und dann, wie der Truppführer versprach, »eine weitere Treppe abwärts«.

Der Ort, den man über sie erreichte, war wirklich eindrucksvoll: Es gab dort eine rau verputzte Wand mit einem schmiedeeisernen, verschlossenen Tor, an dem der findige Servus geschickt mit einem in andere Schlosserepochen gehörenden Schlüssel hantierte und es unter durchdringendem und prähistorischem Knirschen öffnete. Wie Servus erklärte, begann hinter dem Tor das »UPL, das unterirdische Potenzial der Lokalität« – ein riesiges System verlassener Korridore, Kammern und Säle, erbaut von im Krieg der 1770er Jahre gefangenen Türken. Dahinter wehte absolut schwarze Leere, und als Servus etwas Unverständliches hineinrief, grollte ein Echo. Seinen Informationen nach reichten die Korridore bis unter den Festungsberg zu den Kasematten, von wo aus man vielleicht zu den Gemächern des Barons hinaufsteigen konnte, oder zu den Wachzimmern, »das hundertprozentig, Jos«.

»Hier wurde mehr als ein in Gewahrsam genommener armer Teufel bäuchlings durchgeschleift! Direkt zu mir in den Klub!« Es blieb unklar, ob Servus auflachte oder sich räusperte.

»Im Schloss ging es sich nicht aus mit dem Foltern, oder was?«, fragte Rotsky.

»Evelyna die Sprachlose, Gattin von Florian-August, dem sechsundzwanzigsten Baron von Nashorn, war eine Frau frommen Herzens und absoluten Gehörs. Die nächtlichen Schreie der Gefolterten störten sie in ihren Vigilien. Umso mehr, als ihr Mann oft auf der Jagd versackte«, erklärte Servus.

Wonach er erneut etwas Unanständiges in die Dunkelheit brüllte, als verabschiede er sich von einem dort gefangenen Monster, und lauschte dem Echo, bevor er das Tor knarrend schloss.

»Was sagen Sie?«, fragte Servus, als sie wieder oben an der Theke standen.

»Besser leben als tot sein«, meinte Rotsky.

Sein Rest Tschatscha hatte auf ihn gewartet. Den Reflex des Barmanns, den feuchten Vorrat aufzufüllen, wehrte Rotsky ab, indem er die Hand über den Krug hielt.

»Einen Cocktail?« Der Barmann hob die Brauen, aber Rotsky lehnte auch das ab.

»Am besten gelingen ihm Molotows«, Servus nickte in Richtung des Barmanns. »Erinnern Sie sich an die Zwanzigste auf der Kurier-Straße? Unsere ruhmreiche Zwanzigste? Die zwanzigste Barrikade? Er war dort der Chef.«

Rotsky wollte sich nicht in diesem schmerzlichen Thema verlieren und schwieg. Nur in Gedanken stellte er fest, dass damit klar war, warum ihm für einen Moment die Strumpfmaske auf dem Kopf des Barmanns gefehlt hatte. Es fiel Schnee, der mit seinen Fetzen den weißen Himmel zerriss, nass und schwer, der schlimmste Schneefall jenes Winters, das zentrale Ereignis der Saison, klebrig bis zum Gehtnichtmehr und noch klebriger vom Blut: Rotsky und noch einer zogen den Körper eines Dritten, aus dem die Därme herausquollen, und während sie ihn diese zehn Meter schleiften, um hinter der Barrikade Schutz zu finden, wurde die weiße weiche Oberfläche unter dem Körper durchtränkt von einem breiten blutigen Streifen, der, kaum erschienen, schon wieder weiß wurde und ins Nichts verschwand, vom schweren Schneefall maskiert.

Lustig, man sagte, der mit den Därmen habe sogar überlebt.

Rotsky kam es plötzlich so vor, als habe er diesen Satz laut ausgesprochen.

Servus wandte den Blick ab. Aber Rotsky hätte ihn sowieso nicht gefragt, welche Barrikade er denn kommandiert habe. Stattdessen sagte er: »Einen Schellenberg brauchen Sie nicht zu kaufen. Also, wenn Sie wollen, dann tun Sie es. Aber ich werde nicht darauf spielen.«

»Sie sagen ab?«, fragte Servus beunruhigt. »Ich bitte Sie …«

Rotsky unterbrach ihn:

»Nein. Ich habe mir etwas anderes überlegt.«

Überlegt hatte er sich Folgendes:

Nach seinen Vorgaben sollte Servus sich um eine kleine, nennen wir es Dekoration kümmern. In einer der Ecken auf einem Podest (damit es von überall gut zu sehen war) wurde eine durchsichtige Glaskabine montiert und drinnen eine Art Studio eingerichtet. Nein, kein richtiges Radio, mitnichten. Rotskys Programme waren nicht für den Äther gedacht – nur für die Gäste des Lokals, die Stammgäste ebenso wie die zufällig Hereingeschneiten. Es war ein internes Radio, besser gesagt improvisiertes Ein-Mann-Theater mit Elementen einer Radioshow. So wenigstens beschrieb Rotsky die Idee, und erwartungsgemäß begeisterte sich Servus dafür.

Nachdem ihm das Leben unendlich viel freie Zeit geschenkt hatte, füllte Josip Rotsky einen bedeutenden Teil davon mit dem An- und Wiederhören von Musik – alter und neuer, bekannter und unbekannter. Sie zu finden war in den letzten Jahren viel einfacher geworden: Offenbar wurde sämtliche Musik, die es auf der Welt je gab und weiterhin geben wird, all diese Musik wurde digitalisiert, ins Netz gestellt und zur allgemeinen Nutzung freigegeben, vielmehr den Usern brutal vor die Füße geschmissen. Ein oder zwei Klicks, und man bekommt alles – vom exaltierten Schlager, der aus dem Grammophon des leichtsinnigen Urgroßvaters erklang, während ihm sein Weib unter Qualen den siebten Erben gebar, bis zur misslungenen, riskanten Premiere am Vorabend in der Met. Alles war sofort zugänglich – sogar Aufnahmen, die als verloren, vernichtet oder vermisst galten, verschollen auf den tausend Müllhalden jener längst in den Lethe-Fluten untergegangenen Teenager-Existenz, einer Zeit, als die Musik alles formte (die Fundamente der Weltanschauung, den Geschmack, den Charakter, die Geschlechtsdrüsen und die moralischen Grundsätze). Die Suchmaschinen lernten blitzschnell, alles zu besorgen, woran man gerade dachte. Lerne zu denken wie sie – und alle Musik ist dein.

Josip Rotsky nutzte seinen permanenten Zugriff und stellte dutzende musikalische Anthologien zusammen. Das wurde jedes Mal ein spannendes Rate- und Rätselspiel. Er kombinierte und collagierte, entwickelte Themen und ließ Timbres aufeinanderprallen. Der besondere Anspruch bestand in den Übergängen und Verbindungen. Ihre Bedeutung konnte nur extrem persönlich sein, hatte aber gute Chancen, Bezeichnungen durch Zeichen zu ersetzen und dadurch eine gewisse Universalität zu erzielen – persönliche Semantik würde in universale Semiotik übergehen. Gipfel der Freude war es, eine fertige Sammlung erstmals ganz anzuhören – alles, was dort passierte, in den Musikstücken, aber auch den Pausen dazwischen.

Damit beschäftigte er sich schon seit einigen Jahren, und selbst der Schweizer Knast hatte den Weg zur möglichen EINEN ANTHOLOGIE nicht spürbar hemmen können. Denn wenn für die Gefangenen die Nutzung des Internets auch auf eine Stunde am Tag begrenzt war, so konnte ihr eigenes Gedächtnis doch ununterbrochen im Modus 24/7 arbeiten, und zwar im Vergleich zu denen, die in Freiheit waren, viel tiefgründiger und intensiver.

Jetzt war die Zeit gekommen, mit einigen Fragmenten an die Öffentlichkeit zu treten. Rotsky speicherte sie auf Sticks und präsentierte sie aus seiner Glaskabine heraus. Dem hie und da im Klub verstreuten Publikum blieb es selbst überlassen, ob es zuhören wollte oder nicht. Letzteres fiel aber schwer: der Klangteppich der »Radioshow« war im Wortsinn alles überdeckend und überbordend, so dass diejenigen, die sich ihm nicht hingeben wollten, lieber das Weite suchten. Am ersten Donnerstag entschieden sich die allermeisten dafür, sie verschwanden einzeln oder in ganzen Gruppen. Am schwersten zu ertragen war die zweite Viertelstunde, als die *Flucht* massenhafte Züge annahm, dann stabilisierte sich die Lage, der Exodus verlangsamte sich, tröpfelte nur noch, und am Ende des einstündigen Programms waren im Klub noch ungefähr acht Freaks übrig geblieben. Der gute Servus aber war es für den Anfang durchaus zufrieden.

Rotsky hatte das Radio in seinen Teenagerjahren lieben gelernt, als er überhaupt lernte zu lieben. Junge Leute, die in völlig anderen technologischen Verhältnissen geboren und aufgewachsen waren und nie im Leben die Verzweiflung gespürt hatten, wenn das Radiogerät, der allerliebste Freund, nur noch kalt zischt und gurgelt, weil die Spezialorgane den *subversiven* ausländischen Sender stören – solche jungen Leute waren natürlich keine leichte Beute. Sie erwarteten üblicherweise *Livemusik* oder einen *normalen DJ*, und den meisten war nicht ganz klar, was dieser schräge Alte wollte und warum er hier herummachte. Aber sie kamen nicht wirklich dazu, sich zu langweilen: jeden Donnerstag ging Rotsky mehr in seiner Mission auf, packte den Stier bei den Hörnern, wuchs über sich hinaus, überrollte sie und ihren Widerstand mit seinem Klang-Bulldozer, verwandelte diesen dann in sein Gegenteil, streichelte und umarmte, schlug mit Wucht zu, fetzte, feuerte und liebkoste, drückte aufs Gehirn und ließ es explodieren, schaute unter die Gürtellinie, quetschte Eier, leckte die Klitoris, und bei all dem vergaß er sie, ihre Anwesenheit und überhaupt alles und jeden, tauchte ein in seine Musik und die Geschichten seiner Erinnerung. Im Verlauf von ein oder zwei Stunden (die Dauer seiner Programme variierte) stülpte er Berge um, jonglierte mit Stilrichtungen, Rhythmen und Namen, webte seine wunderbaren Suiten aus Orchestern, Solisten, Gitarren, Jazzimprovisationen, Sympho, Progressiv, Prog- und Postrock, Standards, aus afrikanischen oder kreolischen Stimmen, japanischen Liedern von der Westküste Kanadas, aus korsischer und georgischer Polyphonie, aus Kammerkonzerten, elektronischer Musik der 50er, Elektronik der 60er, Elektropop der 70er, Elektropunk der 80er, Elektroindie der 90er, Elektrorave der Nullerjahre und Cyberdrive der 10er und 20er, aus pathetischen Sonaten, Hawaii-Ukulelen, jamaikanischen Posaunisten, äthiopischen Trompetern, provençalischen Troubadouren, ans Ufer gespülten somalischen Piraten, in zerbeulten Jeeps erschossenen transkarpatischen Schmugglern sowie natürlich Organisten, Spinettisten, Cembalisten, Zymbalisten, Pianisten – überhaupt Tastenintrumentalisten aller Art.

Einmal brachte ihm ein Mädchen mitten im Programm ein Glas Wein in die Kabine. Zu dem Zeitpunkt hatte Rotsky seines schon geleert und saß auf dem Trockenen. Von da an wurde es ein Ritual: Je mehr Gläser Rotsky im Verlauf des Abends leerte, desto zugedröhnter wurden alle um ihn herum. Rotsky aber wurde nicht, er machte betrunken.

Er gewann neue Fans, und immer mehr Menschen fanden sich in der »Xata morgana« ein, um den *Typ mit dem*

Vogel zu hören. Edgar begleitete ihn immer in die Kabine, sprang von seiner Schulter und setzte sich auf den Platz zwischen dem Bildschirm des Klubcomputers und dem Mikrophon. Rotsky erwartete die ganze Zeit, dass er gleich anfangen würde zu sprechen.

Am vierten Donnerstag war der Klub bis auf den letzten Platz gefüllt. Nach dem Programm Standing Ovations. Dann folgte langes Fotografieren, und Rotsky gab Autogramme.

»Mit fünfzehn habe ich nur verbotene Musik gehört«, sprach Rotsky einer jungen Korrespondentin des lokalen Emigrantenportals »Unsere Gemeinde« ins Diktaphon. »Ihr Jungen seid in einer ganz anderen Zeit geboren und die Wortverbindung ›verbotene Musik‹ mag für euch absurd klingen. Kann es verbotene Liebe geben? In unserem Land heutzutage schon.«

Das Interview erschien am nächsten Morgen, unter dem bemüht reißerischen und mäßig klick-attraktiven Titel »Mit fünfzehn machte ich verbotene Liebe«.

Als er es auf dem Bildschirm entdeckte, verzog sich Myromyr-Slavojar Servus' Gesicht zu einem breiten glücklichen Lächeln.

Wir wären naiv, wollten wir, wie Josip Rotsky, annehmen, dass dieses Wunder, die plötzliche Erfolgswelle, nur Talent und Leidenschaft zu verdanken war. Ja, Rotsky war toll. Trotzdem ging es nicht ohne klandestine und kalkulierte Stimulation. Die hatte der Chef des Klubs organisiert, nachdem die Einnahmen der vorherigen Donnerstage hinter seinen Erwartungen zurückgeblieben waren. Zwar war die finanzielle Seite der ganzen Angelegenheit für Servus nicht ausschlaggebend. Aber wo steht denn, dass man sich nicht auch um Zweitrangiges kümmern muss?

Meph und seine Mitarbeiter hatten in alle einschlägigen Plattformen und Gruppen eine Serie von Hashtags gesandt wie #HeldUnterUns und #RotskysHeldentat. Diese Nachrichten enthielten vor allem Winke und Andeutungen, die von Personen, denen der Kontext geläufig war, sofort durchschaut wurden. Josip Rotsky, so ergab sich aus den Nachrichten, war unmittelbar beteiligt an der geheimnisvollen Liquidation des DIKTATORS, des vorletzten in Europa. Davon habe man sich vor kurzem noch durch ein Viersekunden-Video vom *Anschlag* überzeugen können. Wobei unklar blieb, womit der Schlag ausgeführt wurde. Und das Video war nicht mehr aufzufinden: auf jede beliebige Anfrage, die die Worte »DIKTATOR« und »Anschlag« enthielt, zeigten die Suchmaschinen unweigerlich 404.

Bemerkenswert, dass Josip Rotsky, der schon lange einen großen Bogen um die sozialen Netzwerke machte, nichts davon ahnte, dass er in nur wenigen Tagen vom verschrobenen und marginalen Radiomoderator zum furchtlosen Helden des Widerstands avancierte. Am vierten Donnerstag strömten sie alle als lebendige, erregte Masse in die »Xata morgana« – Anführer und Aktivisten, Hoffnung der Nation, Blüte der Emigration, *unsere Gemeinde*, unabhängige Geschäftsleute, intellektuelles Plankton, anonyme Gastarbeiter, Angepasste, Flüchtlinge und Vertriebene, vor allem aber Studierende der Informatik, Medizin, Wirtschaft und Kulturologie – um nicht irgendwen, sondern ihren großen Rächer live zu sehen und zu berühren. Das Wort »Rächer« verwendeten einige synonym mit »Retter« und meinten »Messias«.

Diese Veränderungen entgingen Rotsky, trotz seiner bis vor kurzem noch absoluten Vorsicht. Dass sich der Flop plötzlich in Erfolg verkehrt hatte, schrieb er, wie wir schon wissen, in seiner Verblendung dem innovativen Charakter seiner »Radioshow« zu und der geschickt ausgewählten Musik. Und es überraschte ihn nicht, wie offenherzig ein Klubmädel nach dem anderen sich ihm an den Hals warf. Mit Leichtigkeit schaltete er in den polygamen Modus – und ein Kaleidoskop meist kurzlebiger, stürmischer Beziehungen begann zu blinken. Dabei gilt es auch die räumlichen Gegebenheiten zu beachten: Ich erinnere daran, dass Rotskys Wohnung direkt über dem Klub lag, und mehr als eine Malica ließ diese offensichtliche Bequemlichkeit als Argument gelten.

Alle (Rotsky bemerkte es erst später) begannen mit A: Ariadne, Adriana, Arianda und Ariana, Arina, Aljona, Alyona, Aksana, Aksinja, Alina, Alissa, Antonina und Antonia, Aneta und Anette. Es gab auch Adele und Adelaida. Annamaria und Anna-Maria sowie Alpha-Omega. Ein bisschen davon jedenfalls.

Der Rechner Edgar konnte sie gar nicht mehr zählen. Aber er verurteilte seinen Kumpel nicht, jedenfalls ließ er sich nichts dergleichen anmerken.

Vielleicht, weil er von der Höhe seiner zwei Jahrhunderte herab und im Hinblick auf Rotskys Jahre nur zu gut wusste: Allzu viele Mädchen blieben dem Alten nicht! Soll er ruhig Körper und Seele auf Abwege bringen.

Rotskys Wege führten, wie wir wissen, vor allem in seine Wohnung.

Edgar hatte recht, was das Alter seines Mitbewohners anging. Josip Rotsky hatte genau jene komfortable Grenze erreicht, nach der er beim Sex endlich völlige Freiheit genießen konnte. Nicht die postpubertäre stürmisch-naive, unharmonische und schrille Abhängigkeit des Anfängers, nicht die krisenhafte, krampfartige Verzweiflung des 40-jährigen jugendlichen Liebhabers, zu jeder zitternden

Torheit bereit – Hauptsache der Altersunterschied war größer als zwanzig –, nein, ihn leitete die konzentrierte und umsichtige, wählerische Herangehensweise des erfahrenen und leicht übersättigten Connaisseurs, fähig zu bewerten, auszuwählen, den rein erogenen Parametern folgend. Eine Art gemessenes Kreisen des Rabenfreundes, des alten Falken, über dem TAL DER UNBEGRENZTEN BEUTE, wenn das Leben sich endlich zuvorkommend zeigt und etwas schenkt und das Angebot die Nachfrage endlich übersteigt. Oder anders ausgedrückt: wenn die Fähigkeit sich zu verlieben auf natürliche Weise versiegt ist, sich aber andererseits so viel allgemeine Liebe angesammelt hat, dass sie zu viel ist für die eine Einzige allein, es ist katastrophal, unermesslich, sie reicht für alle und jede auf der Welt und nicht nur für die eine, die es – das weißt du – nicht geben wird, denn es hat sie schon gegeben.

Rotskys Abende in der »Xata morgana« wurden also Kult, und hie und da replizierten sie sich. Wer könnte auf dem Grund liegen bleiben, wenn der Ruhm, und sei er auch flüchtig und lokal, ihn so hitzig umarmte! Und welcher Ruhm wäre denn nicht flüchtig und lokal?

Am sechsten oder siebten Donnerstag tauchten im Klub FREMDE auf. Nicht dass sich die bisherigen Besucher alle persönlich gekannt hätten und die FREMDEN deshalb sofort ins Auge gesprungen wären. Tatsächlich vergrößerte sich der Kreis jedes Mal, neue Gesichter waren also absolut erwartet und willkommen.

Aber die FREMDEN waren fremd – das unterschied sie. Ihr Fremdsein konnte man drei Meter gegen den Wind riechen. Auch das hiesige Idiom kannten sie nicht und versuchten gar nicht, es zu sprechen. Eigentlich sprachen sie überhaupt nicht.

Warum aber war das problematisch? Die offene Stadt Nashorn, Perle des lieblichen Mittelosteuropa, nahm alle möglichen Flüchtlinge in ihren liberalen offenen Schoß auf: kommt her, findet euer zweites Zuhause. Afrikaner und Afghanen, Libyer und Libanesen, Syrer und Assyrer, Roma, Urum, Rumäer und alle anderen – you are very welcome.

Wen also sollten irgendwelche Auswärtigen im Klub stören? Sollen sie doch kommen und sich umschauen. Sich mit dem Umfeld vertraut machen und ihre eigene Nische suchen.

Aber genau das war der Punkt: die Nischen. Denn die FREMDEN hatten nichts von Nischensuchern. Was heißt hier Nischen, wenn es sich um Bosse handelt!

Ja, es war MOB. Seine Leute. Nicht das REGIME – das zagte und zögerte noch. Aber MOB war schon da.

4

Kein Mob der Erde hätte Rotsky je nachgestellt, wären da nicht die fast zwölf Monate, die er im Gefängnis der Schweizer Stadt Z. verbrachte. Genauso lange dauerte das Verfahren in Sachen seiner, milde ausgedrückt, umstrittenen Tat.

Josip Rotsky wurde am dritten Tag nach seiner Festnahme im Alpen-Grand-Hotel »Waldheim« und dem sofort verhängten Haftbefehl in die Justizvollzugsanstalt von Z. überstellt. Die Festnahme erfolgte direkt am Tatort. In den Protokollen hieß es, der Festgenommene habe nicht versucht zu fliehen, weder dem Sicherheitsdienst des Hotels noch der von Letzterem alarmierten Kantonspolizei leistete er Widerstand.

Die ungewöhnlichen Umstände und vor allem das große Aufsehen, das der Fall erregte – im Land und international –, erlaubten es dem Gericht nicht, lange nachzudenken und abzuwägen. Das Ersuchen um sofortige Auslieferung, das aus dem Herkunftsland des Tatverdächtigen eintraf, wies das Gericht zu Rotskys Glück entschieden zurück. Sein Pflichtverteidiger lenkte die Aufmerksamkeit gleich auf Rotskys Aufenthaltsstatus: Er wartete noch auf seinen Asylbescheid, und weil er im Falle seiner Rückkehr unvermeidlich härtester staatlicher Verfolgung ausgesetzt wäre, hatte er allen Grund zu hoffen. Der Vorfall im Hotel »Waldheim« allerdings verschlechterte seine Chancen erheblich und verkomplizierte die ganze Situation.

Das Gericht sah alle vier speziellen Haftgründe als gegeben an, um Rotsky in Untersuchungshaft zu nehmen.

Für die Entscheidung hätte auch ein Haftgrund genügt, hier lagen aber alle vier vor. Auf freiem Fuß könnte der Verdächtige: fliehen und sich verstecken (Fluchtgefahr), den Fortgang der Untersuchung verdunkeln – lies: behindern (Verdunkelungsgefahr), das Verübte wiederholen (Wiederholungsgefahr) oder aber irgendeine andere kriminelle Handlung begehen (Ausführungsgefahr). Bei so einem Typen musste man auf alles gefasst sein.

Es war also unmöglich für Rotsky, nicht hinter Gittern zu landen. Dass er dort landete, verwunderte ihn auch nicht, wohl aber etwas anderes – gewisse Details. Bei der *Immatrikulation* (wie sonst zum Teufel sollte man diese »Eintrittsabteilung« übersetzen? wie sich nicht als Abiturient fühlen?) nahm man ihm seine Allerweltsuhr ab und gab ihm dafür eine Gefängnisuhr. Rotsky scherzte sogar in Richtung des *Obereintrittswärters*: »Jetzt hab ich es endlich auch zu eine Schweizer Uhr gebracht.« Der andere aber zeigte wenig Neigung, den Humor des Neuankömmlings zu würdigen, und fuhr routinemäßig fort, Jos' biometrische Daten aufzunehmen (Größe, Gewicht, anliegend die Fingerabdrücke) und grübelte eine Zeit lang über der Spalte »Augenfarbe«. Schließlich flüsterte ihm seine dienstliche Intuition etwas Durchschnittliches ein wie »grau-grün« oder »blau-grau«. Damit war die Prozedur beendet – und Rotsky wie ein Erstsemester aufgenommen.

Die Justizvollzugsanstalt in Z. stellt einen bemerkenswerten Mix aus Epochen und Stilelementen dar. Ursprünglich war das Gebäude der frisch erbaute Wirtschaftshof eines bedeutenden Zisterzienserklosters gewesen, das im Zeitalter zunehmender Säkularisierung einen unaufhaltsamen Niedergang erlebte und schließlich unter die Verwaltung der weltlichen Staatsmacht kam, die sich nicht lange mit der Suche nach der besten Nutzungsmöglichkeit aufhielt und eines schönen Tages Ende des vorletzten Jahrhunderts die ersten Mörder, Vergewaltiger und Räuber auf das Gelände verbrachte, insgesamt 53 Personen. Seitdem hat sich im Strafvollzug des Kantons viel verändert, überwiegend, aber nicht nur, im Sinne von Erleichterungen. Der Wirtschaftshof selbst dehnte sich aus und erhielt neue Gebäude – eher unansehnliche, verglichen mit dem historischen Klosterkern, der einmal in allen möglichen Gedächtnisregistern fest verankert gewesen war. In eines dieser Gebäude packte man Josip Rotsky, und dort, in einer Zelle von zwei Metern Breite und drei Metern Länge, hielt man ihn den größten Teil der Zeit, die er einsaß. Eine kürzere Spanne war er hingegen in Ausschaffungshaft: Nachdem sein Asylantrag endgültig abgelehnt worden war, verlegte man ihn in ein anderes Gebäude, mit Zellen, die ihm viel geräumiger erschienen – geeignet für die zehn temporären Pechvögel, die man demnächst aus den Grenzen dieser ersehnten, aber nicht über jeden Gast gleichermaßen erfreuten Schweiz ausweisen würde.

Leute, die sich mit Schweizer Orten von Freiheitsentzug und Freiheitsbegrenzung auskannten, bezeichneten die Vollzugsanstalt in Z. als »keinen guten Ort«. Als ob es auf der Welt auch nur ein Gefängnis gäbe, von dem man das Gegenteil behaupten könnte! Aber dass dieses Etikett so eng und unverbrüchlich mit Z. verbunden war, deutet darauf hin, dass man in der Schweiz auch besser sitzen kann. Wie ähnliche Einrichtungen in seinem eigenen Land aussehen mochten, wusste Rotsky nur aus Erzählungen, ein paar Filmen und wenigen Büchern (die er seinerzeit nicht mit der notwendigen Aufmerksamkeit gelesen hatte), sowie aus der unendlichen Menge krimineller, vor allem musikalischer Folklore, die er, in der

Zeit, als er fast zum Alleinunterhalter abgerutscht war, selbst ein bisschen gespielt hatte: ein oder zwei Hochzeiten und eine feierliche Einberufung in die Armee, mehr nicht.

Das Erste, was er dem Gefängnisdirektor in Z. beibrachte, der Klavierstunden bei ihm nahm, war die »Murka«, das bekannte russische Ganovenlied. Der Direktor begann gerade, die traditionellen Weihnachtsfeierlichkeiten vorzubereiten. Dazu gehörte auch ein integrativer Bunter Abend für Insassen und Personal, wo er mit einigen selbst vorgetragenen Musikstücken Furore machen wollte. Die »Murka« passte perfekt.

Seine Vorstellung von den Straflagern und Kerkern in seinem Heimatland führte dazu, dass Rotsky schon in einer der ersten Unterrichtsstunden mit ihn selbst überraschender familiärer Direktheit äußerte: »Für Ihren Beruf sind Sie richtig feinsinnig.« Das meinte vor allem die Finger, aber der Direktor, schlank und, wie Rotsky, von jungenhaftem und leichtem (dank der unabänderlichen Brille auch ein bisschen botanischem) Typ, antwortete betont trocken: »Ich bin studierter Pädagoge, Lehrer für Sprache und Literatur.« Rotsky zog den Kopf ein und erklärte, dass in seinem Land eher Militärs, also Offiziere auf solchen Positionen säßen, »mit Holzhammerpranken, Stiernacken und Physiognomien, von denen ich besser schweige, weil mir selbst in meiner Muttersprache die Worte fehlen«. »Das sind Stereotypen«, widersprach ihm der Schweizer Direktor. – »In Wirklichkeit ist ein Gefängnis in jedem Land kein guter Ort (genau das sagte er). Und wir, die Wächter, sind genauso unglücklich wie unsere Gefangenen.« »Ich würde gerne tauschen, um das zu überprüfen«, hätte Rotsky fast geantwortet, wollte aber lieber nicht weiter provozieren. Die äußerliche Ähnlichkeit führte zu einer ihnen selbst nur halb bewussten Sympathie. Manchmal sahen sie wie Brüder aus, wobei niemand hätte sagen können, wer der kleine war – beide wirkten so.

Im Oktober und November gab Rotsky ihm dreimal in der Woche Unterricht. Wobei der Direktor aus dienstlichen Gründen fast ein Viertel der geplanten Stunden ausfallen lassen musste. Dann erhielt Rotsky die Gelegenheit, für sich zu spielen. Irgendwann in der Zukunft würde ihn die letzte Geliebte fragen, was er denn die ganze Zeit im Gefängnis gemacht hätte, und Rotsky würde antworten: »In die Tasten gehauen« – ohne große Übertreibung.

Der Direktor überredete ihn, ein eigenes Programm auszuarbeiten und zuerst im Gefängnis aufzutreten und dann draußen im Städtchen, zum Beispiel im »Kultur-Kasino« mit seinem Saal für 450 Plätze – warum nicht. »Wird man mich unter Bewachung dorthin bringen?«, erkundigte sich Rotsky. »Das kann ich Ihnen nicht versprechen«, sagte der Direktor. »Ein Honorar hingegen schon. Sie haben doch nicht vor zu fliehen?«

Nein, der Knast in Z. war nicht die Hölle auf Erden. Allenfalls das Fegefeuer. Sogar ein ziemlich gut gefegtes Fegefeuer. Keine verlausten Baracken mit Ausgemergelten, kein Schweiß und Gestank, keine von Tuberkulosestäbchen durchdrungenen Wände. Keine lebenden Toten, keine Wassersuppe, Brotrationen, kein *zum Leben zu wenig, zum Sterben zu viel.* Keine beißende Kälte, keine unerträgliche Hitze. Keine Knasthierarchie – Könige und Aussätzige. Keine Prügel, keine Folter, keine Vergewaltigungen und kein Karzer. Kein Verrecken.

Aber doch Seufzer – von einigen hundert erwachsenen

und traurigen Männern. Für sie gab es hier doch eigentlich alles: Musikstunden und Fitnessräume, Sprachkurse und die Bibliothek, einen Computerraum und einen Fußball- (nein, keinen Golf-) platz, eine Sauna und dreimal am Tag gesundes Essen mit vegetarischem und veganem Menü, sechs Stunden Schlaf, Träume, heimliche Ausblicke auf den See, wo Freiheit war und Unabhängigkeit. (Der Seeblicke wegen nutzte Rotsky häufiger das Recht auf freiwillige körperliche Arbeit und meldete sich in den Weinberg, von wo man, und sei es aus den Augenwinkeln, ein Stück Seeoberfläche stehlen und sie sich für einen Moment aneignen konnte – mehr verlangte er gar nicht).

Alles stand ihnen offen – wenn sie sich nur auf den rechten Weg begeben, bekennen und bereuen würden.

Stattdessen schnitten sie sich ab und zu die Pulsadern auf. Drehten durch. Schlugen die Köpfe gegen die Wand. Schluckten Gabeln und Spritzen. Narkotisierten, onanierten. Halluzinierten. Hatten Sex miteinander. Kein guter Ort.

Und das, wo fast die Hälfte von ihnen – die weniger verbrochen hatten, geringere Strafen, mildere Urteile – sich in der sogenannten Halbgefangenschaft befand. Morgens gingen sie in die Freiheit, erfüllten während des Tages ihre beruflichen und dienstlichen Aufgaben und kehrten abends brav ans Tor zurück, in die Zelle, hinter Gitter, in das zisterziensische Fegefeuer mit seinem sechsstündigen, reinigenden Schlaf. Wären da nicht ihre chronisch grauen Gesichter, keiner draußen hätte geglaubt, dass sie Häftlinge waren.

Ja, das ist wichtig: Trotz der gesundheitsfördernden Arbeit in der Landwirtschaft (Käserei, Molkerei, Hühnerstall, Gemüsegarten und Weinberg), der frischen Luft und der drei exzellenten Bio-Mahlzeiten am Tag, stachen ihre Gesichter vor allem wegen ihrer grauen Farbe unausweichlich ins Auge.

Die Mischung aus Verurteilten und solchen, wie Rotsky, deren Verfahren noch liefen, bedeutete eine große Verbrechervielfalt. Kleine Laden- und Taschendiebe, seltene romantische Bank- und Posträuber, Diebe von Autos der Extraklasse, von wertvollen Juwelen und klapprigen Fahrrädern, Uhrenfälscher, Online-Betrüger, entlarvte und entehrte Korruptionäre, Vergewaltiger, Pädo- und Zoophile, Mörder. Von Letzteren gab es sehr wenige, aber wenn das Verfahren anders gelaufen wäre, hätte Rotsky gute Chancen gehabt, ihre Reihen auf lange Zeit zu verstärken.

Wie jede andere in jenem Land, war die Vollzugsanstalt in Z. eine Art Völkergefängnis. Soll heißen, Rotsky war nicht der einzige Ausländer dort. Vielmehr gab es ihrer eine ganze Legion: Marokkaner und Albaner, Georgier und Kopten, Türken und Usbeken, ein, zwei Landsleute, Äthiopier und Inder (oder waren es Roma?), Rumänen, Serben und solche, die bis vor kurzem Russen genannt wurden. Mit den Serben (oder waren es Mazedonier?) plauderte Rotsky sogar ein wenig, erwähnte die früheren Tourneen und operierte dabei mit selbsterfundenen Ausdrücken wie »lepoje vremeco« und »vrlo perfektno«. Die Serben lachten darüber, der Älteste hatte furchtbar schlechte, der Jüngste schöne goldene Zähne. Es waren mehrere, diese Serben aus Mazedonien.

Und dann noch ein Amerikaner. Mutterseelenallein, wie Rotsky.

»Nachts stöhnt die ganze ausländische Legion«, notierte er sich in entfernten Kammern seines Gedächtnisses. »Den Einheimischen geht es besser – sie haben jemanden, der sie besuchen kommt. Und Kondome bekommen sie kostenlos dazu. Die Ausländer aber, fast alle illegal und einsam, werden, wenn es hochkommt, ab und zu von einem Anwalt besucht. Aber der hat keinen Sex im Angebot. Die Ausländer begnügen sich mit nächtlichem Stöhnen. Ich manchmal auch.«

Rotsky träumte von einem eigenen nächtlichen Radioprogramm. Dafür hortete er Wörter und Sätze.

Während der ganzen Zeit kam er nur zwei Mal aus der Anstalt heraus: als man ihn für ein kriminalistisches Experiment ins Grand Hotel »Waldheim« brachte; und als der Direktor ihn zu sich nach Hause mitnahm, damit er auf dem Geburtstag seiner Frau spielte.

Ob diesbezüglich irgendein Verstoß gegen die Dienstvorschriften vorlag, erfuhr Rotsky nie. Der Direktor war ein Linker – Sozialist, Anarchist oder Grüner, so dass er vielleicht keine konservative, sondern eine dialektische Einstellung zu Vorschriften vertrat.

Bei beiden Ausflügen ließ Rotsky es sich so richtig gutgehen.

Im Grand Hotel hatte er (nach vorheriger Vereinbarung) ein Blitz-Date mit Anastasia, die er auf seine Art Anästhesia nannte – eine der Kellnerinnen, ein lebhaftes portugiesisches Mädchen, das ihn auch früher nie abgewiesen hatte. Während ihn die begleitenden *Betreuer* in den Toiletten und Duschen der untersten Etage suchten, erreichte der mit den Personalfluren gut vertraute Rotsky den Seitenflügel, wo die Dienerschaft wohnte – und die anästhetische Anastasia ließ ihn ein. Das kriminalistische Experiment war aus Sicht Rotskys mehr als gelungen: er schaffte es, zweimal zum Höhepunkt zu kommen. Anastasia, so schien es, auch, aber bei ihr wusste man nie so genau.

Im Hause des Direktors konnte er nicht ganz so weit gehen, zog aber recht erfolgreich die dem Aussehen nach minderjährigen Zwillingsmädchen in seinen Bann, die ihn mit zufälligen Berührungen und anderen Tricks ernsthaft erregten. Dem trainierten Blick des Direktors und seiner Frau, ebenfalls Pädagogin, Lehrerin in irgendeiner Einrichtung für Schüler mit besonderen Begabungen oder vielleicht auch besonderen Bedürfnissen, konnten diese Anzüglichkeiten gar nicht entgehen, aber sie mischten sich nicht ein. Beiden schien es, dass keine wirkliche Gefahr bestand – bis zum Äußersten zu gehen hätte sich Rotsky sowieso nicht erlaubt. Dafür spielte er an jenem Abend ohne Rücksicht auf seine Finger, spielte so gut wie seit den Barrikaden-Zeiten nicht. Es gefiel ihm sogar selbst. Und was das Publikum anging – es brach nicht gerade in Begeisterungsstürme aus, wurde aber merklich angeregter und positiver.

Eines Tages, als er im Musikzimmer des Gefängnisses saß, versuchte Rotsky, sich an »Beyond the Pale« zu erinnern. Es war keine allzu schwierige Aufgabe, so dass er ziemlich rasch den Refrain fand und, begeistert von den parallelen Wegen, auf denen man zum Thema zurückfinden konnte, gar nicht bemerkte, dass neben ihm der Amerikaner aufgetaucht war, Jeffrey Subbotnik. Das Spiel vierhändig fortzusetzen war kein schlechter Zeitvertreib: der Amerikaner verspielte sich zwar, aber immer irgendwie passend, und sie brachen ab und zu in solidarisches Musikerlachen aus. Vor allem Rotsky improvisierte über das Thema. Subbotnik war für die Downbeats zuständig. Sie verließen das Musikzimmer beinahe als Freunde. Und das blieben sie auch. Ohne jemals Freunde zu werden – immer Beinah-Freunde.

Jeffrey Subbotnik (anderen Angaben nach Jerry Sabbatnik) war kein Musiker. Obwohl es viele Musiker gibt, besonders Stars und besonders aus Amerika, die es vorziehen, ihre Steuern in der Schweiz zu zahlen, gewöhnlich indem sie dort Immobilien erwerben, mit der betreffenden Gemeinde einen Deal schließen und danach jährlich eine fixe runde Summe für deren Bedürfnisse überweisen. Auch Subbotnik, obwohl kein Star (jedenfalls keiner aus dem Show-Biz), hatte so einen Deal geschlossen, ihn aber wohl nicht akribisch erfüllt. Jedenfalls saß er deshalb in Z. ein. Man warf ihm – das war allgemein bekannt – Steuerhinterziehung in fast astronomischer Höhe vor. In der spezifischen Bildhaftigkeit der Schweizer Sprache war es wohl angebracht, Jeffrey Subbotnik mit dem starken Ausdruck Steuersünder zu belegen, und es ist schwer zu sagen, welche der Semantiken – die ökonomische oder die religiöse – ihn schwerer treffen sollte.

Dieser extrem erschöpfte Mann mit der Haut eines selbst vor dem Hintergrund des allgemeinen Gefängnisgraus erkennbar Kranken, der Einzige in der ganzen Verbrecherversammlung, dem die ebenso graue Gefängniskleidung auf wunderliche Weise gut zu Gesicht stand, dieser Mann also war weit bedeutender als ein gewöhnlicher Steuersünder. Die Untersuchungen in seinem Hauptverfahren dauerten schon ein paar Jahre, während deren er, wenn er auch abmagerte und körperlich verfiel, doch niemals aufgab.

Jeffrey Subbotnik (das wusste das ganze Gefängnis) war ein Genie. Seine bedeutendste Leistung war die 22. Version des Spiels powxq, besser bekannt als Spiel mit den Hemisphären oder Superhirn, – ein Mix aus Finanzpyramide, mystisch-okkulten Praktiken, Online-Casino, Scientology, Neuropsychologie, Kombinatorik, Kryptowährung-

Block-Chain und – Obacht! – *virtuell-rituellem Finanzismus* der jüngsten Generation. Die führenden Strafverfolger des Vereinigten Westens fanden sich, wenn sie kopfüber in seine listenreichen Kombinationen eintauchten, darin nicht zurecht und waren nicht in der Lage, die hunderttausend Seiten umfassende Anklageschrift dorthin zu senden, wohin sie gehörte – ans Gericht. Obwohl einige Episoden fast völlig aufgeklärt werden konnten, entzogen sich ihnen gewisse Aspekte, elementare und weniger wichtige, es entstand kein umfassendes Bild, und das in skrupulöser analytischer Arbeit von dutzenden und hunderten Detektiven zusammengesetzte Puzzle konnte jeden Moment für immer in Millionen Brown'sche Teilchen zerspringen.

Subbotnik aber fühlte, dass das Ende nah war. Sein Grundvermögen (praktisch sein kompletter Einsatz) driftete langsam, aber unbeirrt in ihre Zugriffszone. Sie kamen näher. Es war nur noch eine Frage der Zeit. Es sei denn, ihnen unterliefe ein fataler Fehler, womit zu rechnen er sich aber nicht gestattete.

Ihn quälte außerdem eine der zehn unheilbaren tödlichen Krankheiten dieser Welt, und das ließ ihm vier Optionen.

Rotskys Unterhaltungen mit Subbotnik wurden häufiger, nachdem dessen Anwälte aufgrund aktueller medizinischer Indikatoren einen weiteren kleinen Erfolg erzielt hatten und der Bewegungsradius des VIP-Gefangenen auf dem Anstaltsgelände *aus humanitären Erwägungen* vergrößert wurde. Sie trafen sich nicht mehr nur im Musikzimmer oder in der Bibliothek, sondern auch beim Hofgang. Dort setzte Subbotnik Rotsky überraschend Teil eins seines Vorschlags auseinander. Rotsky verstand nichts.

Das Einzige, was er aus Subbotniks Plan herauslesen konnte, war ein durch nichts gerechtfertigtes unmotiviertes, absolut grenzenloses und tumbes Vertrauen.

»Warum ich?«, fragte Rotsky. »Wer bin ich schon für Sie?«

»Als Finanzbetrüger von höchster Meisterschaft schätze ich Rechtschaffenheit mehr als alles andere«, erklärte Subbotnik.

»Rechtschaffenheit?« Rotskys verschiedenfarbige Augen wurden rund vor Erstaunen. »Verwechseln Sie mich vielleicht mit jemandem?«

»Keineswegs«, beruhigte ihn Subbotnik. »Sie scheinen mir weder alkoholabhängig noch drogen- oder spielsüchtig zu sein. Man kann Ihnen eine große Summe anvertrauen, ohne befürchten zu müssen, dass Sie sie zum Fenster hinauswerfen, sobald Sie über sie verfügen. Das sind für mich Indikatoren hinlänglicher Rechtschaffenheit.«

»Kein Alkoholiker zu sein ist ein Indikator für Rechtschaffenheit?«, Rotsky lachte. »Ich dachte immer, das Gegenteil wäre der Fall.«

Das letzte Wort blieb ungesagt, denn ihr lebhafter Gedankenaustausch zog die Aufmerksamkeit des Betreuers auf sich, der in seine Trillerpfeife stieß und sich ihnen dann in zackigen, langen Schritten näherte. (Beiläufig sei bemerkt: Die Anstalt in Z. hatte seinerzeit aus Prinzip auf den politisch nicht korrekten Begriff »Aufseher« verzichtet zugunsten des humaneren »Betreuers«.)

Dieser letztlich unauffälligen, aber entscheidenden Episode folgten zwei weitere, und beide waren mit Musik verbunden. Besser gesagt – an sie gebunden. Jede hatte ihren Anteil daran, dass Subbotnik Rotsky erwählte. Beherrscht von seiner tödlichen Krankheit und im Angesicht der entscheidenden Operation bemerkte Subbotnik selbst nicht, wie seine in Jahrzehnten gewachsene originelle und feinsinnige Religiosität sich in einen ziemlich primitiven, aber absoluten Aberglauben verwandelt hatte. Er begann, überall Omen, Auspizien und Vorhersagen AUS DEM JENSEITS zu erkennen. Tatsächlich lauerte am Horizont unwiderruflich sein finales Entweder-oder (AUS DEM JENSEITS? und wenn INS JENSEITS?), also horchte, spähte und interpretierte er unablässig und argwöhnisch. Und versuchte sich in Prophezeiungen: jede Situation, die zwei Möglichkeiten in sich trug, konnte zum Gegenstand seines eifrigen Spiels mit dem Unausweichlichen werden. Eine maximal simplifizierte Beta-Version der Hemisphären.

Wenn der Direktor heute mit dem Rad zum Dienst kommt, dann. Wenn mit dem Pick-up, dann. (Als überzeugter Öko-Aktivist nahm der Direktor viel häufiger das Rad, das Spiel um die Transportmittel des Direktors war nicht fair).

Wenn ich es heute Nacht schaffe, sechs Stunden ohne Krampfanfall durchzuschlafen, dann. Wenn nicht, dann. (Nächte ohne Krämpfe gab es viel weniger, in diesem Spiel war er ziemlich chancenlos).

Wenn die »Redskins« die »Lions« besiegen, dann. Wenn sie verlieren, dann. (Endlich mal ein fifty-fifty-Spiel: in dieser Saison kämpften die »Redskins« und die »Lions« auf Augenhöhe).

Und wenn du einen Mann mit verschiedenfarbigen Augen triffst, dann versäume nicht zu beobachten, welches er zuletzt schließt, bevor er einschläft.

Und so weiter und so fort.

Das erste von zwei Ereignissen, die ihn an Rotsky denken ließen, war, dass sie vierhändig »Beyond the Pale« spielten. Diesmal öffentlich – am Karfreitag, auf einem

Konzert, mit dem die Häftlinge ihre kollektive Dankbarkeit gegenüber dem Personal ausdrückten. Der Auftritt des Klavierduos »Rotsky//Subbotnik«, obwohl er genau so lange dauerte, wie das Lied im Original (drei Minuten und sechs Sekunden), rief einen unerhörten Begeisterungssturm der anwesenden Betreuer hervor, und die von ihrem Erfolg überwältigten Interpreten mussten dasselbe Stück noch zwei Mal als Zugabe spielen. Für Subbotnik waren das die ersten und letzten fünfzehn Minuten Popularität seines Lebens. Fünfzehn – einschließlich Applaus und Zugaben.

Das zweite Ereignis verdient nähere Betrachtung. Ins Gefängnis von Z. kam die Ikone des Neoaktionismus und hybride Urenkelin linker wie rechter Sozialrevolutionäre Dascha Etkin-Utkina, besser bekannt als daShootka, »melancholische Provokateurin technologischer und natürlicher Kontexte der transmutierten Postidentität« (so wurde sie von Kennern charakterisiert). Äußerlich war daShootka »ein Mittelding aus orthodoxer Heiliger und klassischer Bombenlegerin« und in der ganzen Welt für die wächserne, an alte und dekadente Opiumsüchtige erinnernde Blässe ihrer Haut sowie für ihre eisernen Fingernägel berühmt. Mit denen sie aus der kantonalen Gefängnisverwaltung nicht nur die Erlaubnis zu ihrem sozial-künstlerischen Experiment herauskratzte, sondern auch eine erhebliche Geldsumme zu seiner, zurückhaltend ausgedrückt, Unterstützung.

Seit dem Frühjahr besuchte sie das Gefängnis. Gut hundertfünfzig erwachsene, traurige Männer meldeten sich freiwillig zum Casting. daShootka musste jeden einzelnen von ihnen anhören. Ganz ihrem Image in der Klatschpresse folgend, bewegte sie sich in einer selbstgebauten elektrischen Tatschanka über das Gelände der Vollzugsanstalt. Zu ihrer wächsernen Blässe passte ihr irgendwie kaukasischer (ein Kenner hätte konkretisiert – armenischer) Typ, worauf die Klatschpresse ebenso hinwies. Die Neusilber-Zigarettenspitze ihrer Urgroßmutter (das Einzige, was sie seinerzeit vor den Bolschewiki hatten retten können) und die indischen Eukalyptuszigaretten – alles stimmte. Außerdem stimmte es, dass sie sich selbst gerne als »schwieriges Mädchen« (complicated babe) bezeichnete, dabei war sie schon über fünfzig.

Ob sie wohl wirklich kompliziert ist, überlegte Rotsky auf dem Weg zum Casting. In seiner Jugend hatte er zu viele Komplizierte ertragen müssen. Aber es lief gut: daShootka betastete nur ein paar Stellen seines mageren Körpers und zeigte sich sichtlich zufrieden mit dem Brustkorb. »Good skeleton«, lobte sie.

daShootkas Projekt sollte »101 ZoneAngels« heißen. Sie bereitete es für eines der prestigeträchtigsten Events Europas vor – eine Biennale, Triennale oder Pentanale mit außergewöhnlich hohem Coolness-Faktor. Das finale Objekt sollte den *privaten Raum eines Häftlings* zeigen, eine zeitgemäße Einzelzelle, *mit maximal sorgfältig ausge- und erwählten Produkten, Parametern und Proportionen,* wobei in Endlosschleife ein Phonogramm mit den übereinander gelegten Stimmen von einhundert und einem *Anwesenden* erklingen würde. Jede Stimme singt ihr eigenes Lied, das jeder Häftling selbst aussucht: *Seine Freiheit erschöpft sich darin, das eigene Lied zu singen.* Durch das massive Übereinanderlegen der Stimmen, Melodien, Worte und Sprachen entsteht im Raum etwas unglaublich Wunderbares, *ein imaginiert-klangliches Substrat irgendwo zwischen Symphonie und Kakophonie.* Jedes Lied kann man auch gesondert anhören, und zwar mithilfe eines speziellen interaktiven Katalogs, der es außerdem ermöglicht, ein Porträtfoto des Häftlingsinterpreten zu öffnen, sein Leben kennenzulernen, Grund und Dauer seiner Haft zu erfahren, *in seine Leiden und Erwartungen einzutauchen.* Ja, sogar ihm eine persönliche E-Mail zu schicken; die würde auf einem gesonderten Gefängnisserver gespeichert und der Häftling könnte sie an dem Tag lesen, an dem seine Haft endet und er die Anstalt in Z. verlässt – vielleicht als freundschaftliche Belehrung *für den guten Beginn eines neuen Wegs.*

(Die letzten sieben Wörter, wohl wegen ihres allzu glatten Idealismus, fügten sich nicht in den subversiv-harten daShootka-Style. Aufmerksame Beobachter könnten hier einen formalen, aber wohl unumgänglichen Kompromiss mit den Wünschen der kantonalen Verwaltung vermuten).

Das Lied, das Rotsky sang (Monty Pythons »Always Look On The Bright Side Of Life«) sollte eines von einhunderteins werden, wurde aber eines von einhundert. Denn es gab ihrer zwei, die, ohne sich abgesprochen zu haben, ein und dasselbe Lied sangen und damit die Zahl der ZoneAngels um eins verringerten. Jeffrey Subbotnik (denn er war der andere) konnte nicht anders, als darin ein weiteres ZEICHEN zu erkennen, das von DORT geschickt worden war. Von nun an zweifelte er nicht mehr an der Wahl des WÄCHTERS.

Meine Uhr zeigt bald eins. Hier ist Radio Nacht. Ich grüße alle, die sich jetzt erst zugeschaltet haben. In der letzten Viertelstunde sind Sie vor allem im Westen mehr geworden. Sogar aus Boulder, Colorado. Wie geht es Ihnen dort auf der anderen Seite?

Im Osten werden es weniger: sie schlafen ein. Gute Nacht, liebe östliche Freunde und Freundinnen.

Ich habe diese Nacht mit Worten begonnen, die viele von Ihnen wahrscheinlich schon vergessen haben. Aber ich will sie noch einmal aufgreifen.

Wenn Gott unser Vater ist, dann ist der Teufel unser engster Freund.

Einige werden das für Blödsinn halten, andere für Frechheit, wieder andere für Gotteslästerung. Ich muss es also kommentieren. Ein Kommentar zum Witz schwächt den Witz, ich weiß. Ich kann mich damit rechtfertigen, dass es ja gar kein Witz ist.

Wenn Gott unser Vater ist, dann ist der Teufel unser Busenfreund, einer, mit dem du im selben Hof aufgewachsen bist. Ein bisschen älter und offensichtlich viel erfahrener. Er ist wie jener Methodist: er lehrt dich und gibt in allem ein Beispiel. Obwohl der Vater längst den Umgang mit ihm verboten hat, wird er fortgesetzt – im Geheimen. Wobei der Vater ja davon wissen muss. Er muss von allem wissen. Manches würde er gerne nicht wissen, muss aber.

Ungefähr so erscheint dieses ewige Drama oder, wenn Sie so wollen, die ewige Komödie. Ich meine die Kindheit.

Schon in frühestem Alter zeigt sich die Zerrissenheit zwischen Vater und Freund. Mein Vater war ein absoluter Gott. Allerdings nur für einen einzigen Menschen auf der Welt – für mich. In diesem Sinne bin ich Gottes Sohn. Ich wuchs unter gemäßigten Atheisten auf, und das Wort »Gott« erklang in meiner kindlichen Welt äußerst selten. Das Wort wurde vernachlässigt, der Begriff davon aber nicht. Der Begriff war meinem Vater gleichgesetzt. Wenn es auf der Welt jemanden gab, der mich geschaffen, diesem Geschöpf Geist eingehaucht hatte und mich, trotz seiner Größe, klein und unwert, wie ich war, mit seiner ganzen grenzenlosen Liebe liebte, dann mein Vater.

Mein Freund, der drei oder vier Jahre älter war als ich, kam zu uns nach Hause. Er wohnte im selben Hof. Ich kann nicht sagen, welche Familie ärmer war – meine oder seine. Wahrscheinlich erreichten beide ein ähnliches Armutsniveau. Aber wir schafften es ein bisschen eher, einen Fernseher zu ergattern. Also kam er häufig zum Fernsehen, zur Jause und überhaupt. Ich war nicht so oft bei ihm wie er bei mir. Bis hierher keinerlei Analogie zum Teufel.

Aber wir sind ja auch erst am Anfang.

Meine Familie ertappte ihn öfter beim Lügen. Mich auch, aber bei mir war das nicht planvoll, ich log einfach um der reinen Lügenkunst willen. Ich log ohne Illusionen, dass irgendwer meinen Lügen Glauben schenken würde. Zum Beispiel behauptete ich, auf dem Weg zur Musikschule hätte ich einen gehörnten und schuppenbedeckten Außerirdischen gesehen, der mit dem Schwanz schlimme Wörter auf die Hauswände pinselte und sie in ein Notensystem brachte. Die Wörter hatte ich von meinem Freund gelernt, und dass sie schlimm waren, von meiner Mutter.

Mein Freund aber verfolgte immer ein konkretes Ziel beim Lügen. Meistens war ich es, den er anlog, denn eine angeborene Schläue veranlasste ihn, die Lügen Älteren gegenüber vorsichtiger zu dosieren. Dank gezielter Lügen gewann er mit der Zeit spürbaren Einfluss auf mich. Ich entwendete aus unserer Wohnung einige Dinge, die er mochte, und gab sie ihm. Manchmal musste ich sie gar nicht entwenden, sondern gab sie ihm gleich, wenn er bei uns war. Ich steckte sie ihm in die Hosentasche – zum Beispiel die Jagdpatronen aus Vaters Schublade.

Mein Vater sah alles – denn er war ja Gott. Vielleicht nicht sofort, nicht an Ort und Stelle, nicht auf frischer Tat – schließlich war er nicht da, wenn mein Freund zu Besuch kam. Besser gesagt, der Freund kam nicht, wenn mein Vater daheim war. Aber Gott sieht auch aus der Ferne alles. Registriert alles und vergisst nichts. Gerne würde er etwas durchgehen lassen, auch mal etwas vergessen, aber das kann er nicht. Ab und zu ging mein Vater zu den Eltern meines Freundes und forderte so manches zurück.

Den silbernen Ring der Familie.

Den Kugelschreiber mit der chinesischen ewigen Feder.

Die Patronen für den wilden Eber.

Es gelang ihm tatsächlich, ihnen ein paar Dinge wieder zu entreißen. Einmal zum Beispiel die bronzene Zigarettendose seines Vaters, was ihn einen halbstündigen hitzigen Streit und zwei Flaschen Schnaps kostete. Leider war mein Vater ein starker Trinker, was seiner Autorität unter den Nachbarn schadete. Manchmal setzten ihn die Eltern meines Freundes einfach vor die Tür. Ich weiß nicht, ob der Vater meines Freundes für seinen Sohn auch Gott war. Wenn, dann handelte es sich um Götterkriege. Wo-

bei mein Gott den Angriff startete – und dann meist unterlag.

Mein Freund machte sich über meinen betrunkenen Vater lustig. Äffte seinen unsicheren Gang und sein Lallen nach. Und zwar nicht nur so, sondern vor den Mädchen. Ich kapierte nicht, was ihn an diesen blöden Kühen reizte mit ihren ewig aufgekratzten Mückenstichen auf den Schienbeinen. Mich fraß die Eifersucht auf. Nächtelang konnte ich nicht schlafen vor Angst, er würde mich verlassen. Ich hasste ihn dafür, wie er meinen Vater verhöhnte. Und ich hasste meinen Vater dafür, dass er immer öfter Anlass bot, verhöhnt zu werden. Ich wurde auch verhöhnt. Für meine Augenfarbe. Vielmehr meine zwei Augenfarben.

Ab und zu war mein Freund doch noch mit mir zusammen. Plötzlich schwatzte er von nichts anderem mehr, als wie die Mädchen gebaut waren und was man mit ihnen machen musste, um Lust zu empfinden. Ich wollte das nicht glauben, aber der Freund versicherte mir, er habe alles schon berührt, es wäre wirklich so, und jetzt warte er nur auf eine gute Gelegenheit. Eines Nachmittags zog er seinen riesigen Schwanz heraus und spielte daran herum, wobei er darauf bestand, dass ich dasselbe mit meinem machte. Das war wüst und ungehörig, aber ich musste ihm folgen. Sein Schwanz schwoll beeindruckend schnell an und explodierte wie ein Kombucha-Pilz in einem Dreiliterglas. Meiner – und das beeindruckte mich sogar noch mehr – begann, eine ähnliche Reaktion zu zeigen. Bei dieser Beschäftigung erwischte uns mein Vater. Man hatte ihn (was erst später herauskam) ein paar Tage zuvor entlassen, er aber verbarg das vor uns und ging jeden Morgen aus dem Haus – wie immer um halb neun. Nur dass er zurückkam, wann es ihm einfiel. Vielmehr wenn er es satthatte, im Vorstadtpark herumzutraben und am See wer weiß was auszusitzen. Da fand sich nun ganz von selbst die Antwort auf die Frage, warum er ein Buch mit zur Arbeit nahm. In jenem Sommer las mein Vater zum zwanzigsten Mal die Geschichten von Pater Brown. Oder die Geschichten aus der einen und der anderen Tasche? Bevor er sich ans Wiederlesen machte, schlug mein Vater das Buch sorgfältig in Zeitungspapier ein – damit der Einband nicht verdarb. Aber genug davon: ich wollte erzählen, wie er uns erwischte.

Den Freund schmiss er hochkant raus. Mir verbot er jeglichen Umgang mit dieser Schwuchtel. So dass unsere Beziehung von da an geheim gehalten werden musste.

Sie endete in der Mitte meines fünfzehnten Lebensjahrs, als ich auf einen Schlag Gott, den Teufel und die Keuschheit verlor. Nachdem sie sich von meinem Vater hatte scheiden lassen, nahm meine Mutter mich mit zu ihrem neuen Mann, in eine andere Stadt. Ich brüllte, ich würde das nicht überleben. Wie Sie sehen, habe ich nicht Wort gehalten.

Zum Abschied schenkte mir mein Freund, im Tausch gegen mein Briefmarkenalbum, die Teilnahme an einer halben Stunde Fummeln mit seiner älteren Cousine. Gab mir einen Teil ab. Ein echter Freund. Er kam später als ich.

Ungefähr in demselben Jahr stieß beiden etwas zu. Also verschiedene Dinge stießen ihnen zu. Der Vater besoff sich bis zum Gehtnichtmehr, man steckte ihn in die Ausnüchterungszelle und brachte ihn dort aus Versehen mit einer falschen Spritze um. Der Freund begann plötzlich komisch im Gesicht zu zucken und einem Unbekannten zuzuzwinkern. Alle dachten, er wolle sich bloß vor der Armee drücken. Aber es war schlimmer.

Mein Gott starb, mein Teufel drehte durch. Ich blieb allein zurück.

Zwanzig Jahre später traute ich mich mit einem Konzert in meine Geburtsstadt. Wir fuhren durch meine frühere Straße Richtung Stadion. Die Kumpels wollten an einem Ausschank halten. Zu meiner Zeit hatte es hier keinen gegeben. Auch keinen täppischen Grobian in ungewaschenem T-Shirt und Flanellhosen, der die leeren Gläser einsammelte. »Hi, ich bin's«, sagte ich zu dem armen Teufel. Ich glaube, er hat mich nicht erkannt. Aber er zwinkerte jemandem zu, den er statt meiner sah. Jemand Unsichtbarem.

Wir haben ein Uhr und vier Minuten.

Außerdem haben wir Soap & Skin, Spiracle.

5

Den zweiten Teil seines Vorschlags machte Subbotnik im Weinberg. An dem Tag hatte sich Rotsky zum letzten Spätlesetermin im Jahr gemeldet. Die gelblichen Trauben waren schon mehrfach durch Nachtfrost veredelt und sollten jetzt für den in der Region populären süßlichen Wein geerntet werden. Beladen mit einem großen Buckelkorb, bewegte sich Rotsky zielstrebig durch die Rebzeilen abwärts. Unten erwartete ihn Subbotnik mit seinem kleineren Korb. Viel ausgezehrter und erschöpfter als noch eine Woche zuvor, hatte ihn der Arzt kategorisch von jeglicher Arbeit freigestellt, er aber schleppte sich aus freien Stücken in den Weinberg. Die Direktion hatte nichts gegen eine solche positive Haltung einzuwenden. Eine große Hilfe war Subbotnik nicht: Nur selten schüttete er den spärlichen Inhalt des kleinen Körbchens in den großen Buckelkorb, mit dem Rotsky heranstapfte. Sobald der Buckelkorb mit Weintrauben gefüllt war, trug Rotsky ihn ein paar hundert Schritt zum Karren mit der Traubenpresse. Währenddessen legte sich Subbotnik in das kühle vergilbte Gras und starrte in den Himmel mit seinem ebenso kühlen, vergilbten Sonnenlicht. Kühle und Vergilbtheit waren die vorherrschenden Gefühle. Der Schmerz hatte Ausgang, der Tag versprach, erträglich zu werden.

Die Direktion konnte nicht wissen, was Subbotnik kürzlich bei irgendwelchen dubiosen Wunderheilern gelesen hatte: Seine Krankheit würde vielleicht im Weinberg kuriert werden. Nicht durch das Essen von Weintrauben, sondern einfach durch die Nähe zu den Reben. Je mehr

Zeit man in Gesellschaft dieser seltsamen Halbbäume verbrachte, umso größer die Chance, ihn, den Tod, hinauszuzögern. Die Direktion wusste das nicht, und wenn sie es gewusst hätte, hätte sie es aus *humanitären Erwägungen heraus* weder verboten noch negiert.

Im Gras ausgestreckt wartete Subbotnik, bis Rotsky mit dem leeren Korb zurückkehrte. Dann zwang er sich aufzustehen, obwohl niemand, am wenigsten Rotsky, ihm auch nur den geringsten Vorwurf gemacht hätte, wenn er liegengeblieben wäre. Subbotnik hatte keine Angst, sich beim Liegen im kalten Gras eine Erkältung oder gar eine Lungenentzündung zu holen. Der Moment der allesentscheidenden Operation rückte immer näher, und es wäre lächerlich gewesen, etwas anderes zu fürchten als sie.

Während er wieder zwischen den Rebzeilen den Hang hinaufstieg, fragte Rotsky beiläufig und ohne sich umzusehen, aber in Fortsetzung eines Themas, das sie schon am Morgen begonnen hatten:

»Ich verstehe es einfach nicht: Es gibt so viele Leute, die eine Rechnung mit Ihnen offen haben, und Sie lassen sich nicht bewachen?«

»Nicht bewachen?« Subbotnik grinste schief. »Damit du's weißt, mich bewacht ein ganzes Gefängnis.«

(Eine Randbemerkung: Herr Jeffrey war in Wahrheit sieben oder acht Jahre jünger als Herr Josip, aber der beliebte ihn zu siezen. Darin zeigte sich die unbewusste Distanz zwischen dem Ärmeren und dem Reicheren. Vielleicht aber auch nicht – vielleicht war es eine Form des Respekts gegenüber der Krankheit? Vielleicht sah Rotsky sie schon im Dual, als unzertrennliches Paar – die Krankheit und ihren Subbotnik? Wobei unklar bleibt, wie es Rotsky gelang, das auszudrücken, denn es besteht kein Zweifel, dass sie Englisch miteinander redeten. Wenn

Rotsky seinen Beinahe-Freund mit »Mr. Subbotnik« ansprach und der Rotsky einfach als »Jo«, dann wird der Modus des Gesprächs teilweise deutlich. Nehmen wir einmal an, dass es so war.)

»Das glaube ich auch, dass hier einer der sichersten Orte der Welt ist«, stimmte Rotsky zu. »Als komplett sicher kann man ihn aber auch nicht bezeichnen. Wer weiß, mit was für Klingen unsere Knastbrüder hier herumspazieren. Und auch der erstbeste Betreuer könnte schnell zum Killer werden, wenn ihn diejenigen, die Sie hassen, nur schön bitten.«

»Niemand ist so sehr daran interessiert, dass ich lebe, wie die Letztgenannten«, versicherte Subbotnik, fast ein bisschen selbstzufrieden.

Zu Anfang seines Aufenthalts im Gefängnis war Subbotnik ein VIP ersten Grades gewesen. Er wurde in einem gesonderten, zusätzlich bewachten Gebäude gehalten und bewegte sich eine Zeit lang nur in Begleitung von Leibwächtern. Nein, seine Zelle ähnelte in nichts derjenigen, in der irgendein krimineller Sybarit vergangener Epochen, sagen wir Al Capone, seine Tage und Nächte verbrachte. Subbotnik war eher ein Asket und gab sich mit einfachen, spartanischen Umständen zufrieden. Die einzige Abweichung war allenfalls seine bei Klaus-Johann Berangé, dem Designer, speziell in Auftrag gegebene Gefängnisrobe im Wert von dreihunderttausend Schweizer Franken. Dann aber kam es zum Wechsel in der Gefängnisleitung, im Kanton gelangten die Linken an die Macht, und der neue anarchistische Direktor ordnete die Liquidation des VIP-Status an. Rotsky wurde erst nach der Reform in Z. eingewiesen, sonst wäre er nach seinem international-skandalösen einzigartigen Verbrechen unausweichlich auch im gesondert bewachten Gebäude gelandet, das nicht nur den eigenen Status hob, sondern auch den Spielraum einschränkte.

Rotsky schwieg. Er hatte keine Lust, vom oberen Teil des Weinbergs herunterzurufen. Halbbäume, umso mehr solche, haben Ohren. Mit seinen eigenen Ohren hörte er nur bruchstückhaft, wie sich Subbotnik unten in Rage redete über die tausend sogenannten menschlichen Wesen, die ihm wirklich nach dem Leben trachteten. Aber, sagte Subbotnik – wohl weniger zu Rotsky, der zu weit aufgestiegen war, als zu sich selbst –, wichtiger als mein Tod ist es für alle meine potenziellen Assassinen, an meine Finanzmittel zu kommen, solange ich noch lebe. Wenn ich sterbe, beruhigte Herr Jeffrey sich selbst, umso mehr, wenn ich plötzlich sterbe, werden sie sich nie mehr Zugang verschaffen können. Mein Code lässt sich nicht knacken, wiederholte er nicht weniger als drei Mal. Sein Code schien ihm unknackbar.

»Okay«, meldete sich Rotsky nach einiger Zeit, als er erneut auf halbem Weg den Hügel hinab war. »Was erwarten Sie von denen? Was haben die mit Ihnen vor?«

»Erstens sollten sie intensiv und aufrichtig für den Erfolg meiner Operation beten.« Subbotnik klopfte sich mit dem Finger an die Stirn. »Dass ich nicht dabei oder danach krepiere. Der Doktor, der mich in Zürich operieren wird, wettet siebzig gegen dreißig, dass ich die Hufe hochklappe. Vielmehr noch präziser: dreiundsiebzig gegen siebenundzwanzig.«

»Oho. Dann sind Sie also, könnte man sagen, ziemlich todgeweiht?«

»Ich setze auf meine dreißig. Für mich sind dreißig viel, Joe. Und siebenundzwanzig letztlich auch.«

»Aber einfache Sterbliche denken nicht so.«

»Einfache Sterbliche denken überhaupt nicht. Darum sind sie ja sowohl einfach als auch sterblich. Wir aber sind unsterblich und nicht einfach, Joe.«

»Ich auch, glauben Sie? Aber schließlich hat man mir auch nur dreißig zugestanden, und noch gibt es mich«, nickte Rotsky, schwieg ein bisschen und fuhr dann fort: »Gut, die Operation ist erfolgreich, Ihr Leben gerettet. Ihre Feinde wissen das und …«

»… und könnten mich entführen, um den Code aus mir herauszupressen. Zwar wird man mich in der Klinik gut bewachen, aber alles ist möglich. Mob – das ist eine ziemlich hochkarätige Organisation. Einige Unglückliche wurden unter noch schwierigeren Bedingungen entführt. Und was das Foltern angeht, ist bei ihnen alles erste Sahne. Kein Geheimnis, das sie nicht herausgeprügelt hätten – ob aus dem Mund oder dem Anus. Diese Möglichkeit habe ich auf der Rechnung. Diese eine Möglichkeit.«

»Gibt es noch eine?«

»Nicht nur eine, sondern drei. Insgesamt also vier.«

»Können Sie sagen welche?«

»Sicher – die nächste Möglichkeit. Mob gelingt es nicht, mich zu fassen. Nach der Operation verbringt man mich wieder ins Gefängnis. Und hier können sie mir nichts tun.«

»Aber schließlich bekommen Sie Ihr Urteil und beginnen Ihre zwanzigjährige oder vielleicht auch ewige Strafe abzusitzen. Die Untersuchung läuft inzwischen weiter und gelangt eines Tages – möge es so spät wie möglich sein – bis zu Ihrem Depot. Das Bankgeheimnis ist dekodiert. Das Geld wird konfisziert. Mob geht leer aus, aber Sie auch.

Man trennt sich ohne Sieger.«

»Um das zu vermeiden, brauche ich dich.«

»Das denke ich mir, Herr Jeffrey. Und die anderen Möglichkeiten?«

»Die dritte, meine liebste. Sie hat entsprechend drei Voraussetzungen. Erstens die erfolgreiche Operation. Zweitens die erfolgreiche Rückkehr ins Gefängnis. Drittens einen erfolgreichen Prozess. Ich werde freigesprochen. Ich komme frei und löse mich in der Freiheit auf. Es gibt mich nicht mehr. Du gibst mein Depot einem völlig anderen Menschen. Also mir.«

»Das klingt wie im Film. So etwas passiert nicht.«

»Passiert doch. Man muss nur ganz heftig beten – und der Film wird wahr. Unser gnädiger Herrgott ist doch gelernter Regisseur. Und noch dazu Drehbuchschreiber und Producer.«

»Also Producer, fürchte ich, ist er eben gerade nicht«, sagte Rotsky zweifelnd.

»Hier und jetzt ist das ohne Belang.« Subbotnik winkte ab. »Aber vergessen wir die vierte Möglichkeit nicht. Die Operation misslingt, ich sterbe. Mich kann niemand mehr schnappen. Aber du existierst, du hast den Code. Du wirst tätig. Du überweist mein Depot für einen großen, guten Zweck. Ich sage dir noch welchen.«

»Und wenn es eine fünfte Möglichkeit gibt?«, meinte Rotsky nach einer kurzen Pause. »Wieso sollte es keine fünfte, sechste, zehnte, zwölfte geben?«

»Welche zum Beispiel?«, fragte Subbotnik, fast wie ein Bauchredner, während er sich über seinen kleinen Korb beugte und mit aller Macht (früher hätte man geschrieben – mit seinem ganzen Wesen) die Aura der Trauben einsog.

»Zum Beispiel, Sie sterben zum Schein. Tatsächlich sterben Sie nicht, aber allen wird mitgeteilt, dass die Operation misslungen ist und Sie gestorben sind. Sie verschwinden, es gibt Sie nicht mehr. Und weiter wie bei Möglichkeit drei.«

»Das wäre eine interessante Mystifikation«, brummelte Subbotnik und riss sich von der Aura los. »Ich habe sie sogar schon gut durchdacht. Aber weißt du, warum das unmöglich ist?«

Rotsky wusste es nicht.

»Weil wir hier in der Schweiz sind mit ihrer pathologischen Ehrlichkeit. Kannst du dir vorstellen, dass ich mir eine ganze Universitätsklinik zum Komplizen mache? Oder wenigstens eine ihrer führenden Abteilungen? Wäre es denkbar, dass sie eine einzigartige, hoffnungslos komplizierte, zum Scheitern verdammte, jedoch – o Wunder! – letztlich erfolgreiche Operation durchführen, aber öffentlich erklären, sie wäre schiefgegangen? Solche Operationen werden zu Wegmarken, die internationale Medizin verewigt sie auf den Steintafeln ihres ruhmreichen Fortschritts, Joe, und du willst, dass sie lügen und ihr geniales Resultat für nichtig erklären? Es gibt keine fünfte oder sechste Möglichkeit. Nur vier. Ich habe alles geprüft und, ganz nach Borges, sind es vier.«

Rotsky wusste nichts zu erwidern. Zum Glück war es Zeit, den vollen Traubenkorb auszuleeren. Eine hochwillkommene Pause.

»Und Ihre Erben?«, fragte er, als er von der Presse zurückkam. »Warum denn ich? Warum nicht Ihre Verwandten, Ihre Freunde? Diejenigen, die Sie lieben? Von denen Sie geliebt werden?«

»Sagen wir, die gibt es nicht«, antwortete Subbotnik. »Obwohl ich für einige doch vorgesorgt habe. Aber aus weiter, sehr weiter Ferne. So ist es für alle besser. Wir haben uns gut arrangiert. Noch dazu möchte ich keinen von ihnen einer tödlichen Gefahr aussetzen.«

»Aber mich schon?«

»Wen sonst? Dich, Joe. Wen, wenn nicht dich? Aber nicht für lau. Überhaupt nicht für lau. Erstens hole ich dich aus diesem paradiesischen Loch. Zweitens biete ich dir für lange, sehr lange Jahre ein Leben in Wohlstand. Der Umfang des Depots macht's möglich. Wenn du dich mit einem Fünftel Prozent einverstanden erklärst, bringt dir das zwischen dreißig und vierzig tausend. Monatlich, meine ich. An die vierhunderttausend im Jahr. Sagen wir – Schweizer Franken. Was nicht schlecht ist. Bescheiden und nobel. Und wenn du nicht in irgendwelche Eskapaden verfällst, sondern den Rest deines Lebens klug und für uns beide nützlich einrichtest, dann reicht dir dieses Fünftel Prozent für immer. Was dieses Wort – für immer – in deinem Fall auch heißen mag, Joe. Du wirst (a) frei und (b) versorgt sein – immer, bis zum Ende deiner langen, sehr langen Tage. Dafür kann man sich schon in Gefahr bringen. Ich persönlich würde mich an deiner Stelle total gern dafür in Gefahr bringen.«

»Das leuchtet ein«, stimmte Rotsky zu. »Aber – da können Sie mich jetzt auslachen, Herr Jeffrey –, ich habe da noch ein klitzekleines Problem moralischer Art. Ich bin es nicht gewohnt, Geld für nichts zu bekommen. Schon gar nicht, wenn es sich, für meine recht begrenzten Vorstellungen, um so extrem viel Geld handelt. Ich werde mich damit nicht wohlfühlen. Ich will nicht auf Kosten von jemand anderem leben, sorry, aber da bin ich ein Idiot, Sire.«

»Auf jemandes Kosten?«, fragte Subbotnik. »Nicht ganz. Joe, du wirst diese, wie es dir scheint, katastrophal hohen Summen nicht einfach so erhalten, sondern für eine wichtige und relevante Arbeit. Du wirst als mein Depot-Wächter arbeiten. Du wirst den grundlegenden Teil meines gesamten Vermögens verstecken, Joe, und bewachen und im Falle meines siebzigprozentigen Todes das veranlassen, was ich angeordnet habe. Im Falle meines dreißigprozentigen endlos langen und glücklichen Lebens wirst du mir alles einfach zurückgeben, nach spätestens fünf Jahren, während deren sich unbedingt alles fügen wird – bei dir und bei mir. Ja, es ist ganz und gar kein schlechter Lohn, Joe, und vielen, die sind wie du, mag er märchenhaft, märchenhaft hoch erscheinen. Aber du musst akzeptieren, dass ich als dein Arbeitgeber das Recht habe, dir die Summe zuzuweisen, die ich dir zuzuweisen das Recht habe.«

Für einen Moment stellte sich Rotsky vor – nein, er versuchte sich vorzustellen! –, wie märchenhaft grenzenlos Subbotniks Depot war. Eine unfassbare Masse, die größte Lawine aller Zeiten, ein starker Tropenregen von Banknoten, von deren Unermesslichkeit man hier und jetzt verrückt werden konnte, wie als Kind, wenn man zum ersten Mal von der Unendlichkeit des Weltraums hörte. Es verschlug ihm richtig den Atem, fast knickten die Beine unter ihm ein, und er hätte sich gerne neben Subbotnik ins vergilbte stachelige Gras gelegt. Aber er hielt stand und beherrschte sich. Noch konnte er ablehnen. Wenn er nicht gleich ablehnte (das spürte er), unverzüglich, unzweideutig und unwiderruflich, dann würde das Zustimmung bedeuten. Sogar Schweigen bedeutete Zustimmung. Um nicht zu schweigen, presste er Worte hervor, die auf bislang nicht gekannte Weise in der Kehle stecken blieben, sich dann aber doch nach draußen drückten:

»Es ist schlechtes Geld, Herr Jeffrey, es ist schmutzig. Sie haben es gestohlen, oder etwa nicht? Sie haben Leben ruiniert, sind über Leichen gegangen, haben verführt und zerschmettert. Es ist Geld mit schlechtem Karma. Wollen Sie, dass ich mich an Ihren Krumen verschlucke?«

»Nein, Joe. Tatsächlich bin ich auf gewisse Weise Philanthrop. Sogar Soros hat mich einmal gegrüßt, in Davos. Du hast keinen Grund, meine Ersparnisse zu verabscheuen.«

»Abscheu, Sire«, Rotsky blieb unbeugsam, »braucht keinen Grund. Abscheu existiert, und Schluss.«

»Ein Viertel«, Subbotnik seufzte schwer, nachdem er sein Angebot erhöht hatte.

»Nix da.«

»Ein Drittel? Besinne dich, Joe, das ist wirklich zu viel.«

»Ich habe nicht ›nix da‹ gesagt, um den Preis in die Höhe zu treiben. Von mir aus können die Ihr Depot finden. Sollen die Finanzspürhunde es an sich nehmen. Sollen die es konfiszieren. Sollen Sie es verlieren. Das wäre wenigstens ehrlich.«

»Was hat das alles mit Ehrlichkeit zu tun?« Subbotnik hob theatralisch die Hände. »Du übst ganz unpassend moralischen Druck aus, Joe. Finanzen sind in der heutigen Welt – damit du's weißt – vor allem Fiktion. Geld hat schon lange nichts mehr mit der ökonomischen Wirklichkeit gemein und wurde zu l'art pour l'art. Ich bin in die große Kunst gegangen, um nicht mit der kleinen herumzustümpern. Ich bin nur ein Spieler, Joe, aber ein großer.«

»Das können Sie vor Gericht erläutern, Sire«, Rotsky blieb weiter standhaft.

»Du bist schlimm«, Subbotnik winkte ab und fügte enttäuscht und müde hinzu: »Aber auch dir droht das Gericht. Dann lass dich halt schuldig sprechen. Du bekommst deine zehn bis fünfzehn – nicht Wochen oder Monate – Jahre. Und buckelst weiter in diesen paradiesischen Büschen. Nachdem du den Engel von dir gewiesen hast, der dich aus ihnen befreien wollte. Ich bin dein Engel, Joe, merkst du das nicht?«

Rotsky merkte etwas anderes: Sein Partner war in wenigen Stunden noch ausgemergelter geworden. Der Weinberg hatte ihm an diesem Tag wohl kaum gutgetan, und die grenzenlos teuren Schmerzmittel, die er durchgängig nahm, sollten wohl besser Schwächemittel genannt werden. Als es Abend wurde, konnte er kaum noch die Beine rühren, und es schien, als würde er gleich das Leben aushauchen. Während der Betreuer die Sanitäter mit einer Bahre rief, nahm Rotsky den Beinahe-Freund huckepack und trug ihn, wobei er sich über dessen unerwartete, tragische Leichtigkeit wunderte. Es heißt, Subbotnik habe ihm dabei etwas zugeraunt – und es scheint, dass er genau da die passenden Worte fand.

Das schon erwähnte große und gute Ziel wurde zum letztlich überzeugenden Argument.

Ein paar Jahre vor ihrem Treffen, in jenen Zeiten, als sie beide, die künftigen Beinahe-Freunde, sich nicht nur noch nicht kannten, sondern auch – jeder nach seinem Gusto – in Freiheit ganz unterschiedlichen Welten angehörten, begannen einige Nachrichtenagenturen (nota bene – nicht die erstrangigen, aber auch nicht die ganz dubiosen) intensiv über die Aktivitäten eines gewissen Zentrums zur Überwindung unheilbar-tödlicher Krankheiten zu berichten. Seine Gründer und Leiter hatten es sich zum Ziel gesetzt, schon in allernächster Zukunft den Satz »die Medizin ist machtlos« seines Sinns zu berauben. Ihrer Überzeugung nach hatte die Medizin im 21. Jahrhundert das Recht auf Machtlosigkeit verloren, und Unheilbarkeit sollte völlig aus der menschlichen Existenz getilgt werden. Unheilbare Krankheiten seien ein Mythos und die Machtlosigkeit der Medizin ein Fake, erklärten die Leiter des Zentrums bei ihren aufsehenerregenden Briefings. Ausgestattet mit einem phantastischen Startkapital (dessen Herkunft die Manager nicht enthüllen wollten – sie beriefen sich auf den Willen der Spender und die ärztliche Schweigepflicht), ging das geheimnisvolle Zentrum internationale Kooperationen mit den progressivsten pharmazeutischen Firmen der Alten und der Neuen Welt, Japans und Israels ein und konnte die erfolgreichsten Starwissenschaftler für seine bahnbrechende Arbeit gewinnen, darunter ganze Brigaden von Genies der genetischen Ingenieursmutationen, Phagen-Displays, multifunktionalen Toxine und anderer biotechnologischer Kombinatorik, die es mit besonderer Fürsorge umgab und denen es ideale Bedingungen schuf.

Subbotnik war selbst ein Genie der Kombinatorik, deswegen glaubte er an sie. Aber vielleicht auch nicht deswegen, denn vielleicht war er auch gar kein Genie. Er glaubte an sie, weil er eben zu der Zeit seine Diagnose bekam. Und in dieser Diagnose stand schwarz auf weiß (vielleicht sogar bereits schwarz auf schwarz), dass *die Krankheit tödlich* und *die Medizin machtlos* sei. Also blieb ihm nur der Glaube an das Zentrum zur Überwindung unheilbartödlicher Krankheiten, und er gründete seine eigene Religion neuen Typs. Das Zentrum setzte er mit Gott gleich und Gott mit dem Zentrum. Immer wieder, nachdem er das Zentrum mit riesigen Geldzuwendungen unterstützt hatte, freute er sich über dessen Zwischenerfolge, die von den PR-Leuten lautstark und aufdringlich in die Welt posaunt wurden. »In einem Jahr könnten die finalen Medikamente gegen den Tod kommen«, las er einmal im Nachrichtenticker und eine mächtige Woge Hoffnung stieg in ihm auf. Aber die Zeit verging, die Krankheit schritt fort, und die Agenten von Interpol, die ihn in den Ashrams Südostindiens verhafteten, übergaben ihn denjenigen, die einen Haufen Fragen an ihn hatten – den Schweizer Strafverfolgungsbehörden. Unter Anklage im Gefängnis von Z. inhaftiert, wartete Subbotnik auf Neuigkeiten vom Zentrum. Aber dessen PR-Leute beschwerten sich immer häufiger über den chronischen Mangel an Mitteln, der es, wie sie wissen ließen, nicht erlaube, die Forschungen in der erwünschten Geschwindigkeit voranzutreiben. Mit ihren bisherigen Mitteilungen waren sie wohl etwas voreilig gewesen: Die Medikamente gegen den Tod ließen auf sich warten, und Subbotnik, der nun auch in Betracht zog, dass er ihr Erscheinen nicht mehr erleben könnte, setzte nach langem Zögern auf die Idee des nicht schlecht informierten Gefängnisarztes und stimmte einer Untersuchung in der Züricher Universitätsklinik zu, wo man ihm nachdrücklich zu einer außergewöhnlich kostspieligen, aber einzigartige Operation mit »27-prozentiger Wahrscheinlichkeit des Gelingens« riet.

Das große und hehre Ziel des Siegs über die Unheilbarkeit und die Machtlosigkeit entrückte in eine ferne Zukunft, ein Ort, an dem es für Subbotnik – mit 73-prozentiger Wahrscheinlichkeit – keinen Platz mehr geben würde. Wie alle glühenden Anhänger von Religionen, umso mehr als Neophyt, setzte er jedoch alles daran, trotzdem nicht zu verlieren. Er überlegte sich sogar, wie er mit seinem eigenen Tod dem Tod an sich einen tödlichen Schlag versetzen könnte. Wer weiß, vielleicht stellte er sich diese Idee als konkrete Anspielung auf das Christentum vor. Objektiv gesehen war sie es jedenfalls.

Seinen akribischen Berechnungen und analytischen Erwartungen zufolge müsste das Zentrum zur Überwindung unheilbar-tödlicher Krankheiten nicht früher als in fünf bis sechs Jahren kurz vor der Entdeckung der angekündigten Medikamente stehen. Und genau dann würde es die entscheidende Unterstützung erhalten – sein, Subbotniks, vielmilliardenschweres Depot. Wie ein letztes »Adieu« vom größten Retter und Philanthropen der Geschichte: »Menschen, ich habe Euch geliebt!«

Um das zu verwirklichen, benötigte er jemanden. Jemanden wie Rotsky. Einen ausreichend zuverlässigen Schatzmeister, der es selbst nicht wagen würde, den Schatz anzutasten. Einen Nachlassverwalter, der im richtigen Moment die Überweisung des Depots für die finalen Bedürfnisse des Zentrums veranlasste. Einen Testamentsvollstrecker.

In der Sprache, die früher Russisch genannt wurde, hieß das Seelenbetreuer. Ein absolut passender Begriff. Der Seelenbetreuer soll sich um die Seele des Nächsten kümmern.

»Holst Du mich aus dem Fegefeuer?«, flüsterte Subbotnik in seinem Rücken. Rotsky hatte keine Wahl. Und so geschah es: Er antwortete, »ja«.

Blieben zwei Kleinigkeiten.

Die erste – den 26-stelligen Schlüsselcode aus kleinen und großen Buchstaben, Symbolen und Ziffern auswendig lernen. Jeder, der ihn auf der entsprechenden geheimen Website eingab, konnte über Subbotniks Depot verfügen. So dass er in der Lage war, das gesamte Depot sofort und ohne Obergrenze oder Abzüge auf jedes beliebige Konto jeder beliebigen Bank der Welt zu transferieren. Im Hinblick auf die universale Bedeutung des Codes verbot Subbotnik aufs Strengste, ihn auf irgendeinem anderen Trägermedium abzulegen (keine Notizen, Kopien, Zettelchen, Disketten, Sticks, Remote-Server, private Computer!) als im Speicher des eigenen Gehirns.

Sie widmeten dem Einprägen des Codes sieben Wochen. Subbotnik gab ihn nicht auf einmal, sondern nur stückweise preis. Im Verlauf der ersten Woche musste Rotsky die ersten vier Zeichen lernen. Damit gab es keinerlei Problem, und gelangweilt von den Wiederholungen forderte Rotsky schon am zweiten Tag nach Beginn des Prozesses weiterzumachen. Aber Subbotnik befahl, nicht zu hetzen: »Du musst bei jedem Zeichen, ebenso wie bei ihrer Reihenfolge, mehr als hundertprozentig fehlerfrei sein. Kennst du das Wort ›automatisch‹?« Rotsky wollte antworten, aber der Witz mit dem »automatischen Hurensohn« funktionierte nicht. Behüte uns Gott vor dem Versuch, Ausländer mit unseren Witzen zu amüsieren.

In der zweiten Woche folgten die nächsten vier Zeichen, und jetzt sollte Rotsky alle acht *automatisch* nennen. In der dritten Woche wurden es zwölf. In der vierten 16, und Rotsky spürte physisch, wie sein vom Flimmern der Abstraktionen überlasteter Schädel erzitterte. »Die leichteste wird die letzte Woche«, beruhigte ihn Subbotnik, »da musst du nur zwei neue Zeichen lernen. Ohne dabei natürlich die vorherigen vierundzwanzig zu vergessen.« Beim letzten Satz lächelte er, oder nein – verzog heuchlerisch die todbleichen Lefzen.

Am Ende der siebten Woche deklamierte Rotsky dreimal hintereinander, ohne auch nur einen Moment zu stocken, alle 26 Zeichen von Subbotniks Code – und, was entscheidend war, in der richtigen Reihenfolge. Am selben Tag unterschrieb Subbotnik eine persönliche Einverständniserklärung für die Operation in der Züricher Universitätsklinik »in vollem und klarem Bewusstsein der hohen Wahrscheinlichkeit ihres Misslingens.«

»Jetzt bin ich Ihr automatischer Hurensohn, Sire«, brüstete sich Rotsky. »Bleib wachsam«, flehte ihn Subbotnik an. »Wiederhole Tag und Nacht. Werd nicht müde zu wiederholen – und du hast eine große Zukunft. Der Clou an meiner Technologie ist, dass du keinen zweiten Versuch hast. Ein Fehler – und der Zugang wird für immer blockiert. Denk dran, dass jedes beschissene Komma, das du mit einem verfuckten Apostroph verwechselst, nicht nur mein Depot zunichtemacht, sondern auch die Unsterblichkeit des Menschengeschlechts.«

(Rotsky würde daran denken. Nie würde er den Moment vergessen, das saure Zittern am Grund seiner Eier, als er, in Freiheit, zum ersten, einzigen und letzten Mal in die Verlegenheit kam, den Code einzugeben, über das Minenfeld der Ziffern, Buchstaben und Symbole zu klettern, zu kriechen, bis ins Herz der Finsternis – zum Depot. Ganze drei Minuten würde er auf den Monitor starren, auf die 26 Wer-weiß-was-sie-bedeuten-Punkte, von denen jeder sich als fatale Dummheit, ach was – als Katastrophe erweisen konnte. In der vierten Minute würde er sagen: »Zu Tode gefürchtet ist auch gestorben!« – und ENTER drücken.)

Aber um dieses ENTER Wirklichkeit werden zu lassen, musste man noch die andere Kleinigkeit erledigen: aus dem Gefängnis freikommen. Und zwar nach Möglichkeit sofort, was hieß – Freispruch so schnell wie möglich.

Subbotnik machte keine leeren Versprechungen. Kaum ein oder zwei Tage, nachdem Rotsky »Ja« gesagt hatte, bekam er im Gefängnis Besuch von einem speziell für ihn von einer Wohltätigkeitsstiftung à la »Erbarmen im Vertrauen« engagierten neuen Anwalt. Den bisherigen, den ihm die kantonale Justiz liebenswürdigerweise kostenlos zur Verfügung gestellt hatte, entließ Rotsky leichten Herzens: nicht einmal ein unverbesserlicher Idealist hätte ihn einen echten Verteidiger genannt.

So betritt ein Episodenmonster die Gestade dieser Erzählung – der leidenschaftliche Star der regionalen Anwaltschaft Dagobert Schwefelkalk. Der Nachname erschien Rotsky schwierig, und dessen zweiter Teil verband sich automatisch und ungewollt mit einem Gespenst der Vergangenheit. Herr Dagobert (Rotsky nannte ihn auch gerne »Drahobrat«) erinnerte äußerlich eindrucksvoll an einen gewissen Fernsehunterhalter aus Josips ferner Vergangenheit und fernem Vaterland – einer von denen, die permanent von allen möglichen Bildschirmen flimmern, sich für ewig jung halten und schamlos die nationale Noosphäre mit ihrem banalen und xenophoben Humor verpesten. Zur überwältigenden äußerlichen Ähnlichkeit kam dann noch der zweite Teil des Anwaltsnamens, der genau dasselbe bedeutete, wie der ganze Name des Unterhalters. Sein erfolgreichstes Programm hieß deshalb auch »Vapno-TV«, »Kalk-TV«. Einmal (wir sprechen von der glücklicherweise nur kurzen Periode, als Rotsky und seine Band fast auf das Niveau des heimischen Mainstreams herabgesunken wären) lud der Herr Vapno die *junge vielversprechende Gruppe* in seine Livesendung ein, und es war entsetzlich. Die unzähligen Studiomitarbeiter, die eine verhältnismäßig erträgliche Qualität von allem sicherstellen sollten – Ton, Licht, Maske, Einstellung –, verweigerten und sabotierten jedwede Zusammenarbeit, weswegen das Lied zerfiel und zerbröselte. Gewöhnt, einen Monitor zu haben, fühlte sich Rotsky in dem knarzenden defekten Kopfhörer ganz furchtbar und spielte einfach irgendwas. Der mit dem peinlichen Auftritt absolut zufriedene Unterhalter Vapno verabschiedete sie mit einem Dolchstoß in den Rücken: »Das sind also die Stars von heute!« Was anstelle von fünf Minuten Ruhm von dieser Schande blieb, war ein ins Netz gestelltes lächerliches Video – ein Stück aus ihrem Auftritt mit dem grimassierenden Rotsky, unter der Überschrift »Ausgespielt!« (insgesamt 11 views).

Zum Glück erschöpfte sich die Ähnlichkeit zwischen dem Fernsehungeheuer und seinem Anwaltszwilling im Äußerlichen und dem halben Nachnamen. Dagobert Schwefelkalk, ganz im Gegenteil zu Vapno, war nicht Rotskys Untergang, sondern seine Rettung. Ein Schneeleopard, der zum Sprung auf die Ermittler ansetzte, um alles zu zerfetzen, was bisher vorgebracht worden war. Die Version »vorsätzlicher Mord« zertrat er mit dem ihm eigenen Sarkasmus, indem er bei jedem seiner Medienauftritte die »gewählte allertödlichste Waffe« erwähnte. Schon während seines ersten Gesprächs mit den Vertretern der Anklage riet Dagobert Schwefelkalk ihnen freundschaftlich und von oben herab, sich ihre gesammelten Beweise in den Arsch zu stecken und, Gott behüte, »sich nicht zum Gespött der internationalen demokratischen Gemeinschaft zu machen«. »Wollen Sie wirklich einen wahren Kämpfer gegen ein menschenverachtendes Regime lynchen, einen Helden, der dieselben gesellschaftlich-moralischen Werte predigt wie wir, und zwar nicht nur predigt, sondern aktiv mit Leben füllt, und dessen ganze Schuld darin besteht, dass er das Unglück hatte, ein bisschen weiter östlich zur Welt gekommen zu sein als wir?«, bohrte er rhetorisch Löcher in die Schädel der Strafverfolger, die erstarrten wie Mäuse unter dem Besen. »Er ist unser Bruder, aber Sie erkennen ihn nicht!« Der Draho-Bruder stieß seinen Opponenten mit solcher Kraft direkt ins Gesicht, dass diese sich krümmten bei der Vorstellung, welchen Effekt all das unvermeidlich auf die Zuschauer im Gerichtssaal haben würde.

All das waren nicht bloß hohle Phrasen, mit denen der explosive Superverteidiger um sich warf. Kaum hatte er Rotskys Fall übernommen, sammelten seine Assistenten einen ganzen Berg eindrucksvoll anschaulicher Zeugnisse, überwiegend Foto- und Videomaterial. Im Zentrum aller Aufnahmen stand blutige Maische. Die Niederschlagung von Demonstrationen, abstoßend in ihrer unerklärlichen viehischen Grausamkeit. Das Einprügeln auf schutzlose Passanten mit Knüppeln und Stiefeln. Licht-Schall-Granaten, geschleudert auf eine friedliche Menge. Gasattacken. Das Entkleiden von festgenommenen Demonstranten in beißender Kälte und ihr nackter Spießrutenlauf durch ein Spalier von Polizisten. Halbnackte Männer – noch dazu in der Kälte – im eisigen Strahl von Wasserwerfern. Die Körper der ersten Protestierenden, die von Scharfschützen erschossen worden waren. Ein geköpfter Körper im blutüberströmten Schnee. Für immer verlorene Augen, Handknochen, Füße. Das methodische Erschießen der nur mit Stöcken und Holzschilden bewaffneten letzten, eingekesselten Demonstranten. Panzer, die Trophäen durch den schwarz-blutigen Schnee schleifen – von den Barrikaden gerissene Fahnen.

Interessant, dass man diese ganze sehr aussagekräftige Chronik noch immer aus den Tiefen des Netzes ziehen konnte. Und Dagobert Schwefelkalk hatte allen Grund, sich ihrer zu bedienen.

Mein Mandant (hätte er vor Gericht erklärt, wäre es zum Prozess gekommen), mein Mandant hat sich das Recht auf Zorn erworben, verehrte Damen und Herren. Die Regierung seines Landes, die ich nicht zögere nicht nur diktatorisch, sondern verbrecherisch zu nennen, hat ihm dieses Recht auf allerbrutalste Weise garantiert. Doch mein Mandant – beachten Sie das bitte – antwortete nicht mit Zorn, sondern mit *zulässiger Erniedrigung* des verbrecherischen Übeltäters. Aus rein moralischer Sicht hat er das Böse einfach nur verspottet. Und aus rein rechtlicher Sicht hat er lediglich ein paar Normen des Verhaltens in der Öffentlichkeit verletzt. Seine Taten sind offensichtlich und eindeutig gekennzeichnet von Spontaneität und nicht – keinesfalls! – von vorsätzlicher Heimtücke. Wir haben keinen Verbrecher vor uns, sondern jemanden, der eine Ordnungswidrigkeit beging und der diese in unserem vorbildlichen Rechtsstaat schon mit fast einem Jahr Gefängnis gebüßt hat. Wozu ich Ihnen gratuliere, verehrte Damen und Herren.

Es war diesen inspirierten und überzeugenden Worten und Sätzen jedoch nicht bestimmt, die Luft eines Gerichtssaals erzittern zu lassen. Nachdem sie auf Zeit gespielt und unsicher und erfolglos versucht hatte, den Vorwurf von »vorsätzlichem Mord« auf »Teilnahme an Handlungen, die zum Tod oder zu Verletzungen eines Menschen führen« zu ändern (Paragraph 133 des Besonderen Teils des Strafgesetzbuchs), gab die Anklage auf. Rotsky musste in die Welt außerhalb der Gefängnismauern zurückkehren.

In jenem Frühling war noch eine andere, lang erwartete Entscheidung gefallen. Wie vermutet lehnte die Schweiz sein Gesuch um politisches Asyl ab und legte der Gefängnisdirektion in Z. nahe, Rotsky bis zur Erledigung aller notwendigen Formalitäten in Ausschaffungshaft zu verlegen. Nachdem er dann seine Papiere und persönlichen Sachen in Empfang genommen und dem Gefängnis den Rücken gekehrt hatte (die Schweizer Uhr, seine einzige im Leben, war Vergangenheit), musste Rotsky das Land innerhalb von 72 Stunden verlassen. Gemäß dem Readmissions-Abkommen riet man ihm, selbständig in das Land seines vorherigen Aufenthaltes zurückzukehren und dort Asyl zu beantragen.

Es war ein seltsames Zusammentreffen, dass an dem Tag, an dem Rotsky aus dem alten, von einem ihm unbekannten lokalen Architekten im gemäßigt-barocken Stil errichteten Gefängnistor trat, Subbotnik in die Züricher Klinik eskortiert wurde, wo man die letzten Vorbereitungen für die Operation traf.

Der Anstaltsdirektor verabschiedete beide wie ein gastfreundlicher Hausherr, der bedauert, dass beste Freunde vorzeitig sein Haus verlassen. Rotsky schenkte er zum Abschied einen Band mit ausgewählten Texten von Robert Walser, darunter »Der Spaziergang«. Subbotnik die englische Übersetzung des »Tibetanischen Totenbuchs«.

6

Eine kurze Erläuterung zu Mob.

Die Nullerjahre des 21. Jahrhunderts verwandelten die menschliche Zivilisation endgültig in ein permanentes Gerangel internationaler krimineller Gruppierungen. Zaster – aber nicht einfach so und irgendwelcher, sondern gigantischer, kosmisch unendlicher Zaster – begann, ganz real, und nicht nur operettenhaft, die Welt zu regieren. Alle Ideologien, politischen Bewegungen, parlamentarischen Koalitionen und terroristischen Enklaven, alle Diktaturen und Demokratien, alle nationalistischen, populistischen, liberalen, linken und konservativen Parteien, mehr noch – alle Religionen und »religiösen Fanatiker« – waren letztlich nicht mehr als Camouflage für Umsätze in Milliarden- und Billiardenhöhe. Sie ordneten sich einem einzigen Ziel unter – der Generierung von gigantischem, kosmisch unendlichem Zaster.

Vor diesem Hintergrund war Mob ganz und gar nicht außergewöhnlich. Mob verfügte über sehr qualifizierte Insider in den Finanzermittlungsbehörden wichtiger Länder und bestellte liebevoll seinen Garten, indem er die letzten großen individuellen Finanzbetrüger dieser Welt aufspürte und sich an sie heftete. Die Dinosaurier starben langsam aus, aber einige von ihnen waren Genies. Jeffrey Subbotnik, der manchmal seine Spuren verwischte und schwierige Zeiten unter dem Parallelnamen Jerry Sabbatnik aussaß, musste trotzdem in Mobs Blickfeld geraten. Mob verliebte sich in ihn und hängte sich auf die ihm eigene Art an ihn. Und tatsächlich war er es, Herr Jeffrey, der, ohne viel nachzudenken, Mob Mob getauft hatte.

Die Chancen standen ziemlich gleich. Mob wusste: Dieser Sabbatnik hatte *sehr viel Zaster*, versteckt in einem absolut unzugänglichen Bankenlabyrinth, dessen außergewöhnlicher Baumeister zweifellos er selbst war. Sabbatnik wusste, dass Mob wusste, und er wollte nie im Leben mit Mob auch nur den geringsten physischen Kontakt haben. Das riet er auch Rotsky. Obacht und Unauffälligkeit, betonte Subbotnik. Du lebst nicht nur für dich, sondern für die Idee. Joe, ich glaube an dich, du schaffst das.

Vor allem musste er aus der Schweiz verschwinden und sich irgendwo in der totalen Peripherie auf den Grund sinken lassen.

Konspirationsexperten werden widersprechen und sagen, dass man sich am besten in den Zentren auf den Grund sinken lässt. Die Peripherie ist ja genau der Ort, wo alle sichtbar sind. Ganz besonders Neuankömmlinge mit erstaunlichen neun Nullen auf dem Konto. »Wie kann ich der Bank die Herkunft einer solchen Summe erklären?«, fragte Rotsky. »Man wird dir ein Konto bei einer Bank eröffnen, wo niemals jemand Fragen stellen wird«, beruhigte ihn Subbotnik. »Und wenn doch, dann nur um zu zeigen, dass er dich verehrt. Das ist doch unser gutes altes Osteuropa, Joe!«

Die Eltern von Sabbatniks Eltern stammten entweder aus Vilnius oder aus Odessa. Das galt Rotsky als kategorischer Imperativ.

Schlussendlich hatte er keine wirkliche Wahl. Die Schweiz jagte ihn vorsichtshalber davon. Also blieb nur jenes Land im Zentrum Europas und der Karpaten, unprätentiös und darum gemütlich. Plus Nashorn als Stadt der offenen Tore, wo sich Freaks und Einzelgänger aus der ganzen Welt versammelten. Eine Stadt, wo in den vergangenen Jahrzehnten eine Koalition aus Botanikern und

Libertinären stabil die Wahlen gewonnen hatte und ein halb schwarzhäutiger karpatischer Schwuler und Separatist schon in der vierten Amtszeit Bürgermeister war.

In so einer Stadt hatte Josip Rotsky gute Chancen, niemandem ins Blickfeld zu geraten. Aber wie wir wissen, vergab er diese Chance.

Ich floh vor dem Imperium, als es gerade zerfiel.

Ein komischer Satz, oder? Warum vor etwas fliehen, das schon zerfällt?

Aber da ist nichts komisch: Tatsächlich gab es zwar den Zerfall, aber das Imperium blieb erhalten. Nur dass es plötzlich möglich war zu fliehen. Also beschloss ich, mich wieder mit meiner lieben Mutter zu vereinen. Sie war schon früher ausgereist (natürlich in den Westen) – mit ihrem dritten Mann, wieder ein Förster. Die Besonderheit ihres dritten Försters war, dass er als Mormone verhältnismäßig leicht grünes Licht für die Emigration bekam. Ich brauchte mich meinen Eltern nur anzuschließen, oder, wie man in den Formularen zu schreiben lernte, mich mit der Familie meiner Mutter wiederzuvereinigen. Tatsächlich fand, Gott sei Dank, keinerlei Wiedervereinigung statt: ich vertrödelte unter ihrem Dach kaum eine Woche – und weg war ich. Aber das ist eine andere Geschichte.

Bei uns auf der Insel ist es ein Uhr und zweiundvierzig Minuten. Ich bin Josip Rotsky. Es ist Nacht, und ich unterhalte Sie mit meinem traurigen Radio. Bleiben Sie dran, wenn Sie nicht schlafen können.

Als ich nach sieben Jahren wieder in mein Land zurückkehrte, hegte ich die schwache Hoffnung, dass ich es nicht wiedererkennen würde. Dass es sich zur Unkenntlichkeit verändert hatte. Aber woher denn! Was denn für eine Unkenntlichkeit! Alles heimatlich, alles bekannt, wie ein ver-

gessener Dichter schrieb. Dieselbe Ungepflegtheit, dieselben Ruinen, überall Anfänge von etwas nicht Getanem und Verlassenem, verwandelt in Müll und Brache. Absolut unattraktive Landschaften. Nicht einmal die Kleidung der Leute hatte sich geändert! Dabei ändert die sich doch eher als die Hirne! Die Kleidung, und wie die Leute aus den Rachen stanken. Nein, all das hatte sich nicht geändert. Aber was wirklich anders war: in dieser aufgedunsenen halb toten Schildkröte, irgendwo in ihrem tiefsten, vom totalen Gestank noch unberührten Inneren, entwickelte sich eine Art Drive. Ich verstand nicht wirklich, was das werden würde, aber wenn ich auf die Bühne trat und mich an die Tasten setzte, nutzte ich ihn so gut es ging. Es fing an, etwas zu werden – mit uns als Band. Und gleichzeitig als Land.

Ungefähr da kam mir der Gedanke, dass sich hier deshalb nichts verändert hatte, weil ich nicht da gewesen war. Nun bin ich zurück – und alles beginnt. Bald, ganz bald. Vielmehr hat es schon begonnen. Nicht etwa, weil ich so großartig wäre, sondern weil ich ein Tropfen bin. Ein Tropfen mehr. Ein Tropfen weniger, und aus dem Land würde nichts. Verzeih, mein Land, sagte ich zu ihm. Ich werde nicht mehr wegfahren.

Nun ein nicht unbedeutender Aspekt. Ich kehrte mit einem reichen sexuellen Erfahrungsschatz heim. Das hatte sich aufgrund der Umstände meines vorherigen Lebens so ergeben. Und ich übertreibe nicht, wenn ich »reich« sage. Aber keine Details. Ich habe diesen Sender ja nicht deshalb eröffnet, um meinen Schwanz zu preisen.

Es hat noch niemand eindeutig festgestellt, ob frühe sexuelle Erfahrungen gut oder schlecht sind. Überhaupt bin ich nicht sehr belesen, was Theorien des Guten oder

Bösen betrifft. Vielleicht bin ich sogar ein kompletter Ignorant. Für mich persönlich war mein reicher Erfahrungsschatz gut und schlecht zugleich. Vor allem in dem Land, in das ich zurückkehrte.

Wenn also einerseits dieser fast unendliche Überfluss an Gelegenheiten, der sich mir nach meiner Rückkehr bot, haufenweise Emotionen brachte und einen entsprechenden Drive nährte, so blockierte er andererseits jegliche tiefere Beziehung und führte manchmal sogar in den völligen Weltschmerz. Mit ungefähr achtundzwanzig Jahren kam ich zu dem Schluss, dass keine weitere Aufstockung der Summe der Partnerinnen etwas daran änderte und jede weitere Ejakulation immer nur ein und dasselbe zutiefst physiologische Gefühl hervorrief; dass die Zehntausendste sich in nichts von der Tausendsten unterschied, folglich nur die erste einen Zuwachs an Erfahrung gebracht hatte – damals, als der Eros so plötzlich und unerhört auflöderte. Das war so bei der hässlichen Kusine meines besten Freundes. So wie mit ihr wird es nie mehr sein.

Ich lebte ohne Liebe. Und glaubte, sie sei eine Erfindung. Zwang mich, das zu glauben. Führte ein polygames, experimentelles Leben und überzeugte mich mit jeder neuen Affäre davon, dass nichts war. Dass es nichts gibt oder geben wird außer Verlangen, Lust, taktilen Reizen, Erektionen, bekannten und bequemen (oder umgekehrt) Posen, einer mehr oder weniger trainierten Technik, Arbeit der Muskeln, Extremitäten, Finger, Zungen und so weiter – von den Ejakulationen war schon die Rede, ich füge noch die Orgasmen der anderen Seite hinzu. Dahinter stand ausschließlich die Natur, ihr nacktes Funktionieren. Einen Gott gab es darin nicht. So schien es mir, nachdem ich ihn, ehrlich gesagt, eine Zeit lang in diesem ge-

genseitigen Vergewaltigen sogar gesucht hatte. Aber nein, es gab ihn nicht. Vielleicht kann es ihn beim Vergewaltigen nicht geben – auch nicht, wenn es gegenseitig ist. Ich jedoch beschloss, dass es ihn überhaupt nicht geben könne. So hob ich meine Probleme auf eine universelle Ebene.

Die Liebe ist eine Fiktion, die dem Menschengeschlecht fast während seiner ganzen Existenz böswillig untergeschoben wurde als Folge einer Weltverschwörung halbverrückter Mystiker und impotenter Poeten. Ungefähr diese Definition prägte ich mir für alle Fälle ins Gedächtnis ein, um sie später einmal in einer nächtlichen Radiosendung zum Besten zu geben. Obwohl sie eine wütende Parodie war, brachte sie eine gewisse ergänzende Klarheit in mein Leben.

Als dieses Leben über die Vierzig schwappte, fand ich mich mit dem Gedanken ab, dass ich es nun ganz bestimmt allein leben würde. Wie man in der normalen Welt sagt, als Single. Nicht eine mit 45 Umdrehungen und aus Vinyl, sondern einer, der vorhat, sein Leben mit niemandem zu teilen und niemanden einfach nur wegen der Aussicht auf regelmäßigen Geschlechtsverkehr und routinemäßige Alltagsbequemlichkeit in sein Leben zu lassen.

Okay, ich werde niemals jemanden haben, der als mein nächster Mensch gelten kann. Auch kein wirkliches Daheim – etwas, das die tumben Vorväter heimatlicher Herd genannt hätten. Ich werde keine Kinder haben, klar. Keine Enkel, keine Fortsetzung des Geschlechts oder anderen biologischen Unsinn. Wie wunderbar – niemandes Vater zu werden. Millionen Mal mit Frauen zu kommen – und allen Toden zum Trotz niemanden zu zeugen! Niemandes Groß- und Urgroßvater zu sein. Niemandem irgendetwas zu sein. Wie hört man so oft? »Ich weiß fast überhaupt nichts über meinen Urgroßvater.« Stellen Sie sich nur diese Dankbarkeit vor! Diese verbreitete Phrase und ihre gleichgültige Intonation kaum fünfzig Jahre nach Ihrem Tod! Da haben Sie die Verbundenheit der Generationen. Über mich jedenfalls wird sich kein Trottel je so äußern können.

Einsamkeit ist traurig? Ich werde nicht die Wärme erfahren, die ich erfahren könnte?

Dafür werde ich unabhängig sein. Frei von Keuschheitsgürteln und Ehebruch. Ich muss mich mit niemandes Körper nur deshalb in einem Bett wälzen, weil es eine über meinen Kopf hinweg erfundene, unbedingt zu befolgende Konvention so vorsieht.

Eigentlich war alles prima. Von niemandem gebraucht zu werden – ist das nicht der Gipfel der Existenz, die vollendete Form der Freiheit? Kein Weinen, Schluchzen, Zittern fürchten, sich nicht Tag und Nacht Sorgen machen um jemandes, sagen wir, Husten, Durchfall, Ausschlag oder Monatsblutung. Sich keine Sorgen machen um ihre Schreie im Schlaf, ihre Verdächtigungen, Melancholien oder dass sie zuerst stirbt. Oder ich. Dass wir nicht an einem Tag sterben. Keine Sorge sich zu gewöhnen, zusammenzuwachsen, sich in eine monströse moribunde voneinander abhängige Einheit zu verwandeln.

So lebte ich. Wie lange das dauerte? Mir scheint – ewig. Aber, stellen Sie sich vor – es fand ein Ende.

In weniger als zehn Minuten ist es zwei Uhr. Jetzt kommt Tom Waits. Poor Edward.

7

Anita verliebte sich in Rotsky, als sie gerade neun Jahre alt geworden war. Es war bei einem Konzert in einem über den Winter entsetzlich ausgekühlten und halb zerfallenen Saal – wohl die Turnhalle der Garnison. Dort drängten sich etwa hundertfünfzig seltsam aussehende junge Leute. Anita hatte gar nicht gewusst, dass es in ihrer Stadt so komische Menschen gab, und dann auch noch so viele. Warum sah man die sonst nie und nirgends? Aus welchen Löchern waren diese zottigen Märchenfiguren gekrochen?

Ihre ältere Freundin – eine von denen, die einen an der Hand ins halb erwachsene Leben führen und als Erste von den Schmetterlingen im Bauch erzählen – war Offizierstochter. Keine einfache, sondern die Tochter des großen Chefs jener Turnhalle. Sie versorgte Anita mit einem kostenlosen zentralen Platz in der ersten Reihe, wobei sie selbst schon beim ersten Lied in den Kreis der wild gewordenen Elben eintauchte. So blieb Anita allein in ihrem Sessel, und die Mauer aus Schall, die sich von vorne auf das Publikum zubewegte, drückte sie mit extremer Kraft gegen die Lehne. Weil Anita keinesfalls zerquetscht werden wollte, ballte sie die Fäuste und spannte sich an. Die Mauer aus Schall zeigte Gnade, zerquetschte sie nicht, begann sie zu streicheln und versetzte sie in eine immer süßere Starre.

Die Band hieß »Doktor Tahabat« und bestand aus fünf Musikern. Anita wusste kaum etwas über sie, konnte sie aber hier und jetzt aus nächster Nähe vor sich hören und sehen. Die fünf hatten keine Ahnung, dass sie eben in diesem Moment zu ihren Göttern wurden. Anita war *angefixt* – obwohl sie diesen Ausdruck noch nicht zu gebrauchen gelernt hatte und nicht genau hätte erklären können, wie es war, wenn einen etwas *anfixt*. Schon nach zehn Minuten Konzert schwor sie sich innerlich, dass dies auf ewig die beste Musik der Welt sein würde.

Zu diesem Schwur wäre es vielleicht nicht gekommen, hätte es da nicht diesen dünnen und beweglichen, nicht sehr großen Typen mit eindrücklicher Gestik und Mimik und dunkler Brille gegeben, der die Tasteninstrumente spielte, mal tief vornübergebeugt, mal hoch aufgerichtet und mit den Fingern über zwei Tastaturen gleitend, der mal am Klavier saß, dann wieder aufsprang und mit schönem Kreiseln zu den Synthesizern zurückkehrte. Er war wunderbar – sowohl in den Tönen, die er seinen vielen Tasten entlockte, als auch in Mimik und Gestik. (Bald würde Anita von ihrer älteren Freundin erfahren, dass er, wie die bestinformierten Fans berichteten, den Blick eines Vij hatte – daher der Brillenschutz.) Zwischen den Liedern appellierte er häufig an die Tontechniker und forderte keck »Mehr Rolan auf die Monitore«. Anita verstand das nicht. Woher hätte sie auch wissen sollen, dass »Rolan« in Wirklichkeit Roland SH-2000 bedeutete? Dass außerdem das Objekt ihrer Begeisterung an diesem Abend auf einem ARP-Omni und einem ARP-Soloist spielte, und dass er das Cembalo, das er von Kind auf geliebt hatte, auf einem alten, aber ziemlich echten Clavinet Hohner C-3 imitierte? Anita wusste das alles nicht, aber ihre Aufmerksamkeit wurde gefesselt davon, wie aktiv er gestikulierte, mal auf die schwarzen Boxen an den Seiten zeigte, mal energisch den Finger in den Himmel reckte. Dieser Finger von ihm war Vollkommenheit. Solche langen und feinen Finger hatte Anita noch nie gesehen. Dabei handelte es sich nicht einmal um den Mittel-, sondern den Zeigefinger! Sie wünschte sich, er möge mit diesem Finger ihren Blick (und mit ihrem Blick sie selbst) emporheben, statt den tumben Tontölpel zu beschwören, »die Tasten auf den Monitor zu bringen«. Wieder und wieder zeigte er mit dem Finger in den Himmel und hob sein hageres Gesicht. Anita war verzaubert.

Fingerhypnose? Vielleicht.

Am Ende des ersten Teils begann der Frontman, die Bandmitglieder namentlich zu nennen, und durch den ganzen Lärm hörte Anita »Ojsip Torsky«. Ob der Vor- oder der Nachname – beides war wundersam. Ojsip! Torsky! »Ich werde dich nie vergessen, Ojsip Torsky«, versprach Anita, aber nicht ihm, nicht Ojsip und nicht Torsky, sondern sich selbst – wortlos, in Gedanken.

Dann kam die Pause, und Anita musste erkennen, dass sie einen Haufen Nebenbuhlerinnen hatte. Dutzende ältere Schnepfen hüpften auf die Bühne und stürzten sich mit ihren farbigen Filzstiften auf die Musiker. Ojsip Torsky gelang es sogar, einigen von ihnen etwas auf die Handflächen, Stirnen und zerrissenen Jeans (vielmehr das, was unter den zerrissenen Jeans hervorschaute) zu malen, aber da kam das böse Pfannkuchenmännchen namens Janko angerannt und scheuchte alle von der Bühne, während er eine *normale Autogrammstunde* nach dem Konzert ankündigte. Kauft inzwischen unsere Kassetten, forderte der Pfannkuchen. Anita wurde noch trauriger, denn sie hatte kein Geld dabei. Ihre Eltern hätten ihr niemals auch nur einen Pfennig für irgendwelchen musikalischen Quatsch gegeben.

Ungefähr in der Mitte des zweiten Teils blieb Ojsip Torsky in gedämpftem Scheinwerferlicht allein auf der Bühne zurück, umgeben von undurchdringlicher Finsternis, und spielte ein langes (fast sechsminütiges) Solo, in dem Anita ihr ganzes Selbst spürte – ihre kindliche leere Einsamkeit, den Mangel an elterlicher Liebe, die verdammte Schule und ihre hoffnungslose Liebe zu diesem halb angestrahlten Tier an den Tasten. Sie rannte hinaus ins kalte, mit Stapeln herausgerissenen Parketts vollgestellte Betonfoyer, wo sie in hemmungsloses Weinen ausbrach. Die ältere Freundin, ein bisschen wütend, dass sie dieser *Holzpuppe* auch noch nachlaufen musste, holte sie entschlossen aus der Erstarrung, führte sie in eine total widerliche, mit Chlor getränkte Toilette und befahl ihr, sich gut ihr Face zu waschen, aber die Tränen flossen weiter – jetzt vielleicht vom Chlor. Von dort führte die Freundin Anita zurück an den immer noch freien Platz in der ersten Reihe und hieß sie, sich nicht zu rühren, bis fertiggespielt wäre. Das Konzert endete mit Hits und Zugaben, fand also kein Ende, der Frontman presste aus dem Publikum heraus, was er wollte, das skandierte wieder und wieder »Zu-ga-be! Zu-ga-be!«, der halbe Saal hüpfte auf den Zehenspitzen und die andere Hälfte lag auf den Knien.

Als sie an jenem Abend zu Hause auf ihrem schmalen Klappbett lag, bat Anita die langnasigen Magier an ihrer Wand um einen Traum mit Ojsip Torsky.

Schon am nächsten (spätestens aber am übernächsten) Tag erschien sein Foto an ebenjener Wand, wo sich auch die magischen Langnasen befanden – über dem Klappbett. Anita hatte es aus einer Zeitschrift für zeitgenössische Musik ausgeschnitten. Genervt von der chronischen Unverkäuflichkeit dieses Druckerzeugnisses hatte die Kioskfrau Stöße übriggebliebener Exemplare hinausgetragen und auf der Bank neben dem Kiosk liegengelassen. Auf dem Titelblatt sah Anita »Das ist Doktor Tahabat!«, und in ihrem Bauch flatterten Schmetterlinge. Wenn man der Zeitschrift glauben wollte, handelte es sich bei Ojsip Torsky in Wirklichkeit um Josip Rotsky. Aber darum liebte sie ihn nicht weniger. Und selbst der Umstand, dass er 34 Jahre alt war, ließ ihre Liebe nicht erkalten.

Ihre Teenagerjahre widmete Anita »Doktor Tahabat«. Es kam vor, dass die Band für einige Zeit von der Bildfläche verschwand oder den Namen oder Stil änderte und dann neu auftauchte. Anita erkannte sie sofort wieder. Treffsicher erriet sie die Anwesenheit ihres lieben Rotsky-Torsky. Sie verfügte über das absolute Gehör, aber nur in Bezug auf einen einzigen Musiker.

Man muss zugeben, dass Anita sich mit Rock 'n' Roll auskannte. Seit dem Abend, an dem die ältere Freundin sie mit in das Live-Konzert genommen hatte, hatte Anita Millionen von Bands und Stücken gehört, lieben gelernt und verinnerlicht. Vor allem mochte sie es, wenn die Tasteninstrumente dominierten. Also vergötterte sie zum Beispiel Ray Manzarek. Besser gesagt: Ray Manzarek war eine gewisse Zeit lang der Vater aller ihrer Götter, unter denen Rotsky den ersten Platz einnahm. Es gab dort noch Emerson, Richard Wright, Gary Brooker und Ron Mael von den »Sparks«. Aber die kamen nach Rotsky.

Anita wurde nicht nur erwachsen – beim Erwachsenwerden lernte sie auch, ein bisschen Geld zu verdienen und zu sparen. Ihre Eltern wunderten sich, wie sie es schaffte, ihre Kassettensammlung dauernd zu erweitern. Keinem von beiden gefiel diese – letztlich typische – Begeisterung, aber Anita war nicht schlecht in der Schule, und schließlich mussten sie ihr zum Geburtstag den versprochenen Walkman kaufen. Von nun an bekam der Schulweg einen höheren Sinn. Heerscharen von Rock 'n' Roll-Keyboardern begleiteten sie auf diesem Weg, und alles, was Nummer Eins mit seinen märchenhaft langen Fingern berührte, wurde zu ihrem lebendigen, schmerzhaften und süßen Teil.

War sie ein Fan? Nein. Etwas Größeres und Tieferes hatte von ihr Besitz ergriffen. Mit bohrender Trauer, aber auch mit dem wunderbaren Vorgefühl eines Wunders. Das ist keine Tautologie, denn genau so war es: das Vorgefühl eines Wunders, das selbst zu einem wunderbaren Wunder wurde. Anita glaubte an eine Begegnung mit Rotsky. Sie träumte davon, Sex mit ihm zu haben. Denn wie könnte das sein – zur selben Zeit in derselben Welt leben, mehr noch – im selben Land, und sich niemals begegnen? Sei es auch nur für eine Nacht? Oder wenigstens eine Fellatio? In irgendeiner Garderobe, zwischen den zwei Teilen eines Konzerts? Sie hatte schon Jungs gehabt, hatte früh herausgefunden, was Sache war, obwohl ihre mit sich selbst und weiß der Teufel welchen Dingen beschäftigten Eltern ihr nicht einmal von der Monatsblutung erzählt hatten, so dass sie sich beim ersten Mal fürchterlich erschrak und glaubte, sie werde sterben.

Gut, die Alpträume der schmerzhaften Reifung vergingen, und die Hölle ihrer Kindheit ebenfalls. Anita verbarg sich in ihrer Oldie-Musik (ihre Altersgenossen hörten eine ganz andere), wartete auf Gelegenheiten und erfuhr ab und zu, dass »Doktor Tahabat« wieder irgendwo verschwunden war. Wenn der Sommer kam, studierte sie akribisch die Programme der einschlägigen Festivals. Was nicht gerade eine Titanen-Arbeit bedeutete: Damals gab es in ihrem Land ganze dreieinhalb Rock-Festivals. Und in manchen Sommern tauchte nirgendwo ein Rotsky auf, was Anita außerordentlich bedauerte.

Als die Jahreszählung eine Zwei mit zwei Nullen und

noch einer Zwei am Ende erreicht hatte, hielt sie sich an die Symmetrie der Ereignisse und Zeichen und glitt in die Volljährigkeit. Auf dem Weg dahin hatte sie fast alle Kassetten verloren, aber einen Berg von CDs angehäuft, die sich für die Musikbegeisterten ebenfalls als Sackgasse erweisen sollten. Nachdem sie unaufmerksam und unmerklich eine ihr gleichgültige Fakultät irgendeines Colleges absolviert hatte, dem sie selbst noch gleichgültiger war, blieb Anita allein mit ihrem Erwachsensein. Was sie damit anfangen sollte, wusste sie nicht, und die drei oder vier Typen, mit denen sie, wie es damals hieß, *etwas hatte*, änderten nichts an ihrer Einsamkeit: sie tauchten einer nach dem anderen auf, wie eine wechselnde Eskorte, keiner konnte mehr als mittelmäßigen Sex, und selbst der war irgendwie abgeschaut. Anita jobbte als Kellnerin, saß im Supermarkt an der Kasse, besuchte warum auch immer einen privaten Barkeeper-Kurs. Kurz darauf eröffnete sich ihr für einen Moment die Möglichkeit zum sozialen Aufstieg in Person eines ehrgeizigen jungen Politikers, der sie als Mitarbeiterin anwarb. Anita biss an. Ihre neue Arbeit bestand aus häufigen Saunabesuchen und anderen Gruppenvergnügungen. Das schien ihr erst einmal neu und interessant, aber nachdem er die dritten Wahlen hintereinander verloren hatte, musste der Boss ohne Fortüne die junge Mannschaft auflösen und versprach, sie als Hostess im Business-Zentrum eines Kumpels unterzubringen. Dieses Versprechen, muss man ihm lassen, erfüllte er und bewies damit, dass nicht bei allen Politikern Taten und Worte auseinanderfallen.

In Wirklichkeit aber gab es in ihrem Leben nichts.

Nichts außer Rock 'n' Roll. Auf CDs, im Computer und im Telefon. Mit Josip Rotsky und seinen Tasteninstrumenten. Rotsky, der (was sie nicht wusste) in all diesen

Jahren als Schiffspianist über die Meere und Ozeane fuhr. Der sich vom Rock 'n' Roll abgewendet hatte, welcher zwar nicht ganz gestorben war, aber einfach nicht wiedergeboren werden konnte oder wollte. So dass Rotsky aufs Schiff ging. Ob das Verrat war oder nicht, vermögen wir nicht zu sagen. Nach der letzten verfuckten Epochenpleite seiner Leute und dem darauffolgenden tiefen Fall war es Rotsky, der sich verraten fühlte. Mit dem Schiff um den Globus kam da genau richtig. Verrecken, verschwinden, nichts wie weg, so weit wie möglich, in die Unendlichkeit, die Sargassosee, das Bermuda-Dreieck, in Taifun und Sturm, einfach abfucken. Das einzige Opfer, das für diesen Bruch gebracht werden musste, war, sich unter Zwang ein fremdes und unattraktives Repertoire anzueignen, mit all diesen immergrünen Motiven, diesem *Kaffeehausjazz*. Vielmehr glaubte Rotsky, es gebe nur ein Opfer. Aber mindestens ein weiteres kam hinzu: Er hatte einen derart miesen Vertrag unterschrieben, dass er in den Wassern des Weltozeans quasi rechtlos war und so viele Stunden am Tag spielen musste, wie man ihm zu spielen befahl – nach der ersten Aufforderung, ohne »ich kann nicht« und über »ich kann nicht« hinaus. Spielen, spielen, kotzen und weiterspielen. Seine Seekrankheit wurde von endloser Popmusik untermalt.

Das Auslaufen des Vertrags erfüllte Rotsky mit einer Erleichterung, die an jene heranreichte, mit der sein unbekannter Vorfahre die Abschaffung der Leibeigenschaft begrüßt haben dürfte. In Genua an Land gegangen, war Rotsky bereit, das erstbeste Taxi zu nehmen und mit stark überhöhter Geschwindigkeit loszubrausen, in Richtung des sogenannten Zuhauses.

Niemals würde Anita den Moment vergessen, als sie gelangweilt die Lokalnachrichten durchsurfte und auf die Annonce stieß. Im Kleinen Saal der Philharmonie wurde ein Solokonzert von Josip Rotsky (Klavier) angekündigt. Der Eintritt war frei: Alle Kosten übernahm ein kulturaufklärerisches Programm mit dem Namen »Die Patriotischen und Ungleichgültigen«, das mit europäischem Geld versuchte, in diesem vom Playback-Pop kaputten, verdorbenen und verkommenen Land die Idee der *Live-Musik* zu verbreiten. Zum Glück für ein paar gute, aber vergessene Musiker hatte der ästhetisch geprägte Kurator des Programms sie trotz des allgemeinen Vergessens eben nicht vergessen und schaffte es, ein paar wiederaufzufinden. Rotsky schlug ein und ging auf Tournee.

In Anitas Stadt hatte er nur einmal ein Konzert gegeben – vor ungefähr zehn Jahren, noch mit »Doktor Tahabat«. Er erinnerte sich – wenn auch verschwommen – an den damaligen stürmischen Erfolg und wie sie die örtlichen Freaks aufgemischt hatten. Aber das war ihr Gipfelmoment gewesen, kein Wunder also, dass alle so geil draufgewesen waren. Rotsky irrte nur in einem, nämlich dass seit damals erst zehn Jahre vergangen waren. Nicht zehn, Rotsky – ganze fünfzehn. (Außerdem war ihm komplett entfallen, wie schlecht er sich mit den Monitoren gehört hatte und dass der unfähige Tonmeister wie absichtlich zwischen ihm und der Schallmauer noch eine Mauer aufbaute.)

Kaum hatte sie von dem Konzert gelesen, da wählte Anita auch schon die in der Annonce angegebene Nummer. Auf ihre mit schafig zitternder Stimme hervorgeblökte Bitte, einen Platz zu reservieren (einen einzigen!), versicherte ihr jemand ziemlich herablassend, dass es *unzählige* Plätze geben würde. Anita seufzte und beschloss, diesem totalen Grobian nicht zu glauben, und bat in ihrem Business-Center, eine Stunde früher gehen zu dürfen, um wenn nicht als Erste, so doch als eine der Ersten in den Kleinen Saal der Philharmonie zu schlüpfen.

Aber sie war die Erste. Und weitere zig Minuten – ellenlange, von Herzklopfen und Schmetterlingen im Bauch angefüllte Minuten – blieb sie die Einzige. So saß sie also in diesem abgewetzten Altregimeplüsch unter dem unbarmherzigen Leuchter. Endlich kamen ein paar Leute, vor allem junge oder solche, die vorgaben jung zu sein. Sie unterhielten sich laut und kicherten, ließen sich hie und da als ganze Gruppen in die Sitze fallen. Anita erriet, dass es sich um Aktivisten von zivilgesellschaftlichen Organisationen handelte, die hierher abgeordnet worden waren, um die gewünschte Besucherzahl zu erreichen: Die Organisatoren mussten vor den europäischen Geldgebern Rechenschaft ablegen. Ein paar Mädels machten auch wirklich ab und zu Fotos vom Publikum, um die *erfolgreich durchgeführte Veranstaltung* zu dokumentieren.

Wenn auch mit fünfzehnminütiger Verspätung, aber der Saal hatte sich zu zwei Dritteln gefüllt. Der Leuchter flackerte, Anita atmete tief durch. Sie machte sich schreckliche Sorgen – um Rotsky und um seine Musik. Insgeheim aber auch um sich selbst. Gleich würde er kommen. Wie er wohl sein würde? Ein alter Knacker auf steifen Holzbeinen? Ein schmuddeliger Bierbauchzwerg, der rotzte und rülpste? Ein fahler, faltiger Playboy, der, um die Halbglatze zu verbergen, die Reste des gefärbten Schopfes über den Scheitel kämmte?

Rotsky trat heraus, nickte leicht in Richtung des spärlichen Applauses und setzte sich ans Instrument. Anita kam es vor, als habe er sich nicht verändert. Jedenfalls aus der Entfernung ihrer achtzehnten Reihe. Dieselbe straffe und magere jungenhafte Gestalt, die aus den wenigen Bewegungen zu erahnende, trockene und elastische Leichtigkeit. Eine fast vogelhafte, kaum merkliche Neigung des Kopfes – wie ein dauerndes hochaufmerksames Lauschen. Nichts Überflüssiges. Dunkle Brille. Die weiblichen Fans hatten die Wahrheit gesagt: Er war zeitlos.

Das Programm, das Rotsky zusammengestellt hatte, enthielt viel Melancholisches und Seltsames. Vor allem Coverversionen alter Rockballaden, obwohl sich dazwischen mal Einaudi, mal Satie, mal Philip Glass in Erinnerung riefen. Es folgten Tom Waits, den Radioheads gewidmet, und Nick Cave – Improvisationen über Motive der »Doors«, und der unsichtbare Gottvater namens Ray Manzarek behütete die Nummer eins sorglich vor Fehlern und Überheblichkeit beim Spiel. Es gab Peter Gabriel und Where Is My Mind, und Californication, und Smells Like Teen Spirit und Marianne Faithful und Janis Joplin und dann noch Kate Bush.

Hätte das alles nicht im Saal der Philharmonie stattgefunden, Anita hätte unweigerlich getanzt. Sogar allein. Dafür mit Musik.

Was man vom Rest des Publikums nicht sagen konnte. Das kam ganz offensichtlich nicht in Fahrt. Die einen spielten mit ihren Smartphones, die anderen setzten (ohne ihre Stimmen zu dämpfen) das vor dem Konzert begonnene Geplapper fort. Dritte schlichen sich ab und zu zum Rauchen nach draußen, Vierte schlichen sich ganz, wobei niemand auf die Sitze achtete, die, befreit von ihren Ärschen, immer wieder laut und störend gegen die Rückenlehnen krachten. Einige Namen, die Rotsky erwähnte (zum Beispiel Elton John) reizten sie zum Lachen. Und als irgendein Depp mitten in einem Lied brüllte: »Spiel uns die Murka!«, da brachen fast alle in brüllendes Gelächter aus, und Anita verstand: Für die war das der bleibende Eindruck des Abends. Wären ihre kleinen Fäuste gewohnt gewesen sich zu schlagen, dann wären sie mit überirdischer Freude in mehr als eine dieser groben Fratzen gefahren.

Ohne den Saal und die dort herrschende Stimmung zu beachten (genauer, sie immer seltener beachtend) absolvierte Rotsky standhaft das ganze Programm. Das fiel ihm nicht gerade leicht, sogar mit jedem Stück schwerer, aber zu seiner Ehre sei gesagt, dass er kein einziges Mal patzte. Am Ende des letzten Stücks saßen im Saal noch ungefähr fünfzehn Mohikaner. Rotsky dankte ihnen mit einem weiteren halben Nicken, und sie antworteten mit verschämtem, noch spärlicherem Applaus als am Anfang. Anita fragte sich, *was weiter*.

Rotsky steckte den Umschlag mit dem Honorar in die Innentasche seines Jacketts und schaute sich noch einmal in der Garderobe um: nichts vergessen, den Rucksack über der Schulter, Zeit abzuhauen. Da klopfte es schüchtern an die Tür, und er rief »Herein«. Das Mädchen hatte nicht nur CDs dabei, sondern auch einen zu allem bereiten Filzstift. Sie war auffällig gehemmt und murmelte irgendwelchen Quatsch über die Zeit, als sie neun war und über die Soundtracks ihres Lebens, mehrmals glänzte ein feuchter Streifen an ihren Augen, noch dazu nannte sie ihn mehrmals Herrn Torsky. Ojsip umarmte sie ganz plötzlich, nur für eine Sekunde – und das half. Sie fasste sich sofort – als hätte er ihr mit seinem kurzen Drücken ein bisschen Sicherheit gegeben. Wie sich zeigte, besaß sie genauso viele CDs, wie Rotsky und seine Band Alben veröffentlicht hatten. Kaum zu glauben: sogar das wirklich rare »AlBomba« hatte sie! Diese offensichtliche Treue gefiel ihm, und er signierte jede CD auf besondere Weise.

Anita schaufelte die heiligen Reliquien zurück in ihren Rucksack. Das war's, dachte sie. Er hat überhaupt keine Vij-Augen. Ich gehe.

»Geh nicht«, Rotsky las in ihr wie in einem offenen Buch. »Es gibt hier eine Bar. Wenn du Zeit hast.«

Zum Glück für Rotsky (und für sie beide) hatte man ihn in einem Hotel gegenüber der Philharmonie untergebracht. So etwas gibt es nicht in jeder Stadt. In dieser aber schon. Noch dazu verfügte dieses Hotel über eine echt brauchbare Bar. Anita konnte gar nicht verschwinden: Man musste nur den Platz überqueren, und schon waren sie da, in einem warmen, nur halb vollen Raum, wo es unzählige schöne Flaschen mit verführerischen Flüssigkeiten gab. Wäre die Bar irgendwo weit weg gewesen und hätte Rotsky ein Taxi anhalten und Anita festhalten, am Ellenbogen packen müssen, ohne das Taxi wegfahren zu lassen, und ohne Anita gehen zu lassen, hätte sie ihm entschlüpfen können und so weiter und so fort ... Sie wäre hundertmal geflohen. Aber es kam anders: der Platz, ungefähr fünfzig Schritte über das Pflaster, die Hoteltüren gleiten einladend auseinander, als sie sich nähern, lass uns ein halbes Stündchen zusammensitzen und etwas trinken, sei mein Gast.

Barzeit vergeht in anderer Geschwindigkeit. Nicht immer, aber in diesem Fall. Schon in der ersten Stunde passierte in ihrer Kommunikation so viel, dass ein Außenstehender zu dem Schluss gekommen wäre, ein Treffen von zwei sich unglaublich nahestehenden Wesen zu beobachten. Musik? Ja, genauer: Rock 'n' Roll mit seinen Namen, Titeln, Stilrichtungen, Perioden, Trends, Personen, Bomben, Monstern und Selbstmorden führte sie schnell, quasi im vierten Bargang, zueinander. Hatte sie schon zusammengeführt. »Wenn ich schon nicht vorhin beim Spielen auf meine Kosten gekommen bin«, versprach Rotsky sich selbst, »dann jetzt mit ihr als Gespielin.« Er hielt schon lange ihre Hand in der seinen und trieb die Situation unaufhaltsam dem Moment zu, an dem er vorschlagen würde, zusammen auf sein Zimmer zu gehen. Er betrachtete mit unverhohlener Freude ihre Linien (kakova malica!), die er ab und zu sanft berührte. Ihm gefiel alles, am besten aber die längliche Nase. Rotsky liebte langnasige Mädchen. Vielleicht war das eine Folge seiner Jugendjahre, in denen er sein erstes, durchaus nicht schlechtes Geld mit Pornoaufnahmen verdient und in mehr als einem Film der Kategorie »Teen & Milf« erfolgreich den minderjährigen Liebhaber reifer Matronen gegeben hatte. Der nur mittelgroße und magere, sehr bewegliche Jüngling mit den seltsamen Augen und großformatige pralle Damen – das ergab einen interessanten Effekt, der sich konstanter Nachfrage erfreute. Na, und in der Mehrzahl hatten seine Partnerinnen solche Nasen gehabt, von ansehnlicher, aber nicht übermäßiger Länge.

Anita (schließlich kein kleines Mädchen mehr!) wusste, wohin das alles führen würde, und legte dem keine Hindernisse in den Weg. Im Gegenteil – sie räumte jedes Hindernis aus dem Weg. Zum Beispiel unterdrückte sie, ohne zu zögern, vier Mal die immer nervöseren Anrufe ihres damaligen Freundes. Ihr Leben erreichte sein langgehegtes Ziel – vielleicht das endgültige. Wie auch immer, aber mit Rotsky in ihren Träumen hatte sie doppelt so lange gelebt wie ohne. Fünfzehn Jahre mit und neun vor ihm. Jetzt blieb nur noch, den Traum zu körperlicher Realität werden zu lassen. Den Traum realisieren, und der Tod kann kommen, scherzte Anita insgeheim.

Ihr Körper aber bereitete ihr eine Katastrophe der Unzeitigkeit. Als sie an jenem Tag zum Konzert eilte und auf dem Weg noch kurz im Laden für Reizwäsche vorbeischaute, spürte Anita so etwas wie die ersten Vorboten dessen, was nach ihrem Kalender erst in drei oder vier Tagen hätte beginnen sollen. Sie hatte keine Zeit, in sich hineinzuhorchen, aber gleich darauf schien es ihr, als hätte es sich gelegt und sie müsse daher nicht alarmiert sein. Jetzt aber, in der zweiten Barstunde, im Wohlgefühl immer wärmerer Berührungen und Annäherungen, sprang sie plötzlich auf, entschuldigte sich hastig und rannte aufs Klo, wo Messer sie äußerlich und innerlich zerschnitten und das Blut aus ihr herausquoll, und das war so ungerecht, grausam und niederträchtig, dass sie sich fast den Kopf an den ideal verlegten Kacheln der Kabine eingeschlagen hätte. Warum nur, wiederholte sie, warum nur, und in diesen zwei Worten steckte alles – von der fünfzehnjährigen Warteperiode bis zur vor dem Konzert fieberhaft erstandenen Unterwäsche.

Blitzartig war sie aus der Bar verschwunden und kehrte auch nicht mehr dorthin zurück.

Nachdem Rotsky eine Weile vor der Damentoilette auf und ab gegangen war, schaute er, plötzlich niedergeschlagen und mit schwerem Herzen, auf der Suche nach ihr an der Rezeption vorbei. Das Mädchen, das in seiner Begleitung gewesen war, erklärte der Boy höflich, habe das Hotel schon vor einer halben Stunde verlassen und sei direkt mit einem Taxi weggefahren.

Diese unrühmliche Geschichte hätte als kleine Menstruations-Tragikomödie geendet, wäre da nicht Anitas Rucksack gewesen, der auf dem Barhocker neben Rotsky liegengeblieben war. Der nächste Morgen brachte Anita neue Qualen. Nicht genug damit, dass ihre Regel am zweiten Tag immer mit besonders sadistischer Genugtuung wütete – der im Hotel vergessene, keineswegs billige Rucksack und sein unschätzbarer CD-Inhalt bohrte Loch um Loch in ihr Bewusstsein. Er wird doch wohl draufkommen? Ihr Gepäck an der Rezeption abgeben, vielleicht mit der hingekritzelten Notiz: »Für das Mädchen mit dem grünen Schal«?

Um acht Uhr morgens rief Anita im Hotel an, und man antwortete ihr, dass man die Telefonnummern der Gäste nicht weitergeben könne. Herr Rotsky? Nein, der sei noch nicht abgereist.

Rotsky hatte eine von den Organisatoren zur Verfügung gestellte Fahrkarte für sieben fünfunddreißig und sollte eigentlich in diesen Minuten schon längst auf seiner Pritsche im Schlafwagen liegen. Aber nach dem gestrigen frechen und treulosen Verschwinden Anitas hatte er sich als unglücklichster Idiot aller Völker und Zeiten gefühlt. Nicht nur, dass er das undankbare, sinnlose Konzert durchleiden musste, danach kam auch noch diese aufdringliche Langnase, die ihn zuerst in einen schwindelerregenden Flirt lockte und dann ohne Vorwarnung abzischte. Klar: Nach einer solchen Niederlage verließ Rotsky die Bar erst, als er sein ganzes Honorar verprasst und vor den Augen des Bartenders den leeren Umschlag zerrissen und demonstrativ verbrannt hatte. Ins Bett warf er sich irgendwann zwischen vier und fünf, weswegen er die Abfahrt verschlief. Um neun Uhr rief man ihn von der Rezeption an.

Grau, zerknittert, mit Augen von verschiedener Farbe, aber gleichem Schwellungsgrad, mit einem unerträglichen Geschmack im Mund – man mochte gar nicht darüber nachdenken, mit was für einem Atem – kroch Rotsky hinunter, wo auf ihn (auf ihn? Ha! Auf ihren verfuckten Rucksack!) das Mädchen von gestern wartete, nur dass sie heute, im Tageslicht, alles andere als eine malica war, sondern irgendwie zusammengekrümmt und genau wie Rotsky gräulich-verbraucht. Schweigend überreichte er ihr den Rucksack mit den ganzen CDs.

»Schreib mir«, sagte sie mit schuldbewusster Stimme und streckte ihm einen Zettel mit ihrer Mailadresse hin. »Hier.«

Und während Rotsky zur Antwort irgendetwas Wortähnliches hervorkaute, trat sie näher und fiel ihm so heftig um den Hals, dass Ojsip mit allen Fibern seiner großen verkaterten Seele beinahe losgeheult hätte.

Alles, was ich in diesem Kapitel dargelegt habe, ist weder meine Erfindung noch meine freie Interpretation. Ich habe nicht über drei Ecken, sondern, wie es heißt, aus erster Hand davon erfahren. Von Anita.

Dazu gleich mehr.

8

Ich traf Anita Nasatti in ihrem neuen Heim an der toskanischen Westküste, nahe Livorno. Ihr Mann Fabrizio, Besitzer von einem Dutzend Olivenhainen und ein außergewöhnlich netter Mensch, hatte liebenswürdigerweise nichts gegen unser langes Gespräch unter vier Augen einzuwenden. Mehr noch: er lud mich sogar ein, auf ihrem Gut zu übernachten oder gleich ein paar Tage dort zu verbringen, wenn es eine solche Forschungsnotwendigkeit gebe. Signore Fabrizio hielt sich an den Grundsatz, keineswegs eifersüchtig auf die unbekannte Vergangenheit und die für immer verlassene Heimat der jungen Gefährtin seines Lebens zu sein. Er hatte keine Mühen und Kosten gescheut, sie all diesen Sorgen und Verfolgungen zu entreißen und ins gelobte Italien zu evakuieren, und schätzte ihren jetzigen gemeinsamen friedlichen Status sehr.

Von Anitas Existenz hatte ich aus dem Netz erfahren. Sie schrieb einen nicht professionellen, aber ziemlich sympathischen Blog über ihre Lieblingsmusik und postete einmal das Klavierstück »Für Anita« des *Komponisten* Josip Rotsky. Es handelte sich keineswegs um eine Beethoven-Parodie, alles klang ganz ernst gemeint. Ich lobte ihren Geschmack und fragte (ohne große Hoffnung), ob sie den Komponisten persönlich kenne und wenn ja, ob sie etwas Licht auf diese Person werfen könne. Ich arbeite an einer ausführlichen Biografie über ihn. Zu meinem Erstaunen antwortete Anita bejahend und teilte mir ihre Adresse in Italien mit. Es verging weniger als eine Woche, und ich packte ein paar Sachen, setzte mich ans Steuer eines gemieteten Fiat und überwand in achteinhalb Stunden den

Weg aus der karpatischen Nuss- in die toskanische Olivenprovinz.

Anita sah aus wie dreißig, höchstens fünfunddreißig Jahre. Man spürte, dass sie, als sie ihre und Josip Rotskys gemeinsame Geschichte erzählte, auf besondere Weise selbstbewusster wurde, wie sie in ihren eigenen Augen und, wie sie hoffte, auch in denen der anderen wuchs. Man spürte auch, dass sie schon lange auf eine solche Gelegenheit gewartet hatte. Ich erfasste ihren Erzählstil sofort: Manchmal wurde sie ausführlich, dann durchlebte sie die Episoden mit besonderer Rührung. Sie wollte dorthin zurück. Der emotionale Hunger, der sie seit Beginn ihrer glücklichen Ehe begleitete, trieb sie in ihren Erinnerungen zu abenteuerlicher Offenheit.

Zeit, damit fortzufahren.

Nachdem sie sich in der Hotelhalle so ungeschickt und verklemmt von Rotsky verabschiedet hatte, schleppte sie sich durch einen quälenden Tag, der von einer Mail gekrönt wurde. Rotsky schrieb, er denke nur an sie, ihm sei zum Weinen zumute, das sei nicht bloß der Kater, sondern, davon sei er überzeugt, etwas Größeres. Er schlug ein Treffen vor – »jederzeit, in jeder beliebigen Stadt«. Anita antwortete zurückhaltend und blieb misstrauisch. Nachdem er jedoch schrieb, dass er, ungeachtet seiner fast fünfzig Jahre, so etwas noch nie erlebt habe, verlor sie langsam ihre Vorsicht. »Ich bin in einer anderen Stadt, du kannst hier nicht sein, aber für mich bist überall nur du«, beschrieb es Rotsky. »Ich habe wieder ein Konzert gegeben, und mir schien, dass du im Saal in der 18. Reihe sitzt. Da hab ich die ganze Afterparty zum Teufel geschickt und bin zurück ins Hotel, hab mich im Zimmer verbarrikadiert – und so schreibe ich dir jetzt.«

Sie tauschten bis drei Uhr nachts Mails aus, und Anitas letzte Botschaft endete mit dem Satz: »Ich liebe dich, Ojs.«

Ungefähr zehn Tage später fand sie die Möglichkeit, sich mit ihm in der Hauptstadt zu treffen, wo er seine Tournee beendete. Dort wurden sie ein Liebespaar. Ihr erstes Bett erwies sich als schwindelerregende Schaukel und Rotsky als unermüdlicher und schlafloser (noch dazu schamloser) Schaukelknecht. Und als Bonus gab es noch eben den Zeigefinger, der in den Pausen unübertroffen zwischen ihren Beinen spielte. »Wie im Himmel«, bekannte Anita. »Aber dort liebt man sich nicht«, widersprach Rotsky.

Ihre *Beziehung* wurde dauerhaft. Anita bat um wenigstens zwei Treffen im Monat. Sie machte mit ihrem damaligen Freund Schluss und blieb Jos von nun an treu. Was Rotsky wohl kaum mit Gleichem vergalt. Wobei er ihr aber auch keinen eindeutigen Anlass für konkrete Vorwürfe lieferte. Jedes Mal, wenn er gemeinerweise den Witz über seinen fast schon angeborenen Hang zur Polygamie hervorkramte, konnte er nicht anders, als sie zu betrüben. Aber wie und warum sollte sie das zeigen, wenn sie zwei verschiedene Leben lebten? Ihre Kompetenz erstreckte sich nicht auf seine restlichen Tage und Nächte. Sie wollte nichts von seinen *Seitensprüngen* wissen – als ob es sie nicht gäbe.

Rotsky wusste diese Haltung Anitas zu schätzen – und erhob sie in den Rang der ersten Geliebten. Und wusste noch nicht, dass er schon seit fünfzehn Jahren ihre Nummer eins war. Der Erste kam mit der Ersten zusammen, und die Prioritäten fügten sich ganz von allein. Die Augenhöhe war wiederhergestellt.

Aber nicht nur sie.

Rotskys Angelegenheiten wendeten sich, es gab eine

weitere Wiedergeburt. Die Fans der Band flehten um ein Comeback. Einige flehten, andere forderten – und es blieb den Tahabats nichts anderes übrig, als sich wieder zusammenzutun. Während Rotsky über die Ozeane segelte und sich dann seiner sogenannten Solokarriere und anderem Quatsch widmete, waren gewisse Gruppierungen gewachsen, eine Szene, wunderliche Outsider-Fan-Clubs, es entstand und verbreitete sich die Mode, Rock 'n' Roll im Stil von »als die Eltern tanzten« zu hören. In den Netzwerken poppten Links zu alten Aufnahmen hoch, versehen mit dem attraktiven Hinweis *remastered*. Einige bekamen tausende von Likes. Die Gründer des neuen, aber schon phänomenal populären Festivals »Hipster-Jugend« riskierten es, den *legendären und immer aktuellen* »Tahabat« einzuladen: um das Festival mit einer sechzigminütigen Reunion zu beglücken und in der Nacht von Samstag auf Sonntag (wenn der größte Besucheransturm erwartet wurde) die Rolle der Headliner zu übernehmen.

Das Festival wurde im Sommer in einem fast ausgestorbenen und daher immer wieder von ungebremster wilder Natur überwucherten Landstrich veranstaltet. Früher hatten sich hier Armeestützpunkte aneinandergedrängt, und die ganze Gegend war eine einzige Sperrzone gewesen. Jetzt schallte hier einmal im Jahr fast eine ganze Woche lang Musik, und unzählige Mädchen tanzten vor der Bühne im Kreis.

Es wäre untertrieben zu sagen, dass den Tahabats der Auftritt bei diesem Happening gelang. Die alten Gäule hatten nicht umsonst in den letzten Wochen vor dem Festival halbe Tage lang geprobt. Und sich nicht umsonst vom ersten Moment an voll reingehängt. Man empfing sie ekstatisch und dankbar. Die Menge war verrückt nach ihnen, und sie nach der Menge. Diese gegenseitigen Ströme konnten nicht anders, als sich zu vereinigen, vibrierten in einem einzigen grenzenlosen Drive. Es war einfach geil.

Beim Erzählen dieses Sommernachtstraums versprühte Anita nichts als Superlative. Zum zweiten Mal in ihrem Leben hörte sie sie live – und erklärte sie zum zweiten Mal zu Göttern. (Unter uns gesagt, mir scheint, dass sie einzigartiges Glück hatte: Von den hunderten Konzerten, die diese Gruppe während ihrer eher mäßigen Karriere spielte, sah Anita die beiden besten). »Ganze sechs Zugaben!« Anita geriet immer mehr in Begeisterung. »Sechs Zugaben! Eine Stunde länger!«

Als es dann zu Ende war und sich die Menge – nein, nicht gleich, gar nicht! – in die dunkleren Winkel des Geländes verzogen hatte, begann hinter der Bühne ein Besäufnis mit den Organisatoren. Es sollte bis Sonnenaufgang und länger dauern. Maßvoll betrunken und nach ein paar Joints glücklich bekifft, presste Rotsky Anita so kraftvoll an sich, dass alles in ihr verstummte. Aber auch zu singen begann: Er liebte sie.

Da jedoch geschah etwas mit der Beleuchtung: plötzlich Funkensprühen, Flackern, etwas brach zusammen, brannte durch – und über das ganze Fest senkte sich, *wie eine Kupferschale*, Finsternis. Nein, keine absolute – irgendwo brannten noch die letzten Lagerfeuer nieder. Der Rest aber war undurchdringlich, denn dichtes Himmelsvlies hatte sich vor Mond und Sterne geschoben. Man brüllte und flippte aus, die Mädels quietschten und kreischten, die Gitarre gehorchte keinen Händen mehr, es lief auf eine Orgie zu oder etwas in der Art, eines der Girls (war es nicht die Schickse des Festivalchefs?) hatte den ergrauten Frontman schon in den Farn gezogen, schon streiften Bassist und Schlagzeuger (ein unzertrennliches, unglaublich eingespieltes Paar) jemandem das Hemd vom

Leib, und mit immer interessierterem Auge (beiden, unterschiedlichen) versuchte Rotsky, in diesem ganzen Wirrwarr etwas zu erkennen. Anita hielt ihn fest an der Hand, er aber riss sich los. Muss pinkeln, log er. Und schlenderte in die Dunkelheit, wo er nach zwei, drei Metern nicht mehr zu sehen war. Aus der Ferne rief er: »Ich folge den Glühwürmchen!«

Dabei stieß ihm etwas zu. Während er den Glühwürmchenwolken folgte, bemerkte Rotsky kaum den leichten Anstieg. Und wenn er ihn bemerkte, dann war es ihm egal – ein Anstieg eben, ein Hügel, umso schöner wird es sein, sich dort oben irgendwo aufzulösen. Tatsächlich handelte es sich um das Dach eines alten Militärlagers, ein in die Landschaft implantiertes ehemaliges Geheimobjekt, einstmals mit Gasmasken, Chemiesprengkörpern, geflügelten Raketen oder Gott weiß was vollgestopft. Das vor der Luftwaffe des Gegners unter mehreren Erdschichten versteckte, mit Gesträuch und Gestrüpp bewachsene Dach konnte man für eine sanft geneigte natürliche Anhöhe halten. Es brach über einem künstlichen, mit Betonplatten gepflasterten Graben ab. Rotsky näherte sich dem Ende, ohne etwas zu ahnen. Die Glühwürmchen, auf die er schaute, flimmerten ungefähr zehn Schritte vor ihm.

Plötzlich aber flimmerten sie im Himmel, Rotsky lag unten im Graben, ganz verdattert von diesem gehirnerschütternden, zahnzermalmenden Fall, und immer mehr Blut füllte seinen Mund, so viel er auch spuckte.

So wurde nicht das Konzert der *legendären, aber immer aktuellen* Band »Tahabat« zum wichtigsten Ereignis des Festivals »Hipster-Jugend«, sondern der Umstand, dass einer der Bandleader in einen Abgrund aus Beton gestürzt war.

Zu sagen, dass sie es war, die Rotsky aus dem Jenseits zurückholte, wäre vielleicht eine Übertreibung. Jedoch durchlebte nur Anita die ganze Wucht der völligen Verzweiflung, die es bedeutete, in dieser Wildnis und dann noch Sonntagfrüh ohne Bargeldstimulatoren oder auch nur Beziehungen und Telefone jemandem das Leben retten zu müssen. Als sie Rotsky, dessen Zustand sich immer weiter verschlechterte, im verbeulten Festivalbus über die lokalen Feldwege ins Gebietskrankenhaus fuhren, verwandelte sich Anita in jemand anderen, ihr wuchsen lange Nägel und feurige Flügel, und ihr Umhang legte sich schützend über ihn – weh dem, der es gewagt hätte, sich ihr in den Weg zu stellen.

Bei Rotsky wurden multiple Verletzungen diagnostiziert. Nicht nur Gehirnerschütterung und Knochenbrüche. Nicht nur Blutergüsse, sondern auch mehrfache Verletzungen an Lunge und Leber. Ganz zu schweigen von den Prellungen an Hüfte und Rückgrat. Noch Jahre später konnte Anita, ohne steckenzubleiben, die Liste der Verletzungen auswendig hersagen. Weil sie sich in ihrer Erzählung manchmal wiederholte, hatte ich Gelegenheit, die Liste zweimal zu hören, und sie irrte nie: Ihre Angaben deckten sich zu hundert Prozent mit meinen Erkenntnissen.

Zum Glück (für sie und für Rotsky) erreichte keine der Verletzungen aus diesem unglückseligen Strauß das kritische Stadium. Lebensgefahr bestand nicht. Auch keine Gefahr zu verkrüppeln. »Wo haben Sie gelernt, so weich zu landen?«, zwinkerte der Gebietskrankenhausarzt, seit kurzem ein großer Tahabat-Fan, nachdem er ihre Platten und ein paar Poster geschenkt bekommen hatte.

Nach einer Woche verlegte man Rotsky in eine große und außergewöhnlich gut ausgestattete Klinik in der Hauptstadt (die Festivalchefs hatten ihre Kontakte spielen lassen). Anitas Urlaub ging zu Ende, und sie reichte direkt die Kündigung ein. Sie musste einfach bei ihm sein. Nachdem sie all ihr Gespartes zusammengekratzt und noch mehr als ihr Gespartes geliehen hatte, zog sie in die Stadt, die sie üblicherweise eher abstieß als anzog. Allerdings hatten sie und Rotsky sich eben hier zum ersten Mal geliebt, und das besserte das Image der ungeliebten Hauptstadt etwas auf. Vor allem jetzt, wo sie sich Stunde und Stunde so nah waren, dass es näher nicht geht.

Paradoxerweise würden sie nie wieder so viel Zeit miteinander verbringen. Rotsky mochte es, wenn sie bei ihm im Zimmer war, Neuigkeiten erzählte, laut vorlas, ihm speziell zusammengestellte Playlists vorspielte und das alles mit passenden und immer interessanten Kommentaren begleitete; ebenso liebte er die ersten, stechend-schmerzhaften Spaziergänge mit ihrer Hilfe – in den Flur, ins Foyer – und dann die immer häufigeren und längeren Ausflüge in den Klinikpark. Er war wie ein Hund: unbarmherzig verprügelt und dankbar. Nachdem er einmal vom Bett aus ihre langnasige Silhouette betrachtet hatte, schlug er ihr wie aus dem Nichts vor, für immer zusammenzubleiben. »Ich habe noch nie jemanden darum gebeten«, presste Rotsky aus sich heraus. Als verkünde er ein geheimes Verdienst. Anita konnte sich nicht entschließen zu fragen, ob er Heirat meinte. Ihr genügte der Traum, vor dessen Zerplatzen sie sich fürchtete.

Später würde sie ihre Unentschlossenheit bereuen.

Als er entlassen wurde, trennten sich ihre Wege wieder. Es scheint, dass die beständigste Rotsky-Variante der Rotsky mit gebrochenen Beinen und Rippen war.

Anita erinnerte ihn nicht daran, dass er sie gefragt hatte. Sie konnte sich nicht entschließen, ihn zu erinnern. Genauer gesagt – sie entschloss sich, ihn nicht zu erinnern. Vielleicht hatte er dort im Krankenhausbett einfach halluziniert? Vielleicht gar nicht ihre Silhouette gesehen?

Sie lebten auch weiter getrennt und trafen sich ein- oder zweimal im Monat. Rotsky wollte nicht drängen. Er hatte schon ein paar Erklärungen gefunden, warum es besser so war. Die erste stach ins Auge: seine Verletzungen. Erst beobachten, wie sie sich benehmen würden, um die fähige junge Geliebte nicht zur ewigen barmherzigen Schwester umzuschulen.

Dann taten seine Lebenskraft und Leichtigkeit das ihre: Alles wuchs zusammen, streckte sich und verheilte. Nicht umsonst hatte der Arzt ihm versichert, dass er mit Übergewicht nicht überlebt hätte. So aber war er lediglich hinabgeschwebt wie eine Feder, ein trockenes Blatt, ein Schmetterling, oder, sagen wir, wie ein Korken, den ein mächtiger Champagnerstrom aus der Lebensflasche presst. Was passiert einem Korken schon, wenn er auf Betonplatten fällt? Innerhalb eines halben Jahres erneuerte sich Rotsky auf beeindruckende Weise. Ihr Sex war schon wieder von der früheren, so drückte sich Anita aus, »pornographischen Schönheit«.

Sie bemerkten gar nicht, wie sie den ersten Jahrestag ihrer Bekanntschaft verpassten. Vielmehr begingen sie ihn, aber mit großer Verspätung, da sie ihn einfach nicht bemerkt hatten. Anitas vorherige fünfzehn Jahre gehörten in eine andere, ihre eigene Zählung.

Irgendwann im Herbst erfuhr Anita von Rotsky, dass es in ihrem Land keine Regierung, sondern ein Regime gab. Nicht dass es mit ihrer Beziehung so weit gekommen wäre, dass schon die Politik in sie eindrang. Nein, andersherum: mit der Politik war es so weit gekommen. Sie kroch ins Private und mischte sich ins Alltägliche, verletzte brutal die Grenzen des ihr zugewiesenen Bezirks. Das Internet brodelte vor aufrührerischen Formulierungen, sprach vom *Punkt ohne Wiederkehr, Kipp-* und *Siedepunkt.* Das Fernsehen sendete noch mehr seichte Unterhaltung und verwandelte fast alle Kanäle in Ströme aus Schnulzenschund und endlosen Comedy-Shows. Ein deutlicheres Zeichen dafür, dass die Anspannung extrem stieg, konnte es nicht geben.

Ein paar Wochen später ging es dann los.

Es war schon fast Winter, als einige relevante Vertreter der Opposition verhaftet wurden – nicht der Opposition, die offiziell als solche bezeichnet wurde, sondern der echten. Zusätzlich löste das spurlose Verschwinden des Chefs der sogenannten »Grünen Piraten«, einer alternativen anarcho-ökologischen Bewegung, eine zusätzliche Protestwelle aus. Es wurde klar wie der lichte Tag, dass das Regime bis zu den nächsten Wahlen alle seine unbequemen Gegner vernichten und den amtierenden Präsidenten nur gegen fiktive Agenten des Westens und ein paar halbverrückte Clowns antreten lassen würde. Der Kerl, der für seinen Sieg bei den letzten Wahlen die noch schwache und unreife Maid Demokratie bis aufs Letzte ausgenutzt hatte, was ihn dann ja auch auf den Gipfel der Macht führte, sagte sich jetzt zynisch von ihren weiteren Diensten los und steuerte siegesgewiss auf die Errichtung einer Diktatur über eine Fake-*Willenskundgebung des Volkes* zu – animiert von einem unübersehbaren Schwarm märchenhaft entlohnter Politberater und Schergen.

Anita hätte das alles gar nicht bemerkt. Hätte sich bloß umgedreht – und einfach nicht mehr hingeschaut. Aber

Rotsky konnte erklären. Was nicht heißt, dass sein Leben etwa nur noch aus Politik bestanden hätte. Es heißt nur, dass sie ihre Rendezvous nicht ausschließlich mit Sex und Musik füllten, sondern auch mit Gesprächen – über dies und das.

Die ersten Grüppchen von Protestierenden trafen in der Hauptstadt ein. Das Fernsehen verspottete sie und erwähnte angebliche ausländische Finanzierungsquellen, aus denen, so hieß es, all die Zelte, warme Kleidung, Kondome und weichen Drogen bezahlt würden. Alles deutete auf erfolgreiche Diskreditierung hin, und der Protest würde so unpopulär zu Ende gehen, wie er begonnen hatte. Durch einen Exzess der Exekutive jedoch – die Polizei hatte erheblich übertrieben beim Verprügeln einiger Provinzaktivisten, die sich in die Hauptstadt verirrt hatten – verwandelte sich die allgemeine Gleichgültigkeit in Engagement, das immer mehr zum Massenphänomen wurde. Der Aufruhr verbreitete sich. Man begann, überall von Ungerechtigkeit und Lüge zu sprechen, und zwar immer hitziger und schärfer. Zum letzten Tropfen, nein, zur letzten Pfütze, und zwar Blut, wurde das, was ein paar Kleinkriminelle fanden: der von Folter entstellte Körper des erwähnten Chefs der »Grünen Piraten«, versteckt im Kofferraum eines Mercedes, den diese Kleinkriminellen geknackt hatten und der einem hohen Geheimdienstoffizier gehörte.

Am nächsten Tag zogen fünfhunderttausend Demonstranten durch das Zentrum der Hauptstadt, eine Woche später – eine Million. Es half dem Regime nicht mehr, die Vertreter der Opposition aus der Untersuchungshaft zu entlassen: Kaum frei, setzten sie sich ohne Zögern an die Spitze der Kolonnen und riefen dazu auf, im Zentrum Barrikaden zu errichten und das Regierungsviertel zu blockieren. Der Sonderkorrespondent von CNN war der Erste, der das in einer hastig gedrehten und in die ganze Welt ausgestrahlten Reportage als »revolution« bezeichnete.

Wie Anita erzählte, trieb es Rotsky direkt nach dem ersten Marsch der Millionen in die Hauptstadt. Dort, sagte er, im nach allen Seiten verbarrikadierten »Städtchen der Aufständischen«, gebe es einen großen Bedarf an Musik. »Als ob denen jetzt nach Musik wäre«, zweifelte Anita. »Wann, wenn nicht jetzt?«, zitierte Rotsky einen der Slogans des Augenblicks.

Wie so oft hatte Anita ein Sujet verpasst, das in den sozialen Netzwerken gerade verstärkt Aufmerksamkeit erregte. Auf dem von den Demonstranten kontrollierten Territorium tauchten hie und da alte Klaviere auf. Gekauft mit Revolutionsmitteln und aus den Wohnungen der früheren Besitzer hertransportiert, trotzten sie jetzt dem offenen Himmel in Erwartung immer neuer Konzerte. Die Initiatoren dieses *Flash-Mobs ohne Verfallsdatum* luden alle, die »das Spiel auf Tasteninstrumenten beherrschen«, dazu ein, zu kommen und zu spielen. »Die Arschlöcher der Staatsmacht«, schrieben sie, »tun alles, um uns mit ihrer unerhört brutalen Gewalt niederträchtig zu einer gewaltsamen Reaktion zu provozieren. Aber da können sie lange warten! Wir antworten mit Liedern und Gitarren und mit donnernder Klaviermusik. Wir bauen eine Mauer aus Klang, die keine Polizistenbande mit ihren Knüppeln und Gasen durchbricht! Sie haben die Gewalt und die Bandokratie! Wir Klassik, Jazz und Prog!«

Wie wir sehen, füllte sich das Wörterbuch des Kampfes rasch mit immer schärferen Ausdrücken. Fünf extreme Lexeme in fünf Sätzen waren da längst nicht die Grenze. Die Sprachrohre des Regimes ließen die Chance nicht verstreichen und beschwerten sich im Chor bei der *Weltöffentlichkeit* über die »von Laissez-faire und Straflosigkeit entfesselten Anheizer des Hasses«.

Anita erfuhr von den Straßenklavieren erst dann, als die Videos mit Aggressor endlich auch in den meisten von ihr besuchten Gruppen viral gingen. Man filmte ihn mit Telefonen und Kameras, meistens Amateurkameras, so dass die technische Qualität schlecht war. Vielleicht war es aber auch anders: Gerade wegen der schlechten Qualität gingen sie viral.

Niemand kannte sein Gesicht oder wusste, wer er war: Der Aggressor erschien der Welt in Strumpfmaske und Sonnenbrille. Das Instrument beherrschte er ziemlich professionell und sammelte immer einen Haufen Demonstranten und müßiger Passanten um sich. Sein Repertoire war irgendwie eklektisch, aber nicht ohne Chuzpe zusammengestellt. So gingen Tom Waits'sche Elegien unvermutet in Radiohead-Potpourries über, »As Time Goes By« in »As Tears Go By«. Anita hatte keinen Zweifel, wer er war, dieser Aggressor.

Insgeheim war sie stolz auf ihn, und – es geschehen noch Zeichen und Wunder! – sie begann für ihn zu beten, obwohl ihr ihre Eltern nie gezeigt hatten, wie man das so macht, dass es hilft.

Im Zentrum der Hauptstadt wurde es inzwischen immer gefährlicher.

In den ersten Wochen der Auseinandersetzung auf den Barrikaden flutete die Staatsmacht die Stadt mit einer präzedenzlosen Masse von Agenten in Zivil. Nicht nur Geheim- und Spezialagenten oder banale Polizeischnüffler, nicht nur Staatsanwalts-, Finanz- und Katastrophenschutzbeamte, sondern auch alle möglichen komplett düsteren Operativniks bisher unbekannter *Rechtsschutz*-Formationen überschwemmten die wichtigste Arena des Protests, manchmal maskierten sie sich, manchmal kamen sie ganz offen und belauerten die Anführer. Darunter verstand man sowohl seit langem in die Strafregister aufgenommene Oppositionelle als auch alle, die mehr oder weniger aus der revolutionären Menge herausstachen. Davon gab es hunderte oder gar tausende, und das erforderte Systematik und Klassifikation. Jeder Kategorie musste man durch hybride Taktiken schaden, die auf deren individuellen Besonderheiten fußte. Deshalb studierte und beobachtete man sie, schnüffelte sie aus und hörte sie ab: Bewegungsmuster, Kontakte, Neigungen, Schwächen, wunde Punkte. Bei manchen genügte es, sie zu bedrängen und einzuschüchtern, andere mussten entführt und durch Folter in die Knie gezwungen, mit einem Kübel Kompromat übergossen oder auch physisch liquidiert werden. Mit der massenhaften Anwendung des letztgenannten Mittels hielt sich die Staatsmacht klug zurück. Vorerst hielt sie sich noch zurück. So dass nur Einzelne, sehr Seltene, das Privileg eines potenziell tödlichen Verschwindenlassens genossen. Sie waren in der absoluten Minderheit.

Obwohl, nein. Noch geringer war die Zahl derer, für die einfach nur Umbringen noch zu wenig war.

Eine der zahlenmäßig umfangreichsten Kategorien musste die der »Künstler, Journalisten, Blogger, öffentlichen Personen und Prediger« sein. Und in dieser Liste fand sich natürlich auch Rotsky wieder.

Seine Maske (einschließlich der Brille) war kein wirklicher konspirativer Schutz, sondern eher ein Bühnenkostüm, das ziemlich erfolgreich zur Popularität und damit auch zum Einfluss des geheimnisvollen Aggressors beitrug.

Vor den omniszienten *Diensten* aber – das stand für Rotsky außer Zweifel – konnte keine Verkleidung schützen. Aus den Menschenmengen heraus, die sich bei den Freiluftkonzerten sammelten, hatte ihn schon mehr als ein Geheimer der Länge und Breite nach gefilmt, durchleuchtet und gescannt. Die Dienste kannten Namen und Vornamen. Sie kannten seine Telefonnummer, und es war kein Zufall, dass sich das Telefon jetzt viel schneller entlud als gewöhnlich. Um einer Entführung (Rotsky war irgendwie überzeugt, dass ihm genau das drohte) und allen darauffolgenden Unannehmlichkeiten zu entgehen, schaltete er sein Telefon fast nie ein. Ein paar frischgebackene Experten rieten dazu, es nicht nur dauernd ausgeschaltet zu lassen und sich nur im äußersten Notfall seiner zu bedienen, nein – Ausschalten war zu wenig: Man musste sowohl die SIM-Karte als auch den Akku ausbauen und das ganze Telefon in seine Einzelteile zerlegen, in die ursprünglichen Atome.

Die aber trotzdem immer bei sich tragen. Lernen, alles so schnell wie möglich zusammenzusetzen. Wenn sie anfangen, euch umzubringen, kann das Telefon noch nützlich sein, schrieb man im Netz.

Das klang absurd. Aber was klang nicht absurd? Überall und in allem herrschte Paranoia. Wie tausende andere Revolutionäre, lebte Rotsky in einem klebrigen schlechten Traum, aus dem es vorerst kein Erwachen gab. Die einzige Chance aufzuwachen waren die Musiksessions – hinter den Barrikaden, auf Straßen und Plätzen, im Konservatorium, wo Rotsky manchmal über Nacht blieb.

Hier sollte ich etwas erklären, von dem Anita wenig Ahnung hatte. Das Gebäude des Konservatoriums befand sich inmitten des revolutionären Lagers, und unvermutet hatte das Rektorat den *Zeltbewohnern* erlaubt, die Räumlichkeiten zu nutzen, um sich aufzuwärmen und auszuruhen. Heute ist schwer nachvollziehbar, welche Überlegungen hinter diesem Rektoratsmut standen, hinter diesem Stinkefinger Richtung Staatsmacht. Vielleicht hatten im Rektorat die »Knechte des Westens« die Mehrheit, oder andere Intriganten. Jedenfalls eröffnete sich Rotsky dadurch eine Alternative. Nachts aus dem Radius der Barrikaden zu treten und wer weiß wie lange in einen Vorort zu stiefeln, zu irgendwelchen Bekannten, war immer gefährlich. Auch wenn Rotsky oft von ein paar neu gewonnenen Fans oder einfach schweigsamen und auf ihre eigene Art durchsetzungsstark wirkenden Muskelmänner-Leibwächtern begleitet wurde.

Denn manchmal blieb Rotsky auch allein und schlug sich auf eigene Faust durch. Er dachte, er hätte gelernt, sich einfach in der Dunkelheit aufzulösen. Wenn du beim Verlassen des Territoriums des Widerstands nicht vergisst, die Maske abzuziehen, wirst du zu einem Passanten. Zu einem der unauffälligen Stadt- und Weltbürger, von denen keiner etwas zu wollen hat.

Taxifahrern konnte man nicht trauen. Im Netz hieß es, dass die Taxifahrer in der Hauptstadt nicht selten von der Polizei angeworben waren, der sie dann, gegen entsprechende Prämienzahlungen, ihre einsamen Passagiere »mit eindeutigen Merkmalen für antistaatliche Aktivitäten« auslieferten. Der Rauchgeruch der Lagerfeuer war Indiz genug.

In seinen Mails warnte Rotsky Anita davor, ihn anzurufen. Etwaige andere, modernere Kommunikationsmittel schloss er ebenfalls aus. Keine Kanäle, Messenger-Dienste, idiotischen Vibers, nichts. Nur die gute alte Mail der altgedienten Provider, die schon als »langweilig und am besten geschützt« gegolten hatte, als alle weitere Bla-Bla-

Bla-Vielfalt erst im Entstehen begriffen war. »Ich werde der Letzte auf dieser Welt sein, der noch Mails schreibt«, neckte Rotsky Anita. »Schließ dich mir an!«

Aber auch das genügte ihm noch nicht. Er bestand darauf, dass sie nicht ihre allseits bekannten Adressen nutzten, sondern extra eingerichtete, von deren Existenz niemand wissen durfte. Rotsky an Anita, Anita an Rotsky und Schluss. Zwei Menschen, zwei Adressen. Abgetrennt vom Meer der Millionen eng miteinander verflochtenen und dadurch fürs Gehacktwerden anfälligen Kontakte. Einmal am Tag, meist in den Nachtstunden.

Anita musste mitspielen. Es erschien ihr als Spiel. Zuerst jedenfalls.

Kurz nach Neujahr hörte es für sie auf, ein Spiel zu sein. Nein, eher eine Woche oder zwei früher. Denn da knöpften sie sich Anita vor. Anita wäre nie freiwillig in ein Auto mit zwei Unbekannten gestiegen – schon gar nicht mit so geschmacklos gekleideten und irgendwie ungewaschenen Unbekannten. Vielleicht gehörte dieses Ungewaschensein zur Tarnung: um sich in nichts von der Masse der ebenso ungewaschenen Mitbürger zu unterscheiden. Aber Anita kam es vor wie angeboren. Rotsky hätte sogar gesagt: genetisch bedingt.

Die Ranzratten erwiesen sich als Geheimdienstoffiziere. Der rundere redete und der längere schwieg. Anita wurde befohlen, sich ins Auto zu setzen. Sie gehorchte. Es verschlug ihr einfach den Atem, und sie fürchtete sich. Das konnte doch gar nicht sein, ihr passierte sowas nicht. (Irgendwo in ihrem tiefsten Inneren konnte sie die Erklärung schon entziffern: Rotsky. Umso schlimmer, umso schrecklicher).

Sie brachten sie in eine Wohnung und begannen das

Verhör. »Behaupten Sie bloß nicht, Sie wüssten nicht, wer er ist«, schnitt ihr der Runde den Rückzugsweg ab. »Sagen Sie uns lieber, wo er ist.« Anita widersprach. Ja, wir sind miteinander gegangen, nickte sie, als man ihr Fotos von sich und Rotsky unter die Nase hielt. Aber das ist vorbei, klar? Ich weiß schon gar nicht mehr, wie lange. Wann wir zuletzt. Haben uns getrennt, das war's.

Der Lange beobachtete sie von der Seite, und der Runde milderte seinen Ton: »Glauben Sie nicht, dass wir jemandem Böses wünschen. Weder Ihnen noch ihm. Im Gegenteil. Wir wissen, dass er in Gefahr schwebt. In sehr großer Gefahr. Helfen Sie uns, ihn zu finden, und wir werden ihn da rausholen.«

Anita hätte fast angebissen. Noch ein bisschen, und sie wäre eingeknickt. Die ganze Gefahr, alle Ängste hätten sie überwältigt, und sie hätte sich geöffnet. Aber nein. Etwas sagte ihr: nein. Nein, sagte Anita. Ich weiß nichts. Nichts.

Diesmal hatten sie keinen Erfolg. Vielmehr, nur mit einem hatten sie Erfolg: sie mit einer Geheimhaltungsverpflichtung einzuschüchtern. Sie schrieb Rotsky nicht, was ihr zugestoßen war. Das war ein Fehler – allein zu bleiben. Zu glauben, sie hätten von ihr abgelassen.

Umso mehr, als Rotsky über die geheime Mail mitteilte: »Mein Postfach wurde nun doch gehackt ☺ Stell dir vor, keine Paranoia! Wie gut, dass wir diese Adressen nur für uns haben. Danke, dass es Dich gibt ☺

Beim zweiten Mal überschüttete man sie mit Rotskys gehackten Mails.« Was sie ihr zeigten, war gut gewählt: seine Briefe und Briefe an ihn, seine ganzen geheimen Geschichten und Liebschaften, Flirts und Affären, intime Bekenntnisse von ihm und an ihn, all das Pikante und Unanständige, die gehäuften und für immer digitalisierten Offenherzigkeiten wie zum Beispiel »Ich küsse Dich zurück und auf den Arsch«. Es traf sie wie ein Hammer. Nein, Anita wusste, dass Rotsky andere Frauen gehabt hatte, Mädchen, Geliebte – natürlich, ohne Frage, wie auch nicht. Und nicht nur eine oder zwei, vielleicht auch nicht nur ein Dutzend. Ganz zu schweigen von den Pornos in seiner Jugend, als sie noch gar nicht auf der Welt war! (Wobei sie gerade von denen überhaupt nichts ahnen konnte.) In so vielen Jahren, während so langer Zeit – schließlich hatte sie auf ihn gewartet und nicht umgekehrt. Was sie umhaute, waren die Daten dieser ausgewählten (sehr präzise ausgewählten) Korrespondenz. Denn *das alles* war nicht irgendwann einmal passiert, nicht vor, sondern während ihrer Beziehung! Der ganze Wanderharem ihres Ojsip hatte seine (vor ihr) verborgenen Gastspiele nie beendet. Mein Gott, und er benutzte nicht einmal Kondome!

»Ich will das alles nicht wissen«, sagte Anita zu den Offizieren. »Aber jetzt wissen Sie es eben«, gaben sie zurück. Und legten ihr nahe, ein oder zwei Tage über ihren Vorschlag nachzudenken. »Nichts werden Sie erreichen«, schnitt sie ihnen das Wort ab.

Schließlich konnten sie doch einfach alles gefälscht haben. Andere Daten draufschreiben, Adressen ändern, Attachments, alles. Niemand konnte sich bei irgendetwas sicher sein. So waren die Zeiten, so waren die Technologien.

Oder konnten sie es nicht gefälscht haben?

Beim dritten Mal redete vor allem der Lange, der Runde beobachtete ihre Reaktionen. Man versprach ihr, »gewisse interessante Videos mit Ihrer Beteiligung« ins Netz zu stellen – Szenen aus der Sauna zum Beispiel. Sie verstehen natürlich, sagte man ihr, das wird heiß. So heiß wie in dieser Sauna. Klicks, Likes, Kommentare. Sie haben keine Ahnung, wie viele das werden können. Wie viele Verehrer sich melden. Und Ihre Freunde und Bekannten? Mama und Papa? Wie geht es ihm übrigens nach seinem zweiten Schlaganfall?

Das ist schmutzig, sagte Anita, gemein und niederträchtig. Zu sich sagte sie das, und zu ihnen: »Was wollen Sie?«

Sie glaubte, sie würden Sex vorschlagen – hier und jetzt. Und danach von ihr ablassen. Sie hätte sich dafür hingegeben – sogar ihnen.

Aber die beiden enttäuschten sie: »Sie wissen, was wir wollen. Bringen Sie uns mit dem Gevatter Rotsky zusammen.«

»Ich stehe in keiner Beziehung zu ihm«, stieß Anita hervor, sie schrie fast.

Dass das nicht stimmte, daran erinnerte sie Rotsky selbst. Einen oder zwei Tage nach dem letzten Treffen mit den Operativniks erreichten sie drei Worte von ihm: »Amüsier dich, Kind«. Das bedeutete, dass *Sauna plus* angesagt war. Nachdem sie sich ein bisschen gesammelt hatte in dieser ganzen Verzweiflung, gemischt mit Verwirrung und Schande, antwortete sie: »Nicht an was du denkst. Wir müssen uns treffen, dann erklär ich dir alles.« Nach zwei Stunden fragte Rotsky: »Müssen wir uns treffen?« Die logische Betonung lag auf dem ersten Wort, das mit Großbuchstaben geschrieben war.

»Soll ich zu dir kommen?«, fragte Anita eilig. »Ich will mir das schon lange ansehen. Aus der Nähe. Und ich will zu dir. Ich hab dir so viel zu erzählen. Mir ist etwas passiert, keine Ahnung, ich brauche deinen Rat, weiß nicht weiter, einfach scheiße. Kann ich kommen?«

Rotsky antwortete, er habe nichts dagegen. »Bin schon lange nicht mehr auf deinem Bauch gekommen«, das war seine Erklärung, warum er einwilligte. Anita fühlte einen stechenden Schmerz: Dieser Satz war ihr auch mehrmals in anderen Briefen von ihm begegnet. Den *gefälschten.*

Es blieben nur noch ein paar Tage bis zum »Alten Neuen Jahr«. Es schien aussichtslos, in der Hauptstadt eine freie Unterkunft zu finden, die Preise kletterten nach oben wie irre gewordene Kakerlaken, und die Gier der Wohnungsspekulanten wurde von keiner revolutionären Solidarität gebremst. Aber Anita gelang es wie durch ein Wunder, eine kleine und nicht allzu heruntergekommene, sogar ziemlich ansehnliche Wohnung in der Gegend der Botanischen Alleen zu finden. Das nahm sie als erstes gutes Zeichen in ihrer ganzen damaligen Düsternis. Und begann sofort, von der Nacht des »Alten Neuen Jahrs« zu träumen, in der sie sich so nah wie nie sein würden.

Es fällt mir nicht leicht, Anitas Erzählung hier wiederzugeben. Natürlich bin ich sehr dankbar für ihre Offenheit und Geradlinigkeit, kann mich aber trotzdem nicht von gewissen Zweifeln befreien.

Manchmal verhedderte sie sich, als habe sie den Faden verloren oder suche in voller Fahrt nach der für sie vorteilhaftesten Version. Nehmen wir zum Beispiel die letzte Episode, in der sie das Treffen vereinbaren. Mir schien es wichtig zu fragen, von welchen Adressen sie sich denn schrieben. Ob Anita auch ganz sicher sei, dass es sich um ihren geheimen Kanal gehandelt habe. Sie antwortete, sie sei ganz sicher, ja: Rotsky habe schließlich, nachdem seine allseits bekannte Adresse gehackt worden war, diese nie mehr benutzt. Später, nach einigem Nachdenken, erklärte Anita, dass das alles keine Rolle spiele. Sie hatte vielleicht auch von einer ihrer anderen Adressen geschrieben, denn sie besaß immer mehrere.

Ich widersprach, dass das sehr wohl eine Rolle spiele, denn es könne einiges Licht auf den Fortgang der Ereignisse werfen. »Nein, keine Ahnung mehr«, sagte sie entschieden. Und überprüfen, wie es denn tatsächlich gewesen sei, könne man jetzt nicht mehr, fügte sie hinzu. Denn sie habe alle ihre alten Postfächer sofort gelöscht, nachdem sie ihrem künftigen Ehemann versprochen hatte, ihn zu heiraten.

»Sie haben also keine Erklärung, wie die davon erfahren haben?«, fragte ich nach. »Nein«, meinte Anita nach einigem Nachdenken. »Immer noch nicht. Wahrscheinlich haben sie mich beschattet. Oder einfach mein Telefon geortet. Das habe ich ab und zu angeschaltet. Heute gibt es die technischen Möglichkeiten, dass ...«

Ich wollte hören, was sie sagen würde. Und nach einer Pause sagte sie: »Finden Sie nicht, dass es langsam reicht für heute? Wir sollten morgen weitermachen.«

Ein Morgen aber gab es nicht. Jedenfalls nicht im Sinne einer Fortsetzung von Anitas Erzählung. Am Morgen kam ich, wie verabredet, um acht Uhr ins Esszimmer, wo mich Signore Nasatti erwartete. Dabei erschien er mir als ein vollkommen anderer Mensch. Jedenfalls nicht mehr als so gastfreundlich wie vorher. »Anita«, zischte er, »lässt Sie grüßen. Leider hat sie schlecht geschlafen und fühlt sich nicht wohl. Sie muss das Gespräch mit Ihnen absagen. Nicht nur für heute, sondern für immer. Ich meinerseits habe schon angeordnet, dass das Hausmädchen Ihnen ein leichtes Frühstück bereitet, und hätte nichts dagegen, wenn Sie unser Haus in der nächsten Stunde verlassen würden.«

Das klang mehr als eindeutig, und so blieb mir nichts anderes übrig. Um nicht komplett als Trottel dazustehen, lehnte ich das Frühstück ebenso ab wie die gewährte Stunde. Kurz darauf reiste ich ab.

Ich sehe Anita vor mir.

Sie redet wieder über Reizwäsche. Wie sie, während sie in der Wohnung auf Rotsky wartet, ihren Intimbereich rasiert, ein Parfüm auswählt und Reizwäsche anzieht. Sie beschreibt alle Details dieser Wäsche.

Warum musste ich das wissen? Warum war das so wichtig für sie? Ich denke, sie wollte mich (und sich?) davon überzeugen, dass sie wirklich wartete. Dass sie gewiss glaubte, er werde alle Gefahren der bösartig gewordenen Megalopolis überwinden und sei schon auf dem Weg zu ihr. Werde sich durchschleichen, durchschlüpfen, durchschlagen, sie würden sich treffen und versteckt halten an diesem nur für sie erdachten Ort, von seinen Wänden geschützt vor allen Schrecken. Und – kaum zu glauben! – bis zum 15. Januar zusammenbleiben.

Sie tritt wieder ans Fenster, und da sieht sie ihn schon aus der Höhe des zweiten Stockwerks. Dieser federnde Gang mit geneigtem Kopf, die Hände in den Hosentaschen und den Kragen hochgeschlagen. Das muss er sein, denn kein anderer hat so einen Gang. Gleich ist er hier. Anita eilt zur Tür und bleibt reglos stehen, in Erwartung der Klingel. Da ist sie. Sie drückt auf den Knopf und hört sogar ganz deutlich, wie unten die massive Haustür knarrt. Er ist im Haus.

Alles Weitere hört sie nicht so deutlich.

Stimmen im Treppenhaus? Warum holt er nicht den Aufzug? Ein Kampf, unterdrückte Schreie? War das nicht seine Stimme?

Sie presst sich an die Tür, hört aber nichts mehr. Da läuft sie wieder ans Fenster. Gerade rechtzeitig, um zu sehen, wie er von drei gesichtslosen Riesen in Skimütze, wattierten Jacken und Trainingshosen in ein Auto gestoßen wird. Es fährt los.

Anita tritt einen Schritt zurück, legt sich mit dem Gesicht nach unten auf den Fußboden und beginnt zu heulen wie nur einmal in ihrem Leben, wie damals, als die ältere Freundin sie zum Konzert mitgenommen hat.

In Wirklichkeit bestand unser Winter vor allem aus Tauwetter. Heute erinnern wir uns an Kälte. Aber das ist eine falsche Erinnerung. Die Kälte war in uns. Wir standen um die Feuer und ließen uns vom Rauch durchdringen, damit die verräucherte Kleidung uns innerlich wärmte.

Aber alle hatten zu viel an. Alte, erprobte Sachen: dicke Pullover, ellenlange, mehrmals um den Hals gewickelte Schals, Daunenjacken, warme Unterwäsche, zwei Flanellhemden übereinander, zwei Hosen und zwei Paar feste Socken. Alles doppelt, und das machte doppelt Sinn, denn wir glaubten, es würde uns nicht bloß vor der Kälte schützen. Wer schon in den ersten Tagen die Knüppel der Schwadron B zu spüren bekommen hatte, riet dazu, sich in mehrere, möglichst dicke und schwere Kleiderschichten zu hüllen. Andere wiederum kritisierten das: Die Kleidungsfülle hemmte die Bewegungen und machte einen zum Pinguin. Kein Rennen, kein Springen, kein Entkommen. Und die Schwadroner schwangen ihre Knüppel, dass die Daunen nur so aus den Jacken flogen. Vor allem wenn du schon am Boden liegst und sie zu viert über dir sind und auf dich einprügeln, bis du nur noch Blut und rohes Fleisch bist.

Die Schwadroner rannten schneller als wir. Auf den ersten Blick wirkten sie überfüttert und schlaff und erweckten in voller Montur den Eindruck, sie litten an Elefantiasis. Doch im Moment der Attacke zeigte sich, dass ihre Beine mehr als gesund waren. Offenbar hatte man sie gut trainiert. Im Straflager hatte man sie geschult, wie man andere totschlägt. An den Häftlingen wurde aus-

probiert, wie stark sie zuschlagen konnten. Die Schwadron B hasste alle, und alle hassten die Schwadron B. Das System konnte sich auf sie verlassen – das ist vielleicht das Einzige, was ihm wirklich gelang.

Auch mir gelang was. Dreimal spielte ich auf einer Barrikade, die sie stürmen sollten. Das ist mein Ende, dachte ich, und spielte weiter. Aber keiner rührte mich an. Man hielt sie kurz vor dem Sturm zurück. Kein Knüppel verprügelte mich. Da habe ich ein revolutionäres Manko.

Aber ich bin abgeschweift.

Wie steht es bei Ihnen mit der Zeit?

Gleich wird es halb drei, Sie hören Radio Nacht. Überall Nacht. Ich bin Josip Rotsky.

Und ich komme einfach nicht zur Sache. Ich wollte ja von der Kälte unseres Winters erzählen. Von der Wahl – sich warm und dick anziehen, auf Kosten der Geschwindigkeit, oder sich leicht anziehen und frieren, aber entkommen können. Ich wählte Letzteres. Jener Winter bestand vor allem aus Tauwetter, zugleich herrschte eine unüberwindliche, durchdringende Kälte. Aus dem Konzertsaal des Konservatoriums hatte man damals alle Sitzreihen entfernt, sie in Unterrichtsräume und Flure gestellt und den Saal in ein Nachtasyl verwandelt. Ich habe dort ein paar Nächte verbracht. Nicht am Stück, sondern ab und zu. Tagsüber kümmerte sich ein Dozent für traditionelle afrikanische Instrumente, ein Bekannter von Bekannten, um meine Matratze. Ich sagte ihm nicht, dass ich Aggressor war. Vielleicht wusste er es auch ohne mich. Jedenfalls bewachte er meine Matratze.

Ach ja, die Kälte. Zurück zum Thema Kälte. Ein ganz ungewohntes Gefühl – nachts auf dem Fußboden des Konzertsaals zu liegen, unter dem erloschenen Lüster, neben tausenden so wie du, ohne irgendwen zu kennen. Die

Temperatur im Saal, so schien es, war nur ein paar Grad höher als draußen. Wir stießen Dampf aus. Aber wenn ich mich hinlegte, zog ich meine Oberbekleidung aus und die Stiefel. Natürlich unterhielten wir uns und schlossen manchmal Bekanntschaft. Einigen gelang es sogar, sich näherzukommen. Die lagen dann nebeneinander und küssten sich. Einsame ältere Frauen rückten näher an von Rauch und Hormonen durchtränkte Jungs. Verbrauchte und mit Hornhaut überzogene Malocher aus abgelegenen agrarisch geprägten Provinzen teilten ihr Lager mit Studentinnen postkolonialer Studiengänge. Alle schliefen mit allen, und so gab es ein bisschen mehr Wärme. Draußen schützten uns unsere ruhmreichen Wächter vor der Bandokratie der Polizei. Sie wachten an allen Barrikaden rundum.

Übrigens schadete das Tauwetter den Barrikaden. Der Schnee schmolz, und sie sanken in sich zusammen, flossen in schmutzigen Strömen in die Kanalluken. Sie waren halb aus Schnee und halb aus Sand. Dank dem Sand, seiner Klebrigkeit, hielten sie überhaupt zusammen, das ganze Metallgestänge. Aber im Tauwetter schrumpften sie und verloren ihren Halt. Wenn der Frost zuschlug, stockte der langsame Zerfall. Man brachte sie wieder in Ordnung und füllte sie mit frischen Schneevorräten auf. Man übergoss sie mit Wasser, so dass sie sich blitzartig mit einer eisigen Rinde überzogen. Schneefall und Frost waren unsere natürlichen Verbündeten.

Ich sage »unsere«, aber nicht »meine«. Klavierspielen bei Minustemperaturen, wenn die Finger sogar in den Handschuhen taub werden, sogar taub werden, wenn man sie mit Handschuhen in die warmen Taschen steckt – nein, besser nicht.

Ich weiß, dass einige unter Ihnen sich nicht nur gut

mit Musik auskennen, sondern auch selbst Musiker sind. Doch bei den meisten dürfte das nicht der Fall sein, deshalb vermeide ich bewusst speziell musikalische Ausdrücke. Ich will unbedingt verstanden werden. Möglichst kein Jargon und keine Fachausdrücke – so bin ich vorab mit mir verblieben.

Aber von Arpeggio haben ja wohl alle schon mal gehört. Arpeggio, das ist ... Stellen Sie sich eine Harfe vor – und Sie verstehen. Man spielt Klavier, aber es ist eine Harfe. Um gut zu spielen, muss es auch den Fingern gut gehen – das ist eigentlich klar, ich halte mich schon viel zu lange damit auf.

Kurz und gut: Es gab Abende und Nächte, als ich einfach keine Chance hatte. Aber es gelang mir trotzdem! Ich setzte mich an ein altes Klavier, begann zu spielen, und es klappte. Irgendwie klappte es. Ich spielte nicht wie Jeroen van Veen oder Lubomyr Melnyk – weit entfernt! Ich wundere mich nur, dass mir diese Ehre zuteilwurde – für die Barrikaden zu spielen.

Ich wollte noch vom Schuhwerk berichten. Über Schuhe wurde damals mindestens so viel geschrieben wie über die Kleidung. Auf der Welt gab es plötzlich unzählige Experten für die Wahl des richtigen Schuhwerks in winterlicher Revolution. Material, Sohle, Schnürsenkel und Spitzen – alles durchlief die skrupulöseste Analyse. Höchstens Knieschoner wurden noch pedantischer kommentiert. Brust-, Bauch- und Rückenschoner. Der Körper musste geschützt werden. Und für die Leiste gab es Leistenschoner.

Aber ich sprach vom Schuhwerk. »Wenn du nicht die richtigen Schuhe trägst, dann geh lieber nicht auf den Poschtowa-Platz«, hieß es in einer Instruktion. Sich die Zehen nicht abfrieren. Sie nicht nass werden lassen. Nicht ausrutschen – vor allem nicht vor die Füße der Schwadroner. Nicht stolpern beim Rennen. Nicht stehen bleiben.

Das Schuhwerk erfüllte viele Funktionen, jede von ihnen entscheidend. Für mich war es schlimm, diese Schuhwerkmemos zu lesen, denn ich war in etwas angereist, das in jeder Hinsicht das Gegenteil des Wünschenswerten darstellte. Ich war in meine dünnen Herbsthalbschuhe geschlüpft und hatte mich beeilt, den Zug in die Hauptstadt zu erreichen. Gut, dass ich eine sehr typische Schuhgröße habe. Als ich in der ersten Woche bei Klara und Holger unterkam, stellten sie im Flur ihre gesamte, unübersehbare Männerkollektion auf. Schließlich wählte ich eine Art Militärstiefel, schon ziemlich alt, und Holger, mein guter dänischer Freund, auch er schon ziemlich alt, überließ sie mir großzügig. Manchmal zogen sie Aufmerksamkeit auf sich. Super Sache, hieß es. Ich verbreitete, dass es echte NATO-Stiefel wären. Seitdem war ich Aggressor.

Das nächste Thema der Revolutionsinstruktionen im Netz waren die Socken. Die Demiurgie kannte keine Grenzen.

Ehrlich gesagt zählen Socken nicht als Kleider und auch nicht als Schuhwerk. Auch über Socken schrieb man häufig und absolut überzeugend: Je dicker, desto besser. Wenn es sehr kalt wird, sind zwei Paar besser als eins. In so einem Fall muss ein Paar dünner sein. Wobei ich vergessen habe welches – das dünnere oder das dickere – über das andere gezogen werden muss.

Die ganze mystische Unentbehrlichkeit von Socken eröffnete sich mir eines Nachts, als ich im Konservatorium zur Toilette auf Ebene minus eins eilte. In meinen Kopfhörern das Stück, das Sie gleich hören werden. Die Toilette war erst kürzlich saniert worden und der Rektor per-

sönlich brüstete sich mit ihrem neuen, wie er sagte, europäischen Stil. Der Waschraum leuchtete in angenehm halogenem Weiß. Ich erblickte einen jungen Kerl, sehr erschöpft, mit schweißnassem Haar und Tröpfchen auf dem blassen Gesicht. Er wusch seine Socken im Waschbecken. Das war gar nicht so leicht: Der Wasserhahn funktionierte über einen Sensor und spuckte seinen kurzen Wasserstrahl nur, wenn man eine entsprechende Bewegung machte. Aus dem Umstand, dass der Junge barfuß auf dem Fliesenboden stand, war zu schließen, dass er kein anderes Paar Socken besaß. Ich sog alle verfügbaren Informationen auf: das auswärtige, dörflerische Aussehen, die kranke geschundene Haut. Die nackten Füße. Die Einsamkeit. Mehr Trübsal war selten.

Bis Weihnachten blieben noch zehn Tage.

Genau wie heute, übrigens.

Es ist zwei Uhr und fünfundvierzig Minuten. Sie hören Radio Nacht.

Und wenn das so ist, dann hören Sie jetzt die wundersame Stimme aus meinen damaligen Ohrhörern:

Klaus Nomi. The Cold Song.

9

Rotskys meist erratische und erzwungene Wege führten mich in ein Schweizer Städtchen, dessen Namen ich hier nicht preisgeben will. Das hat natürlich einen Grund, der jedoch nichts mit meinen biografischen Forschungen zu tun hat. Nennen wir das Städtchen nach einer beliebigen Buchstabenfolge des Alphabets – nichts ändert sich. ABC? Bitte schön, warum nicht.

In der Annahme, dass ich in ABC nicht weniger als eine Woche, vielleicht sogar zehn Tage würde verbringen müssen, begab ich mich auf die Suche nach einer für Schweizer Verhältnisse günstigen Unterkunft. Bald hatte ich mich davon überzeugt, dass ich etwas Besseres als die »Gewürzschule« nicht finden würde. Und nicht nur, weil der Name auf eine exotische und geschmackvolle Atmosphäre hindeutete. Auch der Preis bewegte sich in den Grenzen einer gewissen Annehmbarkeit. Ich reservierte mir ein spartanisches Zimmer mit Dusche und Blick auf den Bernina-Gletscher.

Es handelte sich um bürgerliche Kulturszene, eröffnet von dem entsprechenden Verein auf einem alten Fabrikgelände, wo früher wirklich einmal Gewürze sortiert und verpackt worden waren. Später schloss sich der »Gewürzschule« ein kleines Theater an, ein paar Galerien, ein Salsastudio, ein oder zwei komische Ateliers, eine Flucht von Unisex-Toiletten und eine vegane Initiative.

Das Theater fand ich jedoch nicht mehr vor. Ein paar Monate vor meinem Eintreffen war es zu einem Konflikt zwischen den Gründern und dem leitenden Regisseur gekommen, dessen Hintergründe mir rätselhaft blieben. Der von zwei oder drei medialen Skandalen begleitete Streit endete vor Gericht und führte nicht nur zum Rausschmiss aus der Gewürzschule, sondern auch zum Umzug des Theaters in eine andere Stadt. Die dadurch frei gewordene Etage der alten Fabrik wurde zu Fremdenzimmern ausgebaut, von denen ich eines bezog.

Es stach ins Auge, dass die Transition der früheren Theateretage noch nicht abgeschlossen war. In den meisten Zimmern dauerten die Umbauarbeiten an. Die Flure standen voller Requisiten, die entweder warteten, bis sie mit dem Umzug an der Reihe waren, oder die man einfach als unnötig und überflüssig zurückgelassen hatte. An den Truhen unterschiedlichen Alters, Stils und Umfangs hingen verschiedenartige Schlüssel und luden geradezu ein, sie unbefugt zu öffnen und den Inhalt an sich zu nehmen. In freien Momenten liebte ich es, in den Innereien dieses verborgenen Flohmarkterbes herumzuschnüffeln: Kleider und Hosen, Perücken und Uniformen, künstliche Blumen, Kränze, Vasen, Kandelaber, Yoricks Schädel, das Gewehr, das nie geschossen hat, Säbel, Masken, Hüte, lackierte Eier und Äpfel, phallische Nasen und falsche Bärte. Teufel auch, aus welchen Zeiten stammte das alles?!

Hinter dem ganzen Hab und Gut erahnte man eine eher kleine Wandertruppe mit einer Vorliebe für das bewährte klassische Repertoire, deren ganze Schauspielkunst schon lange von handwerklicher, selbstrepetitiver Seelenlosigkeit geschluckt worden war und deren einziges Diskussionsthema auf vergleichende Studien der Schnitzel in den Theaterkantinen der verschiedenen Städte und Städtchen geschrumpft war. Während ich wie manisch in dieser banalen Unordnung der Dinge herumstöberte, spürte ich, wie Ödnis und Abscheu immer unerträglicher wurden.

Der höhere Sinn meines Stöberns erschloss sich mir, als ich eine neue Truhe öffnete. Darin Dokumente. Broschüren, Quittungen, Ordner, Inventarbücher. Vielleicht das Theaterarchiv? Oder zumindest ein Teil davon? Ganz unten fand ich das ausgedruckte und in feines Papier eingeschlagene Manuskript eines Theaterstücks, von einem unbekannten Autor. Vielmehr: Einem mir unbekannten Autor. Weder auf dem Titelblatt noch an anderer Stelle wurde er genannt. Nachdem ich in dem Stapel geblättert und an zufällig ausgewählten Stellen einige Zeilen überflogen hatte, beschloss ich, alles zu kopieren und genau zu erforschen.

* * *

SCHLAG AN
oder DER ANSCHLAG

Stück in einem Akt mit Prolog,
Musik und Epilog

Handelnde Personen:

THEODOR
Pianist, Flüchtling und Emigrant

THEOPHIL
Offizier des Geheimdienstes,
Oberster Personenschützer des Diktators

VERA UND WOLF
Hotelmusiker vom Duett VerWolf

ANITA (ANJA)
Theodors Verlobte,
erscheint nur als Projektion auf dem Bildschirm

SCHMOSCH
Diktator, erscheint nur auf dem Bildschirm

Die Handlung (mit Ausnahme des Prologs und des Epilogs) spielt in unseren Tagen irgendwo im Schweizer Hochgebirge im Fünf-Sterne-Hotel »Paradies« (fast 2000 m über dem Meer), das sich den altmodischen Charme der »Belle Epoque« (alias Fin de siècle) bewahrt hat.

Vorspiel auf dem Theater

M C THEOPHIL. Liebe Freunde! Hochverehrtes Publikum! Dear Ladies and gentlemen! Mesdames et messieurs! Signore e signori! *(Er wiederholt die Begrüßung in weiteren Sprachen* – Szanowni Państwo! Meine lieben Damen und Herren! Уважаемые дамы и господа! *Und dann zum Beispiel noch auf Griechisch, Rumänisch und Albanisch …)*

Ich begrüße Sie zu unserer absolut einmaligen Aufführung! Endlich! Endlich sind wir hier! Endlich geschieht es in Ihrer unvergleichlichen Stadt! Wir sind auf langen, verschlungenen Wegen zu Ihnen gelangt, long and winding roads. Heute werden unsere gemeinsamen Träume wahr, ich bin unglaublich froh, that's absolutely amazing, yes! Es ist mir eine riesige Freude und Ehre, Ihnen mitzuteilen, dass es sich heute nicht um eine einfache, um die übliche Show handelt, sondern um ein Jubiläum! Heute ist die 150. Aufführung auf unserer Welttournee! Hinter uns liegen New York und Los Angeles, Abu-Dhabi und Rio de Janeiro. Hinter uns liegt das halbe alte Europa: Mailand, Turin, Marseille, Manchester, Liverpool, Paris, Lissabon, Berlin, Belfast, Belgrad, Bukarest, Budapest, Barcelona, Bellinzona – noch viele andere Städte mit B. Und Sargans, Malans, Aarau und Vaduz!

Als Manager, Kurator und als bester, nächster, unzertrennlicher Freund unseres Stars habe ich stets darauf bestanden, Ihr gesegnetes geografisches Zentrum nicht auszulassen. Hat sich doch diese Geschichte gar nicht weit von Ihrem netten, gemütlichen Städtchen zugetragen. Nicht einmal fünfzig Kilometer Luftlinie! Jetzt sind wir endlich hier. Der Traum wird Wirklichkeit.

Heute Abend führe ich Sie durch eine unerhörte, sensationelle Geschichte, die mir keine Ruhe lässt, die mich nach all den Jahren, die seit jenem Tag vergangen sind, noch immer quält. Keine Gerüchte, keine Ammenmärchen, kein aufgewärmter Brei, sondern Fakten und Aussagen eines Augenzeugen, mehr noch – eines direkt Beteiligten! Aus erster Hand und erstem Mund. Denn ich, ich persönlich war dabei!

Liebe Freunde! Begrüßen Sie den weltbekannten Pianisten, den Star am Klavier und – was nicht weniger wichtig ist – einen Menschen, der mit einem einzigen Wurf die Welt ein Stückchen besser gemacht hat!

Beifall brandet auf und der Vorhang hebt sich.

Die früheren Besitzer des Hotels »Paradies« hatten offensichtlich eine Vorliebe für Tasteninstrumente. In den verschiedenen Räumlichkeiten des Gebäudes, das an einen in den Schweizer Alpen gestrandeten Ozeandampfer erinnert, findet man sie auf Schritt und Tritt. Niemand kann die genaue Zahl der Flügel und Klaviere benennen – die beiden Geschäftsführer sind sich einig, dass es wohl zwischen eineinhalb und zwei Dutzend sein müssen. In der

Ersten Szene

geraten wir in einen der abgelegensten Winkel (ein Rauchzimmer oder sog. Smokers' Lounge) und lauschen den Improvisationen des Hotelduetts VerWolf – Vera spielt Cello, Wolf Schlagzeug. Sie traktieren ein musikalisches Thema und bemerken das Erscheinen Theodors gar nicht. Der treibt sich eine Zeit lang in der Nähe herum, verdrückt sich durch eine Tür, schleicht sich durch eine andere wieder herein und erweckt den Eindruck, als beobachte und lausche er. Als sich das Stück seinem Höhepunkt nähert, taucht Theodor plötzlich wie ein Springteufel am Klavier auf, greift ins Spiel ein und vollendet es mit einigen donnernden Akkorden.

THEODOR. Dreimal so schnell und so laut.

VERA *(beginnt nach einer Pause ein anderes Thema zu spielen und nimmt gleichzeitig an der Unterhaltung teil).* Willst du, dass das verdammte Hotel einstürzt?

THEODOR. Sonst wird es nichts mit unserer Revolution.

WOLF. Genug mit den Revolutionen. Es ist zwei Uhr nachts. Die Gäste schlafen.

THEODOR. Die Gäste? Nach gestern ist doch niemand mehr da. Also fast niemand. Tausend Abreisen am Tag, Koffer, Reisetaschen, Gepäcktrolleys, uproar, disorder, goodbye Sir Francis, hope to see you next year, merci bien, liebe Gräfin von Potokki, vielen herzlichen Dank fürs Visitieren, cher Monsieur Adorno, haben Sie guten Heimweg, Signore Dappertutto, hasta la vista baby! Saisonende, hurra! Ab morgen können wir es für zwei volle Monate vergessen, »The Continental«, »The Shadow Of Your Smile« und all das andere synatropische shity listening Zeug!

WOLF. Easy, easy. Nicht so hastig, Kumpel. Die einen reisen ab, andere reisen an.

THEODOR. Was heißt hier anreisen? Schließt das Paradies morgen denn nicht für zwei Monate? Wir haben Zwischensaison, Wölfchen!

WOLF. Ja, aber irgendwie auch nein. Tatsächlich kommen in den nächsten Tagen ein paar ziemlich wichtige Vögel angeflattert. Fette Fische. Obwohl Fische ja nicht fliegen. Sie haben einen Summit, sum-mit, some meet, some eat, hast du das noch nicht gehört?

VERA. Er hört oft mal nichts auf seiner Welle.

WOLF *(zieht aus der Innentasche seines Jacketts einen Umschlag und faltet das Blatt auf)*. In deinem Fach liegt bestimmt auch so eine Epistel von den Herren Geschäftsführern. Wann hast du zuletzt in dein Fach geschaut?

THEODOR. Keine Ahnung ... lange her ... Hab den Schlüssel irgendwo verlegt. Was schreiben sie?

WOLF *(liest in parodistisch-offiziellem Ton vor)*. An die hochverehrten Herrschaften Hotelmusikanten – Spezialkommunikat aus Anlass von Ereignissen nie dagewesenen Kalibers ... Ja, bla-bla-bla. Lange, zähe Einleitung ... Oh, hör her: Unser Haus mit seiner mehr als hundertjährigen, makellosen Geschichte und beispielhaften Qualität im Hotelgewerbe wird verdiente hohe Ehre und unvergleichliches Vertrauen zuteil ... auf Beschluss einer ganzen Phalanx von europäischen und internationalen Staatenlenkern, die persönlich anreisen oder wenigstens ihre ersten Stellvertreter ... es ist uns besonders angenehm, dass diese herausragenden Persönlichkeiten und Architekten der internationalen Sicherheit ohne zu zögern unser legendäres Haus erwählt haben … Aha, jetzt: Das zentrale Ereignis des Gipfels wird ein, wie wir hoffen, freundschaftliches Arbeitsgespräch unserer Meister des demokratischen Dialogs mit dem vorletzten Diktator der östlichen Partnerschaft …

THEODOR. Mit wem?!

WOLF. Hier steht: mit dem vorletzten der östlichen Partnerschaft …

THEODOR. Er kommt wirklich her?

WOLF. Das muss man wohl so verstehen *(er liest weiter)*. Fundamente unserer Koexistenz, bla-bla-bla … für Frieden, Sicherheit, Stabilität und Wachstum, für den ungestörten Fluss von Waren und Kapital, den garantierten Transit von Energieträgern …

THEODOR. Das war ja klar. Mehr Gas.

WOLF. Mhm … Und jetzt endlich zu uns: wir bitten Sie als hochverehrte Herrschaften Musikanten außer der Reihe ein Spezialprogramm für diese speziellen Gäste vorzubereiten und aufzuführen … Gesamtdauer nicht weniger als eine Stunde fünf Minuten (65 Minuten) im leichten Unterhaltungs- … aber mit Rücksicht auf das exquisite Publikum keinesfalls primitiven Stil … Bei der Auswahl der Stücke würden wir Orientierung an den »Top 50 Love Songs Of All Time« (s. Anlage) begrüßen. Zu Ehren des Sondergastes, des Herrn Vorletzten Diktators bla-bla-bla whatever … empfehlen wir, sein Lieblingslied »Murka« ins Programm aufzunehmen, Noten anbei …

Theodor klimpert die Melodie.

WOLF *(hört kurz zu).* Du hast's kapiert.

THEODOR *(nachdenklich).* Ohne Witz?

WOLF *(hält ihm den Brief hin).* Eigenhändig unterschrieben von beiden Geschäftsführern.

Theodor spielt die »Murka« immer lauter und wagemutiger. Vera und Wolf gehen nacheinander hinaus.

Zweite Szene

Theodor macht weiter mit der »Murka«, gerät aber langsam in den Hintergrund. Wir befinden uns in einem anderen Raum des Hotels. Vielleicht die Rezeption, die ein Neuankömmling mit angespannten und ausgreifenden Bewegungen durchschreitet – Theophil.

THEOPHIL. Mein Auftritt – wie Belmondo: hoppla! Aber was heißt hier Belmondo, der alte Franzosenpilz? Ich bin nicht Belmondo, ich bin ich – der Sicherheitschef vom großen Boss! Mmh, nicht ganz der höchste Chef, aber hier und jetzt bin ich der Wichtigste, genau. Unter mir die ganze Deppen-Abteilung – stillgestanden! Haltung annehmen! Hinlegen! Fresse auf den Asphalt! Fürchten! *(Etwas ruhiger, verschwörerisch).* Wenn Sie gesehen hätten, wie die gezittert haben, als ich mit der ganzen Brigade ins Foyer eingefallen bin ... Was ist das denn für eine Bande? Die Wahrheit lässt sich nicht verbergen – die Manieren und Visagen der Kerle sind noch dieselben, mustergültig ... Natürliche Auslese – Wangenknochen, Kiefer, Knorpel wie von Atlanten, Lombroso hätte gejubelt. Lavater auch. Und die Stirnen, und die Nüstern?! Dazu die Armani-Anzüge, die goldenen Zähne und Manschettenknöpfe. Die Schädelanomalien. Da macht sich so ein echter Europäer schon mal in die Hose! Die ganzen Damen und Herren hier, diese Elite – so zart, so mondän, so raffiniert, so positiv und politisch korrekt –, panisch abgezogen! Ganze Familien, Clans, Corporations: Saisonende, Saisonende! Ende für euch, für uns der Anfang – ein Kampfauftrag, eine Staatsangelegenheit. Der Schutz des höchsten Amtsträgers, unseres lieben Schmosch, der in den nächsten Tagen hier eintrifft! Kein hergelaufener Köter, sondern der Führer der Nation!

Theophil erstarrt einige Sekunden mit erhobenem Mittelfinger, Theodor bricht ab. Nach dieser Pause beginnt die

Dritte Szene,

in der Theophil durch das nächtliche Hotel streifen wird (Ortserkundung). Vielleicht hat er gewisse Agenten-Acessoires bei sich, aber eher komische – Spezialtaschenlampe, Sonnenbrille, Miniaturkamera, Tablet und einen Haufen anderer Gadgets. Doch soll Theophil jetzt, anders als in der vorhergehenden Szene, keinen clownesken Eindruck mehr machen: diesmal »spielt er sich nicht auf«, sondern übt seine dienstlichen Pflichten aus. Seine Sprache gleicht jetzt mehr einem offiziellen Bericht für die Vorgesetzten, nicht ohne Abschweifungen und Einschübe.

THEOPHIL. Objekt 90YZwur66gM – Hotel »Paradies«, fünf Sterne, Jahrgang 1907. Ein großes Haus mit Geschichte, wie es in Reklame und Romanen heißt. 150 Zimmer, 240 Betten – Einzel-, Doppel- und französische Eineinhalbbetten, die Belegschaft zählt 157 Personen, darunter 77 küchenkulinarisches Personal. Fuck auch, wie sollen wir die alle filzen! *(Reibt sich die Stirn)*. Unanständig aufgebläht, die Mannschaft. Es gibt zwei Restaurants, ein großes und, hähä, ein Kammerrestaurant, Plätze insgesamt – an die 360. Uff ... Der Weinkeller fasst 35 tausend Flaschen und über 500 Sorten Wein. Dort müsste man mal auf der Lauer liegen, hihi. Aber noch besser dort drüben in der Bar. Was ist das für eine Bar, mamma mia! Was für ein edles Altertum! Eine prächtige Auswahl sortenreiner Spirituosen, Single Malt Whiskeys und anderer Raritäten! Dort ließe es sich leben *(er zieht mit geblähten Nüstern die Luft ein)*. Was haben wir noch? Den Grand Salon, Ort für Treffen, Teetrinkerei und meditativ-melancholisches Versinken in Musik für Klavier (ein guter, hundertjähriger Steinway) und Saiteninstrumente. Der zentrale Raum, eine Zone besonderer Aufmerksamkeit: eben hier wird auch unser, haha, Treffen auf Elba stattfinden ... Alle Loggias, Balkone und Karnisen der Beletage auf möglichen Snipereinsatz untersuchen ... Gesamtzahl der Lifte – 12, davon 4 Service-Aufzüge, nur fürs Personal. Überprüfen, ob man sie blockieren und komplett abstellen kann. Videoüberwachung! Gleichzeitiges Ausschalten sicherstellen! Das

Treppenhaus, sieben Stockwerke hoch, wenn man den Aussichtsturm und die Terrassen mitrechnet – die Möglichkeit des Herabstürzens eines menschlichen Körpers prüfen und die ungefähre Dauer seines freien Falls berechnen. Weiter. Der Fitnessraum: Entspannung für Leib, Geist und Seele ... Das Schwimmbecken, 20 mal 8 Meter (nicht schlecht!), Wassertemperatur 28 Grad Celsius. Br-r-r-r ... Historischer Exkurs: Bei Eröffnung des Hotels verfügten drei Viertel der Zimmer schon über fließend Wasser, aber nicht über Kanalisation. Beispiele authentischer Nachttöpfe von damals können noch heute im Hotelmuseum besichtigt werden ... Ha, wer ihnen diese Töpfe wohl gebracht und wer sie geleert hat? Zimmermädchen, darauf wett ich! Arme, unglückliche Zimmermädchen! Bedauernswertes Proletariat!

Theophil hält inne, als er plötzlich gedämpfte Klaviermusik hört. Wie wir erkennen, erklingen diese Töne in eben jenem kleinen Rauchsalon (Smokers' Lounge) aus der ersten Szene. Theophil folgt den Klängen und späht heimlich in die Smokers' Lounge. Theodor sitzt am Klavier und spielt eine seiner Melodien. Nach einer Weile beginnt Theophil zu reden – und zwar mit neuer, bislang für ihn nicht charakteristischer Intonation.

THEOPHIL. Was ich da höre, hat mich einmal wochenlang nicht zur Ruhe kommen lassen. Viele Wochen. Das ist lange her. Oder doch nicht? Nein, erst ein Jahr. Wirklich erst ein Jahr? Nicht zwanzig oder wenigstens zehn? Nein, ein Jahr erst, also gut – ein Jahr und zwei Monate. Etwas mehr oder weniger. Ein Jahr, zwei Monate, zweieinhalb Wochen und ein paar Gequetschte ... Aber hier und jetzt überkommt es mich wieder – die

Nächte und Tage! Schnee, Frost und Feuer. Vielmehr Rauch. Sie verbrannten Autoreifen, damit der Rauch schwarz und beißend würde. Je beißender, desto schwärzer. Eine Rauchschicht, um uns fernzuhalten. Von den Barrikaden und Zelten. So, dass der ganze Poschtówa-Platz, das Zentrum und später die ganze Stadt unter schwarzem, ätzendem Rauch lag ... Die Hölle auf Erden! Und dann noch der hier, wo der nicht überall auftauchte ...

Theodor (zu einer imaginären Person, ohne Theophil zu sehen). ... sie haben uns den Stinkefinger gezeigt, verstehst du? Und uns mit unseren eigenen Cocktails beschmissen – denen, die nicht explodiert waren. Verstehst du, Anja? Die Polizei! Polizisten, die dem Volk den Stinkefinger zeigen! Oder denk an den jungen Kerl, den sie sich aus unseren Reihen griffen, im Frost auszogen, bei minus 24 Grad, wie sie ihn mit Wasserwerfern abspritzten und alles auf Video aufnahmen, um möglichst viele Likes zu kriegen ... Tausende, zehntausende Likes! Das soll die Polizei sein? Banditen sind das ...

THEOPHIL. Da haben Sie's – er sagt »Banditen«. Da versteht doch jeder, was das für einer ist.

THEODOR. Verbrecher und Monster.

THEOPHIL. Das ist ihre Sprachkultur. Der Diskurs der Gebildeten. So weit ist es gekommen. Tja – wann hat es eigentlich begonnen? Wer hat das erste Klavier auf die Straße gerollt? Ich glaube, es war schon im Dezember, vor Weihnachten. Dort stand eine Schwadron, sie blockierten alle Zugangswege zum Palast, man hatte sie unter Psychopharmaka gesetzt, ich habe die mündlichen Anordnungen selbst gehört, ein Teil stand auf der Lutheraner-, ein anderer auf der Orthodoxen-Straße …

THEODOR. … und haben uns den Stinkefinger gezeigt! Und dem jungen Kerl, den sie bei minus 24 Grad ausgezogen hatten, rasierten sie mit stumpfer Klinge den Irokesenschnitt und zeichneten alles auf Video auf, um ihre Heldentaten der ganzen Welt zu demonstrieren …

THEOPHIL. … irgendwann Anfang Dezember rollten sie ein altes Klavier auf die Lutheraner-Straße, das schon in den Farben ihrer Fahne angemalt war. Die Schwadroner waren hinter ihren Schilden erstarrt in ihren, hihi, Windelhöschen. Ihre Kommandeure ließen sie zehn Stunden lang nicht aufs Klo gehen. Ich weiß, wovon ich rede. Das macht sie noch wilder. Und da erschien er zum ersten Mal, setzte sich einfach ans Klavier, in dreißig Meter Entfernung, und spielte ihnen etwas vor, den Walzer op. 64 Nr. 2 von Frédéric Chopin – ich habe ihn erkannt, man hat mich damit in der Schule gequält, das Konzert habe ich auch verhauen *(er summt die Melodie des Walzers, Theodor stimmt ein)*… Danach spielte er »Imagine« – klar, was kann man sonst von Lennon spielen, noch am selben Tag haben ihre Leute alles ins Netz gestellt … Und sogar Sean, John Lennons Sohn, hat das Bild gepostet, ich hab es selbst gesehen, ich bin auf Facebook mit ihm befreundet. Millionen Zuschauer auf der ganzen Welt! Millionen! Ich konnte nicht anders, als das zu melden: Müssten wir nicht etwas unternehmen?!

THEODOR *(nachdenklich und zerstreut)*. Dagegen müsste man etwas unternehmen …

THEOPHIL. Wir versuchen, die Weltöffentlichkeit davon zu überzeugen, dass sie Faschisten sind, und sie spielen »Imagine«? Dieses Piano-Objekt müsste man irgendwie …

THEODOR. Aber was? Was kann ich tun, ich persönlich?

THEOPHIL. … irgendwie, sagte ich. Man müsste irgendwie. Aber man hörte erst auf mich, als diese Straßenklaviere trendy geworden waren, als eine ganze Lawine von Klavieren sich über die Stadt ergoss: Sie tauchten auf Straßen und Plätzen auf, vor allem an den Brennpunkten, alte gebrauchte ausgeleierte Kästen, meist – pfui Teufel! – inländischer Produktion, scheußliche Kisten, die man besser zu Särgen verarbeitet hätte! Ein paar wurden sogar direkt auf die Barrikaden gezerrt, und er, dieser Typ, tat nichts anderes als von einer Kiste zur nächsten zu gehen und zu spielen, überall spielte er … Einaudi, Chopin, Satie, »Imagine«, »Canto Ostinato«…

THEODOR. Mir, liebe Anita, gelingt in diesem Leben fast gar nichts. Du weißt sehr gut, wie unfähig ich bin, wer hätte mehr darunter gelitten als du, was hab ich dir für Sorgen bereitet ohne jeden Anlass … Aber ich kann ein bisschen, ein kleines bisschen spielen, vor allem die Tasten rauf und runter …

THEOPHIL. Auf meinen Bericht hin wurde er auf die Shortlist gesetzt, die Liste derjenigen, die unverzüglich operativ zu neutralisieren sind. Damals noch nicht zu liquidieren – zu neutralisieren. So wurde ich – hi-hi – zu seinem ständigen Schutzpatron. Und künstlerischen Kurator. Ich ließ ihn immer nur für ein paar Stunden aus den Augen, wenn er zum Schlafen in eins der Zelte kroch. Aber ich fand ihn schnell wieder – sogar, als er seine Visage unter einer Strumpfmaske versteckte. Wochenlang tat er nichts anderes, als auf die Barrikaden zu klettern und Klavier zu spielen, was das Zeug hielt, die meisten Instrumente waren verstimmt, aber das tat der Euphorie keinen Abbruch, sie …

THEODOR. Einmal spielte ich so vor mich hin und erfand eine Melodie »Für Anita«. Für dich.

THEOPHIL. … sie wurden ganz high vom schwarzen Rauch ihrer brennenden Autoreifen, wir setzten sie massiv unter Druck, schnappten sie uns allein oder in kleinen Gruppen, kaum dass sie sich aus dem Radius ihres verbarrikadierten Zeltstädtchens herauswagten, wir verfrachteten sie in den winterlichen Wald und ließen sie dort verenden, mit Flaschen vergewaltigt und nackt, und Mitte Januar, da gab Schmosch zwar nicht direkt den Befehl, aber – unter uns – er stimmte stillschweigend zu, dass auf sie geschossen wurde …

THEODOR. … obwohl in jenem Winter wegen des schlimmen Frosts Straßenmusik eigentlich ausgeschlossen war, und bis heute ist mir unklar, wieso mir die Finger nicht abgefroren sind, aber damals geschahen viele Wunder.

THEOPHIL. Er war ein wunderbares Ziel, vor allem dort, auf der 13. Barrikade in der Festungsgasse, ihr äußerster Vorposten, ein Schuss, nicht mal unbedingt von einem Sniper – und vom Agressor, wie er genannt wurde, bliebe nur eine bläuliche Leiche – da habt Ihr die Coda Eurer kurzen musikalischen Revolution. Aber ich habe verboten, auf ihn zu schießen … So ein Tod hätte denen mehr genutzt als uns. Ich hatte einen interessanteren Plan, wie Sie, Herr Generalmajor, inzwischen wissen …

THEODOR. Unglaublich viele Wunder, Anja. Eines davon ist, dass mich keine einzige Kugel getroffen hat. Ist das etwa kein Wunder? Ganz umsonst habe ich die kugelsichere Weste angezogen … Ich wollte sie nicht tragen, sie stört, wärmt nicht und wahrscheinlich rettet sie einen auch nicht einmal, aber die Kameraden bestanden darauf, dass ich sie trug: »Wir brauchen dich lebendig, an dir hängt alles! Gott verhüte, dass sie dich erschießen.« … Achachach. Wäre es nur möglich, die Zeit zurückzudrehen und wieder auf jenen Barrikaden zu spielen! Kaum war ich weg, rückte die Polizei vor … Die Polizei? Die Armee? Und dann kam jene letzte Woche, als wir einfach nur durchsiebt wurden. Von Kugeln, ja. Was nutzten da kugelsichere Westen oder Helme! Die rote Woche, das Pflaster glitschig von Blut. Eine schmutzig-rote Schlittschuhbahn. Tauwetter. Die Kanaldeckel bedeckt mit blutig-schwarzem Schlamm. Wenn du gesehen hättest, wie der Schnee gemischt mit Blut und Schlacke taute! Obwohl auch ich das schon nicht mehr gesehen habe. Nicht sehen konnte – trotzdem träume ich davon!

THEOPHIL *(theatralisch)*. Keinen heldenhaften, sondern einen schändlichen Tod sollte er sterben! *(Nach kurzem Schweigen)* Aber, verdammt, was für ein Zusammentreffen, meine Herren Generäle, was für ein fabelhaftes Zusammentreffen! Und das in den Schweizer Bergen, mamma mia! Bingo, Volltreffer! Ein Tier in der Falle, ein Fisch an der Angel. Die Gelegenheit, Herr Präsident, dürfen wir uns nicht entgehen lassen! Immer zu Diensten – Ihnen und Ihrem Staat!

Theophil salutiert einem imaginären Gegenüber und geht, Marschschritt parodierend, ab. Theodor unterbricht sein Spiel – auf der anderen Seite der Bühne flackert ein Bildschirm auf, und es erscheint eine junge Frau, vor allem ihr Gesicht (obwohl das Bild auch unstet und immer wieder verschwommen sein kann).

THEODOR. Aber ich blieb am Leben, Anja. Bin ich wirklich am Leben? Ich befinde mich im Hotel »Paradies«. Vielleicht ist das ein Zeichen? Vielleicht ist dies nur der Todestraum eines längst Ermordeten? Das hier ist die Schweiz, weißt du? Was für eine Natur – Berge, Wälder, Seen, ausflippen könnte man vor einer so unnatürlichen Häufung von Naturschönheiten! Könntest du das nur sehen! Wir haben auch Berge – nur dass die hier mit Schnee bedeckt sind und unsere mit Dreck. Berge, Berge. Ringsum Berge. Berglandschaften sind Zeitfallen, wie es eine Bekannte, eine Dichterin, ausgedrückt hat. Und ich bin jetzt in dieser goldenen Falle. In diesem Hotel der Goldenen Epoche. In diesem goldenen Märchen, im goldenen Traum. Hier sind der goldene Rilke und der goldene Hesse abgestiegen, kannst du dir das vorstellen? Auf diesem goldenen Klavier hat der goldene Schönberg gespielt. Oder Gustav Mahler? Oder vielleicht Alban Berg? Was wollte ich im Leben, Anita? Sagst du es mir?

ANITA-ANJA. Spielen.

THEODOR. Musik machen. Aber meine Musik. Meine eigene Musik. Und hier? Das ist alles nur Mechanik, endlose Stücke für mechanisches Klavier. Jeden Tag dasselbe, dieselben Evergreens, Jazz-Klassiker, Musik für Fette! Wir schaffen den Hintergrund, Anja, wir sind die Geräuschkulisse für nach dem Essen, und sie klimpern mit ihren Juwelen lauter als Wolf mit den Kupferbecken seines Schlagzeugs. Man befiehlt uns, so behutsam wie möglich zu spielen, um das verehrte Publikum nicht aufzuschrecken! Be-hut-sa-mer, pffff! Behutsamer mit Ihrer Musik, Herrschaften Musikanten. Finden Sie den richtigen Platz – für sie und für sich selbst!

ANITA-ANJA. Dafür verdienst du jetzt. Noch nie hat man dir so viel für dein Spiel gezahlt.

THEODOR. Kann man das Spiel nennen? Aber nein, natürlich, ich hab schon ein paar Almosen beiseite gelegt. Für den Fall, dass du entkommen kannst und wir ein freies Leben führen. Zum Beispiel in Deutschland. Dort ist es billiger. Oder in Italien. Dort ist es wärmer. Weißt du, wie viel Zaster ich schon zurückgelegt habe? Es reicht genau für einen Monat, aber was für einen! Wann kommst du, Anita? Ich vergehe ohne deinen ewig halbwüchsigen Körper.

ANITA-ANJA *(nach einer Pause)*. Sie hören mich immer noch ab. Das Telefon und alles andere auch. Heute wurde zum vierten Mal in vierzehn Tagen meine Mailbox gehackt.

THEODOR. Soll ich aufhören? Nicht mehr anrufen?

ANITA-ANJA. Was ändert das? Damals hättest du aufhören sollen. Sie haben jedes Stöhnen von mir abgehört, wussten alles über unsere Orte und Routen, »Verlegungen«, wie sie es nennen. So haben sie dich ja auch geschnappt, kaum warst du zu mir gekommen. So dass es jetzt auch egal ist …

THEODOR. Sie hören uns also auch in diesem Moment zu?

ANITA-ANJA. Ich denke schon.

THEODOR. Helau, liebe Zuhörer! Verehrte Freunde, wir begrüßen Sie im Äther unseres nächtlichen Radios! Geben Sie uns bitte ein kurzes Lebenszeichen! Ein Räuspern vielleicht?! *(er erstarrt erwartungsvoll, Anita-Anja schweigt auch, nur technisches Rauschen ist zu hören)*. Sie schweigen. Kein Ton. Tolle Kerle. Anja, bist du noch da?

Aber der Bildschirm ist schon vor diesen Worten erloschen. Stattdessen treten Vera und Wolf ein.

THEODOR. Weg ist sie. Wir wurden getrennt. He Sie! Die Sie uns trennen. Die in tiefer Nacht nicht schlafen. Speziell für Ihren Boss – damit er ruhiger schlafen kann: das Wiegenlied »Sniper«! Bleiben Sie dran!

Auf Dirigentenart wedelt Theodor elegant mit den Armen und geht im Takt der Musik ab. Vera und Wolf setzen sich an ihre Instrumente und beginnen zu spielen.

Das Stück ist noch nicht ganz fertig, sie arbeiten noch daran, stehen aber kurz davor, es zu vollenden.

Vierte Szene

Als Nächstes kommt der Fitnessraum. Theodor läuft auf dem Laufband. Ab und zu erwacht der Fluchtinstinkt in ihm, und er sprintet los. Als er sein Land verließ, wurde er zum Flüchtling. Aber es ist eine illusorische Flucht – wie das Rennen auf dem Laufband. Illusorisches Rennen, eine illusorische Flucht.

Dann erscheint Theophil im Raum, in Boxhandschuhen. Er prügelt auf den Sandsack ein – immer verbissener, er legt immer mehr Emotionen in seine Schläge. Vor ihm ein eingebildeter Feind, der unbedingt gekillt und in Stücke gehauen werden muss. Aber ein Sandsack ist ein Sandsack – nicht umzubringen.

Theophil lässt schließlich vom Sandsack ab und bewegt sich langsam von der Seite her auf Theodor zu, der rennt und rennt. Als er Theophil bemerkt, der ihn eingehend mustert, verlangsamt Theodor seinen Schritt und springt schließlich vom Band. Eine Zeit lang sehen sie sich an, schwer atmend.

THEOPHIL. Hallo. Ich bin Theo.

THEODOR. Hallo. Ich bin Theo.

THEOPHIL. Ich weiß, Theo, dass du Theo bist.

THEODOR. Was für ein nettes Zusammentreffen!

THEOPHIL. Schicksalsschwer! Wer hätte gedacht, dass hier, in den Schweizer Bergen, in diesem Loch, am Arsch der Welt …

THEODOR. Und was machst du hier?

THEOPHIL. Mir gefällt deine Direktheit. Wie du siehst, frage ich dich das nicht.

THEODOR. Wozu auch? Ihr wisst alles über mich.

THEOPHIL. O nein, übertreib nicht, Kollege! Seit letztem Jahr haben wir deine Bewegungen nicht wirklich verfolgt – verschwunden ist verschwunden. Überschätze deine Bedeutung für uns nicht, möchte ich sagen. In den kommenden Tagen wirst du allerdings die Chance haben, in unseren Augen erheblich zu wachsen. Aber das hängt allein von dir ab.

THEODOR. Erklär.

THEOPHIL. Eine entschlossene und geschäftsmäßige Herangehensweise – allergrößtes Lob! Die Erfahrung der subversiven Tätigkeit war nicht umsonst. Vor uns, meine Herren, steht nicht mehr der geniale, zerstreute Spinner, sondern ein unerbittlicher und furchtloser Revolutionär, konzentriert auf den konkreten Kampf!

THEODOR. Du hast dich auch weiterentwickelt, wie ich merke.

THEOPHIL. Vor allem dienstlich. Mein jetziger Rang ist so hoch, dass man sich fürchten muss, ihn laut auszusprechen. Und weißt du, dass es eben deine Neutralisierung war, die für mich zum professionellen Sprungbrett wurde?

THEODOR. Meine Neutralisierung ... Als du im Bunker im Wald damit gedroht hast, mir jeden Tag einen Finger zu brechen?

THEOPHIL. War das so? Na ja, entschuldige, Kollege, aber deine Finger sind praktisch alles, was du hast. Denn mit dem Penis Klavier spielen hast du bisher noch nicht gelernt, und jeder deiner Finger, könnte man sagen, ist ein Sexualorgan. Da musste man sie ja in den Schraubstock spannen. Aber vergiss nicht – ich habe meine Drohung kein einziges Mal wahrgemacht, alle zehn sind noch dran.

THEODOR. Deine – wie soll ich sagen? – Gehilfen verfügten noch über andere Methoden. Ich muss dir ihre Prügel mittlerer Stufe wohl nicht beschreiben.

THEOPHIL *(mit einem Lachen)*. Bestimmt nicht! Aber bedenke auch, dass es die mittlere Stufe war! ... Ich habe dich mit allen Kräften beschützt.

THEODOR. Woher stammt die Knete, wer bezahlt die Musik, wollten sie wissen – und meinten die Revolution. Wer finanziert euch? Wer bezahlt die Konzerte? Sie sollten aus mir herausprügeln, dass es die Amerikaner waren. Hattest du ihnen diese Aufgabe gestellt?

THEOPHIL. Nicht ich. Leute über mir. Und du? Haben dir deine Yankees geholfen? Was hast du geantwortet?

THEODOR. Ich habe sie an der Nase herumgeführt, so gut ich konnte: dass die Schweizer uns finanzierten. Schweizer Zwerge. Nicht mit Geld, sondern mit reinem Gold, Barren aus Gold.

THEOPHIL *(schüttelt sich vor Lachen)*. Na, dann gib dem guten Theo was ab, lass ein paar Nuggets rüberwachsen!

THEODOR. Danach wurde es einfacher – ich konnte nicht mehr sprechen. Und als sie mich in Litauen aus dem Flugzeug luden, war das kein Körper mehr. Sondern Stücke rohen Fleisches, die sich kaum noch an den Knochen hielten.

THEOPHIL. Gute Arbeit, absolut gewissenhaft! Ich habe immer gewusst, dass ich Glück habe mit meinen Untergebenen! Aber das nur nebenbei. Über Litauen haben sie dich also ausgetauscht?

THEODOR. Litauen, Polen, Deutschland. Gute sechs Monate in Krankenhäusern. Ich habe überlebt, obwohl die Ärzte sagten, die Chancen stünden 70 zu 30 gegen mich. Nicht alle Ärzte, nur die größten Optimisten unter ihnen. Nun bin ich hier.

THEOPHIL. Nun bin ich auch hier. Hör mir gut zu, ich will dir einen Vorschlag machen. *(Theodor hört zu, seine Miene spielt zwischen Misstrauen und Aufmerksamkeit)*. Er Höchstselbst, also Schmosch, ist auf dem Weg hierher, und ich bin nicht zufällig hier, sondern als sein Oberster Personenschützer, verstehst du? Ich bin der Chef seines Personenschutzes. Der Oberste. Kapiert?

THEODOR *(nickt)*. Wahrscheinlich im Rang eines Generals.

THEOPHIL. Tatsächlich Oberst. Jetzt von dem, was dich plötzlich überkommen kann. Ich habe meine eigenen Motive, du brauchst sie nicht zu kennen. Also. Könntest du dich vielleicht dazu durchringen – unter meiner operativen Deckung – deine revolutionäre Pflicht zu erfüllen und … sagen wir es so, die Welt von diesem Ballast befreien?

THEODOR. Ich verstehe nicht.

THEOPHIL. Wie soll ich es dir noch deutlicher erklären? Du wirst nie wieder so eine Gelegenheit haben. Nie wieder so nahe, so physisch nahe an diesen, wie du meinst, Diktator herankommen! Auf Armeslänge mit Pistole, könnte man sagen! Ein Geschenk des Schicksals, dass du plötzlich mit ihm in einem Salon sein wirst! Du wirst für ihn ein Konzert geben, oder? Wie könntest du es da versäumen ihn umzubringen, hm?

THEODOR. Ha! Und das sagt sein oberster Leibwächter!

THEOPHIL. Ich bin sein oberster Leibwächter, stimmt. Aber es existieren noch viele andere Aspekte. Ich wiederhole: Du brauchst sie nicht zu kennen. Es ist ein großes Spiel, klar? Ein viel größeres Spiel, als du begreifen kannst. Ein großes Schachbrett, klar? Ein sehr großes Schachbrett, das größte.

THEODOR. Du bist also Teil einer Verschwörung gegen den legitimen Präsidenten und gleichzeitig Chef seiner Spezialtruppe?

THEOPHIL. Also, nicht ganz … Nein, nenn es Improvisation. Du und ich improvisieren. Vierhändig. Nur wir, und niemand sonst.

THEODOR. Aber warum sollte ich dir glauben?

THEOPHIL. Was bleibt dir denn anderes übrig? Gut, glaub mir nicht. Und was weiter? Aber hör mir zu: Sind wir nicht auf bestimmte Art Verwandte geworden?

THEODOR. Auf eine sehr spezifische Art. Wie Henker und Opfer. Und vielleicht bin ich von uns beiden sogar der Henker. Und du hast das Stockholm-Syndrom.

THEOPHIL. Tröste dich, Theo, beruhig dich. Und sag mir, als man dich angeblich zufällig in jenem Wald gefunden hat, gefesselt und halb tot, hat dich das nicht irgendwie gewundert? Unter genau dem Baum aus einer Million anderer Bäume, auf diesem Pfad unter tausend anderen? Das hat dich nicht gewundert? Wenn du auch nur eine halbe Stunde länger dort gelegen hättest, wärst du komplett erfroren. Aber man hat dich rechtzeitig gefunden. Das hat dich nicht gewundert?

THEODOR. Wer halb tot ist, wundert sich über nichts mehr.

THEOPHIL. Du hast dich also nie gefragt, wie du plötzlich in diesem Diplomatenauto gelandet bist? Wo du doch eigentlich in jenem Wald die Hufe hättest hochklappen sollen – ein weiterer namenloser Held, eine nicht identifizierte Person mit zahlreichen Spuren von Gewaltanwendung am Körper? Aber zum Glück hattest du mich, ich habe dir mit einem einzigen Telefonanruf von 27 Sekunden das Leben gerettet!

Theophil wendet sich ab und beginnt wieder, mit aller Kraft auf den Sandsack einzuschlagen. Dann tritt er plötzlich ab. Theodor fängt inzwischen an, das Fitnessgerät zu demontieren und Stück für Stück hinauszutragen. Irgendwann beginnt er zu reden.

Fünfte Szene

THEODOR. Man kann sagen, was man will, aber der Vorschlag ist interessant. Schmosch töten! Mit diesen Händen. Gar keine schlechte Idee. Eine große historische Chance. Ich, der Pleitenpianist und unvollendete Held Theodor, werde die Nation vom Tyrannen befreien! Ein Schuss – and here we go, willkommen in einem anderen Land! Aber immer mit der Ruhe, mein Freund, immer mit der Ruhe. Du bist doch kein Kind mehr, auch wenn du ein kleiner Musiker bist. Du verstehst doch, dass das Land von diesem einen Schuss kein anderes wird, oder? Es erhält bloß eine Chance – eine klitzekleine Chance. Aber momentan *(er blickt auf den Sandsack)* ist es so im Knockout, dass sogar diese kleine Chance viel ist. Einverstanden? Ja, sicher *(schweigt eine Zeit lang)*. So ist das. Aber ehrlich gesagt, morden ist nicht mein Geschäft. Diese Hände haben niemanden umgebracht! Auch auf den Barrikaden hatte ich nie eine Waffe dabei.

Meine Waffe, erklärte ich den Kameraden, ist die »Étude révolutionnaire«. Und was hatten wir überhaupt für Waffen? Knüppel, Hockeyschläger, Motorradhelme. Nichtletale Waffen, offen gesagt. Und Molotowcocktails, das stimmt. Ich habe eigenhändig Flaschen gefüllt. *(Verwirrt)*. Also haben diese Hände vielleicht doch jemanden getötet …

Im Bühnenhintergrund erscheint Theophil. Er räkelt sich behaglich in einem Fauteuil, mit einer Flasche und Zigarre. Langsam setzt er sich Kopfhörer auf und stößt Rauch aus.

THEODOR. Anita, sag, soll ich's machen? Ich weiß, es ist kindisch – mit einer Pistole auf die Brust schießen. Piff-Paff! Das Blut sprudelt heraus, wie Himbeersaft – kein schmutziges, sondern sauberes, unechtes Blut. Ich habe nie mit einer Pistole geschossen. Einmal ließ ich mich mit einer Kalaschnikow vor der 13. Barrikade fotografieren. Das Foto bekam 190 000 »Likes« im Netz. Diese Kalaschnikow funktionierte aber gar nicht, sie stammte aus einem Kriegsmuseum. Unsere Jungs hatten gerade ein paar alte Kalaschnikows und Jagdgewehre bekommen. Massenhaft ließen sie sich damit fotografieren – die Revolution kann sich verteidigen, sollte das heißen! Eine psychologische Attacke. Fotoattacke. Gegenattacke … Aber darum geht es jetzt nicht. Ich muss schnell schießen üben, Anita. An irgendeinem Schießstand. Ein bisschen proben. Warum gibt es im Hotel keinen Schießstand? Denn wenn man zum ersten Mal, mit dem ersten Schuss töten soll, dann …

Der Bildschirm flackert auf, und das Frauengesicht erscheint. Theophil unter seinen Ohrhörern reagiert – er hört mit.

THEODOR. Was hab ich nur immer mit der Pistole? Es geht doch auch anders. Man kann ihn mit dem Messer anfallen. Aber auch das habe ich nie geübt. Oder erwürgen? Eine Krawatte würde genügen. Oder Saiten, aus Nylon, oder Kupfer – eine Bass-Saite oder eine bronzeumsponnene Stahlsaite? Saiten, das sind die wahren Waffen des Musikers! … Was noch? Ein Pfeil mit Curare? Gas? Wasser? Feuer? Man muss Löcher bohren, Kanäle anlegen, Schützengräben und Tunnel graben. Das dauert, aber so viel Zeit habe ich nicht. Anita, hast du keine Idee, kennst du keine elegante, verhältnismäßig saubere Art zu morden! Ein vergifteter Blumenstrauß? Ein Stich mit der Haarnadel? Infraschall?

Anita auf dem Bildschirm versucht etwas zu sagen, aber der Ton ist ausgefallen. Das Bild flimmert die ganze Zeit, als fände ein Kampf statt. Schließlich erlischt der Bildschirm. Die Verbindung reißt ab.

THEODOR. Da haben wir es. Wir werden immer öfter unterbrochen. Ich rufe dich nicht mehr an, Anita. Ich bin schuld. Sie haben schon wieder deine Passwörter gehackt, verdammt! Wann lernst du endlich, etwas Originelleres zu nehmen als 111222333? Wie geht es dir dort, gib mir doch ein Zeichen!

Theodor streift verstört und verzweifelt durchs Zimmer – so aggressive Bewegungen hätte man ihm gar nicht zugetraut. Theophil beobachtet ihn zufrieden von seinem unsichtbaren Beobachtungspunkt aus.

THEODOR. Ich mach ihn fertig, ich mach ihn wirklich fertig.

THEOPHIL (SPRINGT AUF). Ja! Er hat es gesagt! Ich mach ihn wirklich fertig! Bravo, Theo! Der Fisch beißt an! Yesss! *(Dann in verändertem Tonfall, dienstlich, vielleicht spricht er in ein Funkgerät oder ähnliches).* An alle Einheiten des Dritten Informationssektors, bitte kommen! Außerordentliche Mitteilung für die Zentrale. Gefahr eines Terroranschlags auf das Leben der Höchsten Person, genannt »Batja«. Gefahrenstufe ultrarot. Ich leite die Aktion, in persönlicher Verantwortung, Ende der Mitteilung. *(Er schaltet das Gerät aus, weiter wieder in verändertem Tonfall).* Ihn höchst persönlich vor einem Anschlag retten! Das Leben der Höchsten Person retten! Was für ein Glück, was für ein herausragender Erfolg für den treuen Chef des Personenschutzes! Ich werde mich mit meinem ganzen Körper vor seinen ewig erregten Kadaver werfen, um ihn zu decken! Und dann mach ich auch als Erster den Terroristen fertig – eins, zwei, drrrrei! So viele Jahre tadelloser Dienst, und dann noch diese Heldentat! Von diesen Höhen ist ein Sessel über den Wolken im Sicherheitsministerium zum Greifen nah! Ach! …

Theophil, als habe er Flügel, geht nicht, er fliegt hinaus. Von der anderen Seite betreten Vera und Wolf den Raum und setzen sich an ihre Instrumente.

WOLF. Das bist nicht du. Das ist nicht deins. Du darfst das nicht tun.

THEODOR. Wir hatten ein gutes Motto. Wer, wenn nicht ich.

WOLF. Es war einmal und ist nicht mehr. Ihr habt verloren.

THEODOR. Ich werde das Gegenteil beweisen.

VERA. Du hast es schon bewiesen. Du hast nicht verloren, du lebst, du bist hier.

WOLF. Deine Waffe ist die Musik, nicht das Gewehr.

THEODOR. Meine lieben schweizerischen Freunde! Ihr versteht einfach überhaupt nichts. Das Organ, mit dem man andere versteht, ist euch abgestorben. Ihr seid nicht würdig, euch Nachfahren Wilhelm Tells zu nennen.

VERA. Quatsch!

WOLF. Du weißt, dass wir nicht gleichgültig sind. Wir sympathisieren mit eurer Revolution. Mit eurem Land, das dieses Monster unterdrückt. Aber bitte keine Gewalt, verstehst du? Null Toleranz für Gewalt! Genau deshalb haben sie euch in Blut getränkt: damit ihr euch provozieren lasst und mit Gewalt antwortet. Lass es bleiben!

THEODOR. Hört, hört! Sie kennen die Ursachen und Folgen besser als ich! Sie haben hier im Warmen gesessen, gelegentlich was über uns in der Zeitung gelesen oder sie haben es sich online angeschaut, wie wir zu Brei zermatscht werden. Und wollen mir jetzt erklären, was bei uns passiert ist! Aber wissen eure Zeitungen vielleicht, was das heißt – zur vordersten Linie zu laufen, vor die Barrikade, unter einem lächerlichen und kugeldurchlässigen Holzschild? Und das alles nur, um den Körper eines dir unbekannten, zufälligen Kameraden aus dem Kugelhagel zu ziehen? Denn vielleicht lebt er ja noch? Und dann dort zu sterben? Neben ihm? Mit ihm in einer Blutlache zu liegen? Ihr verachtet den Heroismus und habt Angst davor – okay. Aber was ist mit dem Menschlichen in den Menschen? Ein fremdes Leben für den Preis des eigenen zu retten – ist das für euch auch schon kein Thema mehr?

VERA. Es reicht. Wir proben.

Einen Moment lang schweigen die Freunde, als hielten sie vor einer höchst ungewissen Grenze. Dann spielen Vera und Wolf das, was sie Flusslied nennen. Und das ändert die Stimmung.

THEODOR. Freunde. Entschuldigt, ich habe zu laut geredet. Ich habe zu viele laute Worte gesprochen. Tatsächlich ist alles, was ich zu sagen habe, in diesem Lied. Es ist drei- oder vierhundert Jahre alt, egal. Anita war mein. Ihr kennt den Namen. Leider hat sie mich verraten. Nicht im sexuellen Sinne, schlimmer. Ihr versteht schon. Jetzt haben sie sie in der Hand. Und das wegen mir. Und, damit ihr es wisst: Vor einem Monat wurde bei uns die Todesstrafe wieder eingeführt. Da habe ich das Recht, sie als Erster anzuwenden. Danke, dass ihr mich angehört habt. Danke für die Musik. Ihr seid tolle Musiker und hochmoralische Menschen. Das ist eine seltene Verbindung.

Theodor geht ab, und VerWolf spielen das Flusslied zu Ende.

Siebte Szene

Wir sehen eine Bar. Nacht in der Hotelbar. Eine sehr trunkene Nacht. Theophil gibt den Barmann hinter dem Tresen. Und er schenkt Theodor und sich selbst reichlich ein. Sie rauchen viel, und es wird deutlich, dass sie schon einiges intus haben.

THEOPHIL. Tausend Getränke – und alles zu unserer Verfügung, Kumpel! Allein vom Whiskey gibt es dutzende, wenn nicht hunderte Sorten! Und der Calvados, der Armagnac! Der Tequila und der Cachaça! Und Horilka! Ohnegleichen!

THEODOR. Wie hast du das genannt?

THEOPHIL. Sicherheitsvorkehrungen ohnegleichen. So geht das immer mit unserem lieben Schmosch. Wir haben einen beispiellosen Präsidenten. Er ist von seiner eigenen Sicherheit besessen. Vielmehr von den Gefahren, die ihn überall umgeben. Er ist paranoid, hört auf alle möglichen Prophezeiungen. Einmal, da war er noch nicht Präsident, fuhr er zum Beten auf den Heiligen Berg zu den griechischen Popen. Oder Mönchen. Also Priestern eben. Dort sagte ihm der wichtigste von ihnen, ihr Häuptling, ihr Boss, also irgendein Archimandrit, Hieroschymohierarch oder so, dass er sich vor Granaten in Acht nehmen solle, das stehe so in seinen heiligen Büchern. Tod durch Granate! Ha-ha. Paranoid. Wer wüsste das besser als ich?!

THEODOR. Du lebst ja davon.

THEOPHIL. Vor zehn Jahren – du erinnerst dich – da hat ein Jüngelchen, ein Student, ein Rotzlöffel, na, du erinnerst dich, aus der Menge heraus ein, hi-hi, Hühnerei auf ihn geschleudert …

THEODOR. Und mit Fistelstimme geschrien »Nieder mit der Diktatur!«…

THEOPHIL. Genau. Da wäre er fast am Herzschlag gestorben! Er dachte, das wäre es jetzt gewesen – dass eine Granate auf ihn fliegt! Dass sich die Prophezeiung erfüllt! *(brüllt vor Lachen)*. Was für ein Rindvieh, was für ein Hornochse! Drei Tage haben sie gebraucht, um ihn aus dem Jenseits zurückzuholen!

THEODOR. Schade, dass sie es geschafft haben.

THEOPHIL. Eben. Darum sage ich dir gleich, was Sache ist. Wir, sein Personenschutz, sind 48 Köpfe. Stell dir das vor: 48 hochkarätige Profis müssen den wertlosen

Balg eines paranoiden Halboligophrenen bewachen! Und das ist die Planung für unterwegs, die minimale. Daheim sind wir etwas mehr als zwei Hundertschaften. Dazu die Metalldetektoren. Absolute Kontrolle. Niemand, auch nicht die Musiker, kommt anders in den Grand Salon als durch den Türrahmen. Schlussfolgerung?

THEODOR. Mehr Scotch.

THEOPHIL *(schenkt ein)*. Die Schlussfolgerung ist richtig, aber unvollständig. Die vollständige Schlussfolgerung ist: Tatsächlich ist es unmöglich, eine Waffe in den Salon zu bringen, nachdem die Metalldetektoren aufgestellt wurden. Durch ein solches Netz kann man nichts mehr durchschmuggeln. Das kannst du vergessen.

THEODOR. Dann wird er halt nicht im Salon abgemurkst, sondern in seiner Suite.

THEOPHIL. Dort kommst du gar nicht hin. Die ganze Etage wird gesperrt.

THEODOR. Dann muss ich erst noch was trinken. *(Trinkt)*. Ah, ich weiß. Man schickt ihm etwas in seine Suite, ein Präsent. Eine Flasche Champagner zum Beispiel, für hunderttausend Franken. Sowas mag er, der Neureiche, das weiß ich. Er will sie öffnen, und – peng, sie explodiert! Und er wird in hunderttausend kleine Diktatoren zerrissen.

THEOPHIL. Produktiver Gedanke. Gefällt mir. Nur dass er für solche Präsente seine eigenen Kontrolleure hat. Die werden zerrissen, nicht er. Tut dir das nicht leid?

THEODOR *(denkt nach und nippt)*. Nein. Aber es bleibt festzustellen, dass man ihn in seiner Suite nicht umbringen kann. Auch nicht mit Giftgas.

THEOPHIL. Richtig. Nicht einmal mit Polonium, wie manch anderen. In der Suite wird es nicht klappen.

WOLF *(der über dem Klavier eingedöst ist und plötzlich den Kopf hebt)*. Nur im Salon! *(schläft wieder ein)*.

THEODOR *(erregt)*. Dann muss alles in den Salon gebracht und versteckt werden, bevor die Detektoren montiert sind.

THEOPHIL. Super! Die Richtung stimmt.

THEODOR. Aber wie du selbst weißt, wird der Salon vorab durchsucht.

THEOPHIL. Oho! Du machst Fortschritte, Theo!

THEODOR. Deshalb muss alles dort versteckt werden, wo man es nicht finden kann.

THEOPHIL. Logisch.

THEODOR. Und wo kann man es nicht finden?

THEOPHIL. Ich weiß, wo.

THEODOR. Und wo ist das?

THEOPHIL. Dort, wo ich es nicht finde. *(lacht)*

THEODOR. Also wo?

THEOPHIL. In meinem persönlichen Bereich. Den ich persönlich durchsuche. Also, den ich absichtlich nicht durchsuche. Dreimal darfst du raten, wo.

Sie trinken, und inzwischen hebt Wolf wieder den Kopf.

WOLF. Ich errate das auf Anhieb. Im Steinway. Im Innern des Instruments. Zwischen Wirbelbank und Stuhlrahmen.

THEOPHIL. Ein Hoch auf den Schweizer! *(Wonach Wolf den Kopf schüttelt und wieder einschläft)*. Dabei heißt es, sie verstünden nur etwas von Käse. Ja, das Klavier werde ich, nur ich durchsuchen! Du weißt doch, Kumpel, dass ich auch Pianist bin? Du und ich gehören zur selben Schule.

THEODOR. Deine ist eher speziell.

THEOPHIL. Nana, Vorsicht.

THEODOR. Vorsicht mit meiner Granate.

THEOPHIL *(äußerst interessiert)*. Du hast eine Granate?

THEODOR. Kann schon sein. *(Ernsthaft und nüchtern)*. Ihr habt meine Freundin geschnappt. Lasst sie frei.

THEOPHIL. Das kommt ganz auf dich an. Bringst du »Batja« um – dann wird alles gut. Hauptsache deine Granate lässt uns nicht alle hochgehen.

THEODOR. Meine Granate ist nicht für alle. Meine Granate ist nur für den Garanten.

Sie brechen in Lachen aus, Wolf wird langsam wieder wach und beginnt noch im Halbschlaf auf seine Becken zu hämmern, dann erscheint Vera, Theodor stimmt ein – und endlich spielen sie ihr »Revolutionsstück« in vollendeter Form. Theophil hat sich eine angebrochene Flasche geschnappt und setzt sie immer wieder an den Mund. Sich nach den Musikern umsehend tänzelt er ab. Aber in der

Achten Szene

zum Ende des Musikstücks erscheint er wieder, nüchtern und frisch, und wird zum wichtigsten Erzähler der weiteren Geschichte.

THEOPHIL. Jenen entscheidenden Tag … ha-ha, ein wunderbarer Beginn, so will ich auch irgendwie pathetisch fortfahren … werde ich nie im Leben vergessen. Jenen entscheidenden Tag werde ich nie im Leben vergessen! Damit Sie es wissen. Aber vielleicht auch so: Jener entscheidende Tag hat für immer und unumkehrbar nicht nur mein Schicksal verändert, sondern auch … sondern auch.

Er denkt ein bisschen über sein »sondern auch« nach.

THEOPHIL. Oder auch so: An jenem entscheidenden Tag geschahen gleichzeitig einige Dinge, die … Oder sagen wir lieber: Mit jenem entscheidenden Tag wurde eine neue Seite aufgeschlagen, die … Mit jenem entscheidenden Tag begann eine neue Epoche, in der … Ha, so ist es richtig: eine neue Epoche! Das glauben Sie nicht?

In seinem Rücken leuchtet ein Bildschirm auf. Die entsprechenden Szenen flimmern vorbei.

THEOPHIL. An jenem entscheidenden Tag begann es schon am frühen Morgen – Summit, Auftritte, Presse, Kameras, ein Gedränge von Journalisten und Agenten, ein Gerenne von Sekretären, you know what I mean. Die Hostessen liefen sich die Beine wund. Schmosch trat in neuen Schuhen aus dem Leder des weißen Rhinozeros auf. Das ist sein neuster Spleen – Einhornschuhe für ein paar Millionen Dollar. In seiner doppelten schusssicheren Weste kam er ganz schön ins Schwitzen. Sie schaute immer wieder unter seinem Anzug hervor. Sogar die diamantenbesetzte Krawatte war schweißdurchtränkt. Wenn Sie gesehen hätten, mit welchem Abscheu diese ganzen Premiers und Kanzler ihm die Hand geschüttelt haben! Ich vermute, einige benutzten für diesen Anlass eine spezielle Prothese …

Theodor kommt auf die Bühne, setzt sich ans Klavier und beginnt die »Murka« zu spielen.

THEOPHIL. Dann Auftritte, Reden, Konsultationen. Wie immer brabbelte Schmosch allen möglichen Unsinn. Verwechselte Syrien mit Sirius, Libyen mit dem Libanon, Start-ups – nomen est omen! – mit Satrapen, und statt »Konsens« sagte er »Koitus«. In solch schwierigen Fragen, sagte er, brauchten wir alle Ausgewogenheit und … offensichtlich hatte er das Wort vergessen. Er zögerte, fast zwei Minuten lang. Und keiner wusste, was er ihm zuflüstern sollte, und dann sagte er schließlich – Ausgewogenheit und Koitus! Die anderen wären am liebsten unter die Tische gekrochen. Unter den Tischen aber saßen meine Personenschützer … Die hätten ihnen was gegeigt!

Es erscheinen Vera und Wolf und stimmen in Theodors »Murka« ein.

THEOPHIL. In der Pause verzog sich Schmosch auf die Toilette, meine zehn Mörder begleiteten ihn. Legten dort zur Sicherheit – Face auf die Kacheln – ein paar zufällige Besucher flach. Solange Schmosch seine Notdurft verrichtete, lagen die dort, hi-hi! Später stellte sich heraus, dass einer von ihnen der Chef des Einheitlichen Europakongresses war. Na, wenn du so ein hohes Tier bist, wieso hast du dann keinen Personenschutz dabei?! Uff, was für ein Tag! Auch das Mittagessen verlief nicht ereignislos. Schmosch hat seinen eigenen Koch, sein Geschirr und seine Vorkoster. Da hat er die ganze Zeit versucht, sein Essen auf den Teller der Hohen Kommissarin zu legen – versuchen Sie doch, verehrte europäische

Madam. Sehr galant, hätte es sich nicht um Stierhoden gehandelt. Das haben ihm die griechischen Popen für eine dauerhaftere Erektion geraten. Horror, sage ich Ihnen, Horror!

Die »Murka« klingt immer mehr wie eine Parodie. Theophil rappt sie fast.

THEOPHIL. Nach dem Mittagessen – so sah es das Protokoll vor –
abschließender Gedankenaustausch
und Unterzeichnung
eines gemeinsamen Memorandums.
Aber Schmosch war schläfrig!
Ein gesundes Mittagsschläfchen,
was denn für ein Gedankenaustausch,
was hätte man denn austauschen können,
welche Gedanken könnte Schmosch schon haben?
Er denkt eigentlich nur an das eine,
wir wissen woran.
Außerdem leidet er an Meteorismus.
Also versuchte er schnell fortzukommen –
um die Gase, die sich in seinem Innern angesammelt hatten, abzulassen.
Und die mit ihrem Memorandum!
Übrigens hat Schmosch in seinem Schlussauftritt
(sie haben ihn dann doch überredet)
statt »Memorandum« »Reverendum« gesagt,
unser Abschlussreverendum –
aber kein Problem, alle haben verstanden, was er meinte.
Und dann, als dieses Reverendum schon unterschrieben war

und man Kaffee mit Likör servierte
und das Dessert und so weiter reichte,
begann das Kulturprogramm, das Konzert.
Da aber wäre mein ganzer Plan fast den Bach runter
gegangen,
denn Schmosch hatte nicht vor, sich ein Konzert an-
zuhören:
er wünschte zu jagen!
Schließlich hatte er doch nicht umsonst
seine exklusive, handgefertigte
VO Vapen Falcon Edition für die Big Five mitführen
lassen?!
Es war ihm nicht klarzumachen,
dass keine Saison war und die Jagd verboten.
»Wem ist sie verboten? Mir?«, hat Schmosch mit bösem
Grinsen gefragt.
Die gesamte Elite Europas
versuchte ihn zu überzeugen, nicht zu gehen!
Sie haben ihn überredet. Mit Sanktionsdrohungen.
Und dann setzten sie ihn auf einen superzentralen
und – Obacht! – sichtbaren Platz.
Woher hätten sie es auch wissen sollen?
Woher hätten sie wissen sollen, dass …?

Theophil redet immer schneller und hastiger.

Dann das Konzert. Und gleich zu Beginn –
Chopins Étude op. 10 Nr. 12 in C-Dur,
»L'Étude révolutionnaire«.
Was für eine psychische Attacke. *(Er summt die Melodie
der Étude).*
Teufel auch, wie der spielte!
Als sei es das letzte Mal im Leben.

Die ganze erlesene Gesellschaft explodierte in Applaus. Aber Schmosch: »Die Murka! Los, die Murka!«

Theodor, schon mit Strumpfmaske, tritt plötzlich an den Bühnenrand, wendet sich den Zuschauern zu. Gleichzeitig kommentiert Theophil, und spielt es dann auch:

Da steht er plötzlich auf,
dreht sich zu Schmosch
und macht ein, zwei Schritte …
In der Hand ein Päckchen.
Ich kann noch nicht sehen, was er da hat,
aber wenn es eine Granate ist,
dann eine sehr kleine,
eine Mini-Granate,
vielleicht selbstgebastelt.
Das habe ich auf YouTube gesehen – das gibt es.
Ich rufe »Schucher!« –
ein Phantasiewort,
ein Signal an meine Leute, es bedeutet
»das Attentat beginnt, es geht los, Plan A«…
Ich selbst will mich dazwischenwerfen, aber er …

Theodor hält ein Hühnerei in der ausgestreckten Hand. Vielleicht zerdrückt er es, vielleicht wirft er es oder lässt es aus der Hand auf den Boden fallen.

THEOPHIL. … schafft es, etwas zu werfen,
was im Päckchen war …
es fliegt …

THEODOR. Es flog kürzer, als eine Sekunde dauert. Aber was alles ist währenddessen geschehen! Wie er blass wurde und aufsprang! Ich hatte ja auf die Stirn gezielt. Ich wollte, dass ihm der Dotter über die blöde Fratze tropft … Mehr wollte ich nicht. Was heißt hier Mord! Aber als das Ei ihn erreichte, hatte er sich schon erhoben. Es traf ihn auf der Brust, zersprang an der Härte der schusssicheren Weste und rann ihm über Krawatte und Hemd … Er fiel. Das hätte ich nicht erwartet. Von einem Ei?

VERA. Er fiel!

WOLF. Wie ein Sack Scheiße!

Theophil schießt mehrere Male in die Luft.

THEOPHIL. Alle bleiben, wo sie sind, ich mache das! Ärzte! Krankenwagen! Raus aus dem Hotel mit ihm! Ich! Ich werfe mich vor ihn!

Er zielt mit der Pistole auf Theodor. Der hebt die Hände – etwas verwirrt von dem, was geschehen ist.

Die Bühne wird dunkel. Auf dem Bildschirm beginnen die Abendnachrichten:

Zwei Beteiligte am Attentat auf den vorletzten Diktator Europas, Schmosch, wurden gestern Abend im Grand Salon des Hotels »Paradies« von Mitarbeitern der Kantonspolizei festgenommen. Einer der Festgenommenen nennt sich Chef des Personenschutzes des Diktators, der zweite ist ein ausländischer Pianist, der im erwähnten Hotel unter Vertrag steht. Wie berichtet, erlitt der vorletzte Diktator Europas, Schmosch, gestern Abend einen

Anfall von Herzinsuffizienz sowie einen Gehirnschlag und starb auf dem Weg in die nächstgelegene Klinik in Sankt Moritz. Nach Einschätzung unabhängiger Experten, Zitat, »starb Diktator Schmosch an chronischer Angst und systematischem Missbrauch von Macht und Viagra«.

Zur Musik von VerWolf läuft der Abspann über den Bildschirm. Als man das Wort »ENDE« erwartet, erscheint ein anderer Text – P.S. EINIGE JAHRE SPÄTER.

Epilog auf dem Theater

Auf der Bühne flammt das Licht auf. In seinen Strahlen steht und leuchtet Theophil.

MC THEOPHIL. Verehrte Freunde! Dear Ladies and Gentlemen! Mesdames et Messieurs! Signore e Signori! *(Er wiederholt die Begrüßung noch in einigen anderen Sprachen einschließlich Rätoromanisch).*

Herzlich willkommen zu unserer absolut einzigartigen Show! Endlich! Endlich sind wir hier in ... wo? *(Einen Moment lang scheint es, als hätte er seinen Text vergessen)* Ja, wir sind hier, endlich! Endlich! Endlich geschieht es auch in Ihrer unvergleichlichen Stadt! *(Zur Seite)* Weiß der Teufel, ob wir schon hier waren oder nicht. – Wir haben einen langen und gewundenen Weg zurückgelegt, besser gesagt – a long and winding road. Heute nun werden Ihre und unsere Träume wahr und ich freue mich außerordentlich, *(zur Seite)* an dieser Stelle müsste ich etwas Elegantes sagen ... auf Englisch, oder? Gleich, gleich ... – Oh! That's absolutely amazing, yes!

Ich habe die große Freude und Ehre Ihnen kundzutun, dass es sich heute um eine Art – Präjubiliäumsvorstellung handelt. Heute ist das … *(zur Seite)* Welches? Das wievielte? Okay, ist das nicht egal? – Heute ist die 749. Aufführung unserer großen Welttournee! Hinter uns liegen – wenn wir nur die letzten Jahre nehmen – Walchwil und Metzingen, Ober- und Unteregeri, Oberwil im Simmental, Oberwil bei Zug und einfach Oberwil, außerdem Bipp, Niederbipp und Oberbipp, Rotzloch, Hassloch und Alp Arsch, Moskau bei Ramsen, Paradieso bei Lugano, Küssnacht, Wolfenschissen (Kanton Niederwalden), und gestern kamen ganze 23 Zuschauer in Gräslikon! Beispiellos, einfach beispiellos, meine hochverehrten Herrschaften!

Als Manager, Agent, Kurator und gleichzeitig nächster Freund und Schutzengel unseres Stars habe ich immer darauf bestanden, dass wir auch Ihr gesegnetes geographisches Zentrum nicht auslassen dürfen. *(zur Seite)* Ein paar Mal waren wir doch schon hier, oder? – Denn die Handlung unseres Händels handelte … Wie schön das klingt, die Handlung des Händels handelte … handelte, Händel, Handel, Hantel … Also gut, unser Stück fand hier, ganz in der Nähe statt, unweit Ihres gemütlichen Örtchens. Weniger als 50 Kilometer Luftlinie! *(zur Seite)* Das sage ich immer und überall, den Leuten gefällt das, ein sehr erfolgreicher Einfall …

Jetzt ist es Wirklichkeit geworden. Hier sind wir!

Ja. Was weiter? Genug geschwätzt. Man könnte noch lange reden. Aber die Handlung möge beginnen! The show must go on! An diesem Abend entführe ich Sie tief in eine sensationelle Geschichte, die einem auch heute noch, nach zehn Jahren, den Atem raubt. Keine Gerüchte, keine … ääääh … An dieser Stelle habe ich etwas …

etwas Essbares, Gastronomisches gesagt, keine? – Ah, ich weiß! Kein aufgewärmter Brei! Nur Fakten, Fakten und Zeugnisse ... von, wie sagt man? Wie sagen Sie – »witness«? – Okay, Zeugnisse eines Teilnehmers! Aus erster Hand und erstem Munde, denn ich kann Ihnen ganz offenherzig gestehen: Ich war da!

Liebe Freunde! Hochverehrtes Publikum! Begrüßen Sie den internationalen Star des Klavierspiels und – was nicht weniger wichtig ist – den Menschen, der mit dem Wurf eines einzigen ... was war es noch mal? Wurf eines einzigen was? Wer erinnert sich? Aber eigentlich ist es auch egal – Sie werden gleich selbst sehen ... Ein Held, der mit einem einzigen Wurf die Welt zum Besseren verändert hat! Der große Theodor! Applaus!

Auf die Bühne kommt in unsicherem, schwankendem Gang ein Mann, der sehr ungeschickt, ja sogar nachlässig als Theodor verkleidet und geschminkt ist, eine Art Pseudo-Doppelgänger. Sich immer wieder vergreifend und rücksichtslos falsch beginnt er, die »Murka« zu spielen.

* * *

An dieser Stelle scheint mir ein ausführlicher Kommentar angebracht. Besser gesagt, ein paar Reflexionen, die mich sowohl während als auch nach der Lektüre beschäftigten. Da ist nichts zu machen: Der Status des Biografen erfordert Quellenkritik, und das oben abgedruckte Theaterstück eines (jedenfalls mir) unbekannten Autors stellt ohne jeden Zweifel eine solche Quelle dar.

Ich beginne mit den Namen.

Warum verwendet der Autor erfundene statt der authentischen Namen des Helden und seines Gegners? Um direkte Vergleiche und mögliche Beschwerden zu vermeiden? Oder vielleicht aus rein symbolischen Erwägungen?

Der Name Theodor bedeutet »Gabe Gottes«.

Theophil hingegen – »Gottes Liebling«. Im Falle eines hochrangigen Offiziers der Spezialdienste könnte das als Sarkasmus durchgehen. Eine Anspielung entweder auf die atemberaubende Karriere, gefördert »von Oben«, oder zumindest auf den Diktator, den man, wenn man will, als eine Art Gott oder jedenfalls einen Götzen ansehen könnte – jedenfalls aus der Perspektive seiner Untertanen.

Was den ersten Namen angeht, so enthält er wohl kaum Sarkasmus. Dafür ein merkliches Pathos. Wir haben tatsächlich jemanden vor uns, der ein Geschenk des Himmels ist. Der über eine ganz besondere Magie verfügt: Seine Gabe, Musik zu machen, stoppt jede gewaltsame Aktion des Regimes und schützt auf diese Weise den friedlichen Verlauf der Revolution. Das Entfernen Theodors vom Schauplatz der revolutionären Ereignisse wird daher unvermeidlich zum Anfang vom Ende. Gottes Gabe ist verloren, und jetzt steht nichts Gutes mehr zu erwarten.

Aber wir wollen eine ganz simple Möglichkeit nicht voreilig ausschließen. Dass nämlich der Autor die Namen Theodor und Theophil nur für den ziemlich oberflächlichen Gag in der vierten Szene braucht (»Hallo. Ich bin Theo. – Hallo. Ich bin Theo. – Ich weiß, Theo, dass du Theo bist.«). Die gewisse Bemühtheit dieses und ähnlicher Momente des Stücks erweckt überhaupt den Eindruck, als habe man beim Autor eine Komödie bestellt, eine Aufgabe, mit der dieser sich schwergetan hat.

Bekräftigt wird dieser Eindruck noch von einem anderen Namen – dem des Diktators. Demonstrativ satirisch und primitiv brutal, erinnert er an eine Reihe ähnlicher und längst abgenutzter »Pointen«, deren Urheber sich, statt Lachkultur von hohem Niveau anzustreben, auf eine primitive, um nicht zu sagen infantile Ebene hinabbegeben.

Banalität weht uns leider auch vom Hotelnamen an, der im Stück verwendet wird – »Paradies«. Dass auf der ganzen Welt nicht nur tausende Hotels dieses Namens existieren, sondern auch Kinos, Friseur- und Schönheitssalons, Bordelle, Fernsehkanäle und Radiosender, hat den Autor offenbar nicht gestört. Selbst wenn wir konzedieren, dass der Autor im Hinblick auf verständliche Furcht vor etwaigen juristischen Klagen davon Abstand nehmen musste, den authentischen Namen »Waldheim« zu benutzen, so hätte er doch zahllose Möglichkeiten gehabt, etwas Ungewöhnliches, Frisches und gleichzeitig Aussagekräftiges zu finden. Leider hat er diese nicht genutzt.

Insgesamt entsteht der Eindruck, dass der Autor des Stücks, auch wenn er über lückenlose Informationen, die tatsächlichen Geschehnisse im Hotel und deren politische Vorgeschichte betreffend, verfügte, dennoch der Versuchung erlag, bewusst zu verdrehen und zu beschönigen, was seine, des Autors, Fans mit viel gutem Willen wohl für kreativ halten könnten.

Ausgerechnet in diese Kategorie von Einfällen des Autors lässt sich auch das Musikstück einordnen, das als »Flusslied« bezeichnet wird. Welches der neununddreißig Flusslieder der Autor dabei im Sinn hatte, konnte ich nicht feststellen.

Vor diesem Hintergrund verwundert umso mehr, dass in einem Fall der wirkliche Name beibehalten wurde –

Anita. Ja, er entspricht der Wirklichkeit. Was der Wirklichkeit überhaupt nicht entspricht, ist der Verlauf der Beziehung Anitas zum Helden. Der Autor beschreibt es so, als wäre die Beziehung im Moment der Entführung des Helden durch die Geheimdienste nicht abgebrochen, sondern würde während seines Aufenthaltes in der Schweiz fortbestehen. Das erscheint mir mehr als zweifelhaft: Josip Rotsky hatte die Verräterin damals endgültig aus seinem Herzen ausgebrannt und nichts mehr von ihr übrig gelassen. Andernfalls wäre seine innere Brandrodung doch keinesfalls bereit gewesen für … ja, wofür?

Nun, sagen wir so: Für das Aussäen neuen Grases, biegsam und hoch.

Von allem, was in der Bergrede gesagt wird, macht nur eines für mich Sinn: Werft keine Perlen vor die Säue. Sogar Nietzsche würde mir zustimmen. Wobei ich nachschauen muss: vielleicht ist das sogar von ihm? Heute geht das eins-zwei-drei, ich tippe Nietzsche Perlen Säue in die Suchmaschine ein und ... Nein, wie es aussieht, war es nicht Nietzsche. Aber er würde sicher zustimmen, dass der Gedanke richtig ist.

Ich weiß nicht, ob unter Ihnen, meinen Begleitern durch diese Nacht, Säue sind. Es sind etwas weniger Hörer geworden, wie ich sehe, aber trotzdem noch recht viele. Warum sollten keine Säue dabei sein? Aber ich denke, die Wahrscheinlichkeit ist trotzdem eher gering: Säue pflegen nachts zu schlafen, statt sich in ein trauriges Radioprogramm zu versenken. So dass ich also weiter meine Perlen werfen werde.

Als ich Kind war, vergingen die Sommerferien wie ein Tag. Du wachst im Juni auf, und wenn es Zeit wird, sich wieder schlafen zu legen, merkst du: O je, morgen ist der erste September, mein Unglückstag.

Damals lebten wir in einem alten, unansehnlichen Haus, das halb im Staub versank. Die Sommerferien vergingen überwiegend im Staub. Die Winde trugen ihn von den Truppenübungsplätzen in der Nähe heran, und er füllte jede Ritze, verdunkelte die Fenster, setzte sich auf den Fensterbrettern ab, kroch in die Ohren und Nasenlöcher. Meine ersten Noten schrieb ich mit dem Finger in den Staub. Meine Mutter wischte dreimal am Tag den Fußbo-

den. Das unglaubliche Gewucher von Wolfsmilch und Brennnesseln, in dem das Haus immer tiefer versank, war nicht grün, sondern von zementgrauer Farbe.

Gegen den Staub konnte man nichts machen. In den Ferien konnte man rein gar nichts machen. Ich erschrak, wie rasch sie verflogen und vorbeigingen – wie ein einziger, von Staub erfüllter Tag. An dem nichts passierte. Nichts, außer dem abendlichen geheimen Wispern des Busenfreundes – wie er sich zum Fensterchen geschlichen und die haarigen Waschungen im Frauenbad beobachtet hatte. Seine atemlosen Beschreibungen kitzelten den Staub in den Ohrmuscheln und durchfuhren mich wie ein sanftes elektrisches Tremolo.

Einmal lud mich mein Vater ein, mit in den Wald zu kommen. Er fuhr zur Inspektion der Bergförstereien. Wir wollen gemeinsam durch das Dickicht stapfen, sagte mein Vater, in den Bergen klettern. Vor Glück konnte ich den nächsten Morgen gar nicht erwarten. Der erste Tag der Expedition brachte keinerlei Abenteuer. Wir verhockten ihn in einer verdreckten Kantine, eher einer Trinkhalle, wo die Förster meinem Vater immer mehr vom damals modischen Schnaps einschenkten. Sie selbst hielten sich, den örtlichen Gepflogenheiten folgend, an eine Mischung aus Bier und saurer Sahne, und in ihren Mundwinkeln zitterte der weiße Schaum. Ich langweilte mich unendlich und lief immer wieder hinaus – nachschauen, was die Berge machten. Sie standen an ihrem Platz, aber entsetzlich wolkenverhangen, fast unsichtbar. Jemand erklärte, der Regen hätte uns umzingelt und man gehe besser nirgendwo hin. Mein Vater wurde betrunken, fluchte und drohte den Förstern, die um ihn herumsaßen, mit Gericht und Erschießen. Die Förster lachten in sich hinein und schenkten nach. Mich nervten ihre Witze über Zweifarbigkeit. Womit meine Augen gemeint waren. Ich lief hinaus.

Gegen Abend erschien eine junge Blondine mit breiten Hüften, und mir war klar, dass man sie für meinen Vater bestellt hatte. Aber der konnte sich kaum noch auf den Beinen halten. Die Blondine stapfte eine gute halbe Stunde vor der Kantinen-Trinkhalle auf und ab. Als erwarte sie neue Anweisungen. Einen Moment lang wagte ich sogar zu glauben, dass das, wie mein Busenfreund gesagt hätte, meine Chance war. Die erste. Die allererste. Wo man sie schon für meinen Vater bestellt hatte – würde ich sie anstelle meines Vaters nehmen. Aber ich musste mich von den Anfängen meiner Erektion verabschieden, als, den Dreck in alle Richtungen versprühend, ein Motorrad in den Hof gefahren kam – und die Blondine ungelenk zum Beiwagen stolperte. Das Motorrad brauste davon und verschwand aus dem Blickfeld.

Man eskortierte meinen fast besinnungslosen Vater und mich zum Schlafen in ein lysoldurchtränktes Hostel mit alten Militärpritschen. Vielleicht handelte es sich um die Überreste eines früher ruhmreichen Bergsanatoriums, ich weiß es nicht. Was ich weiß ist, dass ich mir, als ich in meinen schlechten, verzweifelten Schlaf sank, fest vornahm, am nächsten Tag unbedingt in die Berge zu gehen. Auch ohne meinen Vater, allein.

Am nächsten Tag hatte es spürbar aufgeklart, die Berge waren nur noch teilweise wolkenverhangen, und alles schrie förmlich nach einer Wanderung. In Gedanken schritt ich schon über die Bergkämme, mit den Händen die Wolkendichte zerteilend und von oben das spielzeughafte Land betrachtend. »Aber zuerst frühstücken wir«, sagte mein

Vater. »Ich habe deiner Mutter versprochen, dass du nie hungrig bleibst.«

Andere Förster brachten uns in einem klapprigen Kleinlaster zum 17. Kilometer, wo uns wieder eine sogenannte Kantine erwartete. Mein Vater begann sein Frühstück mit einem Bier, das aus irgendeinem Grund tschechisch genannt wurde.

Nach ungefähr acht Stunden verstand ich, dass wir trotz des sich bessernden Wetters auch an diesem Tag nirgendwo hingehen würden. Mein Vater beschimpfte alle am Tisch als Ganoven, bezeichnete sich als Offizier der Gegenspionage und drohte mit einer Pistole, die er nicht besaß. Die Förster, wieder andere, hielten sich die Seiten vor Lachen und gossen Schnaps in Vaters Tschechisches.

Auch mir schenkten sie ein. Irgendwie dachten sie, dass einem jungen Kerl wie mir das naturtrübe, wie sie es nannten, Weiße nur guttun könne. Als ich hinausging, war die Sonne schon fast untergegangen, und über allem lag das Eine Licht. In den Lüften wehte Barmherzigkeit, und die Höhen ringsum, vielmehr die Töne, hielten mit ihren Bässen und Baritonen eine nicht endende, eine Höhen-Note. Ich stand unter und zwischen ihnen, mein Kopf geriet ins Zentrum einer Zentrifuge, alles rauschte, klingelte und drehte sich in jener Harmonie der Sphären. Ich weiß nicht, ob das wunderbar war. Aber ich glaube schon.

Jene Nacht verbrachten mein wieder besinnungsloser Gott und ich an jenem 17. Kilometer. Der Gott machte sich nachts in die Hosen und kriegte morgens die Augen nicht auf. Ich zerrte ihn an seinem von der metallenen Soldatenpritsche herabhängenden Arm und erinnerte ihn daran, dass es Zeit war zu gehen.

An jenem Abend sollten wir wieder daheim sein. Das

Bergabenteuer näherte sich seinem Ende. Ohne dass es je richtig begonnen hätte.

Wir fuhren so nah wie möglich an unser halb in Brennnesseln und Staub versunkenes Haus heran, und der Fahrer des dienstlichen Minivans hupte dreimal. Meine Mutter kannte ihn. Er war sozusagen eingeweiht in gewisse Familienumstände, dieser Fahrer mit Namen Benzyk. Herr Benzyk war fast schon ein Freund der Familie.

Das dreimalige Hupen hatte eine Bedeutung. Wenn Benzyk vor unserem Haus dreimal hupte, so hieß das, mein Vater war nicht mehr in der Lage, auf eigenen Füßen über die Schwelle zu treten. »Lauf und hol Frau Rotska«, sagte Benzyk und hupte wieder dreimal. Meine Mutter kam nicht. Mein Vater wälzte sich auf der Rückbank und murmelte heiser etwas Unverständliches. Seine Augen waren geschlossen. »Allein kann ich ihn nicht tragen«, fügte Benzyk hinzu.

Es war spätabends, und meine Mutter war nicht daheim.

Ich kehrte mit vor Verzweiflung aufgerissenen Augen zum Minivan zurück.

»Dann legen wir ihn hier ins Gras«, sagte Benzyk. »Ich habe keine Zeit: Der Wagen muss zurück in die Garage.«

Mein Vater war sehr schwer geworden und wollte keinen Schritt allein tun. Er stank fürchterlich nach Bier und Schnaps (plus nach dem Tabak jener Zeit). Benzyk übernahm fast sein ganzes Gewicht, ich stützte, so gut ich konnte, von der anderen Seite. Wer weiß, wie weit wir gekommen wären ohne den Teufel.

Mein Busenfreund hatte alles gesehen, denn er saß auf dem Kirschbaum und aß sich satt. Der Kirschbaum war

Gemeinschaftsbesitz aller Nachbarn, und mein Freund sollte ihn abernten, damit der Ertrag gerecht unter allen aufgeteilt werden konnte. In Wirklichkeit verschlang er mehr Kirschen als er in den Krug warf.

Mein Freund stieg vom Baum und kam, violett verschmiert, um uns zu helfen. Wir legten meinen Vater auf den Rücken ins zementgraue Gras, unter die Esche, da öffnete er für einen Moment die Augen, reckte den Finger in die Luft und sagte: »Du bist verhaftet.« Ich weiß nicht, warum er das sagte, vielleicht spürte er die Nähe des Teufels. Ich wollte im Erdboden versinken: Überall in den Fenstern waren die hämischen Gesichter der Nachbarn aufgetaucht, vor allem eines, das von Frau Zhukowska, die so sehr dem französischen König Louis-Philippe ähnelte. Benzyk klopfte mir mitfühlend auf die Schulter und ging, um seinen Minivan zu starten.

Mein bester Freund spuckte einen Kirschkern aus, der meinen Vater wie zufällig auf die Stirn traf. Vaters Gesicht zuckte, mein Freund lachte auf, zufrieden mit der erzielten Wirkung, wedelte siegesfroh mit dem Schwanz und verzog sich wieder auf den staubigen Kirschbaum.

Auf dem Nullmeridian ist es drei Uhr und zweiunddreißig Minuten. Ich denke, Zeit für Procol Harum – Beyond The Pale.

10

Die Falkenjagd ist heutzutage ein recht seltenes, um nicht zu sagen snobistisches Hobby. Folglich ist das untrennbar damit verbundene Attribut, ein spezieller Wildlederhandschuh, bei weitem nicht in jedem Haus zu finden. Rotsky jedoch besaß einen, wie sich zeigte. Ich fand ihn in der Nashorner Wohnung, im Staub auf dem Grund ebenjenes leeren Schranks.

Nachdem ich in die vor- und revolutionäre sowie die Schweizer Periode einige Ordnung gebracht hatte, konzentrierte ich mich bei der Fortsetzung meiner Arbeit an Herrn Jos' Biografie nun wieder auf Nashorn. Dafür musste ich ein wenig in der Zeit springen und fand mich erneut dort wieder, wo sich Rotsky einst fast wohlgefühlt hätte.

Zum Höhepunkt des Frühlings (in Nashorn etwa Mitte April, wenn in der Stadt die japanische Kirsche blüht) erreichte Rotsky auch den Höhepunkt seiner Popularität. Die »Xata morgana« tobte vor Begeisterung für seine Donnerstagsprogramme, und Rotsky, der die immer forderndere öffentliche Nachfrage spürte, drehte weiter auf. Seine Tage waren erfüllt von Musik, aber die Nächte … Die wurden immer einsamer, denn seine Gäste verließen ihn eine nach der anderen, sie stahlen sich davon, verzogen sich. Als ob im Frühling jede woanders erwartet würde und der uralte, schon von den Müttern geträumte Traum »ich heirate einen Ausländer« Züge realer Greifbarkeit angenommen hätte. Zu dieser Erklärung für ihr Verschwinden neigte jedenfalls Rotsky selbst.

Dafür unternahm er noch häufiger Spaziergänge und

wechselte zwischen gewohnten und unbekannten Wegen. Erinnern Sie sich noch an das Buch von Walser, das ihm der nette Gefängnisdirektor in Z. zum Abschied geschenkt hatte? Ein Teil hieß »Der Spaziergang«, und Rotsky las es erneut, mit Wörterbuch und Bleistift. Außerdem kaufte er im Vorbeigehen im Antiquariat eine Übersetzung desselben Buchs in die Lokalsprache, die, obwohl sie nicht offiziell als slawisch galt, doch eine kritische Masse slawischer, verzeihen Sie die Tautologie, Wörter enthielt, um sie zu verstehen. In seinen Vigilien über den »Spaziergang« gelangte Rotsky dazu, das Original der Übersetzung gegenüberzustellen, und konstatierte verwundert, dass die vergleichende Lektüre ihn packte.

Der Schweizer schrieb irgendwie seltsam – skrupulös und schlampig zugleich, und die bewusst geschwätzige Langeweile überstieg jedes Maß erzählerischer Ambition, wodurch sie sich in beispiellose Begeisterung verwandelte. Er, Walser, unterstützt vielleicht von Voltaire, gab Josip den Gedanken ein, dass wir zum Beobachten und Spazieren auf die Welt gekommen sind. Wobei Ersteres auch ohne Letzteres möglich ist, Letzteres aber unvermeidlich Ersteres zur Folge hat.

Die Stadt mit ihrem tektonischen Relief, den steil abfallenden Hängen, den grünen Wiesen im einst prachtvollen Park des Barons, mit den malerisch verwilderten Ufern der Oslawa und dem ausgetretenen Pflaster im historischen Zentrum schien wie geschaffen, erlaufen zu werden. Aber nicht nur das Zentrum, auch die historischen Vororte mit ihren Wassermühlen, den alten, heute in alternative Kultur- und Drogendealerzentren verwandelten Fabriken, den luxuriösen, wenn auch leicht verfallenen Villen, der Pferderennbahn, dem Straßenbahndepot und den vor Forellen silbrigen Bächen lockten mit umfassenden Möglichkeiten, die durch nichts begrenzte freie Zeit totzuschlagen. Vor allem, wenn auf deiner linken Schulter unbeirrt ein schwarzer, geflügelter Waffenbruder sitzt. Rotsky mochte dessen Gesellschaft richtig gern, und er hatte den Eindruck, dass Edgar die gemeinsamen Gänge nicht weniger genoss. Den größeren Teil des Spaziergangs befand er sich im eskortierenden Flug. Aber sobald die Situation es erforderte, kehrte er sofort auf Jos' Schulter zurück. Zum Beispiel, wenn Rotsky einen Sonnenplatz auf einer neu eröffneten Kaffeehausterrasse gefunden hatte. Oder auf einer der Granitbänke vor dem biedermeierlichen Brunnen der Vier Bäche (Goldener, Schwarzer, Mühlen- und Wilder Bach – alle vier Zuflüsse der Oslawa).

Ganz zu schweigen von den unzähligen Winkeln des Festungsbergs.

Edgar liebte die Aufmerksamkeit und wusste, dass Jos, wie er selbst, gerne an belebten Orten posierte. Na gut, zumindest glaubte er das.

Der pralle Frühling machte das Entkleiden erforderlich. Mäntel und Jacken gestikulierten zum Abschied der Saison, glitten von den Schultern und wurden in die Dunkelheit der Garderoben gehängt, damit sie auf bessere Zeiten warteten, ihnen folgten Pullover, Pullunder und Blazer. Edgars Krallen auf Josips Schulter wurden härter und schärfer, und da tauchte – weniger in Josips, sondern eher in Edgars Vorstellung – die Idee des Falkner-Handschuhs auf. Rotsky dankte für die Eingebung, setzte sich an den Rechner und gab die entsprechende Suchanfrage ein. Schon die erste Anzeige stellte ihn völlig zufrieden: *Verkaufe für die Falkenjagd einen linken Handschuh aus Wildleder (NEU) RUFEN SIE AN, SCHREIBEN SIE*

UND CHECKEN SIE AUCH MEINE ANDEREN ANGEBOTE.

Die anderen Angebote interessierten Rotsky nicht. Den Handschuh aber erwarb er.

Daraufhin änderten Edgar und er die Konfiguration. Wobei sich zeigte, dass es gar nicht leicht war, einen so großen Vogel auf dem angewinkelten Arm zu tragen. Vor allem am Anfang wurde Jos' linker Arm schnell taub, und Edgar war sein Gewicht peinlich. Bald schon brütete er eine neue Idee aus, und auch die gefiel Rotsky. Er befestigte den Falknerhandschuh mit Klebestreifen an der linken Schulter. Edgar kehrte an seinen Lieblingsplatz neben Rotskys Kopf zurück. Einer ist gut, zwei sind besser.

Eines Tages stiegen sie durch das Zentaurentor, von den lokalen Witzbolden auch Große Möse genannt, zum Schloss auf. Beim Durchqueren des säuberlich restaurierten, fast zu geleckt wirkenden Territoriums des Neuen Schlosses bemerkte Rotsky nichts Auffälliges. Ein oder zwei Herden Touristen, wie immer um diese Tageszeit, und das durchdringende, von Megaphonen verstärkte Kreischen der Fremdenführer, die auf übliche Art versuchten, die flackernde Aufmerksamkeit ihrer Kundschaft mal durch gereimte Banalitäten, mal durch unlustig erzählte Witze aufrechtzuerhalten. Automatisch erkannte Rotsky eine der Sprachen – die, die früher Russisch hieß.

Im Alten Schloss jedoch, dessen Gelände in Ruinen lag, stellte sich die Situation unvergleichlich lebhafter dar. Nicht zum ersten Mal beobachtete Rotsky, als er diese abgelegenen Örtlichkeiten durchstreifte, aus dem Augenwinkel (aus einem) die sogenannte Kolonie. Nashorn nahm alle auf, die vorübergehenden oder auch längerfristigen Schutz benötigten, und die Kolonie mit ihren unterirdischen Gängen und Salons wimmelte von schlanken, schmächtigen Eritreern oder Dobrozhdansky- und Chersones-Deutschen, vor syrischen Turkomanen oder Krim-Karaimen. Die Stadtverwaltung konnte nicht anders als stolz zu sein auf ihre Gastfreundlichkeit, und verkündete jambisch wo immer möglich: »Die Tore stehen offen – wir freuen uns auf Sie!«

Gerade wimmelte es in der Kolonie vor allem möglichen minderjährigen Kroppzeug. Alles deutete darauf hin, dass die Auswahl der kürzlich eingetroffenen Flüchtlinge nicht nach ethnischer Stammeszugehörigkeit oder Religion vorgenommen worden war, sondern nach Alter. Hunderte Kinder im Grundschul- und Teenageralter wuselten durch die Ruine, tauchten mal an die Oberfläche und verschwanden dann wieder in den Katakomben. Es war ein nicht nur sonniger, sondern endlich auch richtig warmer Tag – mit frischen Knospen, Kuckucksrufen, Gras und dem ersten Löwenzahn darin. Die Kolonie nutzte die Segnungen des Wetters und hüpfte nur so vor Frühling und Hormonen – die einen barfuß, die anderen noch immer im schweren, aus dem Lager einer caritativen Einrichtung ausgegebenen Schuhwerk. Rotsky wurde bemerkt: mehrmals hörte er hinter seinem Rücken ein durchdringendes und spöttisches *der Dude mit dem Raben*. Auf einmal spürte Rotsky, den man schon von allen Seiten schikanieren, stoßen und zerren wollte, in Edgar seinen einzigen Schutz. Sonst wären sie unbedingt über ihn hergefallen – vielleicht nicht aus Bosheit, sondern einfach so, aus Spaß. Rotsky hätte sich natürlich gewehrt. Aber selbst wenn er zehn abgewehrt hätte – bei zwanzig hätte er kapitulieren müssen. Nun, der wachsame Kumpel, der von Jos' Schulter starrte wie ein Kampffalke, hielt sie in

Schach. Und auch Rotsky hielt er, ehrlich gesagt, mit seiner Weisheit und Ruhe zurück. Es lohnt sich zu erwähnen, dass die Stadtverwaltung von Nashorn schon auf einer der letztjährigen vorweihnachtlichen Sitzungen beschlossen hatte, die Polizeipatrouillen auf dem Gelände der Kolonie ganz einzustellen. Wichtigstes Motiv war, keinesfalls die sowieso schon vom Schicksal geschlagenen Bewohner des Untergrunds zu bedrängen und zu erniedrigen. Stattdessen sollte die Aufrechterhaltung der öffentlichen Ordnung von dubiosen Freiwilligen kontrolliert werden, die man kaum je hier antraf. An diesem Tag gab es keine Spur von ihnen.

Nicht dass die Kinderscharen sich selbst überlassen geblieben wären. Es gab Erwachsene unter ihnen – lärmige Männer und Frauen mit einer Note Ungewaschenheit und Gauklertum. Sie erfüllten, so war jedenfalls anzunehmen, die soziale Rolle der Ältesten, also der Anführer und Mentoren, teils aber auch der Eltern.

Ein Weib in ausgebleichtem, braun-grauem Trainingsanzug und schwarzer Baskenmütze auf den grauen, spärlichen Zotteln trat Rotsky in den Weg. Später sollte er erfahren, dass die ganze Kolonie sie Lady Gaga nannte. Auch ich werde sie so nennen, denn ihren richtigen Vor- und Nachnamen habe ich bis heute nicht ermitteln können.

Lady Gaga bewegte sich mit solch unmissverständlicher Zielstrebigkeit auf Rotsky zu (wobei sie auch noch leicht humpelte), dass er nicht den geringsten Zweifel hegte: Gleich würde man ihm Drogen anbieten. Die Kolonie war berühmt für niedrige Preise und eine exotische Vielfalt der erwähnten Psychoware. Lose und böse Zungen der lokalen Opposition verbreiteten in Nashorn das Gerücht, dass gewisse Katakombendealer auch Abgeordnete der Regierungsparteien im Stadtrat versorgten – und zwar durchaus stabil –, und dass das schöne Motto der Koalition »Stabilität für Toleranz« in diesem Sinne zu verstehen sei.

Rotsky hatte keine Zeit, sich dessen zu erinnern. Erstens wurde er von Edgar unangenehm überrascht, der beim Näherkommen Lady Gagas mit den Flügeln schlug und von seiner Schulter flog. Zweitens krallte sich Lady Gaga mit allen Nägeln der linken Hand in den Handschuh auf Jos' linker Schulter. Gut, dass er dort lag, der Handschuh.

Edgar entfernte sich in unbekannte Richtung, und Jos dachte »Verrat«, aber er irrte, wie sich zeigen wird. Auch was die Drogen angeht, irrte er. Aus der für die Generation der revolutionären 60er heiligen Triade hatte Lady Gaga – selbst eine Art besonderes Exemplar dieser Generation – entschieden, ihm nicht das zweite, sondern das erste Element anzupreisen.

»Erotische Massage. Blowjob«, sagte sie mit irgendwie sandiger, brüchiger Stimme.

Rotsky verschlug es den Atem. In solchen Momenten funktionierte seine Vorstellungskraft nicht nur schnell, sondern auch detailgenau. Er sah schon (wenn auch seltsamerweise von innen) diesen vermoderten Rachen, der pythonartig und gnadenlos seinen vor Schreck willenlosen Schwanz verschluckte.

»Du Depp«, Lady Gaga erriet seinen Zustand. »Ich doch nicht, keine Angst.«

Sie wies in Richtung Kinderhorde.

»Eins von denen da – es sind klasse Mädchen. Alle sauber, nicht infiziert. Such dir eine aus.«

Rotsky gelang es endlich, seine Schulter von ihrer Pranke zu befreien.

Lady Gaga aber krallte sich wieder fest – diesmal am Unterarm.

»Preis nach Absprache. Nur 10 Euro, na, höchstens 12, plus Trinkgeld.«

Bloß das nicht, dachte die eine Hälfte Rotskys, während seine andere Hälfte zustimmte, dass das ein guter Preis war. Sexuelle Dienste Minderjähriger waren für ihn jedoch grundsätzlich nicht prioritär. Aber was heißt hier prioritär – sie waren überhaupt nicht sein Ding, sie gehörten kategorisch nicht zu seinem Leben. So war er nun mal – ein altmodischer, patriarchalischer, melancholischer Sexist.

Deshalb schüttelte Rotsky die gespreizte Klaue von Lady Gaga wieder ab und versuchte, um nicht länger in diesem absurden Theater stecken zu bleiben, sich einfach umzudrehen und zu gehen, bereit, nicht nur den Handschuh zurückzulassen, in den sich das Weib wieder gekrallt hatte, sondern zur Not auch die Hand dazu. Ein einziger Satz, wie aus dem Unterbewusstsein aus lang vergangenen Jugendtagen aufgetaucht, pulsierte in seinem Kopf, vielmehr das Bruchstück eines Satzes: »Nichts wie weg ...«

»Aaah«, Lady Gaga nickte verständnisvoll, »aber natürlich. Du hättest lieber einen Jungen? Richtig, Onkelchen. Die Jungs sind aber teurer. Es gibt welche für 15, und welche ...«

Rotsky entfernte sich zielstrebig, Lady Gaga verfolgte ihn hinkend. Am Neuen Schloss atmete Rotsky erleichtert auf, aber zu früh: Er zog tadelnde Blicke auf sich. Einige Touristen stoppten und wandten sich in ganzen Gruppen zu ihm um. Das brachte das Weib auf einen neuen Gedanken.

»Leute!«, heulte sie und hob die Hände zum Himmel.

»Der Mann da steigt den Kindern nach! Mädchen wie Jungs!«

Der Ring der Touristen, Männer mittleren Alters, alle mit der gleichen Frisur, begann sich bedrohlich um ihn zu schließen. Vielleicht waren es auch gar keine Touristen – sie sprachen, was früher Russisch hieß. Ihre Gesichter wirkten angespannt, militärisch. Mit solchen Gesichtern fährt man nicht zum Sightseeing, sondern in den hybriden Krieg.

Wer weiß, wie dieses idiotische Abenteuer geendet hätte, vor allem für Rotsky, der, wie ich sagen muss, immer noch nicht wusste, wie er sich aus der Sache herauswinden sollte, wäre nicht vom Tor des Südostwindes Edgar herbeigeflogen – diesmal nicht allein, sondern an der Spitze eines Krähenschwarms, vielleicht dieselben, mit denen er bereits im vergangenen Herbst um ein Haar nähere Bekanntschaft gemacht hätte. Wie ein Kampfflieger führte Edgar seine Schwadron gegen das kreischende Weib und umkreiste, umwand, umschlang sie in einem schwarzen Krähenwirbel. Hitchcock wäre neidisch gewesen auf diese Szene!

Dabei zeigte sich, dass das Weib gar keine Hexe war, wie es Rotsky hatte scheinen mögen. Denn welche Hexe wäre wohl so schändlich geflohen vor weiter nichts als Vögeln? Die Hände schützend über die Mütze gelegt, den Kopf in die Schultern gedrückt und irgendwie gar nicht mehr hinkend?

Dafür würde sie Rotsky beim nächsten Mal in leicht anderem Stil erscheinen. In ganz anderem Licht. Und an anderem Ort.

Aber der Reihe nach.

Schauplatz war das populäre (die Besitzer sagten –

Kult-) Café-Restaurant »Alter vor Schönheit« am Äthiopien-Platz 19. Man kann nicht sagen, dass Jos es frequentierte. Im Gegenteil, er war nie dort gewesen und hatte auch nicht vorgehabt hinzugehen.

Da aber erhielt er eine SMS von Myromyr-Slavojar. »Mein Freund Jos«, schrieb Servus, »es besteht die Notwendigkeit, sich auf neutralem Terrain zu treffen. Gute Leute wollen mich überreden, ein weiteres Etablissement zu erwerben. Finanziell könnte ich es mir leisten, aber ich brauche Ihren Rat. Der zählt, Jos! Schauen wir uns an, wie es drinnen aussieht, und lassen Sie uns diskutieren. Im Vorgefühl unseres TNT, hochachtungsvoll«. Dann nannte er noch Uhrzeit und Datum.

Nicht, dass Rotsky sich besonders gewundert hätte, aber für alle Fälle zuckte er die Achseln. Was zum Teufel? Als ob er bei einer so spezifischen Angelegenheit als Experte und Ratgeber dienen könnte! Aber ablehnen wollte er auch nicht; einen weiteren bisher unbekannten Ort zu besuchen würde ihm nicht schaden.

Er verspätete sich um sechs Minuten, aber Servus war noch nicht da. Um es vorwegzunehmen, er würde auch nicht kommen. Überhaupt würde sich bald darauf herausstellen, dass er Rotsky gar keine SMS geschrieben und folglich auch keine geschickt hatte. Was in Wirklichkeit passiert war: gewisse Kreise, nach Servus' Worten *Sie wissen schon, wer,* hatten mir nichts, dir nichts sein Telefon gehackt, so dass er danach sogar seine Nummer wechseln musste.

Ohne davon zu wissen, sah Rotsky sich im Café um. Ganz offensichtlich gab es nicht nur den einen Raum: Anfang des vorigen Jahrhunderts war es die Wohnung einer reichen Bürgerdynastie gewesen, wo sich riesige Zimmer in einer luxuriös dekorierten Enfilade aneinanderreihten.

Nachdem sie dem Staat das nationalisierte und trotzdem noch saftige *Stück Immobilie* in den frühen 90ern abgeluchst hatten, hatten die neuen Besitzer ihrem Laden »für antiquarische und antike Waren« dann auch diesen Namen gegeben: Enfilade.

Nun aber hieß die Lokalität (was wir schon wissen) »Alter vor Schönheit« und lud, wie auf ihrer Webseite zu lesen war, dazu ein, sich »in alten Zeiten zu verlieren«. Jedes der vier Zimmer der Enfilade widmete sich jeweils einer der letzten vier Dekaden des 20. Jahrhunderts. Um diese Tageszeit gab es kaum Besucher, und die Zimmer erschienen nicht nur leer, sondern auch ellenlang. Eher Säle als Zimmer.

Als Erstes durchquerte Rotsky die 90er: Korbmöbel, totaler Minimalismus à la Skandinavia, viele künstliche Blumen und Ikea-Geschirr, der musikalische Hintergrund war ein Mix zusammengeworfener Samples. Im zweiten Saal (Rotsky verlangsamte seinen Schritt etwas) herrschten die 80er: Neofuturismus gemischt mit tropischem Exotismus, Tapeten mit Lianen, Palmen und Mulattinnen, Fantasy-Elfentrolle (wie ginge es ohne sie!), ebenso wie Post-Noir sowie Post- und Cyberpunk. Der dritte Saal lud in die 70er ein, und am liebsten wäre Rotsky dageblieben, denn es erklang ein ganz annehmbarer Prog, etwas wie »King Crimson«, »Genesis« und »Banco Del Mutuo Soccorso« in einem Flakon. Außerdem erinnerte alles an den unvergleichlichen Hippie-Glamour jener Bohème-Zeiten: abgewetzte Jeans, Traumfänger, Räucherstäbchen, Gags und Gadgets, Indianisches und Indisches, Armbänder, Medaillons, tibetanische Gongs, aufreizende Röcke, die gesammelten Werke Castañedas und ausgesuchte figürliche Vaporisatoren. Alles von damals, aus den 70ern, aber Servus war nicht da, also ging Rotsky weiter.

Am Übergang zum letzten Raum kam ein irgendwie hochnäsiger, obwohl noch junger Kellner und hielt ihn auf. Es wäre ihm auch schwergefallen, nicht hochnäsig zu sein, in Anbetracht seiner Größe von eins neunzig.

»Sind Sie sicher, dass sie dorthin wollen?« Er musterte Rotsky von oben herab. »Dort findet ein Wohltätigkeitsessen statt.«

»Was?«, fragte Rotsky.

»Unser Etablissement versorgt regelmäßig diejenigen, die in Not sind, mit Mittagessen. Sind Sie in Not?«

»Wir alle sind in Not«, verallgemeinerte Rotsky. »Ich schaue nur kurz, ob dort nicht einer meiner Bekannten sitzt. Wenn jemand in Not ist, dann er.«

»Schauen Sie nur«, sagte der Lange in einem Ton, der wie eine Drohung klang.

Aber er machte Rotsky den Weg frei.

Was kam, waren die 60er, ganz und gar seine Kindheit: Im Halbdunkel, das den Saal überschwemmte, leuchteten Paraffin-Lavalampen, dank deren man Polypropylen-Stühle, Fragmente von Schrankwänden aus Rumänien, Weltraumraketen unterschiedlicher Größe sowie Satelliten erkennen konnte. An den Wänden erahnte man Wandteppiche aus der DDR und darunter tschechoslowakische Mopeds »Jawa Stadion«. Aus einem monumentalen Radiola »Riga« rauschten und knackten vom alten Vinyl abwechselnd Lieder jugoslawischer Partisanen und das italienische Wunderkind Robertino.

Auch hier von Myromyr-Slavojar keine Spur. Aber Rotsky, nachdem er das bedauert hatte, bedauerte etwas anderes noch mehr: dass Edgar nicht bei ihm war. An jenem Tag gingen die Gefährten getrennte Wege. Was ich, wie ich gestehen muss, schon gleich am Anfang hätte mitteilen müssen.

Ein Mittagessen – im Sinne von Speiseaufnahme – konnte Rotsky nicht feststellen. Im hintersten Winkel jenes Raums der Volksdemokratien saß eine Gesellschaft aus fünf Personen, die aber außer einer angebrochenen Flasche und Schnapsgläsern kein Mittagessen vor sich stehen hatte. Es präsidierte ebenjene Lady Gaga.

Rotsky konnte gar nicht anders als sie zu erkennen – trotz ihres radikal anderen Outfits (oder sogar Looks!) an jenem Tag. So trug sie zum Beispiel einen unermesslich breitkrempigen Hut – wenn nicht aus Stroh, dann vielleicht aus getrockneten Meerespflanzen, möglicherweise sogar Yokomushi! Solche Hüte wurden nicht nur in Secondhandshops verkauft: man konnte sie auch von besonders elitären Wohltätigkeitsstiftungen als Geschenk erhalten.

Was noch, außer dem Hut?

Ich will nicht spekulieren, kann es mir aber denken: zum Beispiel einen milchkaffeefarbenen Lieutenant-Trench à la Colombo von Luigi Galvani, vom Sperrmüll des Alten Europa, voller Bierflecken und fettiger Fingerabdrücke. Unterhalb der Knie – absolut herausfordernde hell-hautfarbene Leggins von KravtsłoFF!, die gut zu den ziemlich abgewetzten violett-schwarzen Crocs passten und violett-schwarze Fersen sehen ließen.

Wie erfindungsreich und stilvoll man sich aus dem Müll kleiden kann! Lady Gaga erinnerte nicht mehr an ihr früheres Selbst, sondern an eine wunderliche alte Künstlerin, eine lokale Legende gesamteuropäischer Bedeutung, überzeugte Linke und letzte Geliebte Picassos. Nur ohne Pinsel und Staffelei.

Und vergessen wir nicht die grauen, spärlichen Zotteln, diesmal zu einem Zopf geflochten, wodurch die Dame entfernt an einen Seminolen-Häuptling erinnerte.

Rotsky aber nahm überhaupt nur den Hut wahr. Vielmehr das, was darunter war – ihre *Larve*.

Dieses Wort passte gut zur ganzen Gesellschaft – jedenfalls zu drei von vieren. Rotsky fand kein anderes Wort für sie als Monster. Wobei alle drei eher komisch aussahen: als wären sie lebendig aus irgendwelchen Animationen geschlüpft, wo sie ein gemischtes, ein Übergangsstadium zwischen der animalischen und der humanoiden Welt repräsentierten. Sie spielten vor allem an ihren Handys herum, vergaßen aber nicht, immer wieder lautstark die fünfte Person der Tischgesellschaft anzumachen.

Über sie hätte Rotsky am allerwenigsten sagen können. Ein junges Mädchen? Ein Kind? Ihr Alter erschien ihm sehr gering, es konnte aber nicht näher bestimmt werden aufgrund des Halbdunkels, das Rotsky auch wegen seiner Sonnenbrille umgab. Dazu kam die Entfernung. Weil er das Angebot nicht vergessen hatte, mit dem Lady Gaga ihn beim letzten Mal bedrängt hatte, kam Rotsky unweigerlich zu dem Schluss, dass die Kleine (so nannte er sie vorläufig) in Gefahr sei. Er beschloss, hier auf Servus zu warten. In Wirklichkeit aber setzte er sich an den erstbesten Tisch, um zu beobachten.

Als Objekt sexueller Ausbeutung eignete sich die Kleine – soweit Rotsky von seinem Beobachtungspunkt sehen konnte – gar nicht schlecht. Vielleicht eignete sie sich sogar ideal, wie sehr das Wort »ideal« mit einer solchen Situation auch dissonieren mochte. Gekleidet in alles, was kurz und offenherzig war, hätte man sie für eines jener Nymphchen halten können, denen die Haufen junger Mauren hinterherpfiffen und -grölten, die in der Nähe des Faulen Basars herumlungerten. Die Sache war die, dass sich in Nashorn zu jener Zeit bereits eine neue Gender-Kultur fast gänzlich durchgesetzt hatte und die örtlichen Männer es nicht wagten (oder vorgaben, es nicht zu wagen), in Richtung der immer mutiger angezogenen oder, in Analogie zum Glas, das halb leer oder halb voll sein kann, immer mutiger ausgezogenen Frauen zu blicken. Seit einiger Zeit hatten die Männer von Nashorn gelernt, völlige Gleichgültigkeit zur Schau zu tragen und einfach nicht in Richtung all der offen depilierten Zonen zu schauen, betont resolut die Köpfe wegzudrehen, den Blick abzuwenden und die äußerst schändliche Handlung des Starring zu vermeiden. Und nur die Gruppen junger Flüchtlinge aus dem Süden reagierten stürmisch auf diese Offenheit und begleiteten die Schlitze, Shorts und Pobacken immer wieder mit lärmigem Applaus. Die LKW-Fahrer, die unbedingt ein Hupkonzert auf der Landstraße veranstalten müssen, wenn dort eine unvorsichtige Forscherin spazieren ging.

Das war der grobe Kontext jener Szene, und Rotsky durfte ihn nicht ignorieren.

Aber es gelang ihm nicht herauszufinden, wer und was die Kleine war, weil sie den Kopf auf den Tisch gelegt hatte und ihr Gesicht verbarg. Es wirkte so, als ginge es ihr sehr schlecht. Ob ihr selbst das alles gefalle, diese Frage hätte Rotsky wohl verneint. Nein, es wurde überdeutlich, dass sie gejagt und zur Strecke gebracht worden war. Alles deutete auf gepanschten Alkohol hin (aus der geöffneten Flasche?), aber auch Tabletten oder eine Injektion konnte man nicht ausschließen. Rotsky war nicht in der Lage zu beurteilen, ob sie nun eine *malica* war oder nicht.

Ab und zu schien es, als raffe sie sich zu einem gewissen Widerstand auf. Ein paar Mal schickte sie sich sogar an aufzustehen und zu gehen, aber die Monster packten sie an Gürtel und Handgelenken und setzten sie wieder auf den Stuhl, worauf sie sie vorsorglich streichelten und liebkosten und dabei schmutzig kicherten. Dann fiel sie wieder mit dem Gesicht auf den Tisch und blieb eine Zeit lang reglos liegen, ohne auch nur irgendwie auf die schändlichen Berührungen und das Betatschtwerden zu reagieren.

Lady Gaga jedoch musterte schon lange jenen Teil des Raums, in dessen Zentrum sich Rotsky befand. Nicht, dass es bloß an eine Forderung erinnert hätte. Es war eine Forderung.

Rotsky hegte nicht den geringsten Zweifel: Sie hatte ihn erkannt. Und weil die Sache beim letzten Mal nicht zu ihren Gunsten ausgegangen war (ach, wo war er nur, der liebe Edgar mit seinen kämpferischen Freundinnen?), so dürstete sie jetzt nach Rache. Aber Jos fürchtete etwas anderes. Zum Beispiel, dass er keinen Vorwand finden würde, sich einzumischen und dieser offensichtlichen Schurkerei Einhalt zu gebieten.

Die Idee mit der Polizei verfolgte er nicht weiter. Von der Polizei hielt er sich immer möglichst fern, umso mehr jetzt, wo er über eine astronomische Geldsumme verfügte, vorläufig gelagert in einer örtlichen Bankfiliale. Auch noch in diesem Land auffällig werden? Nach allem, was man ihm in der Schweiz angehängt hatte? Mit diesem entsetzlich unsicheren Status des ewig auf den Status Wartenden? Auf zumindest irgendeinen Status?

Von der Polizei konnte also keine Rede sein. Vom Personal des Etablissements, in dem sich schließlich ganz offensichtlich ein Verbrechen abspielte, hingegen schon. Das macht doch Sinn, dachte Rotsky. Sie sind doch interessiert an Rechtschaffenheit auf ihrem Terrain. Schließlich sind sie nicht so blöd, hier bei sich Unzucht mit kleinen Mädchen zuzulassen!

Kaum hatte er das gedacht, als neben ihm der Kellner

auftauchte (aus der Erde oder vom Himmel?) – nicht der von vorhin, zwei Meter groß und unfreundlich, sondern eher das Gegenteil. Also ein freundlicher Kleiner mit rosigen Kinderwangen und einer Ferkelnase. Der erste wäre besser gewesen, überlegte Rotsky, aber nicht laut.

»Was wünschen Sie, mein Herr?«, sang der Kellner mit liebenswürdigem Tenor.

»Ihren Geschäftsführer«, antwortete Rotsky. »Oder wer auch immer hier der Chef ist.«

»Gibt es Beschwerden?« Die Wangen des Kellners verzogen sich zu einem Kinderlächeln.

»Beschwerden?«, fragte Rotsky. »Nein, aber eine Frage. Kommt Ihnen die Gesellschaft da drüben nicht komisch vor?«

Der Kellner schaute aufmerksam in Richtung des frevlerischen Tischs. Nachdem er einen Moment geschwiegen hatte, als bewerte er die Lage, konnte er ganz und gar nichts Komisches erkennen. Er wandte seinen Blick wieder Rotsky zu und fragte, erneut lächelnd:

»Was genau stört Sie, mein Herr?«

»Rufen Sie den Geschäftsführer«, wiederholte Rotsky.

»Unser Chef befindet sich gerade in diesem Moment bei einem Banktermin. Kann ich mit etwas anderem zu Diensten sein?«

»Mit einem kleinen Bier!« Rotsky schlug mit der Faust auf den Tisch.

»Zur Compliance-Politik unseres Etablissements gehört null Toleranz für Aggression«, stieß der plötzlich streng gewordene Kellner hervor. »Wir sind gegen Gewalt, in welcher Form auch immer, mein Herr.«

Damit drehte er sich um und ging.

Der Chor der jugoslawischen Partisanen beendete gerade sein »Held Tito«, wonach er die legendäre »Mitraljeza« anstimmte. Wieder konnte Rotsky Servus nicht erreichen: Wir wissen ja, warum der nicht abnahm. »Zu Tode gefürchtet ist auch gestorben«, fasste sich Rotsky ein Herz, nahm für alle Fälle seine Sonnenbrille von der Nase und ging festen Schritts in Richtung der üblen Gesellschaft.

Wie sich zeigen sollte, wurde er schon erwartet.

»Hi, geschecktes Auge! Kaufst du uns das Mädchen ab?«, begrüßte ihn eines der Monster.

»Mach ich«, stimmte Rotsky sofort zu. »Wie viel wollt ihr?«

Die Monster waren wie elektrisiert und hüpften fast auf ihren Stühlen:

»Kommt auf die Zeit an!«

»Den Ort!«

»Die Dienstleistung!«

»Auf die Wünsche!«

»Auf deine«, fügte Lady Gaga mit ihrer sandigen Stimme hinzu. »Auf deine Wünsche und Phantasien. Also, wenn du ein narzisstischer alter Perversling bist, wird's teurer.«

»Und wenn ich sie ganz und für immer will?«

»So viel hast du nicht, für ganz und immer. Es sei denn du wärst Millionär.«

Die Monster kicherten und einer blökte:

»Er ist ja auch Millionär!«

»Setz dich lieber zu uns und trink was«, Lady Gaga zeigte auf den freien Stuhl. »Vielleicht bekommst du sie von uns auch gratis.«

»Gut, ich trink was«, stimmte Rotsky zu. »Aber nicht allein. Trink du auch.«

»Wir trinken alle«, versicherte das Weib und goss die Schnapsgläser voll. »Du auch!«

Diese Worte galten offenbar der Kleinen, die sie wieder zu stoßen und zu zerren begannen. Sie riss den Kopf vom Tisch hoch, und Rotsky sah zum ersten Mal ihr Gesicht aus der Nähe. Die Partisanen-Mitraljeza schoss ihr letztes »Traka-Traka-Trak!« ab – und wurde erwartbar abgelöst von Robertinos Kinderstimme und der »Romantica«, wo *bambina bella* sich ebenso erwartbar auf *stella* reimte. Ob die *bambina* hier, deren Gesicht sich ihm endlich zeigte, wirklich *bella* und *stella* war, vermochte Rotsky nicht zu sagen. Erfasst von absoluter Ausdrucklosigkeit und zur Maske erstarrt, drückte dieses Gesicht weder etwas aus noch strebte es etwas an. Und der ganze kleine Körper, so schien es, würde gleich vom Stuhl gleiten – entweder direkt in die Hölle oder einfach nur unter den Tisch.

Die Flüssigkeit aus den Gläsern hatte einen schlammigen Amazonas-Geschmack. Beim Schlucken kam Rotsky der Gedanke, dass es sich vermutlich um eine der schlechtesten Sorten brasilianischen Cachaças handelte. Aber er hielt sich nicht lange damit auf, das Getränk zu identifizieren, sondern arbeitete in Gedanken an seinen nächsten Aktionen (sie bei der Hand nehmen und hinausführen? kann sie noch laufen? sie auf den Schultern tragen? um die Taille fassen?).

Der Alkohol (wenn es denn Alkohol war) wirkte blitzartig, und der Kopf begann sich ihm zu drehen. »Nichts wie weg«, befahl Rotsky sich wie üblich und streckte die Hand in Richtung des Mädchens und der zu niederträchtigem Grinsen verzogenen Fratzen aus. Wie er sie unterscheiden sollte – das Mädchen und die verzogenen Fratzen –, wusste Rotsky nicht. Alles um ihn her begann auf die eine oder andere Weise zu zerfallen, Zeit und Raum zersplitterten in unzählige Fragmente, in deren überwiegender Mehrheit das Nichts herrschte. »Bloß nicht das Klingeln in den Ohren«, flehte Rotsky, »alles, nur das nicht.«

Als Nächstes sah er sich auf dem Weg aus den 60ern. Die Kleine hing mit ihrem ganzen, wenn auch erträglichen Gewicht an ihm, er stützte sie am Ellenbogen und versuchte sie zu führen. Das Gefühl, verfolgt zu werden, verließ ihn nicht, die Säle nahmen kein Ende, einer folgte auf den anderen, als ob es sich nicht mehr um vier, sondern um mindestens vierundvierzig Dekaden handle. Die Verfolger holten auf, und wenn Rotsky sich umblickte, sah er ihre aufgedunsenen Nasen, blaugeschlagenen Lider und den aufgelösten Kopf von Lady Gaga, ohne Hut, aber in voller seminolischer Kriegsbemalung. Danach zu urteilen, wie wild ihn seine Fingerknöchel schmerzten, hatte Rotsky erst vor kurzem ganz schön mit den Fäusten gewedelt.

Sie ließen erst ab, als Rotsky sein Portemonnaie inklusive einiger Scheine von solidem Wert nach ihnen schmiss. Da blieben sie irgendwo dort, in den Tiefen der Zeit, zurück, stürzten sich auf das Geld und pflückten es aufgeregt auseinander.

Danach wieder nichts.

Rotsky kam erst in einem zweisitzigen Karren zu sich, und das Mädchen, immer noch schlecht beisammen, vielleicht sogar bewusstlos, schaukelte und schwankte neben ihm. Sie wurden von einer Touristen-Fahrradrikscha transportiert, die wer auch immer für sie gerufen hatte – oder die einfach dort auf dem Äthiopien-Platz stand, an ihrer üblichen Station. Denn Edgar war es wohl kaum gewesen, der übrigens schon wieder auf seiner geliebten linken Schulter saß, woher auch immer er gekommen war. Der Fahrer trat eifrig in die Pedale, ohne sich auch nur einmal umzusehen, obwohl Rotsky aufgrund des fest in einen engen karierten Sakko gepackten Rückens glaubte, es handele sich leibhaftig um Myromyr-Slavojar Servus, seinen heimlichen Retter.

Die Nacht in Rotskys Wohnung über der »Xata morgana« war von Erbrechen geschüttelt und in Fragmente zersplittert.

Als er dem Mädchen das einzige, wenn auch Doppelbett überließ (*nein, nein, ich werde dich nicht ausziehen, leg dich hin, schlaf)*, bemerkte Jos gezwungenermaßen, dass ihr T-Shirt zerrissen war und einen ziemlich muskulösen Bauch entblößte. Aber ihm war nicht danach. Das dritte Auge, weit aufgerissen, blieb ungesehen. Rotsky würde sich erst später dorthin vorarbeiten.

Dann zog er ihr mit Gewalt die schweren Rockerstiefel von den Füßen und schätzte ihre Schuhgröße beiläufig auf 37. Im Gefühl, seine Christenpflicht zur Rettung deines Nächsten (oder eher deiner Nächsten) insgesamt erfüllt zu haben, verzog er sich ins andere Zimmer – er nannte es Studio –, wo er sich in den geflochtenen Rattansessel warf und in Halbschlaf versank wie in einen verschlammten Cachaça-Tümpel. In dem Sessel hörte er normalerweise Musik. Jetzt gab es statt Musik ein Summen und Klingen in den Ohrmuscheln – nicht stark, aber so, dass es sich durchaus zu einem Anfall auswachsen konnte. Jos verscheuchte ihn aus seinem halbschläfrigen Wachen. Mehrmals kam Edgar und weckte ihn – immer wegen des Mädchens.

Aus Erfahrung hatte Jos seinen weiblichen Gast zwar auf die Seite gelegt (*wo ist bei dir das Herz, hier? leg dich auf die rechte Seite!)*, aber jenen unausweichlichen Effekt übersehen, dass ihr schlecht werden würde und sie sich unbewusst umdrehte, meistens auf den Rücken – eine tödlich gefährliche Lage für alle, die sich übergeben müssen. Edgar verstand das viel besser. In jener Nacht schloss er kein Auge, sondern hielt beide auf das Bett gerichtet, wie ein vorbildlicher Krankenpfleger und -wärter. Kaum sah er, dass es ihr wieder hochkam, war er auch schon bei Doktor Rotsky.

Sie erbrach Ströme von etwas widerlich Cachaça-Braunem und Brackigem – ins Klo und in die Badewanne, mehrmals auch in den Eimer am Bett, einmal aber auch aufs Fensterbrett (als der benebelte Rotsky sie in die falsche Richtung geführt hatte). Sie übergab sich, als befreie sie sich von allem, was man ihr je eingegossen hatte. Dann führte Rotsky sie zurück zum Bett, legte sie hinein, nahm wieder seinen Sessel ein, nur um ihr einige Zeit später unter Edgars Flügeln erneut zu Hilfe zu eilen. Zum letzten Mal kam es ihr gegen sieben hoch, als draußen der Morgen graute.

»Nichts mehr drin«, stellte Rotsky fest, und Edgar pflichtete ihm bei.

Wonach alle drei endlich erschöpft einschliefen – im Bett, im Sessel und im Karton »Norddeutsche Kaffeewerke«.

Gegen Mittag öffnete Rotsky unter Anstrengung die Augen. Das Erste, was ihn freute: Der Anfall hatte sich zurückgezogen, nicht angegriffen, sondern nur aus der Ferne bedrohlich mit den Fingern geknackt. Das zweite konnte ihn nicht freuen: sie. Irgendein vollgekotztes minderjähriges Biest befand sich im Haus. Und wenn sie vielleicht wegen all dem in seinem Bett auch noch die Hufe hochgeklappt hatte – wohin dann jetzt mit der Leiche?

Dass sie nicht zur Leiche geworden war, konnte Jos

kurz darauf hören. Jemand putzte im anderen Zimmer und fuhr mit einem eingeseiften Schwamm über das Fensterbrett. Und dieser jemand war nicht Edgar.

Jos erhob und reckte sich – ruckartig, bis die Knochen knackten, und tappte dann in die Küche, um Tee zu kochen. Als er am anderen Zimmer vorbeikam, rief er:

»Ich bin Josip. Du bist nicht zufällig Maria?«

11

Was Rotsky als Antwort hörte, klang unverständlich – ein Nuscheln, keine Sprache. Während er den dieser Tageszeit angemessenen Jasmintee bereitete, diesmal für zwei, überlegte Rotsky, ob sie wirklich »Anima« gesagt hatte. Konnte es einen solchen Namen geben? Rotsky fiel ein, dass vor vielen Jahren in der Stadt, in der er damals wohnte, irgendwelche Gender-Aktivisten ein »Festival weiblicher Kultur und Schönheit« dieses Namens gegründet hatten. Offen gesagt sammelte das Mädchen damit keine Pluspunkte bei ihm.

Anima? Eingebildet und aufgeblasen. Wenn du zum Beispiel Anna heißt, dann sag es auch und erfinde kein demonstrativ Jung'sches Pseudonym. Man könnte ja glauben, *Die Beziehungen zwischen dem Ich und dem Unbewussten* seien deine Bettlektüre! Vielleicht sogar die Darmstädter Originalausgabe von 1928?

Rotsky wunderte sich selbst über seinen Sarkasmus. Was willst du von dem armen Mädchen, fragte er sich. Schließlich musste das, was er als »Anima« gehört hatte, nicht wirklich Anima sein. Amina? Im Hinblick auf ihren südländischen Typ und ihre bräunliche Haut könnte sie wirklich irgendwie muselmanisch heißen. Und einen Hidjab trug sie nur deshalb nicht, weil sie abgehauen und in üble Gesellschaft geraten war.

Amina, beschloss Rotsky. Eher Amina als Anima.

Ich greife vor und füge hier und jetzt an, dass Rotsky auch künftig auf jede erdenkliche Art mit diesem Namen spielen wird. Zum Beispiel wird er behaupten, dass sie Anomia heiße, kurz Anoma, und dass diese Kurzform keinesfalls von »Adenoma«, sondern von »Anomalie« stamme. Darin hörte Rotsky auch Amalia, obwohl es so eine in seinen Geschichten schon gegeben hatte.

Bald aber wird er für sie etwas erfinden, das ideal passt: Anime. So wird er sie nennen. Aber noch nicht an jenem Tag.

An jenem Tag wird er sie lediglich mit seinem Jasmintee bewirten. Das Mädchen wird schlürfen und schweigen und den Blick abwenden bei Rotskys Versuchen, ihn aufzufangen. Verdruckst und entsetzlich unsicher und eher nicht hübsch, aber auch nicht mehr so grün-blass wie in den Nachtstunden, murmelte sie bloß, wie peinlich und abstoßend sie *das Gestrige* finde. Aber als Rotsky sie ausfragen wollte (*wie bist du nur in dieses Schlammassel geraten? wer sind diese Monster, diese Ganoven? was weißt du von ihrer Anführerin?),* wobei er übrigens ganz wie ein echter und erfahrener Detektiv verfuhr, schüttelte sie nur abwehrend den Kopf oder nuschelte wieder auf diese unverständliche Art und Weise. Höchstens dass sie Edgar beiläufig lobte, ein schöner Vogel, sagte sie. Dem stieg das richtig zu Kopfe, und mit stolz geschwellter Brust flog er in eiligen Angelegenheiten in den Park.

Genauso verdruckst, ihre Arme fröstelnd über der Brust verschränkt, verließ sie ihn eine halbe Stunde später. Der Tag war merklich kühler als der gestrige. Die Kleidung, die sie trug, war zu leicht, aber Jos' Jacke hatte sie abgelehnt. Als genügten ihr die verschränkten Arme. Während er ihr, aus dem Fenster gelehnt, mit dem Blick folgte, fühlte sich Rotsky nicht bemüßigt, »kakova malica« zu sagen.

Das Klügste, was er jetzt tun konnte, war, den Schlaf der ruinierten Nacht nachzuholen. Er überlegte einen Moment, ob er das Bett frisch beziehen sollte, tat es dann aber nicht in der flüchtigen Hoffnung, zumindest ihren

Geruch einzufangen. Neben dem Geruch der Kotze, machte er noch einen schlechten Witz, bevor er in die Grube tauchte, wo es keinerlei Gerüche und ebenso wenig Träume gab. Gegen Abend wachte er unsäglich traurig und verloren auf.

In derselben Woche musste er für ein paar Stunden nach Okruch fahren. So hieß das ein paar hundert Kilometer entfernte Verwaltungszentrum des Bezirks. Es ging um eine weitere (die fünfte, wenn nicht sechste) Vorsprache bei der Einwanderungsbehörde. Rotsky wartete noch immer auf eine Entscheidung bezüglich seines Status und hoffte, endlich die ständige Aufenthaltsgenehmigung zu erhalten. Aber er erhielt sie auch diesmal nicht. Wie sich herausstellte, hatte man ihn ausschließlich zur Klärung weiterer Fragen vorgeladen. Die Bezirksbeamtin, eine strenge Sexbombe in enganliegender Uniform (Rotsky fühlte sich unwillkürlich an die pornographische Arbeit seiner Jugend erinnert), fragte unter anderem, warum er denn keinen einzigen Account in keinem einzigen sozialen Netzwerk führe. Rotsky erklärte, dass es damit gar nichts auf sich habe und er es für sein gutes Recht halte, so etwas nicht zu führen. Obwohl, fügte er hinzu, es kommt schon vor, dass man in den Netzwerken über mich schreibt. Die Beamtin hatte sich gut auf das Treffen vorbereitet und trieb ihn vor sich her. Wie er es sich erkläre, dass es Hashtags gebe, in denen er als »Held« bezeichnet werde. Um was für einen Heroismus es sich handle? Das ist Spaß, antwortete Rotsky. Weil sie mich kennen und wissen, dass ich große Worte nicht ertrage, fügte er hinzu. Um überzeugender zu wirken, ließ er noch fallen, dass das in dem Land, aus dem er emigriert war, Trolling heiße. Die Beamtin lächelte schief: In unserem Land heißt das auch so. Ihr bis zum vierten Knopf offenes Khaki-Hemd löste eine gewisse Unruhe aus und zog seinen Blick magisch an. Eher unbewusst bemerkte Rotsky die schwarze Farbe des BHs.

Nach diesem erneuten Unentschieden im sich unchristlich lang hinziehenden bürokratischen *Prozess der Erlangung eines Status* konnte Rotsky nach Nashorn zurückkehren. Den Nachmittagszug erreichte er nicht mehr, also kaufte er eine Karte für den Intercity »Tremarium« um 20.45 h mit Ankunft in Nashorn um 22.51 h. Im Zug befanden sich unzählige Landsleute: als ob man sie alle am selben Tag vorgeladen hätte. Er hatte keine große Lust, sich mit seinen wie immer vom Gefühl völliger Ungerechtigkeit und Korruptheit erfüllten Mitbürgern zu unterhalten, daher nahm er sich die Kopfhörer, drehte voll auf und wanderte von einem Waggon in den nächsten. Im Restaurant glaubte er, sich erfolgreich vereinzelt zu haben, da setzte sich ein ihm noch aus Revolutionsnächten bekannter Hüne mit dem Pseudonym Nazik zu ihm. Sie hatten einmal zu zweit eine gute Stunde lang Brandflüssigkeit in Flaschen abgefüllt und dabei über die Zukunft diskutiert: vor allem über den Staatsaufbau ihres Landes *nach dem Sturz des Diktators*. Nazik war ursprünglich nicht Nazik, sondern Pazik gewesen, aber auf den Barrikaden hatte man ihm den Namen mit verändertem Anfangsbuchstaben angehängt. Während der Intercity »Tremarium« geschwind die Grenzen der Kleinen Bastar-Ebene hinter sich ließ und gerade ins vulkanische Beskidien mit seiner Kaskade längerer und kürzerer Tunnels einfuhr, wollte ihn Nazik unbedingt davon überzeugen (wobei er ihn wie in revolutionären Zeiten Aggressor nannte), dass »alles anders gekommen wäre, hätte sich die Vorsehung nicht in die Hosen gemacht und uns Granatwerfer zukommen lassen – diejenigen, die unsere Leute aus der Sankt-Andreas-Kaserne geholt hatten, ich hab sie gesehen, ein ganzes Arsenal voll.«

Nazik-Pazik reiste auf den Balkan und war total enttäuscht, als er hörte, dass Aggressor bald aussteigen musste. Er hatte sich auf eine lange Nacht in traulichem Geplauder gefreut, wurde aber mitten im Wort unterbrochen: Haltepunkt Nashorn in zwei Minuten.

Vom Bahnhof bis zur Wohnung unter dem Schlossberg hatte Rotsky es nicht allzu weit. Er nahm kein Taxi, obwohl eine kurze Schlange von Fahrradrikschas und Elektroautos am Taxistand vor dem Bahnhof beim Warten die Zeit totschlug. Je näher er der Altstadt kam, desto mehr verliefen sich die Menschen. Die letzten Bars und Kneipen schlossen – sogar die, die *bis zum letzten Gast* geöffnet hatten, ja sogar die extreme »DecemBar« löschte das letzte Licht. Rotsky überlegte, dass der Ruhm Nashorns als *Stadt, die niemals schläft* schamlos unverdient war.

Nachdem er den Biermarkt überquert und die Gauklergasse hinuntergegangen war, genau wie die kürzere Chambrière-Straße (seit Neuestem – Greta-Thunberg-Straße), bog er in die Zirkusgasse ein. Nach Hause blieben ihm weniger als fünf Minuten in gemessenem Schritt. Da bemerkte Rotsky einen massigen Van, der fast die ganze Breite der Gasse einnahm und plötzlich die Scheinwerfer aufblendete.

Aber nicht der Van selbst versprach zum Hindernis zu werden (wahrscheinlich hätte er sich seitlich an ihm vorbeiquetschen können, trotz der Enge der Gasse), nicht der Van also und nicht das freche plötzliche Licht seiner Scheinwerfer, sondern die Typen, die dort lauerten. Rotsky ging auf sie zu, im Bewusstsein des ersten Gebots des Straßenkampfes mit Unbekannten: bloß keine Angst zeigen. Und er hatte auch gar keine Zeit, sich zu fürchten: die

Hände in den Taschen und den Kragen aufgestellt, hastete er voran. Und als er beim Näherkommen erkannte, dass die beiden, Teufel auch, Strumpfmasken trugen, dachte er, erstens, einfach nur: »So was hab ich auch mal getragen.« Und erinnerte sich zweitens daran, dass er, als er zum letzten Mal aus Langeweile auf die Webseite der Liga der Unkrautvernichter der nationalen Einheit klickte, die Liste der 44 schon um acht Positionen kürzer geworden war. Und obwohl bis zu seiner persönlichen Nummer noch fünf oder sechs Positionen blieben, war Rotsky überzeugt: sie waren es. Gleich würden sie auf ihn schießen – in den Kopf, ins Herz oder, absolut nicht wünschenswert, zwischen die Beine –, aber Schießen war obligatorisch, denn die Liste der 44 war schließlich eine Erschießungsliste.

Stattdessen aber schlug man ihm hart auf den Kopf. Von hinten. Unaussprechlich hart – so dass er zu Boden ging und fast mit der Nase auf das mittelalterliche Pflaster geknallt wäre, und er dachte bloß noch: Immer nur Verletzungen, und das in meinem Alter.

Also gab es mindestens noch einen – der ihn niedergeschlagen hatte. Vor ihm zwei und hinten der dritte. Der befand sich keinen Moment in Jos' Blickfeld, als sei er der Chef der Operation oder die Kontrollinstanz. Und die zwei in den Strumpfmasken begannen den am Boden liegenden Jos gekonnt zu bearbeiten – mit den Füßen, versteht sich. Obwohl der Schlag auf den Kopf nachwirkte und zu teilweiser Verwirrung führte, reagierte Rotsky ebenfalls gekonnt, schützte seinen Kopf mit den Armen und zog die Beine an, um den Bauch und das, was darunter kam, zu decken. Und mehr noch: aus irgendwelchen Ecken seines Gedächtnisses presste er die Elton-John'sche Phrase »Don't beat me, I'm only the piano player« hervor.

Das rettete ihn irgendwie. Die Angreifer, lautlos und

stumm, nahmen ihn sich noch ein paarmal heftig vor, traten in die Rippen, den Ellenbogen, den Hintern, aber alles nicht tödlich, wenn auch schmerzhaft. Der ganze Angriff dauerte nicht länger als eine halbe Minute. Okay, vierzig Sekunden. Nur vierzig Sekunden eines so langen Lebens.

Sie nahmen ihm nichts ab, raubten, stahlen nichts. Sie sollten ihn bloß verprügeln.

Dann hörte Rotsky, wie sie sich entfernten, in den Van stiegen, die Türen zuknallten. Das Auto startete und fuhr auf den Liegenden zu, um es ihm noch einmal zu demonstrieren: wenn wir dich schon nicht totgeschlagen haben, dann zerquetschen wir dich jetzt. Rotsky aber war es bestimmt zu überleben. Doch was heißt hier, es war ihm bestimmt – es war einfach nicht das, was sie wollten. Nachdem er frech einen halben Meter vor dem reglos daliegenden Körper abgebremst hatte, legte der Fahrer den Rückwärtsgang ein und der Van entfernte sich. Oder – wer konnte das wissen? – er nahm einen neuen Anlauf.

Zum Glück wurde die zweite Möglichkeit nicht realisiert. Der Van kroch rückwärts aus der Zirkus- in die Haselhufgasse, wendete und fuhr davon.

Vorbei am Polizeirevier (wo erwartbar kein Licht brannte) und der Johannes-Paul-Säule.

Wie unzählige Male davor.

Nur, dass er diesmal die Beine kaum rühren konnte und sich mehrmals auf eine Bank setzen musste und warten, bis der Ohnmachtsanfall vorbei war.

Daheim weckte Rotsky zuallererst Edgar. Vielmehr linste der bereits aus seiner Kiste hervor und betrachtete, ohne mit der Wimper zu zucken, den zerschlagenen Kumpel.

»Was für eine Scheiße, Brüderchen«, sagte Rotsky vom Bad aus, wo er sich vor der Lampe ausgezogen hatte, sich wusch und die frischen Blutergüsse und Schürfwunden untersuchte. Desinfizieren, dachte Rotsky. Maximal desinfizieren. Nachher schaffst du es nicht mehr.

Edgar schwieg, obwohl er doch, der Hurensohn, ruhig etwas Aufmunterndes hätte von sich geben können. Zum Beispiel etwas wie »Was für eine Scheiße«. Da wäre ihm kein Zacken aus der Rabenkrone gefallen. Vielleicht aber schwieg er gar nicht, sondern krächzte schon sein zehntes Nevermore? Nur dass Rotsky es nicht hörte? Schon nicht mehr hörte, weil es nämlich begonnen hatte?

Der Lärm in seinen Ohren nahm zu – keine Ozeanmuschel, lauter. Rotsky nannte es »Wasserfälle des Teufels«. Es hatte nach diesem blöden Sturz auf dem Festival begonnen, als ihn der Lockruf der Glühwürmchen fast umgebracht hätte. Rotsky erfuhr, dass es Tinnitus hieß, sich gekonnt und ausgefeilt das Gehör vornahm und es schleichend zerstörte. Besonders, wenn es sich um ein absolutes Gehör handelte. Dann war auch er, der Tinnitus, absolut. Das war der Herr Tinnitus im dunkelgrauen Mantel, mit Schal und Zylinder, ein spitzohriger Dämon, Gehörhalluzinator aus dem Zelt für Taube.

Glöckchen, Rasseln, Klaxon-Hupen, Kleppern, Telefongeräusche, das Rauschen gestörter Radiosender, raschelndes Schlangengleiten, dichte Monotonie von Moskitodivisionen, das Massentschilpen der Schrecken im Sommergras, Grillengezirp, das Knistern von Hochspannungsdrähten, Zikadengegeig, falsche Flöten und Tröten, einfache Pfeifen, Triller und Piccolos plus ein unerträglich verstimmtes Kinderklavier, verführt von Amateurmaultrommeln – so begann es. Manchmal auch mit einem Bordun, den ein paar hundert georgische Chorsänger hielten, oder ein paar Dutzend weltberühmte Opernbässe. Oder Beelzebuben.

Das nächste Stadium rollte als großes Wasser heran: als Regenwand, Sturzguss, Tosen von Bächen und Flüssen, Stromschnellen, Strömen und – anschwellend – von kleineren und größeren Wasserfällen (die teuflischen Niagara- und Viktoriafälle), als Klappern von Wassermühlen, Pfeifen von tausend Muscheln und Gesang von tausend Walen, als Möwen, Albatrosse, Sirenen und Malströme, Wüten von Wellenbrechern und Hochwassern, Brüllen von ausgemachten Stürmen und als finaler Tsunami des Weltozeans, der aufstieg, den Kopf zu sprengen.

Aber all das (bis auf den Tsunami) konnte man unter Qualen, die Arme um den Kopf geschlungen und hin- und herwippend wie bei Zahnweh, noch ertragen. Oder mit einem Keil echter Musik bekämpfen, wenn man über die Kopfhörer die volle Dezibelzahl aufnahm und das Übel mit Heavy Metal austrieb.

Das schlimmste war das letzte und höchste Stadium (Tinnitus Perfectus, wie es Rotsky bezeichnete). Das, was nach dem Tsunami eintrat. Besser gesagt, was im selben Moment eintrat und noch lange nach ihm weiterging. Ein Knirschen, beschrieb es Rotsky einmal einem Arzt. Das durchdringendste und lauteste Knirschen. Wie sollte man es noch beschreiben? Ein Knirschen und Wüten. Aber nicht mehr von dieser Welt. Ein kosmisches Industrial. Eine Audiohölle. Oder nein. Zwei Lärmgranaten, die in den Ohren explodieren, wobei unklar bleibt, ob eine oder zwei pro Ohr. Noch dazu geht die Explosion nicht vorüber, sie donnert viele Stunden am Stück und reißt den Schädel in Stücke. Irgendwann einmal wird sie ewig dauern.

Den letzten Satz sagte Rotsky im völligen Bewusstsein,

wie absurd er war. Aber er erschien ihm wichtig. Dann fasste er sich und versuchte, es in verständlicheren Worten zu erklären.

Sie können nicht gehen, sitzen oder stehen. Fallen aufs Bett und bedecken den Kopf mit Kissen. Wenn es mehrere Tage andauert, dann wären Sie bereit, sich das Leben zu nehmen, nur damit es aufhört. Und das Einzige, was Sie vom Selbstmord abhält, ist die Angst, dass das wütende Knirschen dennoch nicht aufhören würde. Im Gegenteil – dass es im Jenseits ununterbrochen und ewig andauert. Können Sie sich das vorstellen – ununterbrochen und ewig?

Achten Sie auf sich, riet der Arzt. Vor allem auf den Kopf. Man kann leben mit Ihrer Verletzung, fatale Veränderungen sind nicht festzustellen. Ihre regelmäßigen Leiden – das ist eher die Psyche, der mentale Körper, nicht der physische. Sie haben zu viel laute Musik gehört. Das hat Ihrer Gesundheit geschadet.

Musik hören ist das Einzige, was ich jetzt noch kann. Früher habe ich sie selbst gespielt. Jetzt höre ich nur noch, das ist der Sinn meiner Existenz. Ich kann nicht nicht hören.

Na, dann wenigstens nicht so laut. Insgesamt steht es um Sie gar nicht so schlecht. Keine Lebensgefahr. Aber denken Sie daran: eine kleine Dysfunktionalität und ... Also drehen Sie die Lautstärke runter und achten Sie auf sich.

Rotsky spürte, dass der finale Tsunami ihn diesmal in ein oder zwei Stunden überrollen würde, fast schon im Morgengrauen. Die teuflischen Wasserfälle tobten mit aller Kraft, und trotz seiner Ohnmachten und der Übelkeit machte sich Rotsky auf die Suche nach Edgar. Um dessen Bedürfnisse musste er sich im Voraus kümmern. Sollte

Rotsky nicht aus dem Knirschen zurückfinden, dann durfte der Vogel nicht hier eingeschlossen verenden. Als er ihn in die Nacht entließ, sagte Rotsky mit auch für ihn unhörbarer Stimme, als müsse diese sich vom Niagaragrund emporarbeiten:

»Bleib ohne mich. Flieg für uns beide.«

Der Rabe verstand alles, worum man ihn bat (und noch mehr), blickte sich nur einmal um und erhob sich vom Fensterbrett, um sich sofort schwarz in der Schwärze aufzulösen.

Medikamente? Ja, Rotsky erinnerte sich, dass er welche hatte. Alles, was unterschiedliche Ärzte zu unterschiedlichen Zeiten verschrieben hatten. Wenn auch nutzlos. Oder vielmehr mit sehr zweifelhaftem Nutzen: Das Knirschen verhindern oder es vertreiben konnten sie nicht, aber sie tauchten Rotsky in einen schlaflosen, halb ohnmächtigen Zustand zwischen Wirklichkeit und Halluzinationen, der es vielleicht erlaubte, die schlimmsten Stunden zu überstehen ohne klares Bewusstsein, dass es die schlimmsten waren. Was für ein Nutzen – endlose unverständliche Sätze unbekannter Stimmen. Rotsky spülte die farbigen Pillen das Klo runter. Nachdem er doch einige geschluckt hatte.

Jetzt würgte es ihn, der unter dem Kissen vergrabene Kopf verwandelte sich in einen immer irreren Lärmsensor, und der Unsichtbare Jemand, der das Haus vom Dach bis zu den Kellern mit einem gezielten Lautstärkestrom durchdrang, genoss die unbegrenzten Möglichkeiten seines universalen Mischpults.

Es dauerte viele Stunden. Irgendwo außerhalb, in jener Welt, aus der Rotsky gefallen war, ging die Nacht in den Morgen über und der Morgen in helllichten Tag.

Da nahm seine entsetzlich fragmentierte, in elementarste Teilchen zerschlagene Halluzination ein ganzheitliches, anthropomorphes Aussehen an. Bei ihm am Bett saß Anima-Amina. Saß nicht einfach, sondern hielt seinen Arm und rieb mit etwas Kaltem und Feuchten seine Ellenbogenbeuge. Dann tauchte in ihrer Hand eine Spritze auf, und sie pikste Rotsky sehr gekonnt in die Vene. Wie absurd, dachte er. Aber nach ein oder zwei Minuten spürte er, dass er wohl – o Wunder! – einschlafen könnte. Worauf er wirklich einschlief. Das war ihm während seiner Anfälle noch nie passiert. Und was war mit dem Knirschen? Als ob man dabei einschlafen könnte!

Tatsächlich ließ es irgendwie nach. Als Rotsky das nächste Mal die Augen öffnete, war das Knirschen in seinem Schädel merklich reduziert. Die Anima-Amina-Halluzination saß immer noch neben ihm am Bett. Rotsky wollte sie entlarven und fragte, mit ziemlich hohler Stimme:

»Woher kommst du?«

Und nach einer weiteren Anstrengung presste er hervor:

»Was machst du hier?«

Worauf die Halluzination nicht zerfloss, sich nicht in eine Staubwolke oder eine Handvoll Sand verwandelte, nicht durch ein von einer Mantikore in die Decke gerissenes Loch davonflog, nicht in tausend Ratten oder eine Million Kakerlaken zerstob, sondern knapp und mit der Nuschelstimme des realen Mädchens antwortete:

»Man hat mich geholt. Du hast einen sehr treuen Freund.«

Rotsky unterzog sich nicht der Mühe zu überlegen, was das wohl heißen mochte, denn er schlief wieder ein.

Er schlief bis zum Ende des Tages, und als er wieder aufwachte, war es Nacht mit doppeltem Glück. Erstens hatte der Anfall zweifelsohne von ihm abgelassen, hallte noch im Innern der Ohren wider, aber ganz erträglich – er hallte, schallte aber nicht. Herr Tinnitus hatte sich ganz offensichtlich zurückgezogen, erlebte seinen Niedergang und trappelte, verkleinert zu den Ausmaßen eines Ohrenschlupfers, monoton auf Trommelfell und Gehörknöchelchen.

Zweitens das Mädchen. Sie lag neben Rotsky. Eine halbe Armeslänge von ihm entfernt. Schlief wohl. Jedenfalls atmete sie ruhig und gleichmäßig. Und wann immer Rotsky in dieser Nacht hochschreckte, war sie noch da und atmete weiter ruhig und fast lautlos im Schlaf. Er aber wagte trotzdem nicht, sie zu berühren.

Am Morgen, oder besser gesagt am späten Vormittag, als Rotsky endgültig aufwachte, war sie fort. Rotsky beschloss, dass es sie nicht gab. Dass ihm von zwei Glücksfällen nur einer blieb – der fast völlige Stopp des Anfalls. Gleich aber hörte er (ja, er konnte hören – und zwar sehr gut!) vertraute Küchengeräusche und als wolle er sein wiedergewonnenes Gehör trainieren, stellte er fest, dass deren Gesamtheit auf die Zubereitung eben jenes Jasmintees schließen ließ.

Eine Viertelstunde später schlürften sie dann jeder aus seiner Tasse, und der wackere Edgar stelzte um ihre Füße herum.

»1:1«, verkündete Rotsky.

Das Mädchen antwortete mit einem fragenden Blick.

»Ich meine, das Spiel steht 1:1«, erklärte Jos. »Zuerst ich dich, dann du mich.«

Sie lächelte kaum. Keinerlei Nähe.

»Bist du überall so tätowiert?« Rotsky zeigte auf ihren linken Arm, vom Handgelenk bis zum Ellenbogen.

»Ein bisschen«, wehrte sie ab.

»Jetzt weiß ich zwei Dinge über dich: tätowiert und wortkarg.«

Das Mädchen nickte. »Ihr seid ja jetzt alle tätowiert«, dachte Rotsky. »Wie könnte man unter euch eine finden, die nicht irgendwie bekritzelt ist?« Laut aber änderte er das Thema:

»Was hast du mir gespritzt?«

Sie winkte ab – egal.

»Ich frage nicht nur aus Interesse.«

»Weiß nicht. Hab's vergessen.«

»Gibt's denn so was? Du hast wunderbar die Vene getroffen. Bist du vielleicht eine Barmherzige Schwester?«

»Nöö.«

»Dann bist du eine Zauberin. Barmherzige Zauberin.«

»Nöö. Aber jetzt weiß ich wieder: Diazepam. Oder Hidazepam. So ähnlich.«

»Okay.«

Sie tranken schweigend aus. Als sie ging, wollte Rotsky sie umarmen. Nicht dass er große Lust darauf hatte – eher aus Pflichtgefühl. Aber Ani-Ami drehte sich weg (weder das eine noch das andere) und schlüpfte hinaus. In einiger Entfernung sah sie sich um und nuschelte ihr *Wiedasehn.* Rotsky konnte es sogar hören. Rotskys Ohren waren zu ihrem vollwertigen Leben zurückgekehrt, und die kitzelnden Glöckchen innendrin waren eher angenehm, als dass sie störten.

Zurück in der Küche traf Rotsky Edgar in der Rolle des Rosinenpickers an.

»Warum hast du sie bloß geholt?«, fragte Jos ihn vorwurfsvoll.

Edgar war nicht eingeschnappt, er kannte diesen Ton.

Rotsky enttäuschte seine Erwartungen nicht, warf noch ein paar Rosinen vom Tisch und fügte hinzu:

»Aber ich glaube nicht, dass ich bei so einer einen Ständer bekommen hätte.«

Edgar schwieg delikat und tat so, als sei er ganz auf die Rosinen konzentriert.

Die folgenden Tage vergingen in der zerstreuten Vorbereitung des nächsten donnerstäglichen Programms. Das Hören klappte noch irgendwie, aber mit dem Verbinden, Mixen und mit den Übergängen funktionierte – ganz wörtlich genommen – überhaupt nichts. Rotsky ließ sich ablenken, stellte sich praktisch bei jedem Stück vor, wie es ihr wohl gefallen würde. Wäre das was für sie oder nicht, fragte sich Rotsky in Gedanken. Ich hätte sie für Donnerstag einladen sollen, warf er sich vor und beschimpfte sich: Schussel.

Er ertappte sich nicht nur dabei, dass er Lieder nach dem Kriterium »für sie« auswählte. Sofort ertappte er sich auch bei einem anderen Gedanken: Du weißt doch überhaupt nichts über ihren Geschmack (ihren Nicht-Geschmack, ihren schlechten Geschmack). Warum zum Teufel strengst du dich so an, Blödmann Josip? Was hört wohl ein so wenig raffiniertes, wenig definiertes Mädchen? Klar, irgendwelche Scheiße! Radio »Shit FM«, sozusagen. Das, was sie jetzt alle hören, diese debile Generation durchschnittlicher Mittelmäßigkeit. Irgend so eine Beyoncé oder, bestenfalls, Ariana Grande.

Tatsächlich – Rotsky wird das noch von ihr selbst hören – liebte sie drei Johnnys, nicht John, sondern eben Johnny: Johnny Cash, Johnny Rotten und Johnny Walker. Letzterer war kein Getränk, sondern ein DJ. Rotsky (nicht Rotten!) hätte das nie von ihr gedacht. Und wenn doch, dann hätte er mit tiefem Respekt und geheimer Zärtlichkeit an das Mädchen gedacht. Vorerst aber nahm er weder den alten Folsom Prisoner mit seiner Gitarre voller Heroin noch die ebenso heroinsüchtigen »Sex Pistols« in seine Playlists auf.

Es gab noch einen zweiten Anlass für Ablenkung. Rotsky störte ganz außerordentlich, dass er das Gefühl hatte, jemand betrete während seiner Abwesenheit die Wohnung. Es reichte, dass er für ein paar Stunden weg war, zusammen mit seinem unverbrüchlichen Wächter Edgar, schon rief sich das ungute und vor allem durch nichts zu erklärende Gefühl machtvoll in Erinnerung. Genau so – durch nichts zu erklären. Rotsky konnte keinerlei materiellen Beweis für ein Eindringen finden. Bevor er das Haus verließ, bereitete er sich vor, legte den unbekannten Besuchern alle möglichen Partikel in den Weg: zerbrochene Streichhölzer, unberührte Staubflächen, über den Schreibtisch scheinbar völlig unordentlich (tatsächlich in einer nur ihm bekannten strengen Ordnung) verstreute alte Zeitungen und andere Papiere – meist fiktive Chiffren und Codes.

Die Besucher aber tappten in keine seiner Fallen. Einerseits beruhigte ihn das (es gibt gar keine Besucher!), andererseits machte es ihn noch besorgter, wenn auch anders (welcome Paranoia?). Die Schlüssel, überlegte Rotsky. Wer hätte sie wann nachmachen können? Wenn seine Besucher vom Regime geschickt waren, wo hätte er sich so vergessen können, dass sie seine Schlüssel kopierten? Und wozu brauchten die vom Regime diese wiederholten ziellosen Besuche? Einer hätte genügt. Mit dem Schlüssel kommen sie einfach herein und schießen, am besten nachts. Durchsieben dich im Bett – und die Frage nach dem passenden Hemd wird gegenstandslos.

Nein, Rotsky konnte nicht ausschließen, dass es das Mädchen war. Beim letzten Mal war sie doch auch irgendwie hereingekommen! Du machst die Augen auf – und sie sitzt an deinem Bett. Edgar, bei aller Wertschätzung, kann keine Türen öffnen. Was nicht geht, geht nicht. Oder sollte er selbst, Rotsky, als er es gerade so nach Hause geschafft hatte, nachdem er zusammengeschlagen worden war, vergessen haben, den Schlüssel im Schloss zu drehen? Und dann hatte ja dieser extreme Anfall begonnen und ... Die Tür stand mindestens 24 Stunden offen.

Rotsky kratzte sich nie die Stirn. Eine solche Gewohnheit hatte er nie entwickelt. Wenn doch, dann wäre seine Stirn schon von Grind bedeckt.

Bevor er sich am Donnerstagabend auf den Weg in die »Xata morgana« machte, trat Rotsky an den Schrank und klopfte auf die verabredete Weise. Edgar schaute aus seiner Schachtel heraus. Rotsky blickte von unten zu ihm hoch und gab seine Anweisungen:

»Heute bleibst du hier. Passt auf, ob ungeladene Gäste kommen. In drei Stündchen bin ich wieder da, wie du weißt.«

Edgar wusste. Ließ sich aber nichts anmerken, um die Dinge reifen zu lassen.

Wie aber wunderte sich Rotsky, als auf dem Höhepunkt seines Programms (er hatte gerade »Arrival of the Birds« aus »Theory of Everything« aufgelegt) der Kumpel, wie um den Titel des Stücks zu illustrieren, wenn auch in stolzer Einsamkeit, in den Klub geflogen kam und über seiner transparenten Kabine kreiste! Teufel auch, stellte Rotsky fest, irgendwie hat er es wieder geschafft, aus der verschlossenen Wohnung zu kommen. In der Erwartung, dass Edgar sich, wie es oft geschah, gleich auf seine Schulter oder auf einen seiner gewohnten Plätze zwischen dem riesigen Monitor des Klubcomputers und dem Mikrofon niederlassen würde, rührte sich Rotsky erst einmal nicht. Er beobachtete nur und gab sich den Anschein, dass alles mehr oder weniger nach Plan verlief. Edgar jedoch setzte sich nicht, mehr noch: Er krächzte durchdringend, was äußerst selten vorkam. Bei Minute 19 stoppte Rotsky die Musik.

Ohne ein Wort zu sagen, eilte er zum Ausgang, obwohl das Unverständnis des Publikums sich spürbar verdichtete und ihn in immer klebrigere Schatten hüllte. Edgar hatte sich auf seine Schulter gesetzt. Damit bestätigte er, dass er sein Ziel erreicht hatte: Rotsky machte, was er, Edgar, wollte.

Da war noch, verwirrt und mit ziemlich verzerrtem Gesicht, Meph, der sich eilig das Mikro schnappte und der *hochverehrten Gemeinde* erklären musste, dass die Lage unter Kontrolle, aber eine plötzliche NTP entstanden sei (Notwendigkeit einer technischen Pause). Diese Rechtfertigung hörte Rotsky allerdings nicht mehr. Er rannte schon hinauf in seine Wohnung.

Edgar hatte recht gehabt mit seinem Insistieren: der Moment erforderte es. Sie laborierte am Schreibtisch und machte sich eifrig und frech am Computer zu schaffen. Sie und niemand sonst, allerdings, warum auch immer, in einem Kapuzenumhang (Dienst-Look?) und mit dem Rücken zu Rotsky. Der erkannte sie trotzdem sofort und erstarrte für einen kurzen Moment. Schockiert stand er auf der Schwelle seines Studios.

»Du, was machst du …«, brachte Jos hervor, »zum Teufel …«

Das Mädchen drehte sich auf seinem Stuhl und starrte ihm nicht ins Gesicht, sondern irgendwo auf den Adamsapfel. Sie war nicht darauf vorbereitet, sich erklären zu müssen, und hatte nichts zu sagen. Was gab es denn schon zu erklären? Aber der Adamsapfel – da war er, zwei Armeslängen weg, man brauchte ihn nur zu packen und zu würgen.

»Her damit«, forderte Jos ruhiger.

»Ich?«

»Du. Gib den Stick her.«

»Es gibt keinen Stick.«

»In deiner linken Tasche. Soll ich ihn selbst rausholen?«

»Es gibt keinen«, wiederholte das Mädchen und sprang wie eine Wildkatze auf ihn zu.

Sie hatte Glück: Rotsky war überrascht. Sie stieß ihm den Ellenbogen in den Magen und machte den Fluchtweg frei. Edgar patrouillierte im Flur, wäre aber kaum ein Hindernis gewesen. Zu einem Hindernis wurde der Umhang. Rotsky packte ihn an den Schößen und zog ihn zu sich. Das Mädchen drehte sich um und versuchte, Rotsky in den Unterleib zu treten, der aber konnte sich schützen – und ihr Fuß glitt seitlich an seiner Hüfte ab. Das befeuerte beide. Sie verkeilten sich ineinander.

Noch vor einer Minute hätte Rotsky sich nicht vorstellen können, dass er so verbissen mit irgendeiner Tusse würde fighten müssen. Jetzt rollten sie über den Fußboden und schnappten fast nacheinander. Die jeweiligen Verluste bestanden im zerrissenen und weit weggeworfenen Umhang und in einem an der Brust aufgerissenen Hemd, dem ein paar Knöpfe fehlten. Unter Rotskys Schlüsselbein füllte sich eine frische Schramme mit Blut. Ach was, ganze drei Kratzer, denn das Wolfskind hatte drei Kampfkrallen an jeder Pfote.

Während er immer wieder mit Händen, Kopf und Knien unvorhergesehene Stellen ihres beweglichen und, zugegeben, kräftigen Körpers traf, spürte Rotsky mit zusätzlicher, ebenso großer Verwunderung, dass er in Erregung geriet. Das war gleichzeitig unpassend und wunderbar. Schon lange war er nicht mehr von einer solchen Nähe überrollt worden. Ihr stoßweises Atmen stach ihm ins Ohr. Mit plötzlicher Zärtlichkeit fuhren ihre Lippen über die drei Schrammen, und die Zunge durch sein Blut. Als ihr das komplett zerfetzte T-Shirt von selbst vom Leibe fiel, griff Rotsky wie blöde nach ihrer Brust. Nichts Schöneres hatte er in diesem langen Leben berührt, nichts Ersehnteres. In dem Moment eröffnete sich ihm das tätowierte dritte Auge. Es musterte Rotsky mit unverhohlenem Interesse.

Sie rollten erneut über den Fußboden und pressten sich in ihre Umarmung. Nach vielen Umdrehungen stoppten sie. Rotsky blieb auf dem Rücken liegen. Er war, ehrlich gesagt, schon lange bereit. Ihre Knie pressten sich in seine Seiten, dass die Rippen schmerzten. Aber Rotsky wehrte sich nicht. Wo sie jetzt auf ihm saß, ganz und so nah – wer hätte sich da gewehrt? Seine Hände meldeten Rotsky die Annäherung an ihre Pobacken, die sich beim Berühren als viel runder erwiesen als man vom Ansehen her hätte glauben mögen. Mit von den chaotischen Zärtlichkeiten befreiter Hand griff sie nach seinem mustergültig aufgerichteten Schwanz und schob ihn sich ohne überflüssige manuell-orale Präludien, aber auch ohne Zögern oder Ungenauigkeit dorthin, wohin er gehörte. Beide seufzten angespannt in absoluter Verzückung. Oder auch erst im Vorgefühl absoluter Verzückung.

»Ohne Präser?«, erinnerte Rotsky an den vierten, obligatorischen Punkt der koitalen Vereinbarung.

Für die ersten drei war es sowieso zu spät. Für den vierten aber auch: Sie hatte schon begonnen, sich hüpfend auf ihm zu wiegen, und es konnte keine Rede davon sein, herauszugleiten, ein Kondom zu suchen und es sorgfältig überzustreifen. Rotskys Frage blieb ohne Antwort. Präservative sind beim Sex wie Zensur in der Poesie, schrieb ein entfernter Bekannter, dessen Gedichte Rotsky manchmal zitierte.

Es passierte ohne Zensur und endete mit großem künstlerischem Erfolg. Kostete aber fleißige und ausdauernde Arbeit.

So lagen sie noch lange nebeneinander, komplett erschöpft, berührten sich an Gesicht und Genitalien. In eben dem Moment erschien sie Rotsky zum ersten Mal als über alles schön. Das kam unerwartet.

»2:1«, lächelte das Mädchen.

»Für wen?«, fragte Rotsky und dachte dabei auch an die eben in sie hineingespritzten Samen.

Die Frage blieb in der Stille hängen. Zu viele Unklarheiten standen im Raum.

Also muss ich die Antwort geben: für Edgar. Erstens war sein kupplerischer Plan aufgegangen. Zweitens der Stick, der während ihrer Rauferei aus der Tasche gefallen war: Edgar stelzte um ihn herum, schaute in verschiedene Richtungen und nahm ihn dann vorsichtig in den Schnabel.

Wohin er ihn brachte, würden weder Rotsky noch die Besitzerin des Sticks jemals erfahren. Und auch ich würde ihn später nur aus Zufall finden – oben auf dem Schrank, sorgfältig unter die vergilbten Zeitungen geschoben, mit denen der Pappkarton »Norddeutsche Kaffeewerke« ausgelegt war, in dem Kumpel Rabe residierte.

Es ist drei Uhr und zweiundvierzig Minuten. Hier spricht weiter Josip Rotsky, hallo. Sie werden weniger, aber Sie sind da.

Auf meiner Frequenz. Sie hören meine Wehmut.

Wovon ich hier und jetzt unbedingt erzählen möchte, das sind wieder jene Nächte.

Vielmehr, es ist im Grunde eine Nacht, der Winter machte sie ununterscheidbar – eine einzige Nacht von der Länge des Winters, ein Winter wie eine Nacht – und nichts außer ihr.

Mir blieben zehn Tage. Ich sage »Tage«, aber das ist nur so dahergeredet – es gab kaum Tageslicht damals.

Zehn Tage also. Der Kalender war gerade ins neue Jahr umgeklappt. Zehn Tage – und sie haben mich. Ich werde mich in einer sehr unangenehmen Lage befinden, man wird mir jeden Tag einen Finger brechen. Aber davon erzähle ich jetzt nicht.

Ich will davon reden, was vorher war. Als ich – wie soll ich sagen – meinen großen öffentlichen Erfolg hatte. Ich trieb mich am Poschtowa-Platz und an den umliegenden Orten herum – überall, wo Straßenklaviere standen. Ich spielte viele Stunden am Tag, weil nichts geschah – ein Patt, eine Pause, Stagnation, Taubheit, Klebrigkeit.

Das Regime war erstarrt. Haben wir nicht alle das Recht zu feiern: Neujahr, Weihnachten, die ganze Scheiße. Polizei, Präsident, Regierung, sogar die Schwadroner – das sind auch nur Menschen. Genau wie ihr, die verlauste Brut aus den Zelten und besetzten Gebäuden. Auch nur Menschen. Waffenruhe, klar?

Es war eine faulige Zeit. Dazu kam das Wetter. Es taute, wieder taute es. Es goss in warmen Strömen, wie im April, der Dreck verschmatzte die Reste des zertrampelten Drives. Die Barrikaden tauten, schrumpften und flossen auseinander – bedauernswert, lächerlich. Auch die Leute flossen auseinander. Die Hälfte der Protestierenden verlegte sich nach Westen, schließlich war Weihnachten. Damals glaubte man in unserem Land, dass man Weihnachten nur in den westlichen Randregionen feiern musste. In jeder anderen war es nicht existent.

Die Zelte leerten sich, und es gelang schon nicht mehr, den revolutionären Radius mit der notwendigen Zahl von Wächtern zu besetzen. Im Netz schrieb man über einige frisch amnestierte Revolutionsführer: Angeblich hatte man sie am Flughafen gesehen, von wo sie unbehelligt auf die Kanaren oder Richtung Seychellen flogen. »Deal« wurde zum häufigsten Wort. Welche Beweise brauchte es noch? Das Regime attackiert nicht, denn die Revolutionsführer haben euch und den Protest verraten. Die sogenannte Feiertagsamnestie war ein mehr als deutliches Zeichen für die Feigheit und Kapitulation unserer Chefs.

Man hätte uns mit bloßen Händen überwältigen können. Aber niemand packte uns. Das Regime war starr, wie ein Python.

Das Tauwetter hatte einen großen Vorteil – die Temperatur: es spielte sich viel leichter und besser. Die Finger gehorchten mir wieder, zum letzten Mal im Leben. Ich spielte stundenlang auf allen ramponierten und altersschwachen Klimperkisten der Stadt. Irgendwas musste doch erklingen in diesem stinkenden Ereignisloch mitten in der Revolution. Man erkannte mich und lauschte. Ich beschloss, bis zum letzten Zuhörer zu spielen.

Zehn vor vier, und die Nacht nimmt kein Ende.

Noch etwas zu den Betrunkenen. Von Anfang an war das ein beliebter Gag des Regimes – Spitzel zu uns zu schicken, die so taten, als wären sie betrunken. Auf dem Poschtowa-Platz und in den anderen Zonen innerhalb des Radius herrschte Alkoholverbot. Ich lüge nicht – es wurde wirklich eingehalten, und zwar streng. Angesichts des alkoholischen Charakters unseres Landes kann man das gar nicht hoch genug einschätzen. Deshalb erfreute sich dieses versiffte und schmierige Offiziersgesocks, das vorgab, sich kaum noch auf den Beinen halten zu können, das an den Wänden entlang taumelte und die Passanten belästigte, keines besonderen Erfolgs. Wir durchschauten sie sofort – sie und ihre Tricks. Das Regime konnte einfach nicht glauben, dass unsere Leute wirklich nicht tranken. Wie ging das denn? Die Bürger dieses von allen möglichen und unmöglichen Fuselbränden durchtränkten Landes, dieser hochprozentigen Sprit-Kultur, schafften es, nicht zu trinken?! Wochenlang?!

Das Regime konnte nicht, wir schon. Damals hielten sich sogar die Alkoholiker zurück. Jedem Kind war klar, dass ein Betrunkener auf dem Poschtowa-Platz in Wahrheit nicht betrunken, sondern ein Spitzel war. Üblicherweise wurde der dann von unseren Leuten am Schlafittchen gepackt und aus dem Radius geworfen. Obwohl manche auch aus Langeweile durch einen Korridor der Schande geführt wurden, einige, wie Vieh, am Strick. Dabei schrieb man ihnen erniedrigendes Zeug auf die Stirn. Ich selbst habe gesehen, wie man jemanden halb gebückt durch die Menge trieb, mit auf den Rücken gedrehten Armen, FIESE RATTE *stand in Tintenschrift auf seiner Stirn.*

In jener Nacht also (Nacht jetzt im üblichen Sinn) wunderte es mich doch, wie viele es plötzlich waren. Sie strömten geradezu. Nicht irgendwo, sondern in unsere Mitte, auf den Poschtowa-Platz: ein Betrunkener nach dem anderen, hier und dort, sie biederten sich an und stalkten, ohne dass jemand sie störte, ihnen die Arme verdrehte oder sie mit einem Arschtritt aus dem Radius stieß – was für ein Fest für sie. Als wären sie alle aus einem Trojanischen Pferd gepurzelt, in dem man ihnen dauernd eingeschenkt hatte.

Diesmal hatte ich mir eine Unterkunft bei Albinas Schwester organisiert. Das bedeutete, dass ich nicht mehr als eine halbe Stunde zu laufen hatte: Albinas Schwester wohnte in Kantoriwka, nicht weit vom Zentrum entfernt.

Aber verdammt, was sollen Sie mit diesen Details? Kantoriwka, Große Armenische Straße, Invalidenpark? Hauptsache, ich kannte den Weg. Sie brauchen ihn nicht zu kennen.

Das Mädchen schrieb, es würde nicht länger als bis zwei, halb drei warten. Danach würde sie einschlafen und ich müsste den Concierge wecken. Ich beeilte mich.

Fortsetzung folgt – Punkt vier Uhr, bleiben Sie dran.

Inzwischen gruseln wir uns ein bisschen mit Karbido. Wiegenlied für Perkalaba.

Vom Poschtowa-Platz nahm ich die Straße der Demokraten und trat nach weiteren zehn Minuten aus dem Radius heraus. Ein paar Wächter, schwarz von Rauch und Schmutz, erkannten mich – vielmehr nicht mich, sondern meine Stiefel. »Der Aggressor«, hörte ich hinter mir, »schau mal, Bro, das ist ja der Aggressor!« Es klang geradezu ehrerbietig. Ich winkte ihnen zu. »Respekt!«, rief mir der Kleinere nach: Ich schaute mich noch einmal um. Jedes Winken konnte das letzte sein.

Die Strumpfmaske habe ich schon auf der Starokolonialna-Straße abgestreift. Das von der Revolution geschützte Territorium liegt hinter mir. Jetzt bin ich nur noch Passant. Ein unpolitischer nächtlicher Vagabund. Kluger Kerl, harter Hund, schlauer Fuchs, grauer Wolf. Der durch die Nacht spurtet ins warme Bett zu einem unbekannten Mädchen.

Da stürzte er sich auf mich. Direkt aus einem dunklen Torbogen, vielleicht hinter den Mülltonnen hervor. Doppelt so groß wie ich, die Pranken zur Umarmung ausgestreckt, stolperte er mir in den Weg: »Jooooos!«, grölte er.

So also sieht meine Verhaftung aus, dachte ich. Aber ich irrte. Oder vielleicht auch nicht.

Ich kam nicht an ihm vorbei. Schwankend fiel er mir um den Hals (er! mir!) und atmete den ganzen Mief jenes Tages aus – giftig-sauer, toxisch und bodenlos, Fäulnis, absolute Widerwärtigkeit der Gedärme, der Gestank des Jüngsten Gerichts. »Theo«, stammelte er, »ich liebe dich, komm, lass dich küssen, mein Freund!«

Natürlich hätte ich den schlaffen Sack mit einem Tritt zu Boden bringen können. Aber das ist nicht meine Art. Außerdem befand ich mich auf feindlichem Gebiet.

Er beschmierte meine Wangen mit seinen whiskeyweichen Lippen: »Theo, was für ein glücklicher Zufall, dass wir uns treffen! Wir zwei Musikanten, was? Klavier, Junge, Klavier!«

Ein anderer an meiner Stelle hätte vermutlich gesagt: »Ich kenne Sie nicht, mein Herr. Gehen Sie Ihres Weges.« Oder er hätte das lästige Insekt, wie erwähnt, mit einem Tritt zu Boden gebracht.

Aber meine Neugier war geweckt. »Wer bist du denn?«

»Ach, Theo, lieber Freund Theo«, er atmete mir eine weitere tödliche Portion Gestank ins Gesicht. »Wenn du wüsstest …« Er füllte seine Lungen mit fauliger Chamäleonluft und fügte hinzu: »Ich bin beim Dienst. Offizier. Staatssicherheit, Theo. Wir jagen dich.«

Albinas Schwester wird allein schlafen, dachte ich. Daraus könnte übrigens ein schöner Song werden: »Albinas Schwester schläft allein«.

Er aber winkte ab: »Nee, wo denkst du hin, ich bin Klavierspieler, Theo. Im tiefsten Inneren Klavierspieler. Mach dir keine Sorgen, okay? Wir sind doch beide Klavierspieler, du und ich. Ich höre dir jeden Tag zu. Imagine – jeden Tag! Nur dass ich beim Dienst bin. Bei der Staatssicherheit. Heute ist Feiertag, Theo, unser professioneller Feiertag – Tag der Spezialorgane der Republik. Festessen beim Präsidenten, Ordensverleihungen und Beförderungen. Theo, wir feiern. Lass mich dich bewirten! Trinken wir, Theo! Lassen wir uns volllaufen wie die Schweine!«

Es war schwer, sich loszumachen. Ich dachte plötzlich: dieser total besoffene Spitzel – eine höchst seltene Attraktion. Wir zogen durch die nächtlichen Kneipen, allein auf der Starokolonialna-Straße gibt es unzählige, ganz zu schweigen von der angrenzenden Schapowalska- und der Risnyzka-Straße! Kein einziges Etablissement in dieser Alkozone ließen wir aus. So eine Nacht war das. Die Nacht der Bermudadreiecke.

Er trank überall doppelt so viel wie ich, und seine Stimme wurde immer durchdringender: »Jos, ich liebe dich, glaub mir! Bald geht's los, Jos! Geh nicht mehr auf den Poschtowa-Platz, niemals mehr, bitte!«

Eine halbe Stunde später, gedämpfter: »Dort wird alles brennen, Jos. Flieh, flieh aus der Stadt. Sie wird brennen, Jos.«

Und so noch viele Male. Mal Theo, mal Jos. Zuerst bestand er eher auf Theo, dann auf Jos.

Um vier – es war, wie jetzt, vier Uhr – brüllte er durch die Kneipe, dass die schläfrigen Kellner in ihren Winkeln erzitterten: »Die Russen sind da, verstehst du? Wir hätten die ganze Sache abgebremst, wir gehören doch hierher. Aber es ist zu spät, wegen den Russen. Wir haben keine Wahl mehr. Und ihr auch nicht. Jos, sie setzen Panzer ein, verstehst du?«

»Wir halten sie auf«, versicherte ich ihm, nicht ganz überzeugt. »Gott hält sie auf. ¡No pasarán!« Und er: »Gott? Aber Ihn gibt es doch nicht. Wenn sich Popentöchter nicht mit Syphilis infizieren würden, dann könnte man an Gott glauben, aber so … Gott gibt es nicht, es gibt Panzer. Verstehst du, Jos?«

Ich wollte das nicht verstehen. Um fünf rief ich ein Taxi – für ihn natürlich, nicht für mich: für ihn war es sicherer, mit dem Taxi zu fahren. Es wartete über eine Stunde in der Nebengasse, während er immer wieder fünfzig Gramm bestellte und vom »blutigen Gedärm auf den Panzerketten« brüllte. Oder der »verbrannten Gewerk-

schaftszentrale«. Er sah alles schon vor sich, wie es kommen würde: das Blut im Schnee, die Granaten, die verspritze Hirnmasse, das Feuer.

Schließlich schleppte ich ihn zum Auto und schaffte es irgendwie, ihn auf die Rückbank zu hieven. Der Fahrer wollte schon wütend werden, aber mein neuer Kumpel brachte ihn mit seinem Dienstausweis zum Schweigen. Irgendwie blitzartig – er wedelte ihm damit vor der Nase herum, und dem aufgeblasenen Fahrer ging die Luft aus, er machte sich in die Hosen und sank in seinem Sitz zusammen.

Da merkte ich, dass er überhaupt nicht betrunken war. »Jos, verschwinde«, sprach er mit ernstem, nüchternem Nachdruck. »Ins Ausland, nach Amerika, Europa, wohin du willst. Verschwinde, und ich werde dich decken. Solange es noch geht, Jos.«

Bei diesen Worten fuhr das Taxi los – nein, nicht in die Dunkelheit, sondern ins Zwielicht des neuen Morgens. Für mich war es Zeit, zurück zum Poschtowa-Platz zu gehen. Zu den Unsrigen.

Aber genug erst mal. Er und ich werden uns wiedersehen – wissen Sie wo? In den Schweizer Alpen. Wenn die Zeit reicht, werde ich auch davon noch erzählen. Aber die Zeit vergeht, es ist schon sieben nach vier.

Und wir hören Archive – Fuck U.

Wenn Gott unser Richter ist, dann ist der Teufel unser Rechtsanwalt.

12

Die vorhin beiläufig erwähnte Vor-Koitus-Vereinbarung (VKV) war als schwieriger Kompromiss zwischen der Stadtverwaltung von Nashorn und einigen Führern der Zivilgesellschaft zustande gekommen. Für viele wahre Patrioten der Stadt markierte dieser radikale Durchbruch der Grenze zwischen dem Intimen und dem Sozialen den Beginn einer grundlegend neuen Verhaltensära. Nachdem sie die Anerkennung der Vor-Koitus-Vereinbarung als ethisch-rechtliches Memorandum erreicht hatten, arbeiteten ihre Schöpfer nunmehr verstärkt an der Verwirklichung ihrer Maximalforderung – der Einführung verschiedener, auch strafrechtlicher, Verantwortungsstufen für jede einzelne Übertretung. Gerüchten zufolge probierte man in Nashorn schon die Demoversion eines bestimmten Strafmodells aus – vorerst in Form des Vielschichtigen Experimentellen Tribunals (VETo), zusammengesetzt aus verschiedenen nicht unumstrittenen Aktivisten – moralische Autoritäten der sogenannten zweiten Welle – und mit ihnen verbundenen lokalen Verwaltungskarrieristen.

Die VKV setzte sich das edelste aller Ziele: die totale Ausrottung der Geschlechterungleichheit und aller unweigerlich mit ihr verbundenen sexuellen Forderungen und damit Missbräuche – hauptsächlich des sogenannten schönen durch das sogenannte starke (also vergewaltigende) Geschlecht. Wobei sich die Forderungen der Vor-Koitus-Vereinbarung aus Prinzip nicht auf Vertreter sexueller Minderheiten erstreckten, die, so hieß es, ohnedies von der traditionell-konservativen Übermacht unterdrückt wurden und also jede Art positiver Diskriminierung absolut verdienten.

Von Inhalt und Wesen her stellte die VKV einen bestimmten Algorithmus von Fragestellungen dar, den die potenziellen Sexualpartner durchlaufen mussten, bevor aus ihnen wirkliche wurden. Das Wort »Fragestellungen«, also die schrittweise Annäherung an Klarheit – bis zu ihrer absoluten Gegebenheit – ist in diesem Sinn entscheidend. Die Vor-Koitus-Vereinbarung musste als Folge einer Serie von offenherzigen und möglichst eindeutigen Fragen und Antworten in der einzig möglichen Reihenfolge getroffen werden. Die endgültige konkrete Formulierung jeder einzelnen Frage lag letztendlich bei dem Partner, der sie stellte, wobei sie nicht allzu sehr vom Einheitlichen Fragemuster (EFM) abweichen durfte. Was die Antworten anging, war es bedeutend strenger: ausschließlich »ja« oder »nein«. Wobei »nein« nichts anderes als »nein« bedeuten konnte. Bezüglich des »ja« existierte keine Eindeutigkeit.

Dem Muster entsprechend sollte die erste Frage lauten: Bist du dir in ausreichendem Maße bewusst, dass die Situation, in der wir uns befinden, zu sexuellem Kontakt zwischen uns führen kann? Die Antwort »nein« bedeutete ein Verbot der weiteren Annäherung und das gleichzeitige Blockieren des Themas schlechthin. Die Antwort »ja« löste unweigerlich die zweite Frage aus – etwas wie: Bist du ausreichend sicher, dass du das willst, also mit mir, ich wiederhole – eben mit mir – sexuellen Kontakt zu haben? Die Antwort »nein« hielt den Prozess automatisch an. Auf die Antwort »ja« musste Frage Nummer drei folgen: Wenn du das möchtest, also mit mir, ich wiederhole – mit mir – sexuellen Kontakt haben, gibst du dann in naher zeitlicher Perspektive deine Zustimmung? Im Stadium der dritten Frage galt die Antwort »nein« als unwahrscheinlich, aber doch möglich und entsprechend als eine solche, die wieder alles blockieren und stoppen würde. Die Antwort »ja« musste die – abhängig von den Umständen – vierte, optionale Frage auslösen: Gibst du deine Zustimmung zum sexuellen Kontakt zwischen uns auch für den Fall, dass ich zufällig keinerlei Verhütungsmittel wie etwa ein Präservativ bei mir trage? An dieser Stelle stieg die Wahrscheinlichkeit der Antwort »nein« sprunghaft an, obwohl auch die Antwort »ja« nicht unmöglich erschien. Darauf sollte die fünfte, fast zum »ja« verdammte, aber dennoch obligatorische Frage folgen: Ist dir bewusst, und wenn ja, dann absolut, dass der sexuelle Kontakt zwischen uns in vollwertigen Geschlechtsverkehr übergehen kann? Wenn er auch auf diese Frage ein »ja« hörte, war der Partner zur nächsten, der sechsten Frage verpflichtet: Bist du ausreichend aufgeklärt über die möglichen Folgen in Gestalt einer HIV-Infektion? Hörte man ein »nein«, musste man, wie auch vorher nach jedem »nein«, kategorisch stoppen. Nach einem unsicheren und gequälten »ja« – die sechste Frage mit der siebten ergänzen: Und über die möglichen Folgen in Gestalt von Geschlechts-, Infektions- oder Erbkrankheiten, von denen einige tödlich sein können? Und erst nach einem »ja« sogar auf diese, fast hoffnungslose Frage durfte man den Aufklärungsprozess mit der achten krönen: Machst du dir ausreichend deutlich bewusst, dass du nach meiner spontanen Ejakulation zum Beispiel schwanger werden kannst? Die Antwort »nein« ruinierte den ganzen bisher zurückgelegten Weg und versperrte den weiteren. Die Antwort »ja« hingegen öffnete ihn und zog keinen Frage-, sondern einen Aussagesatz nach sich. Zum Beispiel: Na, dann lege ich jetzt mal meine Hand auf dein Knie.

In den Anmerkungen zum Einheitlichen Fragemuster

war ausgeführt, dass die Abwesenheit einer Antwort a priori als »nein« zu werten sei. Außerdem, dass »Personen, die eine Sterilisation durchlaufen hatten«, von der letzten, der achten Frage befreit waren. Die Vor-Koitus-Vereinbarung konnte nicht anders, als durch ihre Zielstrebigkeit, Logik und Konsequenz zu beeindrucken.

Die Initiatoren und Autoren der VKV gaben sich nicht mit den ersten sensationellen Erfolgen ihrer Schöpfung zufrieden, zu denen die zerstörten Lebensentwürfe einiger bislang angesehener, populärer, deswegen aber nicht minder schutzloser Prominenter gehörten. Der Drang nach Vervollkommnung kannte keine Grenzen. Diskutiert wurde über die Weiterentwicklung des Einheitlichen Fragemusters und das Einfügen eines weiteren Punktes – bezüglich der Bereitschaft zum Abort (zur Abtreibung). Aber es fanden sich auch welche, die diese Vision ablehnten – die, die das Postfaktum dem Präfaktum gegenüberstellten. Alle zu dem Zeitpunkt vereinbarten acht Fragen gehörten, ihrer Einschätzung nach, zu den präfaktischen, was im Hinblick auf den präventiven (warnenden) Charakter der Vereinbarung folgerichtig erschien, wovon in ihrer Bezeichnung ja nicht zufällig das entsprechende Präfix zeugte.

Aber, als was man sie auch bezeichnen mag, Rotsky verletzte sie. Aus den acht obligatorischen Fragen hatte er mehr schlecht als recht die vierte hervorgepresst, doch auch auf sie keine Antwort gehört – kein »nein« und noch weniger ein »ja«. Und gemäß der Anmerkung zum EFM erforderte das, »den Prozess unverzüglich zu stoppen und im Weiteren das Thema als solches zu bannen«.

Eigentlich hätte sich Rotsky jetzt vor dem Tribunal verantworten müssen. Und ihn hätte möglicherweise nicht nur öffentliche Missbilligung erwartet. Etwas viel Schmerzhafteres – wie zum Beispiel die Ausweisung aus der Stadt und in diesem Zusammenhang ein ohne einen Hauch von Milde geschriebener Rapport an die Einwanderungsbehörde. Mehr noch: sogar die Abschiebung in sein sich unsagbar nach ihm sehnendes Heimatland erschien möglich. Ebenso wie die chemische Kastration, scherzte Rotsky insgeheim und bitter.

Alles, was er, wenn er vor dem VETo strammstünde, zu seiner Rechtfertigung würde murmeln können, wäre wohl die mehr als schwache Erklärung von der »plötzlichen, durch nichts motivierten Nähe« oder von der »unerwarteten unkontrollierten geschlechtlichen Anziehungskraft«. »Der Koitus ist beim Menschen ein überaus komplexer Prozess«, würde Rotsky ihm zugängliche Quellen zitieren, »zusammengesetzt aus einer Reihe psychologischer und physiologischer bewusst-unbewusster Reflexe …« Hier würde ihn eine der Richterinnen unterbrechen und fordern, er möge doch den soeben verwendeten Begriff »bewusst-unbewusst« etwas näher ausleuchten. »Die geschlechtliche Anziehungskraft«, würde Rotsky stottern und endgültig aufs Glatteis geraten. »Ohne die die Erektion nicht eintreten kann, ohne die keine Reibungen möglich sind und ohne die wiederum die Ejakulation als Voraussetzung für den Orgasmus unmöglich ist.« Früher, in seiner halb vergessenen, halb aus dem Gedächtnis verdrängten Pornojugend hatten ihn seine älteren, fortgeschritteneren (damals sagte man »progressiveren«) Partnerinnen intensiv zu diesem Thema geschult.

Dann würde sich eine andere Tribunalerin in ihn verbeißen: »Wollen Sie sagen, dass Sie Ihre Reflexe nicht unter Kontrolle haben?« Solche werden kastriert, und wer weiß, ob wenigstens chemisch, würde sich Rotsky in Gedanken entsetzen, aber laut nur weiter etwas plappern darüber, dass »die geschlechtliche die dominante Funktion des Organismus« sei und von der »Summation der Erregungsfaktoren« – Geruchs-, Gehör- und Sichtfaktoren sowie haptische (ha! auch haptische – ha, haptische!) und neurohumorale, vielleicht überhaupt die bedeutendsten. »Mein Atem ging stoßweise«, würde Rotsky gegen sich selbst aussagen, »der Blutdruck machte Zehnersprünge auf der Skala, und der Puls näherte sich 180 Schlägen pro Minute. Schon lange hatte ich kein so heißes Anschwellen mehr gespürt – von Blut und Liebesglut, wenn Sie den unbeabsichtigten Reim verzeihen.«

»Es war stärker als ich«, würde er schließlich gestehen und endlich den schuldigen, aber nicht reuigen Kopf vor dem Tribunal senken.

Als AnimAmina ihn zum dritten Mal verließ – wie immer morgens – blaffte er, für sich selbst unerwartet, in ihre Richtung:

»Jetzt kannst du erklären, dass ich dich vergewaltigt habe. Die Polizeizentrale ist übrigens gleich nebenan.«

»Ich habe dich vergewaltigt«, antwortete das Mädchen. »Ich dich, und du mich. Wir sind ein Paar – die Vergewaltigerin und der Vergewaltiger.«

Rotsky merkte, dass ihm von »wir sind ein Paar« warm ums Herz wurde. Ja, sogar von »Vergewaltigerin und Vergewaltiger«. Seine Herzenserwärmungen liefen aus dem Ruder.

Wer ist sie bloß, fragte er sich, und die Falten auf seiner Stirn vertieften sich vor Anstrengung und erinnerten immer deutlicher an skizzenhafte Vögel mit aufgespreizten Flügeln.

»Wer ist sie bloß, weißt du das vielleicht?«, wandte er

sich an Edgar. »Du warst doch hier und hast alles gesehen!«

Aber Edgar wandte nur vielsagend den Kopf ab und geruhte auf eine Erklärung zu verzichten.

Rotsky ließ es gut sein. Sein Verhältnis zu dem Raben sah Druck nicht vor. Zwei sich gegenseitig anerkennende Autonomien – das kennzeichnete ihr Verhältnis.

Rotsky aber fand etwas Zeit zum Grübeln, zwei poetische Zitate begleiteten ihn – der Refrain dieses Tages: »Dreimal erschien mir die Liebe« (seltener) und (häufiger) »Du gehst mir nicht aus dem Kopf«.

Anime war wie »Spiracle« von Soap & Skin.

Sie ist in meine Wohnung eingedrungen, analysierte Rotsky. Hat die Schlüssel nachgemacht und abgewartet, wann ich sicher nicht daheim sein würde. Warum? Um nach Herzenslust in meinem Rechner herumzuschnüffeln. Wie nett von ihr – ohne Erlaubnis in meinen wertvollen Computer einzudringen. Das Wort »wertvoll« entsprach dem Stand der Dinge: zum Materialwert des Computers musste man die Höhe von Subbotniks Depot mit all seinen unzähligen Nullen hinzurechnen.

Freundinnen tun so etwas nicht, überlegte Rotsky. Und nicht nur sie nicht: überhaupt niemand, der einem Gutes wünscht. Man tut so was einfach nicht. Sie ist eine Trojanerin, die sich wer weiß, woher an mich herangemacht hat. Eine Spionin, aber von wem? Doch nicht vom Regime? Ist das etwa schon hier?

Eine Spionin, wiederholte Rotsky. Eine Trojanerin. Ihr drittes Erscheinen war der Gipfel der Dreistigkeit. Ohne mein Wissen in mein Haus eindringen, in meinen Computer, in meine Windows? In meine Welt? In meinen Foldern und Files, Devices und Direktorien herumwirtschaften, in Listen und Menüs, Blocks und Clustern, Segmenten und Fragmenten, in meinem Speicher, dem Arbeits- und dem dauerhaften Speicher, mit all seinen Peripherien, Sackgassen und toten Winkeln – ist das nicht oberfies?

Ihr zweites Erscheinen – ja, das stand klar in Verbindung mit dem nächtlichen Zusammengeschlagenwerden. Ein Teil eines größeren Plans: du wirst geprügelt wie ein Hund, und siehe da, die Retterin erscheint genau in dem Moment, als du bereit bist zu sterben – nicht am Schmerz, sondern am Knirschen. Zufall? Ha! Sein sardonisches »Ha!« schrieb Rotsky wohin er nur konnte – mit dem Füller auf den Notizblock, dem Finger in den Staub auf der Tischplatte, mit Zahnpasta auf den Spiegel.

Ihr erstes Erscheinen – Fiebertraum und Phantasmagorie. Man hat sie mir untergeschoben. Von dort – aus der Unterwelt der Lady Gaga und all der anderen Monster, die auf Müllkippen hausen. Und auch sie haust dort. Sie ist das chthonische Ungeheuer in Gestalt des armen Mädchens mit zwei symmetrischen Erdbeeren auf der Brust. Man hat sie mir untergeschoben. Die Mächte des Bösen, der Nacht und der Finsternis haben sie auf mich gehetzt, um mir das Blut auszusaugen.

Also ist sie gefährlich? Diese allzu direkte Frage ließ Rotsky ohne Antwort. So drückte er sich vor der unausweichlichen logischen Fortsetzung: ja, sehr gefährlich, und weißt du was noch? Verräterisch und ohne Zweifel erbarmungslos, extrem und unerhört grausam, deshalb: bloß weg von ihr, sofort alle Schlösser an allen Türen auswechseln, eine Alarmanlage bestellen, und falls du ihr auf der Straße begegnest, dich abwenden, die Straßenseite wechseln, aus voller Kehle schreien: »Leute, eine Trojaaaaanerin!«

Aber was ist mit den Seufzern und der hingebungsvollen Arbeit ihrer Hüften, der Bekanntschaft der Zungen, Gaumen, dem Schwelgen zwischen den Beinen, der gegenseitigen Begeisterung, der Schutzlosigkeit und Unbedingtheit der Orgasmen? Was mit den empfindlichen und idealen *Knospen* (Rotsky schämte sich für das Wort »Möpse« und mochte auch »Titten« nicht besonders), von denen sie aus irgendeinem Grund denkt, dass sie zu klein sind? Was mit dem dritten Auge in ihrer Mitte? Was mit der übrigen tätowierten Oberfläche ihrer so unglaublich gebräunten Haut? Und mit ihren nicht tätowierten Lippen, Spalten und Ritzen? Was ist jetzt damit?

Verlier nicht den Kopf, flehte Rotsky sich selbst an. Konzentrier dich auf das, was wirklich passiert ist. Habt ihr euch geliebt? Bist du da sicher? Ist das kein Traum? Ist sie kein Trug?

Sicher kein Traum waren ihre Manipulationen an seinem Computer. Sie hatte hier gesessen, auf diesem Stuhl vor ihm, ihre Pobacken schmiegten sich vollendet und in ihrer ganzen Echtheit in die Sitzfläche aus Kunstleder. Der Stick! Sie hat etwas auf den Stick kopiert. Es fehlte ihr nur noch eine Minute, noch ein bisschen – und sie wäre drin gewesen, hätte all deine Daten gehabt. Nicht auszudenken!

Josip Rotsky verhielt sich, was die sogenannte Cybersicherheit anging, sehr wachsam, fast schon paranoid vorsichtig – besonders, seit er den *Zugang zum Zugang*, aber nicht mehr den mit 26 Zeichen originalen, Subbotnik'schen, den er nach dem ersten Gebrauch sofort in einen neuen mit 32 Zeichen hatte ändern müssen, seit er also diesen Zugang auf dem tiefsten Grund des Speichers, im geheimsten der versteckten und in einem verschlüsselten Container verschlossenen Files, seit er ihn also vergraben, verscharrt, beerdigt, und zur Ruhe gebettet hatte. Verschiedene Angriffe, eindeutige Versuche, remote control über seinen Computer zu erlangen (was die Sicherheitssysteme jedes Mal zuverlässig anzeigten), brachte den Übeltätern, die sich im Netz nur so tummelten, keinen Erfolg. Deshalb, überlegte Rotsky, hatten die Übeltäter eine Übeltäterin geschickt. Aber wie plump, klagte Rotsky, wie absolut plump. Dafür aber effektiv: in mein Haus eindringen, die Hand an meinen Computer legen, seinen ganzen Speicher stehlen und mitnehmen. Plump und eisern, ja sogar stahlhart und effektiv von euch, heldenhafte Hacker.

Also ist sie, übertraf Rotsky sich selbst in seiner Logik, die Ausführende eines bestimmten Plans, das Glied einer bestimmten Kette, Angehörige einer bestimmten Gruppierung. Ob vom Regime oder nicht, das hat keine große Bedeutung. Bedeutung hat nur, dass sie zu den Feinden gehört. Eine Feindin ist. Meine Feindin, machte Rotsky den letzten Punkt. Gruppenangehörige und Feindin.

So sah seine Hauptversion aus.

Aber es gab noch eine weitere. Und an sie klammerte sich Rotsky mit aller Leidenschaft, ein Ertrinkender an einem Strohhalm war nichts dagegen. Rotsky hatte sich in den Kopf gesetzt zu glauben, dass das Mädchen … halten Sie sich fest: einfach nur seine Musik kopieren wollte! Sie konnte sich ja denken, wie viel Musik in seinem Computer gesammelt, gespeichert, formatiert und archiviert war, wie viele Gigabytes Schönheit, Erregung und Traurigkeit. Allein schon Johnny Cash: von seinen gesammelten Werken, seinen 71 Alben, besaß Rotsky ganze 23! Das ist zwar nicht einmal ein Drittel, aber wenn man es kopiert, trotzdem ein ziemlich saftiger Bissen.

Diese weitere Version gefiel Rotsky erheblich besser

als die Hauptthese. Und Johnny Cash unterstützte sie nachhaltig. Eben letzte Nacht, nach ihrem ersten und irgendwo zwischen dem zweiten und dem letzten *Geschlechtsakt* (»Der Bub liebt die Dreifaltigkeit«, hatte sie gescherzt, überhaupt hatten sie viel gelacht) erfuhr Rotsky unter anderem auch über Stellenwert und Bedeutung von Johnny Cash in ihrem jungen Leben. Stellenwert und Bedeutung waren riesig.

Die 23 Alben von Johnny Cash – das war es, was sie interessiert hat, versuchte Rotsky sich einzureden. Wobei sich das leicht hätte nachprüfen lassen: er musste nur den Stick finden und schauen, was drauf war. Wie wir schon wissen, würde Rotsky den Stick nie finden. Vielleicht suchte er auch lieber nicht zu intensiv danach?

An jenem Freitag ging er nirgendwohin. Solche Tage gab es bei ihm, vor allem die Freitage – nichts weiter Verwunderliches. Allerdings hatte er noch nie einen so wehmütigen Freitag erlebt. Gewohnheitsgemäß vergrub Rotsky sich in Musik, ins Ansehen von Videos, in YouTube, VEVO, Vimeo, MySpace, mycloud, in die Ohrhörer und in die Traurigkeit: nicht, dass das geholfen hätte, aber es gab dem leeren Tag wenigstens ein bisschen Sinn. Sein Seelenzustand lässt sich am überwältigenden Eindruck messen, den das geniale »Ghosteen«-Album von Nick Cave auf ihn machte, das Rotsky seinerzeit aus irgendeinem Grund nicht beachtet hatte. Von dort musste er einfach zu den »Drinking Songs« Matt Elliotts übergehen, zu denen er für sich selbst unbemerkt vier oder fünf Gläser Rotwein leerte. Aus der Elliott'schen Erstarrung riss ihn der traditionelle Nachmittagslärm von unten: in der »Xata morgana« bereitete man sich auf das Konzert vor, der Soundcheck hatte begonnen.

Wer spielte dort, und was? Rotsky wäre nicht Rotsky gewesen, wenn die Unterwelt an einem solchen Freitag etwas anderes für ihn ausgesucht hätte. Den Namen der Gruppe konnte er nicht verstehen, vielleicht hatte er ihn auch noch nie gehört. Aber der offen präsuizidale Charakter ausnahmslos aller Kompositionen (von denen jede zwischen 15 und 20 Minuten dauerte) ließ nicht den geringsten Zweifel: Die Besucher der »Xata« hatten an jenem Abend die Gelegenheit, zu den ersten Zeugen eines neuen gothic-trans-postrock-psychodelic Projektes zu werden. Es war eindeutig eine Mädchengruppe (jedenfalls für Rotskys gelehrte und – um die Wahrheit zu sagen – ausgeleierte Ohren) und als einziges männliches Instrument hörte er einen geriffelten Staubsaugerschlauch heraus, der die Komposition ab und zu mit seinem Jericho-Gedröhn unterbrach. Rotsky lauschte hingebungsvoll.

Als er wieder zu sich kam (es war Around Midnight, und die unbekannten Debütantinnen unter ihm spielten die achte Zugabe), hatte er sein Telefon in der Hand, mit dem er eben die SMS »Du hast wirklich große« verschickt hatte. Wonach Rotsky noch ungefähr eine Stunde lang auf das Display starrte und vergeblich auf die Bestätigung wartete, dass die SMS zugestellt worden war.

Edgar hockte mitfühlend zu seinen Füßen und flog dann seufzend auf den Schrank.

In der Nacht überkam Rotsky eine untypische Schlaflosigkeit: Es gelang ihm einfach nicht zu verstehen, ob er nun schlief oder nicht. Die für Traumgesichte charakteristische Verwaschenheit trat gleichberechtigt mit ihrem Gegenteil auf – der Realität. »Nee doch, ich schlafe nicht«, wiederholte Rotsky zuweilen, wenn er sich unaussprechlich über die Klarheit und Genauigkeit dessen wunderte, was seine Rezeptoren wahrnahmen. Ja, das ist sein Zimmer in seiner temporären Wohnung, alles bekannt und greifbar: die Bettkante, die Umrisse der Lampe, das zweimal gefaltete Kissen unter dem Kopf, das leere Weinglas auf dem Boden, und natürlich ist es leer, denn der Wein ist ausgetrunken, und wenn das ein Traum wäre, dann befände sich Wein im Glas, aber es ist keiner da, denn die letzte Flasche wurde geleert. Also. Ich schlafe nicht, entschied Rotsky. Worauf er, um das zu bestätigen, aus dem Gedächtnis das aktuelle Datum mit Monat und Jahr aufrief und auch nicht vergaß, dass der Freitag schon in den Samstag übergegangen war.

Gleich darauf aber – er musste nur den Kopf so drehen, dass er die andere Seite des Bettes sehen konnte – bemerkte er eine Frau, die offenbar neben ihm schlief. Einfach nur schlief. Das konnte nun unmöglich Realität sein. Umso mehr, als es sich bei der Frau um Anita zu handeln schien. Es war offenbar Anita. Nein, nicht Anima und nicht Amina – Anita. Sie lag neben ihm, im selben Bett, aber Rotsky gelang es nicht, sie zu berühren – vielleicht weil er sie nicht wecken wollte, vielleicht aber auch aus einer anderen, inneren Traumlogik heraus. »Also schlafe ich doch«, dachte Rotsky, »denn wo sollte die herkommen?«

Rotsky wagte nicht sich zu rühren, damit sie nicht verschwand. Sich nicht bewegte, nicht aufstand, nirgendwo hinging. So lag er unbeweglich – mit offenen Augen, drehte ihr den Rücken zu, wunderte sich über die ihn umgebende konkrete Gegenständlichkeit und die Klarheit seiner Gedanken, disziplinierte sein vom Erfolg gestärktes Erinnerungsvermögen mit der Aufzählung aller 70 Johnny-Cash-Alben – obgleich der Umstand, dass es plötzlich nicht 71, sondern 70 waren, auf eine nur im Traum mögliche geringfügige Abweichung hindeutete.

Rotsky hatte nicht nur Angst sich zu rühren. Auch sie zu rufen hatte er Angst. Vielleicht wegen der Betonung. Vielmehr einem möglichen Betonungsfehler. Als Musiker aber nannte er es nicht Betonung, sondern Beat.

Am Samstagmorgen kroch Rotsky aus seinem unbarmherzig zerwühlten Bett (»hab überhaupt nicht geschlafen, mich die ganze Nacht hin und her gewälzt!«), besessen von einem einzigen Gedanken: sie wegjagen. Sie davonjagen, unverzüglich, sie ausrotten, ausbrennen, wie die heilige Inquisition die Häresie.

Er bot Edgar entschlossen die Schulter und machte sich an seine Erledigungen, die sich in Folge seines vorletzten und seines letzten Abenteuers zu einem *katastrophalen* Knäuel verheddert hatten.

Als er das Haus verließ, bemerkte Rotsky ein geschäftiges Treiben im Stiegenhaus und vor dem Eingang. Seit ein paar Tagen hatte sich eine Etage über ihm ein neuer Nachbar angesiedelt, und jetzt schleppten seine Leute, umherwuselnd, eilig Kartons von unterschiedlicher Art und Größe herbei: der Umzug sollte heute endgültig über die Bühne gehen. Außerdem mühten sich zwei oder drei Typen in entweder verfleckten oder völlig verwaschenen Overalls energisch damit ab, ein nagelneues Messingschild an der Fassade zu befestigen, dem man entnehmen konnte, dass von nun an »Jachim Hübschräuber Doktor der Psychiatrie« in diesem Gebäude wohnen und praktizieren würde. Dem exzentrischen, teils tumben Aussehen der meisten Möbelpacker nach zu urteilen, hatte der auf dem Schild erwähnte Herr die heikle Angewohnheit, seine Patienten für private Arbeiten zum eigenen Nutzen heranzuziehen. Gut möglich, dass sie jetzt so eilfertig die Stufen auf und ab liefen, um als Erste bei diesem glänzenden

Fachmann vorgelassen zu werden. »Wenn was ist, hab ich es wenigstens nicht weit«, stellte Rotsky zufrieden fest und blickte sich nach dem glänzenden Messing um.

Ihm stand ein Besuch beim Arzt bevor, beim Psychiater aber vorerst noch nicht.

Seine heutige To-do-Liste begann Rotsky mit der Konsultation eines Unfallchirurgen. Die umwerfenden nächtlichen Prügel in der Zirkusgasse riefen sich wiederholt nicht nur durch leichten Schwindel, sondern auch mit stechenden Rippenschmerzen in Erinnerung. Die waren zwar dumpfer geworden, störten ihn aber doch – vor allem, wenn spitze Mädchenknie sich in seine Flanken bohrten. Der erste Punkt auf der Liste jenes Tages war also

Rippen! Röntgen

Und weiter:

Katakomben, Passierscheinstelle
Post – alte Quittungen
Forelle
Uhr, reparieren
Wäscherei
Apotheke
»Fine Wine Market«
neue Türschlösser? Alarmanlage?! ab Montag?

Zur Erläuterung. Der vierte Punkt betraf nicht den Kauf von Fisch, sondern eine Fischfütterung: Rotsky ließ keine Gelegenheit aus, sich an den angespannt-spannungsgeladenen Bewegungen der Forellen in den eiligen und wunderbar-grünen Wassern der Oslawa zu erfreuen. Er verfügte über zwei oder drei Lieblingsbeobachtungsplätze auf der uralten Steinernen Brücke (XV. Jahrhundert), deren Bau er übrigens damals, in seinem früheren Leben, selbst hatte beobachten können.

Der achte Punkt betraf die Notwendigkeit, die Vorräte an montenegrinischem Vranac wiederaufzufüllen. Die Uhr in Punkt fünf ging, wie die zerschlagenen Rippen, auf das unangenehme Erlebnis in der Zirkusgasse zurück. Sie war stehengeblieben und hielt mit ihrem zersprungenen Glas ohne jede Notwendigkeit den genauen Zeitpunkt des Angriffs fest.

Zu den anderen Punkten erübrigt sich jeder Kommentar.

In dieser Liste können wir nichts Magisches erkennen. Magie könnte allenfalls der Frühling ausströmen, der eben an jenem Tag beschlossen hatte, in seine selbstverliebte Gipfelphase einzutreten: das große Explodieren der Parks, Gärten und Gemüsebeete, laue Luft und Klebrigkeit, eine Mischung natürlicher und künstlicher Attraktionen, Applikationen, Aromen und Sekretionen, die wild rosafarbene Blüte der japanischen Kirsche, die Springbrunnen, Tauben, Arkaden, Terrassen, rasierte Achseln, das gutherzige Laisser-faire der Cafés und die totale Freiheit der Massen, die untypische, da beinahe absolute Transparenz der Luft, dank deren die Umrisse der stadtnahen Hügel und die auf der Sonnenseite abgetauten Berggipfel eine fast digitale Klarheit und Künstlichkeit bekamen.

Ihrer Herausforderung oder auch Einladung folgend, trat Rotsky in diese paradiesische unwirkliche Substanz ein. Edgar hielt es nicht auf seiner Schulter: Mal flog er hoch über die Bäume, mal verschwand er ganz, und wenn er wieder ins Blickfeld kam, wahrte er eine entsprechende, ihm genehme Distanz, um neben seiner Loyalität auch seine Eigenständigkeit zu demonstrieren.

Der Sorge um seinen Kameraden enthoben, konzentrierte sich Rotsky auf seine Visionen. Es war wie in einem langatmigen, gezogenen, überhitzten, klebrigen Arthouse-Film. Ein Film ohne Handlung, vielmehr ein Film, dessen Handlung ausschließlich aus Bewegung besteht. Und überall Anime. Genau so nannte er sie damals für sich zum ersten Mal, in stiller Freude, dass der letzte Buchstabe endlich nicht mehr »a« war. Nicht einmal der letzte Laut war »a«! Während er die ganze Zeit aufpasste, nirgends in sie hineinzulaufen, war sie doch immer gegenwärtig.

In der Klinik (Punkt Nummer eins) erschien sie als Assistentin, eineinhalb Minuten als kurzzeitige Führerin durch die teuflisch dunklen, klösterlichen Korridore. Sie lief ein paar Schritte vor ihm her, um ihm den Weg zum Röntgenraum zu zeigen, so dass Rotsky ihr Gesicht nicht sehen konnte. Aber alles andere stimmte: die Größe, das schwarze Haar, das unter der Schwesternhaube hervorquoll und keinen Zweifel ließ an der beim Berühren unglaublich frischen Bräune der Haut, die Beweglichkeit der Pobacken und Hüften, und das Wichtigste: die verschränkten Arme. So ging sie auch, mit verschränkten Armen, komisch wie sie war.

Auf dem kleinen Platz vor der Post fuhr sie Rollschuh, in gerade bloß ein bisschen zu knappen Shorts.

Im Wartebereich der Passierscheinstelle instruierte sie vom Plasmabildschirm aus, wie man sich auf den Abstieg in die Katakomben vorbereitete (Kleidung und Ausrüstung). Im nächsten Video informierte, nein, demonstrierte sie nicht weniger erotisch die Sicherheitsregeln und die Handgriffe zur Ersten Hilfe.

Auf Big Boards machte sie Werbung für Waschpulver.

Stand an dritter Stelle in der Apothekenschlange. Als

sie an der Reihe war, stellte sich heraus, dass sie Spritzen wollte.

Lief beim traditionellen jährlichen Halbmarathon als eine der Schnellsten in der Hauptgruppe. »Sie hat wirklich große«, konnte sich Rotsky erneut überzeugen.

Posierte für ihre Insta-Seite auf eben jener Steinernen (XV. Jahrhundert) Brücke.

Saß (gleichzeitig) in den Fahrerkabinen und in den letzten Wagen aller Straßenbahnen, die an Rotsky vorbeiglitten. Wobei die, die im letzten Wagen saß, immer eine Katze auf dem Arm hatte und immer ihren Kopf in seine, Rotskys, Richtung drehte und ihn lange und unverwandt ansah – bis die Straßenbahn, vielmehr der letzte Wagen, ganz hinter der Biegung in die Zecherstraße verschwunden war. Grund ihrer Verwunderung war wohl kaum Edgar, der sich zufällig genau in dem Moment auf die Schulter seines Freundes setzte.

Darüber hinaus:

beschleunigte sie ihren Gang, verschränkte die Arme fester über der Brust und drang ein in die Pfiffe der Mauren auf dem Faulen Basar, und durchquerte dann hastig sowohl die Pfiffe als auch den Basar;

aß sie unter der fast verblühten japanischen Kirsche im Botanischen Hain eine kostenlose pakistanische Aktions-Lasagne. Aß sie weniger, als dass sie sie zerteilte und bröckchenweise in die brodelnden Wasser des Mühlstroms warf, um ebenjene Forellen zu füttern (die Glücklichen!);

schritt sie im Bikini über die Bühne und nahm aus den Händen eines dicken Hängearschs den Publikumspreis beim Schönheitswettbewerb der tätowierten Mädchen im Stadtpark entgegen.

Und so weiter und so fort.

Überall sie!

Animé?

Aber nein.

In Wirklichkeit war sie es nicht. In Wirklichkeit war es Rotsky mit seinen Visionen. Er war ihr verfallen – und Schluss.

So hatte die tätowierte Publikumskönigin kein drittes Auge zwischen den Knospen – und konnte, durfte keines haben: es ist ein geheimes Zeichen der Auserwählten. Und die fixe Esserin der kostenlosen pakistanischen Lasagne verschmutzte ganz und gar nicht aus Liebe zu den Fischen den unter Naturschutz stehenden Mühlstrom mit dem geschenkten Aktionsprodukt, sondern eher aus Erkenntnisdrang: um sich zu überzeugen, dass die Fische nicht daran starben. Und die, die den Faulen Basar allein durch ihr Erscheinen in Aufruhr versetzte, war in Wirklichkeit ein in der Stadt populärer Transvestit. Die Straßenbahnfahrerinnen und Passagierinnen wollten von einem wie Rotsky nun wirklich nichts wissen – wieso hätten sie ihm nachstarren sollen? Die aber, die auf Instagram posierte, hatte am Morgen Ausschlag bekommen – am Hals und an anderen, wie sie es nannte, *interessanten Stellen.* Bei der Schnellsten im Halbmarathon wiederum würde man morgen Doping feststellen und alles annullieren. Das Mädchen mit den Spritzen würde man noch am selben Abend in die *Zwangstherapie* einweisen, nachdem man die Tür der Toilettenkabine aufgebrochen und sie ins künstliche Koma versetzt hatte. Diejenige, die das Waschpulver präsentierte, war schon längst nach Norwegen ausgewandert. Die Trainerin für den Besuch der Katakomben war schon vor einem Jahr ebendort umgekommen, aufgrund gewissenloser und bösartiger Missachtung der Sicherheitsbestimmungen, also bei einer von vielen Trinkpartys mit Kollegen. Und die junge Rollschuhläuferin hüpfte gewohnheitsmäßig in den erstbesten abbremsenden Land Cruiser, denn so verdiente sie ihren Lebensunterhalt.

Blieb die Assistentin (und Führerin) aus dem Röntgenraum. Aber ihr Mund roch nach vorgestrigem Knoblauch. Jegliche Nähe war also ausgeschlossen. Nichts zu machen.

Nichts davon war Anime.

Vom ganztägigen Gehen und vom Frühling erschöpft, hatte Josip Rotsky plötzlich eine Erleuchtung: Alles war gerade andersherum. Er dürstete danach, in sie hineinzulaufen! Gegen Abend begann er, die Orte zu durchkämmen, die er kürzlich kennengelernt hatte: Das Schloss, das Restaurant »Völkerschlacht«, wo er für so einen teuren Wein zwei Gläser ziemlich schnell hinunterstürzte. Schließlich das »Alter vor Schönheit« mit seinen dekadenten Dekaden. Dort fand, wie erwartet, ein weiteres *Wohltätigkeitsessen* statt, aber diesmal ohne sie, ohne Anime, und unter Beteiligung ganz anderer Monster.

Als er sich nach Einbruch der Dunkelheit heimschleppte, bemerkte er aus dem Augenwinkel zwei oder drei Verrückte auf den Stufen vorm Haus, die offenbar schon nachts unruhig die morgendliche Sprechstunde von Doktor Hübschräuber erwarteten und bei Rotskys Erscheinen hastig verstummten. Während er den Schlüssel im Schloss drehte, spürte er mit jeder Faser, wie sie ihn mit ihren brennenden Augenpaaren durchlöcherten und zerstachen. Er aber war von etwas anderem besessen. Er flehte, sie möge ihn dort erwarten, drinnen. »Du weißt doch, wie man hier hereinkommt«, erinnerte er sie.

Drinnen aber wartete nur Edgar, der seit kurzem Meister darin war, auf nur ihm bekannten Kanälen in die verschlossene Wohnung zu gelangen. Da sah Rotsky die SMS: »Du auch.«

Es war *jene* Nummer, also musste es die Antwort sein. Fast einen ganzen Tag nach »Du hast wirklich große« bekam Rotsky »Du auch«. Der Sinn dieser Botschaft blieb unklar. Vor allem wegen ihrer übermäßigen Lapidarität, die spürbar verwirrte. Wäre da wenigsten das Objekt, quälte sich Rotsky. Er selbst hatte nur auf den ersten oberflächlichen Blick das Objekt verheimlicht: klar, dass es um die *Knospen* ging und Anime ihn nicht missverstehen konnte. Jetzt hatte sie geantwortet: »Du auch« – und das musste doch bedeuten, dass das Objekt, verschwiegen und im Nichts gelassen, dasselbe war: Du hast große – du auch.

Aber Rotsky hatte keine *Knospen!* Jedenfalls nicht in dem Sinne, den er selbst diesem Wort beimaß. Ja, wenn sie die Mehrzahl in die Einzahl verwandelt hätte, und noch ins männliche Geschlecht, also »einen«, dann wäre alles gut. Aber »ihn« gab es nicht – Rotsky starrte zig Mal aufs Telefon und überzeugte sich ebenso oft, dass er nichts übersehen hatte.

Rotsky wusste lange nicht, was er darauf antworten sollte. Das dümmlich-treudoofe »Endlich!!!«, das ihm herausgerutscht war und von der anderen Seite keinerlei Fortsetzung nach sich gezogen hatte, lähmte ihn. Jetzt bedauerte er diesen spontanen Ausbruch von Ungeduld mit den drei peinlich-pubertären Ausrufezeichen. Er sah förmlich vor sich, wie sich auf der entgegengesetzten Seite eine Bande widerlicher Schläger vor Lachen fast in die Hosen machte und mit den Fingern auf dem Telefon des ziemlich selbstsicheren kleinen äffischen *Hürchens* herumtatschte.

Nur ein paar Stunden später (es war lange nach Mitternacht) tippte Jos dann etwas mit mehr Sinn: »Ich auch? Du meintest …?« – wonach er ganz unvermittelt fest einschlief. Nein, nicht einfach nur einschlief – auf den Grund glitt, kopfüber versank, verschwand und weg war. Am nächsten Morgen dann suchte er, nicht ohne ehrfürchtiges Erzittern seiner Herzklappen, nach ihrer Antwort – und fand: »Zehen. Du hast Pianistenzehen. Schade, dass sie an den Füßen sind«.

»Mein Fehler besteht darin, niemals mit den Füßen gespielt zu haben«, antwortete Rotsky aus dem Bett heraus. Sonntag, stellte er fest. Warum sie nicht einladen.

Ihr unregelmäßiges und zersiebtes SMS-Ping-Pong dauerte noch ein paar Tage (die Nächte wurden auch gezählt). »Wie geht's?«, fragte Jos. »Wie immer«, antwortete Anime angeblich. Wonach alles für viele Stunden abbrach.

Manchmal nahm es lebhaftere Formen an. Sie: »Jetzt weiß ich, wozu du ganze zwei Hände hast.« Er: »Und wenn es sechs wären, wie bei Shiva?« Sie: »Das wäre ideal: überall zwei.« Er: »Und so sind es zu wenige?« Sie: »Zum Masturbieren nicht.« Er: »Es geht nicht um die Hände, sondern um die Phantasie.« Sie: »Genau. Und wen stellst du dir vor?« Er: »Nicht wen, sondern was.« Sie: »?????« Er: »Es sind zwei, und sie sind wirklich groß.« Den letzten Satz, das lässt sich nicht verleugnen, schrieb Rotsky zwar, schickte ihn aber nicht ab. So blieben ihre Fragezeichen in einer langen Unbestimmtheit hängen. Die Séance zog sich durch Pausen und Stockungen in die Länge.

Manchmal brach eine unerwartete und verdächtige Emotionalität aus ihr heraus: »Ich will zu dir.« Darauf Rotsky, der versuchte, nicht den Kopf zu verlieren: »Was ist passiert? Brauchst du Geld?« Sie: »Was redest du? Dich brauche ich.« Er: »Bist du sicher?« Sie: »Ich kann kaum mehr schlafen.« Er: »Komm – und ich wieg dich in den Schlaf.« Sie: »Noch nicht, mein Liebster, nicht jetzt.« Er: »Wenn nicht jetzt, wann dann?« Sie: »Leb wohl. Zärtlichen Kuss.« Er: »Zwischen die Beine? Das wär was!«

Einmal verwarf Rotsky alles Elliptische mit seiner ganzen Prägnanz sowie alle anderen in dieser Korrespondenz so behutsam gewebten Sprachfiguren und -spiele und schickte ihr einen viel längeren Text, 700-800 Zeichen, in dem er überlegt, aber auch feurig vorschlug, zusammen zu sein, bei ihm zu leben oder wenigstens *vorbeizukommen*, am besten öfter, sollte ihr zum Beispiel (das verstünde er) eine monogame Lebensweise nicht genehm sein.

Darauf las er, dass es ihr nicht mehr möglich wäre, bei ihm *vorbeizukommen*.

»Aber warum?«, ließ er nicht locker.

Ihre Antwort änderte radikal das Thema: »Weil auch du nicht mehr bei dir vorbeikommen solltest. Du musst verschwinden.« »Wie viele Tage habe ich noch?« fragte Rotsky, bekam in dieser Nacht aber keine Antwort mehr.

Komische Feindin, überlegte Rotsky.

Nun ist es an der Zeit, etwas mehr über sie zu erzählen.

Diejenige, die Josip Rotsky Anime taufte, hatte in den Favelas das Licht der Welt erblickt und war dort aufgewachsen – nicht in den echten brasilianischen, sondern in den nur so genannten, karpatischen. Es handelte sich um unverdaute Reste von Landkooperativen, Bruchstücke der alten Wirtschaftsform aus den Zeiten des »siegreichen Sozialismus«, verstreut in entfernten Buckeln und Tälern des ungemütlich nassen Nordens, geplündert, armselig, sinnlos, hungrig und kalt. Die Subventionen, die den Bewohnern jener perspektivlosen Gegenden unabhängig vom politischen Profil der jeweiligen Regierung mehr oder weniger regelmäßig überwiesen wurden, reichten im Großen und Ganzen höchstens für Tabak und Alkohol. Die Kinderreichen (also die meisten) konnten sich durch geschicktes Wirtschaften mit den zusätzlichen Sozialleistungen auch leichte Drogen erlauben. Leicht nannte man bei ihnen die billigen – selbstgemachten, gepanschten – oder, wie sie sagten, *unzertifizierten*. Die leichten Drogen waren nicht wirklich leicht. Dabei lag das echte Glück in den Pilzen, mit denen die ansonsten geizende Karpatennatur dieses Volk beglückte.

Anime stammte aus so einer kinderreichen Familie, aber ihre ganzen Brüder und Schwestern (wie viele insgesamt tut nichts zur Sache) können nicht nur uns egal sein: ihr auch. Sie alle verstreuten sich, verschwanden und versickerten, auch Verstorbene gab es genug – und keiner fragte nach der Jüngsten. Mit acht Jahren bekam Anime eine zusätzliche und viel zahlreichere Familie – im Kinderheim. Was in jener Gegend ganz und gar kein ungewöhnliches Schicksal war. Natürlich hasste sie das Heim aus voller Kinderseele, obwohl sie ihm und seinen Torturen ihre Robustheit und Hartnäckigkeit verdankte und so hingebungsvoll trainierte, dass einem die künftigen Opfer ihrer Selbstverteidigung nur leidtun konnten. Außerdem erkannte sie im Heim die (wie es ihr schien) universale Wahrheit, dass man das Böse nur mit dem Bösen besiegen kann.

Ihr Vater (sie sagte *Nenjo*) saß in einem griechischen Gefängnis eine hoffnungslose 620-jährige Strafe ab, die ihm die griechische Justiz für seine Beteiligung am Schmuggeln illegaler Migranten in Booten vom Westufer Kleinasiens aufgebrummt hatte. Ihre Mutter (sie sagte *Mamka*) schuftete als Hotelputzfrau irgendwo in Grönland und trug sich nicht mit Rückkehrplänen. Als sie einmal den schmierigen Atlas aus der Heimbibliothek durchblätterte, zog Anime mit dem Lineal eine Gerade von Grön- nach Griechenland. Es stellte sich heraus, dass ihr Aufenthaltsort genau in der Mitte lag. Zwischen Nenjo und Mamka.

Kurze Zeit später wurde sie von zwei Polizisten und einem Fernfahrer vergewaltigt. Das bedeutete die brutale Einladung in den in jenen Breiten populären Klub der Versager: Böschungen, Motels, Bars, Hütten am Straßenrand, Absteigen, Fahrerkabinen, Verkühlung, Eierstöcke, Trichomonaden und Spirochäten.

Anime folgte dieser Einladung nicht. Ihre Triebfeder war Rache. Keiner ihrer drei Vergewaltiger konnte sich auch nur im mindesten vorstellen, welches Schicksal er über seinen eigenen blöden Schädel heraufbeschwor nur wegen des plötzlichen Bedürfnisses, sich einfach mal wieder mit einer Minderjährigen zu vergnügen. Noch dazu gerieten sie in Rage und schlugen ihr ins Gesicht. Das war ihr Todesurteil.

Es vergingen nur wenige Jahre, und Anime, die damals schon für Mob arbeitete und bereits eine Serie von immer prestigeträchtigeren Aufträgen erfolgreich ausgeführt hatte, verdiente genug, damit ihr Fernfahrer ganz zufällig in einem Waldgebiet bei Moskau abgestochen wurde. Die beiden Polizisten infizierten sich fast gleichzeitig mit demgleichen afrikanischen Parasiten und näherten sich mit wechselndem Erfolg dem Zustand des endgültigen unwiderruflichen Komas, aus dem es nur einen Ausweg geben konnte – das Trennen der Schläuche und Abschalten von allem.

Nicht jedem von uns gelingt es, das größte Ziel im Leben zu erreichen, ohne weniger als zwanzig Jahre auf der Welt gewesen zu sein. Anime gelang es, die Rache war vollendet. Also musste sie sich ein neues größtes Ziel ausdenken. Mob eröffnete ihr unbegrenzte Möglichkeiten und verbot ihr nicht nur nicht zu träumen, sondern ermutigte sie sogar noch dazu.

War das vielleicht der Grund, aus dem sie sich seine, Mobs, totale und endgültige Vernichtung zum Ziel setzte?

Von seinem Wesen her war er karnevalistisch und gleichzeitig hierarchisch. Diese unvereinbaren Merkmale hielten nur dank des schöpferischen Genies der Gründer zusammen. Mobs Hierarchie bildete sich über mehrere Jahre heraus und wurde mittels beispiellos strenger disziplinarischer Praktiken durchgesetzt. Den Karneval verantworteten von oben mit freigiebigen Prämien bedachte Kunsttechnologen, die in ihrer Mehrheit keine Ahnung von der wahren Bestimmung ihrer Produktionen hatten. Für die schrittweise Planung der meisten Operationen engagierte Mob die teuersten und entsprechend auch erfolgreichsten Drehbuchautoren von TV-Serien – vor allem jene, die im Krimi-, Gothic-, Horror- und Satire-Fach zu Hause waren. »Wir arbeiten nicht mit den Banalitäten der menschlichen Vernunft«, ließ einer der Oberen in einem skandalös offenherzigen Interview Licht auf die Methodologie fallen. »Wir appellieren an die Aberrationen der Vorstellung, unter anderem an die, die Illusionen heißen.«

Animes letzte ein, zwei Kindheitsjahre fielen in jene spezifischen Zeiten, in denen Mob selbstbewusst die begabte Jugend Mittelosteuropas für seine Exekutivorgane rekrutierte, unter anderem mittels verschiedener Castings und Talentshows. Gefragt waren besondere mathematische (sprich: Hacker-) Fähigkeiten ebenso wie außergewöhnliche physische Konstitution sowie ausgezeichnete Kommunikation – die Fähigkeit, Kontakte zu knüpfen und an sich zu binden, Vertrauen zu erwecken, zu bezaubern, attraktiv zu sein und abhängig zu machen. Außerdem ging es um sprachliche Fähigkeiten (Kenntnisse in Chinesisch und Japanisch brachten riesige Vorteile) ebenso wie um angeborene oder antrainierte Geschicklichkeit der Hände, die zu allem bereit sein mussten – von schmerzlosen heimlichen Injektionen bis hin zum diffizilen und halb intuitiven Aufbrechen der Safes, vom filigranen Anwenden der Miniaturspionagegadgets bis zum präzisen Hütchenspiel in seiner neusten Cyberversion.

Anime erhielt die maximale Punktzahl in der zweiten, dritten, vierten und fünften Kategorie (physische Konstitution, Kommunikation, sprachliche Fähigkeiten, Geschicklichkeit der Hände) und zeigte zufriedenstellende Fähigkeiten in der ersten, dem Hacken. Sie wurde aufgenommen – und fand mit der Zeit Gefallen an immer komplizierteren und geheimeren Operationen, wobei das Bewusstsein für ihr neues wichtigstes Lebensziel heranreifte.

Der Kasus Rotsky stellte für sie den nächsten ehrgeizigen Karrieresprung dar. Vielmehr sollte ihn darstellen.

Beim Erkunden jeder Möglichkeit betreffend das versteckte Subbotnik-Depot ließ Mob Rotsky schon seit einiger Zeit nicht aus den Augen. Die Situation verharrte im Stadium der dauerhaften Beobachtung, als man in den oberen Mob-Etagen Kunde erhielt, dass das Regime unaufhaltsam näherkam. Es handelte sich dabei keineswegs um Konkurrenz: Was hatte Mob, mit seinen echten, nicht fiktiven Hierarchien, mit dem Regime zu schaffen! Mob und das Regime hätten also gut und gerne koexistieren können in ihren parallelen Welten, einer höheren und einer primitiveren, wäre da nicht Rotskys Person gewesen. Sie, vorsichtig ausgedrückt, interessierte die einen wie die anderen. Natürlich auf ganz unterschiedliche Weise. Das Regime näherte sich, um Rotsky zu ermorden, nichts anderes trieb es an. Mob aber betrachtete Jos als möglichen Zugang zum Bankgeheimnis. Und sollte das Regime ihn plötzlich abmurksen, dann würde sich dieser Zugang mit allergrößter Wahrscheinlichkeit schließen. Besser gesagt – auflösen. Für immer.

So kam nach angemessen langen Beratungen von der Mob-Spitze der Befehl, sich Rotsky so rasch wie möglich vorzunehmen. Die Ausführende aber (Anime), eine bisher absolut erfolgreiche und hoffnungsvolle Adeptin, versemmelte nicht nur eine, sondern ganze zwei Gelegenheiten. Erstens machte sie Rotsky nicht von einer gewissen stark wirkenden Substanz abhängig, weil sie ihm ganz und gar nicht das richtige *Beruhigungsmittel* spritzte. Zweitens gelangte sie nicht in den Besitz seiner Datenbasis, sondern verlor schändlich deren Kopie. In den oberen Etagen machte man sich so seine Gedanken.

Jetzt erflehte sie, fast schon Rotz und Wasser heulend, von ihrem direkten Chef eine letzte Chance.

»Ja«, antwortete Rotsky auf ihre Frage, ob »der Doktor schon eingezogen« sei. »Dann nur noch wenige, sehr wenige. Fast keine mehr«, schrieb Anime.

Wieder meldete sie sich erst nach einer mehrtägigen Pause. Der Satz »Wie viele Tage habe ich?« hing inzwischen in der Luft. Und dann, endlich: wenige, sehr wenige. Fast keine mehr.

In seiner letzten SMS bat Rotsky sie, auf E-Mail umzusteigen und dafür eine neue Adresse zu kreieren, ausschließlich für ihre Korrespondenz bestimmt, am liebsten bei einem der halbvergessenen uralten und überaus langsamen Dienste, das sei zuverlässiger. »Ich werde der letzte Mensch auf Erden sein, der noch Mail benutzt«, schrieb Rotsky und schloss mit einem bewährten Satz: »Sei mit mir!« Anime teilte sein Zutrauen in die Mail nicht, hörte aber auf ihn und schickte von der neu kreierten Adresse ihr »Ich bin schon da, schreib«.

Nun erst erlaubte sich Jos völlige Offenheit: »Huhu. Fangen wir mit dem Wichtigsten an. Bist du mit mir oder gegen mich?«

Sie zierte sich auch nicht: »Zuerst mit ihnen. Jetzt mit dir.«

Rotsky: »Deswegen willst du, dass ich verschwinde?«

Anime: »Sonst ist Sense mit dir.«

Rotsky verstummte, schrieb aber einen halben Tag später: »Übrigens, das weißt du ja bestimmt: Dieses Depot hat einen Eigentümer. Es ist nicht mein Geld.« Auf diese, wie er meinte, schlaue Weise glaubte er herausfinden zu können, was mit Subbotnik war: tot oder lebendig. In den internationalen Nachrichten fand sich keinerlei Information – als hätte es nie einen solchen Menschen gegeben, der der Erwähnung wert war. Aber auch Anime schwieg. Vielmehr antwortete sie auf Rotskys Frage: »Was ist mit Jeffrey?« – »Kenn ich nicht.«

Die Hierarchie, schlussfolgerte Jos. Sie ist nur ein kleines Licht: eine Exekutorin untersten Ranges. Komisch, aber dieses Fazit freute ihn.

»Was rätst du mir, wohin soll ich verschwinden?«, fragte Rotsky in der folgenden Nacht.

Sie antwortete eine Stunde lang nicht. Dann las er: »Tatsächlich sind sie überall. Sinnlos, einfach nur zu verschwinden, aber es gibt eine Chance, wenn man immer wieder den Aufenthaltsort wechselt. Also immer und überall verschwindet. Dann kommen sie nicht hinterher. Keine Garantie, ich hoffe es nur.«

Damit überlebte Rotsky irgendwie bis zum Morgen. Mittags spürte er eine fast völlige Bereitschaft zur Kapitulation und schrieb: »Und wenn ich den Code einfach verrate? Nicht denen, sondern dir. Und du ihnen. Du bekommst Pluspunkte, wirst befördert ☺ Wenn sie das ganze Geld haben, lassen sie mich dann in Ruhe?«

Anime gab ein bisschen enttäuscht zurück: »So ist das? Aaaaach ☹«. Und schickte gleich noch eine Mail hinterher: »Jetzt eher nicht mehr. Sie lassen dich nicht in Ruhe. Gib ihnen den Code, sie machen dich trotzdem fertig. Als Loser, als einen, der verloren hat. Als nutzlosen Versager. Mit Mitgefühl und Bedauern. Und einfach als überflüssige Figur. Das Drehbuch akzeptiert keine Handlungsstränge, die nicht zu Ende geführt wurden. Sie werden dich auf jeden Fall abräumen.«

Daraufhin schloss Rotsky das Mailprogramm, stoppte YouTube, wo die Reihe gerade an »Godspeed You! Black Emperor« gekommen war, und klappte trotz des hohen Respekts, den die genannten Musiker in ihm hervorriefen, den Computer zu.

»So ist das also«, sagte Rotsky laut. »Mir droht nichts außer dem Tod.«

»Auch der droht dir nicht«, widersprach Edgar und setzte sich auf seine Lieblingsschulter.

Noch einen Tag später, als im Treppenhaus schon die Patienten des Doktors der Psychiatrie, Hübschräuber, herumwuselten, die unzweideutig begannen, Jos' Wohnungstür zu belagern, mal anklopften, sich mal an den Schlössern zu schaffen machten, mal probierten, ob die Flügel aus den Angeln zu heben wären, rief der rettende Meph an:

»Jos, ich hege keinen Groll, obwohl Sie mich am vergangenen Donnerstag so richtig in die Scheiße geritten haben.«

»Vergangen und vergessen«, antwortete Rotsky. »Was haben Sie heute?«

»Was ich habe, ist meine Sache. Aber Sie? Höre, Sie haben Probleme, Jos? Man sagt, Sie sollten besser verschwinden?«

»Sagt man das?«, Rotsky machte eine Pause. »Wer?«

»Das ist nur eine Redewendung, ignorieren Sie es. Eines aber sollten Sie wissen: Es tut mir total leid, Sie und Ihre Donnerstage gehen zu lassen, aber was sein muss, muss sein. Wenn notwendig, bin ich bereit, Ihr PV zu unterstützen.«

Rotsky erriet, dass es ums Perfekte Verschwinden ging.

Keine Ahnung, wie es bei Ihnen mit dem Wetter steht, ich nehme an – ganz unterschiedlich. Halleluja allen, die nicht aufhören, mir zuzuhören und mich zu erstaunen. Zum Beispiel in Alleluia, Nebraska, wo gerade noch der 12. Dezember ist und Donnerstag. Sie haben es gut. Wenn Sie nur wüssten, wie gut Sie es haben! Ich schaue Ihre grünen Lämpchen an und beneide Sie insgeheim.

Bei mir ist es vier Uhr und dreißig Minuten und Freitag. Das Datum nenne ich lieber nicht. Und dort, hinter den Wänden, tobt nicht einfach nur ein Sturm – dort ist ein ganzes Armageddon. Dieses Gebäude, das können Sie mir glauben, ist alles andere als instabil. Aber selbst hier schwankt es. Selbst ich schwanke, ganz zu schweigen vom Gebäude. Elf Beaufort, wie man bei uns auf dem Dampfer zu scherzen pflegte.

Aber ich will nicht übertreiben. In Wirklichkeit habe ich während meiner ganzen Zeit auf See nie mehr als fünf Beaufort erlebt.

Ich hoffe sehr, dass dieses Toben dort bleibt, da draußen. Ich hoffe, dass es noch nicht in mir ist. Das große Zusammentreffen zweier Meere und zweier Ozeane – nicht zweimal zwei, sondern jeder gegen jeden. Die armen Wale. Die armen Walfänger. Wie sollen sie es heute schaffen zu überleben, inmitten von vier Hurrikans? Und dann noch so, dass es sowohl für die Wale als auch für die Walfänger gut ausgeht. Ich liebe die einen wie die anderen gleichermaßen.

Zur Erinnerung: Hier spricht Josip Rotsky, Radio Nacht. Ich wollte es erst Radio Kummer nennen, aber wer hätte dann eingeschaltet?

Eine kurze Erklärung für alle, die erst seit kurzem dabei sind: Ich versuche, laut nachzudenken über die Wahl zwischen dem Vater und dem Freund. Bisher bringe ich nichts zustande. Allenfalls ein paar Erinnerungen.

Wie einige von Ihnen schon gehört haben, verließen mich sowohl der Vater als auch der Freund fast gleichzeitig. Seitdem habe ich drei Viertel meines Lebens einsam und verlassen hingebracht. Meiner Meinung nach ist das gar nicht so schlecht, ich beschwere mich nicht und heule nicht. Den Vater, wenn er Gott ist, kann man sowieso durch nichts ersetzen. Gestorben ist gestorben, einen anderen wird es nicht geben. Wir können doch nicht ewig verzweifeln, weil Gott gestorben ist! Bezüglich des Teufels, also des Freundes, wissen wir ja wohl, dass er vielgesichtig sein kann und uns glauben macht, er käme ab und zu zurück. Ungefähr darum dreht sich meine Geschichte.

Wenn man in einer Band spielt, in einer Rockband, und das jahrelang, dann kommt man an schlechter Gesellschaft und üblen Gewohnheiten nicht vorbei. Ohne Unmengen von Kumpels geht es nicht. Am häufigsten wechselten die Drummer, soweit ich weiß: nicht weniger als ein Dutzendmal. Ich kenne nicht einmal mehr alle. Dann kommen die Sänger und Sängerinnen. Mit ihnen ist es immer schwer, denn sie hören niemanden, außer sich selbst. Es gab auch alle möglichen temporären Erweiterungen: Violoncello, Bariton-Saxophon, Akkordeon, all so was. Bassisten gab es zwei, der erste war ein Genie, aber auf Heroin. Wahrscheinlich weidet er schon auf himmlischen

Wiesen. Der zweite war mittelmäßig, was Geläufigkeit angeht, und komplett detached, völlig abwesend, ein richtiger Roboter – sonst nichts. Mit ihm konnte man sich nicht einmal fetzen.

Am meisten gefetzt habe ich mich mit Machatsch. Er war die elektro-akustische Gitarre, ich das Keyboard. Mit uns fing alles an. Wir haben uns »Doktor Tahabat« ausgedacht und sind gemeinsam durch alle Termine, alle Minenfelder, alle Epochen, Stilrichtungen und Namen gegangen. Ich liebte Machatsch wie mich selbst. Ich traf ihn, als ich, jung und selbstbewusst, in mein Land zurückkehrte. Warum nicht Rockstar werden? Das sollte doch in so einem armen Land möglich sein. Arm an Geld, arm an Musik, arm an Menschen. Und da treffe ich diesen Spinner, auf der Straße, mitten in der Stadt. Er kam mir entgegengeschlurft, schlampig und verschludert, die Gitarre vor der Brust, Griffbrett voraus, er schnitt herausfordernde Grimassen und grinste die Mädchen an. Wir waren gleich alt und hatten die gleichen Idole. »Du hast dasselbe mit den Augen wie Bowie«, stellte er fest. Das gab für ihn den Ausschlag. Schon eine Woche später trafen wir uns zu den ersten Proben in der früheren Verpackungshalle einer Kartonagenfabrik. Oder umgekehrt – Kartonagenhalle einer Verpackungsfabrik. Eins von beiden. Wir zogen uns gegenseitig rein ins Musikerleben – an Schöpfen, Mantelschößen und anderen Organen. Ich glaube, wir kämpften ebenbürtig, aber ab und zu musste einer dem anderen seine Überlegenheit demonstrieren. Mal bei den Mädchen, mal bei Gras oder Absinth, mal beim Komponieren.

Wir hatten ernsthafte Konflikte, stritten und trennten uns mindestens viermal im Monat für immer. Allein bei den Proben prügelten wir uns mindestens vierzig Mal, da-

von fünfzehn bis aufs Blut. Ich bin kleiner, und er mit seinen langen Affenarmen – bei neun von zehn Prügeleien ging ich zu Boden. Trotzdem war ich es, der neun von zehn Kämpfen anfing. Ich will wiederholen: Ich liebte Machatsch, wie mich selbst. Wenn ich jemals einen Freund hatte, den ich hasste, dann war er es.

Unser allerletztes gemeinsames Konzert gaben wir unter dem leicht gekürzten Namen »Tababat« auf einem verlassenen, mit undurchdringlichen Wäldern bewachsenen Militärgelände. Völlig überraschend hatte man uns eingeladen, die Headliner zu sein. Erwachsen, gealtert und halb vergessen, wie wir waren. Stellen Sie sich vor: die teuersten Ton- und Lichttechniker des damaligen Europas arbeiteten für uns! Es war ein für unser Land überproportional großes Festival.

Ich will mich nicht in überflüssige Details verlieren. Daher erwähne ich nur, dass die Steuerung der Beleuchtung von zwei Konsolen übernommen wurde – Avolite Pearl 2004 Expert und Pearl 2004, die letztere – auf einer gesonderten beweglichen Plattform als Backup! Das System bestand aus 16 Movingheads Martin Mac 550, 6 Scheinwerfern Martin Mac 600 und sechs Coemar Infinity Wash! Die Standardbeleuchtung kam aus 12 ACL Beacons, 20 zweilampigen DWE, 12 Spots PC mit je 1000 Watt und sechs Spots Fesnel mit einer Leistung von 2000 Watt. Und dazu – sechs Stroboskope Martin Atomic Strobe! So dass das Dimmer-Setup Electron aus 48 Dreikilowatt-Kanälen bestand.

Haben Sie jetzt eine Vorstellung?

Dann zum Ton. Erstens hatte man für uns das stationäre Tonsystem eines italienischen Theaters angemietet, aus acht Elementen des ALA-3W Line Array Systems auf jeder Seite der Bühne und vier Subwoofern. Hinzuge-

fügt hatte man sechs Subwoofer S 218 des Martin Audio Basissystems, vier Cabinet Boxen W8LM für die Abdeckung der Ränder und noch je zwei Cabinet Boxen F12, F10, F215 und S 18 für den Nahbereich! Und das Monitoringsystem auf der Bühne?! 14 Boxen Martin Audio LE12J, zwei Martin Audio LE 2100, sowie ein Verstärkersystem Lab.gruppen, zu dem ein Rack aus zwei Verstärkern fP 3400, einem fP 6400 (plus Prozessor XTA DPA 226) für W8LM-Boxen, zwei Racks fP 3400 und ein Rack LAB 1600 gehörten! Und vor allem: eine digitale Yamaha PM5D-RH Mixing Console! Wobei eine weitere das Mixing-Monitoring sicherstellte.

Traumhaft, oder? Ein Märchen! Wer sich auskennt, wird mir zustimmen: märchenhaft und ein Traum.

An jenem Abend und in jener Nacht wurden wir zu Göttern. Machatsch und ich, und dazu alle anderen Tahabats, die wir irgendwie aus verschieden Rockbands und Abstellkammern zusammengeklaubt und mit in diese Wälder geschleppt hatten. Bis heute finden sich auf kulturologischen Webressourcen Informationen über unser damaliges Konzert. Niemals davor oder danach haben wir so bombastisch gespielt.

Wobei es kein Danach mehr gab. Für mich wurde diese Nacht … Also, es stieß mir etwas zu, ein Abenteuer. Ich war so glücklich, dass ich hätte fliegen können. Und flog ein bisschen. Richtung Tod.

Und Machatsch? Wieder hasste ich ihn für einen Moment. Nach so einem Konzert bloß tschüss sagen und schlafen gehen?! Einfach auf mich zu scheißen, auf mich, auf uns, auf diese ganze Euphorie, auf die Brüder und vor allem auf die Schwestern zu scheißen? Er war ja zum Konzert eskortiert worden: Frau, zwei Töchter, der Sohn. Die Älteste war siebzehn. »Warum bist du ein Freund

und benimmst dich wie der Vater?«, schrie ich ihm hinterher, schon ziemlich zugedröhnt. Er sah sich nur um und verschwand aus jenem Tohuwabohu an der Spitze seiner Küken. Sah sich um und zeigte mir die Zunge der Rolling Stones (vielleicht auch Einsteins) – genau wie damals, als ich ihn zum ersten Mal in der Innenstadt traf mit der Gitarre vor der Brust. Machatsch, der mustergültige Familienvater – ein alter Gaul, grau und längst gefesselt. Von einem echten Pferd ist nur noch der Schwanz über den Schultern geblieben. Auf der Bühne aber – ein Dämon, ein Genius, der Teufel. Wie passte das zusammen? Dass er das eine und das andere war? Ein Gaul und der Teufel?

Bei mir ist es vier Uhr und vierzig Minuten, liebe Freunde. Zeit für die Rolling Stones – This Place Is Empty.

This place is empty. Dieser Platz ist leer. Ohne dich.

Ich erzähle jetzt noch ein bisschen mehr von Machatsch, und Sie werden verstehen, warum es wichtig ist. Sie hören Radio Nacht.

Da trottet er also fort von unseren nächtlichen Feuern, ein schwerfälliger alter Gaul mit einem grauen Schwanz auf den Schultern. Hinter ihm trippeln diszipliniert seine dependants – die Frau, die ich nie kennengelernt habe, drei Kinder. Speziell für mich: Machatsch sieht sich um und schneidet mir eine Fratze – dieselbe, ob Sie es glauben oder nicht. Dieselbe. Wir waren ungefähr 22 Jahre alt, und er schlurfte mir entgegen, die Gitarre vor der Brust. Ich vertrat ihm den Weg und stieß ihn, ohne die Hände aus den Taschen zu nehmen, mit der Schulter leicht an. So wurden wir Freunde.

Und so gehen wir auseinander. In irgendwelchen verteufelten Wäldern, dreißig Jahre später.

Das war's, Machatsch, dachte ich. Wir sind zum letzten Mal auseinander gegangen. Mach's gut, Verräter.

Es wurde Winter, und die Revolution begann. Viele von Ihnen haben das vielleicht vergessen. Aber Sie haben bestimmt die Bilder gesehen, voll schmutzigen Schnees und ausgeschlagener Augen. Ich war mittendrin, in diesen Bildern.

Zuerst sah aber alles ganz anders aus: Allzu viele ausgeschlagene Augen gab es noch nicht, und der Schnee war sauberer. Auf dem Poschtowa-Platz hatte man eine Bühne aufgebaut für Reden und Konzerte. Die Musik war die Antwort auf die Repressionsmaschine. Wie hieß das doch gleich? »Wir stoppen die Todesschwadronen mit einer Mauer aus Musik!« – so ungefähr. Dazu kam die Kälte – und die Protestierenden tanzten. Eine Zeit lang wurde diese Revolution sogar die tanzende genannt. Zu Volksliedern, Jazz und sinfonischer Musik. Und natürlich zu Rock 'n' Roll. Dutzende von Bands fegten in jenen Wochen und Monaten über diese Bühne.

Und dann wird sie angezündet. Auf YouTube können Sie das dreiminütige Video noch finden, wie heldenhaft sie brennt, zum letzten Mal in einer mächtigen Flamme erblüht und dann zerfällt, in brennende Stücke zersplittert und wie die Exekutoren immer wieder ihre Flammenwerfer auf sie richten. Aber das kommt später.

Ich traf am siebten Tag der Proteste in der Hauptstadt ein. In einer der ersten Nächte rief ich Machatsch an. Seit jenem Festival im Sommer hatten wir nicht mehr gesprochen. Hatten auch nicht vor, jemals wieder zu sprechen. Aber ich hielt es nicht aus und rief ihn nachts an und sagte, dass »Tahabat« auf dem Poschtowa-Platz spielen muss, dass wir alle zusammentrommeln sollen – in der Zusammensetzung wie beim letzten Mal, das ist wichtig, es geht jetzt nicht um Ambitionen, nicht um meine oder seine, es geht um die Freiheit. Machatsch antwortete mit erstaunlich wacher Stimme: »Jos, ruf mich bitte nie mehr wegen so einem Quatsch an. Ich will nichts davon hören. Ich bin ein ernsthafter Musiker, und ich habe einen Haufen seriöse Engagements.«

Sagte er seriös? Oder Studio-Engagements? Etwas in der Art. Ich verstand. Er schiss drauf – auf mich und die Revolution. »Sorry, wenn ich dich geweckt habe«, sagte ich. »Wobei ich dich offensichtlich gar nicht geweckt habe. Schlaf weiter.«

Sie glauben, dass die Geschichte hier endet? Schön wär's.

Sie schnappten mich am Vorabend des Feiertags, der bei uns Altes Neujahr heißt. Dann brachten sie mich in den Wald, wo sich ihre Spezialcontainer für Folter und Verhör befanden. Aber das ist ein anderes Thema – Schluss damit.

Machatsch tauchte drei Tage nach meiner Entführung in der Hauptstadt auf, als das Verschwinden von Aggressor zum Hauptrefrain aller Netzwerke geworden war. Ich denke, dass er seit dem Moment meines nächtlichen Anrufs nicht mehr hatte schlafen können. Er wehrte sich mit allen Kräften, aber es zog und quälte ihn. Als ich verschwand, kam er zu der Überzeugung, dass er sich nie würde verzeihen können. Eines Morgens ging er einfach direkt vom Nachtzug auf den Poschtowa-Platz. Dort entfaltete sich schon die finale Hölle: überall brannten Autoreifen, der von ihrem unablässigen Brennen hervorgebrachte Ring aus schwarzen Rauchvorhängen zog sich zu, die Bilanz der Verwundeten und Verkrüppelten ging in die Hunderte, und die Reden von der Bühne erinnerten immer stärker an Abschiedsgebete. Die Staatsmacht drohte nicht mehr mit Panzern – schweigend, geschäftsmäßig zog sie sie in den Vororten zusammen.

Machatsch war in diesen Dingen ein Anfänger, er wusste nichts und verstand nichts. Trotzdem ging er dorthin, wo es am gefährlichsten war, drängte sich auf die Barrikaden, wedelte mit seinen ellenlangen Armen und störte alle in seinem neuen, entsetzlich karierten Mantel, dem leuchtend roten Schal und dem vom Wind gelösten grauen Haar. Der Polizeischarfschütze, der auf dem Dach des wichtigsten Regierungsgebäudes saß, konnte nicht anders, als dieses alte zottige Arschloch auszuwählen. Eigentlich hatte er auf jener Barrikade mit einem guten Dutzend Todeskandidaten geliebäugelt, von denen jeder auf seine Art verführerisch wirkte. Aber Machatsch lief außer Konkurrenz. Der Scharfschütze zielte auf seinen Schal.

Sie schafften es, Machatschs Körper aus der beschossenen Zone in einen sichereren Bereich zu ziehen. Doch das Blut aus der zerfetzten Arterie konnten sie nicht stillen.

Bei mir ist es bald fünf Uhr früh, mein Freund. Speziell für dich – David Bowie, Wild Is The Wind. *Du weißt warum.*

13

An einem der folgenden Tage wurde Rotsky von immer frecherem Gepolter über ihm geweckt. Das Gepolter, besser gesagt – ein immer stärkeres Klopfen war schon in den letzten Episoden seiner Träume aufgetaucht, wollte aber einfach nicht dortbleiben. Folglich gehörte es gar nicht zu den Träumen – eher im Gegenteil: Es störte sie von außen.

Und das zur rechten Zeit. Schon bröselte stellenweise der Stuck von der Decke herab. Die undefinierbare Modelliermasse überzog sich mit einem klar definierten Netz aus Sprüngen. Die Stöße der unsichtbaren Rammböcke wurden stärker, mutiger und häufiger. Als ob in der Etage darüber eine ganze Brigade der am wenigsten zurechnungsfähigen Patienten des mysteriösen Hübschräuber wie besessen malochte und es mitnichten absurd fand, das größtmögliche Loch in die Decke von Jos' Wohnung zu schlagen. Edgar bestätigte seinem ganzen Aussehen nach, dass Jos Phantasien nicht grundlos waren. Der weise Rabe verließ seinen Karton auf dem Schrank und kauerte mit gespreizten Federn und leicht gerecktem Kopf im Korridor, als lausche er und bewerte die Lage.

Rotsky wählte Servus' Nummer:

»Meph, ich glaube, es geht los.«

»Wovon sprechen Sie?«, reagierte der Nachbar von unten fast unhöflich.

»Ich wollte Sie übrigens auch anrufen. Was veranstalten Sie denn für eine Völkerschlacht da oben?«

»Das bin nicht ich. Das ist über mir, Meph.«

»Keine Metaphysik, bitte. Drücken Sie sich klarer aus, Jos. In welchem Sinne über Ihnen?«

»Eine Etage höher. Dort ist der Psychiater eingezogen.«

»Oho«, sagte Servus in spürbar verändertem Ton. »Wollen Sie sagen, Sie werden schon von dort oben gestürmt?«

»Ich will das nicht sagen. Ich sage es.«

Im Hörer herrschte für einen Moment Schweigen.

»Meph? Hören Sie mich? Sind Sie noch da?«

»Ich bin da. Ich habe Sie nicht verlassen, Jos. Mein Rat: schnappen Sie sich das Allernötigste und evakuieren Sie sich.«

»Ein schönes Wort, Meph. Aber wie? Wie kann ich mich evakuieren, wenn sie, wie immer, in Massen vor meiner Tür und im Stiegenhaus stehen? In den letzten Tagen sind es immer mehr geworden. Vielleicht kann ich durchbrechen, aber eher nicht.«

»Sie müssen nirgends durchbrechen, Jos. Ich habe eine bessere Idee. Sie verschwinden, ohne das Haus zu verlassen.«

»Sagen Sie mir, wie!« Rotsky erwartete, gleich irgendwelchen Nonsens zu hören.

»Ganz einfach«, antwortete Servus. »Am Ende Ihres Flurs, wo der Schrank mit dem Vogel steht, befindet sich eine Falltür. Wissen Sie, was das ist, eine Falltür, Jos?«

»Ich kann es mir denken. Wenn ich sie sehe, erkenne ich sie.«

»Das ist gut. Bitten Sie den Vogel um Entschuldigung für die Unannehmlichkeiten und ziehen Sie die linke Seite des Schranks vorsichtig von der hinteren Wand zu sich. Die Falltür ist genau unter dem Schrank, unter seiner linken Hälfte. Öffnen Sie die Falltür und steigen Sie zu mir herunter. An der Strickleiter, Jos, Sie spüren dort eine Strickleiter. An ihr herab, zu mir. Wenn Sie da hinunter sind, befinden Sie sich schon in meiner Kabüse.«

»Der Schlüssel?«, fragte Rotsky.

»Schlüssel? Was denn für ein Schlüssel?«

»Womit öffne ich die Falltür?«

»Es braucht keinen Schlüssel: Klopfen Sie, und die Falltür tut sich auf. Aber klopfen Sie mit aller Kraft – damit die Tiefe Sie hört. Klopfet – und Euch wird aufgetan, Jos. Mit diesem heiligen Zitat müssen wir, denke, ich auflegen. Handeln Sie.«

Rotsky lief zum Schrank. Der Schmerz in Brust und Rippen – zum Glück nicht mehr so stechend wie in den vorangegangenen Tagen – quälte ihn zwar, hielt ihn aber nicht davon ab, am schweren Barockmöbel zu zerren und nach einigen Versuchen sogar seinen linken Teil von der hinteren Wand zu rücken. Darunter erschien tatsächlich ein quadratisches Stück Fußboden, das sich in Farbe und Maserung vom Rest unterschied. Rotsky hielt einen Moment inne, als eine neue Portion Gestampfe ihn an die Gefahr erinnerte. Er wählte noch einmal Servus' Nummer.

»Gibt es was Neues, Jos?«, klang es aus dem Hörer. »Sind Sie schon auf dem vertikalen Weg?«

»Eine Frage, Meph.«

»Heraus damit. Hoffentlich die Preisfrage.«

»Andere habe ich nicht für Sie. Ich klettere jetzt in dieses Loch. Und hier bleibt alles, wie es ist? Der weggerückte Schrank, die offene Falltür? Wir laden also nicht nur mich zu Ihnen ein, sondern alle anderen auch?«

»Das braucht nicht Ihre Sorge zu sein«, beruhigte ihn Servus.

»Natürlich nicht meine – Ihre.«

Servus änderte wieder seinen Tonfall – in wohlmeinend und warm, fast schon väterlich:

»Alles wird tip top. Ich beauftrage ein paar Handwerker und die räumen auf, wie es sich gehört. Alle Spuren werden verwischt. Nehmen Sie nur Ihren Wohnungsschlüssel mit, damit die Handwerker nicht unnötig am Schloss herumfummeln müssen. Und danke für die SSA – die Sorge für die Saubere Ausführung. Haben Sie alles zusammengepackt? Beeilen Sie sich: Hier wartet schon jemand sehnlichst auf Sie.«

(Von meiner Seite kann ich hinzuzufügen: Mephs Handwerker regelten alles tadellos. Als ich, der später in jener Wohnung hauste, einmal versuchte, die Geschichte mit der Falltür zu überprüfen und all meine physischen Kräfte zusammennahm und wie Rotsky den Schrank verrückte, fand sich darunter nicht nur keine Falltür, sondern auch nicht der geringste Hinweis auf eine solche: nur eine ideal glatte Oberfläche, edel dunkles Eichenparkett aus einem goldenen Zeitalter.)

Servus' Frage – »Haben Sie alles zusammengepackt?« – war nicht leicht zu beantworten. Innerhalb weniger Minuten in Gedanken einen Katalog des Allernotwendigsten zusammenzustellen, ist – angesichts des Umstandes, dass du diesen schon ziemlich eingewohnten und angewärmten Ort mit absoluter Sicherheit für immer verlassen wirst und jede hier zurückgelassene Sache ebenso für immer verlierst – alles andere als eine leichte Aufgabe.

Rotsky meisterte sie insgesamt nicht schlecht. Er nahm erstens den Computer und zweitens die Kopfhörer mit. Er wählte zwei oder drei Hemden und Unterwäsche zum Wechseln, dachte sich dann aber: »Dort versorge ich mich mit allem neu« und ließ sie liegen. Bloß dass man nicht wissen konnte, wo dieses dort war und was das Wort jetzt überhaupt bedeutete.

Ausweis, Papiere, Bankkarten lagen immer bereit. Das Buch von Robert Walser, das ihm der Direktor des Gefängnisses im barmherzigen helvetischen Land zum Abschied überreicht hatte, ebenfalls.

Das Telefon war schon in der Tasche. Dazu steckte er die Ladegeräte, obwohl es damit dort (aber wo?) ja eigentlich keine Probleme gab. Den Handschuh für die Falkenjagd, dessen rötliches, warmes Wildleder er in den Händen knetete, nahm Rotsky dann doch nicht mit.

Seine Lieblingskleidung trug er am Körper. Der Kragen des Jacketts war wie immer angeberisch und verwegen hochgeklappt. Sonnenbrillen besaß er ganze fünf, und keine einzige ließ er zurück. Ebenso wenig die Flasche Vranac, die letzte aus der Partie, die er wie immer im »Fine Wine Market« erstanden hatte. Und schließlich (nach wiederholtem Nachdenken unter dem anschwellenden und näherkommenden Wummern der Rammböcke) – den Korkenzieher.

Und Edgar? Sollte Rotsky ihn zurücklassen? Niemals!

Nur dass er nicht wusste, wie er sich durch diese ziemlich schmale Öffnung zwängen sollte, wenn er auch noch den Vogel tragen musste. Nur er und der Vogel – sie wären irgendwie durchgeschlüpft. Aber mit der Laptoptasche über der Schulter, dem Kopfhörer um den Hals, den vollen Taschen, der Flasche im Gürtel, den schmerzenden Rippen? Rotsky wusste nicht weiter. Um nicht unnötig herumzustehen, beschloss er, sich auf Erkundungsmission zu begeben. Es würde ihm doch wohl gelingen, nachdem er sich hinuntergemüht hatte, dort die Sachen abzulegen und seinen Rabenfreund zu holen?

Der jedoch erwies sich als gewitzter. Kaum hatte sich Rotsky bis über die Gürtellinie in das Loch versenkt und tastete mit den Füßen nach der Strickleiter, die nach unten führte, kam Edgar elegant angeflogen und setzte sich auf seinen Kopf – gut, dass der mit einer Cap aus Post-Punk-Zeiten geschützt war. Der Vogel hatte wie immer recht: warum zweimal gehen? Nur eine Flucht, auf der du nicht umkehrst, ist eine echte Flucht – und wenn du nicht zurückschaust.

Ein Sprung von der letzten Sprosse – in einen weichen, flauschigen Staub, dann das Knarzen einer Tür und das Aufflammen elektrischen Lichts.

»Willkommen in der Kabüse!« Servus streckte ihm die Hand entgegen und hüllte sich wie üblich in eine dichte Wolke »Gravity Master«.

Das war kein Wunder. Das Wunder war Anime, die hinter Servus' Rücken auftauchte.

Sie schaute streng und konzentriert: eine Bergwanderin, die ihre Lieblingstour plant und sich sachkundig ausgerüstet hat. Sogar der Rucksack saß ihr wie angegossen – gefüllt mit zweifelsohne wichtigen und richtigen Dingen und Flüssigkeiten. Ganz zu schweigen von dem stramm gebundenen und stylishen Nickituch, das perfekt das dunkle Oval umschloss! Hätte Rotsky sie in diesem Moment zum ersten Mal im Leben gesehen, er hätte sich trotzdem ... Nein, nicht verliebt: Rotsky bestand darauf, dass er sich einfach nicht verlieben konnte. Aber irgendetwas Unaussprechliches wäre unvermeidlich in ihm erwacht.

Wobei es auch so erwachte.

Aus Trotz ließ sich Rotsky nichts anmerken – offenbar ausschließlich damit beschäftigt, so elegant wie möglich das Cap mit dem ziemlich starren Edgar abzunehmen. Anime hatte es auch nicht eilig, ihn zu umarmen, gab sich ein bisschen zu seltsam, zu fremd, abseitsstehend. Warum auch nicht? Welche Umarmungen denn hier und jetzt, in der unterirdischen Kabüse, unter Beobachtung dieses glatzköpfigen, brauenlosen Managers in seinem engsitzenden Anzug?

Servus versuchte, sie zu animieren.

»Und wo bleibt die Wiedersehensszene? Wo die Freude mit Tränen in den Augen?«

»Das stand nicht in Ihrer Anforderung, Meph«, knurrte Jos ein bisschen zu streng.

Verbesserte sich aber gleich:

»Vielen Dank für die Hilfe. Wie es scheint, sind Sie wirklich ein Freund.«

»Jedenfalls nicht der Vater«, zwinkerte der Gastgeber. »Kindlein, stell dich neben Onkel Josip – ich will ein Selfie mit euch beiden.«

Anime zuckte die Achseln, tat aber wie geheißen und stellte sich so neben Rotsky, dass dieser nicht anders konnte als seine Hand dahin zu legen, wo die Taille in die Hüfte überging. Das rief keinerlei Reaktion bei ihr hervor – weder Ermutigung noch Widerstand. Servus posierte leicht vor ihnen, und in seiner hochgestreckten knochigen Hand blitzte ein verrücktes Platin-Gadget.

»Sagt nur bitte nicht cheese«, flehte Rotsky, und alle drei lachten über das ganze Gesicht.

»Der Edgar-Effekt«, erklärte Jos.

Der Rabe war gerade wieder zu sich gekommen und hatte sich auf seine Lieblingsschulter gesetzt.

Wenn ich heute jenes Foto betrachte, gelange ich unvermutet zu der Überzeugung, dass ich Teile einer wandernden Gauklertruppe vor mir sehe. Im Vordergrund der gewitzte Impresario – Trickster und Provokateur in Personalunion, manchmal auch Conférencier. Dann die debütierende Wahrsagerin – Giftmischerin, Flötistin und Heilerin. Rechts von ihr der gelehrte Vogel, alias romantischer Dichter. Und als Vierter der ewig halb zerschlagene spinnerte Bruchturner, früher einmal Pornodarsteller, tragischer Held und Liebhaber,

Wie immer gelang das Foto erst beim dritten Versuch.

»Okay«, stellte Servus mehr oder weniger zufrieden fest und überblätterte die vorherigen Versionen. »Ich hab's. Ich habe euch. In diesem Leben werden wir uns wohl kaum wiedersehen, daher ist es gut, etwas als Erinnerung zurückzulassen. Und jetzt gehen wir, denn es ist Zeit.«

»Wieso zum Teufel?«, fragte Rotsky. Aber wieder verbesserte er sich augenblicklich: »Verzeihung, Meph. Ich vergesse immer, wo ich bin und wer Sie sind. Führen Sie uns.«

»Sie wollten doch nicht einfach nur ein Verschwinden, sondern ein perfektes?«, fragte Servus streng.

Nichts wollte ich, dachte Rotsky, zog es aber vor zu schweigen.

Zufrieden, dass er so überzeugend wirkte, ging Servus voraus durch die zu dieser Tageszeit leeren Räumlichkeiten der »Xata morgana«, wo man, nach dem Tohuwabohu zu schließen – umgeworfene Tische, schmutzige Rinnsale, Pfützen aus Bier (oder was wie Bier aussah) –, am Abend zuvor ganz schön gezecht hatte. Plötzlich fiel Jos auch an Meph eine gewisse, sagen wir, mangelnde Frische auf. Als hätte er bis zum Morgen ausgelassen gefeiert und sich dann einfach nur parfümiert, um zu seiner, Rotskys Rettung zu schreiten, weswegen er auch jetzt, während er ihnen zur geheimen Furt voranging, dauernd an Stühle, Gipsmodelle, Schaufensterpuppen, Spucknäpfe und andere Hindernisse stieß.

»Ganz schön viel aufzuräumen«, bemerkte Rotsky beiläufig, als sie einen weiteren zerbrochenen Lüster passierten.

»Egal«, winkte Meph ab. »Wir müssen sowieso raus. Wir machen dicht.«

Rotsky ging auf, dass er wohl zum letzten Mal hier war und trauerte seinen phantastischen Donnerstagen nach.

Weiter hinten, hinter dem Raum, in dem sich der Aufsichtsrat versammelte, hinter dem Exekutivkomitee der PBV und dem Inneren Sicherheitsdienst, den Zimmern »für Schachspieler« und Billard, dem Zigarren-Poker-Salon, dem Teezeremonium, dem Ruhezimmer für Stripperinnen, dem Massagekabinett, dem Büro für politische Analyse, dem Computerstudio, der Redaktion, der Maske, noch einer Kabüse (für alle), der Maschinenabteilung, heute Bunker, und ja – da war sie! – der Reservetoilette, begann, wie der Truppführer versprochen hatte, »eine weitere Treppe nach unten«.

Wie viele wird es wohl noch geben in meinem Leben, dachte Jos freudlos. Und warum immer nur nach unten?

Sie erreichten das Rotsky schon bekannte Tor zum UPL. Falls Sie es vergessen haben – das unterirdische Potential der Lokalität. So hatte es Servus getauft. In der abgestandenen Luft der Tiefe roch es nach Abschied.

Meph hatte inzwischen sein frisches und echtes Aussehen zurückgewonnen. Was hat ihn wohl vor einem Moment noch so mitgenommen, wunderte sich Jos, suchte aber nicht nach der Antwort, denn Servus hatte schon den prähistorischen Schlüssel hervorgeholt. Aber es ging nicht um den Schlüssel, sondern um die Frage.

»Warum haben Sie sich so in sie verliebt, Jos?«

Servus sah unverwandt Anime an, mustergültig ausgerüstet und mit eng gebundenem Tuch. Er selbst war ebenfalls ziemlich eng geschnürt.

»Weil man Sie für nichts lieben kann«, Rotsky legte die

Betonung auf »Sie«. »Irgendwen muss man aber lieben. Auch wenn man nicht kann – man muss.«

»Aber ich liebe Sie, Jos.« Servus legte die Betonung auf das »ich«. »Geben Sie mir dafür wenigstens einen Gummipunkt.«

»Gegeben, Meph«, in Rotskys Stimme schwang eine leichte Rührung mit. Aber Wortspiele mit Gummi verkniff er sich ausdrücklich.

Sie umarmten sich ruckartig, wie Henker und Opfer auf dem Schafott – bis zum Knirschen der Knochen und dem unvermeidlichen Schmerz in den Rippen, der Jos ein Stöhnen entlockte, und begannen, sich immer ungehemmter zu küssen – auf Wangen, Zähne und Zungen. Gleich fangen sie an, sich gegenseitig einen zu blasen, dachte Anime beunruhigt. Standhaft hielt sie sich raus, aber auf ihrem dunklen Oval ließ sich die kritische Haltung der neuen gegenüber der alten Generation ablesen – der abgehalfterten und verlorenen.

Endlich riss sich Servus von Rotsky los und richtete seine Aufmerksamkeit auf sie:

»Wie heißt du, Kind?«

»Dieser Mann«, sie zeigte auf Rotsky, »besteht darauf, dass ich Anime heiße.«

»Das stimmt nicht ganz«, Rotsky schüttelte den Kopf. »Du hast selbst dieses Login für deine Mail gewählt.«

Dem hatte Anime nichts entgegenzusetzen, und Servus fuhr fort:

»Bist du bereit, Anime, mit diesem unsicheren Kantonisten mit Namen Jos ins Unbekannte zu gehen?«

Anime überlegte lange, sagte aber schließlich »ja«.

»Bist du bereit, Jos, dieses unsichere Mädchen mit Namen Anime mit ins Unbekannte zu nehmen?«

Jos überlegte keinen Moment: ja.

»Noch ist alles gut«, Servus rieb sich die Hände, protokollierte aber gleich die nächste Frage: »Schwörst du, Anime, deinen Jos bei erstbester, ja jeder Gelegenheit zu verraten und ungehemmt zu huren, überall und mit allen?«

Die Antwort lautete »nein«.

»Schwörst du, Jos, vor mir, deine Anime bei erstbester, ja jeder Gelegenheit und Ungelegenheit zu verraten, überall nur zu huren, für immer und ewig, auf Schritt und Tritt?«

Rotsky überlegte lange, stieß aber schließlich ein »ja« hervor.

»Ich weiß gar nicht, was ich mit euch machen soll. Mit solchen Abweichungen bei den Antworten werdet ihr nicht weit kommen«, verzweifelte Meph. »Aber vielleicht muss man alles umgekehrt verstehen? Okay, ich stelle jedem noch eine dritte, eine Kontrollfrage.«

Eine Zeit lang scrollte er schweigend irgendwelche Files in seinem Gadget durch, hob aber schließlich den Zeigefinger und verkündete:

»Ah, das zum Beispiel.«

Er hustete ein bisschen, als unterdrücke er ein Lachen, und fragte:

»Hast du nicht vielleicht gerade deine Tage, Anime?«

»Nein«, antwortete sie. »Aber sie können jeden Moment anfangen.«

»Danke«, nickte Servus und wandte sich an Rotsky:

»Bist du, Jos, bereit, ihre Allüren zu ertragen, selbst wenn sie ihre Tage hat?«

Jos, der beschlossen hatte, garstig zu sein, wollte schon »Nee« herausblöken, besann sich aber im letzten Moment:

»Ja, bin ich.«

Meph seufzte erleichtert.

»Danke, ihr habt die Prüfung bestanden, Kinder. Ich wäre bereit, euch unverzüglich zu entlassen, und hinter dem Tor wartet schon mein Vertreter. Aber an dieser Stelle sollten wir einen trinken. Hat jemand vielleicht Wein dabei?«

Natürlich wusste er vom Vranac. Das Ritual hätte als unvollkommen gegolten ohne die Flasche, die Rotsky aus seinem Gürtel zog. Und auch der Korkenzieher passte dazu. Becher hatte Rotsky leider nicht dabei, also mussten sie aus der Flasche schlürfen.

»Ein bisschen Sulfit kann nicht schaden«, zwinkerte Servus ihnen zu und spielte damit möglicherweise auf die bekannte Beschaffenheit der Hölle an.

Als er sich mit seinem antiquarischen Schlüssel am Tor zu schaffen machte und die Unterwelt mit unerträglichem, fast schon *eben jenem* Knirschen erfüllte, hob Edgar die Flügel und krächzte laut etwas, das sehr nach nevermore klang.

»Bravo, Maestro!«, lobte Servus. »Wie immer trifft er ins Schwarze.«

Er verbeugte sich in einem parodistischen Kratzfuß. Auf der anderen Seite des Tors wartete wirklich jemand, und dieser Jemand näherte sich jetzt aus der Finsternis mit bekanntem schwerfälligem Gang. Ja, der Schläger-Barmann. Derselbe: Revolution, Schneefälle, die 20. Barrikade auf der Kurier-Straße, auch die Strumpfmaske saß jetzt an Ort und Stelle.

»Von nun an folgt ihr ihm«, verkündete Servus. »Er führt euch dorthin, wo ihr schon wart. Dieses Verschwinden ist insofern perfekt, als es nicht im Raum stattfindet. Solltet ihr zurückkommen wollen – dann müsst ihr euch irgendwie selbst ...«

Wenn drei Pünktchen am Ende eines Satzes klingen können, dann hatte Meph dafür gesorgt.

Mann, Frau und Vogel. Und ein anderer vorneweg. So war das.

Natürlich gab es dort, in den Gängen und Sälen der unermesslichen Unterwelt, kein Licht. Leuchten mussten sie sich selbst, und Rotsky hielt den Strahl seines Telefons ständig auf den Rücken ihres Führers gerichtet. Man hätte sagen können, er ergab sich seiner Gnade. Bringt er uns raus, dann gut. Führt er uns in die Irre, dann muss es so sein.

Anime leuchtete ihrerseits Rotsky in den Rücken. Genauer gesagt leuchtete sie seine linke Schulter an, wo Edgar es sich bequem gemacht hatte. Auf diese Weise entstand das Dreieck: Mann, Frau und Vogel.

Es wurde keine kurze Wanderung. Wie lange waren sie gegangen? Eine Viertelstunde? Eine halbe? Die Zeit auf den Telefonen war erloschen, und Rotskys Armbanduhr stand immer noch, fixierte den Moment, als er vor noch nicht allzu langer Zeit verprügelt worden war. Rotsky vertrieb sich die Zeit mit Spekulationen.

Erstens spekulierte er über das Vorhandensein einer Entsprechung zwischen dem gewohnten Fußweg von seiner Wohnung zur Festung und der jetzigen unterirdischen Variante. Der gemächliche Spaziergang *über den Berg* konnte bis zu 25 Minuten dauern. Der Gang *untendurch*, und in viel schnellerem Schritt, müsste eigentlich kürzer sein. War er aber nicht.

Daraus folgte die zweite Spekulation: Sie waren auf einer labyrinthischen Route unterwegs. Dass die Gänge in Säle mündeten, war offensichtlich. Dass die Zahl der Gänge nach jedem Saal wuchs, konnte man erraten. Was, wenn der Führer sich selbst nicht gut auskannte? Wenn er sich schon lange verirrt hatte und nur noch vorgab, der Führer zu sein? Also werden wir hier ewig bleiben, seufzte Rotsky. Und formulierte in Gedanken eine möglichst höfliche Frage an den schweigenden Barmann.

Die Idee, ausgerechnet hier an Erschöpfung, Hunger und Dunkelheit zu sterben, in dieser jahrhundertealten karpatischen Gruft, zusammen mit dem Raben-Freund, einer zufälligen Geliebten und einem noch zufälligeren Barrikaden-Kameraden, erschien ihm gar nicht einmal so unangenehm. Nicht das schlechteste Ende, konstatierte Rotsky. Das langsame Absterben der Akkus – in jedem Sinne, bis zum völligen Stillstand des Herzschlags. Danach ganze Jahrhunderte Nichtsein, beschönigend Ruhe genannt – und ein interessantes Rätsel für die Archäologen (oder Speläologen?) der Zukunft. An so einem Ort zu enden war in gewissem Sinne ein Privileg. Wobei es schon als Vorteil gelten musste, dass es insgesamt trocken war und fast nicht roch, die Luft zwar nicht frisch, aber erträglich blieb.

Kaum hatte Rotsky dem Vater für all diese wirklich unschätzbaren Vorzüge gedankt, als die Luft sich rapide verschlechterte. Mit jedem Schritt nahm der Gestank zu. Irgendwo in der Nähe war die Gegenwart von etwas Lebendigem und Gewaltigem zu spüren. Es atmete mächtig, mit schwerem Schnaufen und Pfeifen, schmatzte durch unsichtbaren Schlamm und – wie soll man dieses Geräusch nennen? – wahrscheinlich grunzte es, aber nicht wie ein Schwein, sondern anders.

»Wir sind da«, teilte der Barmann mit, während er sich nach ihnen umschaute.

Der Schein der Laterne, der auf seinen Sehschlitz gerichtet war, kroch kurz zur Seite, und alle drei – Mann,

Frau und Vogel – erfassten mit ihrem Blick flüchtig gewisse Fragmente: ein massiver, dreckverspritzter Torso, zerfurchte Flanken, ein gigantischer, von einem haarigen Schwänzchen gekrönter Hintern. Das Untier war bei ihrem Näherkommen nervös geworden, und aus der Kanonade der in alle Richtungen verschossenen Gase konnte man schließen, dass es wild wütete in seiner Voliere oder worin es sich auch befinden mochte.

Der Barmann schien vorbereitet auf diese Reaktion. Er blaffte etwas Scharfes und Unverständliches – einen Satz, eine Formel, eine Beschwörung, einen Fluch? – in Richtung des Grunzens und Furzens, dann gab das Monster langsam Ruhe.

Und ja, Edgar. Er war hin und her geflogen. Hatte das Vieh einmal umrundet und war zurückgekehrt. Im Unterschied zu Mann und Frau hatte der Vogel schon erkundet, was sich dort Großes und Abstoßendes befand. Aber er hatte noch nicht gelernt, den Namen in menschlicher Sprache zu artikulieren.

»Dort«, der Barmann wies mit dem Arm nach vorn, »werdet ihr über den unterirdischen Fluss setzen. Sollte der Steg zerstört sein, tretet auf die Steine im Wasser. Auf der anderen Seite beginnen die Kasematten. Die müsst ihr durchqueren, und zwar ohne die herumliegenden Folterinstrumente und Skelette gefangener Türken zu beachten. Man wird euch etwas hinterherrufen, also seht euch besser nicht um. Ich muss los, macht's gut.«

»Eine Frage noch«, Rotsky hob die Hand. »Wo sollen wir ankommen? Was ist unser Bestimmungsort?«

»Das kann ich nicht wissen«, der Barmann schüttelte den Kopf. »Eure Bestimmung geht mich nichts an. Hauptsache, ihr schafft es durch die Kasematten bis zur Wendeltreppe. Und über diese nach oben, in die Festung, zur Kommandantur. Teilt euch eure Kräfte gut ein: Dort sind, wie es heißt, mehr als siebenhundert Stufen. Siebenhundertsiebenundsiebzig, um genau zu sein. Und oben ergebt ihr euch der Gnade des WaHa, oder wie das bei denen heißt – des Herrn Garnisonskommandeurs, irgendwie so.«

Der »Barmann« drehte sich um und entfernte sich in die Richtung, aus der sie gekommen waren. Noch ein paar Minuten, und sie würden den Hall seiner Schritte nicht mehr hören. Mutterseelenallein – Mann, Frau, Vogel.

Das Licht der Telefone erlosch – auf beiden gleichzeitig. Weiter in völliger Finsternis, dachte Rotsky. Gut, dass die Stufen diesmal wenigstens aufwärts führen.

14

Der Winter lief vor ihnen und hinter ihnen. Der Winter lief an ihrer Seite und im Gleichschritt mit ihnen – bitter und unerbittlich. Seit es im Oktober zu schneien begonnen hatte, fand er weder Maß noch Ende. Sechs Monate Winter, Schnee und Kälte. Wer soll das ertragen.

Gehen. Marschieren. Wenn wir diese Zeit durchschreiten, leben wir ewig. So sprach ab und an der Dritte, aber wer weiß, er scherzte wohl. Was heißt schon ewig? Ewig war nur der Hunger – das vierte Subjekt ihrer kleinen Gemeinschaft.

Auch das winterliche Feld erschien ewig. Sie blieben stecken im Felde – kamen nicht vorwärts. Der Streifen grauen Vorgebirgs im Süden blieb für immer ein Versprechen: Wie lange man sich auch darauf zu bewegte, es war kein Näherkommen. Höchstens, dass er im Schneesturm völlig verschwand. Gott schlägt die Menschheit mit Syphilis und Winter, klagte der Dritte. Gott ist uns Richter und Vater.

Die Städte und Städtchen versteckten, krümmten sich, rollten sich zusammen, wenn sie vor Kälte die letzten Vorräte verbraucht hatten. Nicht einmal die eingemachten Rübsamen reichten für alle. Was also bloß für hergelaufene Musikanten! Hauptsache selbst nicht verrecken im ewigen Winter. Konzerte hatten sie kaum zu spielen, und wenn, dann nur für eine Schale Suppe, aus Vogelnest gebrüht. Einmal ergatterten sie heißen Fischsud aus gepökelten Karauschen und ein Nachtlager. All das, weil dem Wirt der Herberge plötzlich die Tränen kamen von »Kindlein, Waisenkind, armer scheußlicher Krüppel«.

Sie hatten mal mehr, mal weniger Glück.

In Arschau kredenzte man ihnen Brennnesseln, Gänsefuß und andere Feldfrüchte.

In Paternoster – gekipptes Bier.

In Hajske – Wein mit Wasser und Linsen.

In Ruske – Getreidespelz und Sauermilch.

In Kelderasch und Beerenfurt verabschiedete man sie mit Brotpunsch, aber in Letzteren streute man noch getrocknete Früchte hinein.

In Birnberg gab es keine Birnen, dafür Schwarzbrot und Knoblauch im Übermaß.

Kaputna (nicht zu verwechseln mit Krautna, wo es wirklich Sauerkrauteintopf gab) bewirtete sie mit Pilzen. Hinterher lagen sie rücklings in den Strömen der Winde und kletterten lange an den Stämmen der Schiffskiefern empor, sprangen von Wipfel zu Wipfel, begrapschten die Bärte androgyner Feen und hingen in transparenten Kapseln, durchdrungen von Stimmen und Gekicher zwergenhafter Dämonen.

Und nur in Rawa-Sudormyrska durfte man sich den Bauch mit Fleisch vollschlagen: Es gab ein großes Ziegensterben, und alle fraßen sich mit schuhsohlenzähem, versalzenem Frischfleisch voll. Auch sie bekamen etwas ab.

Denn wie du den Musikanten fütterst, so spielt er dir auf. So auch sie – sie spielten mal besser, mal schlechter. Legten sich schlafen mit Bäuchen, rein und tönend wie Trommeln vor Leere. Und konnten sich dann wieder gar nicht schlafen legen – weil die Leute sie wütend verjagten mit Knüppeln und Gepfeif.

Aber mit dem Dritten hatten sie Glück. Er konnte Schlingen legen, dass am Morgen ein paar Gimpel drin hingen. Euleneier wusste er auch zu finden, doch war es zu früh dafür.

Für alles war es zu früh. So vegetierten sie – im Glauben, der ewige Winter sei nicht ewig. Wo Gott ihnen doch seine Brosamen schickte.

Doch fast immer auch von Ihm nichts, und auf dem Weg komponierten sie einen elenden Cantus für drei Stimmen, der ihre Leiden enthielt und mit »Oj wann fressen wir uns satt« begann. Außerdem gab es in ihrem Repertoire »Die Körnlein«, »Geh nicht, mein Madel, der Mond ist voll«, das unerträglich schändliche »Lockenköpflein unterm Schöfflein« und »Mein Herz ist kalt«.

In Wahrheit nicht nur das Herz. Die Kälte saß in jeder Faser ihrer Kleidung, jedem Zeh und jedem Ballen der halbbloßen Füße. Lange Märsche, Schneesturm, Eisregen, Nächte in ausgekühlten Schobern, leeren Höhlen – so erging es ihnen auf dieser Welt. Um die Zweite vorm völligen Erfrieren zu schützen, mussten sie abwechselnd (ein über die andere Nacht) mit ihr schlafen, was keine reine Freude war, die Zweite wand sich und kickte im Schlaf. Zu dritt schliefen sie um keinen Preis, wissend um die sieben Todsünden. Erworben hatten sie die Zweite erst kürzlich zum halben Preis im Klosterasyl in Mariampol – für ihre Liebesbedürfnisse vor allem, aber sie unterrichteten sie auch in Musik. Die Zweite war begabter als alle Vorherigen zusammengenommen.

Noch zu den Nachtlagern: Ein von wer weiß wohin verschwundenen Bauern verlassener Hof oder Weiler galt als größtes Glück. Die Gegend blieb vom Kriege nicht verschont, und selbst in Brandruinen schlief man besser als im freien Feld.

Ihr Weg Richtung Berge, zum grauen Streifen Trugbild und Versprechen, war nicht beliebig. In jene Richtung gehen hieß nach Süden gehen. Man weiß, die Südseiten der Berge sind immer wärmer, die Weiden saftiger, der Wein süßer, die Menschen reicher und die Musikkultur höher. Auf der anderen Seite erwarteten sie Maronenbäume und Nussbaumhänge, in den Bächen fetter Lachs, sonnwarmer Fels und ein wohlhabendes zivilisiertes Publikum, das bereit war, nicht irgendwie, sondern mit klingender Münze aus prallen Beuteln zu bezahlen und würdig und kenntnisreich jede edle Note aus »O König Israel«, »Frau Madonna« oder »Kind, in deinem Schoß« zu entgelten.

Ihr damals letztes Geld aus Konzerten hatten sie noch im Herbst verdient, in Ober- und Mitteltransoslawien, wo sie bei einer Reihe von Hochzeitsbällen und Tanzturnieren auf den Gütern der dortigen, von libertären Renaissance-Ideen ziemlich verdorbenen Adligen aufspielten. Den ganzen finanziellen Gewinn (zusammen mit dem für einen hypothetischen schwarzen Tag bewahrten Depot) stahlen ihnen kurz darauf auf frechste Weise Räuber aus dem Schwarzen Wald, die, auf der Flucht vor dem Winter, ebenfalls in die südlichen Gefilde im Osten Sinistriens strebten, so dass sich ihre Wege mit denen unseres Trios kreuzten. Es handelte sich um die Männer des legendären Räuberhauptmanns Zygmont Zjapa. Es hieß, er verwandle sich zweimal im Jahr in einen Hundsköpfigen. Was seine Halsabschneider betraf, so kündeten die Legenden, das »Köpfen sei ihre dritte Tat«. Die erste war »der höfliche Gruß nach gutem Brauch der Christenmenschen«, und die zweite das »totale Fleddern«. Vom Vergewaltigen sprachen die Legenden nicht – vielleicht, weil es überhaupt nicht als etwas galt, dem Aufmerksamkeit geschenkt zu werden brauchte. Die Banditen interessierten sich auch gar nicht für die Zweite. Wahrscheinlich fanden sie die Lumpen und das mit eitrigen Pickeln übersäte Gesicht nicht besonders attraktiv.

Diesmal kam es nicht zur dritten Tat. Als sie die Musikinstrumente entdeckten, forderten die Bösewichter ein Konzert: »Solange ihr spielt, solange bleibt ihr am Leben.« Spielen (und leben) mussten sie unsäglich lange: sie begannen, als es in den Städtchen im Tal sechs schlug, und endeten, völlig erschöpft, in tiefster Nacht, als der ausdauerndste unter den sturzbesoffenen Wegelagerern denn doch von einem schweren Schlaf überwältigt worden war, undurchdringlich wie der Polyphems. Die Gelegenheit zur sofortigen Flucht verstreichen zu lassen wäre einem Selbstmord gleichgekommen. Zum Abschied spielten sie »Frei wie ein Vogel, frei ist die Seele« – und lösten sich im Karkolomsky-Urwald auf, nachdem sie die besinnungslosen Recken um ihr eigenes Geld erleichtert hatten.

Einem Bären – o Wunder! – begegneten sie niemals. Aus der Ferne wurden sie von Wölfen beäugt, die sich jedoch verzogen. Der in diesen Gegenden einzige Werwolf – jener, der auf den Bergkämmen gen Transsylvanien wanderte, wollte sich nicht nähern, denn die Sekrete der Zweiten dünsteten stark nach Knoblauch. Vom Kobold hatten sie sich rechtzeitig abgewandt, und so konnte der ihnen nichts antun.

Die schwerste Aufgabe in diesem sechsmonatigen Winter war, zwischen zwei Kriegszügen durchzuschlüpfen, in der Pause zwischen den wegen Schnee und Eiseskälte vorübergehend eingestellten aktiven Kriegshandlungen. Die gegnerischen Heere lagerten in ihrer großen Masse in den Quartieren, und die sogenannte Befreiungsbewegung des bäuerlich-kleinbürgerlichen Marschall Krvavic der Blutrünstige leckte, nachdem sie im Herbst vor dem donauländischen Marienstadt eine beispiellose Niederlage erlitten hatte, ihre Wunden, erneuerte die Kräfte, füllte die spürbar ausgedünnten Reihen mit Rekruten aus den getauften Provinzen des Vereinigten Kalifats und bereitete sich auf kämpferische Auseinandersetzungen zur Wiedererlangung der verlorenen Positionen vor. Ihnen entgegenstellen würde sich nach dem Abschwellen der Frühlingshochwasser erneut die fast hunderttausendköpfige, von mauretanisch-maltesischen Söldnern verstärkte Armee der Pseudokreuzritter unter Rüdiger von Schlesien. Der Kriegsschauplatz verharrte in angespannter Ruhe am Ende der Theaterpause, aber das dritte Klingeln hatte schon in voller Lautstärke zur Wiederaufnahme gerufen. An die Arbeit.

Königreiche zogen gegen Königreiche, Gebiete gegen Gebiete, Länder gegen Länder, Nachbarn gegen Nachbarn – vor allem hier, in Mittel-Osteuropa, wo, ehrlich gesagt, bis heute nicht alles glatt läuft mit dem historischen Erbe und der jeweiligen Sicht darauf. Ganz zu schweigen also von jenen mörderischen Zeiten.

Ins Land hinter den Bergen entwischen, sich durchschlagen, entkommen – das war ihr Ziel. Aber man konnte es nicht auf gerader Linie oder über den sicheren und schnellen Luftweg erreichen. Die Landschaft zwang sie zu Schleifen, Umwegen und Irrungen, dazu, dieselben Landschaften wieder und wieder zu durchqueren, mit ihren Verwüstungen, Verheerungen, Ruinen, entehrten und erstarrten Gehenkten, an denen sich Füchse, Ratten und Krähenvögel gar nicht sattfressen konnten; auf den Marktplätzen der menschenleeren und halb ausgebrannten Städte auf ganze Henkerinstallationen zu stoßen, mit Pfählen, Haken, Rädern und Galgen, mit Leichenteilen, Köpfen, Gliedmaßen, Eingeweiden; sich mit Stock oder Faust der hungrigen und wild gewordenen Köter erwehren zu müssen; sich in schwarzen, ausgebrannten Hütten zu wärmen, von deren Bewohnern wahrscheinlich kein einziger überlebt hatte, wovon die hie und da aufgefundenen abgenagten Frauen-, Kinder- und Männerskelette zeugten; sich in deren für immer verlassenen Betten auszuschlafen. Auf Bänken, Truhen, Öfen. In Scheunen und Schuppen.

Ihre weit geöffneten Augen füllten sich mit allen Schrecken der Welt und lösten sich langsam darin auf.

Wer waren sie eigentlich, diese fahrenden Musikanten?

Zu zwei Dritteln – das Bruchstück einer über die eigene Gemeinde hinaus bekannten Parochialkappelle.

Der Erste spielte ein kleines Orgelpositiv – portabel genannt, denn er trug es immer bei sich. Seine rechte Hand glitt über die Tasten, während die linke den Lautensack hielt. Das Orgelpositiv des Ersten war außergewöhnlich und sehr wertvoll: es konnte 32 Töne spielen. Vor langer Zeit (mehr als einem halben Jahrtausend) war es in Indien erschaffen worden, wo man es »Harmonium« taufte. Von dort war es über Persien nach Byzanz gelangt. Der Erste hatte es schon in jungen Jahren an der Musikbörse »Sataneum« in Vindobona erstanden und sich seitdem nie mehr von ihm getrennt.

Die Zweite lernte rasant schnell, vor den Augen der anderen beiden, die Flöte zu beherrschen – eine, die im Land der Teutschen Blockflöte geheißen wird. Sie hätte sich nicht so eifrig der Flöte gewidmet, hätte sie nicht selbst früher schon Blasinstrumente gespielt, von denen sie ganze drei besaß: eines aus Holunderholz, eines aus Kirschholz und eines aus Schilfrohr, im Land der Teutschen Schalmei genannt.

Der Dritte schleppte auf seinen Schultern einen ganzen Sack mit Trommeln und Tamburinen unterschiedlichster Art und Größe. Er konnte wie kein anderer schlagen, klopfen, knarzen und rasseln. Aber auch pochen, klacksen und trommelwirbeln verstand er hervorragend. Er war für den Rhythmus zuständig, und das hieß, ohne ihn konnten sie keinen Tanz spielen. Kantaten, Sonaten, Kanzonen, Partiten und sogar Motetten – bitte sehr. Aber keinen Tanz, nein. Allenfalls einen Geisterreigen, körperloses Schweben und Flimmern einer anderen Substanz.

Der Dritte gab sich seinem Handwerk mit seinem ganzen Selbst hin, was er mit unzähligen an seine Kleider gehängten Glöckchen signalisierte. Jeder seiner Schritte war von lautem, manchmal auch aufdringlichem Schellen begleitet: Hier komme ich, der große Herr der Rhythmen. Zu der Zeit herrschte noch nicht überall der Brauch, die Leprakranken mit Glöckchen zu behängen, während nur zwei Jahrzehnte später das Erscheinen des Dritten unter Leuten keine Neugier, sondern Angst hervorgerufen hätte. Gut, dass diese üble Veränderung sich nicht noch zu seinen Lebzeiten vollzog.

Manchmal reichte ihnen die Musik, die sie zu dreien spielen konnten, nicht aus. Der Erste stimmte dem Dritten zu (der sich überhaupt bis zu einem gewissen Moment als Direktor der Truppe gab), dass es nicht schlecht wäre, noch ein paar Kollegen hinzuzubitten. Über einen ihm bekannten Händler hatte der Dritte bereits Kontakt zu zwei Skipetaren-Brüdern auf Pannonischer Seite hergestellt. Ihre Aufnahme in die Truppe hätte das Ensemble um eine Lyra und eine Mandoline bereichert. Aber ein Treffen mit ihnen kam letztlich nicht zustande. Wenn die pannonischen Späher nicht logen, hatte man beide Brüder aus Versehen in ihrer Hütte auf Rädern bei lebendigem Leibe verbrannt – eine der vielen versehentlichen, sinnlosen Fatalitäten aufgrund nichtiger lokaler Händel.

Eines Morgens war der Dritte weg. Der Erste lag verschlungen mit der Zweiten auf einer engen Pritsche in einem halbzerstörten Gasthof. Seit dem Abend hatten sie sich viel länger als sonst geliebt, und danach schliefen sie wie Tote und atmeten einander ins Gesicht. Inzwischen eignete sich der Dritte, der sein Lager absichtlich nicht neben ihnen, sondern in der Nachbarkammer aufgeschlagen hatte, die Reste des Geldes an, von dem, wenn es für drei reichen sollte, nur noch kläglich wenig übrig war. Der Dritte warf alles in seinen Sack mit den Trommeln, auch das Depot – das für schwarze Tage –, löste vorsorglich die Glöckchen von seiner Kleidung und trat hinaus in die Welt. Wohin es ihn verschlug, würden weder der Erste noch die Zweite je erfahren. Gerüchten nach sah man ihn einige Jahre später in einem Klosterspital, wo er seine verschleppte Syphilis behandelte.

Auftritte dessen, was jetzt schon kein Trio mehr, sondern ein Duo war, wurden fast unmöglich. Die Leute wollten vor allem Tanzvergnügen. Um sie herum tobte ein wahrer Totentanz, und sie antworteten mit gleicher Münze. Ohne die Schlaginstrumente des Dritten kam das Publikum kaum in Fahrt und verfiel rasch in Langweile und Frustration. Mehr noch – selbst Beisetzungen (auch wenn die Nachfrage danach das Übliche um ein Vielfaches überstieg) gelangen ohne große Trommel nicht so gut wie mit deren gleichmäßig-feierlichen Schlägen.

Ihnen blieb nichts als unaufhörlich ihrer eigenen Verzweiflung nachzugehen. Ja, die Verzweiflung schritt voran, wer folgte, war der Hunger. Er jagte sie und stieß sie zu Boden. Zog sie dann wieder hoch. Und trieb sie erneut vorwärts.

Die südlichen Berge waren endlich nicht mehr grau, sondern mal mit blauer, mal mit grüner Farbe übergossen. Als der Erste und die Zweite den Gipfel der Magura erklommen hatten, traf ihr Blick tief unten auf die ersten

Zeichen der südlichen Gefilde: kein einziges Schneefeld, Bachkaskaden, sprudelnde Flüsse, sprießende Bäume in den Hainen. Es roch nach Frühling – bis in die Tränendrüsen.

Dort, auf der hohen Magura, fand sie ein schwarzer Postrabe. Vielmehr war er ihren Wegen schon eine Zeit lang gefolgt, als beobachte er sie aus der Luft. Schließlich zog er ein paar Himmelskreise, trat elegant den Sinkflug an und setzte sich dem Ersten auf die Schulter. Er überbrachte ihm einen Brief des Kapellmeisters.

Der Rabe, besser gesagt der Bote, hatte den Auftrag, den Ersten in einer ziemlich delikaten Angelegenheit aufzusuchen. Davon erfuhr der Erste aus dem Brief, den der Rabe bei sich trug. Allerdings hatte er auch schon früher davon gehört. Während er – zuerst zu dritt, und dann zu zweit mit der Zweiten – gen Süden wanderte, waren ihnen hie und da an Meilensteinen, Wegweisern und anderen Konstruktionen angebrachte Bekanntmachungen aufgefallen. In holprigem Latein (der damaligen lingua franca nicht nur jenes babylonisch vielsprachigen Teils der Welt) riefen die Zettel Personen, die über diese oder jene musikalischen Fähigkeiten verfügten, dazu auf, ihr Glück beim Vorspiel für ein neues Ensemble zu versuchen, das gerade vom sechsundzwanzigsten Baron Florian-August zusammengestellt wurde. Je näher an den Besitzungen des Barons, die südlich der Berge gelegen waren, desto häufiger traf man auf diese Bekanntmachungen – nicht mehr nur an Meilensteinen, Mariensäulen oder Brunnen, sondern auch an den Stämmen der ersten Kastanien oder, was sich besonders einprägte, an Galgen.

Mehr Süden, mehr Frühling, mehr Galgen – und mehr Bekanntmachungen.

Und jetzt noch der Brief des Kapellmeisters, von einem weisen Postvogel zugestellt.

Den Ersten und den Kapellmeister verband ihre Jugend. Sie hatten gemeinsam im ruhmreichen Kollegium von Domodossola das Musizieren studiert. Während der Erste die Orgeltasten beherrschen lernte, spielte der Kapellmeister (damals natürlich noch kein Kapellmeister) alles, was er nur konnte, auf Violen und Violinen unterschiedlicher Art. Nach Abschluss ihrer Ausbildung verschlug es sie auf der Suche nach Ruhm, Geld und Karriere in alle Himmelsrichtungen: den Kapellmeister in die an aufgeklärten Bürgern reichen alemannischen Provinzen, und den Ersten in die heimischen, zwischen dem ewigen Osten und dem Westen gelegenen sumpfigen unwirtlichen Ebenen, wo noch der alte byzantinische Ritus dominierte.

Im Laufe der folgenden Jahrzehnte hatten sie kaum zwei oder drei Grüße ausgetauscht, übersandt mittels seltener zufälliger Wanderer.

Und jetzt?

In dem vom Raben überbrachten Brief informierte der Kapellmeister, der alte Freund, detailliert über den Hintergrund der Bekanntmachungen am Wegesrand. Seine Hoheit Florian-August hatte ihn gnädigst damit beauftragt, ein Großes Jagdorchester zusammenzustellen. Genauso sollte es offiziell heißen, und das Wort »groß« in seinem Namen begann nicht von ungefähr mit einem großen G. »Lieber Freund«, schrieb der Kapellmeister, »das entsprechende Verdikt meines Herrn überträgt mir gnädigst die leitende Funktion und eine ziemlich große Unabhängigkeit. Ich bin ermächtigt, die Kandidaten für die Schaffung des Orchesters einzuladen und einzustellen. Nach meiner positiven Entscheidung, die ich in deinem Falle a priori treffen würde, also ohne irgendwelche vorherigen Prüfungen, sind die Kandidaten verpflichtet, ein Gespräch mit der höchsten Person (HP) und deren engstem Beraterkreis (EBK) zu führen. Der Eintritt ins Große Jagdorchester des sechsundzwanzigsten Barons Florian-August garantiert dem Musikanten erschwinglichen Wohnraum im Schloss, eine Konzertuniform von besonderem Schnitt, zusätzlich hundert Wachskerzen und als Besoldung – ein persönliches Stipendium in Höhe von dreieinhalb Dukaten pro Woche. In unseren nicht einfachen Zeiten mit ihren hybriden Bedrohungen ist das, meinem Ermessen nach, gar keine schlechte Option.«

Im Postskriptum erlaubte sich der Kapellmeister schließlich einen etwas wärmeren Ton: »Mein Freund«, fügte er mit leicht veränderter und nicht so offizieller Handschrift hinzu, »wie mir deine Rechte fehlt! Und auch deine Linke brauche ich.«

Der Erste empfing diese unzweideutige Einladung mit Freude. Die Zweite wollte er möglichst mitziehen: ihre Fortschritte im Flötenspiel gaben Anlass, es zu versuchen. Was das Geschlecht anging, so konnte man es verheimlichen und sie für das Auswahlgespräch als Junge verkleiden.

Sie erreichten die Besitzungen des sechsundzwanzigsten Barons Florian-August gleichzeitig mit dem sprießenden Blattgrün und dem ersten Löwenzahn und gerieten sofort unter die liebenswürdigen Fittiche des Kapellmeisters: ein paar Wochen lang machten sie nichts anderes, als sich an Butter und Enteneiern satt zu essen und in den ehemaligen römischen Thermen die Schmutzschichten ihrer Reise abzukratzen.

Einmal, wie um die Aussichten der Zweiten abzuschätzen, bei der Vorstellungsaudienz als Junge durchzugehen, zog der Erste das Baumwolltuch von ihrer Brust und sagte nachdenklich: »Du hast wirklich große.«

Bis zur Audienz und dem Vorstellungsgespräch blieben noch wenige Tage.

Für den Anfang musizierten sie ein bisschen. Der verständige Kapellmeister, der sie unterstützte, wo er nur konnte, damit sein alter Herzensbruder aus der geliebten Alma Mater die Sinekure im Orchester bloß auch bekäme, verstärkte sie mit dem allerbesten Tamburinisten. So hatten sie die Möglichkeit, einige Stücke einzustudieren: »Morgen, morgens, früh am Morgen«, »Liebe Gämse«, »Denn mit dir, denn mit dir hab ich keine Angst« und – wie ginge es ohne? – »Drei Jägersmannen hinterm Mädchen her«. Den größten Eindruck auf die unter dem Vorsitz des Barons persönlich tagende Aufnahmekommission machte aber nicht die Musik, sondern der Tanz des gelehrten Raben. Der hatte sich frech vor das Trio geschoben, hob die Stimmung und belustigte die hochehrwürdige Expertengruppe, zu der sich diesmal die Baronin Evelyna die Stumme (oder auch – die Sprachlose) gesellt hatte, mit seinem Stampfen und dem passenden Winken mal mit dem einen, mal mit dem anderen Flügel. Evelyna, diese überspannte Person mit ewigem Schmollmund und Dämonen im Blick, hatte bisher noch nichts und niemand zum Lachen bringen können. Ihre kürzliche, lang erwartete und unerträglich qualvolle Defloration hatte sie nicht von ihren pubertären Alpträumen befreit, und stur fuhr sie fort, die Herzen ihrer Puppen ab und zu mit einer Zigeunernadel zu durchbohren. Jetzt aber huschte selbst über ihr wächsern-blasses Gesichtchen (es heißt, sie sei fast noch in den Windeln an lymphatischer Leukämie erkrankt) etwas wie ein unterdrücktes schiefes kleines Lächeln.

Der Rat des Barons tagte in der Zusammensetzung dreier Förster, des Oberfalkners, des Bischofinquisitors, des Zensors und des Kastellans. Die Prüfungsregeln sahen vor, dass jeder Würdenträger, nachdem er seine Meinung über das Gehörte ausgedrückt hatte, dem Kandidaten eine Frage stellte. Nur eine – und genau darin lag die Gefahr. Bei der Antwort durfte man nicht patzen.

Die Förster begannen, und einer fragte:

»Wenn du die Wahl hast zwischen Vater und Freund, von wem würdest du dich eher lossagen?«

Dem Ersten wäre beinahe herausgerutscht, dass eine solche Frage nun wirklich nichts mit Musik zu tun habe, aber etwas hielt ihn zurück. Wahrscheinlich die rechtzeitige Eingebung von Oben, dass alles die Musik betrifft, denn die Musik betrifft alles. Sie, diese Eingebung, inspirierte den Ersten dann wohl auch zur einzig richtigen Antwort:

»Selbst wenn wir Gott seine Existenz absprechen, hört er nicht auf uns zu lieben.«

Da fiel der zweite Förster ein:

»Wenn du die Wahl hast zwischen der Mutter und ihrem Mann, wen würdest du mehr begehren?«

Der Erste strengte den Schädel an, schielte erst zum Raben und dann zum Kapellmeister hin und antwortete:

»Wir können unsere Mütter nicht wählen, und noch weniger die Männer dazu. Das Begehren erhält seinen Sinn nur durch die Auswahl, und die Auswahl durch das Begehren. Man kann nicht einfach alles auf der Welt begehren ohne Auswahl, Auslese und Ausschuss.«

Darauf reagierte der dritte Förster mit seiner Frage:

»Würdest du also die Hand gegen den Mann deiner Mutter erheben, damit sein Bett zu deinem werde?«

»Ich füge anderen keinen Schaden zu, am wenigsten,

indem ich mir ihre Betten aneigne«, antwortete der Erste schlüssig. »Wenn mir Fortuna so wenig hold wäre, dass ich nirgends auf der Welt ein eigenes Bett hätte, dann würde ich natürlich zu meiner Mutter und ihrem Mann sagen: rückt ein Stück, ihr Liegenden, und lasst mich wenigstens an der Kante bei euch ruhen. Und damit meine Natur mich nicht ewig in Versuchung führe, drehe ich euren Vergnügungen den Rücken und ihr wisst schon was zu.«

Da kam der Oberfalkner an die Reihe. Im Unterschied zu den bisherigen, mehr mythologischen, war seine Frage eher poetisch:

»Welcher Vogel fliegt höher als alle Musik?«

»Nicht der, welchen wir vor uns sehen«, der Erste nickte in Richtung des Raben. »Und auch nicht der, für den man Wildlederhandschuhe näht. Sondern der, der in meinem Innern nistet. Lasst das Herz frei – und ihr werdet sehen, wie hoch es fliegt.«

Als er das hörte, stellte der Bischofinquisitor eine Frage eher philosophischer Natur:

»Wenn die Musik ganz von Gott kommt, wozu brauchen wir dann einen Komponisten?«

»Ihr sprecht logisch, Eure Eminenz«, antwortete der Erste ohne mit der Wimper zu zucken. »Aber nicht nur die Musik kommt ganz von Gott. Die Kirche ebenfalls. Und wenn sie ganz von Gott kommt, wozu brauchen wir dann Bischöfe? Der Komponist ist in der Musik, was der Bischof in der Kirche ist: weniger als der Herr und mehr als ein Vermittler. Das schwöre ich bei den beiden Farben meiner Augen.«

Dann kam die Reihe an den Zensor, der eine gewissermaßen wissenschaftliche Frage stellte:

»Wie viele Noten des Satans sind in der Schwarzen und Weißen Mensuralnotation zu finden?«

Der Erste bekreuzigte sich drei Mal und drei Mal spuckte er aus, dann sagte er:

»Wir, die Menschen, verfügen nicht über die Reinheit, um absolut rein zu singen. Die Engel, ja, die schon, aber es geht nicht um sie. Was uns betrifft, so ist uns keine einzige von Falschheit freie Note gegeben. Was es gibt, ist lediglich ein schmaler Grat zwischen Noten mit weniger und solchen mit mehr Falschheit. Der Satan aber sitzt gerade dort, auf diesem Grat. Alles andere erreicht man durch harte Arbeit beim Üben.«

Endlich ergriff der Kastellan das Wort, und seine Frage lautete eher ökonomisch:

»Welchen Lohn erhoffst du dir vom Spielen im Orchester, um nicht nur dich selbst, sondern auch diese Hure hier zu unterhalten?«

Der Erste zuckte zusammen: Wie hatte man sie so leicht entlarven können? Aber er fasste sich und antwortete:

»Jene, die ihr gerade beleidigt habt, indem ihr sie Hure nanntet ...« Er stockte, räusperte sich und begann von Neuem. »Die, welche ihr hier Hure nennt, hat sich in Wahrheit noch nicht zu euch gelegt und wird das auch kaum tun, mit wie vielen goldenen Dukaten ihr sie auch locken möget. Was ihr Flötenspiel angeht, so haben alle Anwesenden sich schon von dessen engelhafter Reinheit überzeugen können.«

Da aber trat der Baron gemäßigten Schritts in die Mitte des Saals. Er hinkte nicht wirklich, zog aber ein Bein ein bisschen nach: eine Folge seiner allzu aktiven Teilnahme an der Schlacht um das Maramuresch-Erbe vor dreißig Jahren. Aber es existierte auch noch eine andere Version der Ereignisse: keine Schlacht, sondern Jagd und ein aus dem Ruder gelaufener Zweikampf mit einem Eber, die Wade von Hauern durchstochen und von Wundfäule befallen. Die Geiferer aus den Nachbarländereien behaupteten gerne, er trage eine Prothese. Der Baron schlurfte also näher an die Musiker heran und betrachtete den Ersten irgendwie ungnädig, aber interessiert mit abschätzigem Blick. Den Regeln des Vorstellungsgesprächs nach stand ihm die letzte Frage zu.

Das jedoch, was er äußerte, war keine Frage:

»Du hast keine einzige sinnvolle Antwort gegeben«, wandte er sich an den Ersten, »aber mir hat das, was du da zusammengereimt hast, gefallen. Ich würde dich als Hofnarr anstellen, obwohl du offensichtlich auch kein schlechter Klavierspieler bist.«

Ausnahmslos alle Ratgeber begannen auf gemessene Art zu lachen, wobei sie ihre meist schon zahnlosen Münder mit der Hand bedeckten. Der Erste verbeugte sich nach dieser Rede des Barons kaum merklich, aber würdevoll.

Dann musterte der Baron die Zweite von allen Seiten. Nachdem er seine Augen in ihre Brust gebohrt und eine angespannte Pause gehalten hatte, seufzte er endlich seine Frage:

»Würdest du genauso geschickt auf meinem Instrument spielen, Mägdelein?«

»Hauptsache, es ist langgestreckt und nicht zusammengefallen, Euer Hoheit«, versicherte das Mädchen und errötete vor Bescheidenheit.

Die Baronin erblasste noch mehr und es schien, als zische sie etwas in ihrer Ecke.

»Ins Orchester aufnehmen«, befahl der Baron fast mechanisch. Und fügte hinzu: »Beide.«

Der Kapellmeister seufzte fast vor Erleichterung.

Seit jenem Tag war etwas Zeit vergangen – rasch fließend, wie es typisch für den Frühling ist. In der Orangerie der Baronin erblühte und verblühte die japanische Kirsche. Der Feiertag rückte näher, und die Besitztümer des Barons (die hiesigen und die überseeischen) arbeiteten angestrengt auf ihn hin. Es ging um die öffentliche Präsentation eines Paars weißer Rhinozerosse, die wandernde Mauren von den Zuflüssen, ich glaube, des Nils, angeliefert hatten. Geschlechtsreif und märchenhaft riesig sollten diese Untiere für den Baron eine einzigartige Herde zeugen. Außerdem dienten sie als Geschenk für die Baronin Evelyna aus Anlass ihres nahenden Namenstags und – untrennbar damit verbunden – Geburtsjubiläums. Der ältliche satyrgleiche Hinkefuß liebte es, seine launische und ewig unzufriedene 14-jährige Ehefrau mit allen möglichen Raritäten zu verwöhnen. Zum Schmuck ihres persönlichen Panoptikums, zu dem eine Kollektion Zwerge, die böse und komische Zauberin Gaga, singende Minerale, goldene Kaulquappen, ein Scherenmensch, Seidenspinnerkokons, ein schwarzes Schaf und andere lebendige und halblebendige Attraktionen gehörten, sollten nun sie werden – die weißen afrikanischen Rhinozerosse.

Ihre Präsentation, geplant als Massenveranstaltung auf der Wildparkwiese, begann am Spätnachmittag eines jener Maientage, von denen man weiß, dass sie eine Anspielung Gottes auf die Unerreichbarkeit des Paradieses sind: Erst schickt ER uns fast alle Elemente des Paradieses auf die Erde herab, nur um sie dann gnädig wieder einzusammeln und uns SEINEN STINKEFINGER vor die Nase zu halten. Dieser Augenblick auf Erden ist nur ein Flackern, eine Ahnung, eine Antizipation des EWIGEN MAIENS, zu dem unser Bruder übrigens kaum Zugang erhalten wird, nach allem, was der sich geleistet hat.

So oder so ähnlich dachte bei sich, während er in der Orchesterkolonne marschierte, der Erste – in seiner neuen Konzertuniform und sogar in Kniehosen mit gelben Kokarden, in neuen Bundschuhen aus gut gegerbtem Leder, vorbildlich frisiert und sorgfältig parfümiert. In seiner Nähe trippelte die Zweite, die einzige Person weiblichen Geschlechts im Orchester, äußerlich aber verkleidet als Jüngling mit Schalmei. Als sie die Zwei-Hirschen-Wiese erreichten, waren dort die Tische frisch gedeckt. Von einem, wo sich schon die Parasiten die Münder vollstopften, klangen Fetzen anzüglicher philosophischer Bonmots herüber, begleitet von Kichern in unterschiedlicher Tonhöhe. Unterdessen füllten sich auch die Nachbartische streng nach Rang und Status: Würdenträger, Geistliche, Kalligraphen, Künstler, Wucherer, Rechtsgelehrte, Händler, Simpel, Gimpel und unzähliges andere Bettel- und Krüppelvolk.

Als sie die Mitte der Wiese erreichten und das Orchester sich dort niederließ – jeder auf den vom Bogen des Dirigenten streng gewiesenen, ihm zugeteilten Platz – ging der pralle grüne Nachmittag entschlossen in die Abenddämmerung über. Alles verdunkelte und bleichte aus. Erste Windstöße fuhren in die Baumwipfel. Doch legten sie sich wieder, als die hochwohlmögenden Persönlichkeiten ankamen. Zuletzt erschien das Baronen-Paar auf dem Hügel und betrat das extra für sie errichtete Holzpodest. Das Geburtstagskind sah noch kleiner und schmollender aus als üblich. Wie immer krümmte sie sich, was nicht nur die Umstehenden, sondern quasi das ganze Volk sah. Ein Pamphletist der damaligen Zeit wird über ihren und des Barons Ehebund mit maximalem Hohn schreiben: »Allianz zwischen dem Krummen und der sich Krümmenden.« Aber das ist eine andere Geschichte, die für den

Pamphletisten mit lebenslangen Kasemattenqualen enden wird.

Als sie aus der Ferne das Purpurbarett von Florian-August und das Familienbanner derselben Farbe erblickte, verschluckte sich die Menge fast an unzähligen Vivats und unersättlichem Applaus, der bis zum Morgen angedauert hätte, wäre es nicht der Baron selbst leid geworden und hätte er nicht endlich die rechte Hand mit dem Zepter erhoben. Langsam legte sich das Gebrüll. Die Langen Kerle der Walachischen Garde zogen einen undurchdringlichen Kreis um das Podest auf dem Hügel.

Das Zepter des Barons befahl zu beginnen.

Beginnen – salutierte mit dem Rapier der Kommandeur der Wachen in Richtung des Kommandanten der Zeremonie.

Beginnen – wedelte der Kommandant der Zeremonie mit dem Tüchlein Richtung Orchester.

Des Kapellmeisters Bogen flog in die Höhe.

Das Orchester spielte die Erste Jägerouvertüre.

Das Volk stürzte sich auf Speis und Trank. Wie übrigens auch die Würdenträger.

Die Tagvögel verbargen sich, aber die Abendvögel begannen nicht zu singen. Die Bäume verharrten still.

Hoch über den Berggipfeln blinkten die Sterne. Von den Pässen ließ sich das erste Grollen vernehmen.

Nach ein oder zwei Stunden wurde Tanz befohlen, den Florian-August im Hinblick auf sein Handicap sonst meist verbot – in der Hauptstadt wie im ganzen Land. Diesmal aber hatte er sich zu einer der seltenen Ausnahmen herabgelassen, und die beglückten Gäste, vor allem das Bettelvolk, sprangen von den Tischen auf und nutzten die äußerst seltene Gelegenheit. Das Orchester spielte ihnen

Dreher und Ländler – beides eher simple Tänze. Dann kamen die edleren: der langsame Spanische, einige Gavotten, die Dalmatella (eine östliche Variante der Tarantella), der hitzige Morawier und der unendlich lange und erschöpfende Solitaire.

Inzwischen warteten alle schon ungeduldig, dass es dunkel würde und der Fackelzug über die Pfade der Wildparkwiese beginnen möge. Irgendwo dort, hinter dem Waldesdickicht (Gerüchten nach auf der sogenannten Wiese der Wunder) hüteten die maurischen Schausteller-Hirten zuverlässig die gefesselten Rhinozerosse, bereit, sie theatralisch zu präsentieren, wonach ein in jenen Gegenden nie gesehenes Feuerwerk aus chinesischen Raketen beginnen sollte, welches eben jene Mauren als kostenlose Bonusleistung beim Kauf von zwei oder mehr Tieren mit sich führten.

Alle warteten also auf das Spektakel mit Dunkelheit, Lichtern und märchenhaften weißen Untieren. Und es begann. Aber nicht wie geplant.

Plötzlich blies der Wind stärker – so stark, dass er die Flammen in den Laternen löschte und Schwärme von Moskitos und Mücken in die Gesichter wehte. Hie und da überzog sich der von Flackern zerrissene Himmel mit Schwärze – aber nicht vor Nacht, sondern vor Wolken. Dann rollten die ersten Donner – nicht mehr weit weg, sondern richtig nah. Die Regentropfen vereinigten sich zu Rinnsalen, Bächen, Strömen. Zischend verloschen die festlichen Feuer und Fackeln. Die Bäume wogten und knarrten, und die verängstigte Menschenmasse begann sich zu verlaufen und bewahrte dabei vorerst ihren Verstand, verfiel nicht in Panik. Aber damit war es bald vorbei.

Der Sturm brauste heran – kein gewöhnlicher, sondern

eben jener Hurrikan »Jovis« Anno Domini 1499, wie ihn zwei sich sonst widersprechende Chroniken beschreiben – die von Januarius Szegedinus und die anonyme »Liber Historiae Regnorum Minimorum in Subcarpathia«. Trotz unzähliger Widersprüche zwischen ihnen sind sich beide Quellen darin einig, dass »ein solches Grauen, ein solches Gefühl, als würde dieses Universum der Sünder hier und jetzt enden, aus jenen Gegenden weder vorher noch nachher berichtet wurde – kein einziges Mal«. Es scheint, als seien beide Chronisten jener Nacht tatsächlich Zeugen, und vielleicht in gewissem Maße auch Opfer des von ihnen später beschriebenen grandiosen meteorologischen Ereignisses gewesen.

Alles flog: Zelte, Kleider, Bänder, Tücher, Stricke, die feiertäglichen Kalpaks der Adligen und die Strohkronen der Narren, abgebrochene Zweige, abgerissene Blätter, Vogelnester und aller mögliche andere menschliche und natürliche Kram. Eigentlich aber flog er nicht – er raste und fegte und fiel dann, vom Sturzregen erfasst, auf die Hügel, auf die Erde, auf die Felsvorsprünge und die zusammengestürzten Konstruktionen der Vergnügungspavillons nieder. Auf alles Mögliche.

Das Podest für die hochgestellten Persönlichkeiten stand schon lange verlassen. Als Erstes wurden Baron und Baronin evakuiert: Man trug sie in zwei Sänften in die Honighöhle als mehr oder weniger sicheren Unterschlupf, und die schon erwähnten bewaffneten Walachen schlossen ihre Reihen vor dem Eingang, wobei sie sich von allen Seiten mit Schilden und Mänteln vor dem Sturzregen zu schützen versuchten.

Der Baron und seine Gattin waren, wie sich bald herausstellte, gerade noch rechtzeitig verschwunden. Denn in eben jenem Moment verloren die maurischen Wärter die Kontrolle über die vom Unwetter in Wut versetzten Rhinozerosse. Die Tiere wurden sichtlich immer irrer, und je schmerzhafter sie mit den eisenbeschlagenen Stöcken geprügelt wurden, desto entschlossener zerrten sie an ihren Fesseln. Und keine Macht der Welt konnte sie noch zurückhalten, als – sei es aus panischem Unvermögen der Feuerwerker, sei es, weil der Blitz einschlug – auf der ganzen Wiese die chinesischen Raketen explodierten. Alle und alles auf ihrem wütenden Weg niedertrampelnd, schlugen sich die Rhinozerosse durch den Wald. Das Dickicht erzitterte und fiel ihnen vor die Füße.

Alle liefen auseinander – auch das Orchester. Die größeren Instrumente – Tuben, Waldhörner und Harfen – blieben auf der eben noch festlichen Wiese liegen. Der Erste warf sich die Hülle mit dem Harmonium über die Schulter und drängte mit aller Macht Richtung Fluss. Der Sturm fuhr ihm ins Gesicht, die bis auf den letzten Faden durchnässte grobe Konzertuniform behinderte jede Bewegung. Irgendwo in der Nähe – der Erste spürte es mehr, als dass er es sah – trippelte jungenhaft die Zweite, sie rutschte immer wieder auf dem verschlammten Gras aus in ihren glatten, vor einigen Tagen vom Baron persönlich für sie übersandten Pantöffelchen. Schließlich streifte sie die ab und warf sie von sich. Der erste ließ das Harmonium fallen und streckte die Hand nach ihr aus. So konnten beide besser rennen.

Hinter ihnen begann die Erde zu beben: Die weißen Untiere verfolgten die zweibeinige, in Panik geratene Masse. Sie hatten schon mehr als eine Seele aus der Brust getrampelt, mehr als einen Körper mit dem Horn tödlich verwundet. Niemand konnte ihnen etwas anhaben.

Bis zum Fluss war es nur noch ein kurzes Stück. Aber warum zum Fluss? Der Erste hatte keine Zeit zum Nachdenken. Vielleicht gäbe es dort, am anderen Ufer, keinen Sturm, keine Schreie, kein Stöhnen, keine aufgerissenen Leiber, kein heraushängendes Gedärm? Musste man ihn, strudelnd und schäumend, wie er war, nur durchwaten, über die steinernen Pfeiler der unvollendeten Brücke springen, solange das Wasser noch stieg, solange es nicht über die Ufer getreten war, das andere Ufer noch nicht überflutet hatte – und das ganze Grauen würde enden, verschwinden, vergehen?

Sie eilen, so rasch sie können, voran. Zu zweit und fast gleichauf. In Flackern und Sturzregen. Aber so einfach können sie nicht zum Fluss gelangen: Vorne versperrt ein weißer wutentbrannter Torso den Weg und wendet sich ihnen mit seiner ganzen Masse zu.

Alles, was der Erste sieht, als er sich für eine halbe Sekunde umblickt, ist noch so ein Torso, jedoch mit einer auf das Horn gespießten Trophäe, seinem bedauernswerten Harmonium. Das zerschlagene Instrument schluchzt mitleiderregend, das Rhinozeros kann es nicht abwerfen, was das Untier endgültig in die Raserei treibt. »Das zielt auf mich«, denkt der Erste noch und schlägt einen Haken nach links. Er weiß warum – dort befindet sich ein hölzerner Steg, den es vielleicht noch nicht weggeschwemmt hat. Er ist wackelig und glitschig und die Wasser des Flusses lecken schon mit ihren schäumenden Wellen an ihm.

Gerade, als der Erste und die Zweite, die wunderbarerweise bis jetzt die Balance halten konnten, wie Seiltänzer auf dem Jahrmarkt in Bozhi Karkolomy, ungefähr die Mitte des Stegs erreicht haben, beginnt dieser zu splittern und zu brechen, und sie stürzen hinab.

Aber nicht in den Fluss, denn die Wasser treten auseinander und öffnen den Raum für ihren freien Fall in den Tunnel, zur Null gerundet, und beides – der Fall wie der Tunnel – findet kein Ende. Genau wie die Null.

Wir haben gerade »Wild Is The Wind« gehört, aber nicht in der Version, in der ich es Ende der 70er Jahre zum ersten Mal hörte und von der ich mich dann nicht mehr losreißen konnte. Oder sie von mir? Jedenfalls findet sich das, was wir gehört haben, nicht auf »Station To Station«, sondern auf dem viel neueren »Bowie At The Beeb«. »Neu« will hier nicht viel heißen, denn auch wenn dieses Triple-Album später rauskam, sind die Aufnahmen auf der ersten und der zweiten Platte älter – älter sogar als »Station To Station«. Die dritte Platte ist dann aber wirklich neuer, und das erste Stück ist die Version von »Wild Is The Wind«, die wir gerade gehört haben.

Puh. Habe ich das jetzt gut erklärt? Vielleicht verstehen Sie es trotzdem nicht richtig.

Kurz gesagt: Bei mir ist es nach fünf. Wir hörten »Wild Is The Wind« vom Album »Bowie At The Beeb« des gleichnamigen Interpreten Bowie.

Und wissen Sie was? Ich habe diese Version nur aus einem Grund ausgewählt – wegen dem Klavier. Denn in der älteren Version gibt es keins. Hier aber ist es Mike Garson. Sie haben die Leichtigkeit bestimmt gespürt. Perfekte Finger berühren perfekt die perfekten Tasten. Und mit dem Lied passiert etwas! Nicht das, was wir erwartet haben, die wir es seit Ende der 70er kennen und es dutzende, also dutzende tausende Male, hörten!

Hier aber plötzlich – zum zig-tausend und ersten Mal – Mike Garson mit seinem Arpeggio!

Ich kann so nicht spielen, wissen Sie? Also, alles, was er in dieser Version macht, beherrsche ich noch. Der Unterschied besteht in der Leichtigkeit.

Das sage ich mit großem Bedauern. Man hat sich ein bisschen mit meinen Fingern beschäftigt, und jetzt bleibt mir nur zuzuhören, wie andere spielen.

Dabei fällt mir ein: erinnern Sie sich, dass irgendwann Anfang der 2000er die Stille modern wurde? Natürlich mussten erst die notwendigen technischen Voraussetzungen geschaffen werden. Auf Schallplatten, Vinyl oder noch älter, hätte man sich das nicht erlaubt, nicht einmal auf den LPs. Aber auf CDs – bitte sehr. Also, Sie hören eine CD, vom ersten bis zum letzten Stück, dann ist es vorbei, also das letzte Stück … Stille. Eine Minute, zwei, drei, vier, fünf. Nicht unbedingt 4:33, manchmal auch länger. Dabei wird weiter abgespielt, die CD arbeitet, der Laserstrahl liest weiter die digitale Information aus. Das Album ist noch nicht zu Ende: später kommt noch der Bonustrack, und manchmal mehr als einer. Vorerst aber Stille – ein ganz spezielles musikalisches Material.

Berücksichtigt man die Steifheit meiner jetzigen Finger, sollte ich vor allem sie spielen. Vielleicht würde ich zum besten Stille-Interpreten aller Zeiten?

Im Grunde habe ich Glück gehabt. Was die Aussichten zu überleben angeht, ist der Umstand, dass sie mich geschnappt haben, kaum überzubewerten. Nur wenige Wochen vor der ganzen Knochenmühle. Bevor alles brannte, sich mit Asche und Wehgeschrei überzog und das Blut aus den Aorten spritzte.

Wäre ich nicht in den Container mitten im Wald geraten … Hätten sie andere Pläne mit mir gehabt … Wenn mein Freund Theophil – soll er ruhig Theophil heißen:

die Geheimdienstler haben sowieso angenommene Namen, wenn also er, dieser hingebungsvolle Hüter, der mich beschwor und anflehte, nicht mehr auf die Poschtiwka zu gehen, sondern zu verschwinden, abzureisen, verschollen zu sein … Hätte er seine Pflicht nicht so akribisch erfüllt … Hätte er abgewunken, Schwäche gezeigt, mich versäumt, entwischen lassen …

Er aber verhielt sich mustergültig. Klar, dass man ihn danach beförderte, in Rang und Stellung. Er agierte auf allen Ebenen meiner Privatheit. Mit der Zeit erreichte er, dass er mich in der Hand hatte – nicht nur transparent, sondern völlig nackt, in einem Topf mit all meinen Geliebten. Ich trug meine eigene Falle in mir. Man schnappte mich und versteckte mich im winterlichen Wald, in einem geheimen Lager für, wie sie es nannten, VIPs. In einer Box mit Boxern. Und die trainierten die ganze Zeit. An mir. »Ein kleines Video«, versuchte Theophil mich zu überreden. »Nicht länger als drei Minuten. Vielleicht genügen auch zwei. Du wiederholst einfach, was der Souffleur sagt. Du zeichnest es auf – und bist frei. Du hast deine Finger gerettet, die Milz wächst wieder zusammen, das Leben geht weiter.«

Die Milz wuchs wirklich wieder zusammen. Die stumpfe Verletzung am Bauch konnte trotz ihrer Stumpfheit geheilt werden. Der Kiefer wurde eingerenkt. Was noch? Angeknackste Rippen, Hämatome, Schürfwunden, die Finger …

Sein Versprechen – mir täglich einen Finger zu brechen – trug Theophil meisterhaft vor. »Denk nur«, sagte er und verdrehte lüstern die Augen, »wie weh auch nur ein einzelner gebrochener Finger tut. Ein Schmerz, der dich keinen Moment verlässt. Du kannst auch nicht für einen Moment einschlafen, weil du dein eigenes erbärm-

liches Wimmern hörst. Und wenn es dann am nächsten Tag zwei gebrochene Finger sind? Kannst du dir den Schmerz verdoppelt vorstellen? Und am dritten Tag verdreifacht?« Er schüttelte sich erschrocken bei dieser Vorstellung: »Ich will gar nicht bis zehn zählen! Entsetzlich auch nur zu denken an dieses tägliche Anwachsen des Schmerzes um einen gebrochenen Finger!« Er schwieg einen Moment und fuhr dann bedauernd fort: »Dann, weißt du, dann geht es nicht mehr ums Klavierspiel. Dann geht es um so etwas wie einen Löffel. Ob du irgendwann wieder einen Löffel halten, ihn mit eigener Hand zum Mund führen kannst. Ich fürchte, so ist es. Ich fürchte, du musst dich bis ans Ende deiner Tage von fremden Leuten mit dem Löffel füttern lassen. Wenn dir so gute Leute überhaupt begegnen.«

Ich schwieg. Auch ohne das Fingerbrechen zerbrach alles in mir.

Er klopfte mir auf die Schulter und flüsterte mir vertraulich zu: »Du wirst das Video doch sowieso aufzeichnen. Das steht außer Zweifel. Die Frage ist nur, ob vor oder nach dem Fingerbrechen. Mein Rat an dich, als befreundeter Pianist: mach es vorher. Zwei Minuten – und alles ist vorbei. Du brauchst nicht zu denken, nur nachzusprechen. Also? Ich bitte dich! Tu es für mich! Damit ich dich nicht den Russen übergeben muss.«

Über seine Wangen kullerten Tränen.

Er hatte alle Chancen, ich keine. Aber wissen Sie was?

Sie haben ihr Video nicht gekriegt. Und meine Finger konnte ich auch irgendwie retten. Der Vater hört nie auf, uns zu lieben. Sogar in einer absolut biblischen, undurchdringlichen Schwärze.

Sie hören Radio Nacht. Ich bin Josip Rotsky. Meine

Uhr zeigt fünf Uhr und sechzehn Minuten. Es ist Zeit für Starless. *Aber nicht von King Crimson, sondern von den* Unthanks.

15

Hätte dieser vertikale Tunnel den Erdball durchschnitten, so hätten ihn ihre Körper, wenn man den freien Fall und die Beschleunigung berücksichtigt, in nur 42 Minuten überwunden und wären, von einem Katapult herausgeschleudert, auf der anderen Seite des Globus wieder aufgetaucht, grob geschätzt irgendwo in den südlichen Gewässern des Stillen Ozeans.

Wenn das Katapult aber metaphysisch ist, dann kann es einen ganz unvorhersehbar herausschleudern, irgendwohin jenseits der Grenzen der uns bekannten Geophysik. Aus derartigen Tunneln kommt man wo auch immer heraus: in beliebigen Ländern oder Kontinenten. Mit Yacht, Caravelle, Zeppelin, Boeing, Transporter, Teufel, Tamaskan, Hirschgespann, Alpha, Hexe, Mercedes, Benz, TGV, Amtrak, Agrarflugzeug, Fahrrad, Schindmähre, Deltasegler – die Transportmittel und Rückwege sind ebenfalls breit gefächert. Die Auswahl ist riesig, durch nichts begrenzt. Aber nicht wir treffen sie. Sie wird für uns getroffen.

Mit dem Ort deiner Ankunft ist es genauso. Mal landest du in der Wüste, im wilden Wald, auf dem weiten Feld, unter guten oder auch schlechten Menschen, auf der Klippe, in der Gruft, in einem Computerspiel, Kahn oder Sarg. Du könntest überall landen. Aber wenn du ganz außergewöhnliches Glück hast, dann landest du im Bett bei jemandem, mit dem du nicht mehr gerechnet hättest.

»Da war irgend so ein Steg.«

»Über den Fluss?«

»Klar, worüber sonst.«

»Keine Ahnung, über eine Schlucht zum Beispiel. Aber dieser ging über den Fluss?«

»Ja – und der Fluss hat sich vor unseren Augen einfach aufgepumpt.«

»Wie das?«

»Es kam immer mehr Wasser. Entsetzlich. Es stieg in Sekundenschnelle. Eben war da noch ein normaler Fluss – irgendwo unten. Und dann, plötzlich ... schwillt er an, erhebt sich, tritt über die Ufer.«

»Vom Regen?«

»Mhm. Tatsächlich ein Wolkenbruch, wahre Sturzbäche vom Himmel.«

»Richtig. Dieses Gefühl des Durchnässtseins – bis auf die letzte Faser.«

»Tausend solcher Gefühle. Was aber am interessantesten ist: am anderen Ufer nichts dergleichen. Ruhe und Frieden, ein ruhiger, sonniger, lauer Tag.«

»Ich glaube, es war schon Nacht.«

»Ja. Vielleicht. Die Wahrheit liegt irgendwo dazwischen. Nicht Tag, nicht Nacht, sondern eine Mischung. Der Zustand, als Gott das Licht noch nicht geschieden hatte.«

»Das phantasierst du jetzt dazu. Es war Nacht, später Abend.«

»Okay. Meinetwegen. Was ich ganz genau wusste: Wir beide mussten über den Steg – und wären gerettet gewesen. Es gab auch eine Brücke, aus Stein, aber noch im Bau, in der Mitte klaffte eine riesige Lücke, die hätten wir nicht überspringen können. Das wurde mir in einer gesonderten Einstellung gezeigt, in der rechten unteren

Ecke blinkte ein Zähler, der schon ausgerechnet hatte, wie viel uns zum erfolgreichen Sprung fehlte. Also blieb nur der Steg. Meinst du, er war links?«

»Vielleicht. Ja, links von uns. Meinst du das auch?«

»Darum frage ich. Jede Differenz, und sei es ein Detail, würde alles kaputt machen.«

»Wie dem auch sei, aber wir hielten uns links, denn rechts tauchte dieser entsetzliche weiße Torso auf.«

»Oho! Du hast ihn also auch gesehen? Einer jagte hinter uns her, und ein anderer kam von rechts vorne. So war es. Bei mir auch. Vor allem aber wusste ich, dass du es bist. Die neben mir läuft. Passiert es dir auch, dass im Traum jemand, den du kennst, irgendwie anders aussieht?«

»Und trotzdem weiß ich, wer es ist. Ja.«

»War ich es?«

»Ja, aber anders. Ich auch?«

»Bestimmt. Ich bin nicht sicher. Als ich mich umschaute, sah ich dieses Untier hinter uns. Ich rannte das Ufer hinab, da wollte ich keinesfalls ausrutschen. Ihm nicht unter die Hufe geraten. Es hätte uns augenblicklich zertrampelt. Zuvor hatte es sich schon mit Wucht meine Orgel vorgenommen, die portable, und sie mit dem Horn durchstoßen, so dass sie dort hängen blieb und nur noch ein letztes Mal mitleiderregend seufzte, die arme, das Untier aber konnte sie nicht abwerfen und wütete nur noch mehr, es konnte mit dem Horn aber nicht mehr zustoßen. Sonst hätte es mich getroffen und fertig gemacht.«

»Was war das?«

»Eine Art Nashorn, aber kein heutiges. Irgendwie prähistorisch. Nein, kein Wollhaarnashorn – nur von der Größe her, mit Haut, gröber als ein Panzer.«

»Horror.«

»Hast du es auch so gesehen?«

»Weiß nicht, ich hatte Angst, mich umzuschauen.«

»Wir beschreiben alles so ausführlich, in Wahrheit handelte es sich um Sekunden. Zack-zack. Flucht, Ufer, Wolkenbruch, Schreie, Seufzer, Blitze, der Fluss, der vor unseren Augen anschwillt. Dann der Steg, der unter den Füßen schwindet, schmal, immer schmäler, und glitschig, wie von Eis überzogen.«

»Und der Fluss überspült ihn schon.«

»Ich erinnere mich, dass ich noch renne, aber das Wasser reicht mir schon bis an die Brust. Und was kommt dann, deiner Meinung nach?«

»Schon fast über der Mitte des Flusses spüre ich – der Steg bricht wirklich unter den Füßen weg. Ich weiß, es ist das Untier. Es hat sich auf den Steg geworfen – und der hält nicht mehr stand, zerbricht …«

»Krrrraach!«

»Genau. Als hätte ich Augen im Hinterkopf – sehe, ohne mich umzuschauen.«

»Das zweite Gesicht. Und dann?«

»Dann hast du mich geweckt, Jos.«

Gibt es etwas Wundervolleres als dieses morgendliche Zusammensein im Bett – nach einer kurzen Trennung, in der sich jeder im eigenen Traum aufgelöst hat? Das Bewusstsein kehrt langsam zurück, zusammen mit den Berührungen, dem Aneinanderschmiegen der Körper und dem Erwachen, das gleichzeitig Erregung ist. Lust haben, sich gegenseitig die Reste von Schläfrigkeit ablecken, aufwachen, in Gang kommen. Sich vereinen und trennen. Froh sein über diesen Tag.

Wenn man aber schon so zusammengewachsen ist, dass es keine eigenen, sondern gemeinsame Träume sind? Seit dem Beginn ihrer Flucht waren sie sich immer nähergekommen. Über die Träume zu sprechen – im Bett, nach dem ersten morgendlichen Koitus – wurde zum Muster eines heiligen Spiels. Die Traumgesichte stimmten in immer mehr Details überein. Motive, Situationen, Perspektiven, Einsichten, sogar Unklarheiten und Nebulöses – alles gemeinschaftlich. Ihre Tage begannen und endeten damit, dass sie sich in verzweifelten Sex stürzten. Manchmal gab es ihn auch während des Tages, aber selten, denn tagsüber wechselten sie den Aufenthaltsort. Die meiste Zeit aber, die sie nur zu zweit waren (plus Edgar in seiner taktvollen Distanziertheit) verbrachten sie fast oder völlig nackt. »Kakova malica!« – Rotsky wurde nicht müde, sie anzuschauen. Und sang innerlich das Loblied auf ihre Vulva, tauchte ein in die Phonetik der Vokale: Loblied der Vulva, Vulva des Loblieds.

Einmal fasste er sich ein Herz und fragte, was sie gemeint hatte, damals, *ganz am Anfang*, als sie auf seine SMS geantwortet hatte: »Du auch«. »Na, dasselbe wie du«, sagte Anime. »Aber von meinen kann man doch kaum sagen, dass sie groß sind«, widersprach Rotsky. »Die Augen?«, fragte Anime. »Die Brüste«, erklärte Rotsky. Beide schauten überrascht. Anime hatte ihre Brüste immer für ein bisschen zu klein gehalten. Rotsky hatte nie geglaubt, dass seine Augen groß erscheinen könnten. Von unterschiedlicher Farbe – ja. Das war der Clou an ihnen. Das besondere Kennzeichen, das nicht sehr praktisch war im Falle permanenten Versteckens und dauerhafter Flucht. »Ich kann sie nicht umfärben«, erläuterte Rotsky das Offensichtliche. »Auch nicht eines, denn es handelt sich weder um Haare noch Nägel noch Haut.« So wurde die Sonnenbrille zu einem weiteren besonderen Kennzeichen – weiterverbreitet und daher ungefährlicher. Es war Sommer geworden, und die Augen vor der Sonne zu schützen wirkte längst nicht mehr so seltsam wie letzten Dezember in Nashorn.

Die Flucht erforderte dauernde Fortbewegung und zwang sie, öffentlich in Erscheinung zu treten. Bahnhöfe, Busstationen, Terminals füllten sich mit zweibeinigen Wesen ohne Federn der unterschiedlichsten Art, und so gelang es ihnen kaum, irgendwelche geschützten Ecken oder Alkoven zur Befriedigung ihrer plötzlichen Lust zu finden. »Warum nur haben sie keine speziellen Kabinen?«, fragte Jos einmal auf einem fabelhaft modernen Flughafen. Es gab dort alles: Wartesäle, Restaurants, Cafés, Bars, Pubs, Post- und Bankfilialen, Boutiquen und Supermärkte, Kapellen, Bet- und Meditationsbereiche, Yoga- und Fitnesszentren, Gebrauchtwagenmärkte, Barber-Shops, Stylisten-, Massage-, Depilations- und Maniküre-Kabinette, Schlafräume und Duschkabinen – aber keinen einzigen Quadratmeter, auf dem er und Anime es spontan hätten treiben können! Sie konnten nicht nur nirgends ihre Körper ineinander verschlingen, um sofort, eruptiv zu kommen, sondern es gab auch keinen Ort um, wie Anime es nannte, *mit der Stirn den Schamhügel zu reiben*, um *einen Kuss zwischen die Beine zu drücken*. Und erst in einem ganz entfernten Sektor, einem verlassenen Übergang zwischen den Terminals, wo die dunkelhäutigen Schuhputzer mit majestätischen Brahmanen-Bärten angesichts der völligen Abwesenheit von Kunden in ihre Smartphones tippten, zog Jos sie endlich an sich, verstellte den einzigen Zugang mit dem Käfig des Wächters Edgar und drang für einen kurzen Moment in sie ein. Besser als nichts.

Die Spuren seiner hastigen Eruption – die Anime spielerisch »Wunderwaffeln« nannte – wischten sie mit feuchten Tüchern auf. »Du hast das richtige Alter, um schwanger zu werden«, stellte Rotsky manchmal fest. »Aber träum bloß nicht von meiner Vaterschaft.«

Von Jugend an hatte Josip Rotsky beschlossen, Liebe und Sex stets zu trennen. Erstere, so schien ihm, existierte auch gar nicht, bis Anita den dummen Sturz ausnutzte und ihn in ihr Netz lockte. Vielmehr lockte sie seine Liebe in ihr Netz – aber nicht im ideal-abstrakten Sinne, sondern konkret: seine Liebe zu sich selbst. Doch wie sie diese Liebe in ihr Netz lockte, so schüttelte sie sie auch wieder heraus, was Rotsky nur in dem Gedanken bestärkte, dass es unsinnig war, sich darauf einzulassen: Liebe war nichts für ihn und er war nichts für die Liebe. Mit Scherzen scherzt man nicht, scherzte Rotsky.

Sex hingegen, als rein professioneller Reflex, den Rotsky in der erwähnten Jugend erworben hatte, sah die Gegenwart von Kameras und einem Team vor, die aufeinander abgestimmte Arbeit von Regisseuren, Kameraleuten, Licht- und Tontechnikern, Assistentinnen, Maskenbildnerinnen, einer Schar weiterer Mädchen und Jungs, und last but not least von Partnerinnen entsprechender Klasse und Erfahrung. Nachdem Rotsky die *industry* verlassen und zum Rocken in sein Heimatland zurückgekehrt war, musste er fast bei jedem Geschlechtsakt die Augen schließen und in seiner Vorstellung angestrengt die Scheinwerfer aufleuchten lassen – sonst hätte er keinerlei Erregung gespürt. Er machte keine Liebe, sondern spielte die Rolle von jemandem, der Liebe macht, das aber, zugegeben, tat er meist hingebungsvoll und überzeugend. Es war rein physisch – eine aufregende körperliche Zerstreuung, angereichert mit einer gewissen psychischen Besessenheit. Die niemandem weiter auffiel.

Erst mit Anita (wieder sie!) hatte Rotsky gelernt, Liebe

zu machen, ohne die Attribute der *industry* und die Geister der Vergangenheit zu Hilfe rufen zu müssen. Anita hatte keine Ahnung von seinem früheren Beruf, aber aus irgendeinem Grunde wiederholte sie gerne, dass es bei ihnen meistens *pornographisch schön* lief. Wenn sie gewusst hätte! Aber Rotsky kommentierte es nicht, bewahrte sie vor zusätzlicher Eifersucht, zu der seine etwaigen Selbstbekenntnisse geführt hätten. Es lohnt sich, daran zu erinnern: in jener Zeit glaubte er erstmals im Leben an die Liebe und hätte deren menschlicher Verkörperung, Anita, um nichts in der Welt Schmerz zufügen wollen – nicht den geringsten, auch keinen möglichen oder vorgeblichen. Als dann alles – das mit Anita, der Revolution, dem ganzen Land und mit seinem eigenen Leben – komplett den Bach runterging, ernannte sich Rotsky in Gedanken wieder zum *freien Agenten*. Das bedeutete: keine dauerhafte Beziehung mehr (nie, nie, niemals!), die Rückkehr zu kleinen Abenteuern und ständige Vervollkommnung Richtung maximale körperliche Leistung, zum eigenen Wohl und dem jeder neuen Partnerin. Wenn Selbsterkenntnis überhaupt möglich ist, dann war dies vielleicht der einzige Weg dorthin, versicherte sich Rotsky nicht ohne einen Schuss Trivialphilosophie.

Auf dieser Reise, die ständige Suche nach Neuem und das kaleidoskopische Aufflackern vieler Partnerinnen bedeutete, verzichtete Rotsky a priori auf das einfachste – auf Kontakte mit Nutten. Ehrlich gesagt, kostete ihn dieser Verzicht nichts: schon von Kindesbeinen an hatte er sie insgeheim nicht ausstehen können (hier mag es Hinweise auf gewisse frühe erotische Misserfolge geben, aber das bleibt eher nebulös). Doch in seinem Katalog der Möglichkeiten fanden sich neben den Nutten die ehemaligen Kolleginnen – Pornodarstellerinnen. Solche Rendezvous kosteten erheblich größere Summen, aber von einem bestimmten Moment an stellte Geld, vielmehr ein etwaiger Mangel, keine Einschränkung mehr dar.

Rotsky schaffte es, drei oder vier Rendezvous mit Schauspielerinnen zu arrangieren – für den Anfang nicht mit den erstklassigen, obwohl die *industry* eine von ihnen schon als Shooting Star bezeichnete. Es war wie die Rückkehr eines vergessenen Veteranen in den Leistungssport. Niemand erinnerte sich an irgendeine seiner Rollen, und das war kein Wunder: Seit Rotsky sich ins Reservistendasein verabschiedet hatte, hatte die *industry* (die sich außerdem fast komplett ins Web verlagert hatte und zur Post-Industry geworden war) schon die zigste Generation gewechselt. Früher hatte er mit Partnerinnen gearbeitet, die doppelt so alt waren wie er (was wohl aus ihnen geworden war, den wunderbaren Lehrerinnen und Krankenschwestern?), jetzt traf er sich mit dreimal Jüngeren. Während der Rendezvous erkannten sie in ihm manchmal den früheren Profi und versprühten Komplimente über die noch vorhandenen Fähigkeiten. Um ehrlich zu sein, das schmeichelte ihm, auch wenn er es sich nicht anmerken ließ. Er kniff höchstens ein Auge zusammen – immer ein anderes, also andersfarbiges.

Außerdem ließ er nie eine Gelegenheit ungenutzt verstreichen. Vor allem, wenn nicht er sie, sondern sie ihn gesucht hatte. Zu seiner *Risikogruppe* gehörten Kellnerinnen, Bartenderinnen, Stammkundinnen von Cafés und Shisha-Bars, Schulschwänzerinnen, Groupies, Straßenbahnpassagierinnen, Teilnehmerinnen an Orgien, Studentinnen der Informatik, Juristerei, Wirtschaft und Kulturologie, Aktivistinnen der Zivilgesellschaft, Verrückte, Träumerinnen, Weltenbummlerinnen und Wohnzimmerbloggerinnen, Spenderinnen und wenn es sein musste eben auch jene Lehrerinnen und Krankenschwestern. Rotsky hatte mit keiner dieser Kategorien irgendwelche Berührungsängste. »Weißt du, Alter«, sagte er manchmal zu Edgar, »ich bin schon jetzt im Paradies. Stell dir nur vor, wie es mir dann erst nach dem Tode ergehen wird!«

Dann plötzlich – Liebe!

Und wann?

Als er schon nicht mehr nur zur Liebe, sondern nicht einmal mehr zum Verlieben fähig schien. Wozu also, Teufel auch?

Liebe. In Rotskys Leben war eine aufgetaucht (er hatte sie ja selbst mit nach Hause und somit über sich gebracht!), eine, der er als einziger ihrer Art sagen wollte: »Bist du vielleicht Maria? Denn ich bin Josef.«

Ein bisschen fürchtete er die Nächte, also jene wenigen Stunden, wenn sie sich in ihre getrennten Träume verabschiedeten, wo er sie vielleicht aus Versehen Anita nannte (der Name verfolgte ihn manchmal noch), obwohl die Betonung auf der zweiten Silbe eigentlich jeden Fehler ausschloss, aber wer konnte schon wissen, was aus den nicht kontrollierten Sektoren des Bewusstseins hervorblubberte, wenn der Geist schlief?

Diese Angst war ein Omen. Zeigte auf ein Zeichen. Deutete eine Andeutung an. Genau wie einige andere Andeutungen, Zeichen und Omen.

Wenn du immer wieder Musik aus deiner Pubertät für sie auflegst und sie nicht nur die Melodien, sondern fast alle Texte auswendig kennt, als habe sie sich ihr ganzes Leben auf dich vorbereitet. Wenn selbst die Entfernung von einem halben Hauch zu weit erscheint und dich quält. Wenn du ihr nach dem Bad in einem Bergsee eine lustige Textnachricht schickst: »Was willst du mit mir? Ich hab jetzt so einen winzigen Schwanz«, und sie antwortet: »Du hast einen wirklich großen«. Wenn du, an einem menschenleeren Haltepunkt aus dem Zug ausgestiegen, mitten in der brennenden Hitze dem halb verendeten Edgar deine Schulter gibst und sie ihm mit den Händen Wasser schöpft. Wenn du einfach nicht verstehen kannst, wie sie ist und ob überhaupt, und du plötzlich unwiderruflich erkennst: sie ist über allem. Wenn du bereit bist, ihr sogar Walsers langweiligen »Spaziergang« vorzulesen und sie an genau den Stellen lacht, wo außer dir sonst niemand lacht. Wenn ihr die Zeit außerhalb der Liebeleien mit Johnny Cash, Johnny Rotten und Johnny Walker füllt. Wenn das Mitsummen zum Zuhören wird und das häufige Flimmern der rechten und linken Herzkammer ganz und gar keine medizinischen Ursachen hat.

Rotsky wusste: Liebe bedeutet Abhängigkeit. Liebe macht abhängig wie eine harte Droge. Und wahrscheinlich war es bei Rotsky deshalb nichts mit dem Rock 'n' Roll geworden, weil er ein überzeugter Unabhängiger war. Er schloss *drugs* aus der Triade aus – um sich nicht zu gewöhnen, nicht zu unterwerfen, nicht vor den chemischen Stoffen zu kriechen. Dafür hatte der Rock 'n' Roll ihn, Rotsky, aus sich ausgeschlossen. Liebe existierte nicht, Drogen nahm er nicht – was sollte man mit so einem? Was soll ich mit dir, brüllte der Rock 'n' Roll, hau ab. Einsam und stolz trug Rotsky seine Unabhängigkeit wie ein dummes Manifest oder einen profanen Slogan. Ich bin der, der ich bin, sagte Rotsky manchmal, ohne chemische Zusätze, nur ich im Reinzustand.

Und dann – dieser freiwillige Verrat an seinen Positionen, das freudige, unbekümmerte Abweichlertum, hinein in die allerschwerste Abhängigkeit! Die Liebe!

Wie sonst wäre dieses enge Zusammenwachsen zu nennen, wenn man sogar gemeinsam träumt? Dieses Katapult, das einen aus einem ewigen vertikalen Tunnel in ein morgendliches Bett wirft?

»Irgendwann werden sie uns genauso erwischen«, flüsterte ihr Rotsky an jenem Morgen zu. »Du wirst gerade auf mir sein, unter mir oder von der Seite …«

»Auf dir«, flüsterte Anime überzeugt zurück. »Das ist die beste Pose, um an einem Tag zu sterben. Von einer Kugel. Die durchdringt erst mich und dann dich. Dieselbe Kugel. Die Chancen stehen gut.«

»Hör auf. Du hast noch lange zu leben.«

»Ohne dich?«

»Klar. Sag bloß nicht, dass du das nicht kannst.«

»Und wenn ich es doch sage?«

»Hör mal, du musst jedenfalls noch lange ohne mich leben. Denk an das Alter. Ich bin 91 und du 19.«

»Ich bin nicht 19, und du nicht 91. Red keinen Stuss.«

»Na gut. Ich bin 82, und du 28.«

Am Ende einigten sie sich darauf, dass er 112 und sie 12 war – so dass der Unterschied überhaupt aufhörte, irgendetwas zu bedeuten.

Sie erwischen uns, sagte Rotsky. Sie erwischen uns.

Und wer waren diese sie?

Damals wusste Anime schon von der Jagd des Regimes. Und über Mob wusste sowieso niemand besser Bescheid als sie.

Unsere Flucht gefällt mir, verstieg sich Rotsky zu einem freien Monolog. Ein überaus anregendes Spiel, muss man sagen. Sich nirgends festsetzen, Länder, Gegenden, Routen und Verkehrsmittel wechseln – ehrlich gesagt habe ich früher einmal davon geträumt, so zu leben. Es gefällt mir auch jetzt noch – vielleicht ist dies die glücklichste Zeit meines Lebens. Eine Quest, kein Leben: analysieren, wo sie nicht sind, und entsprechend die nächste Destination bestimmen. Aber dennoch – was wird die Endstation sein? Wann und von wo wird sie sich zeigen? Wie lange werden wir fliehen? Schengen lässt sich nicht ausdehnen, und alle geographischen Punkte sind irgendwann verbraucht. Sie reichen nicht einmal für mein Leben, von deinem ganz zu schweigen. Wozu hast du dich mit mir eingelassen? Mich spüren sie doch sofort auf – und damit uns, wenn wir zu zweit sind. Aber allein kannst du dich ganz leicht auflösen, denn es gibt Millionen solcher Mädchen. Und überhaupt haben sie kein Interesse an dir, es geht um mich. Verschwinde, solange es nicht zu spät ist. Verschwinde, verzieh dich und versickere. Geh in ein Nonnenkloster, parodierte Rotsky Hamlet.

Anime spottete über seine Grausamkeitsübungen. Oder war es bloß Härte?

Sag, was mit Subbotnik ist, forderte Rotsky. Lebt er noch?

Das schien ihm der Pfad aus der Ausweglosigkeit zu sein. Subbotnik ausfindig machen, lebendig, nicht tot, und wie einen Sack Mehl diesen ganzen finanziellen Ballast mit den vielen Nullen auf ihn abwerfen. Ihm das Seine geben, wie es so schön heißt. Sich befreien, erleichtern, es abschütteln. Mob wird dann ganz von allein von mir ablassen. Und mit dem Regime werde ich auch irgendwie fertig, hoffte Rotsky.

Aber Anime hatte keine Ahnung. Sie wusste nichts von Subbotnik – noch nie von ihm gehört.

Da hatte Rotsky eine Eingebung: Dagobert Schwefelkalk! Sein glänzender Schweizer Verteidiger, sein Drahobrat. Wer, wenn nicht er, musste doch Beziehungen zu Subbotnik unterhalten – selbst mit dem toten. Schließlich war er sofort aufgetaucht, nachdem sich Rotsky auf Subbotniks Angebot eingelassen hatte. Das ist doch kein Zufall, wenn im selben Moment wie auf Bestellung (ja, auf Bestellung!) der allerteuerste Anwalt auftaucht und Rotsky spielerisch aus dem Gefängnis holt! Schwefelkalk! Wie einfach das alles ist, verschluckte sich Rotsky an seinem ersten Erfolg.

»Du bist doch eine Hackerin«, erkundigte er sich, »hast du es nicht ein bisschen gelernt?«

Anime bevorzugte es, sich zu schlagen und zu schießen, hatte aber auch nichts gegen ein bisschen *phishing*.

»Find mir einen Typen mit Nachnamen Schwefelkalk. Schwefel, Kalk. Kapiert?«

Rotsky wollte ihr das gerade auf einen Zettel schreiben, als er schon hörte:

»Rechtsanwalt? Dagobert?«

»So ist es, wahrhaftig«, dankte Rotsky ihr mit dem Daumen. »Du bist ein Computergenie.«

»Genialistin«, verbesserte ihn Anime, eine Verfechterin der Feminitive, die in ihrer Muttersprache so schonungslos gediehen. »Hier hast du deinen Schwefel mit Kalk.«

Es handelte sich um eine Skype-Adresse. Nicht die neueren Kanäle und Tools. Steinzeit, aber besser als nichts.

Rotsky bereitete sich tagelang vor, durchdachte den möglichen Verlauf des Gesprächs bis in die feinsten Nuancen.

»Bruder Drahobrat«, würde er sagen. »Was ist mit unserm Kumpel Jeffrey? Er ist Pianist, und ich auch, verstehen Sie? Wir haben vierhändig gespielt. Das letzte Mal haben wir uns umarmt, bevor er nach Zürich gebracht wurde – zu einer Operation, verstehen Sie? In die Uniklinik, wissen Sie? Dort wurde er möglicherweise umgebracht. Ich glaube, Sie wissen das alles. Sie haben sicherlich für ihn gearbeitet, lieber Bruder Drahobrat, Dragostea Din Tei!«

Diese Linie wollte Rotsky streng einhalten. Schließlich fasste er sich ein Herz und schickte eine Einladung. Aber es kam anders als erwartet: der Adressat schwefel-kalk war nicht online, nicht online, nicht online. Und dieses »nicht online« wiederholte sich während der folgenden Tage und Nächte permanent. Es existierte keine Zeit, in der schwefel-kalk online gewesen wäre! Punktum.

Wahrscheinlich hat er sich schon lange von Skype verabschiedet, sagte sich Rotsky. Wegen der erwähnten Altertümlichkeit. So dass er nur eine weitere tote Seele im Kontaktkatalog der Welt ist – nicht mehr. Obwohl ihnen gerade diese Altertümlichkeit zupasskam: Rotsky glaubte (und Anime stimmte ihm zu), dass alles Alte und Unmoderne sicherer sei. Je neuer das Gadget, desto verletzlicher – desto wahrscheinlicher war es, abgehört und gehackt zu werden.

»Es gibt keine Grenze der Vollkommenheit«, prophezeite Rotsky. »Privat? Vertraulich? Intim? Vergiss es, wenn du alle Updates mitmachen willst!«

So entdeckte er in sich den verbissenen Alter-Globalisten, von dessen Existenz er früher keine Ahnung gehabt hatte. Und stieß Anime dennoch gleich zurück in ebenjenes Netz:

»Such, meine Liebe, such! Durchkämm das Web! Irgendwo ist er, irgendwo muss er sein.«

Eigentlich hätte er gleich Edgar fragen können. Edgar schlug mit den Flügeln Alarm, als ihm Jos, der am Kiosk gegenüber Zeitungen aus einigen angrenzenden Ländern gekauft hatte – einen ganzen Stoß zufälliger und nicht verkaufter Figaros, Kuriere und Anzeiger – ein weiteres Übergangsnest aus Karton damit auskleiden wollte. Eine Zeitung (eben ein Anzeiger), ungefähr sieben Tage alt, kam aus der Schweiz. Der Vogel hatte mal wieder recht: Auf der Rückseite, bedruckt mit Traueranzeigen, stach ein schwarzer Rahmen mit der Inschrift »Rechtsanwalt Dr. D. Ch. Schwefelkalk« ins Auge. Der Tod des »großen Juristen« wurde als »plötzlich« und »vorzeitig« bezeichnet. Für die Beerdigung war es schon zu spät.

Blieb der Gefängnisdirektor. Aber auf Rotskys Anfrage, ob es möglich sei, einen Kontakt herzustellen, antwortete die Gefängnisverwaltung der Stadt Z., dass infolge der letzten Kantonalwahlen ein kompletter Wechsel der Verantwortlichen in allen Strukturen stattgefunden habe, auch in den Direktionen der Strafvollzugsanstalten. »Die aktuellen Kontaktdaten der früheren Funktionäre herauszugeben sind wir nicht befugt«, schloss der unbekannte Sachbearbeiter, oder vielleicht auch Bot.

Rotsky seufzte:

»Tja. Subbotnik bleibt in der unsichtbaren Zone.«

»Gut so«, sagte Anime. »Wenn du ihm das Depot zurückgeben müsstest, wäre Schluss mit den Prozenten. Womit sollten wir dann fliehen?«

»Dann verkaufen wir eben ein paar Organe«, beruhigte Rotsky sie.

Der Sommer entfaltete sich in Gerüchen. Anfangs kam jeder einzeln hervor, und Rotsky und Anime überboten sich darin, sie rasch zu benennen: Akazie, Erdbeere, Schmieröl, Teer auf den Schwellen, Tau auf einem Salatblatt, ein Tropfen Meerwasser auf dem Oberarm, Fischmarkt, ein zum ersten Mal getragenes Baumwollhemd, frisch mit Seife geschrubbtes Straßenpflaster, Sandel und Myron, heißer Asphalt, Vanillestrudel, Haschischdämmerung, Spargelstände, die Möse vor dem Geschlechtsverkehr und danach. Die Gerüche vermischten sich ein bisschen, aber vorläufig behaupteten sie erfolgreich ihr eigenes Ich. Aber mit zunehmender Vertiefung des Sommers vertiefte sich auch die Geruchsdiffusität. Die Gerüche ergaben sich der Macht der Hitze und schmolzen, drangen ineinander ein, verschränkten sich unnatürlich miteinander und jeder band sich an jeden. Der Fischmarkt, aber nicht der einfache, sondern der abendliche Fischmarkt eine halbe Stunde, bevor er zumachte, war eine Mischung unerträglich stechender Sekrete, die aber schon tränend eins und unzertrennlich geworden waren. Eine Möse, riesig wie eine Kloake nach unzähligen Malen Geschlechtsverkehr – so begann der Sommer für sie zu riechen.

Die Ausgaben stiegen. Das Ersparte siechte dahin. Anime wusste, wovon sie sprach. Das Depot stopfte jeden Monat mit zusätzlichen Zehntausenden die Löcher, die ihr Leben auf der Flucht fraß. Wie sollten sie ohne dieses Geld weiterexistieren? Nicht einmal Edgar hätte darauf eine Antwort gewusst.

Nachdem sie glücklich aus dem (für sie persönlich) verbrannten Nashorn entkommen waren, die Stadt lautlos durch die nächtliche, geisterhafte Festung verlassen hatten, wurde ihr Leben unermesslich teurer. Transport, Übernachtungen, Essen und Trinken, dauerndes Zukaufen notwendiger Dinge, Kleider (sie hatten Glück, dass der Sommer begann) und vor allem – Rotskys Phantastereien, die auf immer unvorhersehbarere, halsbrecherischere und unlogischere Logistik zielten, vernichteten die angehäuften Reserven in ziemlich bedrohlichem Tempo.

Womit sie nicht alles flohen!

Autos: die mieteten sie für jeden Transfer bei immer anderen Firmen; Rotsky war noch nie im Leben gefahren, am Steuer saß Anime; der Rabe ließ sich nach eigenem Willen auf dem Rücksitz nieder, musste aber die meisten Stunden in einem extra erstandenen Papageienkäfig absitzen.

Züge: sie reservierten ganze Abteile, manchmal einen halben Waggon; und nahmen nie in einem Bereich Platz, der zu mehr als einem Drittel besetzt war.

Flugzeuge: die wären am problemlosesten gewesen, wenn alle Linien gelehrte Vögel für den Flug in den Salon gelassen hätten; aber nein, das taten nicht alle – bei weitem nicht; und Edgar als Gepäck aufzugeben wäre purer Verrat gewesen; kam also nicht in Frage, denn seine Freunde verrät man nicht. In der ganzen Zeit konnten sie nur dreimal ein Flugzeug benutzen. Was schade war, denn gerade Flugzeuge verkörperten wie kein anderes Transportmittel Rotskys Idee unvorhersehbarer räumlicher Sprünge.

Rotsky begeisterte sich für Spontaneität. Seiner Meinung nach vergrößerte sie den Spielraum allein dadurch, dass sie die wahrscheinlichen Verfolger verwirrte. Manchmal war es ein Abenteuer für sich. Zum Beispiel, als sie in Neapel ein Taxi bestiegen und innerhalb von 29 Stunden nach Stockholm gondelten. Dabei wurden gleich mehrere bemerkenswerte Rekorde eingestellt, wenn auch nicht registriert. Darunter auch ein richtig seltsamer: während der gesamten Dauer ihres Sprungs von Süd nach Nord sprach ihr Chauffeur, ein Quechua-Indianer, nicht mehr als fünf Worte.

Und dann erst ihr nächtliches Durchqueren Europas von Nantes nach Constanţa! Der unglaublich schnelle Styx-Bus, in dem sie sich gegenseitig fast zu Tode umarmten.

Es gab auch andere exotische Prüfungen.

Einer der neuen europäischen Bürokraten (die warum auch immer als kreativ galten), so hieß es, hatte sich in jenem Sommer ein Experiment einfallen lassen: man ließ jedenfalls vorübergehend den Nord-Ost-Express wieder aufleben. Als sie aus Calais abdampften, erreichten sie den Zug in Paris und ratterten in einer Nacht nach Riga (*parisisch-rigische Regung* nannte es Rotsky). Einer anderen Version nach stiegen sie am Grenzübergang Virbalis unbemerkt aus und lösten sich in der sprachlosen, nur von Leuchtkäfern durchpunkteten Ödnis auf.

Außerdem Schiffe. Oder wenigstens ein Schiff: sicher wissen wir von jenem mit Containern überladenen Frachter, mit dem sie einmal gemeinsam mit ein paar Shanghaier Drogenkurieren vom rumänischen Turnu-Severin bis nach Düsseldorf gelangten. Langsam und lehrreich. Tagelang lagen sie an irgendwelchen Piers und warteten auf Zollpapiere. Alles, was in den Containern mitfuhr, kostete pro Stück genau einen Euro. Armbänder, die den Blutdruck messen und die Intensität der radioaktiven Strahlung zeigen. Reiben für Ingwer und Zitronen. Kissen in Form gigantischer Krabben. Kopien des Kopfes von Bruce Willis im Maßstab 1:6. Authentische Briefe aus Hogwarts. Sets mit fünfzig thematischen Aufklebern. Sanduhren. Silikoneier. Kanonen, die mit Popcorn schießen. Intelligente Knete, die im Dunkeln leuchtet. Schachteln mit Kakerlaken und Mücken aus Plastik (sollten jemandem die im eigenen Schädel nicht ausreichen). Selfie-Sticks. Essstäbchen. Belüfter für Wasser und Wein. Kartoffelsäcke, Lachsäcke, Karabiner für Angelruten, Küchenhaken, Teebeutelclips. Pinzetten, um Brillen zusammenzubauen. Zusammengebaute Brillen. Fliegen und Fischkrawatten. Fische und Fliegen. Schnur, Schnürsenkel, Stecker, Nickitücher. Leuchtspinner. Pillen- und Nadelsets (und entsprechend Schachteln für Tabletten und Nadeln). Katzenbälle, Hundeknochen. Hundebälle, Katzenvögel. Thermoklebeband. Schutzhüllen für den großen Zeh mit Zwischenraumpad. Schlafmasken, Luftballonpumpen. Multifunktionsschlüssel, Multifunktionskarten, Multifunktionspässe. Minischraubenzieher, Minimesser, Miniskalpelle. Ein paar kaum erforschte Virenstämme. Und dann der wahre Bestseller – Bierflaschenöffnerringe, unersetzlich in jener Sommerhitze. »Die Welt wurde nicht von Gott erschaffen – sie ist Made in China«, resümierte (und räsonierte) Rotsky.

Aus irgendeinem Grund fehlten Nasenklammern. In jenem Jahr wollten plötzlich alle ihre Nasen begradigen und nutzten dafür spezielle Fixatoren. Alle kümmerten sich manisch um ihre Nasen, und daher konnte man hoffen, dass sich keiner für die drei Flüchtlinge interessierte: Mann, Frau, Vogel.

Eigentlich hätte »Raus aus Europa!« ihre Losung werden müssen. Dieses Fleckchen Erde, nichtig klein und übervölkert, mustergültig verwaltet, in Planquadrate eingeteilt, für alle sichtbar, durch und durch observiert und transparent, komplett videoüberwacht, emotional und eifersüchtig sozial behütet, fesselte und beengte schon allein durch seine rein geographischen Umrisse. Es war unvermeidlich, dass sich ihre Routen wiederholten, kreuzten und übereinanderlegten. Unvermeidlich näherte sich der Tag, an dem es weder Autostraßen, Eisenbahngleise und Flusswege noch Luftkorridore geben würde. Denn wie viel Luft existiert schon über Europa?

Genauso war es mit den Städten. Auch sie überlagerten, vermischten, wiederholten einander in ganzen Fragmenten, Ensembles und Situationen – Déjà-vu-Städte. Sie hätten Europa verlassen sollen. Hätten irgendwo in Bombay, Singapur, Kalkutta, Saigon oder Lhasa im Opium ewiges Vergessen suchen müssen.

Aber Iran interessierte sie nicht, und China – auch wenn dort die Welt hergestellt wurde – hatte keine Anziehungskraft für sie. Man hätte in Nepal, den Emiraten oder Thailand verschwinden können, aber, wie Anime meinte: in den ersten beiden fühlte sich Mob wie zuhause. In Thailand aber – das wusste Rotsky – wimmelte es nur so vor Leuten des Regimes, die dort in ganzen Clans und Brigaden *urlaubten*.

Aus Visa- und Migrationsservicegründen blieben ihnen das Vereinigte Königreich, die Vereinigten Staaten, Kanada, Australien und Neuseeland verschlossen. Ebenso wie die riskante, aber eigentlich absolut optimale Südafrikanische Republik.

Schließlich lohnte sich ein Blick Richtung Nordafrika. Marokko? Libyen, wo sich der Dauerbürgerkrieg gerade seinem Ende näherte? Tunis? Algier? Mauretanien? Maghrebinien?

Oder etwas, das wirklich weit weg war – Lateinamerika? Allein das Wort – Paraguay! Oder Uruguay? Ecuador? Salvador? Die Flucht dorthin ging für Fliehende meist gut aus, obwohl manche auch dort der unbarmherzige Eispickel der Geschichte ereilte. So weit fliehen, nur um eines Nachts mit einem Sack über dem Kopf für immer in unbekannte Richtung abtransportiert zu werden? Rotsky bedankte sich. Er war schon einmal in unbekannte Richtung abtransportiert worden.

Sie überlegten und suchten, riefen sich geographische Bezeichnungen ins Gedächtnis oder fuhren mit dem Finger über beide Halbkugeln. Ihnen gefielen die Halbkugeln des jeweils anderen.

In jenem Sommer ging Anime mehrmals zum Friseur, ihre Haare näherten sich dem Gefängnis- und Lagerstandard an. Aber das war nicht die einzige Veränderung, die mit ihr vorging.

Erstens lernte sie, deutlicher zu sprechen. In dem Milieu, in dem sie aufgewachsen war, wurde genuschelt und gebrabbelt. Die phonetische Nachlässigkeit sollte Gleichmut ausdrücken, Faulheit, Zynismus und kriminelle Neigungen. Die einzig deutlich artikulierten Sprachelemente waren Mutterflüche, und weil die Kommunikationsregeln ihres Heimatmilieus festlegten, dass jedes zweite Wort ein Schimpfwort war, verflachte der allgemeine Ausdruck des Gesprochenen. Jetzt aber, wo sie nebenbei und unaufhörlich Rotsky lauschte mit seiner Liebe zu Intonation, Betonungen und lautlichen Effekten, begann Anime, Ausdrucksstärke zu lieben. »Noch ein bisschen«, stellte Rotsky zufrieden fest, »und sie kann sich an der Schauspielschule als Sprachtrainerin bewerben.« Sogar Edgar fing an, sie zu verstehen.

Zweitens entdeckte Anime Bücher für sich. Nein, zum Lesen hatte sie trotzdem keine Lust. Aber Rotsky las ihr manchmal vor. Was zur Folge hatte, dass sie sich plötzlich für Hörbücher begeisterte. Die Sammlung ihrer Lieblinge war alles andere als banal: Von Conan Doyle hüpfte sie zu Conrad, wonach sie sich kopfüber in die Romane der Lost Generation stürzte, einschließlich Aldous Huxley, und dann zu Vernon Sullivan kam. Wer weiß, wohin sie das noch geführt hätte.

Und schließlich ihr Magnetismus. Natürlich hatte sie auch in früheren Zeiten schon die Blicke der Männer auf sich gezogen, wie konnte es anders sein. Nicht nur ihr Tattoo wollten sich alle genauer ansehen! Nicht nur die Mauren vom Faulen Basar drehten die Köpfe und schauten ihr nach! Jetzt aber, wie in Folge magischer (in ihrem Fall eher magnetischer) Rituale, überstieg ihre Anziehungskraft jede statistische Norm. Es war einfach so, dass jeder sie wollte – unabhängig von der Stadt, der Provinz, der geographischen Zone oder kulturell-geschlechtlichen Orientierung. Interessant: Dieses Wollen war nicht aggressiv, die totale Anziehung geriet kein Mal außer Kontrolle. Der große Magier Rotsky, der sie akribisch mit seinen endlosen Liebesspielen bearbeitete, erfüllte sie nicht nur ganz mit aufreizender flüchtiger Spannung, sondern umhüllte, wie es schien, ihre Körperlichkeit mit einer undurchdringlichen, zuverlässigen Schale, die nicht einmal die große Schwüle zum Schmelzen bringen konnte.

Der Sommer hatte seinen Höhepunkt noch nicht erreicht, aber die Hitze durchbrach immer häufiger jede vorhergesagte Norm. Das Wasser der Meere und Ozeane erwärmte sich auf Kompotttemperatur und schenkte daher nur sehr eingeschränkt Erfrischung. Die Brunnen, ob historisch oder postmodern, füllten sich mit nackten Leibern, die nicht immer leicht zu unterscheiden waren von den vielfigurigen Kompositionen der Vergangenheit. Die Menschen überlebten nur dank der Nächte und der unermüdlichen Arbeit der Klimaanlagen. Gierig von feurigen Zungen beleckt, erlebten Rotsky und Anime dauernde körperliche Erregung und, wie ich schon erwähnte, rissen sich die Kleider vom Leib, kaum dass sie die Türen einer neuen Unterkunft verschlossen und verriegelt hatten. Ihr natürlicher Zustand war der Liebesakt.

Edgar aber erging es schlechter. Er senkte den Kopf und schmollte, verharrte lange mit halb geschlossenen Augen. Seine Prostration ging nicht einmal am späten

Abend vorüber, wenn sich über die aufgeheizten Städte ein bisschen … nein, nicht Kühle, aber Dämmerung senkte. Rotsky nannte diesen Zustand »Die Leiden des jungen Edgar«, aber der Witz gefiel dem Raben ganz und gar nicht, und er ließ sich nicht aufheitern. Edgar wusste, dass er nicht mehr jung war.

Schließlich kam Rotsky auf eine Idee, wie sie dem Vogel helfen könnten: Sie mussten hoch in die Berge gehen oder sich ausschließlich in nördlichen Ländern aufhalten, den Süden für den Moment vergessen (die plötzliche Flucht mit dem Taxi aus Neapel war eine Episode dieser eiligen Verlegung).

Aber dazu später. Vorerst nur eine gestrichelte Linie, vielmehr Ausschnitte davon, vereinzelte Striche.

Da mir keine eindeutige Information über die Reihenfolge ihrer Ausfälle in Richtung »Weg von der Hitze« vorliegt, bin ich gezwungen, mich mit der verhältnismäßig geringen Zahl zufälliger Fotografien zu begnügen, die ich mit Hilfe eines speziell für solche Suchanfragen geschriebenen Programms aus allen möglichen virtuellen Alben und Zeitschriften herausgefiltert habe. Mann, Frau, Vogel (anhand dieser Buzzwords habe ich sie auch gefunden) gerieten unversehens auf die Fotos anderer Menschen, die sich im selben Moment am selben Ort befanden, weswegen es manchmal möglich ist, unsere Flüchtlinge aus der allgemeinen Menge herauszulösen und genauer zu betrachten. Ins Auge fällt das beständige Motiv des Wassers, das ein offensichtlicher Anziehungsfaktor für alle ist, die wir im Bild sehen, einschließlich der zufällig erfassten Randfiguren. Das zweite beständige Motiv ist die Hitze. Sie ist es, die die Figuren und Gesichter langgezogener und müder macht.

Wir erkennen also

eine spektakuläre Schlucht in den Provenzalischen Alpen, an deren Rand Rotsky und Anime inmitten von Gletscherbächen stecken, die in weißem Strom von einem senkrechten Felsen auf den Grund der Schlucht fallen; die vielfache Vergrößerung ihrer Abbilder lässt den Schluss auf unaussprechliches körperliches Wohlbefinden aufgrund der Kälte zu;

einen norwegischen Fjord (dessen Namen die Geolokation nicht angibt), auf dessen Wasseroberfläche ein Motorboot fährt, Animes Haare wehen im Wind, Edgar (wenn er es ist) fliegt über dem Boot, etwas nach links versetzt;

eine Quelle am Wegesrand, das Wasser fließt in dünnem Strahl aus einer schmalen Metallröhre, die über einen moosbewachsenen Stein verlegt ist; Rotsky schöpft Wasser, indem er die metallene Feldflasche unter den Strahl hält, die er eben von einem ortsansässigen Kupferschmied erstanden hat; ihr Aussehen deutet auf einen Ort nahe der türkisch-georgischen (oder der albanisch-mazedonischen) Grenze hin;

eine mittelalterliche Ruine in Tirol – wobei es fast unmöglich ist, festzustellen, ob wirklich auf der Südseite der Alpen; die Geolokation ist erneut machtlos, Hinweise erhält der Kenner vom exquisiten, fünfhundertjahralten Brunnen voller Risse und Eidechsen, aus dessen Becken Tropfen sprühen – nicht irgendwohin, sondern in Rotskys von plötzlichem Ergötzen verzogenes Gesicht;

ein wilder Strand mit einem kleinen Schwarm Kormorane; der Charakter des Ufers verweist auf die Ostsee, vielleicht aber auch auf ein anderes Meer, die Nordsee; wie die erhebliche Vergrößerung des Fragments zeigt, haben die Kormorane einen kampfbereiten einsamen Raben umzingelt – vielleicht Edgar;

ein anderer Strand – voller Wasserpflanzen und Seeigel; die Geolokation nennt Rimini, Italien; im entfernten Hintergrund kommen Rotsky und Anime gerade aus dem Wasser, sie halten sich an den Händen; Anime oben ohne, und *ihre* sind gar nicht so groß;

eine Ansammlung von Dünen, die gleichermaßen überzeugend auf den Norden Litauens wie auf den Westen Sardiniens hindeuten könnten; Zweiteres würde heißen, dass der ganze Sand vom Wind aus der Sahara herangeweht wurde; neben dem gut sichtbaren lasurblauen Streifen Meeres (also Sardinien, nicht Litauen!) erkennt man deutlich die Schweißtröpfchen auf Animes Stirn und Wangenknochen;

ein halb ausgetrockneter Bergbach irgendwo in den Vogesen oder im Schwarzwald; Anime und Rotsky durchwaten das Wasser und schieben jeder ein Mountainbike; die Aufnahme findet sich zu Reklamezwecken auf der Website der lokalen Firma »VeloCon« (Verleih von Sportausrüstung, Aktivurlaub etc.); Edgar ist nicht mit auf dem Foto: vielleicht haben sie ihn als Pfand zurückgelassen;

Nacktbaden (als könnten sie nicht genug bekommen) im Eisbach (München, Englischer Garten); Rotsky (wenn er es ist) schwimmt auf dem Rücken mit der Strömung, Edgar (dort gibt es einen Vogel) beobachtet ihn vom Ufer aus; Rotsky wiederum beobachtet Edgar (wie der ihn beobachtet); Anime (im Profil) steht bis zu den Knien im Wasser und (in der Sonne blinzelnd) verdeckt mit ineinander verflochtenen Händen die Stelle, die (wenn es nach Rotsky ginge) Tintenfass heißen müsste. Aber wird nicht eigentlich Rotsky bis heute das geflügelte Wort zugeschrieben: »Fad und schal wie FKK«?

Die Tage brannten. Es brannten Sonne und Himmel, Wasser und Luft – alle Elemente einschließlich der Erde unter den Füßen.

In Lissabon und Marseille wurden bis zu vierzig Grad gemessen. Vom völlig ausgebrannten Palermo ganz zu schweigen. »Erderhitzung?«, fragte Rotsky. Und verbesserte: »Nicht Erhitzung, sondern Verhöllung.« Sie träumten von Island und seinen aktiven Vulkanen – vor allem Edgar, der gern endlich herausgefunden hätte, wer er war: Hugin oder Munin, Gedanke oder Gedächtnis. Aber nach Island nahm man ihn im Flugzeug nicht mit.

Ebenso träumten sie von Grönland, obwohl man dort leicht auf Animes Mama hätte stoßen können. Und das wäre ihnen wohl kaum recht gewesen. Außerdem taute es katastrophal, und Grönland wurde rasch kleiner.

Schließlich verschnauften sie unter Irlands Palmen. Die Palmen waren keine Palmen, aber alle nannten sie fälschlicherweise so. In Irland regnete es ganz paradiesisch, und der VATER segnete ihren Aufenthalt mit Temperaturen knapp unter zwanzig Grad. In solch saftigem und frischem Gras hatten sie sich zuletzt Ende des XV. Jahrhunderts gesehen. Die Westküste überblickte den Ozean, und das Gefühl leeren *Weitwegseins von* füllte sich mit dem Gefühl umfassender, vollkommener Sicherheit. »Hier findet ihr mich nicht«, zitierte Rotsky in Gedanken.

Aber auch aus Irland mussten sie weg: die Preise fraßen ihre Ersparnisse hier schneller als irgendwo sonst.

Nach Rotskys Berechnungen würden die Zinsen längstens für fünf Jahre reichen – bei äußerstem Bedacht und absoluter Achtsamkeit. Das eine in Bezug auf die Reisen, das andere in Bezug auf den Konsum. Anime erwähnte immer wieder die Möglichkeit, ein bisschen am Depot zu knabbern: Der Besitzer würde schließlich nicht nur nicht arm werden, sondern es auch gar nicht bemerken. Das Depot, antwortete Rotsky, heißt eben darum Depot, weil man es deponiert hat, damit es nicht angetastet wird. Animé zuckte die Schultern und verzog das Gesicht.

Manchmal diskutierten sie, ob sie illegal arbeiten sollten. »Bewirb dich in einer alten Villa als Dienstmädchen«, ätzte Jos, »und wir sind gerettet. Es gibt nichts Besseres auf der Welt als eine alte Villa und ein junges Dienstmädchen.« Anime verbarg nicht, dass ihr der Witz nicht gefiel. Aber das Problem war ein ganz anderes: Europa wurde wie so oft in den vergangenen Jahrzehnten von einer schlimmen Krise heimgesucht, die Massenarbeitslosigkeit maskierte sich als immer massenhaftere ewige Freizeit, und der schwarze Arbeitsmarkt wurde immer schwärzer. Niemand wollte sie mit einem Job beglücken, und sei er auch nur befristet oder stundenweise.

Das Geld schmolz, und der Ring zog sich zusammen. Ersteres war offensichtlich, Letzteres eher in ihrer Vorstellung. »Lass uns paranoid sein«, sagte Rotsky zu ihr. »Lass uns die Bedrohung übertreiben. Lieber lächerlich wirken als tot.« »Tot wirken? Das hat was«, antwortete Anime nachdenklich.

Aus einigen unangenehmen Vorfällen klug geworden, begaben sie sich nicht mehr in Regionen, wo die Lokalmacht im Hinblick auf die anomalen Temperaturen alle möglichen Ausnahmezustände ausrief und die Neuankömmlinge zwang, sich zu registrieren.

Hotels mieden sie, doch nicht immer gab es Alternativen. Meistens stiegen sie in Privatquartieren ab, von deren Existenz Anime aus irgendwelchen halb verschworenen und halb anarchistischen e-communities erfuhr.

Mittels diverser Codes wurde sie in nur ihr zugänglichen Winkeln des Webs fündig.

Rotsky gefiel das Klandestine: für ihn war es nichts Besonderes, vielmehr der normale Gang des Lebens, jedenfalls seit der Revolution. Erzwungene Unsichtbarkeit in Zeiten, in denen jede menschliche Existenz nach Sichtbarkeit strebte – und zwar nach der grellst möglichen. Die Leute lebten förmlich für diese maximal grelle Sichtbarkeit.

Sollten sie doch. Sollten sie sich doch auf Fotos, Videos und was auch immer posten. Sollten sie doch ihre Storys veröffentlichen. Überall präsent sein, sich von überall hervorrecken und zu Wort melden. Sich avataren und profilieren, Likes sammeln, Respekt, Smileys und LoLs. Wenn man aber nichts dergleichen macht, hat man eine Chance. Keine Kontakte in sozialen Netzwerken, keine Alben, Kommentare, Looks, Vlogs. Es gibt uns nicht für sie, denn wir leben für uns.

Nicht etwa, dass Rotsky dem Digitalen den Krieg erklärt hätte – der ja hoffnungslos verloren gewesen wäre. Er baute keinerlei Verteidigungslinien auf. Er legte sich einfach in einen sorgfältig getarnten Bunker, hatte aber ein echtes Problem: Das Versteck musste dauernd den Aufenthaltsort ändern, sich fortbewegen – am besten in Sprüngen.

Dass wir immer zusammen und beieinander sind, ist ein unverhoffter Vorteil, dachte Rotsky. Wir machen uns unabhängig vom Digitalen, gehen nicht online, denn wir sind immer direkt in Kontakt. Wir kommunizieren mit Berührungen, physischer Anwesenheit, Sex, Orgasmen, Wörtern, die niemand außer uns hören kann. Wir zeigen ihnen den Stinkefinger. Wir sind Mann, Frau, Vogel.

Das hätte der Name eines neuen Computerspiels sein können. Wer weiß, vielleicht existierte es schon?

Tatsächlich machte der Vogel alles merklich komplizierter. Nicht nur, was die Fluggesellschaften betraf. Der Vogel war ein sehr besonderes Kennzeichen. In ganz Europa war wohl kaum ein zweites solches Paar zu finden – mit einem Vogel auf der Schulter. Für den Fall, dass die unsichtbaren Beobachter ihren operativen Zentren immer wieder aktualisierte Informationen übermittelten, wäre der Rabe auf der Schulter ihr geheimes Zeichen oder ihr Codeschlüssel.

Es gab auch Vorteile. Edgar wurde zu einem weiteren Schutzelement. Aber wieso nur Element – ein echter Beschützer! Er spürte und warnte. Hatte nicht nur sein Gespür, sondern auch sein Misstrauen voll aufgedreht. Wurde gleichzeitig zu Gedanke und Gedächtnis, Hugin und Munin in einer Rabenperson.

So hatte er zum Beispiel mehrmals präventiv Typen attackiert, die sehr eindrücklich an Jos' Landsleute erinnerten. Das passierte egal wo: in Lappland oder Transsylvanien, Flandern oder Schwaben, Böhmen oder Burgund. In jedem Land trieben sich inzwischen unzählige Personen dieses gut erkennbaren Typs herum: Sie alle kamen von den Trainingshosen her. Und waren noch nicht von den Trainingshosen losgekommen.

Edgar stieß auf sie herab, um sie zu vertreiben, und Rotsky und Anime mussten auf der Stelle verschwinden: eilig aus dem Café gehen, nachdem sie Bargeld auf den Tisch gelegt hatten, oder abrupt abdrehen, auf die Seite treten, in eine Gasse, wohin auch immer – wenn es in der Stadt passierte. Edgar gab sich mit der Wirkung zufrieden, beendete den Sturzflug und kehrte zum Stützpunkt zurück – auf Jos' Schulter, die ihn inmitten der sirrenden Sinnlosigkeit unverbrüchlich erwartete.

Infolge dieser lapidaren Vorfälle erschienen bald Berichte über ein »von Ornithologen festgestelltes aggressives Verhalten bestimmter Arten der Waldvogelfauna, ausgelöst durch eine erhöhte Feuergefahr und einzelne Brände«.

Ein weiteres besonderes, wenn auch nicht so sichtbares Kennzeichen waren Rotskys Augen. Die konnte man aber nur von ganz nah sehen, und Rotsky ließ nicht zu, dass irgendwer Fremdes ihm in die Augen schaute. Vielleicht drängten sich eben darum die ganzen Landsleute immer näher, umzingelten sie in immer engeren Kreisen und Gruppen, setzten sich an die Nachbartische oder drängten sich wie unabsichtlich mit ihren Schultern durch die Menschenmenge? Es kam so weit, dass Rotsky und Anime offen und fast unablässig knipsten und die Bilder sofort, ohne es zu verbergen, demonstrativ durch die Gesichtserkennungsapp FaceBoom laufen ließen, die bei den Usern im Osten aus Bequemlichkeit einfach Face genannt wurde.

Ja, der Ring zog sich zusammen. Ende Juli ging Rotsky auf die lange nicht besuchte Seite und las, dass von der Unkrautvernichter-Liste die Kandidatin Nummer 13 erfolgreich liquidiert worden war. Der übernächste war Jos.

Wissen Sie was? Ich sage jetzt ein Gedicht auf. Damit es Sie anspricht, müssen Sie sich den Sommer vorstellen. Seine Hitze. Das Wort »Hitze« erinnert an das Wort »Hölle«. Die Hölle aber verwandelt sich leicht in ihr Gegenteil, wenn man ins Wasser eintaucht. Darum geht es in diesem Gedicht[1]*. Lauschen und schwimmen Sie.*

Mal sehen, ob ich mich auch nicht verhaspele.

Im bleichen Sommer, wenn die Winde oben, / Nur in dem Laub der großen Bäume sausen, / Muss man in Flüssen liegen oder Teichen, / Wie die Gewächse, worin Hechte hausen.

Der Leib wird leicht im Wasser. / Wenn der Arm leicht aus dem Wasser in den Himmel fällt, / Wiegt ihn der kleine Wind vergessen, / Weil er ihn wohl für braunes Astwerk hält.

Der Himmel bietet mittags große Stille. / Man macht die Augen zu, wenn Schwalben kommen. / Der Schlamm ist warm. Wenn kühle Blasen quellen weiß man: / Ein Fisch ist jetzt durch uns geschwommen.

Mein Leib, die Schenkel und der stille Arm, / Wir liegen still im Wasser, ganz geeint /

Nur wenn die kühlen Fische durch uns schwimmen, / Fühl ich, dass Sonne überm Tümpel scheint.

1 Bertolt Brecht: Vom Schwimmen in Seen und Flüssen (1919)

Wenn man am Abend von dem langen Liegen / Sehr faul wird, so, dass alle Glieder beißen / Muss man das alles, ohne Rücksicht, klatschend / In blaue Flüsse schmeißen, die sehr reißen.

Am besten ist's, man hält's bis Abend aus. / Weil dann der bleiche Haifischhimmel kommt / Bös und gefräßig über Fluß und Sträuchern / Und alle Dinge sind, wie's ihnen frommt.

Natürlich muß man auf dem Rücken liegen, / so wie gewöhnlich. Und sich treiben lassen. /
Man muss nicht schwimmen, / nein, nur so tun, als / Gehöre man einfach zu Schottermassen.

Man soll den Himmel anschaun und so tun / Als ob einen ein Weib trägt, und es stimmt. /
Ganz ohne großen Umtrieb, wie der liebe Gott tut / Wenn er am Abend noch in seinen Flüssen schwimmt.

Die sechste Stunde kommt, aber Radio Nacht wird dennoch nicht zu Radio Morgen. Das wäre das Schlimmste, was passieren könnte. Ich bin Josip Rotsky, Ihr Melodeklamator. Und jetzt kommt Nils Frahm, Says.

16

Ihre Bettgespräche fanden auf einem bestimmten (aber noch nicht dem höchsten) Level der Nervosität statt:

»Subbotnik. Ich brauche Subbotnik.«

»Du sagst immer dasselbe. Erklär mir, was du meinst.«

»Verstehst du denn nicht? Hat er überlebt, dann ist das eine Sache. Ist er gestorben, dann ... Davon hängt ab, wie es mit uns weiter geht.«

»Ob er lebt oder nicht, hat für unsere Freunde überhaupt keine Bedeutung. Weder für deine noch für meine. Am wenigsten für deine. Die haben von diesem Subbotnik wahrscheinlich noch nicht einmal gehört.«

»Meine wollen meinen Skalp. Subbotnik hat hier nichts zu melden, das stimmt. Aber deine brauchen Subbotniks Knete. Im Gegensatz zu uns wissen sie wahrscheinlich alles. Das macht uns schwächer. Wir haben nicht das volle Bild.«

»Quatsch. Weniger wissen – länger leben.«

»In diesem Fall nicht, Anime.«

»Langweiler.«

»Ich bin nur systematisch. Stecke alles dahin, wo es hingehört.«

»Sag ich doch – Langweiler.«

»Mein Held ist Konfuzius.«

»Konfusius?«

»Meinetwegen. Fährst du nach Zürich?«

»Was hab ich dort verloren?«

»Nicht was, sondern wen. Such in der Klinik nach einer Spur von ihm.«

»In der Patientenkartei?«

»Zum Beispiel.«

»Die ist wohl kaum zugänglich.«

»Fragen kostet nichts. Es gibt bestimmt eine Abteilung für Öffentlichkeitsarbeit.«

»Und wenn ich anrufe?«

»Da geben sie bestimmt nichts preis. Aber wenn eine Person physisch vor ihnen steht ... Sag einfach, du bist eine Verwandte.«

»Ach so, mein geliebtes Onkelchen. Ich kann einfach nicht vergessen, wie er mich als Kind auf den Schoß genommen hat. Wir haben nur seinen Namen. Wir wissen nicht, wer ihn operiert hat, kennen die Diagnose nicht, wissen nicht, in welcher Abteilung er behandelt wurde. Bloß mit dem Namen nach einem ehemaligen Patienten suchen? Und wer wird diese Information irgendeiner Anime verraten? Einfach eine Schublade aufziehen – und alles auf den Tisch legen?«

»Und wenn doch?«

»Sollte ich nicht lieber den Friedhof durchkämmen? Wie viele Friedhöfe hat Zürich? Frische Gräber aus dem letzten halben Jahr?«

»Auch eine Idee. Aber besser, du knackst die Basis. Durchkämm die Klinik.«

»Für den Anfang mach ich mich an ihre Website. Nur ...« Es war nicht so, dass sie nicht weitersprechen wollte – ihr Mund fand wieder Rotsky und machte sich an die Arbeit. Rotsky nannte solche Momente *alles beim Alten* und dachte dabei auch an sein eigenes Alter.

Er ging auf die 69 zu.

Zwei Stunden später – Rotsky fütterte Edgar gerade mit kleingeschnittenen Krabben – lachte sie vor ihrem Computer laut auf.

»Schau dir mal das an!«

»Erste Ergebnisse des Friedhofdurchkämmens?«, fragte Rotsky hoffnungsvoll.

»Wer jagt, macht Beute«, nickte Anime.

Auf der Website der Klinik, im Bereich »Öffentliche Veranstaltungen«, stieß sie auf die Ankündigung einer Vorlesung im Rahmen des Programms der 37. Internationalen Sommerakademie der Neurochirurgen & Onkologen. Der Titel unterschied sich erheblich von den anderen, die von unverständlicher Terminologie überquollen; er lockte mit seiner Unwissenschaftlichkeit: »Der einzigartige Fall des Jeffrey S. oder Kurz vor dem Durchbruch«. Als Vortragender war ein gewisser Neirndra Chandr angegeben, einer der führenden Assistenten des »legendären Professor« Kramskoi, unter dessen Leitung die »bahnbrechende Operation« durchgeführt worden war. Ein Neurochirurg mit Namen Neirndra? Das hat was, bemerkte Rotsky zufrieden. Es war wie der ferne Widerschein des Erfolgs.

Der Vortragsankündigung war kein Hinweis auf das Schicksal des in ihrem Titel erwähnten Patienten zu entnehmen. Wäre die »bahnbrechende Operation« unglücklich ausgegangen (mit dem Tod des Operierten), dann allerdings könnte man sie ja wohl kaum als bahnbrechend bezeichnen. War Subbotnik also am Leben? Aber »Jeffrey S.« musste nicht zu hundert Prozent Subbotnik heißen. Vielleicht handelte es sich um eine fiktive Person? Wenn schon der Autor des Vortrags zur Belletristik neigte und einen so unwissenschaftlichen Titel wählte?

Das verlangte nach Aufklärung. Innerhalb weniger Minuten meldete Rotsky eine Person für den Vortrag an und kaufte Anime ein Ticket nach Zürich. Der Vortrag würde in genau einer Woche stattfinden.

Vom Flughafen in Zürich zum Ort der 37. Sommerakademie gelangte Anime in zwei Zügen, von denen der zweite leuchtend rot auf einer Schmalspurbahn verkehrte. Augenblicklich verwandelte sich Anime in die Heldin eines Animationsfilms, die mit einem Spielzeugzug in märchenhafte Berge fährt. Anime im Anime.

Wie der Rest des Kontinents war auch die Insel Schweiz vor Hitze dramatisch geschwächt, aber weiter oben in den Bergen gab es ab und zu etwas Kühle. Der Sommerpavillon, in dem die meisten Veranstaltungen der Akademie stattfanden, war zum Vortrag von Doktor Neirndra Chandr bis auf den letzten Platz gefüllt. Im Publikum überwogen kurortstypische Damen im Pensionsalter – eine für Vorträge sehr typische Zusammensetzung. Sie wedelten sich mit Fächern Luft zu und demonstrierten mit ihrem ganzen Auftreten, dass sie entschlossen waren, das pralle neurochirurgisch-onkologische Programm zu genießen. Der bewegliche hagere Vortragende überwältigte Anime nicht nur mit den projizierten Aufnahmen und – ganz wörtlich! – Animationen, auf denen sich halbrund gebogene Gehirnvenen zu Kreuzgewölben von Kathedralen spannten und ein virtuelles Skalpell sich langsam und unerbittlich in Richtung der großen, dunkelblauen Vena magna bewegte, sondern auch mit einem unaufhörlichen Strom sehr spezieller Wörter, von denen sich dem Mädchen kein einziges erschloss. Und wenn »Expansivität«, »Infiltration« oder »Dekompressur« noch irgendwo in den entferntesten Winkeln ihres Thesaurus ein Echo fanden, so wurde sie von »bipolarer Coagulatio«, »arteriovenöser Malformation« und »Medulloblastoma« komplett aus der Bahn geworfen. Wobei Letzteres in seinem Primitivismus vom später erwähnten »multiformen Glioblastom« weit übertroffen wurde, das wiederum auf bombastische Weise vom – Obacht! – »Gangliogliom« in den Schatten gestellt wurde. Außerdem erschienen in jenem Text noch die »adenokarzinome Hypophyse«, das »hypervaskularisierte Meningeom«, die »Ventrikulotrisomie« und, als Gipfel von allem, die »Hemisphärektomie«, über die Anime später erfahren würde, dass man damit die Operation zur Entfernung einer Gehirnhälfte bezeichnete. Wobei sie sich darüber wundern wird, dass eine solche Entfernung überhaupt möglich ist (eine ganze Gehirnhälfte! Wohin dann mit den Gedanken, Erinnerungen und Alpträumen? wie sie alle in der Hälfte unterbringen, die bleibt?) und sich beeindruckt die möglichen Folgen ausmalt.

Außerdem gelang es Anime, einiges über den Helden des Vortrags, den Patienten Jeffrey S., in Erfahrung zu bringen. Wie zum Beispiel: Sein, wie der Vortragende sagte, sehr spezifischer religiöser Anspruch schloss jegliche minimal-invasive Technologie aus – »kein Cyber-Messer oder Nanoteilchen-Beschuss, diese schon eingeführte Phantastik«. Das Skalpell, wiederholte der in Fahrt gekommene Neirndra, das Skalpell und nur das Skalpell – das war die grundlegende Forderung des Patienten, und den Chirurgen blieb allenfalls, dafür zu danken, dass es zumindest nicht um das authentische bronzene aus dem Alten Indien ging, denn auch das hätte passieren können, warum nicht. Selbst Spanner und Sauger gefielen ihm nicht – in solchem Maße war er gläubig!

Auf zwei oder drei Dias war der Patient Jeffrey S. auch in persona zu sehen. Wobei die zentralen Fragmente seines Gesichts, einschließlich der Augen, im Namen der Diskretion verpixelt waren. Aber insgesamt erinnerte er sehr an das Phantombild, das Rotsky und Anime vor ihrer Abreise erstellt hatten und das Anime sich ab und zu in Erinnerung rief, indem sie es sich auf ihr Smartphone holte.

Der Vortrag des Neuro-Neirndra rief nicht nur begeistertes Interesse hervor, sondern auch langanhaltenden, brausenden Applaus, kaum dass sein letzter Satz verklungen war: »Heute müssen wir lediglich eine weitere ähnliche Operation abwarten, wonach – davon bin ich überzeugt – der sogenannte Jeffrey-S.-Komplex ein für alle Mal überwunden und Unheilbarkeit wie auch Hoffnungslosigkeit um eine selten schwere Diagnose vermindert sein werden.«

Darauf folgten die Ovationen. Hie und da erhoben sich Zuhörerinnen von den Plätzen, die nicht vom Brot allein lebten und unbedingt stehend applaudieren mussten. Was unvermeidlich immer neues Aufstehen nach sich zog, so dass nach einer Minute praktisch alle auf den Beinen waren. Die Emotionen legten sich lange nicht. Schließlich aber fanden sich im Publikum etwa ein Dutzend solche, die gewillt waren zu fragen oder zu kommentieren. Anime musste noch fast eine Stunde auf ihrem unbequemen Stuhl aushalten und angespannt mit Schmeicheleien versetztes, sehr spezifisches und ihr unzugängliches Wissen anhören. Aber über das weitere Schicksal Subbotniks war weder vom Vortragenden noch von den Zuhörern auch nur das Geringste zu hören. Und wenn es zu hören war, dann kam es nicht bei ihr an. Doktor Chandr verfügte überhaupt über die besondere Fähigkeit, sich sehr ambivalent auszudrücken.

Ganz am Schluss (eine Volontärin in Shorts, mit Streichholzbeinen und Ziegenarsch zeigte dem Doktor high five, um ihm zu signalisieren, dass ihm noch fünf Minuten Ruhm blieben), schüttelte Anime ihre Angst ab, in ein Fettnäpfchen zu treten und ausgelacht und -gebuht zu werden, drängte sich vor einige andere Enthusiastinnen in der improvisierten Schlange zum Mikrophon und warf dem Vortragenden an den Kopf:

»Haben Sie ihn denn gerettet? Ihren Patienten?«

Ihre Frage rief, durchaus unerwartet, kein Gelächter hervor. Stattdessen durchlief das Publikum ein unterdrückter Unmut über ihre Taktlosigkeit. Etwas wie: Wir waren uns doch einig, davon nicht zu reden, und da kommt plötzlich die daher!

Der Vortragende jedoch wies ihre Frage nicht von sich. Fasste sich aber zuerst mit beiden Händen an seinen orangen Turban – als wolle er ihn fester in den Kopf stecken, wonach er tief seufzte, etwas stärker als sonst blinzelte und sprach:

»Jeffrey S. ist gestorben. Vielmehr nein – ist nicht gestorben. Also nicht bei der Operation. Ich möchte betonen, dass es sich um eine sehr erfolgreiche Operation handelte. Ich meine eine sehr produktive – im Sinne erfolgreicher Erfahrung für die Zukunft. Professor Kramskoi hatte 73 gegen 27 gesetzt, dass der Patient während der Operation verstirbt. Er verstarb nicht!«

»Haben Sie sein Gehirn verpflanzt?«

»Haben wir ... besser gesagt ... Wir haben es ausgepflanzt. Also herausgenommen. Wir haben sein Gehirn herausgenommen.«

»Und es geht ihm gut?« Anime startete ihren Angriff, womit sie im Pavillon eine weitere Welle unruhigen Raunens auslöste.

»Es geht ihm nicht gut«, Chandr schüttelte bedauernd seinen orangen Kopf. »Vielmehr geht es ihm gut. Er hat überlebt. Aber nicht im Sinne von 27 zu 73, sondern im Sinne 50 zu 50. Die Schattenalternative des Professor Kramskoi.«

»Und wie ist die zu verstehen?« Anime blieb hartnäckig.

»Fünfzig Prozent, dass er stirbt, gegen fünfzig, dass er überlebt. Diese anderen fünfzig jedoch bedeuteten ein ausschließlich vegetatives Überleben. Sie verstehen.«

»Er wurde zu Gemüse?«, fragte Anime nach, ohne auf das allgemeine Raunen zu achten.

»Nicht ganz. Nein, woher denn. Überhaupt nicht. Aber fast. Fast so. Fast Gemüse.«

Neirndra blinzelte eifrig und fuhr fort, gegen seinen Willen Unnötiges auszuplaudern, also die Grenzen der neurochirurgischen Thematik deutlich zu überschreiten:

»Vor der Operation hatte Jeffrey S. eine Patientenverfügung unterschrieben, in der er freiwillig forderte, im Falle des Eintretens der anderen fünfzig Prozent sein Leben zu beenden. Mit passiver Euthanasie. Wir waren juristisch dazu verpflichtet, seinen Willen zu erfüllen. Zum Beispiel durch das einfache Entfernen des Gehirns aus dem Organismus. Übrigens in Anwesenheit seines Anwalts! Der aber verzögerte aus unklaren Gründen, bestellte irgendwelche zusätzlichen Gutachten, verschwand für längere Zeit, versteckte sich, vermied schließlich jeden Kontakt – und das Gehirn unseres Patienten existierte rein physiologisch noch eine ziemlich lange Zeit. Bis der Herr Anwalt selbst diese Welt in Folge eines Unfalls verließ. Das machte uns die Hände frei! Will sagen, gab uns neue Möglichkeiten. Wir erfüllten den Willen unseres Patienten und beendeten sein Leben.«

Die Anwesenden seufzten oder atmeten aus – das gesamte Publikum, einmütig und harmonisch. Die Fächer der Damen begannen nach dieser unbeabsichtigten Pause massenhaft zu wedeln.

Eigentlich hätte Anime gehen können. In ungefähr

einer halben Stunde fuhr der rote Spielzeugzug zurück, und sie hätte ihn noch erwischt. Aber sie wäre nicht sie selbst gewesen ohne den letzten Nagel, den sie in den Kopf des Vortragenden schlug:

»Wollen Sie sagen, dass es den Menschen Jeffrey S. nicht mehr gibt?«

Neirndra Chandr fasste sich erneut an den Turban, dachte gut nach und sprach schließlich:

»Es gibt ihn nicht mehr. Doch nein, nicht, dass es ihn nicht gibt. Es gibt ihn, denn es handelt sich um eine sensationell gelungene Operation. Auch wenn es ihn nicht mehr gibt, existiert er dennoch. In dem Sinne, dass Professor Kramskoi und unser ganzes Team nach dieser Operation schon für immer wissen, wie es geht! Es gibt ihn also, er ist ständig bei uns. Er berät uns. Wird uns ewig beraten. Wir haben Leben gerettet – nicht für sich genommen sein Leben, sondern das Leben an sich, das Leben als höchstes Gut …«

Bei seinem letzten Satz erklang plötzlich Musik im Hintergrund: Das kleine Kammerorchester, so zeigte sich, hatte nicht umsonst rechts von der Bühne gewartet. Es erklang etwas unglaublich Feines, Trauriges und zugleich Pathetisch-Hoffnungsspendendes – natürlich in f-Moll.

Animé blieb nicht bis zum Ende. Es hielt sie weiter nichts mehr im Pavillon, der bereit stand, in abschließenden anhaltenden Applaus auszubrechen.

Rotsky hatte sich inzwischen, wie geplant, in eine andere Stadt verlegt. Zu ihrem Wiedersehen brachte Animé nicht nur den Bericht über den toten Subbotnik mit, sondern auch eine skandalöse Wendung mittlerer Tragweite: in einigen sehr spezifischen Nachrichtenportalen schrieb man über »eine junge aggressive Person südlichen Aussehens, die aufgrund offensichtlicher Ambitionen versuchte, den Vortrag des verehrten Wissenschaftlers zu stören«.

»Wie hast du denn das geschafft?«, erkundigte sich Rotsky in der Pause zwischen der ersten und der zweiten koitalen Séance.

»Nichts Besonderes«, wehrte Anime ab. »Ich hab bloß Fragen gestellt.«

Sie hatte nicht verstanden: Rotsky meinte nicht die gesammelten Informationen, sondern den rowdyhaften Nachgeschmack. Aber es machte keinen Sinn, darauf herumzureiten.

»Subbotnik ist also tot«, sagte Rotsky nicht ohne Bedauern.

»Und Mob weiß davon. Ohne Zweifel.«

»Mob weiß alles.«

»Du machst Witze. Aber das wissen sie.«

»Sie wissen und tun. Nein, anders. Sie wissen nicht, was sie tun. Vergib ihnen, Herr.«

»Sie wissen, dass wir das Depot haben. Hundertprozentig. Du konntest es nicht zurückgeben: Es gibt einfach niemanden, dem man es zurückgeben kann. Wir haben das Depot.«

Rotsky war unangenehm berührt von ihrem doppelten »wir haben«. Wir haben das Depot? Bisher hatte er gedacht, nur er hätte es. Er fuhr mit den Fingern über ihr Rückgrat, von oben nach unten – vom Hals bis zu den Rundungen ihres Hinterns. Als wolle er sich vergewissern, dass sie dieselbe war. Dass man sie nicht ausgetauscht hatte während der 37. Internationalen Sommerakademie.

»Und was sagst du zu deinem Kalkschwefel?«, fragte Anime.

»Egal. Wir wussten ja vorher schon von seinem ... Wie hieß es in der Zeitung – plötzlich und vorzeitig?«

»Dafür aber enorm eindrucksvoll!«

»Wieso?«

»Er starb auf Skiern. Auf der Piste. Auf einer schwarzen.«

»So ein Idiot! zu rasen, wenn du es nicht kannst.«

»Klar, aber er konnte. Ein Experte, wie man so sagt. Einer der besten Amateurskifahrer des Landes.«

»Ein Experten-Amateur?«

»Ein Experte unter den Amateuren.«

»Experte oder nicht, irgendwann passiert halt was ...«

»Da hatte jemand zufällig vor der Kurve ein Warnschild entfernt. Er stürzte in den Abgrund.«

»›Zufällig‹ ist hier wohl fehl am Platz.«

»Das meine ich ja.«

»Hör mal, wie findest du das bloß raus? Das mit den Skiern, zum Beispiel?«

»Durchkämmen der Friedhöfe, Jos. Wie wir beide das nennen. Vergiss nicht, welche Schule ich durchlaufen habe.«

Rotsky starrte an die Decke, als versuche er, dort eine nur für ihn bestimmte geheime Nachricht zu lesen. Die Aussicht auf eine zweite koitale Séance erschien ihm schon nicht mehr unausweichlich.

»Und was jetzt?«, löste er sich endlich aus seiner untypischen Erstarrung.

Anime berührte mit den Lippen sein Schlüsselbein.

»Jetzt heißt es, den Weg bis zum Ende zu gehen, lieber Jos.«

»Und das bedeutet?«

»Nichts hergeben. Sie besiegen. Die einen wie die anderen. Du hast schließlich mich.«

»Wozu?«

»Wozu ich?«

»Wozu siegen?«

»Für das Depot. Das ist Geld, Jos. Das sind Milliarden. Jetzt haben wir beide ein volles Recht darauf.«

Rotsky hätte diesem »volles Recht« gleich widersprechen müssen. Aber ganz plötzlich wollte er ums Verrecken etwas anderes – ohne sie sein. Dabei war sie doch eben erst gelandet, er hatte sich sehr nach ihr gesehnt, war ohne sie durch die unwirtliche heiße Innenstadt gelaufen, wo keine Menschenseele zu sehen war, hatte einsam mit dem melancholischen Edgar gesprochen und den Alten daran erinnert, dass »unser Mädchen bald zurückkommt«. Das Mädchen war zurückgekommen – noch dazu nach erfüllter Mission, und ihn quälte plötzlich etwas! Argwohn, Skepsis? Misstrauen? Warum und woher denn bloß?

Sie, nur sie ist schuld, beschloss Rotsky. Sie, die Hitze. Eine nie dagewesene Glut. Noch mehr von diesem Sommer – und eine ganze Gehirnhälfte brennt aus und die Reste der Vernunft gleich mit! »Gut werden sie nicht enden«, pflichtete Rotsky sich selbst bei. Und es bleibt offen, ob er mit diesem »sie« nicht das gesamte Menschengeschlecht meinte.

Wie dem auch sei, die Flucht ging weiter, und das Wechseln der Länder und Landschaften – die in der Mitte des Sommers jedoch alle gleich ausgedörrt waren, ob Apulien oder Jütland – wurde zum unveränderlichen Attribut einer zeitlich sehr ausgedehnten Extrem-Quest. Aufgrund dieser unveränderlichen Veränderung verwechselten sie nicht nur Topographien und Architekturen, sondern auch die Unterkünfte, vor allem beim Aufwachen, wenn der fremde Raum von allen Seiten auf sie eindrang, bezeichnet von fremden Gegenständen, die noch gestern anders erschienen (und waren). Irgendwann begann Rotsky Anime zu überreden, den Ort seltener zu wechseln, nicht unbedingt täglich oder nach zwei, drei Tagen, manchmal könne man auch vier oder sieben Tage bleiben. Die schaffen es doch gar nicht, uns früher auf die Spur zu kommen, argumentierte Rotsky. Anime glaubte, dass daraus seine Erschöpfung sprach, sagte es aber nicht laut.

Der Kern der Quest war, die Warnsignale zu erspüren. Kaum schnappten sie eines auf, erkannten und entschlüsselten es, und sie – Mann, Frau, Vogel – eilten von dannen und lösten sich im heißen Dunst auf.

Die Signale (dafür war es ja eine Quest!) erschienen in immer neuen Formen. Diejenigen beobachten, die dich beobachten, wurde zu ihrer spezifischen, wenn auch belastenden Zerstreuung. Die Beobachter wollten Panik säen. Rotsky konnte sich nicht genug wundern, über ihre Raffinesse wie auch über ihre Fehler – wobei die Fehler vielleicht die feinste Erscheinung der Raffinesse sein mochten.

Hier einige Beispiele.

Der Hotelportier nennt Rotsky, wie aus Versehen, bei seinem richtigen Namen. Woher sollte er den kennen, wo sie doch in ausnahmslos jeder Situation – Hotelreservierungen, Wohnungsmiete oder Autoverleih – nur Animes Dokumente benutzten, niemals die von Rotsky? Der Portier bittet eifrig um Verzeihung: »Ich habe Sie mit jemandem verwechselt, Sir.«

In einer belebten Fußgängerzone spricht ein seltsames Wesen (nicht Bettlerin und nicht Bettler, sondern etwas dazwischen) Rotsky in seiner Muttersprache an. Warum aus den tausenden Passanten gerade ihn?

Die Türen zu dem Gebäude, in dem sie das zigste Apartment auf Zeit mieten, stehen immer offen, obwohl sie abgeschlossen sein sollten. Rotsky fährt immer wieder mit dem Aufzug hinunter und schließt ab. Zehn Minuten später stehen sie wieder auf. Heißt das, jemand verfolgt sie? Spielt mit ihnen? Heißt das, dieser jemand besitzt genauso eine Magnetkarte wie Rotsky und Anime?

Nachts erschallt unter ihren Fenstern (schon in einer anderen Stadt in einem anderen Land) aus einem Lada mit laufendem, stotterndem Motor während ganzer sieben Minuten die »Mitraljeza«, das Lied der jugoslawischen Partisanen. Und da seine Gesamtdauer eine Minute und 23 Sekunden beträgt, läuft es insgesamt sechs Mal.

Das genügt, damit Rotsky den Rest der Nacht von »traka-traka-trak« gequält wird. Was wollten sie damit sagen?

In fünf Situationen hintereinander grüßt jeweils eine andere Person (egal ob Mann oder Frau) Rotsky am Eingang zu einem Café, Museum, Kino, antiquarischen Buchladen, einer Einkaufspassage, mustert Anime abschätzig und fragt wortwörtlich dasselbe: »Gehört diese Asiatin zu Ihnen?«

In der ganzen Stadt (wieder einer anderen, wieder in einem anderen Land) tauchen Big-Boards mit einem Männergesicht auf (etwas zwischen David Bowie und einem vagen Rotsky) und den Worten: »KENNZEICHEN: HETEROCHROMIE! LIQUDIEREN!« Darunter ein paar Telefonnummern, aber wenn man sie anwählt, hört man »Diese Nummer ist nicht vergeben«.

Und natürlich – überall Straßenklaviere, aufgestellt als Rotsky-Fallen. In allen Städten und allen Ländern – hunderte Instrumente, schwarze, weiße, grüne, regenbogenfarbene. Setz dich und spiel, lieber Freund. Zeig dich. Uns zur Freude und zu deiner Befriedigung.

Jedes Mal, wenn er eine neue Warnung feststellte (wenn man sie so nennen wollte), forderte er Anime auf, die Autorenschaft zu erraten. Meistens wurde sie von Zweifeln geplagt. Aber die Straßenklaviere stammten mit Sicherheit von den Schergen des Regimes.

Ich denke, nun ist meine Zeit gekommen. Zeit, die Geschichte wieder in meine eigenen Hände zu nehmen.

Auf dem Weg des Erforschens und Schreibens der Biografie Josip Rotskys musste zwangsläufig der Moment eintreten, an dem ich erkannte, dass meine Arbeit sich ohne Reise ins Vaterland des Objekts als unzulänglich erweisen würde. So kam es, und ich entschloss mich sie anzutreten.

Ich beabsichtige, weder meinen Mut noch das Risiko zu übertreiben. Deshalb werde ich eine gewisse Besorgtheit nicht verbergen, mit der ich in jene Richtung aufbrach. Die Nachrichten von dort, die zu uns Europäern in letzter Zeit immer seltener durchdrangen, atmeten keinen Optimismus. Unvermeidlich geprägt von Enttäuschung und Ratlosigkeit, interessierten sie uns, offen gestanden, auch kaum. Das Land Rotskys war ein wenig in Vergessenheit geraten, und nur ab und zu erklärte einer der politischen Führer der westlichen Welt lautstark, das sei keineswegs der Fall. Womit er dann meist auch seine Zustimmungswerte mit Füßen trat, weil er die eigenen Wähler spürbar nervte.

Ich jedoch vergaß nicht. Meine Arbeit im IIBC (Internationalen Interaktiven Biographischen Komitee) erforderte vor allem ein unfehlbares Gedächtnis. Das war es auch, oder vielmehr die von schmerzlicher Unvollkommenheit zeugenden Leerstellen darin, was mich in östliche Richtung zog. So begab ich mich dorthin – mit dem irgendwie bedrückenden Gefühl einer Reise ins Maul des Drachens. Oder in diesem Fall aufs Horn des Rhinozeros.

Ich erreichte ihre Hauptstadt … Aber gut, nicht nötig. Es gibt Dinge, deren abschließender Wert im Verschwiegenwerden liegt. Es ist unwichtig, wie ich ihre Hauptstadt erreichte. Wichtig ist, nicht aus Versehen ein paar halboffizielle Helfer zu diskreditieren, die meinen mehr oder weniger sicheren Transfer unterstützten (von Komfort – kein Wort).

Vor Ort arbeitete ich mit einem sogenannten Fixer – teils Fahrer, teils Dolmetscher und teils, will ich zugeben, Saufbruder. Ich füge hinzu, dass die von uns – meist als reine Antistressmittel – konsumierten Getränke von durchaus nicht schlechter Qualität waren. Aber warum auch nicht: In neun von zehn Fällen handelte es sich um Whiskey international bekannter Hersteller. In Rotskys Heimatland war es schon seit einigen Jahren Mode, eben Whiskey zu trinken, vor allem natürlich unter Männern. Nicht Brandy, nicht Tequila, nicht Gin – Whiskey. Aber das ist nur eine Marginalie.

Jetzt zum Wesentlicheren.

Nichts in der Hauptstadt erinnerte an die Revolution. Das muss man sich vorstellen: so ein Ereignis, das präzedenzlos große Aufmerksamkeit in der Welt auf sich gezogen hatte! Und dann, nur ein paar Jahre später, kommt bei meinen vorgeblich beiläufigen Gesprächen mit den Einheimischen, meist auf eben jenem Poschtowa-Platz, dem Hauptaustragungsort jener präzedenzlos schönen und dann auch grausamen Ereignisse, nichts anderes heraus als ein immerwährendes »ich erinnere mich nicht«,

»ich war nicht dabei«, »was für eine Revolution? ein Haufen beleidigter Looser hat sich für amerikanisches Geld verkauft«. »Nicht etwa für schweizerisches?«, konnte ich einmal nicht an mich halten. Aber mein Sarkasmus prallte ab.

»Das Problem dieses Landes«, erklärte mein Reisegefährte, »liegt in der Schmoschheit der meisten Bewohner.« Auf meine Frage, was das denn sei, antwortete er, dass die Popularität des vorletzten Diktators Europas, Schmosch, nach seinem plötzlichen Ende weiterwachse, und der Anteil sogenannter Schmoschniks, seiner Anhänger, an der Gesellschaft übersteige schon 70 Prozent.

Vor diesem Hintergrund etwas über den Barrikadenpianisten Aggressor zu erfahren, erschien komplett hoffnungslos. Nach den ganzen Auseinandersetzungen, den aufgehäuften Pflastersteinen, angezündeten Gebäuden, nachdem die Panzer alles zerquetscht hatten, was ihnen unter die Ketten kam, hatte man den Poschtowa-Platz in Stand gesetzt und irgendwie übertüncht. Wer? Aggressor? Welcher Aggressor? Wir sind einfache und friedliche Leute. Kein Appetit auf Aggressoren hier.

Ich wage zu behaupten, dass das dortige Regime – sein ganzer, sagen wir, zynischer Stil – spürbar den Charakter der Bevölkerung veränderte. Mehr noch – ich gewann den eher freudlosen Eindruck, dass die Veränderungen unumkehrbar wurden. Eine Staatsmacht dieses Typs verdirbt die Menschen noch schneller als sich selbst. Die Wortverbindung »Minderjährige verderben« ist gut bekannt. Im Falle von Rotskys Land kann man ganz analog von etwas anderem sprechen – Minderbemittelte verderben. Ich versuche schon, nicht allzu ätzend zu sein, glauben Sie mir.

Mich bekümmerten und verärgerten die unterschiedlichsten Phänomene jener Welt:

Gehsteige, vollgestellt mit für so eine ärmliche Volkswirtschaft allzu teuren und dreisten Automobilen.

Das häufige Fehlen von Kanaldeckeln, was doch nur davon zeugen konnte, dass man hier weiterhin ohne Unterlass Metallschrott klaute.

Das verbreitete, hektarweite Glimmen von Gras, das die lokale Bevölkerung aus Gründen, die sich mir nicht erschlossen, massenhaft anzündete und so das Fahren auf den sowieso schon schrecklichen Straßen in ein verrauchtes und rußbedecktes Spießrutenlaufen verwandelte.

Verbreiteter Verfall – in der Makro- wie Mikrodimension: endlose Hässlichkeit, in Details ebenso wie im Ganzen, angesichts dessen sich der Gedanke an »zwei linke Hände« aufdrängt.

Kaputte Umwelt, Gestank, Dreck und Staub. Die großen Städte sind schon lange von giftigem Smog verhangen, der Müll wird fast schon tonnenweise einfach am Straßenrand entsorgt und die Kanalisation fließt in Flüsse und Seen. »Das Herz blutet einem, wenn man sieht, wie diese Menschen sich unserem gemeinsamen Haus – dem Planeten Erde – gegenüber verhalten«, schrieb ein dänischer Travelogger vielleicht allzu pathetisch, aber stimmig und mit für einen Dänen ungewöhnlicher Emotionalität.

An den *Fortbewegungsmitteln* (nur so kann man ihre langsamen, ruckeligen Züge und Busse bezeichnen) beeindruckt die Masse an grenzwertig schlechter Musik und unlustigen Komödien, über die die große Mehrheit der Passagiere ziemlich gezwungen, die Augen verdeckend, lacht – und das auch nur, weil es die überwiegende Mehrheit der anderen Passagiere ebenfalls tut.

Gleichzeitig ein wahnsinnig hohes Konfliktpotential im öffentlichen Raum, eine darüber ausgegossene schlimme Angespanntheit. Mir ist bekannt, dass Prügeleien vor aller Augen sowie spontane Schießereien am helllichten Tag und an den belebtesten Orten unter diesen einfachen und nichtaggressiven Leuten schon lange nicht mehr als außergewöhnlich gelten.

Der Neid, den sie – sehr bezeichnend! – Kröte nennen, wurde zu einem ihrer ausgeprägtesten Charakterzüge, und darauf baut diese ganze Noch-nicht-einmal-Diktatur unter der Führung des ehemaligen Komikers (aber wieso eigentlich ehemaligen?).

Das ist der Hintergrund, vor dem die dortigen Rechtsschutzorgane die letzten Menschenrechtsverteidiger erstickten.

Seltsam, oder?

Damals verstand ich etwas klarer, wogegen Josip Rotsky eigentlich protestiert hatte. Das war wichtig.

Ob Rotsky wohl glaubte, dass man das ändern konnte? Nein, ich denke nicht. Aber nicht protestieren konnte er auch nicht.

Übrigens, die Rechtsschutzorgane. Ich will hier von einem erzählen.

Für eine kurze Begegnung mit dem Mann, dessen Deckname (Vorname? Nachname?) – wie in dem Schweizer Theaterstück, meinetwegen! – Theophil lautete, mussten mein Fixer und ich so einige Hürden überwinden. Das sicherste Mittel des Überwindens bestand darin, dieser oder jener Amtsperson ansehnliche Summen zu zahlen. Es gibt nichts, was die Bürger jenes Landes für Geld nicht täten. Bestechungsgelder waren und sind in jenem Land der Hauptantrieb jeglichen gesellschaftlichen Prozesses. Ausnahmslos jeden Tribut habe ich heimlich auf unterschiedlichen Medien dokumentiert, da ich sehr auf Kompensation durch das IIBC hoffe.

Theophil musste ich bei unserem Treffen ebenfalls bezahlen – ihm natürlich am allermeisten. Wobei ich gerade in seinem Falle sowohl die Begierde als auch die Bodenlosigkeit verstand: seine Behandlung war teuer. Nach seiner Auslandsdienstreise befand er sich unter ärztlicher Aufsicht in einem geschlossenen Spital für Veteranen des Sicherheitsdienstes in ziemlich schlechter Verfassung. Um auf dieses sorgfältig in einem untypisch gut gepflegten waldigen Park versteckte und streng bewachte Territorium zu gelangen … Aber nein, auch hier will ich lieber schweigen.

Der gute Theophil hatte wahrlich vernichtende Verbrennungen und ernste Verletzungen des Hüftgelenks erlitten. Das sind nur zwei, wenn auch die wichtigsten, Probleme in Zusammenhang mit seiner Gesundheit und Genesung. Insgesamt gab es fast ein Dutzend. Zu unserem Treffen brachte man ihn in einem speziellen Rollstuhl, und ich (was mir leidtut) konnte nicht verbergen, wie schockiert ich über diese menschliche Ruine war, deren fast komplett abgestorbene Haut alle Schattierungen von Giftviolett bis Aschgrau zeigte. Er forderte, ich dürfe auf keinen Fall irgendetwas aufzeichnen. Die beiden Krankenpfleger, die ihn begleiteten und eher an die Security-Leute eines sehr riskanten Nachtclubs erinnerten, mussten sich auf seine Anordnung hin so weit entfernen, dass sie das Gespräch nicht hören, mich aber gleichzeitig im Auge behalten konnten. Ich stimmte dem zu, denn ich hatte keine Wahl.

Im Weiteren müssen Sie sich also mit einer Nacherzählung begnügen. Ich weiß, dass das keine Begeisterung hervorruft. Aber ich habe wirklich nicht das Geringste aufgezeichnet. Und nicht einmal Notizen gemacht.

Josip Rotsky, so versicherte Theophil, kenne er schon

sein ganzes bewusstes Leben lang. Zwei oder drei Jahre jünger als Jos, habe er dieselbe Musikschule besucht und ebenfalls Klavier gelernt. Bei ihm sei allerdings nichts Gescheites herausgekommen, er habe die Zeit nur abgesessen und manchmal Eifer vorgetäuscht, um seinen Eltern noch eine Spielzeugpistole, einen Knüppel oder Handschellen aus den Rippen zu leiern. Von Jos habe man in der Schule als sehr hoffnungsvollem oder – greifen wir höher – begabtem Schüler gesprochen. Er sei schon mit Soloprogrammen auf regionalen Schülerkonzerten aufgetreten. Man stelle sich nur vor – ihm sei als einem der sehr wenigen Schüler in seinem Alter mehrere Male das alte Philharmoniecembalo anvertraut worden, und er habe sich selbständig (zum eigenen Vergnügen!) einen ganzen Band englischer Virginalisten erschlossen.

Theophil war bis heute überzeugt, dass Jos ihn nicht bemerkt hatte. Nicht einmal im Knabenchor, wo sie auf der zweiten Stufe standen, nur durch einen anderen Jungen getrennt! Kein Wunder: Jüngere werden von den Älteren sehr häufig übersehen, machen diese aber umgekehrt oft zu ihren Idolen. Theophil imitierte Jos akribisch.

Seine Gesten, der Gang, die schon damals ausgeprägte Mimik. Seine in die Taschen gesteckten Hände und der hochgeschlagene Kragen. Theo träumte davon, sein Freund zu sein. Wie sie beide – der ältere Jos und der jüngere er – problemlos jeden Typen aus seiner Klasse fertigmachten. Er beneidete ihn um alles, einschließlich der Augen, die so verschieden waren. Aber Jos wollte das arme Schwein mit diesen Augen einfach nicht sehen. Theophil wollte sich ihm wenigstens vom Namen her annähern und begann, ihn Theodor zu nennen – als sein Gegenstück.

Einmal, er war seinem Theodor fast den halben Tag lang gefolgt, erfuhr er eine interessante Sache: der Vater seines geheimen Idols soff offensichtlich ganz ordentlich! Theodor hatte ihn nur mit Mühe in einer verräucherten Bahnhofsspelunke aufgespürt, sich seine willenlose Pranke um die Schulter gelegt und ihn so mehr schlecht als recht nach Hause geführt. Die Passanten – mal mitleids-, mal vorwurfsvoll – blickten ihnen nach. In ihrer damaligen Sprache hieß das Zustand, der die Menschenwürde verletzt.

Von dem Moment an änderte sich einiges. Zu Begeisterung, Liebe und Neid fügte sich eine gewisse, fast unmerkliche Überlegenheit. Die Strahlkraft verblasste. Er kam ihm gar nicht mehr so sehr wie ein Günstling des Schicksals vor. Aber dennoch – der Gang, die Grimassen, Augen, der hochgeschlagene Kragen, und irgendwann auch die Frisur, wie bei David Bowie, verfehlten ihre Wirkung nicht.

Viele, viele Jahre später erkannte er ihn selbst mit Strumpfmaske wieder. Und mit Sonnenbrille über den Augen. Scheiße auch, er erkannte seinen Stil wieder – sein einzigartiges Theodor-Spiel auf den frostigen, verstimmten Straßenklavieren! Theophil war kein Musiker geworden, sondern ein mit feinem Gespür begabter Operativnik – durch und durch. Kurz vor dem Beginn dieses ganzen, wie er sich ausdrückte, *Ringelreihen* hatte ihn das Regime (als habe es etwas geahnt!) als einen wertvollen Mitarbeiter in die Hauptstadt transferiert. Das Regime schüttelte für ihn Karriereerfolge aus seinem Füllhorn. Aus seinem Nashorn-Horn.

Als sich der Poschtowa-Platz und die angrenzenden Regierungsviertel bis zum Anschlag mit Zelten und Protestierenden füllten (»es gab Tage, da strömte fast eine Million heran!«), und Rotsky-Theodor vor den geschlossenen Reihen der Schwadroner Lennons »Imagine« spielte, legte Theophil den Instanzen seine Idee eines persönlichen Schützlings vor. Wir brauchen seinen Tod nicht, argumentierte er gegenüber den höheren Chargen, wobei er gerührt und weihevoll die Fähigkeit an sich bemerkte, ein fremdes Leben zu retten, wir brauchen seinen Tod nicht, aber ihn, ja, ihn brauchen wir. Den höheren Chargen gefiel diese These. Und die Operation, ihn festzunehmen, gestützt auf gewisse intim-psychologische Geheimnisse und nuanciert durchdacht, gelang.

Hier überspringen wir mal was, beschloss Theophil. Er war erregt, aber auch spürbar müde. Zum Beispiel ging sein Atem viel stoßweiser, als am Anfang. Wie er atmete, so sprach er – auch immer stoßweiser. Seine versengte Haut schwitzte aus allen Poren.

War das etwa die Rache für das Foltern in der im winterlichen Wald versteckten geheimen Box?

Je näher er dem großen Schweizer Fehlschlag kam, desto mehr Sprünge und Chaotik traten in seiner Rede auf. Wie soll ich das hier wiedergeben?

Aus dem Strom der Wörter ragten hie und da Wegmarken heraus: der plötzliche Tod des vorletzten Diktators, schwarze Tage, Verzweiflungsgeheul, ohnmächtige Wut, Schmutz unter den Fingernägeln, Sand zwischen den Zähnen, armselige Reste staatlicher Groschen, staatliche Reste armseliger Groschen, sich in Absteigen verbergen, die unerwartete Chance auf dienstliche Rehabilitierung, die (außergerichtliche) Hinrichtung Rotskys als einziger Weg zu seiner, Theophils, disziplinarischer Rechtfertigung, die Rache (durch Mord) als einzige Möglichkeit zur Wiederherstellung des seelischen Gleichgewichts. Der

Befehl des Chefs traf sich mit dem Befehl des Herzens: Liquidierung.

Das Wort »Liquidierung« wiederholte er wohl ein Dutzend Mal. Er liebte dieses Wort immer noch. Seine Objektivität und Reinheit.

Dann kam »jene Insel« und »die Hitze« an die Reihe. Die Hitze brannte, wiederholte er, die Hitze brannte – und ich hatte kein Wasser für ihn. Niemand auf der Welt hatte Wasser für ihn. Rechtzeitig verstand ich, dass die »Krankenpfleger«, die schon zwei Zigaretten geraucht und die Kippen hingebungsvoll in die Wacholderbüsche geschnippt hatten, sich uns nicht ohne Grund näherten.

Am Ende noch der Blitz mit Explosion und Feuer. Aber zuerst überschlägt sich das Auto. Dann die Explosion. Dann das Feuer. Dann die Hölle. In die er mit maximaler Geschwindigkeit einfuhr.

Das Land konnte ich somit abschreiben. Aber dort lag noch etwas, was meine zusätzliche Aufmerksamkeit verdiente: Die Stadt, in der Rotsky geboren und aufgewachsen war. Ohne Theophil, seine Bekenntnisse aus Kindertagen, hätte ich wahrscheinlich etwas Wichtiges versäumt.

Ich hätte sicher etwas Wichtiges versäumt.

An der Ausfahrt aus dem Spital forderte ich unerwartet (vor allem für mich selbst), dass der Fixer nicht Richtung Hauptstadt abbog, sondern in eine radikal andere Richtung. Rotskys Stadt lag gut sechshundert Kilometer südwestlich von uns.

Der Fixer meinte, ich müsse mich auf Enttäuschungen einstellen. Als könnte es in seinem Land anders sein! Jedenfalls, so teilte er mir mit, habe sich dort, wohin wir fuhren, in den letzten Jahren vieles verändert. Ich würde kaum Gelegenheit haben, auch nur einen Hauch jener Atmosphäre zu atmen, in der mein Objekt seine Kindheit verbracht hatte. (Vor dem Fixer bezeichnete ich Rotsky ganz bewusst nicht als Helden). Heißt das, fragte ich nach, in alten Zeiten war es dort besser? So würde ich das nicht sagen, wich der Fixer aus. Heute ist es einfach anders.

Indem ich ihm Satz für Satz aus der Nase zog, erriet ich schließlich, dass es um exploitative Bebauung ging.

Das bestätigte sich, als wir gegen Morgen ankamen. In weniger als einer Stunde Herumschlenderns im bescheidenen Zentrum konnte ich erkennen, wie katastrophal schnell der Raum historischer Authentizität verschwindet – all dessen, das, obwohl meist nicht als Denkmal klassifiziert, in der Gesamtschau etwas Besonderes, Einzigartiges und Ganzes bildete. Mir kam dazu eine sinnlose, ungerechtfertigt teure Schönheitsoperation in den Sinn. Umso sinnloser, als sie unaufmerksam, eilig, maximal geschäftsmäßig und geschmacklos durchgeführt wird. Und einfach nicht vollendet werden kann.

Mein Vergleich erwies sich als geglückt. Der Fixer informierte mich darüber, dass eine Schönheitsoperation in ihrem Land schon länger als Maß für finanziellen Erfolg und hohen sozialen Status gilt. Wer nicht in der Lage zu einer ordentlichen *OP* ist, dessen Leben ist von vornherein sinnlos. So jedenfalls sehen das die Eliten.

Das endlos operierte Antlitz der Stadt wird nie mehr es selbst sein: aus ihm wurden ganze Segmente des Individuellen entfernt, der ganzheitliche und einzig mögliche Eklektizismus vergangener Jahrhunderte durch völlig beliebige Hochhauskonstrukte ersetzt. Sie standen zu drei Vierteln leer, kalt, chronisch unbehaust (warum zum Teufel Neubauten dort, von wo flieht, wer nur kann!) – ich lief zwischen ihnen herum und stellte mir vor, wie es hier ausgesehen haben mochte in den Zeiten, als ... Ich sah die unansehnlichen, windschiefen Häuschen, die Veranden, halb von Staub verschüttet, die sich in Brennnesseln und Wolfsmilch senkten.

Der Staub war seitdem nicht weniger geworden, die Kanaldeckel allerdings schon. Und von Rotsky keine Spur.

Oder doch. Es fand sich etwas. In den Eingeweiden, in den Tiefen, in den Höfen der Hochhäuser hatte wer weiß wie (vielleicht auf die Forderung einer Gruppe organisierter Bewohner hin?) eine wunderbare, seltsame Rarität überlebt – eine winzige Kneipe aus früheren Zeiten, Trinkhalle, Buffet, Wasser und Bier, Säfte und Eis, Brot-und-was-für-drauf, Butter und Futter. Und drinnen drehte ein verkommener Tölpel mit hängendem Kopf und dünnen Trainingshosenbeinen seine Runden, im ungewaschenen Pullover mit abgewetzten Ärmeln. Seine Aufgabe war es, die leeren Gläser einzusammeln. Und wenn eines nicht ganz leer war, dann trank er es manchmal aus. Ein Tablett benutzte er nicht, sondern trug jedes Glas einzeln. Am meisten gefiel es ihm hineinzulugen: Wahrscheinlich entdeckte er auf dem Grund sein Spiegelbild. Manchmal spuckte er darauf, manchmal lächelte er ihm zu.

Ich weiß nicht, warum, aber mich ergriff die ziemlich sichere Gewissheit, dass ebendieser Tölpel den Gang der Ereignisse in Rotskys Leben bestimmt hatte.

Das interaktive biografische Komitee sieht vor, dass der Biograf, wenn er sich ausreichend tief ins Leben des beschriebenen Anderen versetzt hat, die Fähigkeit erhält, es, dieses Leben, zu verändern und manchmal auch direkt in dessen verschiedene Perioden einzudringen und dort zu agieren. Außerdem – das eigene Leben so zu ändern, dass es manchmal mit dem Leben des Anderen vertauscht wird.

Aber was sagt der Andere dazu?

17

Als der Sommer in den August schwappte, waren sie fast zum Stillstand gekommen und setzten die Flucht aus. Sie hatten sich gerade auf eine kleine Insel in griechischen Gewässern vorgearbeitet. »Lass uns hierbleiben«, sagte Rotsky. »Den Rest des Sommers absitzen. Über das Leben und uns selbst nachdenken.«

Er glaubte, die Bedrohung ließe langsam nach: Ihre Verfolger waren doch bestimmt auch müde und hatten – jedenfalls wollte es Rotsky glauben – ihre Spur verloren. Dafür aber mussten sie wieder einmal den etwas angenehmeren Norden verlassen. Der Süden brachte eigene Vorteile. Zum Beispiel die niedrigeren Preise. Der Norden – reicher, teurer, besser ausgestattet, aber auch (und das störte und verstörte) regulierter und transparenter –, der Norden konnte warten.

Außerdem unterschied sich der Süden, was die Temperaturrekorde anging, kaum mehr vom Norden. Es brütete überall gleich dauerhaft und hingebungsvoll. Die griechische Insel, wo anscheinend alle vor Hitze gestorben waren, bis auf die rumänischen Urlauber und die in einem Speziallager für Flüchtlinge gehaltenen Dobroshdansker Deutschen, war das perfekte, wie für Rotsky und Anime geschaffene Provinzfleckchen. »Hier lässt's sich leben«, konstatierte Jos.

So begann der Niedergang.

Auf Reisen ist alles gut – Reisen bedeutet an sich schon Zerstreuung. Das Festsitzen an einem Ort erfordert Aktivität. Man muss sich beschäftigen, die Zeit mit Sinn füllen. Obwohl es auch gut sein kann, wenn man an einem

Ort sitzt – einem Ort wie Nashorn, zum Beispiel, wo man sich auf den Grund hat sinken lassen. Aber hier gibt es stets diese andere Person, sie ist stets bei dir, in jedem Moment anwesend. In deinem Zimmer, im Bad, in der Küche, in deinem Spiegel und schließlich auch in deinem Bett. Sie ist überall.

Anime wollte wohl lange übersehen, was Rotsky schon registriert hatte: Ihr Sex wurde mechanisch. Für seine weitere Fortsetzung musste Jos immer häufiger alle Scheinwerfer und Kameras seiner Vorstellung voll aufdrehen. Das verbrannte viel Energie, er wurde gleichgültig und genervt. Nahm die schlechte Gewohnheit an, sie mit leichten Verletzungen zu provozieren.

»Ein bisschen Abwechslung wäre schön!!«, konnte er ihr zum Beispiel im für einen solchen Satz völlig ungeeigneten Moment sagen.

Oder wenn es auf keine der zahllosen Arten, auf die sich Anime ja meisterhaft verstand, gelingen wollte, eine Erektion hervorzurufen, konnte er fragen: »Wieso hast du dich an einen Invaliden gehängt?« Und ohne die Antwort abzuwarten: »Ach ja, klar ... Das Depot!«

Vertrauenskrise – so hieß das in einer nicht ganz menschlichen Sprache. Menschlich hätte man es Verdacht genannt.

Einmal im Bett erzählte Anime fasziniert einen Traum, der aus unbekanntem Grund kein gemeinsamer war:

»Ich habe geträumt, dass mein Tattoo verschwindet – das hier, unter der Brust, ich hatte schreckliche Angst, weil ich nicht wusste, wer ich dann sein würde, und mein Körper erschien mir irgendwie unzureichend.«

»Aber er ist ja auch unzureichend. Dein Traum hatte recht«, unterbrach Rotsky sie und drehte sich weg.

Anime wusste nicht, wie sie damit umgehen sollte. Das

war ein anderer Rotsky, wie es ihn früher nicht gegeben hatte. Nicht für sie.

Dagegen spürte sie, wie schrecklich sie sich an ihn gebunden fühlte. Genau diese beiden Ausdrücke – sowohl »schrecklich« als auch »an ihn gebunden«. Schrecklich, schrecklich, schrecklich, wiederholte sie manchmal in Gedanken, damit Rotsky es nicht hörte. Anime weigerte sich, auf die Angriffe zu reagieren. Sie hatte eine spitze Zunge und einen scharfen Verstand, dessen war sie sich bewusst, aber Rotsky gegenüber wollte sie diese Waffen nicht gebrauchen. Ehrlich gesagt hatte sie große Angst, dass sich ihr Verhältnis noch weiter verschlechtern würde. Um diesen Absturz der Gefühle wenigstens abzubremsen, kaufte sie Rotsky Baumwollhemden, Strohhüte und Halstücher. Die Sonnenbrillen lasse ich unerwähnt – von denen hatten sich schon an die fünfzig angesammelt.

Interessant andererseits, dass Rotsky sie manchmal so umarmte, als würde sie ihm gleich weggenommen.

Trotz der Hitze gingen sie ab und zu an den Strand. Nicht an den großen Stadtstrand, der von frühmorgens bis mittags und dann wieder ab vier Uhr nachmittags von Myriaden rumänischer Urlauber kontrolliert wurde, sondern zu einer kleinen Bucht im Südosten der Insel, wo der Tavernenbesitzer ihnen Liegen zur Verfügung stellte, wenn jeder mindestens einen Cocktail bestellte. Gegen Abend spürte Rotsky einen angenehmen, leichten Schwindel und bemerkte plötzlich die frühere Lust. Kurz durchzuckte ihn der Gedanke an beigemischte Potenzmittel oder – wie hieß das in romantischen Balladen? – einen Liebestrank. Er spürte unbezwingbare Lust, Anime hier und jetzt am Strand zu lieben, aber bis zum Eintritt der völligen Dunkelheit würde es noch etwas dauern, und die Anwesenheit einiger Grüppchen mit Kindern in ihrer Nähe verunmöglichte waghalsiges Vorgehen. Nach ungefähr einer Stunde gestand Rotsky Anime, dass er sie *unheimlich wollte*, und wie von der Tarantel gestochen fuhren sie heim. Was in diesem Fall eine Wohnung im dritten Stock eines altertümlichen Steinhauses aus der Zeit der Genueserherrschaft bedeutete, in die sie sich schon vor zwei Wochen eingemietet hatten.

Die Tür war nur angelehnt. Als Rotsky sie aufstieß und über die Schwelle trat, sprang eine innerlich montierte Kamera an. Er trug sie in sich, und sie zeichnete alles Bild für Bild auf.

Scherben zerschlagenen Geschirrs.

Umgeworfene Stühle.

Auf dem Tisch in der Mitte des Zimmers – verschüttetes Wasser. Die Karaffe zersplittert.

Verwehte Papiere, zerfledderte Zeitungen.

Der Karton zerstört.

Schwarze Federn, größere und kleinere. Anzeichen für einen Vogelkampf.

Am Holzbalken zwischen Wand und Decke hängt eine Harpune. Die von ihr aufgespießte schwarze Feder ist blutdurchtränkt.

Eine rote unregelmäßige Spur – über den Fußboden zum Fenster.

Auf dem Fensterbrett viel Blut.

Das Fenster in den Garten aufgerissen.

Den Vogelkörper fanden sie dort unten, aber erst als es schon ganz dunkel geworden war.

Den Freund wählt man selbst? Im Gegenteil: er erwählt sich uns. So ist es jedenfalls bei mir.

Mein bester Freund erwählte mich eines Herbstes und verließ mich im August. Nach weniger als einem Jahr. Für all die endlos langen Lebensjahre nur zehn Monate vom besten Freund! Zu wenig, oder? Das meine ich auch.

Zweimal hatte ich den Mund voll Blut. Nein, nicht die Boxer: die schlugen mir kein Mal ins Gesicht, streng nach Anweisung. Das Blut füllte meinen Mund zum ersten Mal, als ich fast umkam, weil ich nachts in einen für mich unsichtbaren Abgrund stürzte. Und zum zweiten Mal, als ich meinen besten Freund ermordet fand. Und es war nicht mein, sondern sein Blut. Tatsächlich war kein Tropfen davon in meinem Mund. Aber mir schien, als wäre er voll davon.

Ich hatte seinen Körper im ausgedörrten, dunklen Garten lange gesucht. Ich wusste, dass er dort sein musste, denn ein Band von Spuren führte mich. Ein dunkelroter Streifen.

Ich kroch durch diesen Garten, durch die kraftlosen Gewächse mit ihren Dornen, und rief ihn, denn ich glaubte, dass er noch lebte. Schwer verwundet, ja. Aber noch auf dieser Seite. Noch bei mir. Er ist weise, er versteht alles. Nur noch einmal rufen – und er lässt sich ganz bestimmt etwas einfallen. Ein Zeichen. Er wird mir ein Zeichen geben.

Wäre da nicht der Glühwürmchenstrauch gewesen, ich hätte ihn noch lange gesucht. Dennoch kam ich etwa zehn Minuten zu spät. Er starb an Blutverlust. Es heißt, das wäre wie einschlafen. Aber der Schmerz?

In letzter Zeit wollte er unbedingt nach Island. Er war schon sehr alt, und ich quälte ihn mit meinen dauernden Ortswechseln. Ich hätte ihn in den Wald entlassen, für immer. »Lebe, wie du früher gelebt hast«, sagte ich. »Du musst dich nicht an mir festhalten. An meiner Schulter.« Er aber entschied sich zu bleiben. Tatsächlich hielt nicht er sich an mir fest, sondern ich mich an ihm. Er saß mir auf der Schulter und hielt mich fest, damit ich nicht zusammenbreche.

Ich ihn entlassen? Blödsinn. Wie jemanden entlassen, der freier ist als du selbst?

Vielleicht war er beleidigt. Er hatte allen Grund dazu: den besten Freund sperrt man nicht in einen Käfig. Obwohl er verstand, warum das nötig war. Dass wir nicht nur Freunde, sondern Verbündete waren. Und der Käfig (auch noch für irgendeinen kreischenden Papagei geschmiedet) ein schlauer Trick von uns, mit dem wir die Regeln der materiellen Welt aushebelten. Wie ich liebte er es, diese Regeln zu verletzen. Wird man nicht so zu besten Freunden? Tatsächlich saß er sogar im Käfig noch so wie auf meiner Schulter.

Nach Island aber schafften wir es nicht. Wenn mir irgendetwas im Leben leidtut, dann das. Vielleicht befinde ich mich deshalb hier – an einem Ort, an dem ich Island näher bin denn je. Man könnte sagen, ich bin an seinen nächsten Grenzen angelangt. Aber welche Bedeutung hätte das nun noch?

Ich werde noch fast eine Stunde mit Ihnen zusammen sein. Auf dem Nullmeridian verstreicht die siebte Stunde. Der Morgen, der Morgen kommt. Aber was für eine Dunkelheit hinter diesen Mauern!

Wie in jenem Garten, in dem ich immer noch meinen Freund suche.

Daher jetzt Archive – Taste Of Blood.

Sie hören weiter Radio Nacht? Wie nett von Ihnen – nicht wegzugehen, sondern zu bleiben.

Manche sind schon von Anfang an dabei, also seit sieben Stunden. Das habe ich, offen gestanden, nicht erwartet, und mir fehlen die Worte, um angemessen zu danken.

Andere stoßen erst jetzt dazu. Ich danke auch Ihnen. Guten Morgen, gute Nacht, guten Abend – je nachdem, was in Ihrer Gegend gerade herrscht. Rücken Sie näher. Ein wenig bleiben wir noch zusammen.

Es folgt eine intime Prüfung meines Gedächtnisses. Des visuellen und des taktilen. Des Gedächtnisses der Finger, Zunge, Nasenspitze, Augenbrauenbögen. Von allem, womit ich berührt und gesehen habe.

Ihr erstes Tattoo ließ sie sich vorsichtig auf den linken Unterarm stechen, auf die Hinterseite. Es zeigt ein Dual aus Sonne und Mond, also die Vereinigung gegensätzlicher Kräfte. Darin liegen Gut und Böse, Verstand und Vergessen, Lachen und Finsternis, Kälte und Hölle, Ironie und Kummer. Die Reihe der Antithesen kann beliebig fortgesetzt werden.

Ihr zweites Tattoo befindet sich links auf den Rippen. Die Silhouetten eines Wolfsrudels. Nein, keine Hunde, sondern Wölfe – ich habe es mir gut angeschaut. Vielleicht das Symbol ihrer Familie, wo sie allen als Wolfsjunges galt.

Dann kam die Reihe ans rechte Schlüsselbein. Dort zie-

hen sich Bergkämme entlang – als Orientierungspunkt für das Streben, Richtung der Bewegung und gleichzeitig Unbeweglichkeit. Oder als Grenze, die unbedingt verletzt werden muss.

Auch ich kannte keine Grenzen, als ich sie berührte.

Unter die Brüste, in die Mitte, entschloss sie sich, das Dritte Auge zu setzen, immer weit geöffnet. Es sollte zum Wächter ihrer mentalen Welt und körperlichen Unangreifbarkeit werden (und wurde es vielleicht auch).

Dort, wo sie seinerzeit eine monatelange ziemlich strenge Schule durchlief, lehrte man sie, ohne Schlüssel in die Räume eines fremden Bewusstseins einzudringen und mit dem Finger zu töten. Von dort hatte sie ihren festen Glauben an Symbolik mitgebracht. Ebenso wie das Wissen um weibliche Energie. Darum, dass Energie überhaupt weiblich sein kann.

Den Buddha auf dem Rücken dachte sich eine ortsansässige Tätowiererin schon aus, als Anime wieder daheim war. Er erinnert stark an Gandhi, was eigentlich auch nicht verwundert, wenn man an die familiären Beziehungen denkt. Als das Tattoo dann schon gestochen war, zeigten sich plötzlich hinter dem Buddha acht irgendwie seltsame Planeten. Sie glaubte nicht an einen Zufall, denn ihrer Vorstellung nach gab es genau acht Welten – im Einklang nicht nur mit dem Buddhismus, sondern auch mit der skandinavischen Mythologie. Ich hatte immer Zweifel an diesen acht Welten. Meiner Ansicht nach wären achteinhalb interessanter gewesen. Wie aber eine halbe Welt darstellen? Als Halbkugel? Gehirnhälfte?

Wandern wir weiter. Ein paar Zentimeter unter dem linken Schlüsselbein hat sie einen schwarzen Vogel – das ist unzweifelhaft ein Rabe. Unzweifelhaft der Freund.

Auf der rechten Seite jedoch, von der Schulter fast verdeckt, befindet sich wohl Prinzessin Mononoke, die ihr stark ähnelte, was ich ihr manchmal sagen wollte. Ich sagte es nicht, weil ich mir dachte, dass sie es auch so wusste.

Ebenfalls rechts, aber tiefer, in der Nähe des Bauchs, bemerkt das neugierige Auge eine dreifache Spirale, das Zeichen weiblicher Kraft Triskelion. Weibliche Kraft, weibliche Energie – darin war sie tief eingeweiht. Niemand war ihr ebenbürtig, wenn es um Thai-Boxen oder Freefight ging.

Und auf der Innenseite des rechten Arms, fast am Ellenbogen, erinnere ich mich an den Körper einer wunderschönen Schwimmerin, umflochten von irisblauen Wasserpflanzen. Bertolt Brechts Gedicht, das wie ein Schülerreferat »Vom Schwimmen in Seen und Flüssen« heißt. Vielleicht als Erinnerung an den einen Sommer, in dem wir gemeinsam wanderten und wo man nichts tun konnte außer Baden. Sie haben dieses Gedicht schon von mir gehört.

Unsere Beziehung war genau so ein Fluss. Wunderbar, um darin zu zappeln und zu ertrinken.

Habe ich nichts vergessen?

Ach, ja. Das Anch! Das ägyptische Kreuz außen am rechten Unterarm – das Anch. Ich nannte es Nach – sei es aus Nachlässigkeit, sei es aus Bosheit.

Die Finger beider Hände. Aller möglicher Kleinkram: Planeten, Sternchen, Fischlein, Notenzeichen …

Und noch etwas am linken Fuß zwischen Ferse und Knöchel. Ein mir unbekanntes Symbol. Mir scheint, sie sagte, es ginge um unsere Nähe. Ich war nicht immer aufmerksam genug bei dem, was sie sagte. Vielmehr schützte ich Unaufmerksamkeit vor. Es war ein ganz neues Tattoo: Sie hatte es sich, wie den schwarzen Vogel unter dem Schlüsselbein und die Schwimmerin in den Irispflanzen, während unserer gemeinsamen Zeit stechen lassen.

Der historisch-kulturelle Hintergrund hatte eine ganz eigene Bedeutung. Sie verband das Keltische mit dem Koptischen, das Indische mit dem Indianischen. Obwohl ich auch hier viele ihrer Erklärungen überhört habe. Oder so tat, als überhörte ich sie.

Ich weiß nur, dass ihre Tattoos ihr ganzes Sein in sich trugen. Sie wurden zu ihrer symbolischen Erweiterung. Zum Atlas ihres Ichs. Ihres Alpha und Omega. Zu ihrem Atlas.

Man musste nur lernen, ihn zu lesen.

Und das hieß lieben.

Sie glauben, jetzt würde ich Bach auflegen? Wollen Sie das wirklich?

Wie dem auch sei, hier ist etwas anderes: Paatos *mit* Stream.

18

Es wurde schon berichtet: Edgar litt immer mehr unter der Hitze. Und nicht nur das – er litt auch unter den dauernden Ortswechseln. Ganz offensichtlich war er ermüdet und fiel immer wieder in eine Starre, in der er lange Stunden, wie Bruno Schulz' Vater, in seinen imaginierten Nischen saß. Außerdem erkältete er sich einige Male schwer und glühte vor Fieber. Anime heilte ihn jedes Mal mit Mitteln aus ihrer Reiseapotheke. Die Pipetten in ihrer Hand schaute er zwar schief an, öffnete schließlich aber schicksalsergeben den Schnabel.

Nein, nicht alles war schlecht, und auch nicht immer. Zum Beispiel war Edgar am Vorabend jenes schicksalhaften Tages sogar zum Wald geflogen, der dunkelgrün, eine von der Sonne erwärmte duftende Masse, den höchsten Berggipfel der Insel bedeckte. Dort, in einer Höhe von beinahe tausend Metern, absolvierte er ein geheimes Treffen mit den einflussreichsten alten Raben der Region. Damit jedenfalls erklärte Rotsky Edgars ganztägige Abwesenheit. Was sie verabredet hatten, ist jedoch nicht bekannt.

Und auch an seinem letzten Tag, als Jos und Anime sich zum Strand aufmachten, befand sich Edgar absolut nicht in schlechter Form. Seine unerschütterliche Absicht, zu Hause zu bleiben, erregte keinerlei Besorgnis: das passierte oft, und ein freier Vogel ist ja eben frei zu tun, was ihm gefällt.

Auf dem erwähnten höchsten Berg, zwischen drei uralten, aber noch kräftigen Pinien, bestimmte Rotsky den Ort für seine Beerdigung – mit Blick auf den blauen Meeresspiegel und die Punkte der Fischerboote tief unten. Unwiderstehlich, fast schmerzhaft durchdringend roch es nach Harz und sonnenwarmer Rinde. In ein improvisiertes Leichenhemd gehüllt wurde der Vogelkörper in die Grube zwischen den Wurzeln gelegt. Es hatte einen Vogel gegeben – jetzt war er weg.

Den ganzen Weg – zum Berg und zurück – schwiegen Rotsky und Anime. Als hätten sie ein Schweigegelübde abgelegt – zusätzlich zum Gelübde, sich nicht zu lieben, dessentwegen sie in der vergangenen Nacht nebeneinander gelegen hatten. Nicht einmal der kühle Retsina, den sie erst in einer Dorftaverne tranken und dann noch einmal über dem frisch aufgeschütteten Hügelchen im Schatten der Pinien, weckte irgendeine Regung in ihnen.

Retsina war und blieb Retsina, aber natürlich lag es an Rotsky. Niedergeschmettert vom Mord an seinem Freund, fiel ihm auf dem Rückweg auch noch ein, dass er morgens die Nachricht vom Vierzehnten auf der Liste gelesen hatte. Ein halb vergessener, früher einmal sehr skandalträchtiger Publizist, heute aber, wie er es selbst bezeichnete, »drei A in einer Person« (Außenseiter, Agnostiker, Alkoholiker), war aus nächster Nähe erschossen worden – am Eingang der Metrostation, wo er in letzter Zeit entweder bettelte oder mit Tramadol von zweifelhafter Qualität handelte. (Letzteres war vielleicht das echte Motiv der außergerichtlichen Hinrichtung.)

Dennoch schrieb sich die Liga der Unkrautvernichter der nationalen Einheit diese Erschießung auf die eigenen Fahnen. Und Josip Rotsky rückte automatisch einen Platz auf und führte die Reihe jetzt an.

Auf dem Weg zurück ins Städtchen versuchte er abzuschätzen, wie viel Zeit ihm bis zu seiner persönlichen Exekution noch bliebe. Die früheren Intervalle waren ihm sehr unregelmäßig erschienen – von mehreren Wochen bis nur ein, zwei Tage. Die längste Pause, fast zwei Monate, war zwischen dem achten und dem neunten Opfer entstanden. Diese Zeitspanne konnte leicht dadurch erklärt werden, dass die Exekutoren warten mussten, bis der Neunte unter dem Etikett der vorzeitigen Entlassung auf Bewährung aus der Strafkolonie freigekommen war. Rotsky gelangte erneut zu dem Schluss, dass es keine regelmäßigen Intervalle gab. Aber immerhin blieben ihm noch mindestens zwei Tage.

Das alte Steinhaus, in dem außer ihnen niemand zu wohnen schien, begrüßte sie mit dem rostigen Gesang der Angeln des Eingangstors und mit feuchter Kühle. Zum ersten Mal, seit sie sich hier niedergelassen hatten, ging Rotsky hinunter, um die Kellerräume zu inspizieren, und kehrte auf der knarzenden, grob gehobelten Holztreppe in die von ihnen bewohnte Etage zurück. Diesmal fanden sie die Tür so vor, wie sie sie zurückgelassen hatten – abgeschlossen. Nichts deutete mehr auf das gestrige feindliche Eindringen hin. Obwohl es für heute noch nicht zu spät war, mit einer Wiederholung zu rechnen. Aber Rotsky hatte nicht mehr die Absicht, irgendwohin zu fliehen.

»Hast du gepackt?«, fragte Rotsky, zurück im Wohnzimmer.

Zuvor hatte er eine Weile auf dem kleinen, abgeblätterten Balkon herumgestanden und nach unten gestarrt. Die Gasse war menschenleer.

»Mhm. Nein, ich brauche noch ein bisschen.« Anime sah verwirrt aus. Als ob sie es nicht richtig glauben könnte.

»Es hinauszögern ist echt keine gute Idee«, Rotsky schüttelte den Kopf. »Soll ich dir helfen?«

»Danke, geht.«

»Dann beeil dich.«

»Ich verstehe es trotzdem nicht.«

»Was gibt's da nicht zu verstehen?«

»Warum du allein bleiben willst.«

»Weil ich es satthabe. Dich satthabe.«

»Geht es uns denn so schlecht miteinander?«

»Wir haben uns schon genug gedankt. Es reicht.«

»Was soll ich jetzt …«

»Hör auf. Wir haben doch alles besprochen.«

Schweigend packte Anime ihren Rucksack. Dann fiel ihr etwas ein. Sie ging ins Schlafzimmer und kehrte gleich darauf zurück. Die allerletzten Dinge: Modeschmuck, Bürste, Sonnencreme.

Sie hält sich gar nicht schlecht, stellte Rotsky fest. Wenn sie sich, wie es in der Reklame heißt, *an die Zartheit der Berührung von Haut und Haaren erinnert,* dann wird sie bestimmt drüber wegkommen. Einen Moment lang tat es ihm sogar leid, dass Anime weder verzweifelt noch außer sich schien. Er selbst war absolut außer sich und verzweifelt. Aber ganz tief drin, ohne sich etwas anmerken zu lassen.

Schließlich aber erschütterte Anime seine Pose:

»Ich dachte, ich bin eine wertvolle Assistentin.«

»Das dachtest du bloß.«

»Sag was du willst. Ich kenne dich anders.«

»Du kennst mich? Bist du sicher?«

Anime schwieg, und es brach aus ihm heraus:

»Wie bist du nur über mich gekommen? Aber ich weiß ja, wie.«

»Wegen dir habe ich mich mit ihnen überworfen.«

»Wie du gegen sie warst, kannst du auch wieder für sie sein. Sie erwarten dich.«

»Jos, vertraust du mir nicht mehr? Verdächtige mich nicht, bitte.«

»Wen sollte ich denn sonst verdächtigen?«

»Da gibt es viele Möglichkeiten, Jos.«

»Aber nur eine davon ist sicher. Man hat dich mir untergeschoben, Kleine.«

»Ich hab mich selbst untergeschoben.«

Ohne dass er es bemerkt hatte, war sie einen halben Hauch näher gerückt.

»Ich will dich. Und du? Zum Abschied?«

Rotsky drehte sich weg und stieß in Richtung des Wandspiegels aus:

»Schau dich bloß an. Wer, außer so einem Idioten wie ich, hätte sich mit so einer überhaupt abgegeben? Wer hätte Lust auf so eine?«

Und, um ihr den Todesstoß zu versetzen:

»Auch ich hab keine Lust auf dich. Wenn überhaupt, dann aus Mitleid.«

Und weil sie schwieg, fügte er zur Sicherheit hinzu:

»Du hast einen öden Körper. Die ganze Bemalung hilft da auch nicht.«

Anime trieb es ganz schrecklich, diesen armseligen schwächlichen Alten mit einer Berührung ihres Fingers zu töten, aber dann hätten sich unvermeidlich zwei lange Ströme aus ihren Augen ergossen und sie hätte sich als dumme Clownin gefühlt, hässlich und stümperhaft. Bei diesem Gedanken löste sich der Krampf in ihrer Kehle ein wenig, und das Schluchzen blieb in ihrer Brust stecken.

»Da hast du was für die Reise«, Rotskys Ton war etwas milder geworden. »Lass es dir ein letztes Mal gut gehen.«

Er hielt ihr ein dickes Päckchen Banknoten hin.

Anime steckte das Geld nachlässig unter ihr T-Shirt.

»Danke, Jos.«

»Du hast doch ein Ticket für die Abendfähre?«

»Was geht dich das an?«

»Viel. Ich will, dass du schnellstmöglich verschwindest. Wenn du ein Ticket hast, die Fähre geht in zehn Minuten. Bis zum Hafen brauchst du sieben.«

»Ich hab verstanden, Jos. Du kümmerst dich also noch. Sehen wir uns nie wieder?«

Nimm sie bloß nicht in den Arm, befahl sich Rotsky. Sonst war alles umsonst.

»Ich hoffe nicht«, zischte er ihr hinterher, synchron mit seinem innerlichen Stöhnen: »kakova malica!«.

Vom Balkon konnte er sich dennoch nicht fernhalten. Gleich würde das Tor in den Angeln quietschen – und. Und – hol's der Teufel! – wieder die vor der Brust verschränkten Arme. Als wäre ihr in dieser Hitze unerträglich kalt, als würde sie am ganzen Körper zittern!

Anime ging bis zur nächsten Ecke, schaute sich um und erriet: Ja, er begleitete sie. Wenigstens mit den Blicken. Sie winkte zum Abschied, und Rotsky wusste, dass sie in dem Moment lächelte, mehr noch, er wusste, welches Lächeln in ihrem Gesicht war: das eines Hundes. So lächeln Hofhunde, wenn sie so tun, als wäre nichts Schlimmes passiert.

Da verschwand Anime um die Ecke – und was dann folgte, sah er nicht mehr.

Was dann folgte kann man sich höchstens ausmalen: Die Pfade und Abenteuer Animes werden immer unergründlicher. Und da Rotsky nicht hinter ihr hinaus geschlüpft ist in der geheimen Absicht, sie zu verfolgen, gibt es nicht eine, sondern mehrere Versionen.

Zum Beispiel diese.

Kaum fand sie sich, nachdem sie um die Ecke gebogen war, in der Welt ohne Rotsky wieder, wobei sie selbst noch nicht ganz verstanden hatte, wieso, weshalb und warum, da tauchte auf ihrem Weg ein Auto von sehr bezeichnender Konfiguration auf mit – natürlich doch! – verdunkelten Scheiben (ein Effekt, der auf europäischem Terrain zwar verboten ist, aber dennoch hie und da episodenhaft aufscheint). Die aufgewühlte Anime kümmerte sich nicht darum und wäre einfach um das unerwartete Hindernis herumgegangen, ohne es auch nur zu bemerken, wären aus dem Auto nicht eben jene beiden herausgesprungen und hätten sich ihr in den Weg gestellt, wobei sie auch noch die beiden Hintertüren des Fahrzeugs weit aufstehen ließen und das Umgehungsmanöver so erheblich behinderten. Anime machte kehrt, um zu fliehen. Aber diese Möglichkeit versperrte ihr, wie man sich hätte denken können, ein Dritter. Er näherte sich ihr bedrohlich und breitete spöttisch, wie ein prahlender Angler, die überlangen Arme aus. Es wäre vergebens gewesen, die erstbesten Passanten um Hilfe zu rufen. In dem halb ausgestorbenen Städtchen wollte die Siesta einfach nicht enden, und es gab auf der Welt weder die ersten noch die besten.

Wenn ich recht bedenke, gefällt mir diese Version vor allem deshalb so gut, weil sie ein Ereignis beschreibt, das sich symmetrisch verhält zu der schon früher erzählten Entführung von Rotsky selbst. Bemerkenswert, dass in beiden Situationen der Aspekt der gewaltsamen Festnahme ergänzt wird durch den Aspekt der Trennung zweier Liebender. Wobei es auch einen Unterschied gibt: Anita hat, wie wir uns erinnern, gesehen, was mit Rotsky passierte. Wenn diesmal Rotsky hätte sehen können, was mit Anime passierte, dann wäre jeder Verdacht gegen sie (den er irgendwo tief drinnen tatsächlich hegte) gegenstandslos geworden.

Aber woher denn Verdacht! Der Schmerz absoluter Einsamkeit – das war es. Der allerletzten Einsamkeit.

Rotsky glaubte, er würde Anime, indem er sie wegjagte, retten. Ins Kloster, sprach er Hamlet nach, geh in ein Kloster. Bis zu einem gewissen Moment war das eine Art parodistisches Spiel gewesen, die Bedrohung übertreibend. Ja, sie existiert, sie ist sehr real und nicht eine, sondern mindestens zwei Bedrohungen. Aber Rotsky und seinem Mädchen gelang es, ihnen voraus zu sein. Sie hatten den richtigen Rhythmus, das richtige Tempo und den richtigen Tonus gefunden. Sie spielten, wie es ihnen schien, nach ihrem eigenen Drehbuch – perfekt gefügt. Wäre es ihnen beim Liebesspiel nicht so wunderbar gutgegangen, in all den Betten, Alkoven und Duschkabinen ihrer Welt, wo sie etwas spasmisch in ihre jedes Mal totalere Nähe eintauchten, wäre ihnen die Flucht wohl nicht gelungen. Aber auch die entgegengesetzte Kausalität ist hier möglich: Die Liebesspiele brachten sie einander näher, weil ihnen die Flucht so wunderbar gelang. Die Flucht wurde zur Abart des Sex, unvermeidlich gekrönt von einem brausenden und triumphalen Orgasmus.

Jetzt, nachdem *die* Edgar so demonstrativ fertiggemacht hatten, zerbrach das alles. Das Gefühl beispiellosen Erfolgs jeder Entscheidung, jeder Bewegung reduzierte sich auf katastrophale Weise fast bis auf null. Wie sich herausstellte, waren sie nicht die Spieler, sondern die Figuren. Sie wurden geduldig beobachtet und nicht einen Moment aus den Augen gelassen. Man ließ sie mit illusorischen Flugzeugen fliegen, endlos die an Fata Morganas erinnernden Gegenden und Landschaften wechseln. Man verfolgte (wer weiß, sehr wahrscheinlich war es aber genauso!) ihre Zahlungswege, die Arbeit der Überweisungen und Bankomaten, verfolgte ihre – seltenen und wenigen – Telefonanrufe, Messages und Signale. Hörte alles ab, was irgendwo zu hören war – im Bett, in den Alkoven und Duschkabinen, alles bis zum letzten Flüstern, Seufzen und Stöhnen.

Bis beide es satt hatten – diejenigen, die spielten, genauso wie jene (sogar sie!), mit denen gespielt wurde. Da drangen Erstere mir nichts, dir nichts in die Wohnung ein und ermordeten demonstrativ Freund Edgar, an dem, wie sich herausstellte, fast alles hing. Die ganze Überzeugung, es könne ihnen gelingen, die Fluchtbewegungen seien nicht sinnlos, die Liebe mache sie unangreifbar, all das konzentrierte sich in der Existenz jenes schwarzen Vogels, der sich als nicht ewig erwies, als sterblich, mehr noch – ermordet. Amen, dachte Rotsky.

Mit all dem hatte sich Rotsky schon herumgequält – in den vergangenen vierundzwanzig Stunden, als Anime noch bei ihm lebte. Jetzt, nachdem sie weg war, was er ja eifrigst und mit für sich selbst unerwarteter Härte und Nachdrücklichkeit betrieben hatte, war Rotsky einfach nur von Schmerz erfüllt. Die Einsamkeit, endgültige und grenzenlose Einsamkeit, nahm ihn so kompromisslos in die Zange, dass er nicht einmal mehr atmen wollte.

Was für einen Sinn macht mein Atmen, fragte sich Rotsky, als er auf den abgefuckten Balkon aus genuesischen spätmittelalterlichen Zeiten trat und, vom Teufel geritten, hinunterschaute. Kein einziger biologischer Prozess in seinem von der lebendigen Seele verlassenen und vom Schmerz zusammengepressten Körper machte irgendeinen Sinn. Umso weniger, nachdem ihm hinter den alten Dächern der Innenstadt, zwischen den ebenso alten Wipfeln der Maulbeerbäume, in einem lasurblauen Fetzen Meeresweite für wenige Sekunden die Abendfähre Richtung Weg-von-Hier erschienen und, als sie das Sichtfeld durchquert hatte, wieder verschwunden war.

Rotsky spuckte aus, zog eine Grimasse – sei es vor Schmerz, sei es aus schlechtem Charakter – und schwor sich, den Balkon nicht mehr zu betreten. Er verschloss ihn von innen und zog die Läden zu. Sofort wurde es in der Wohnung abendlich und tot. Vom Leben war sowieso nichts mehr zu erwarten.

So vergingen viele Stunden, vielleicht die ganze Nacht. Wobei sie nicht verging, denn alles, was danach kam, hieß für Rotsky sowieso Nacht. Mutterseelenallein in diesem alten Gebäude starrte Rotsky an die Decke und lauschte den Zikaden hinter der Wand im Garten. Nach und nach hatte er gelernt, die Tag- von den Nachtzikaden an ihrem Ton zu unterscheiden. Die Zikaden ersetzten ihm alle andere Musik: Ihn gelüstete es nach keiner seiner zahllosen Anthologien.

An einem der nächsten Tage, dem dritten oder vierten, zwang er sich, ein paar Dinge zu regeln und holte den örtlichen Makler, über den er die Wohnung gemietet hatte, um zu fordern, dass im ganzen Haus die Schlösser ausgewechselt würden. Der Kerl überreichte ihm die neuen Schlüssel ein paar Stunden später. Das ist doch schon mal was, lobte sich Rotsky und klimperte nachdenklich mit dem Schlüsselbund.

Für so eine großzügige Prämie, sagte der Makler, bin ich bereit, Ihnen alles zu kaufen und zu bringen, was Sie wollen, mein Herr. Rotsky versprach, er würde ihm sehr bald schon eine Liste überreichen. Eine sehr spezifische, warnte Rotsky. Nicht nur mit Essen und Wein. Hauptsache, Sie vermieten an niemand anderen mehr, forderte er. Ich bin bereit, für das ganze Haus zu zahlen. Der Anarchist zwinkerte und hob den Daumen. Eine genauere Inspektion des Kellers bestärkte Rotsky in dem Gedanken, dass es einen Versuch wert war. Jedenfalls leere Flaschen gab es hier genug. Rotsky versenkte sich in lange nicht besuchte Foren, registrierte sich in einem davon als aggressor_is_back und frischte langsam sein Wissen über die Feinheiten der Rezeptur auf.

Den Ort, an den man sie brachte, nannte Anime insgeheim die Waldarbeiterhütte.

Versteckt in einem dichten Manzanillawäldchen, dazu noch umgeben von einem Dickicht aus Wacholder- und Myrrhenbäumen, diente das einstöckige Gebäude wohl kaum als Forstbetrieb. Am wahrscheinlichsten hatte die Inselfiliale von Mob es für Zwecke erworben, analog zu denjenigen, derentwegen man jetzt Anime entführt hatte. Wobei man ihr bisher noch kein einziges Folterwerkzeug gezeigt hatte. Und zu ihr überhaupt mit ruhigen, vor Hitze matten und irgendwie ausgedörrten Stimmen sprach.

Anime plapperte. Ja, es ist aus. Ja, wir beide. Er und ich, ja. Haben uns getrennt. Er hat mich weggeschickt.

Bis hierher entsprach alles der Wahrheit. Weiter begann das Schöpferische.

Ich hab mich geweigert zu gehen. Dann ist er selbst weg. Noch in der Nacht, in der sein Rabe starb.

Was für ein Rabe, fragte der mit den langen Armen und schluckte angestrengt den in der Kehle dick gewordenen Schleim. Der auf der Schulter?

Anime verstand: die anderen, nicht sie. Und wand sich

heraus: egal welcher, den Raben gibt es jedenfalls nicht mehr.

Sie redete sich so gut wie möglich raus. Rotsky? Keine Ahnung, wo der ist. Keine Ahnung. Keine Ahnung, nein. Ich denke, er ist weg. Nicht mehr auf der Insel. Der hat doch Beziehungen in die ganze Welt. Von Neuseeland bis ... Hier stockte sie und überlegte, welches geographische Gegenteil am überzeugendsten klingen würde. Norwegen? Spitzbergen?

Einer ging auf die Veranda, um zu telefonieren, wo er heftig fluchte: das Netz war an jenem Ort nicht nur schwach, sondern abwesend. Das Zittern der Zikaden erfüllte die umgebende, von Dämmerung überzogene Vegetation.

Bei Rotsky lärmten sie genauso. Einen Moment lang glaubte er, die Zikaden wären schon im Haus. Dass er zum unfreiwilligen Zeugen der großen Migration der Schnabelkerfen würde. Als brächen diese aus ihrem Garten zu einem massenhaften Eroberungszug auf und okkupierten als allererstes dieses alte, von unzähligen Spalten und Rissen durchzogene Haus. Sie werden immer mehr, und ihr versammelter Chor erlangt unerhörte Kraft.

Ungefähr da erhielt Rotsky eine Nachricht.

»Mein lieber Joe«, las Rotsky. »Dir schreibt ein Freund. Aber ich bin nicht nur dein Freund, sondern auch dein Partner. Erinnerst du dich an die Weinberghänge im gesegneten Land?« Oho, nicht nur die Zikaden sind angekommen, dachte Rotsky. Er wollte den Unbekannten in seiner Mail blockieren, konnte sich aber nicht dazu durchringen und schrieb nach einigem Zögern: »Wer sind Sie, und was wollen Sie von mir?« Rotsky war sich bewusst, dass seine Antwort weder originell noch höflich klang.

»Ich muss dir meinen Namen nicht sagen, Joe«, hieß es von Dort. »Jeder Arbeitnehmer muss selbst wissen, wie sein Auftraggeber heißt.«

Rotsky war jetzt überzeugt, dass sie so taten, als wären sie Subbotnik, und ließ jede Geheimniskrämerei fahren: »Jeffrey?! Was für eine mystische Überraschung! Es heißt, Sie seien gestorben, Sir.«

»Das stimmt nicht ganz«, antwortete man ihm. »Die Operation war sensationell erfolgreich. Hast du nichts davon gehört, Joe?! Ich habe nicht nur überlebt, sondern fange ganz neu an. Mit meinen finanziellen Errungenschaften, Joe. Du hast sie wohlgehütet, jetzt ist es aber Zeit, sie ihrem Besitzer zurückzugeben.«

Rotsky verschob die Schlüsselfrage auf später und versuchte, so viel wie möglich in Erfahrung zu bringen. »Sir, Sie wissen, wie misstrauisch ich bin. Wahrscheinlich fiel Ihre Wahl genau deswegen auf mich. Deshalb bitte ich Sie, ein paar Dinge aufzuklären. Zum Beispiel, wie Sie mich gefunden haben? Woher haben Sie den Kontakt?«

Auf der anderen Seite dachten sie eine Zeit lang nach, und Rotsky erstarrte und lauschte: War etwa ein anderes Geräusch zu den Zikaden hinzugekommen? Vielleicht die netten kleinen Glöckchen?

Schließlich rauschte die Antwort herein: »Du kennst mich auch, lieber Joe. Wenn ich gesund und lebendig bin, wie könnte ich, der große Spieler, dich dann nicht aufspüren? Hast du mein Genie vergessen?«

»Das war keine Antwort, Sir«, blieb Rotsky standhaft.

»Okay«, schrieb man kurz darauf. »Jetzt ernsthaft. Du hast es selbst so gewollt. Deine Adresse habe ich von einem fügsamen Mädchen. Mit dem du übrigens ganz und gar nicht nett umgesprungen bist. Du hast sie verlassen, und nun muss sie alles beichten, was sie weiß. Übrigens denen, von denen sie einmal zu dir übergelaufen ist.«

Rotsky schloss die Mail und sog die abgestandene Luft so tief wie möglich in sich ein. Ich muss die Weinflasche entkorken und mit einem Zug das größte Glas, das ich habe, austrinken. Dann sehen wir weiter, befahl er sich.

Bald darauf sah er weiter – im Postfach wartete eine neue Botschaft: »Ich verstehe alles, Joe. Du durchlebst schwere Zeiten, mit meinem ganzen Sein fühle ich mit dir. Aber um G-s willen – erbarme dich, denk nicht schlecht von mir. Ich bin doch trotz allem dein Freund. Joe, ich sehe einen wunderbaren Ausweg für dich. Gib mir alles zurück, was du zurückgeben musst (nicht mehr, aber auch nicht weniger) – und du bist frei. Kannst du dir vorstellen, wie einfach das ist? Gib mir das Meinige zurück, und du bist wieder ganz bei dir.«

Da Rotsky nichts zurückschrieb, stattdessen immer tiefer ins zweite Glas schaute und im lauten Chor der Zikaden schon einzelne Glöckchen herauszuhören begann, kam es wieder von Dort: »Joe, wenn dir diese Korrespondenz unangenehm ist – okay, dann antworte nicht. Ich bin keiner, der gleich beleidigt ist. Unternimm stattdessen einen einzigen Schritt. Überweise alles, was zu überweisen du verpflichtet bist, mir persönlich auf mein aktuelles Konto (s. u., Joe). Du musst wissen, dass Jeffrey Subbotnik (ebenso wie Jerry Sabbatnik) nicht mehr existiert. Hochachtungsvoll – Euthanasios Savvatos, griechischer Händler, Alexandria in Ägypten.«

»Schlaf gut, Euthanasios!«, damit schloss Rotsky erneut die Mail.

Es war wohl mitten in der Nacht, als er das Anschwellen der zusätzlichen Geräusche im Zikadenhintergrund ausblendete und sich erinnerte: »Stopp! Hiergeblieben. Wir haben die Sitzung noch nicht beendet. Weißt du, wo sie ist? Hat Mob sie entführt?«

Auf der anderen Seite aber schwieg man, und Rotsky musste unselig lange Stunden vor dem Monitor ausharren. Allerdings nicht müßig: in dieser Zeit beschoss er seinen Adressaten mit kurzen und emotionalen Nachrichten, aus denen hervorging, dass es keine Überweisung geben würde, solange man ihm keine Informationen über Anime gäbe. Und das nur für den Anfang.

Auf der anderen Seite regte man sich endlich. Zuerst kam ein lakonisches »Ja, Mob hat sie«. Rotsky drehte das gleich zu einem kleinen Erfolg: »Und woher weißt du das? Beweise und Bestätigung!«

»Es hat sich viel verändert, Joe«, lautete die beruhigend gemeinte Antwort. »Du darfst die Situation nicht nach alten Maßstäben beurteilen. Frühere Feinde werden oft zu wunderbaren Freunden. Jetzt verfüge ich dort – ganz oben bei Mob – über meinen Mann. Ich kombiniere mein Spiel neu, Joe. Und ich weiß, was ich sage: Sie haben das Mädchen. Beweise? Soviel ich weiß, wirst du bald Grüße von ihr bekommen. Bessere Beweise kann man nicht finden, Joe.«

Erst da spürte Rotsky: Die Zeit für die Schlüsselfrage war gekommen. Sie zog den ganzen bisherigen Dialog in Zweifel – von Anfang an.

»Nur ganz kurz«, schrieb Rotsky. »Noch ein einziger Aspekt. Und zwar: wie soll ich glauben, dass du du bist? Dass du eben jener Jeffrey aus dem Weinberg bist, und nicht zum Beispiel ein Bot mit dem Pseudonym Euthanasios?«

Aber der »Bot« reagierte völlig logisch: »Für den Anfang könnte ich mich auf zwei Titel berufen, obwohl auch einer genügt, der sehr bezeichnend ist – ›Always Look On The Bright Side Of Life‹. Und unser vierhändiges Klavierspiel! Aber ich verfüge über ein Argument, das noch viel weniger zurückzuweisen ist! Hör her, Joe, du und nur du weißt es richtig zu schätzen. Denn niemand anderer als du hat mir den Weg aufgezeigt, den ich heute gehe. Erinnerst du dich, dass du dir eine fünfte Möglichkeit ausgedacht hast, als ich behauptete, ich hätte nur vier?«

Rotsky erinnerte sich. Sogar wörtlich: »Zum Beispiel, Sie sterben scheinbar. Tatsächlich sterben Sie nicht, aber allen wird mitgeteilt, dass die Operation missglückt ist und Sie tot sind. Sie verschwinden, es gibt Sie nicht mehr.«

»Bravo, Joe! Genau so!«, triumphierte Sub»bot«nik. »Genau das hast du gesagt! Und jetzt erinnere dich, mit welchen Worten ich das abgewehrt habe. Na?«

Rotsky traf wieder ins Schwarze. »Du sagtest ›Aber weißt du, warum das unmöglich ist? Weil dies die Schweiz ist mit ihrer pathologischen Ehrlichkeit.‹ In der Art.«

»Nicht in der Art, sondern genau so«, versicherte der, der wohl doch kein Bot war. »Alles genau so, Joe. Aber irgendwie auch nicht: Das über die Schweiz. Keinerlei Pathologie, zum Glück. Ich habe zu schwarzgesehen. In dieser Welt, Joe, ist es nur ein Schritt von der moralischen Autorität zum moralischen Bastard. Leider.«

So begann sich alles zu fügen: Langsam tauchte Rotsky in die Verschwörung Subbotniks mit dem Ass der Chirurgie Kramskoi und seinen zuverlässigsten Assistenten ein, in ihre langjährigen Verbindungen und gemeinsamen *Projekte* mit Mob, in den versteckten Sinn der lautstarken Kampagne um den »einzigartigen Fall des Jeffrey S.« und in andere, weniger respektable Episoden wie zum Beispiel das wundersame Verschwindenlassen eines tödlich überflüssigen, wenn auch brillanten Rechtsanwalts von der Skipiste.

Es gelang ihm jedoch nicht sofort. Ihn lenkten die ersten Wasserfälle ab, die über dem allgegenwärtigen und unaufhörlichen Geläute rauschten. Und die Zikaden – die hatten überhaupt ihren Höhepunkt erreicht.

»Gut«, presste Rotsky eine weitere Mail aus sich heraus. »Meinetwegen. Du bekommst das Geld, wenn sie sie freilassen. Dann erhältst du die Überweisung, Euthanasios Savvatos! Nur dass Mob das Geld doch für sich will, oder? Vor ihm hast du es doch versteckt! Und ich habe es neu versteckt. Und was nun?«

»Nun bin ich mit ihnen im Bunde, Joe«, erläuterte Euthanasios bereitwillig. »Wir haben Berührungspunkte gefunden. G. sei Dank hat uns nicht irgendjemand Dahergelaufenes, sondern der große Kramskoi zusammengebracht. Und wenn man mich erst in einen neuen Körper transplantiert hat, gehöre ich zu den oberen Etagen, Joe. Denn momentan bin ich ein Gehirn, nur ein Gehirn, noch dazu die eine Hälfte. Wenn auch, was den Intellekt angeht, nicht das letzte auf der Welt, mein lieber Joe☺.«

»Mir dreht sich der Kopf«, schrieb Rotsky eine halbe Stunde später. »Gib mir ein bisschen Zeit. Ich habe lange Tage und Nächte nicht geschlafen.«

Dann zog es ihn in die Halbrealität, in einen neuerlichen Tinnitus-Amok. »Gerade jetzt?!«, explodierte Rotsky sardonisch. »Hätte es keinen besseren Moment gegeben?!« Genau jetzt, wo das Mädchen mit den Spritzen nicht in seiner Nähe war. In den vorhergehenden Wochen hatte der Tinnitus zweimal versucht, ihn zu überwältigen, aber Anime war es gelungen, die Gefahr gleich in ihren Anfängen zu bannen. Und jetzt – da hast du's!

Was Rotsky nicht ahnte: Es war wirklich der allerbeste Moment.

Die Glöckchen und Rasseln waren angekommen – viele, gleichmäßig über beide Ohren verteilt. Klaxon-Hupen – nein, die gab es (warum auch immer) nicht, aber Kleppern schon. Und voll aufgedreht – irres Telefonschnarchen mit all dem knurrendem Ausatmen und das aus der Kindheit bekannte Radiorauschen, wenn sorgfältig gestört wurde.

Darauf legte sich das massenhafte Kriechen von Raupengetier über die Oberfläche jungen Blattgrüns, undurchdringliche Mosquitomonotonie, Zikadenzirpen (sie waren an Ort und Stelle), das Mampfen ganzer Schreckenarmeen, das Gegeig schilpender Divisionen – der tag- wie der nachtaktiven, Dudelsäcke, Vogelpfeifen und Hirtenflöten plus – wie ginge es ohne? – das Kinderklavier, wieder unerträglich verstimmt, mit all den begleitenden Trillern und Gongs. Und der Bordun? Auch ihn gab es – diesmal aber nicht von Opernbässen, sondern ganz eindeutig von Beelzebuben gehalten, von allen hundertsoundsovielen aus voller Kehle, zusammen mit ihrer Mutter!

Über all das (und noch unzähliges anderes) legte sich das Große Wasser, und über atonale Vokalisen wasserleitungs-kanalisationsröhrender Herkunft näherte sich aus der Ferne das Brüllen der teuflischen Wasserfälle, von denen die Niagarafälle noch am harmlosesten erschienen.

Und dann kamen, unter diesem ganzen vielschichtigen Soundtrack, die versprochenen *Grüße*.

Man warf Rotsky Fotos hin. Was darauf war, konnte er nicht gleich erkennen. Erst die dreifache Spirale des keltischen Triskelion, über den ganzen Monitor vergrößert, entschlüsselte er eindeutiger als eindeutig: Sie knipsten Fragmente ihrer Tattoos. Ihre Unterarme, Schlüsselbeine, Rippen. Die Linie der Bergkämme, das ägyptische Anch, das Wolfsrudel, die Schwimmerin, die nie aus den Irissen herauskommen wird. Kein Bild von ihr als Ganzes – ausnahmslos Stückchen, Segmente, Peripherien. Nur das Triskelion kam fast komplett zu Rotsky – wahrscheinlich als Hinweis.

Dazu keinerlei Text. Null Erklärungen, Zero Kommentare. Rotsky sollte sich, auch ohne, dass sie es beschrieben, vorstellen, wie sie sie nackt auszogen, ihre Haut anfassten, an seinen geliebten Zonen schnüffelten, sie mit den Fingerspitzen berührten und ihr mit ihren Kameras ganz nah kamen. Wie Anime …

Ja, was war überhaupt mit ihr? Zappelte sie, wie sie nur konnte? Hatte sie sich abgefunden, völlig niedergeschmettert und unterworfen? In Angst? Apathie? Ohnmacht? Schlaf? Lethargie? War sie überhaupt noch am Leben? Oder fotografierte man sie schon in einer Art geheimem anatomischem Theater?

Die teuflischen Wasserfälle überrollten ihn, die eiskalten stechenden Ströme trommelten auf seinen Kopf, Rotsky schmerzte jedes Ein-, jedes Ausatmen. Nach dem fünften Foto – man konnte darauf den Blick des dritten Auges unter den Brüsten erkennen – schickte er ihnen ein paar Worte, deren Sinn sich auf zwei Dinge konzentrierte: Was ist mit ihr, und wo ist sie. Aber nicht so konturiert, eher – waswosie. Aber darauf folgten noch viele weitere visuelle Hinweise: auf das Gold der Fische, das Blau der Iris-Wasserpflanzen, die Schwärze des Raben.

Als er denselben zusammengeschnurrten Schrei zum siebten Mal wiederholt hatte, kam die erste Antwort:

»Keine Panik. Sie ist in Sicherheit. Gleich werden wir sie in Stücke schneiden.« Rotsky seufzte erleichtert auf.

Man lud ihn ein zu verhandeln, und brutal übertönt von den vertikalen Strömen immer neuer Viktoriafälle fand er doch den richtigen Ton. »Bevor ihr anfangt, an ihr herumzuschnippeln«, schrieb er, »zeigt sie mir lebendig.« – »Hier stellen wir die Bedingungen«, riefen sie ihm in Erinnerung. »Stellt sie«, stimmte Rotsky zu. »Wenn es Bedingungen gibt, kann man sie erfüllen.« Das brachte sie dazu weiterzumachen. Anime aber zeigten sie ihm dennoch nicht.

Rotsky, versicherten sie, wisse doch bestimmt (errate es nicht nur – wisse!), was sie von ihm wollten. Er brauche ihnen nur – in irgendeiner für beide Seiten annehmbaren Art und Weise – Zugang zu gewähren, und sobald sie sich überzeugt hätten, dass sich das Depot jetzt unter ihrer Kontrolle befand, würde das Mädchen freigelassen. Dies, obwohl sie, entsprechend den korporativen Grundsätzen von Ehre und Anstand, eigentlich nicht mit Inhaftierung (so nannten sie es – Inhaftierung!) davonkommen und nicht lebendig wieder herauskommen dürfte. Der Fall ihres präzedenzlosen Überläufertums musste noch von der Obersten Kammer verhandelt werden. Wenn Rotsky aber schnell wäre, dann könnte man noch alles in erträglichere Bahnen lenken.

»Was wäre das?!«, brüllte Rotsky aus dem Epizentrum der Teufelsberg-Mahlströme.

Das fragst du besser nicht, versicherte man ihm. »Sie muss lebendig und unversehrt sein«, schrieb Rotsky verstockt. »Sonst könnt ihr das Depot vergessen. Ich tausche Depot gegen Mädchen, aber ohne den geringsten Kratzer.« Es gibt noch Chancen, antwortete man ihm. Am Ende hängt auch viel von ihrem Verhalten ab. Und die

Möglichkeit einer Amnestie wachse in Zusammenhang mit dem Umstand, dass, wie eine kürzliche ärztliche Untersuchung gezeigt habe, die ihn interessierende Person in der fünften Woche schwanger sei.

Rotsky durchfuhr eine ungeahnte Mischung aus Wärme und Entsetzen. Wie zum Teufel? Was für eine Schwangerschaft denn bei seiner tausendjährigen Erfahrung des rechtzeitigen Interruptus?

»Glaub's nicht, glaub's nicht«, versicherte er sich. »Sie wollen dich provozieren. Glaub's nicht. Never. Schwangerschaft never.«

Ihnen aber schrieb er etwas ganz anderes: »Beeilt euch, solange dieser Kopf den Code noch bewahrt. Er zerspringt mir schon vor Müdigkeit. Und was, wenn er auch noch zerschossen wird?«

Sie hingegen forderten, dass Rotsky sich beeilen möge. Er fuhr fort, dasselbe von ihnen zu fordern. Aber nicht nur.

Kein Code, attackierte Rotsky. Kein Treffen mit euch, solange ich nicht mit dem Mädchen gesprochen habe.

Man antwortete: Weder du noch wir haben dafür Zeit.

Rotsky insistierte: Mir reichen fünf Sekunden. Sonst blas ich alles ab.

Schon wieder wanden sie sich heraus: Wir halten sie an einem Ort fest, wo zur Sicherheit – übrigens auch zu ihrer Sicherheit – kein Netz ist. Ein abgeschiedenes Objekt.

Rotsky nannte das Blödsinn, aber sie schlugen einen Nagel ein: Du sagst dich von ihr los? Sogar wenn in ihr nicht nur ein, sondern zwei Leben sind?

Das erinnerte an einen verstörenden Wettbewerb in gegenseitiger Erpressung. Die Welt hatte so einen sinistren Austausch noch nicht gesehen.

Gleich überrollt es mich, wusste Rotsky. Der Tsunami. Alles brüllte und verschwamm, die Tastatur des Computers wallte schon auf. Angestrengt jagte er die Buchstaben und Wörter und pinnte sie mit wechselndem Erfolg auf den verzerrten Monitor, so sandte er seine letzten Kapriolen. Erst sie, dann ich. Lasst sie frei – und ihr bekommt mich. Den Code gebe ich nur den Allerhöchsten – allen zusammen. Die ganze Oberste Kammer, oder was ihr dahabt. Nur den obersten Etagen – so ist es. Keine Bevollmächtigten, Sachwalter oder Vertreter. Keine Doppelgänger, Androiden oder Klone.

Auf der anderen Seite verschluckte man sich – sei es vor Empörung, sei es vor Johlen und Pfeifen.

Aber Rotsky war nicht mehr in der Lage, sie zu hören.

Der Sturz ins große Knirschen mochte fatal unzeitig erscheinen: ausgerechnet, als von ihm absolute Konzentration und Schärfe der Reaktionen gefordert war, fiel Rotsky für wer weiß wie lange aus Raum und Zeit an einen Ort, wo es nichts gab außer unerträglicher Geräuschfolter. Den Kopf ins Kissen vergraben und mit zusammengebissenen Zähnen stöhnen – das war alles, was ihm jetzt noch blieb.

Tatsächlich aber stellte sich diese erzwungene Nichtanwesenheit in der tage- und nächtelangen Pause als nie dagewesener Glücksfall heraus. Es war, als existiere Rotsky nicht, und das war nützlich.

Nach der erfolgreichen und, wie sie sich in ihren Berichten selbst lobten, effektvollen Liquidation von Jos' *Busenfreund* (Pseudonym für Edgar) setzten die Regimeschergen die Überwachung jenes Steinhauses fort. Die Ausflugsgruppe, die aus drei Karrieresaboteuren der *Elite*-Schwadron »Rhinozeros« bestand, ließ das *Objekt von besonderem Interesse auf einer der Inseln im südöstlichen Sektor des Meeres AE* noch einige Tage lang nicht aus den Augen. Aus dem Generalstab befahl man ihnen, sich mit der *Observation* zu begnügen und die Ankunft des *Moderators* auf der Insel abzuwarten. Entsprechend der Anordnungen der Zentralinstanzen sollte eben er *die Beseitigung des Feindes durchführen*. Eine Anmerkung präzisierte, dass das mit eigenen Händen zu geschehen habe.

In dem Gebäude, wo sich ihr *Protegé* einquartiert hatte, passierte rein gar nichts. Es wirkte völlig menschenleer und tot, alle Ein- und Ausgänge verschlossen. Die zusammengeschobenen Fensterläden verstärkten den Eindruck totaler Verlassenheit und Versponnenheit. Vom ergebnislosen Abwarten leicht eingeschläfert, lockerten die elitären Rhinozerosse ihre Anspannung merklich. Mit anderen Worten, die gnadenloseste Hitze saßen sie in Strandbars und Cafés ab – wo sie ihre Dienstreise-Valuta und das durch den Verkauf von Matrjoschkas erworbene eigene Geld in Flirts mit Rumäninnen unterschiedlichen Formats steckten, für ihre Fotoalben Bierdeckel sammelten und für ihre sozialen Netzwerke jeden einzelnen bestellten Cocktail fotografierten; dass das Wort »Cocktail« mehrere Bedeutungen hat, auch eine revolutionäre, schien fast vergessen.

Am dritten Tag landete der Moderator Theophil an den Gestaden der Insel und las der ganzen Ausflugsgruppe laut und vernichtend die Leviten. Die Elitniks zogen beschämt die Nasen hoch und krümmten sich verschreckt. Die Spezialoperation »Klaviatur« trat in ihr finales Stadium ein.

Den Herrn im dunkelgrauen Regenmantel, etwas dunklerem Schal und Zylinder hatte Rotsky schon einmal irgendwo gesehen. Wenn der Absolute Tinnitus das Königreich des Knirschens war, dann konnte der genannte Herr, segelohriger Dämon und Geräuschhallizunator, als sein geheimer Kanzler gelten. Jedenfalls aber als sehr hochrangige Persönlichkeit, Geheimer Rat in der Verwaltung.

Diesmal tauchte er schon seit einer Weile in den Randbezirken des Königreichs auf: Mal lief er als Schatten die Treppen hinunter, mal hüstelte er gesetzt im Flur, mal flüsterte er alle möglichen Nichtigkeiten aus dem Keller herauf. Seltsam, dass Rotsky sogar das Flüstern hören konnte – trotz der Geräusch-Bacchanalien, die im Innern seines Schädels tobten.

Seltsam auch, dass Herr Tinnitus jetzt als Befreier kam: Er stand an der Schwelle zum Schlafzimmer (Rotsky sah es nicht, aber er spürte ihn ganz deutlich) und es war, als lasse er einen Vorhang fallen. Für die erste Welle des Knirschens, bereit, das Schlafzimmer zu überrollen, stellte seine geisterhafte Figur einen unüberwindlichen Damm dar. Die Welle wurde kurz vor Rotsky aufgehalten. Ohne seinen Höhepunkt erreicht zu haben, zog sich das Brüllen zurück und ließ nach. Rotsky kapierte nicht gleich, dass das Schlimmste hinter ihm lag. Als er aber schließlich die Augen öffnete und unter den zerwühlten Kissen und Decken hervorschaute, war der Herr im Zylinder schon wieder verschwunden. Da konnte Rotsky endlich einschlafen.

Im Traum sah er mich. Ich erzählte ihm, ich hätte seine Biografie geschrieben – bis zum gegenwärtigen Moment, jenem, in dem wir uns jetzt befanden. Ich verkündete, dass ich es nicht wagte anzuhalten, denn nicht einmal Biografen hätten das Recht, den Augenblick anzuhalten.

Dass ich aber, wenn er das wolle, den weiteren Verlauf der Ereignisse übernehmen könne. Das mach ich selbst, antwortete Rotsky. Dann höre meinen Plan, sagte ich, und Rotsky erwachte.

Alles, was die weitere Handlung mit Anime angeht, existiert nur in der Vorstellung. Aber es gibt Dinge, bei denen kann man sich mit allergrößter Überzeugung vorstellen, dass sie genau so passiert sind. Anime wäre nicht Anime gewesen, wenn sie sich mit ihrer Entführung abgefunden und keine Auswege gesucht hätte. Außerdem fiel ihr noch ein, dass man Böses nur mit Bösem besiegen kann. Deshalb flammten auf der Insel die ersten Waldbrände jenes Sommers gerade in dem Moment auf, als sie aufflammen sollten.

Ihre Entführer, Wächter, Wärter, Bewacher und Betreuer, in Summe drei Personen, waren weder allzu brutal noch irgendwie aggressiv. Man hatte sie mit einer nicht nur gewöhnlichen, sondern sogar Routineaufgabe betraut: ein von ihnen gefangenes Mädchen (das wahrscheinlich irgendwie wichtig für die Bosse war) in einem einsamen – man sagte auch abgeschiedenen – Objekt im bergigen Teil der Insel festzuhalten. Später sollen sie die Gefangene an einen Ort bringen, den sie über einen entsprechenden Befehl erfahren würden. Bereitstehen, bewachen und warten – das war alles.

Die Aufgabe erschien einfacher als sonst, wenn es galt, gewisse psychologische oder physische Torturen anzuwenden, einzuschüchtern, in Phobien, Manien oder, was am unangenehmsten war, Analöffnungen zu wühlen und darin zu wetteifern, mit einem Schlag des Pistolengriffs so viele Zähne wie möglich auszuschlagen. Mit Anime machten sie nichts dergleichen, denn das war nicht befohlen. Was stattdessen befohlen wurde, erschien eher exotisch und erfreute sogar durch einen gewissen Neuigkeitswert: von ganz nah Stücke ihrer Tattoos zu fotografieren. Anime setzte sich zur Wehr, so dass sie sie für gewisse Zeit fesseln mussten. Sie lachten lange über ihren Gandhi-Buddha, und der Jüngste war, wie sich herausstellte, ebenfalls Fan von Prinzessin Mononoke, so dass er und Anime später ein paar eingeweihte Sätze austauschten.

Nach einiger Zeit gewöhnten sich alle drei an den Eindruck, der Gefangenen ginge es gut mit ihnen und es habe keinerlei Sinn, sie im Keller hinter Schloss und Riegel zu halten: Sie würde sowieso nicht ausreißen. Dem mit den langen Armen kam außerdem in den Sinn, dass Anime von nun an für sie Futter machen könnte. Nach ihrer Probepasta mit Dosenthunfisch und Cornichons gelangten sie übereinstimmend zu dem Schluss, dass da in diesem Leben noch eine annehmbare Köchin herauskäme. Wenn sie hier lebend (hi-hi) herauskäme.

An jenem Vormittag, heiß wie immer, während sie noch auf das Signal warteten, dass die Oberste Kammer in voller Zusammensetzung auf der Insel angekommen war, hatten es sich die Wächter auf der schattigen Veranda gemütlich gemacht und vertrieben sich die Zeit mit ihren Smartphones. Der mit den langen Armen versuchte, Casino zu spielen und schimpfte dauernd über das furchtbar langsame Internet. Der jüngste hatte Kopfhörer auf und war an der letzten Staffel von »Die Meister des Schwertes« hängengeblieben. Den Mittleren fesselte die vor einigen Tagen heruntergeladene unautorisierte Übersetzung des neomarxistischen Bestsellers »Die spannendsten Abenteuer von Bankdepots in Postfinanzzeiten«.

Inzwischen kletterte Anime nach Herzenslust im Manzanillawäldchen umher, wo sie einen ganzen Sack duftender grüner Früchte sammelte. Als sie diese auf den Tisch vor den Wächtern abstellte, fragte keiner, warum das Mädchen Küchenhandschuhe trug. Wozu auch fragen? Vielleicht wegen der Stacheln in den Dornensträuchern. Alle drei griffen schweigend und unaufmerksam zu den frischen Früchten, angezogen vom süßlichen Duft und, wie sich zeigte, gar nicht so üblen Geschmack. Dass man eben diese Früchte in der Karibik Todesäpfel nannte und die Bäume mit roten Bändern absperrte, um zerstreute Passanten auf das enthaltene Gift aufmerksam zu machen, davon hatte keiner der Wächter je gehört. Anime hingegen hatte es nicht nur gehört – sie wusste es.

Schon bei der dritten Reinette begann es, ihnen in Kehle und Magen entsetzlich zu stechen. Zu den ersten Symptomen kamen Tränen, Schweiß, ihnen wurde schwarz vor Augen, und der Atem stockte. Kurz darauf verloren sie theatralisch das Bewusstsein und wanden sich auf dem Boden vor Krämpfen. Der mit den langen Armen hielt am längsten durch – und eben seine Arme waren es, die noch nach Luft schnappten, während seine Zunge weder bitten noch fluchen konnte, nachdem sie blitzartig so aufgeschwollen war, dass sie die ganze Mundhöhle füllte und fast die Zähne herausdrückte.

Bevor Anime dem Ort ihrer Gefangenschaft den Rücken kehrte, vergaß sie nicht, in der *Waldarbeiterhütte* ein kleines Feuerchen zu entfachen. Als sie auf dem halb überwachsenen Pfad hinunter auf die Landstraße lief und dabei angestrengt einen Anfall von Übelkeit und leichtem Schwindel überwand, hatte ein erhebliches Stück Wald am Abhang hinter ihr schon Feuer gefangen und die ganze *Waldarbeiterhütte* war von beißendem Manzanillarauch eingehüllt.

So hätte es geschehen können. Wahrscheinlich ist es so geschehen.

Und keinesfalls wollen wir einer anderen Version Glauben schenken: dass an jenem Tag in Wirklichkeit nicht drei, sondern vier Personen im Feuer ums Leben kamen, wobei einer der verbrannten Körper der einer nicht identifizierten jungen Frau war.

Josips Morgen begann damit, dass es langsam abklang. Der Tinnitus verzog und legte sich in all seinen Richtungen: Wasser, Hurrikan, Biologie und Lärm. Im Grunde waren seit gestern einzig die Zikaden nicht verschwunden, aber mit ihnen konnte man leben, wie auch mit dem allgegenwärtigen Süden und seiner Hitze.

Der Tinnitus zog sich zurück, aber der Affekt verschwand nirgendwo hin. Seinen Kopf durchbohrten dieselben Erzählvariationen und Satzanfänge, die schon einmal im innerlichen Auswahlprozess herausgefiltert worden waren, wie die immer gleichen Schauspielerinnen beim Casting. Es kam jener Tag, als ... An jenem entscheidenden Tag, als ... Ich werde nie im Leben vergessen, wie ... Ich werde jenen entscheidenden Tag nie im Leben vergessen ... Jener entscheidende Tag änderte für immer und unumkehrbar das Schicksal, nicht nur meines, sondern auch ... An jenem entscheidenden Tag traten gleich mehrere Ereignisse ein, die ... Mit jenem entscheidenden Tag wurde eine neue Seite aufgeschlagen, die ... Jener entscheidende Tag läutete eine neue Epoche ein, in der.

Der Affekt erlaubte ihm nicht, sich zu konzentrieren. Zum Beispiel war es katastrophal unklar, was er anziehen sollte. Ein Hemd mit Kragen oder ohne? Ein frisch gewaschenes oder eines, das er in den letzten vierzehn Tagen schon zweimal getragen hatte? Hosen, genauso hell wie das Hemd? Gestreift oder mit Reißverschluss? Oder Dreiviertelhosen? Nicht zu frivol für eine Hinrichtung?

Die einzige klare Entscheidung traf er für das Nickituch um den Kopf. Nein, keinen Hut, der doch nur vom Kopf fliegen und weiß-der-Teufel wohin wegrollen würde.

Dann wurden die Konvulsionen in der Frage der Kleiderwahl überlagert vom Gedanken an das Taxi. Rotsky stürzte zum Telefontischchen, wo die Vermieter der Wohnung für den Bedarf ihrer Mieter allen möglichen Informationskram vorwiegend in Form von Visitenkarten gesammelt hatten: die nächste, billigste, typischste, tavernischste Taverne, Pizza-Kaffee, Metaxa-Ouzo, Reparatur von Regenschirmen und Abflussrohren, Minimarkt, Markt, Super- und Megamarkt, und endlich – da war es: Servus Taxi. Und wie hätte man es nicht nutzen können, wenn sich unter seinen besonderen Angeboten folgende befanden:

Kostenlose Anforderung!

Ankunft des Fahrzeugs an jeder Adresse in den Grenzen der Insel innerhalb von 3-4 min.!

Den Preis bestimmen Sie!

Rotsky wunderte sich nicht. Weder über den Punkt mit dem Preis, den er selbst festsetzen sollte. Nicht über den Namen des Transportunternehmens, den er vielleicht auch gar nicht aufmerksam gelesen und Servus mit dem banalen Service verwechselt hatte. An jenem Tag … An jenem entscheidenden Tag verbot sich Rotsky das Wundern überhaupt. An jenem Tag war ihm nicht nach wundern.

Wenn aber der zweite Punkt – die drei, vier Minuten, die der Service bis zum Eintreffen beim Klienten brauchte – der Wahrheit entsprach, dann musste Rotsky sich beeilen. Das Auto wartete wahrscheinlich schon vor dem

Haus, und Rotsky musste auch noch in den Keller. Rotsky rannte die Treppen hinunter und besann sich erst vor der Kellertür. Wo drin denn, fragte er sich selbst. Und sprang wieder hinauf, öffnete die Wohnung und nahm die hellrote Aktentasche (sie nannten sie professoral) – eines der letzten Geschenke von Anime, das ihm bisher sinnlos erschienen war und jetzt seine Dienste tun würde. Mit der Tasche lief Rotsky wieder in den Keller, besann sich aber ein zweites Mal: Das Taxi war doch wahrscheinlich schon da, und er musste den Fahrer bitten, ein paar Minuten zu warten. Rotsky stieg zum Eingangstor hinauf, spähte in die Gasse und spürte unbewusst in der Luft einen leichten Rußgeruch. Das passt doch, stellte Rotsky fest. Aber das Taxi war noch nicht zu sehen. So dass er wieder in den Keller rannte.

Es gab vier vorbereitete Flaschen. Drei davon packte Rotsky in die Aktentasche, eine ließ er auf dem Tisch stehen. Zurück am Tor überlegte er, dass drei vielleicht zu wenig wären, dass sie auf jeden Fall zu wenig wären. Worauf er noch einmal in den Keller lief und sich die vierte Flasche schnappte.

Draußen erwartete ihn ein rot-schwarzes, zweisitziges Cabrio mit Schriftzug (also doch Servus!) an den Türen.

»Ich liebe Sie, Jos«, begrüßte ihn der Fahrer.

Rotsky wunderte sich nicht. Er hätte ihn natürlich ausfragen können – und sogar irgendeine nicht völlig absurde Story zu hören bekommen, etwa *bin Pleite gegangen, war hoch verschuldet, hab mich nach Rumänien abgesetzt, von dort nach Bulgarien, Griechenland, fahr jetzt hier auf der Insel Taxi* und so weiter. Aber Rotsky stellte keine Fragen, denn Meph war Meph und er konnte einfach nicht anders, als rechtzeitig zu Hilfe zu kommen. Seine Hilfe war schon jetzt zu spüren. Rotskys Affekt hatte er im Handumdrehen weggewischt – und es trat völliges Gleichgewicht ein. Jos' Affekt legte sich über Mephs Affekt – so war das wohl. Und unwichtig, dass der andere heute nicht in einem seiner ideal enganliegenden Anzüge steckte, sondern in Muskelshirt und Shorts, denn sein Kopf war wie immer ideal glatt und langgestreckt, und im engen Innenraum konnte man vor »Gravity Master« kaum atmen – als sei hier erst vor einer halben Stunde absichtlich eine Dreiliterflasche des besagten Parfums vergossen worden.

»Da müssen wir hin«, Rotsky zeigte ihm die in der Nacht von Mob erhaltenen Koordinaten.

»Mhm«, nickte Meph. »Genau dahin, wo es brennt.«

»Kennen Sie die Örtlichkeiten?«

»Ja. Ziemlich einsam. Hier ist es schon einsam, dort aber gibt es überhaupt keine Menschenseele. Nur eine Ruine über der Straße.«

»Was denn für eine Ruine, Meph?«

»Der Tempel der Kybele, der großen Göttermutter«, erläuterte Servus mit der feierlichen Überzeugung eines lokalen Heimatkundlers. Und fügte hinzu: »Präarchaische Kulte, haben Sie je davon gehört?«

»Nicht vielleicht Hekate?«, zweifelte Rotsky. »Vielleicht ein Tempel der Hekate?«

»Vielleicht auch Hekate«, stimmte Servus unerwartet rasch zu. »Eine von beiden.«

Sie fuhren aus der Altstadt hinaus und rollten am Marionettentheater und dem ehemaligen Gouverneurspalast vorbei zum Hafen.

»Ich habe lange verhandelt«, erzählte Jos. »Sie haben abgelehnt, aber in manchem sind wir auch zusammengekommen. Jetzt sieht es so aus, dass ich als Erster aussteige und in ihre Richtung gehe. Anime werden sie mir entgegenschicken, wenn ich nicht weniger als zwei Drittel der Entfernung zwischen Ihrem Taxi und ihnen überwunden habe. Wenn wir uns treffen, werde ich sie umarmen …«

»Wirklich mit den Armen?«

»Womit denn sonst, Meph?«

»Höchstens doch mit einem. Sie tragen eine Aktentasche.«

»Aaah. Neee. Die werde ich nicht dabeihaben. Das ist ihre Bedingung. Ich muss ohne alles kommen. Mit leeren Händen, Meph.«

»Zu solchen Treffen geht man nicht mit leeren Händen.«

»Weiß ich. Deshalb Vorsicht mit der Tasche. Da ist kein Ei drin, Meph.«

Die Luft füllte sich spürbar mit Rauch. Servus verbarg seine Zufriedenheit nicht und hätte, wäre da nicht das Lenkrad gewesen, sich bestimmt die Hände gerieben. Aber der Grund für seine offensichtliche Freude konnte nicht nur in seiner Liebe zum Ruß liegen, der ihnen entgegenschlug.

Kurz vor dem Hafen tauchte hinter ihnen ein düster aussehender, in Schlammfarben bemalter Jeep auf. Rotsky hatte ihn noch nicht bemerkt, aber Servus zweifelte nicht:

»Sehen Sie jenen Rubicon, Jos? Oder ist es ein Super Duty Ford? Oder gar ein Raptor?«

»Wer ist das?« Rotsky ließ sich nicht auf das Spiel ein.

»Das wissen Sie doch selbst. Sie sind es.«

Das sagte Servus so, dass Rotsky hinzufügen musste: Die Schergen des Regimes.

»Die haben dort nichts zu suchen. Die haben uns gerade noch gefehlt.«

Servus sah es nicht so negativ:

»Mit denen macht es mehr Spaß, Jos. Wenn zwei sich streiten, freut sich der Dritte! Aber sehen Sie doch, was für ein toller Wagen! Dahin gehen die Steuern der Bevölkerung in einer Diktatur!«

Er brach in Gelächter aus und band ab:

»Aber jetzt werden wir es ihnen …!«

»Wollen Sie nicht vielleicht das Verdeck öffnen?«, fragte Rotsky und sah sich um. »Und ein bisschen abbremsen?«

»Wozu, Jos?«

»Um sie näher herankommen zu lassen.«

»Aber wozu?«

»Ich würde gerne was auf sie werfen. Für unsere Revolution.«

»Besser nicht«, widersprach Servus. »Heben Sie sich Ihre Vorräte für die anderen auf. Um die hier habe ich mich gekümmert.«

»Werden Sie sich kümmern?«, fragte Rotsky.

»Hab ich schon. Mich gekümmert«, sagte Servus mit düsterem Ernst, und der Geruch von »Gravity Master« wurde für einen Moment noch dichter.

Der Jeep der Regimeschergen – Ford, Mercedes, Dodge, Nissan oder was auch immer – fuhr mit voller Geschwindigkeit. Komisch, aber dem kleinen Cabrio gelang es trotzdem, den Vorsprung zu halten. Zu entkommen schaffte es aber nicht. Oder wollte es nicht.

Bisher waren sie die breite Uferstraße entlanggerast, das Meer die ganze Zeit zu ihrer Rechten. Aber nachdem eine weitere grüne Ampel vorbeigeflogen war, bog Servus in eine schmale Straße ein, die steil bergauf führte. Die Regimeschergen machten dasselbe. Sie waren jetzt allein: auf der Straße gab es außer ihren keine anderen Autos. Und die dunklen Rauchschwaden stellten sich ihnen als beißende, stoffliche Wand entgegen.

»Wir sind fast da«, teilte Meph nach zehn Minuten Schweigen mit.

»Dann vielleicht jetzt?« Jos streckte sich nach der Aktentasche.

»Sie können es wohl nicht lassen?«

»Meph, es ist wichtig, dass wir die loswerden, solange die anderen noch nicht da sind. Glauben Sie wirklich, dass wir an zwei Fronten gleichzeitig kämpfen können?«

»Der Kybele-Tempel ist links über uns«, informierte Servus anstelle einer Antwort. »Kybele oder Hekate. Eine von beiden. Nur noch diese Biegung ...«

Hinter der Biegung, wo sich die sowieso schon enge Straße in einen asphaltierten Streifen zwischen der Felswand und – rechts – dem Abgrund verwandelte, fuhren sie fast auf den ersten Van auf. Seine Aufgabe war, das Taxi durchzulassen (weiter und höher), in Richtung des zweiten Vans, und sich dann querzustellen und dem Cabrio den Rückweg zu versperren. Im ersten Van befand sich das sogenannte Metzgerfleisch – die Mob-Kämpfer, die gleichzeitig auch die Oberste Kammer beschützten, deren Mitglieder, das sogenannte Gehirn, das Erscheinen Rotskys im zweiten Van erwarteten, zweihundert Meter vom ersten entfernt. Eine ideal durchdachte Aufstellung.

»Sind sie das schon?«, fragte Jos, als Servus mit unglaublicher Eleganz abbremste und filigran den ersten Van passierte, so dass sich ihr Taxi zwischen Fleisch und Gehirn in der Falle befand.

»Sind sie das? Mob?«, wiederholte Rotsky seine Frage, ungeduldig, weil er noch keine Antwort bekommen hatte.

»Lieber Freund, hören Sie auf«, antwortete Servus, als er das Lenkrad endlich wieder unter Kontrolle gebracht hatte. »Wissen Sie was? Es gibt gar keinen Mob. Was es gibt, ist eine internationale Gruppierung überheblicher Phantaseure, vor allem solche, deren Drehbücher abgelehnt werden. Und diese Dösköppe …«

Er sprach nicht weiter: hinter ihnen war ein ohrenbetäubender Knall zu hören, mit Elementen eben jenes, Rotsky bekannten Knirschens, und das konnte nur eins bedeuten: der Runner, Cruiser, Mercedes, Ford, Range, Wrangler oder was auch immer der Regimeschergen hatte in voller Geschwindigkeit die Kurve genommen und war auf katastrophale Weise in den ersten, quer gestellten Fleisch-Van gerast. Beide Fahrzeuge explodierten gleichzeitig, und brennende Teile menschlicher Körper flogen nach allen Seiten weg.

»Mehr Dunst!«, brüllte Servus freudig. »Alles, was längst verfault ist, soll brennen! Jos, wussten Sie eigentlich, dass ich im Herzen ein Feuerwerker bin?«

»Die einen sind wir schon mal los«, seufzte Rotsky.

»Und jetzt …«

Du weißt es. Jetzt du. Dein Auftritt. Los. Zu Tode gefürchtet ist auch gestorben.

Die feurige Explosion hinter dir und Verwirrung vor dir. Der Van, dem du über den wie warme Knete aufgeweichten Asphalt entgegenschrammst, legt verängstigt den Rückwärtsgang ein.

»Selbstentzündlich?«, fragt der andere kurz darauf geschäftig, nach einem Blick in die Aktentasche.

»Was sonst«, antwortest du. »Anti-Panzer-Cocktails.«

»Dann also Ruhm unserer zwanzigsten Barrikade!«

Und nachdem er einen Augenblick geschwiegen hat:

»Wenn Gott kein Blender ist, dann bin auch ich kein Bluffer. Los, Jos.«

Das Cabrio folgt – nur ein paar Meter hinter dir. Wäre es nicht Zeit, das Verdeck zu öffnen?

Im Van vor euch blubbert das Gehirn vor Anspannung.

»Keinen Schritt weiter«, schreist du in ihre Richtung. »Zeigt sie mir!«

Sie hören auf, rückwärtszufahren. Sie haben angehalten.

»Ist sie bei euch?«

Endlich antworten sie:

»Näher! Komm näher!«

»Keinen Schritt weiter! Solange ich sie nicht sehe – keinen Schritt!«

»Sie ist hier! Komm her – und sieh selbst!«

Du gehst. Am lautesten sind hier die Zikaden. Alles andere ist Rauch. Und das heißt auch Feuer. Zikadeninsel. Feuerinsel.

Aus der Mitte der Insel eine Stimme: Sie ist nicht hier. Ich weiß es.

Wer hat das gesagt? Hast du es gehört? Woher?

Der Van mit dem Gehirn startet den Motor und fährt los. Jetzt auf dich zu – also vorwärts. Und von dort wird gerufen:

»Die Hände! Hände hoch!«

Du schaust dich zum Cabrio um. Sie wollen es offensichtlich, Meph. Du hebst die Hände.

Über deinen Kopf fliegen die Cocktails. Das Wort hat auch diese Bedeutung. Selbstentzündliche. Anti-Panzer-Cocktails. Meph versteht sein Geschäft. Die Flaschen treffen. Die Flüssigkeit läuft aus, wie sie soll, und flammt genau richtig auf.

Heute, mein Freund, ist noch nicht genug Feuer. Noch einen. Du schaust dich um.

Hinter der Wand aus schwarzem Rauch sieht man weder das Cabrio noch Meph.

Dafür knallt es vor dir. Großes Feuerwerk. Das Gehirn im Van brennt und schmilzt, und du möchtest dich bäuchlings auf den Asphalt legen, der weich wie Teig ist.

Nur dass …

Himmel und Berge erzittern und explodieren im allerletzten Moment.

Von oben, wo panisch eine Drohne der Feueraufklärung kreist, könnte dein auf den Felsen geworfener Körper tot erscheinen.

Freunde, wie gerne würde ich diese letzte nächtliche Sendung direkt vor meiner Hinrichtung bringen. Es wäre eine wirkliche Live-*Sendung. Mehr live geht nicht auf der Welt.*

Stellen Sie sich nur vor. Ich sage etwas wie: »In wenigen Sekunden – Ihre Aufmerksamkeit für mein Röcheln. Speziell für Sie ist sein ganzes Leben am Mikrophon Josip Rotsky. Jetzt bin ich bereit. Vorwärts!« Und dann – tatsächlich: Sie hören ein Röcheln. Oder wie der abgehackte Kopf auf die Holzbretter fällt.

Aber ich bin in Sicherheit, eine Hinrichtung ist nicht vorgesehen. Ich bin in der sichersten aller Sicherheiten – ewiglang.

Sie hören Radio Nacht. Gleich schlägt es acht, und wir verabschieden uns voneinander.

Ich habe die halbe Insel abgefackelt. Mit Hilfe der sogenannten Cocktails aus gefährlichen Chemikalien habe ich ungefähr fünfzehn Männer ins Jenseits befördert und drei Autos komplett zerstört. Selbst wenn man einige meiner früheren Taten außer Acht lässt, kann man mich durchaus als präzendenzlos gefährlichen Rückfalltäter bezeichnen.

Für solche wie mich hat unser Europa eine geringe Zahl an fast geheimen Ausnahmegefängnissen vorgesehen. Jedes wurde auf einer weit entfernt gelegenen und kaum bekannten Insel eingerichtet. So klein, dass sie auf keiner Karte auftauchen. Ich bin zufrieden, wo ich untergebracht bin. Auf meinem täglichen Spaziergang draußen kann ich zwei Ozeane sehen. Obwohl es in Wahrheit nur einer ist.

Es gibt nichts, über das ich mich beschweren könnte. Es ist mir erlaubt nicht zu schlafen. Ich bin vom obligatorischen Schlafmittel befreit. Ich habe erreicht, dass man mir in meiner Zelle nicht nur Zugang zu aller Musik der Welt gewährt, sondern auch zu meinem persönlichen Radiokanal. Sie hören ihn. Was könnte ich mir mehr wünschen?

Ich weiß, was.

O mein Gott, wie glücklich sind Sie, dass Sie sterben werden! Nur bei mir wird das nichts. Ich, hat sich herausgestellt, sterbe nicht. Können Sie sich den blödsinnigen Umstand vorstellen, dessentwegen meine ewiglange Gefängnishaft tatsächlich ewig dauert? Besser nicht. Denn es ist wie das ewige Knirschen, ich rate niemandem, danach zu greifen. Machen Sie nicht nur einen großen, machen Sie einen riesigen Bogen darum.

Ich wurde mehrmals umgebracht. Vielmehr versuchte man, mich umzubringen, und zwar scheinbar erfolgreich. Trotzdem habe ich überlebt. Sie würden niemals glauben, aus was für Brüchen, Schlägen, Schmerzen und Verbrennungen ich gerettet wurde. Am schlimmsten war, als man mir jeden Tag einen Finger brach. Aber wie sich zeigt, kann man auch das aushalten. Wenn Gott unser Vater ist.

Ich bin in diesem Leben ein Gefangener Gottes. Die logische Betonung kann man hier auf fast jedes Wort legen. Es ist immer richtig.

Beschwerden habe ich keine und ich beschwere mich nicht. Und sei es nur, weil es manchen viel schlechter geht. Zum Beispiel hat einer meiner Bekannten auch ewiglang gekriegt – und das in einem Weinberg. Beneidenswert. Das Problem ist nur, dass von ihm nichts mehr übrig ist, bis auf eine Gehirnhälfte. So steht es um ihn.

Ich aber habe ein Radio, die Nacht. Radio Nacht. Und

Sie hören mir zu. Gleich ist es acht und ich lege den letzten Song auf … Was dann?

Es wird Freitag, der 13. Dezember sein. Trotzdem dunkel. Am Mittag der Spaziergang auf der Terrasse. Eine ganze Stunde kann ich aufs Meer schauen. Vergeblich Ausschau halten – nach dem Postflugzeug aus Richtung Grönland. Und wenn man sie mir plötzlich bringt, und sei es nur für ein, zwei Tage? Ich würde nur dorthin schauen, wo ihr Bauch ist – nichts weiter. Aber zumindest das.

Doch überhaupt wäre es schön, es würde schneien. Ich liebe Schnee im Dezember. Du überquerst den Platz – vom Hauptpostamt Richtung Konservatorium, überall deine Leute, die sich an den Feuern wärmen, warm atmen und in ihre Zelte einladen. Es hat kein Ende und wird nie enden: ich, wir, unser Winter, der Schnee.

Jetzt nur noch MaryVo *und* Des' Tam, irgendwo dort.
Das war Josip Rotsky.

Inhalt

Wenn Gott unser Vater ist, dann ist 9
1 13
2 27
Das war Lubomyr Melnyk 41
3 46
4 64
Meine Uhr zeigt bald eins 80
5 86
6 107
Ich floh vor dem Imperium 110
7 115
8 132
In Wirklichkeit bestand unser Winter 156
9 162

SCHLAG AN oder DER ANSCHLAG
Stück in einem Akt mit Prolog, Musik und Epilog . 165

Von allem, was in der Bergrede gesagt wird 214
10 220
11 243
Es ist drei Uhr und zweiundvierzig Minuten 264
Vom Poschtowa-Platz nahm ich die Straße
der Demokraten 268
12 272
Keine Ahnung, wie es bei Ihnen 303
This place is empty 309
13 313

14 329
Wir haben gerade »Wild Is The Wind« gehört . . . 354
15 359
Wissen Sie was? 390
16 392
17 419
Den Freund wählt man selbst? 423
Sie hören weiter Radio Nacht? 426
18 430
Freunde, wie gerne würde ich 467

Joanna Bator
– **Bitternis.** Roman. Aus dem Polnischen von Lisa Palmes. Gebunden. 829 Seiten
– **Dunkel, fast Nacht.** Roman. Aus dem Polnischen von Lisa Palmes. st 5119. 510 Seiten
– **Sandberg.** Roman. Aus dem Polnischen von Esther Kinsky. st 4404. 492 Seiten
– **Wolkenfern.** Roman. Aus dem Polnischen von Esther Kinsky. st 4574. 499 Seiten

Martyna Bunda
– **Das Glück der kalten Jahre.** Roman. Aus dem Polnischen von Bernhard Hartmann. st 5186. 317 Seiten

Nana Ekvtimishvili
– **Das Birnenfeld.** Roman. Aus dem Georgischen von Ekaterine Teti und Julia Dengg. st 4882. 221 Seiten

Alissa Ganijewa
– **Eine Liebe im Kaukasus.** Roman. Aus dem Russischen von Christiane Körner. Gebunden. 240 Seiten

Masha Gessen
– **Die Zukunft ist Geschichte. Wie Russland die Freiheit gewann und verlor.** Aus dem Englischen von Anselm Bühling. st 5062. 639 Seiten

Dževad Karahasan
– **Tagebuch der Übersiedlung.** Aus dem Bosnischen von Katharina Wolf-Grießhaber. Mit Abbildungen. Gebunden. 223 Seiten
– **Der Trost des Nachthimmels.** Roman. Aus dem Bosnischen von Katharina Wolf-Grießhaber. st 4837. 721 Seiten

NF 1223 / 2 / 12.23

Julia Kissina
– **Frühling auf dem Mond.** Roman. Aus dem Russischen von Valerie Engler. Gebunden. 252 Seiten

Valzhyna Mort
– **Musik für die Toten und Auferstandenen.** Gedichte. Aus dem Englischen und dem Weißrussischen von Katharina Narbutović und Uljana Wolf. es 2766. 152 Seiten

Katja Petrowskaja
– **Vielleicht Esther.** Geschichten. st 4596. 285 Seiten

Katharina Raabe, Kateryna Mishchenko (Hg.)
– **Aus dem Nebel des Krieges.** Die Gegenwart der Ukraine. es. 288 Seiten

Olga Shparaga
– **Die Revolution hat ein weibliches Gesicht.** Der Fall Belarus. Aus dem Russischen von Volker Weichsel. es 2769. 234 Seiten

Andrzej Stasiuk
– **Die Welt hinter Dukla.** Roman. Aus dem Polnischen von Olaf Kühl. st 3391. 176 Seiten
– **Hinter der Blechwand.** Roman. Aus dem Polnischen von Renate Schmidgall. st 4405. 349 Seiten

Darja Serenko
– **Mädchen und Institutionen.** Geschichten aus dem Totalitarismus. Aus dem Russischen von Christiane Körner. Gebunden. 191 Seiten

Maria Stepanova
– **Nach dem Gedächtnis.** Aus dem Russischen von Olga Radetzkaja. st 5066. 524 Seiten

NF 1223 / 3 / 12.23

Serhij Zhadan

– **Himmel über Charkiw**. Nachrichten vom Überleben im Krieg. Aus dem Ukrainischen von Sabine Stöhr, Juri Durkot und Claudia Dathe. Gebunden. 239 Seiten

– **Die Erfindung des Jazz im Donbass.** Roman. Aus dem Ukrainischen von Juri Durkot und Sabine Stöhr. Gebunden. 394 Seiten

– **Hymne der demokratischen Jugend.** Aus dem Ukrainischen von Juri Durkot und Sabine Stöhr. st 4217. 185 Seiten

– **Internat.** Roman. Aus dem Ukrainischen von Juri Durkot und Sabine Stöhr. st 5233. 300 Seiten

– **Mesopotamien.** Aus dem Ukrainischen von Juri Durkot und Sabine Stöhr. st 4778. 362 Seiten

– **Warum ich nicht im Netz bin.** Gedichte und Prosa aus dem Krieg. Aus dem Ukrainischen von Claudia Dathe. Mit einem Nachwort des Autors. edition suhrkamp. 180 Seiten

NF 1223 / 4 / 12.23